한국 현대 수필 100년

평설

평설

한국
현대 수필
100년

김우종 평설

연암서가

차례

이 책에서 '현대 수필 100년'의 '현대'는 편의상의 시간 개념이다. '현대 시 100년', '현대 소설 100년'이라는 이름도 모두 같은 것이다. 1894년에 일본군이 들어와서 동학혁명을 좌절시키며 우리에게 강요한 갑오경장에는 근대화의 개념이 조금 들어 있었다. 그러나 이미 동학혁명이 계급 타파와 인권 사상을 근간으로 하는 근대화 운동이었으며, 일본군은 이들의 기세를 꺾어 버린 후 개화의 미명을 내세우며 식민 지배를 위한 이념적 지지 세력을 얻으려 했다. 이들이 아니더라도 이미 우리에겐 신문명에 눈 뜨고 개화에 앞장선 개화파들이 있었으나 그중 일부가 잘못된 친일파가 되었는데, 신소설 작가 이인직도 그런 인물이었다. 일본 통감부의 외사국 장을 만나서 하루 빨리 합방해 달라는 요청을 한 사실이 그 외사국장의 『일한합방비사』에 소상히 밝혀져 있다.

이 시기를 우리는 근대화의 여명기라고 볼 수 있으며 이때 신시, 신소설이 나왔지만 현대 문학은 아니다. 다만 편의상 이 시기부터 지금까지를 문학사 저술에서 현대 문학으로 지칭하기도 하고 초기 단계를 근대 문학이라 부르기도 한다.

수필 100년사의 기점: 신시, 신소설에 이어서 한국 문학사의 대표적인 선구자 이광수가 등장했다. 그리고 곧 이어서 1919년에 동인지 『창조』가 나오고, 1920년에 『폐허』가 나오고, 1922년에 『백조』가 나왔다. 이때부터 이광수를 비롯해서 김동인, 주요한, 박종화, 오상순, 전영택 등이 소설이나 시를 발표하며 때때로 수필도 쓰기 시작했다. 시나 소설에서처럼 수필도 이때부터 헤아려서 약 100년을 헤아릴 수 있다.

수필은 초기작부터 독립적인 장르 의식 없이 발표되었지만 문학적 감성과 표현력을 갖춘 문인들의 소중한 작품들이다. 초기 단계의 작품을 현대적 관점에서 보면 미숙한 점이 자주 눈에 띄지만 수필을 바르게 이해하는 입장에서는 조금쯤 이런 지적은 부득이한 것이며, 모두 한국 수필 문학 100년을 돌아보는 데 귀중한 자료가 될 것이다.

어린 나이에 동학 혁명군을 따라다닌 이광수는 일본 와세다 대학 시절인 1917년에 소설 「무정」을 쓰면서 다음 해에 산문으로서 「자녀 중심론」과 「혼인에 대한 관견」을 발표했다. 일반 수필의 유형과 달리 논설문 형태여서 이 책에서는 제외되었지만 한국 현대 수필 100년의 기점을 이로부터 헤아리면 거의 100년이 된다. 박지원의 『열하일기』가 기행문이듯이 유길준(兪吉濬)의 『서유견문』(1895)도 기행문이며 이를 수필로 본다면 연대가 10여 년 더 올라가지만 현대 수필이라는 이름의 100년사에서 100편 정도를 선정하는 자리에는 포함시킬 수 없었다.

이광수는 「자녀 중심론」에서 부모 세대로부터의 자녀들의 해방을 강력히 주장했다. 청소년들로 하여금 자유롭게 기개를 펴며 새로운 세상을 만들어나가기 위해서 부모 세대들은 모두 뒤로 물러나라는 강력한 주장이었다. 조상의 제사에만 매달리며 과거의 인습에 종속된 젊은이들이 이제부터는 이를 박차고 나와 필요하다면 부모들의 묘혈을 파서 피를 마셔도 좋다고까지 말했으니 조용한 계몽이 아니었다. 또 「혼인에 대한 관견(管見)」에서는 부모 허락 없이 남녀가 자유롭게 만나서 혼인을 결정해야 된다는 자유연애 결혼을 주장한 것이다. 이 작품도 계몽적이며 가히 사회적 혁명론에 가깝다. 혼인은 인륜지대사로서 집안 어른의 허락이 절대적이었던 시대에 이런 인습을 거부한 남녀 간의 연애결혼은 이들이 가출하고 동거함을 의미했다. 이 때문에 기혼자들까지도 이에 동조해서 새로운 연애결혼을 위한 이혼 소동을 비롯해서 나혜석, 김명순, 김일엽 같은 여성들의 비극적 연애 사건이 확산되고, 국어학자 이희승을 비롯한 학생들의 이혼 클럽이 만들어지고, 실패한 여성들의 자살 사건이 일어났다.

이런 의미에서 1910년대 후반에 시작된 100년사의 초기 수필은 계몽 수필이며, 사회 참여 의식이 강한 문학이었다.

그러나 이것이 기점이지만 그 다음 20년대의 수필은 그런 의식이 분명치 않았다. 식민지하의 민족의 갈 길 찾기에 기여하려는 이광수의 문학 형태는 다수가 따르지 않았다.

1920년대: 1919년 3·1운동에 불을 지른 것은 일본 유학생들이었다. 이때 2·8독립운동의 독립선언서를 쓴 이광수는 곧바로 상하이로 망명해서 영문 선언서를 온 세계에 알렸다. 한일합병 조약의 폐기와 조선의 독립 선언, 민족 대회의 소집 요구, 만국평화회의에 민족 대표 파견, 이 목적이 이루어질 때까지의 영원한 혈전 선언 등이 담긴 독립선언서는 이광수의 문장력이 담긴 글이며, 이것도 넓은 의미에서는 수필에 가깝다.

그런데 독립운동이 좌절되면서 이런 민족적 사명의식의 산문은 뒤를 잇지 못했다.

곧바로 20년대에 등장한 김동인은 이광수의 계몽주의적 또는 사회참여적 문학을 비판하며 예술 지상주의를 외쳤다. 민족운동을 반대한 것은 아니지만 그런 목적을 지니면 문학은 예술의 순수성을 잃는다는 것이 그의 입장이었다. 그는 유럽에서부터 일본으로 흘러 들어온 예술 지상주의를 한국에 수입하였으며 이는 바른 길이 아니었다. 민족적 사명을 띠고 사회 현실에 참여할 문학의 길을 막은 셈이다. 거의 동시에 발행된 1920년의 『폐허』도 크게 다르지 않았다. 민족적 감정의 표현이지만 그것은 지나치게 패배적 감상주의가 농후했다.

그래도 20년대는 특수한 현상이 전개되기 시작한 시기다. 발표량이 많아졌다. 3·1운동을 겪은 총독부의 소위 문화 정책이 신문과 잡지 발행을 허용했기 때문이다. 이 시기에 특기할 만한 것은 대중소설로 유명하던 방인근의 『조선문단』 편집 방향이다. 1924년에 창간한 『조선문단』은 시, 소설과 함께 수필란을 따로 두었다. 이는 수필을 독립적인 문학 장르로 인식한 편집자의 주요한 조치다.

또 1926년에 창간된 종합지 『동광』도 매월 여러 편의 수필을 발표해 나갔으며, 이것도 특기할 변화였다. 그래서 20년대의 수필 발표량은 매우 많아졌다. 다만 이런 필진이 시인이나 소설가처럼 전문인으로서의 수필가를 자처하고 나서지는 않았다.

1930년대: 30년대가 되자 수필은 다시 한 단계 발전했다. 본격적인 수필가가 나타났기 때문이다. 수필에 대한 논의도 전개되었다.

김진섭(金晉燮)은 이 시대의 대표적인 인물이다. 그는 독문학자일 뿐 시인이나 소설가는 아니었으며, 수필가로서의 전문 의식을 확고하게 지니고 좋은 수필을 써 나갔다. 그리고 영문학자인 김동석(金東錫)은 스스로 수필가임을 자처한 인물이다.

김기림(金起林)은 1932년에 「수필을 위하여」에서 당시의 김진섭을 거명하며 한국 수필의 문학적 수준에 대하여 중요한 말을 했다.

한 편의 수필은 조반 전에 잠깐 두어 줄 쓰는 것처럼 생각하는 것과 같은 잘못은 없다. 예를 들면 각고의 흔적이 또렷또렷하게 드러나는 김진섭 씨의 함축 많은 일련의 수필에 대하여 누가 잡문의 유와 혼동할 불손한 것을 감히 할 수 있을까. 나는 차라리 수필이야말로 소설의 뒤에 올 시대의 총아가 될 문학적 형식이 아닌가 생각한다.

김기림은 이 자리에서 김진섭과 함께 이은상(李殷相), 모윤숙(毛允淑)의 수필에서도 매력을 느꼈다고 말하고 있다. 그리고 이태준(李泰俊)에게 특히 주목하고 있다.

요사이는 얼마 볼 수 없지마는 이태준 씨와 같은 이는 아마 누구보다도 수필다운 수필을 쓰는 분일 것이다. 우리는 앞으로 문장이라는 것에 대하여 더 깊은 관심을 가질 것이 아닐까. 따라서 언어에 대한 새로운 용의(用意)가 있어야 할 것이다.

이것은 이태준의 수필에 있어서의 문장의 주요 가치를 김기림이 인식하고 지적한 것이다.

그는 수필이 문장의 예술이라는 특성을 잘 파악한 것이다. 그리고 김진섭의 수필이 '조반 전에 잠깐 두어 줄 쓰는' 형태가 아님을 지적하며 수필에 대한 잘못된 인식을 비판하고 있다. 또 이태준의 수필을 칭찬하고 문장에 대하여 '언어에 대한 새로운 용의(用意)' 운운한 것도 언어 한 마디 한

마디에 의해서 구축되는 수필의 예술적 가치를 언급한 것이다.

이태준은 1939년에『문장』지를 냈다. 순수문학 시대에 이르러 그는 가장 인기 있는 소설가가 되고 정지용은 시 부문에서 이태준과 함께 순수문학을 이끌어가고 있었다.

이때 이태준이 수필에 미친 주요한 역할의 하나는『문장』에 수필 고정란을 둔 것만이 아니라『문장강화』를 연재해 나간 것이다. 수필 강의를 한 것은 아니지만 수필이 문장의 매력으로 예술성을 만들어 나간다는 의미에서 그는 한국 수필 문학에 많은 공을 남긴 것이다. 수많은 문학도들이 이 책으로 문장 공부를 하고 문학의 길을 닦았으며, 그 뒤의 많은 사람들의 문장론은 모두 이것을 모태로 하여 발전해 온 것이라고 볼 수 있기 때문이다.

이 시대의 수필이 20년대와 달리 특별히 문학사조상의 큰 변화를 보여 준 것은 아니지만 김기림이 말한 것처럼 좋은 수필가가 등장하며 수필이 독립적인 문학 장르로서 매력을 입증하기 시작한 시대가 된 것은 사실이다.

문예사조사적 구분을 굳이 따진다면 30년대의 수필은 순수문학에 속한다. 그리고 여기에 소설가 이태준, 화가 김용준(金瑢俊), 그리고 이상(李箱) 같은 작가가 있었다.

이태준은 1940년에 30년대를 회고하면서『문장』에서 이렇게 말했다.

당시 주위의 문학청년이란 거개가 르나찰스키(루나차르스키 Lunacharskii)의 신도들이었다. 나는 외로운 나머지 화가인 김용준, 김주경(金周經) 및 친구의 정통 예술파란 기하(旗下)에 뛰어들기까지 하였다.

이렇게 말하면서 당시의 심경이 '이방인과 같은 고독'이었는데 '이제와 돌아보면 수굿하고 내 신념으로만 살 수 있었음은 다행한 일이었다.' 고 했다.

이렇게 말할 만큼 그는 사회주의 문학의 반대편을 대표하는 작가였다.

이 사회주의가 무너진 것은 1931년부터다. 일제 당국에 의해서 70~80명이 체포되고 다시 1934년에 같은 규모로 반복되어 완전히 프로 문학은 괴멸되었다. 일본 본토에서는 같은 시기에 3명의 문인이 고문으로 죽기까지 했다.

이로써 한국 문단의 주류를 이루던 사회주의 문학이 무너지고 이념적 이슈가 사라진 공백기를 맞으며 살아나기 시작한 것이 순수문학이고 그 중심에 이태준과 정지용과 『문장』이 있었다.

이 시대에 김동석이 스스로 수필가임을 자처한 것은 특수한 의미를 지닌다고 추측된다. 수필은 개인적 체험을 말하는 문학이었기 때문이다. 사회주의 문학은 사회의식, 민족의식을 표현하는 사회참여적 문학이므로 자신이 개인적 신변적 이야기나 쓰는 수필가라는 고백은 사회주의 문학이나 민족주의적 문학을 하지 않는다는 고백이 된다.

당시에 체포되었던 대다수의 작가들은 사상적 전향서를 쓰지 않고는 석방되지 못했을 것이다. 전향서라는 증거물이 남아 있어야만 이런 주장이 가능한 것은 아니다. 임화가 전향서를 쓴 것 때문에 해방 후에 어찌되었다는 마스모토 세이초(松本淸張)의 『북의 시인』도 그렇다. 전향서는 공식화된 석방 조건이었을 것이다. 일본에서도 거물급은 공개적으로 전향을 선언했으며, 한국 프로 문학의 대표자였던 박영희도 공개적으로 전향을 의미하는 선언을 하며 친일 문학가가 된 인물이다.

그러므로 구속 작가가 아니었다 하더라도 사회 현실에 대한 발언을 접어두는 문학을 한다는 것은 그런 수난을 피하려는 보신용 전향서라고 해석해도 좋을 것이다.

　이런 점에서는 수필이야말로 당대 순수문학의 특성에 매우 적합한 장르가 된 셈이다. 여기에 이태준의 수필집『무서록』이 나오고 문장에 대한 인식이 높아지면서 사회주의 문학과 달리 문장의 매력만으로도 사상성의 공백을 대신해 주며 예술성을 더해 준 것이 30년대다.

　김진섭, 김용준, 김동석, 이양하 등이 모두 이 시대의 우수한 수필가들이며, 이상, 이희승, 피천득, 이은상, 이효석, 김소운, 노천명 등도 좋은 수필을 남겼고, 수필 전문지『박문(博文)』이 나온 것도 30년대의 특기할 만한 일이다.

1940년대: 그후 40년대는 암흑기였다. 윤동주가 '어두워 가는 하늘 밑에 조용히 피를 흘리겠'다는 「십자가」 등을 묶어서 시집을 내려다가 자필 시집 3권만 남겼고, 김광균은 '해마다 가난해 가는 고향 사람들'을 서러워하며 「향수」 등 몇 편을 1943년까지 쓰고 민족적 슬픔을 토했던 특수한 예가 된다.

　세계는 무창한다. 제국의 시국은 국민개병(國民皆兵)을 요구한다. 문인협회가 총동원하여 반도의 일천열혈아가 모히어 제국 군병이 됨을 지망하고…….

　이태준은『문장』1940년 11월호에 이처럼 일제의 강요로 그들의 침략 전쟁에 우리 모두가 동원되도록 선동하는 기사를 내보내고 이듬해에 폐간되었다.『동아일보』,『조선일보』 등도 모두 동시에 폐간되고 일부 친일 매체만 남아서 친일 문학의 부끄러운 자리를 마련해 주었다.

해방과 분단시대: 1945년부터는 문단도 이념적 갈등으로 쪼개지고 마침내 5년 후에는 민족상잔의 많은 피를 흘리고 사상 최대의 민족적 비극의 시대로 접어들었다.

김동석은 해방이 되자 수필가보다는 평론가로 변신했다. 소설가 김동리와 맞서서 좌익 논객의 대표적인 인물이 되었다가 월북했다. 이태준도 북으로 사라져 버렸고, 김용준은 9·28 수복 전야에 월북했으며, 그가 스스로 북으로 갈 때 김진섭은 납북되었다. 이광수도 마찬가지다. 그는 친일 문제로 투옥되었다가 나왔으니 문학 활동은 접으려 했겠지만 김진섭, 이태준, 김용준, 김동석 등은 해방 후의 수필 문학의 훌륭한 전당을 지을 만 했던 큰 재목들이었다.

그래도 이 시기에 수필집들이 많이 나온 것만은 다행이다. 이희승의 『벙어리 냉가슴』을 비롯해서 전숙희, 조경희, 김소운, 변영로, 김상용 등의 수필집이 있었다.

1960년대: 그후 60년대로 넘어왔지만 전쟁의 악몽은 다양한 소재를 문단에 던졌음에도 불구하고 시나 소설과 달리 수필에서는 그런 비극에 대한 진지한 고민이 나타나지 않았다. 분단의 비극이 얼마나 참담한 것이었는지를 일부 시인과 소설가들은 가슴을 치면서 절규하는 문학을 했지만 수필은 달랐다. 아마도 수필이 우리 사회에서 시나 소설과 달리 사회와 역사에 얼마나 무관심한 문학 장르인지를 가장 극명하게 드러낸 시기가 이때일 것이다.

김동석은 수필가임을 자처하며 수필을 '산보 문학'이라 지칭했었다. 한가롭게 산책이나 하는 정도의 가벼운 사생활적 문학이 수필이고, 사회적 역사적 현실로부터 비켜난 것이 수필이라 한 것이며, 그가 아니더라도 그

것이 수필의 본래적 출발점이었고, 그 모습이 그대로 천쟁의 참화 속에서도 이어진 것이다.

그런데 전선의 포성이 그치자 수필 동인지가 처음으로 나왔다. 부산에서 김병규, 김일두, 박문화 등이 낸 『에세이(Essays)』가 그것이다. 1963년에 나와서 명맥을 오래도록 유지하며 70호까지 냈다.

수준도 향상되어 나갔다. 본격적으로 독립적인 장르로서의 기법까지 개발되지는 않았지만 수준 향상과 함께 수필가들이 발표지를 스스로 마련한 것은 큰 수확이다. 한상렬의 『한국 수필 문학사』에서 보면 전숙희, 김형석, 한하운, 이효석, 이어령, 김태길, 김우종, 이희승, 안춘근, 조연현, 조지훈, 김사달, 김동리, 박문하, 양주동 등 약 30명의 수필집 이름과 연대가 나타난다. 물론 이 밖에도 더 많다. 그리고 그만큼 독자들도 많아졌다.

그중에서 특이한 현상은 안병욱, 김형석 등 철학 전공 교수들의 교양적 수필이 비교적 많이 읽히기 시작한 것이다. 개인적 신변담에 기우는 수필은 역시 독자가 적었다.

한편으로 이어령의 『흙 속에 저 바람 속에』 등이 특히 베스트셀러가 되고, 그의 인기는 오래도록 이어져 나갔다. 그만큼 수필에 대한 사회적 관심도 높아졌을 뿐만 아니라 내용과 표현 양식에서 매력적인 장르로 수필이 부상한 것이다. 신변적인 울타리를 벗어나는 수필의 경우는 그렇게 되었다.

1970년대: 60년대가 이렇게 지나가고 70년대가 되자 수필은 더욱 한 단계 도약하기 시작했다. 이것은 한국 문단 전체적인 변화와 필연적 관계가 있다. 70년대가 되자 국민 소득의 향상으로 책이 잘 팔리기 시작했다. 일부 소설가들은 아예 직장을 내던지고 집필에 매달렸다.

이 시기에 수필집도 많이 나오기 시작했으며, 지극히 일부의 인기 작가는 전집을 내고 외판원들의 방문판매 풍경까지 나타났다. 수필이 여러 문학 장르 속에서는 확실하게 자리매김이 되지 않았음에도 불구하고 서점가와 일반 독자들의 인식 속에 있는 수필은 위세가 당당해졌다. 다만 그것이 수필보다는 에세이라는 이름으로 많이 바뀌고 신변적 소재에서는 벗어나는 경향이었다.

이런 변화 속에서 김승우와 김효자 부부가 창간한『수필문학』의 힘도 컸었다. 윤오영도 오랜만에 수필 발표를 하며『수필 문학 입문』을 내서 수필가들이나 지망생들에게 귀중한 도움을 주었다. 그리고『수필문학』이 10년 후에 폐간되자 한국수필문학진흥회가 만들어지고『수필공원』이 나오기까지 한국의 주요 수필가들 다수가 이 자리에 모이게 되었다.

또 조경희가 창립한 한국수필가협회는『한국수필』을 내고 지금까지 이어지고 있다. 또『현대문학』도 잠시 수필 추천작을 냈으며,『한국일보』와『조선일보』도 신춘문예에서 수필을 응모하기도 했다.

김태길, 차주환, 이경희, 유경환, 윤재천, 윤형두, 이정림, 김우현, 박연구, 이상보, 정호경, 김시헌, 고임순, 유혜자, 한형주, 이병남, 김종수, 정진권, 변해명, 공덕룡, 정봉구, 김종윤, 장백일, 소광희, 김용구, 윤모촌, 정목일 등 매우 많은 수필가들이 활동하였으며, 신인 등단도 적지 않았다.

이렇게 수필 문단이 눈부신 성장의 모습을 보인 것이 70년대지만 한편에서는 비명과 신음소리가 들리고 있었던 것이 70년대다. 유신 헌법이 선포되고 강력한 저항운동과 탄압으로 하루도 조용한 날이 없었다. 대통령 영부인이 총탄으로 죽고, 다시 70년대 말에 대통령이 중앙정보부장의 총탄으로 죽은 후 유신이 끝났기 때문이다. 시인 김지하가 사형 구형까지 가고 소설가 2명과 평론가 3명이 문인 간첩단으로 날조되어 국제 엠네스티와 유엔 인권위원회까지 구명 운동에 나섰던 시기이니 책이 잘 팔리고 수필 문단이 활성화되고 있었던 것으로만 이 시대를 발전적인 시대로 평가하기는 어렵다.

보안사령부 지하 고문취조실 옆에서 한 경비원이 필자에게 한 말은 인상적이다.

"조용히 에세이나 쓰고 있을 것이지 왜 그랬어요?"

수필 대신 무엇을 했다는 것인지 묻지 않았지만 수필이라는 문학은 세상이 뒤집히거나 말거나 그와는 관계없는 것이라 믿고 있었던 것만은 분명했다. 그리고 이것이 수필의 일반적 경향이며 70년대가 아무리 난세였다 해도 수필은 그 속에서 잘 자랐다. 필자의 수필집이 긴급조치법 4호 위반으로 판금되고 집필이 어려워진 것은 예외였다.

1980년대 이후: 80년대는 새 공화국이 되었지만 이때도 초기부터 일부 문인들이 짐승처럼 비명을 지르고 신음하는 사태가 벌어졌으며, 그래도 수필집 발행과 수필가의 증가는 90년대, 2000년대로 넘어서며 고공 행진을 계속했다. 생활수준의 향상이 이 같은 문화적 욕구를 자극하고 활성화시키게 된 것이다.

우선 특기할 사항은 수필 창작 교실의 등장이다. 대형 백화점마다 문화센터에 수필 창작 교실이 생기고 대학의 평생교육원에도 생겼다. 가장 많은 문학 교실은 백화점에서 만들어졌으며, 백화점이 한국 수필 발전에 기여한 것이다. 고객을 우대하기 위해서 창작 교실이 만들어지자 주로 주부들이 몰려들기 시작했다. 백화점의 쇼핑 고객이 주로 주부들이기 때문이다. 그러니까 백화점은 수필가들의 급격한 증가에 기여했을 뿐만 아니라 수필 문단의 여성화에도 많이 기여했다.

이렇게 수필 창작 교실에서 일정한 과정을 마치는 사람들은 등단의 길을 밟았다. 그래서 문예지가 많아지게 되었고, 문예지 대다수는 그들의 힘에 의지하는 경향이 생겼다.

또 한편으로 정년퇴직자들이 창작 교실을 찾았다. 여기에는 물론 남성들도 많으며 이들은 제2 인생을 수필가로서 출발하게 되었다. 그래서 2010년대 현재의 한국 수필가는 아마도 5천 명을 넘기게 되었을 것이다. 한국문인협회 등록자가 3천 명이 넘었고, 창작 활동에는 단체 가입이 필수 조건이 아니므로 5천 명을 넘는다는 추측이 무리는 아닐 것이다.

이렇게 많은 수필가들을 위해서 『에세이문학』, 『수필과비평』, 『현대수필』, 『한국수필』, 『에세이스트』, 『한국산문』 등 수필 전문지와 『현대문학』, 『월간문학』, 『창작산맥』 등 종합 문예지와 수많은 동인지 등 수백 개의 발표지가 생겼다.

이렇게 수필가가 많고 발표지도 많고 단행본도 끊임없이 쏟아지지만 수필 비평은 매우 미약한 편이다. 대학 교수직에 있는 수필 평론가들 외에도 문예지를 통해서 등단한 평론가들이 있지만 활동은 미약한 편이다.

이 원인은 우선 수필가들 자신에게 있다.

첫째, 부끄러움을 무릅쓰고 전문적인 비평을 통해서 자기 자신에 대한 솔직한 분석과 검증을 받으려는 사람이 많지 않기 때문이다.

둘째, 준비된 평론가가 매우 적기 때문이다. 문학의 한 장르로서의 독립적인 형태와 그 예술성을 말할 수 있는 사람이 매우 적다.

셋째, 이런 수필문학 이론은 외국에서도 찾을 수 없으며, 우리 자신이 새로 정립해 나가야 하는 것이 원인이다.

한 수필가에 대한 분석에 가장 많은 지면을 할애하는 것은 수필집이다. 그러나 수필집을 빛내기 위해서 작자의 요구로 써주는 그것은 결코 본격적 분석의 비평은 될 수 없다. 좋은 점을 발견하는 것은 유익하지만 단점은 대개 말하지 않기 때문이다.

그렇지만 이론의 부재가 현실이라 하더라도 그것은 근본적으로는 비평가가 아니라 작자 자신의 몫이다. 무엇이 수필인가에 대한 명확한 이론 없이 진정한 수필가로 서기는 어렵다. 그리고 그 이론은 조금만 진지한 관심을 갖고 남의 도움도 얻으면 스스로 찾아나갈 수 있다.

문학은 언어로써 사상과 감정을 아름답게 표현하는 예술이다. 여기에는 문학, 언어, 사상, 감정, 아름다움의 5대 조건이 있으며, 이것은 만고불변의 진리다. 그런데 수필은 여기서 한 가지를 빼고 쓰는 경향이 많다. 수필도 상상의 산물인 것을 깊이 고려하지 않는 것이다. 상상을 허구로 착각하고 혼동하는 경우도 많다. 상상을 빼면 예술성이 매우 떨어진다.

2000년대는 많이 변했다. 상상적 기법을 구사하는 작품들이 많아졌다. 그리고 다른 기법을 찾는 좋은 작품들이 나오고 있다. 새로운 기법을 찾으려는 실험적 수필들도 있다. 실험 수필은 공감대를 형성하며 정착해야 되기 때문에 시간이 걸리지만 수필의 발전을 위한 좋은 시도다. 이와 아울러 수필가가 좀 더 밖으로 눈을 돌리며 '나'의 얘기만이 아니라 '우리'의 얘기를 하고 여기서 고매한 사상과 감정을 담아 나간다면 그것이 명작으로 가는 길이 될 것이다.

이 책이 의도하는 것: 이 책은 지난 100년간의 한국 수필의 발자취다. 100년의 발자취니까 어느 정도 문학사적 관점에서 그 시대의 작품을 선정하고 평설을 단 것이다. 다만 작품 선정에 문학사적 관점은 작용했으되 평설은 문학사적 설명보다는 기법과 주제 등을 다루었으며, 이를 통해서 독자 스스로 문학사적 변화와 발전의 자취를 이해하도록 한 것이다.

이 같은 방법으로 100년간 100여 편의 작품을 선정한 것이기 때문에 평균으로 따지면 1년에 한 편씩만 고르고 100년의 시간을 건너는 징검다리를 만든 셈이다.

다만 여기서 다룬 작품은 100년간의 최고 우수작만을 엄선한 것은 아니다. 대개 많이 알려지고 많이 읽혀져 온 작품들이 다수를 차지하고 있으며, 이와 상관없이 몇 분의 좋은 의견도 작품 선정에 도움이 되었다.

이런 방법으로 작품을 고른 것이므로 전체를 빠짐없이 다 봐야 될 입장이 아니라면 이 책은 한국 수필 100년사를 작품 감상과 함께 평가하고 이해해 나가는 데 가장 쉽고 빠른 조감도(鳥瞰圖)가 되리라고 믿는다.

1910년대 이후 약 100년의 발자취를 밟아 오면서 2000년대에 이르자 한국 수필은 드디어 세계 문단 어디서도 볼 수 없는 높은 경지에 도달하고 있음을 확인하게 된다. 그런 우수성을 보인 수필가들은 비교적 젊으며 아직은 소수지만 이런 변화는 곧 확산될 것이다. 이렇게 됨으로써 수필은 2000년대 새로운 문명 속에서 새 역사의 장을 열어 나가게 되리라 기대해 본다.

제1장

이상
이효석
김동인
양주동
채만식
박종화
김상용
노천명
이양하
계용묵
김진섭
김용준
김소운

권태(倦怠)

이상(李箱)

1

어서 차라리 어둬 버리기나 했으면 좋겠는데—벽촌의 여름날은 지리해서 죽겠을 만치 길다.

동에 팔봉산, 곡선은 왜 저리도 굴곡이 없이 단조로운고?

서를 보아도 벌판, 남을 보아도 벌판, 북을 보아도 벌판, 아—이 벌판을 어쩌라고 이렇게 한이 없이 늘어놓였을꼬? 어쩌자고 저렇게까지 똑같이 초록색 하나로 되어 먹었노?

농가가 가운데 길 하나를 두고 좌우로 한 10여 호씩 있다. 휘청거린 소나무 기둥, 흙을 주물러 바른 벽, 강낭대로 둘러싼 울타리, 울타리를 덮은 호박넝쿨, 모두가 그게 그것같이 똑같다.

어제 보던 댑싸리나무,[1] 오늘도 보는 김 서방, 내일도 보아야 할 흰둥이

---

1 댑싸리나무: 명아주과에 속하는 일년초. 가을에 베어서 비를 만들어 씀.

검둥이.

해는 백도 가까운 볕을 지붕에도 벌판에도 뽕나무에도 암탉 꼬랑지에도 나려쪼인다. 아침이나 저녁녘이나 뜨거워서 견딜 수가 없는 염서(炎暑) 계속이다.

나는 아침을 먹었다. 할 일이 없다. 그러나 무작정 널따란 백지 같은 '오늘'이라는 것이 내 앞에 펼쳐져 있으면서 무슨 기사라도 좋으니 강요한다. 나는 무엇이고 하지 않으면 안 된다. 무엇을 해야 할 것인가 연구해야 된다. 그럼—나는 최 서방네 집 사랑 툇마루로 장기나 두러 갈까. 그것 좋다.

최 서방은 들에 나갔다. 최 서방네 사랑에는 아무도 없나 보다. 최 서방의 조카가 낮잠을 잔다. 아하—내가 아침을 먹은 것은 열 시나 지난 후니까 최 서방의 조카로서는 낮잠 잘 시간임에 틀림없다.

나는 최 서방의 조카를 깨워 가지고 장기를 한판 벌이기로 한다. 최 서방의 조카로서는 그러니까 나와 장기 두는 것 그것부터가 권태다. 밤낮 두어야 마찬가질 바에는 안 두는 것이 차라리 나았지—그러나 안 두면 또 무엇을 하나? 둘밖에 없다.

지는 것도 권태어늘 이기는 것이 어찌 권태 아닐 수 있으랴? 열 번 두어서 열 번 내리 이기는 장난이란 열 번 지는 이상으로 싱거운 장난이다. 나는 참 싱거워서 견딜 수 없다.

한 번쯤 져 주리라. 나는 한참 생각하는 체하다가 슬그머니 위험한 자리에 장기 조각을 갖다 놓는다. 최 서방의 조카는 하품을 쓱 한 번 하더니 이윽고 둔다는 것이 딴전이다. 으레 질 것이니까 골치 아프게 수를 보고 어쩌고 하기도 싫다는 사상이리라. 아무렇게나 생각나는 대로 장기를 갖다 놓고는 그저 얼른얼른 끝을 내어 져 줄 만큼 져 주면 이 상승 장군은 이 압도적 권태를 이기지 못해 제물에 가버리겠지 하는 사상이리라. 가고 나면 또 낮잠이나 잘 작정이리라.

나는 부득이 또 이긴다. 이제 그만두잔다. 물론 그만두는 수밖에 없다.

일부러 져 준다는 것조차가 어려운 일이다. 나는 왜 저 최 서방의 조카처럼 아주 영영 방심 상태가 되어 버릴 수가 없나? 이 질식할 것 같은 권태 속에서도 자세한[2] 승부에 구속을 받나? 아주 바보가 되는 수는 없나?

내게 남아 있는 이 치사스러운 인간 이욕이 다시없이 밉다. 나는 이 마지막 것을 면해야 한다. 권태를 인식하는 신경마저 버리고 완전히 허탈해 버려야 한다.

2

나는 개울가로 간다. 가물로 하여 너무나 빈약한 물이 소리 없이 흐른다. 뼈처럼 앙상한 물줄기가 왜 소리를 치지 않나?

너무 덥다. 나뭇잎들이 축 늘어져서 허덕허덕하도록 덥다. 이렇게 더우니 시냇물인들 서늘한 소리를 내어 보는 재간도 없으리라.

나는 그 물가에 앉는다. 앉아서 자─무슨 제목으로 나는 사색해야 할 것인가 생각해 본다. 그러나 물론 아무런 제목도 떠오르지는 않는다.

그렇다면 아무것도 생각 말기로 하자. 그저 한량없이 넓은 초록색 벌판, 지평선, 아무리 변화하여 보았댔자 결국 치열(稚劣)한[3] 곡예의 역(域)을 벗어나지 않는 구름, 이런 것을 건너다본다.

지구 표면적의 백분의 99가 이 공포의 초록색이리라. 그렇다면 지구야

---

2 자세(子細:仔細)한: 작고 보잘것없는.
3 치열(稚劣)한: 유치하고 못난.

말로 너무나 단조 무미한 채색이다. 도회에는 초록이 드물다. 나는 처음 여기 표착(漂着)하였을 때 이 신선한 초록빛에 놀랐고 사랑하였다. 그러나 닷새가 못 되어서 일망무제(一望無際)⁴의 초록색은 조물주의 몰취미(沒趣味)와 신경의 조잡성으로 말미암은 무미건조한 지구의 여백인 것을 발견하고 다시금 놀라지 않을 수 없었다.

어쩔 작정으로 저렇게 퍼러냐. 하루 온종일 저 푸른빛은 아무것도 하지 않는다. 오직 그 푸른 것에 백치와 같이 만족하면서 푸른 채로 있다.

이윽고 밤이 오면 또 거대한 구렁이처럼 빛을 잃어버리고 소리도 없이 잔다. 이 무슨 거대한 겸손이냐.

이윽고 겨울이 오면 초록은 실색(失色)한다. 그것은 남루⁵를 갈기갈기 찢은 것과 다름없는 추악한 색채로 변하는 것이다. 한 겨울을 두고 이 황막하고 추악한 벌판을 바라보고 지내면서 그래도 자살 민절(自殺悶絶)⁶하지 않는 농민들은 불쌍하기도 하려니와 거대한 천치다.

그들의 일생이 또한 이 벌판처럼 단조한 권태 일색으로 도포(塗布)된 것이리라. 일할 때는 초록 벌판처럼 더워서 숨이 칵칵 막히게 싱거울 것이요, 일하지 않을 때에는 겨울 황원(荒原)처럼 거칠고 구지레하고 싱거울 것이다.

그들에게는 흥분이 없다. 벌판에 벼락이 떨어져도 그것은 뇌성 끝에 가끔 있는 다반사에 지나지 않는다. 촌동(村童)이 범에게 물려가도 그것은 맹수가 사는 산촌에 가끔 있는 신벌(神罰)에 지나지 않는다. 실로 전신주 하나 없는 벌판에서 그들이 무엇을 대상으로 흥분할 수 있으랴.

---

4 일망무제(一望無際): 바라보아 막힘이 없이 탁 트임.
5 남루(襤褸): 헌 누더기.
6 자살 민절(自殺悶絶): 스스로 목숨을 끊거나 민망하여 기절함.

팔봉산 등을 넘어 철골 전선주가 늘어섰다. 그러나 그 동선은 촌락에 엽서 한 장을 내려뜨리지 않고 섰는 채다. 동선으로 전류도 통하리라. 그러나 그들의 방이 아직도 송명(松明)[7]으로 어둠침침한 이상 그 전선주들은 이 마을 동구에 늘어선 포플러나무와 조금도 다름이 없다.

그들에게 희망이 있던가? 가을에 곡식이 익으리라. 그러나 그것은 희망은 아니다. 본능이다.

내일, 내일도 오늘 하던 계속의 일을 해야지. 이 끝없는 권태의 내일은 왜 이렇게 끝없이 있나? 그러나 그들은 그런 것을 생각할 줄 모른다. 간혹 그런 의혹이 전광과 같이 그들의 흉리(胸裏)를 스치는 일이 있어도 다음 순간 하루의 노역으로 말미암아 잠이 오고 만다. 그러니 농민은 참 불행하도다. 그럼—이 흉악한 권태를 자각할 줄 아는 나는 얼마나 행복된가.

3

댑싸리나무도 축 늘어졌다. 물은 흐르면서 가끔 웅덩이를 만나면 썩는다. 내가 앉아 있는 데는 그런 웅덩이가 있다. 내 앞에서 물은 조용히 썩는다.

낮닭 우는 소리가 무던히 한가롭다. 어제도 울던 낮닭이 오늘도 또 울었다는 외에 아무 흥미도 없다. 들어도 그만 안 들어도 그만이다. 다만 우연히 귀에 들려 왔으니 그저 들었달 뿐이다.

닭은 그래도 새벽, 낮으로 울기나 한다. 그러나 이 동리의 개들은 짖지를 않는다. 그러면 모두 벙어리 개들인가, 아니다. 그 증거로는 이 동리 사람 아닌 내가 돌팔매질을 하면서 위협하면 10리나 달아나면서 나를 돌아

---

7 송명(松明): 관솔. 관솔불.

다보고 짖는다.

그렇건만 내가 아무 그런 위험한 짓을 하지 않고 지나가면 천리나 먼 데서 온 외인, 더구나 안면이 이처럼 창백하고 봉발(蓬髮)[8]이 작소(鵲巢)[9]를 이룬 기이한 풍모를 쳐다보면서도 짖지 않는다. 참 이상하다. 어째서 여기 개들은 나를 보고 짖지를 않을까? 세상에도 희귀한 겸손한 겁쟁이 개들도 다 많다.

이 겁쟁이 개들은 이런 나를 보고도 짖지를 않으니 그럼 대체 무엇을 보아야 짖으랴.

그들은 짖을 일이 없다. 여인(旅人)은 이곳에 오지 않는다. 오지 않을 뿐만 아니라 국도 연변에 있지 않는 이 촌락을 그들은 지나갈 일도 없다. 가끔 이웃 마을의 김 서방이 온다. 그러나 그는 여기 최 서방과 똑같은 복장과 피부색과 사투리를 가졌으니 개들이 짖어 무엇하랴. 이 빈촌에는 도적이 없다. 인정 있는 도적이면 여기 너무나 빈한한 새악씨들을 위하여 훔친 바 비녀나 반지를 가만히 놓고 가지 않으면 안 되리라. 도적에게는 이 마을은 도적의 도심(盜心)을 도적맞기 쉬운 위험한 지대리라.

그러니 실로 개들이 무엇을 보고 짖으랴. 개들은 너무나 오랜 동안—아마 그 출생 당시부터—짖는 버릇을 포기한 채 지내왔다. 몇 대를 두고 짖지 않는 이 곳 견족(犬族)들은 드디어 짖는다는 본능을 상실하고 만 것이리라. 이제는 돌이나 나무토막으로 얻어맞아서 견딜 수 없을 만큼 아파야 겨우 짖는다. 그러나 그와 같은 본능은 인간에게도 있으니 특히 개의 특징으로 쳐들 것은 못 되리라.

---

8 봉발(蓬髮): 덥수룩하게 엉클어진 머리.
9 작소(鵲巢): 까치둥지.

개들은 대개 제가 길리우고 있는 집 문간에 앉아서 밤이면 밤잠 낮이면 낮잠을 잔다. 왜? 그들은 수위(守衛)할 아무 대상도 없으니까다.

최 서방네집 개가 이리로 온다. 그것을 김 서방네집 개가 발견하고 일어나서 영접한다. 그러나 영접해 본댔자 할 일이 없다. 양구(良久)[10]에 그들은 헤어진다.

설레설레 길을 걸어 본다. 밤낮 다니는 길, 그 길에는 아무것도 떨어진 것이 없다. 촌민들은 한여름 보리와 조를 먹는다. 반찬은 날된장 풋고추다. 그러니 그들의 부엌에조차 남는 것이 없겠거늘 하물며 길가에 무엇이 족히 떨어져 있을 수 있으랴.

길을 걸어 본댔자 소득이 없다. 낮잠이나 자자. 그리하여 개들은 천부의 수위술(守衛術)을 망각하고 낮잠에 탐닉하여 버리지 않을 수 없을 만큼 타락하고 말았다.

슬픈 일이다. 짖을 줄 모르는 벙어리 개, 지킬 줄 모르는 게으름뱅이 개, 이 바보 개들은 복날 개장국을 끓여먹기 위하여 촌민의 희생이 된다. 그러나 불쌍한 개들은 음력도 모르니 복날은 몇 날이나 남았나 알 길이 없다.

4

이 마을에는 신문도 오지 않는다. 소위 승합자동차라는 것도 통과하지 않으니 도회의 소식을 무슨 방법으로 알랴?

오관(五官)이 모조리 박탈된 것이나 다름없다. 답답한 하늘, 답답한 지평선, 답답한 풍경, 답답한 풍속 가운데서 나는 이리 디굴 저리 디굴 굴고 싶

---

10 양구(良久): 얼마 있다가.

을 만치 답답해 하고 지내야만 된다. 아무것도 생각할 수 없는 상태 이상으로 괴로운 상태가 또 있을까. 인간은 병석에서도 생각한다. 병석에서는 더욱 많이 생각하는 법이다.

끝없는 권태가 사람을 엄습하였을 때 그의 동공은 내부를 향하여 열리리라. 그리하여 망쇄(忙殺)[11]할 때보다도 몇 배나 더 자신의 내면을 성찰할 수 있을 것이다.

현대인의 특질이요 질환인 자의식 과잉은 이런 권태치 않을 수 없는 권태 계급의 철저한 권태로 말미암음이다. 육체적 한산, 정신적 권태, 이것을 면할 수 없는 계급이 자의식 과잉의 절정을 표시한다.

그러나 지금 이 개울가에 앉은 나에게는 자의식 과잉조차도 폐쇄되었다.

이렇게 한산한데, 이렇게 극도의 권태가 있는데 동공(瞳孔)은 내부를 향하여 열리기를 주저한다.

아무것도 생각하기 싫다. 어제까지도 죽는 것을 생각하는 것 하나만은 즐거웠다. 그러나 오늘 그것조차가 귀찮다. 그러면 아무것도 생각하지 말고 눈뜬 채 졸기로 하자.

더워 죽겠는데 목욕이나 할까? 그러나 웅덩이 물은 썩었다. 썩지 않은 물을 찾아가는 것은 귀찮은 일이고…….

썩지 않은 물이 여기 있다기로서니 나는 목욕하지 않았으리라. 옷을 벗기가 귀찮다. 아니, 그보다도 그 창백하고 앙상한 수구(瘦軀)[12]를 백일 아래 널어 말리는 파렴치를 나는 견디기 어렵다.

땀이 옷에 배이면? 배인 채 두자. 그렇다 하더라도 이 더위는 무슨 더위

---

11 망쇄(忙殺): 몹시 바쁨.
12 수구(瘦軀): 수척한 몸.

냐. 나는 내가 있는 집으로 돌아와서 세수를 하기로 한다. 나는 일어나서 오던 길을 돌치는 도중에서 교미하는 개 한 쌍을 만났다. 그러나 인공의 기교가 없는 축류의 교미는 풍경이 권태 그것인 것같이 권태 그것이다.

동리 아해들에게도 젊은 촌부들에게도 흥미의 대상이 못 되는 이 개들의 교미는 또한 내게 있어서도 흥미의 대상이 되지 않는다.

함석 대야는 그 본연의 빛을 일찍이 잃어버리고 그들의 피부색과 같이 붉고 검다. 아마 이 집 주인 아주머니가 시집올 때 가지고 온 것이리라.

세수를 해 본다. 물조차가 미지근하다. 물조차가 이 무지한 더위에는 견딜 수 없었나 보다. 그러나 세수의 관례대로 세수를 마친다.

그리고 호박넝쿨이 축 늘어진 울타리 밑 호박넝쿨의 뿌리 돋친 데를 찾아서 그 물을 준다. 좀 생기를 내라고 땀내 나는 수건으로 얼굴을 훔치고 툇마루에 걸터앉았자니까 내가 세수할 때 내 곁에 늘어섰던 주인집 아이들 넷이 제각기 나를 본받아 그 대야를 사용하여 세수를 한다.

저 애들도 더워서 저러는구나, 하였더니 그렇지 않다. 그 애들도 나처럼 일거수일투족을 어찌했으면 좋을까 하고 있는 권태들이었다. 다만 내가 세수하는 것을 보고 그럼 우리도 저 사람처럼 세수나 해 볼까 하고 따라서 세수를 해 보았다는 데 지나지 않는다.

5

원숭이가 사람의 흉내를 내는 것이 내 눈에는 참 밉다. 어쩌자고 여기 아이들이 내 흉내를 내는 것일까? 귀여운 촌동들을 원숭이를 만들어서는 안 된다.

나는 다시 개울가로 가본다. 썩은 물 늘어진 맵싸리 외에 아무것도 없다. 그러나 나는 거기 앉아서 이번에는 그 썩은 중(中)의 웅덩이 속을 들여다본다.

순간 나는 진기한 현상을 목도한다. 무수한 오점이 방향을 정돈해 가면서 움직이고 있는 것이다. 이것은 생물임에 틀림없다. 송사리 떼임에 틀림없다.

이 부패한 소택(沼澤) 속에 이런 앙증스러운 어족이 서식하리라고는 나는 참 꿈에도 생각하지 못했다.

요리 몰리고 조리 몰리고 역시 먹을 것을 찾음이리라. 무엇을 먹고 사누. 버러지를 먹겠지, 송사리보다도 더 작은 버러지라는 것이 있을까.

잠시를 가만있지 않는다. 저물도록 움직인다. 대략 같은 동기와 같은 모양으로들 그러는 것 같다. 동기! 역시 송사리의 세계에도 시급한 목적이 있는 모양이다.

차츰차츰 하류를 향하여 군중적으로 이동한다. 저렇게 하류로 하류로만 가다가 또 어쩔 작정인가. 아니 그들은 중로에서 또 상류를 향하여 거슬러 올라오는지도 모른다. 그러나 당장 하류로 향하여 가고 있는 것이 확실하다. 하류로 하류로!

5분 후에는 그들의 모양이 보이지 않을 만치 그들은 멀리 하류로 내려갔다. 그리고 웅덩이는 아까와 같이 도로 썩은 물의 웅덩이로 조용해지고 말았다.

나는 그 자리에서 일어나서 풀밭으로 가 보기로 한다. 풀밭에는 암소 한 마리가 있다.

고 웅덩이 속에 고런 맹랑한 현상이 잠복해 있을 수 있다니─하고 나는 적잖이 흥분했다. 그 현상도 소낙비처럼 지나가고 말았으니 잊어버리고 그만두는 수밖에.

소의 뿔은 벌써 소의 무기는 아니다. 소의 뿔은 오직 안경의 재료일 따름이다. 소는 사람에게 얻어맞기로 위주니까 소에게는 무기가 필요 없다. 소의 뿔은 오직 동물학자를 위한 표지이다. 야우(野牛) 시대에는 이것으로 적을 돌격한 일도 있습니다— 하는 마치 폐병(廢兵)의 가슴에 달린 훈장처럼 그 추억성이 애상적이다.

암소의 뿔은 수소의 그것보다도 더 한층 겸허하다. 이 애상적인 뿔이 나를 받을 리 없으니 나는 마음 놓고 그 곁 풀밭에 가 누워도 좋다. 나는 누워서 위선 소를 본다.

소는 잠시 반추를 그치고 나를 응시한다.

'이 사람의 얼굴이 왜 이리 창백하냐. 아마 병인인가 보다. 내 생명에 위해를 가하려는 거나 아닌지 나는 조심해야 되지.'

이렇게 소는 속으로 나를 심리(審理)하였으리라. 그러나 5분 후에는 다시 반추를 계속하였다. 소보다도 내가 마음을 놓는다.

소는 식욕의 즐거움조차를 냉대할 수 있는 지상 최대의 권태자다. 얼마나 권태에 지질렀길래 이미 위에 들어간 식물을 다시 게워 그 시금털털한 반소화물의 미각을 역설적으로 향락하는 체해 보임이리오?

소의 체구가 크면 클수록 그의 권태도 크고 슬프다. 나는 소 앞에 누워 내 세균같이 사소한 고독을 겸손해 하면서 나도 사색의 반추는 가능할는지 몰래 좀 생각해 본다.

6

길 복판에서 6, 7인의 아이들이 놀고 있다. 적발 동부(赤髮銅膚)[13]의 반나체이다. 그들의 혼탁한 안색, 흘린 콧물, 둘른 베 두렝이[14] 벗은 웃통만을 가지고는 그들의 성별조차 거의 분간할 수 없다. 그러나 그들은 여아가 아니면 남아요, 남아가 아니면 여아인, 결국에는 귀여운 5, 6세 내지 7, 8세의 '아이들'임에도 틀림없다. 이 아이들이 여기 길 한복판을 선택하여 유희하고 있다.

돌멩이를 주워 온다. 여기는 사금파리도 벽돌 조각도 없다. 이 빠진 그릇을 여기 사람들은 버리지 않는다.

그러고는 풀을 뜯어 온다. 풀―이처럼 평범한 것이 또 있을까. 그들에게 있어서는 초록빛의 물건이란 어떤 것이고 간에 다시없이 심심한 것이다. 그러나 하는 수 없다. 곡식을 뜯는 것도 금제(禁制)니까 풀밖에 없다.

돌멩이로 풀을 짓찧는다. 푸르스레한 물이 돌에 가 염색된다. 그러면 그 돌과 그 풀은 팽개치고 또 다른 풀과 돌멩이를 가져다가 똑같은 짓을 반복한다. 한 10분 동안이나 아무 말이 없이 잠자코 이렇게 놀아 본다.

10분 만이면 권태가 온다. 풀도 싱겁고 돌도 싱겁다. 그러면 그 외에 무엇이 있나? 없다.

그들은 일제히 일어선다. 질서도 없고 충동의 재료도 없다. 다만 그저 앉았기 싫으니까 이번에는 일어서 보았을 뿐이다.

일어서서 두 팔을 높이 하늘을 향하여 쳐든다. 그리고 비명에 가까운 소리를 질러 본다. 그러더니 그냥 그 자리에서들 껑충껑충 뛴다. 그러면서 그 비명을 겸한다.

나는 이 광경을 보고 그만 눈물이 났다. 여북하면 저렇게 놀까. 이들은 놀 줄조차 모른다. 어버이들은 너무 가난해서 이들 귀여운 애기들에게 장

---

13 적발 동부(赤髮銅膚): 붉은 머리칼과 구릿빛 피부색.
14 두렝이: '두렁이'의 방언. 두렁이는 어린이의 배와 아랫도리를 가려 주는 치마같이 만든 옷.

난감을 사다 줄 수가 없었던 것이다.

이 하늘을 향하여 두 팔을 뻗치고 그리고 소리를 지르면서 뛰는 그들의 유희가 내 눈에는 암만해도 유희같이 생각되지 않는다. 하늘은 왜 저렇게 어제도 오늘도 내일도 푸르냐, 산은, 벌판은 왜 저렇게 어제도 오늘도 푸르냐는 조물주에게 대한 저주의 비명이 아니고 무엇이랴.

아이들은 짖을 줄조차 모르는 개들과 놀 수는 없다. 그렇다고 모이 찾느라고 눈이 벌건 닭들과 놀 수도 없다. 아버지도 어머니도 너무나 바쁘다. 언니 오빠조차 바쁘다. 역시 아이들은 아이들끼리 노는 수밖에 없다. 그런데 대체 무엇을 가지고 어떻게 놀아야 하나, 그들에게는, 장난감 하나 없는 그들에게는 영영 엄두가 나서지를 않는 것이다. 그들은 이렇게 불행하다.

그 짓도 5분이다. 그 이상 더 길게 이 짓을 하자면 그들은 피로할 것이다. 순진한 그들이 무슨 까닭에 피로해야 되나? 그들은 위선 싱거워서 그 짓을 그만둔다.

그들은 도로 나란히 앉는다. 앉아서 소리가 없다. 무엇을 하나. 무슨 종류의 유희인지 유희는 유희인 모양인데—이 권태의 왜소 인간들은 또 무슨 기상천외의 유희를 발명했나. 5분 후에 그들은 비키면서 하나씩 둘씩 일어선다. 제각각 대변을 한 무데기씩 누어 놓았다. 아—이것도 역시 그들의 유희였다. 속수무책의 그들 최후의 창작 유희였다. 그러나 그중 한 아이가 영 일어나지를 않는다. 그는 대변이 나오지 않는다. 그럼 그는 이번 유희의 못난 낙오자임에 틀림없다. 분명히 다른 아이들 눈에 조소의 빛이 보인다. 아—조물주여, 이들을 위하여 풍경과 완구를 주소서.

7

날이 어두웠다. 해저와 같은 밤이 오는 것이다. 나는 자못 이상하다.

가만히 생각해 보면 나는 배가 고픈 모양이다. 이것이 정말이라면 그럼 나는 어째서 배가 고픈가. 무엇을 했다고 배가 고픈가.

자기 부패 작용이나 하고 있는 웅덩이 속을 실로 송사리 떼가 쏘다니고 있더라. 그럼 내 장부(臟腑) 속으로도 나로서 자각할 수 없는 송사리 떼가 준동(蠢動)[15]하고 있나 보다. 아무렇든 나는 밥을 아니 먹을 수는 없다.

밥상에는 마늘장아찌와 날된장과 풋고추조림이 관성의 법칙처럼 놓여 있다. 그러나 먹을 때마다 이 음식이 내 입에 내 혀에 다르다. 그러나 나는 그 까닭을 설명할 수 없다.

마당에서 밥을 먹으면 머리 위에서 그 무수한 별들이 야단이다. 저것은 또 어쩌라는 것인가. 내게는 별이 천문학의 대상이 될 수 없다. 그렇다고 시상의 대상도 아니다. 그것은 다만 향기도 촉감도 없는 절대 권태의 도달할 수 없는 영원한 피안이다. 별조차가 이렇게 싱겁다.

저녁을 마치고 밖으로 나와 보면 집집에서는 모깃불의 연기가 한창이다.

그들은 마당에서 멍석을 펴고 잔다. 별을 쳐다보면서 잔다. 그러나 그들은 별을 보지 않는다. 그 증거로는 그들은 멍석에 눕자마자 눈을 감는다. 그러고는 눈을 감자마자 쿨쿨 잠이 든다. 별은 그들과 관계없다.

나는 소화를 촉진시키느라고 길을 왔다 갔다 한다. 돌칠[16] 적마다 멍석 위에 누운 사람의 수가 늘어 간다.

---

15 준동(蠢動): ① 벌레가 꿈적거림. ② 보잘것없는 사람들이 소동을 일으킴.
16 돌칠: 돌릴.

이것이 시체와 무엇이 다를까? 먹고 잘 줄 아는 시체—나는 이런 실례로운 생각을 정지해야만 되겠다. 그리고 나도 가서 자야겠다.

방에 돌아와 나는 나를 살펴본다. 모든 것에서 절연된 지금의 내 생활—자살의 단서조차 찾을 길이 없는 지금의 내 생활은 과연 권태의 극권태(極倦怠) 그것이다.

그렇건만 내일이라는 것이 있다. 다시는 날이 새지 않는 것 같기도 한 밤 저쪽에 또 내일이라는 놈이 한 개 버티고 서 있다. 마치 흉맹(凶猛)한 형리처럼—나는 그 형리를 피할 수 없다. 오늘이 되어 버린 내일 속에서 또 나는 질식할 만치 심심해야 되고 기막힐 만치 답답해해야 된다. 그럼 오늘 하루를 나는 어떻게 지냈던가. 이런 것은 생각할 필요가 없으리라. 그냥 자자! 자다가 불행히—아니 다행히 또 깨거든 최 서방의 조카와 장기나 한판 두자. 웅덩이에 가서 송사리를 볼 수도 있고—몇 가지 안 남은 기억을 소처럼 반추하면서 끝없는 나태를 즐기는 방법도 있지 않느냐.

불나비가 달려들어 불을 끈다. 불나비는 죽었든지 화상을 입었으리라. 그러나 불나비라는 놈은 사는 방법을 아는 놈이다. 불을 보면 뛰어들 줄도 알고—평상에 불을 초조히 찾아다닐 줄도 아는 정열의 생물이니 말이다.

그러나 여기 어디 불을 찾으려는 정열이 있으며 뛰어들 불이 있느냐. 없다. 나에게는 아무것도 없고 아무것도 없는 내 눈에는 아무것도 보이지 않는다.

암흑은 암흑인 이상 이 좁은 방 것이나 우주에 꽉 찬 것이나 분량상 차이가 없으리라. 나는 이 대소 없는 암흑 가운데 누워서 숨 쉴 것도 어루만질 것도 또 욕심나는 것도 아무것도 없다. 다만 어디까지 가야 끝이 날지 모르는 내일 그것이 또 창밖에 등대하고 있는 것을 느끼면서 오들오들 떨고 있을 뿐이다.

평설

      유명한 「오감도」의 시인이요 「날개」의 소설가라지만 수필도 우수하다. 그의 「권태」는 1930년대 한국 수필 문학에 나타난 수작이다.

  1936년에 일본에 갔던 그는 다음 해에 경찰에 체포되었다. 이유는 알 수 없다. 사상이 불온한 자에 대한 예비검속이 실시되던 시기니까 아마도 불령선인 (不逞鮮人)으로 의심받고 체포되었을 것이다. 그리고 곧 석방된 후 도쿄 제대 부속병원에서 4월에 사망했다. 폐결핵으로 이미 중증을 앓고 있었기 때문에 심문 도중 심각한 일이 벌어졌었는지도 모른다. 「권태」도 이 무렵에 발표된 것이므로 「종생기」, 「환시기」 등과 함께 그의 인생 종점에서 남기고 간 작품이 되겠다.

  작품의 소재는 작자가 농촌에 잠시 머물면서 바라본 들판과 농부들과 아이들과 개들과 시궁창의 송사리와 풀을 뜯는 소와 그 옆에 누워 있는 작자 자신이다. 이런 소재 전체에 대하여 그가 내린 결론이 권태다. 권태는 어떤 새로운 사건도 절대로 일어나지 않고 무의미한 나날이 끝없이 반복되는 데서 발생하는 삶에 대한 싫증과 짜증과 의욕상실을 의미한다.

  작자가 바라보는 농촌 현실이 이런 것이라면 이것은 수필감이 되기 힘들다. 너무 재미없기 때문이다.

  그런데 초록빛 일색의 들판과 짖지 않는 개와 하도 심심해서 먹은 것을 다시 반추하며 아무 쓸모도 없는 뿔을 달고 있는 소, 그리고 놀이기구가 아무것도 없어서 똥이나 싸 보는 동네 아이들과 썩은 웅덩이 등이 절대적 권태의 경지라면, 그런 권태가 얼마나 무서운 현실인지에 대한 발견과 증언은 권태와는 정반대로 우리를 긴장시키고 흥분시키는 경이로움이 된다. 이상의 「권태」에서 그런 사물들은 너무도 예리한 감각으로 부글부글 끓고 생기발랄하게 되살아난다. 작자는 조물주에게 왜 온 세상을 꼭 같은 초록색으로 발라 놓았느냐고 그 무디고 몰취미적인 회화적 백치를 비난한다. 남들은 들판 풍경을 보고 졸고 있는데 작자는 그것을 새로운 눈으로 본다. 너무 심심해서 놀이삼아 똥이라도 누는 아이들을 보고 권태가 얼마나 무서운 현실인지를 말해 주는 그것은 놀라운 발견이며 무서운 고발이며 이를 통해서 우리들의 잠자는 감각을 되살려 놓고 있다. 예리한 리얼리즘의 극치라고 볼 수밖에 없다. 그리고 문장이 매우 참신하다. 용어 선택과 간결하고 위트에 넘친 표현이 그런 참신성을 만들어 낸다.

러시아 형식주의 언어 철학 이론대로 문학이란 '언어 구성 단위들에 대한 미학상의 의도적 왜곡'을 시도하는 것이라고 한다면, 그리고 이것을 '낯설게 하기'라고 한다면 이상의 「권태」는 그의 시에서만이 아니라 수필에서도 언어 미학의 기법이 지닌 문학적 효과를 뛰어난 수준에서 보여 주고 있는 셈이다.

이 작품을 쓰고 죽은 지 석 달 뒤에 중·일전쟁이 일어나고 우리는 삶의 의미를 모두 빼앗기고 있었다. 「권태」의 현실처럼 세상은 이미 살 만한 가치가 없었고, 이상은 그 현실에서 남보다 먼저 갈 길을 간 셈이다.

낙엽을 태우면서

이효석

가을이 깊어지면, 나는 거의 매일같이 뜰의 낙엽을 긁어모으지 않으면
안 된다. 날마다 하는 일이언만, 낙엽은 어느새 날아 떨어져서, 또다시 쌓
이는 것이다. 낙엽이란 참으로 이 세상의 사람의 수효보다도 많은가 보다.
삼십여 평에 차지 못하는 뜰이건만, 날마다 시중이 조련치 않다. 벗나무,
능금나무―제일 귀찮은 것이 벽의 담쟁이다. 담쟁이란 여름 한철 벽을 온
통 둘러싸고 지붕과 굴뚝의 붉은 빛만 남기고 집안을 통째로 초록의 세상
으로 변해 줄 때가 아름다운 것이지, 잎을 다 떨어뜨리고 앙상하게 드러난
벽에 메마른 줄기를 그물같이 둘러칠 때쯤에는 벌써 다시 거들떠볼 값조
차 없는 것이다. 귀치 않은 것이 그 낙엽이다. 가령, 벗나무 잎같이 신선하
게 단풍이 드는 것도 아니요, 처음부터 칙칙한 색으로 물들어, 재치 없는
그 넓은 잎이 지름길 위에 떨어져 비라도 맞고 나면 지저분하게 흙 속에
묻히는 까닭에 아무래도 날아 떨어지는 족족 그 뒷시중을 해야 된다.

벗나무 아래에 긁어모은 낙엽의 산더미를 모으고 불을 붙이면, 속의 것
부터 푸슥푸슥 타기 시작해서 가는 연기가 피어오르고, 바람이나 없는 날

이면 그 연기가 얕게 드리워서 어느덧 뜰 안에 가득히 자욱해진다. 낙엽 타는 냄새같이 좋은 것이 있을까? 갓 볶아낸 커피의 냄새가 난다. 잘 익은 개암 냄새가 난다. 갈퀴를 손에 들고는 어느 때까지든지 연기 속에 우뚝 서서, 타서 흩어지는 낙엽의 산더미를 바라보며 향기로운 냄새를 맡고 있노라면, 별안간 맹렬한 생활의 의욕을 느끼게 된다. 연기는 몸에 배서 어느 결엔지 옷자락과 손등에서도 냄새가 나게 된다.

나는 그 냄새를 한없이 사랑하면서 즐거운 생활감에 잠겨서는 새삼스럽게 생활의 제목을 진귀한 것으로 머릿속에 떠올린다. 음영과 윤택과 색채가 빈곤해지고 초록이 전혀 그 자취를 감추어버린 꿈을 잃은 허전한 뜰 복판에 서서 꿈의 껍질인 낙엽을 태우면서 오로지 생활의 상념에 잠기는 것이다. 가난한 벌거숭이의 뜰은 벌써 꿈을 꾸기에는 적당하지 않은 탓일까? 화려한 초록의 기억은 참으로 멀리 까마득하게 사라져 버린다. 벌써 추억에 잠기고 감상에 젖어서는 안 된다.

가을이다! 가을은 생활의 시절이다. 나는 화단의 뒷자리를 깊게 파고 다 타버린 낙엽의 재를―죽어 버린 꿈의 시체를―땅속 깊이 파묻고, 엄연한 생활의 자세로 돌아서지 않으면 안 된다. 이야기 속의 소년같이 용감해지지 않으면 안 된다.

전에 없이 손수 목욕물을 긷고 혼자 불을 지피게 되는 것도 물론 이런 감격에서부터이다. 호스로 목욕통에 물을 대는 것도 즐겁거니와, 고생스럽게 눈물을 흘리면서 조그만 아궁이에 나무를 태우는 것도 기쁘다. 어두컴컴한 부엌에 웅크리고 앉아서 새빨갛게 피어오르는 불꽃을 어린아이의 감동을 가지고 바라본다. 어둠을 배경으로 하고 새빨갛게 타오르는 불은, 그 무슨 신성하고 신령스런 물건 같다. 얼굴을 붉게 태우면서 긴장된 자세로 웅크리고 있는 내 꼴은 흡사 그 귀중한 선물을 프로메테우스[1]에게서 막 받았을 때의, 그 태곳적 원시의 그것과 같을는지 모른다.

나는 새삼스럽게 마음속으로 불의 덕을 찬미하면서 신화 속 영웅에게 감사의 마음을 바친다. 좀 있으면 목욕실에는 자욱하게 김이 오른다. 안개 깊은 바다의 복판에 잠겼다는 듯이 동화의 감정으로 마음을 장식하면서 목욕물 속에 전신을 깊숙이 잠글 때, 바로 천국에 있는 듯한 느낌이 난다. 지상천국은 별 다른 곳이 아니다. 늘 들어가는 집안의 목욕실이 바로 그것인 것이다. 사람은 물에서 나서 결국 물속에서 천국을 구하는 것이 아닐까?

물과 불과―이 두 가지 속에 생활은 요약된다. 시절의 의욕이 가장 강렬하게 나타나는 것은 이 두 가지에 있어서다. 어느 시절이나 다 같은 것이기는 하나, 가을부터 절기가 가장 생활적인 까닭은, 무엇보다도 이 두 가지의 원소의 즐거운 인상 위에서기 때문이다. 난로는 새빨갛게 타야 하고, 화로의 숯불은 이글이글 피어야 하고 주전자의 물은 펄펄 끓어야 된다. 백화점 아래층에서 커피의 알을 찧어 가지고는 그대로 가방 속에 넣어 가지고, 전차 속에서 진한 향기를 맡으면서 집으로 돌아온다. 그러는 그 내 모양을 어린애답다고 생각하면서, 그 생각을 또 즐기면서 이것이 생활이라고 느끼는 것이다.

싸늘한 넓은 방에서 차를 마시면서, 그제까지 생각하는 것이 생활의 생각이다. 벌써 쓸모 적어진 침대에는 더운 물통을 여러 개 넣을 궁리를 하고, 방구석에는 올겨울에도 또 크리스마스트리를 세우고 색전등으로 장식할 것을 생각하고, 눈이 오면 스키를 시작해 볼까 하고 계획도 해 보곤

---

1 프로메테우스: 그리스 신화에 나오는 영웅. 하늘에서 제우스를 속여 불을 훔쳐서 인류에게 줌. 그 죄로 제우스의 노여움을 사서 코카서스의 큰 바위에 묶여 독수리에게 간을 쪼이는 형벌을 받게 되었으나 후에 헤라클레스에 의해 구출됨.

한다. 이런 공연한 생각을 할 때만은 근심과 걱정도 어디론지 사라져 버린다. 책과 씨름하고 원고지 앞에서 궁싯거리던² 그 같은 서재에서 개운한 마음으로 이런 생각에 잠기는 것은 참으로 유쾌한 일이다.

책상 앞에 붙은 채 별일 없으면서도 쉴 새 없이 궁싯거리고, 생각하고, 괴로워하고 하면서, 생활의 일이라면 촌음을 아끼고, 가령 뜰을 정리하는 것도 소비적이니, 비생산적이니 하고 경시하던 것이, 도리어 그런 생활적 사사(些事)³에 창조적, 생산적인 뜻을 발견하게 된 것은 대체 무슨 까닭일까?

시절의 탓일까 깊어가는 가을이, 이 벌거숭이의 뜰이 한층 산 보람을 느끼게 하는 탓일까?

평설

이효석은 유진오와 같은 시기에 경성제국대학을 나오고 사회주의 문학에도 동참했었지만 순수문학의 대표적인 소설가로서 「메밀꽃 필 무렵」 등으로 이름을 날렸다.

"효석의 작품은 세련된 언어와 시적 분위기 형성으로 아름답고 신비한 묘경으로 독자를 끌고 들어간다." 필자의 『한국 현대 소설사』에 있는 말이다. 그의 생가 터에 세워진 '가산 이효석 문학비'에도 이 말이 옮겨져 있는데 그는 그만큼 좋은 문장력으로 돋보이던 작가다. 물론 그런 문장력 때문에 「메밀꽃 필 무렵」 등 많은 소설들이 문학성을 높인 것이다.

「낙엽을 태우면서」는 수필이니까 그의 전공은 아니지만 고교 교과서를 통해

---

2 궁싯거리다: ① 잠이 오지 않아 누워서 이리저리 몸을 뒤척이다 ② 어떻게 할 바를 몰라 이리저리머뭇거리다 여기서는 ②.
3 사사(些事): 자질구레한 일

서 많은 사랑을 받아 왔다. 전공이 아닌 탓인지 소설에서처럼 뚜렷한 주제의식은 발견되지 않지만 낙엽을 태우면서 가을의 정취를 물씬 풍기려고 한 서정적 수필이기 때문에 일제 말기 독자들에게도 많이 읽혔을 것이다.

이런 서정적 수필은 당대로서는 특별한 의미를 지닌다. 30년대에 들어설 때까지 한국 문단의 주류를 형성하던 사회주의 문학은 이념성만 강조되며 문장력의 가치는 무시될 지경이었다. 김팔봉이 프로 문학의 예술성을 주장하다가 다수가결의 횡포에 밀린 것이 그것이다. 그러므로 투쟁적인 이념성을 떠나서 자연의 아름다움을 찬미하고 비교적 좋은 문장력으로 서정적 감정을 표현하던 수필은 그의 소설과 함께 환영받을 만한 것이었다.

다만 이 작품은 논리성이 좀 미흡한 편이다. "물과 불과—이 두 가지 속에 생활은 요약된다. 시절의 의욕이 가장 강렬하게 나타나는 것은 이 두 가지에 있어서다."라고 말하며 가을을 '생활의 시작'이라 말한 것도 그렇고 "백화점 아래 층에서 커피의 알을 찧어 가지고는 그대로 가방 속에 넣어 가지고, 전차 속에서 진한 향기를 맡으면서 집으로 돌아온다."는 것이 생활이라고 말하는 것도 그렇다. 가을이 되니 커피 생각이 더 나서 커피를 찧으러 다니는 것, 또는 불을 많이 지피는 것 등을 '생활의 시작'이라고 말하는 것도 그렇다. 생활의 시작이 생활이 바빠진다는 뜻이었다 해도 그 생활은 별로 감동적인 의미를 지닌 것이 아니다. 가을이 되니 추수를 해야 되고 김장을 담그며 월동 준비를 해야 되는 것에 비하면 생활적인 의미가 약하다.

작자의 생활은 여유가 있었나 보다. 벽돌을 타고 올라가는 담장이 넝쿨 잎이 있는 집, 피아노에 축음기에 영화배우 사진이 걸려 있고, 목욕탕에 음식은 가끔 양식을 즐겼고, 고급 커피를 즐기며 살던 생활 모습이 당시의 가난했던 사람들과 차이가 매우 크다. 그 속에서 문학사에 남을 좋은 작품들을 쓰다가 일찍 세상을 떠났다.

고물(古物)

김동인

나비야 청산(靑山) 가자 범나비야 너도 가자
가다가 저물거든 꽃에 들어 자고 가자
꽃이 푸대접하거든 잎에서나 자고 가자.

이것은 명음(名吟)이라 하여 꽤 널리 알려진 고시조(古時調)다. 이 시조가
생각날 때마다 여(余: 나)는 다시 외어 보고 소리내어 읽어 보고 속으로 생
각해 보고 한다.

그러나 여는 이 시조에 한하여 그 맛을 알 수 없다. 시경(詩境)·시경(詩
景)·시감(詩感)·시상(詩想)·시미(詩味)·리듬, 온갖 방면으로 검토하며 다시
보나, 여전히 '좋은 곳'을 알 수 없다. 도대체 시상(詩想)이 되지 않았으니
시(詩)가 될 까닭이 없다. 한 개 취담(醉談)·객설(客說)일 따름이다. 가령 우
리가 다른 시조,

동창(東窓)이 밝았느냐 노고지리 우지진다

소치기 아이놈은 상기 아니 일었느냐

재 너머 사래 긴 밭을 언제 갈려 하느니.

하는 것 등을 대할 때면 스스로 가슴에 스며드는 시경(詩景)과 시감(詩感)을 느끼지 않으려야 않을 수가 없는 데 반하여, 「나비야 청산 가자」에서는 취담조(醉談調)밖에 얻어 맛볼 바가 없으니 대저 어디가 좋은 점인가?

요컨대 고시조(古時調)라는 고(古) 자의 덕으로 좋다 하는 것이다. 이것은 한 개의 희극(喜劇)이다. 진실한 가치로 보아서 아무것도 보잘 데가 없는 데, 단지 옛것이라 하여 좋게 보려는 것은 희극일 따름이다.

골동(骨董)을 장난하는 데도 이런 희극을 연출하는 사람이 꽤 많은 모양이다.

그 물건의 내용 가치는 좋건 말건, 시대(時代)만 오랜 것이면 꽤 고가(高價)로 올라간다. 이 심리(心理)를 알 수 없다. 지금 것으로 값 치자면 10전(錢)짜리도 못 되는 물건에 수백, 수천 원(圓)의 값이 매인 것은 도저히 이해할 수 없다.

고구려 기왓장 부스러기가 진가(眞價)를 다투며 진(眞)은 상상도 못할 엄청난 값으로 흥정되는 것 등은 알 수 없는 희극이다. 고구려 기왓장이라 하는 데 값 붙일 곳이 어디 있느냐 하면, 그 기왓장의 원료, 구워 내는 법, 외형(外形)·조형(造形) 등으로 미루어서 당시의 건축 제도·미술·문화 정도·취미 등등을 짐작하여 보자는 데 있다.

이상 제점(諸點)을 연구할 외면(外面)이 없도록 파손된 것이라면 고구려 시대의 것이 아니라 단군 시대의 것이라도 한 푼의 값도 못갈 것이다. 단지 오랜 것이라고 값나가는 것이 아니라, 그 물건에 붙은 다른 것에 값이 있는 것이다. 단순히 '오랜 것'만을 찾으려면 그대의 집 주춧돌이며 뜰의 흙이며 손톱 사이의 때는 모두 몇 억, 몇백 억이라는 연령을 가진 것이 아닌가? 그와 마찬가지의 이유로, 원품(原品)과 비교하여 구별키 힘들도록 교묘히 위조된 고구려 고와편(古瓦片)이면 원품과 다른 가치를 율(律)할 바 아니라 본다.

다만 장식(실내든가, 집이든가)을 위한 자라면 미술 공예(美術工藝) 수(粹)를 다 한 현대품(現代品)이 도리어 나을 줄 믿는다.

문물의 연구와 발달을 꾀하지 않고 살아온 조선(朝鮮)서는 꽤 예전 물건과 최근 물건의 외형(外形)과 품질이 조금도 개량(改良) 혹은 변화하지 않은 자가 적지 않다. 그런 물건에도, 이것은 이조 중엽(李朝中葉) 것이나 얼마이고, 이것은 이조 말 것이나 얼마라는 등, 차별을 붙이는 것은 도무지 알 수 없는 심리다.

이즈음 춘향전론(春香傳論)이 성행하는 모양이며 여(余)도 어느 기회에 여의 의견을 좀 써 보고자 하나, 『춘향전』을 좋아하는 심리도 좀 검토를 할 필요가 있다 본다. 단지 옛날 것이라고 좋다 할 바가 아니다. 단지 옛날 소설을 취하자면 『춘향전』보다 썩 오랜 소설이 수두룩하다.

스토리가 재미있다고 좋다 할 것이 아니다. 현대에도 연애 소설가에게 주문하면 『춘향전』보다 더 재미나는 이야기를 만들어 낼 수가 있을 것이다.

조선에 현재 간행되는 『춘향전』이 수십 종이 되는 가운데 『옥중화(獄中花)』가 가장 잘 팔린다 하는 점을 볼 때에, '춘향전이 좋다' 하는 결론보다 '옥중화가 좋다' 하는 결론을 내릴 수가 있다 본다. 『옥중화』와 다른 춘향전들('獄中佳人' 기타)과는 물론 스토리는 같다. 내용 이야기, 진전(進展)의 순서까지도 똑같다. 사용 어구(語句)도 거의 같다. 소이(小異)가 있을 뿐이다.

이 '소이'에 『옥중화』가 다른 『춘향전』보다 더 멋있다 하는 것이다.

논(論)이 이리로 뻗어 나가면 딴 말이 되겠기에 그만두거니와, 요컨대

『춘향전』을 봄에도 단지 옛것이라는 관념밖에 좀 더 다른 방면을 고찰할 필요가 있다.

고물(古物)에 또 한 가지의 희극은, 고물이면 무엇이든지 그것을 가지고 그 시대의 미술을 논의하고자 하는 것이다. 옛날 무덤의 벽화를 보고는 즉시 그 시대의 미술을 운운하는 희극학자(喜劇學者)가 적지 않다.

지금 시장(市場)의 3원(圓)짜리 병풍이나 혹은 일화(日貨) 1원화가(一圓畵家)의 십장생벽화(十長生壁畵) 등이 어찌어찌하여 매몰되었다가 수백 년 후에 발견되어서 19××년대의 조선 미술로 논운(論云)되는 일이 있다면, 그리고 그 위에 '작가의 이름이 전(傳)치 않은 것이 유감이다.' 운운의 꼬리까지 붙는다면, 이런 희극은 다시없을 것이다. 그럼에도 불구하고 현대 학자들은 고구려의 미술을 그때 무덤의 벽화로 결정하자는 용기를 갖고 있다. 그리고 요컨대 고구려는, 회화(繪畵)에 있어서는 한토(漢土)를 흉내 낸 졸렬한 역(域)을 벗어나지 못하였다고 용단(勇斷)을 한다.

나비더러 청산 가자고 취담(醉談)을 하고 있던 취객(醉客)도 자기의 그 취담이 후일(後日) 후생(後生)들이 그것을 옛날 문학이라고 애지중지할 줄을 미리 알았다면, 좀 더 정신 차려서 다른 말을 하였을 것이요, 고구려에서도 무덤의 벽화가 후일 고구려 회화라고 인정될 줄을 알았다면 국령(國令)으로라도, 무덤에 장식화를 그리려는 자는 화공(畵工)을 불러서 그릴 것이지 함부로 아무에게나 그리게 하지 못하도록 하였을 것이다.

우리는 옛것이라고 함부로 덤벼들기 전에, 그것을 골라 보아서 쓸 만한 것을 꺼내어 보고 '청산 가는 나비' 따위는 창고에 집어넣어 옛날에 이런 것이 있었느니라는 표본쯤으로 둘 것으로 안다.

옛날 물건으로 지금 남아 있는 것은 모두 그 시대의 대표적 예술품이라는 우스꽝스러운 관념을 청산하여 버릴 필요가 있다. 동시에 옛것이면 무조건하고 좋아하는 기벽(奇癖)도 버릴 필요가 있다.

평설

　　김동인은 이광수가 2·8 독립운동으로 독립선언서를 쓰고 상하이로 망명한 직후인 1919년부터 동인 활동을 시작했다. 소설에서 간결한 문체로 독보적 경지를 보여 주고 있던 김동인은 수필에서도 그 문체를 그대로 옮겼다. 「고물」은 그런 간결한 문체로 옛것을 보는 우리들의 일반적인 가치관을 날카롭게 비판하고 야유하고 있다. 옛 문학이나 회화나 공예품 등에 대한 심미적 가치에 대한 비판 또는 금전적 가치에 대한 비판이다.

　오늘의 문학이나 회화나 공예품들은 당연히 옛것보다 수준이 높다. 문화는 시간의 흐름 속에서 발달해 나가는 것이니까. 그러므로 고구려의 기왓장 부스러기나 무덤 속의 치졸한 벽화 등을 대단한 예술인 양 난리를 피우고 오래된 것일수록 고가로 흥정하는 것은 참으로 웃지 못할 희극이라는 것이 이 수필의 논리다.

　이런 작가의 주장이 모두 옳은 것은 아니지만 일리는 있다. 다만 사물을 전체적으로 보지 않고 일리가 전체가 되고 야유가 지나치면 수필의 품위가 떨어진다.

　"그대의 집 주춧돌이며 뜰의 흙이며 손톱 사이의 때는 모두 몇 억, 몇백 억이라는 연령을 지닌 것이 아닌가?"

　옛것이면 모두 비싼 물건이라고 법석이니 손톱의 때는 얼마쯤 호가하느냐는 투로 작자는 이 말을 하고 있다. 그런데 몇 억 년 된 "손톱의 때"가 어디 있나? 작자는 야유가 지나쳐서 거짓 주장까지 한 것이다. 소설의 좋은 문체를 옮겨 오기는 했지만 「감자」나 「김연실전」 등의 소설에서 쓰던 빈정거림 취미를 수필에서도 그대로 옮긴 것은 잘못이다.

멋과 낭만의 글쓰기

사랑은 눈 오는 밤에

양주동

사랑은 겨울에 할 것이다. — 겨울에도 눈 오는 밤에. 눈 오는 밤이어든
모름지기 사랑하는 이와 노변(爐邊)에 속삭이는 행복된 시간을 가지라. 어
떤 이는 사랑이 나란히 걷는 중에서 생장한다고 말하여 혹시 봄밤에 꽃동
산을 기리고 혹시 가을날의 단풍길을 좋다 하지마는, 나는 단연코 설야(雪
夜)의 노변을 주장하는 자이다. 왜그러냐 하면, 아무리 사랑은 시간을 초
월한다 하더라도 겨울밤의 기나긴 것은 어느 편이냐 하면 둘의 마음을 든
든케 할 것이요, 더구나 노변의 그윽한 정조(情調)와 조용한 기분이며 설
야에 다른 내방자(來訪者)가 없으리라는 자신(自信)이 서로 마음을 가라앉
게 하기 때문이다. 사랑은 선(禪)과 같이 침착하고 태연하고 유유(悠悠)해
야 할 것이다.

그러기에 나의 첫사랑은 나의 주장대로 설야 노변에서 고요히 말없이
행하여졌다. 일찍이 저녁을 마친 뒤에 방안에 흩어져 있는 약간의 서적(書
籍)을 정리하여 서가(書架) 위에 올려놓고, 책상 위에는 수묵(水墨)빛 난초
한 분(盆)을 장식하여 놓고, 차를 다리기 위하여 화로에 불을 젓노라니, 가

슴이 적이 설렘을 느낀다. 그러나 시계는 죽어도 쳐다보지 않기로 한다. 나오는 줄도 모르게 입속으로 뜻없이 노래를 한두 절 읊조리고 있노란즉, 궐녀(厥女)의 발자국 소리가 창밖에 들려오지 않는가……. 궐녀는 나의 방문을 나직이 두드릴 만큼 그 침착한 품위(品位)를 잃지 않는다.

주인은 말없이 일어난 내방자의 망토자락의 눈을 조심스럽게 털었다. 뜰 안에는 사분사분 내리는 눈이 벌써 한 자나 쌓였다. 궐녀는 망토를 벗고 말없이 화롯가에 와서 단정히 앉는다. 그러나 궐녀는 말이 없다. 주인도 별로 할 말이 없다. 고요함을 두려워하여 날씨가 매우 추우니, 눈이 무던히도 많이 오느니 한다 하자, 그것은 누가 말하지 않아도 이미 서로 알고 있는 일이 아니냐. 하물며 서로를 위로하고 서로를 하소연하는 무슨 말이랴. 우리 사이에 말이 필요하다면, 그것은 서로에게 새로운 사실이거나 새로운 교양(敎養)임을 요한다. 이제 새삼 다시 무엇을 말할 수 있으랴…….

그러나 사랑은 결국 좌선(坐禪)은 아니리라. 그들은 애써 무슨 심통한 대화의 실마리를 찾고자 애쓰다가 필경은 무슨 평범한 일에서 단서(端緒)를 발견하여 최초의 난관(難關)을 돌파하리라. 그담부터는 조금도 걱정할 것이 없다. 그들은 혹은 땅콩을 까며(아니 군밤이던가?) 혹은 초콜릿을 벗기며, 차를 마시며 그리도 할 말이 많다. 밤은 길대로 길고, 눈은 끊임없이 내린다. 가다가 혹시 말이 끊겨져야 할 고비에 이르면, 둘 중에 하나이 화로에 놓인 부젓가락을 들어 재 위에 무슨 간단한 단어(單語)나 말을 써도 좋다. 무심코 재 위에 무슨 글자를 썼다가 제가 쓴 것에 놀라, 또는 저편이 볼까 하여 도로 얼른 부젓가락으로 지우고 마는 심사(心思)! 사람은 이러한 미묘(微妙)한 정서(情緖)의 경험을 위하여 구태여 그의 애인을 여름날 멀리 바닷가로 데려가지 않아도 좋다. 화롯가의 재는 이 경우에 바로 바닷가의 모래이다. 이리하여 겨울밤은 깊은 줄도 모르게 점점 깊어간다……

　사랑은 아무래도 설야 노변에서 할 것이다. 무릇 사랑에는 두 가지 전형(典型)이 있으니, 하나는 전례(典例) 외 제1장과 같은 벙어리의 사랑—일찍 칼라일이 에머슨과 만났을 때 무언(無言)으로 손을 쥐고 무언 중에 반시(半時)를 대좌(對坐)하였다가 무언으로 다시 손을 쥐고 나뉘었다는 일화(逸話)가 있거니와 사랑하는 남녀도 종종 '첼시의 현자(賢者)'와 '콩고드의 철인(哲人)'이 될 수도 있는 것이다. 또 하나는 드디어 제2장과 같은 지껄이는 사랑—이 경우에는 끊임없이 속삭이는 그들의 대화(對話)가 어느덧 설야를 잠깐 지나 설조(雪朝)에 이르고야 말 것이니, 그들 사이의 작별의 인사는 필연적으로 듣기에도 섭섭한 good night이 아니요, 쾌활하고도 신선한 good morning이 될 것이다. 일찍이 셸리는 재자(才子)였건만, 이러한 묘체(妙諦)를 몰랐기 때문에, 내가 그날 밤 무심코 종이 위에 그적거렸던 「Good Night」이라는 시를 지었겠다.

　'굿나잇'이라고요? 아아 천만에,
　합할 이를 나누는 밤은 언짢은 밤.
　가지 말고 조용히 앉아 계시오,
　그래야 그게 참으로 좋은 밤이요.

　그대의 인사는 천사같이 아름다우나
　내 어찌 쓸쓸한 밤을 좋다 이르리?
　그런 말, 생각, 이해(理解), 모두 말아야.
　그래야 그게 참으로 좋은 밤이죠.

셸리의 안타까운 good night의 정경(情景)이 하필 설야 노변이었는지 모른다. 그러나 그가 만일 로맨스를 사랑하였다면, 그는 응당 나와 같이 그것들을 택하였으리라. 설야는 몰라도 적어도 영국의 시인이면 노변을 사랑할 줄 알 것이니, 저 워즈워스도 사랑스러운 「루우씨의 노래」 중에서 노래하지 않았는가.

너의 산(山)속에서 나는 참으로
사랑의 기쁨을 느끼었노라.
나의 사랑하는 그녀는 영국식
불 옆에서 물레를 돌리었노라.

여기서 'English fire'라 함은 무론 그가 영국풍(風)의 노변을 자랑삼아 그렇게 노래한 것이다. 그리고 보니, 이 호반(湖畔)의 대시인도 역시 노변의 사랑을 즐기지 않았는가—시골 처녀와일망정.

평설

일본 와세다 대학에서 영문학을 전공하고 귀국한 후 1929년에 『문예공론』을 발간하고 국문학 연구로 이름을 날렸다. 양주동은 이 작품이 발표되던 1936년 초에 경성제대 오쿠라 신페이(小倉進平) 교수의 향가 연구에 대하여 싸움을 걸며 학문 연구로 매우 바빴었다. 이 해에 그는 20여 년 전 강경애와 동거까지 했던 사랑을 잠시 회상하며 이 작품을 쓴 것 같다. "나의 첫사랑은 나의 주장대로 설야 노변에서 고요히 말없이 행하여졌다."고 한 것을 보면 틀림없다.

이 글에서 작자의 강한 주장이 첫 마디에서부터 터져 나온다. 사랑은 눈 오는 밤에 노변(爐邊)에서 해야 된다는 것. 글의 첫 마디가 그렇게 시작되었다면 이것은 선언적 의미를 지니게 된다. 다음 순서는 이 선언을 독자들에게 설득시켜 나가는 것이다. 그런데 그 설득이 약한 편이다. 이 수필은 다음 몇 단계로 나뉜다.

1단계: 눈 오는 밤에 하는 사랑이 왜 좋은지에 대한 설명.

2단계: 선(禪)과 같이 침착하고 태연한 사랑의 형태.

3단계: 끊임없이 대화하는 사랑의 형태.

4단계: 위의 두 가지 형태에 대한 외국의 사례.

작자는 첫 단계에서 겨울과 눈과 노변이라는 세 가지 조건의 무대가 사랑을 하기에 왜 가장 적절한지에 대하여 다음 이유를 들고 있다.

첫째로 겨울밤은 길어서 마음을 든든하게 하니 좋고, 둘째로 노변은 그윽하고 조용한 기분이 들게 해주니 좋고, 셋째로 눈 오는 밤은 다른 내방객이 없을 터이니 좋으리라는 것이다. 작자 자신도 그렇게 눈 오는 겨울밤에 첫사랑을 했다고 했으니 이것은 아마도 작자 자신이 증인이 되고 있는 부분인 것 같다.

사실 심야에 누구도 찾아와서 방문을 두드릴 걱정도 없고, 밖에서는 하얀 눈이 밤새도록 소리 없이 내리고, 다른 어느 계절보다도 겨울밤은 긴 시간이니 사랑이 누구한테도 방해받지 않고 성숙할 긴 시간과 분위기는 이 세 가지 조건으로 딱 들어맞는다.

그런데 설득력이 좀 약하다. 실감이 덜 난다. 조건은 좋지만 그 그림이 추상적이기 때문이다. 관념의 형상화는 소설가만의 것은 아니다. 노변이라고 했지만 어떤 난로인지도 궁금하고 눈 내리는 겨울밤과 실내 풍경의 아름다운 수채화가 떠오르지 않고 음악이 들리지 않고, 그들의 수줍은 숨소리가 들리지 않는다. 이 글에서 두 사람의 사랑의 진전을 위해서 가장 중요한 것은 어떤 소설적 사건도 아니고 오직 그 분위기인데 이를 충분히 살리지 못하고 있다. 추상적 설명에다 서구 문학이나 인물들에 대한 해박한 지식을 드러내려 한 것도 그런 원인의 하나다. 칼라일, 에머슨, 셸리, 워즈워스 등을 열거하고 그들의 일화나 시를 인용했지만 이것은 주제 설명에는 도움이 되지 않는다. 그들의 시나 일화 때문에 사랑은 눈 오는 밤에 노변에서 해야 되겠다고 공감하게 될 만한 이유가 없기 때문이다.

　사랑은 눈 내리는 춥고 긴 겨울밤에 난롯가에 앉아서 해야 귀찮은 내방객이 없어서 좋다고 작자가 스스로 말했듯 이 자리는 이런 인물들이 낄 자리가 아니다.

식민지 시대를 살아가는 해학 수필

명태

채만식

근일 품귀로, 이하 한갓 전설에 불과한 허물은 필자가 질 바 아니다. 명천(明川) 태가(太家)가 비로소 잡아 팔았대서 왈 명태(明太)요, 본명은 북어(北魚)요, 혹 입이 험한 사람은 원산(元山) 말뚝이라고도 칭한다.

수구장신(瘦軀長身), 피골이 상접, 한 삼 년 벽곡(辟穀)이라고도 하고 온 친구의 형용이다.

배를 타고 내장을 싹싹 긁어내어 싸리로 목줄띠를 꿰어 쇳소리가 나도록 바싹 말랐다. 눈을 모조리 빼었다. 천하에 이에서 더한 악행도 있을까? 모름지기 명태 신세는 되지 말 일이다.

조선 심삼 도(道) 방방곡곡 명태가 없는 곳이 없다. 아무리 궁벽한 산골이라도 구멍가게를 들여다보면 팔다남은 한두 쾌는 하다못해 몇 마리라도 퀴퀴한 먼지와 더불어 한구석에 놓여 있다. 이로써 조선 땅 백성이 얼마나 명태를 흔케 먹는지 미루어 알리라. 참으로 조선 사람의 식탁에 오르는 것으로 명색이 어육(魚肉)이라 이름하는 것 가운데 명태만큼 만만한 것도 별반 없을 것이다. 굉장히 차리는 잔칫상에도 오르고.

"쯧, 고기는 해 무얼 허나! 그 명태나 한 마리 사다가……."

하는 쯤의 허술한 손님 대접의 밥상에도 오른다.

산 사람이 먹고 산 사람 대접만 하는 것이 아니라 경(經) 읽는 경상(經床)에도 명태 세 마리는 반드시 오르고, 초상집에서 문간에다 차려놓는 사잣밥상에도 짚신 세 켤레와 더불어 세 마리의 명태가 반드시 오른다.(그런 걸 보면 귀신도 조선 귀신은 명태를 좋아하는 모양이다.)

어린 아들놈 처가 세배 보내면서 떡이야, 고기야, 장만하기 번폐(煩弊)스러우면 명태나 한 쾌 사다 괴나리봇짐 해 지워 보내기도 하고, 바깥양반이 출입했다 불시로 들어온 저녁 밥상에, 시아버님 제사 때 쓰려고 벽장속에 매달아 두었던 명태 두 마리를 아낌없이 꺼내다가 국 끓이는 아낙도 종종 있다.

상갓집의 경촉(經燭)에다 명태 한 쾌 얼러 부조하기도 하고, 섣달 세밑에 듬씬 세찬을 가지고 들어온 소작인에게다 명태 한 쾌씩 들려주어 보내는 후덕한 지주도 더러 있다. 명태란 그러고 보니 요샛날 케이크 한 상자, 과실 한 꾸러미 이상으로 이용이 편리한 물건이었던가 보다.

망치로 두드려 죽죽 찢어서 고추장이나 간장에 찍어 안주로는 덮을 게 없는 것이 명태다. 쪼개서 물에 불렸다 달걀을 씌워 제사상에 괴어놓는 건 전라도 풍속, 서울서는 선술집에서 흔히 보는 바 찜이 상(上)가는 명태 요리일 것이다.

잘게 펴서 기름장에 무쳐 놓으면 명태자반이요, 굵게 찢어서 달걀 풀고 국 끓이면 술국으로 일미다. 끝으로 군소리 한마디.

사십 년 전인지 오십 년 전인지 북미로 이민간 조선 사람 두 사람이 하루는 어디선지 어떻게 하다가 명태 세 마리가 생겼더란다. 오래 그리던 고토(故土)의 미각인지라 항용 생각기에는 세 마리의 명태를 천하 없는 귀한 음식인 듯이 보는 그 당장 먹어 치웠으려니 하겠지만, 부(否)! 두 사람은 그를 놓고 앉아 보기만 하더라고.

평설

채만식은 와세다 대학 영문과를 나오고 1925년에 소설 「새 길로」를 발표했다. 그후 6·25 전쟁이 나기 전까지 해학 문학으로 문학사에 귀중한 공을 남겼다. 이 작품에서도 매우 사실적인 묘사와 함께 야유와 빈정거림의 숙달된 솜씨가 역력히 나타난다. 이 야유는 날카로운 비판이 되지만 동시에 배를 움켜쥐고 뒹굴 정도의 유머 감각이 함께 따른다. 사람이 그렇게 쇳소리가 나도록 바싹 말려지고, 여러 명이 그런 모습으로 목줄띠로 꿰어져 매달려 있다면 정말 참혹하다. 그렇지만 변태적 가해자들에겐 이것은 그들을 웃길 수 있는 명장면이다. 그리고 이것은 우리 자신이 아니라 우리가 먹어치울 명태이기 때문에 우리는 웃고 즐기기만 하면 된다.

채만식의 풍자적 기법은 이런 것이기 때문에 그가 선택하는 어떤 참혹한 소재라도 현실 고발의 심각한 긴장감을 주지 않는다. 그리고 이것은 작가가 한 말을 하면서도 감시자의 위기를 무사히 넘길 수 있는 방법이기도 하다.

실제로 「명태」는 물고기가 아닌 사람 이야기가 될 수 있다. 그런데 그렇게 참혹한 악형을 당한 사람의 이야기라 하더라도 작자는 야유하고 빈정거리면서 독자를 웃기고 있기 때문에 일단 남의 눈을 속일 수 있다. 그리고 그것은 표면상 어디까지나 사람이 아닌 물고기 이야기기 때문에 시비의 구실을 주지 않는다.

채만식의 풍자적 기법은 이런 의미에서 식민지 시대 총독부가 더욱 키워 준 표현 기법이다. 이 작품에는 명태가 우리 생활 속에서 얼마나 다양하게 쓰이고 있는지를 잘 나타내고 있다. 명태는 그것이 우리들에게서 결코 뗄 수 없는 삶의 일부라는 것을 나타낼 뿐만 아니라 우리들의 가난한 삶, 그리고 그것이 우리들 속에서 얼마나 큰 위안이 되고 정든 생활의 일부가 되고 있는지를 잘 나타내고 있다.

수필이 서사적인 사건을 통해서가 아니라 주변적인 작은 사물을 통해서 우리들의 삶을 깊이 성찰하고 자신을 비춰보는 형태라는 점에서 이 작품은 비교적 좋은 출발점을 보이고 있는 셈이다.

그런데 작법상 한계를 보이고 있다. 이것이 마른 북어 한 마리에 대한 사실적인 그림에 그친다면 문학적 가치는 미흡하다. 문학은 상상의 세계로써 감동을 증대시키며 더 큰 주제를 필요로 하기 때문이다. 이 작품은 말미에 '군소리'라는 것을 붙였다. 그것은 물론 상상을 환기시키는 주요한 역할을 한다. 외국에서 이민 생활 몇십 년 만에 보는 명태는 잃어버린 고국에 대한 온갖 기억을 재생시키는 충분한 촉매제가 되기 때문이다.

그런데 작자가 그런 생각을 했으리라는 짐작은 가지만 작품에서는 실제로 그런 은유법이 살아있지 않다. 그저 전체가 명태 이야기일 뿐이다. 그래서 독자는 사람에게 참혹한 형태로 먹히는 물고기 한 마리를 보며 웃고 즐기는 것에 그치게 되어 있다.

일제의 간섭 때문에 이렇게 쓰고 말았다고만 단정하기는 어렵다.

명태처럼 바싹 마르고 눈동자는 푹 꺼지고 어딘가 슬퍼 보이는 사람 하나를 슬쩍 곁들여 놓아도 좋다. 그러면 명태가 곧 배고프고 서러운 우리 민족의 상징적 기능을 살리고 문학성도 살리며 감동을 증대시킬 수 있다.

백조파 시인의 미나리 사랑

수근찬(水芹讚)[1]

박종화

"봄 미나리 살진 맛을 님에게 드리과저."

이 옛 노래 한 가락이 우연히도 실로 우연히 자리 속에 누운 내 머리 위로 휙 스치고 지나간다.

확실히 봄은 되었건만 봄 같지 아니한 영하 10 몇 도라는 괴상한 기후가 나로 하여금 대춘(待春)하는 마음을 더욱 용송거려 이 가만한 노래를 부르게 하였음이라.

식선(食膳)[2]의 춘색을 바라볼 때에 우리는 먼저 이 미나리 놓인 곳으로 젓가락이 끌려가지 않을 수 없다. 그 연록의 고운 빛깔이 푸른빛에 굶주린, 겨울 지난 사람의 마음을 강하게 끄는 것도 원인의 하나려니와 향기롭고 사각사각한 그 연한 맛의 매력이란 고기 주고 바꾸지 않을 것이다.

'장다리 한철, 미나리 사철'이라 하여 미각 이외에 우리 민족은 가장 미

---

1 수근(水芹) : 미나리
2 식선(食膳) : 반찬

나리를 사랑하는 경향이 많다. 생일잔치에 빠지지 못할 나물이 미나리요, 혼인풀기에 미나리 푸른 다발을 홍사(紅絲)로 지긋 붙들어 매어 밥소래에 물을 담고 그 위에 띄워 맵자한[3] 여하인 시켜 신부 가마 앞에 이고 가게 한다. 이 풍속이 그대로 변해 내려와 이사 가는 앞잡이에도 눌러 쓰게 된 것이다.

이런 것들을 다 미나리가 사시장청(四時長靑)하여 춘하추동 어느 철을 물론하고 싱싱하고 푸르게 변화됨이 없으므로 '장다리 한철, 미나리 사철'이란 상록(常綠)되는 의미 아래에 장수를 빌고 명복을 빌어 오래오래 무궁무진을 축원하는 상징의 하나려니와 그 미각, 색택(色澤)에 있어서는 도저히 봄 미나리 아니고는 그 맛, 그 빛을 상줄 수 없다.

살이 제법 오른 그 푸른 미나리를 휘휘칭칭 슬슬 감아 새빨간 실고추를 잣 곁들여 비쓱 꽂고 초고추장을 곁들여 주안상 위에 내놓으면 그 청홍의 현란한 빛깔에 만반 춘풍이 무르녹고 있다.

덤성덤북 이놈을 도마 위에 놓고 숭덩숭덩 칼을 날려, 생강·파·실고추를 약간 넣고 간장과 단 것으로 조미를 맞추면 당장에 훌륭한 미나리 침채(沈菜)가 된다. 그 선뜻선뜻하고 시원시원하고 향기 높은 맛은 겨울 동김치에 싫증이 날 때 더욱 좋다. 세계 어느 나라를 뒤지더라도 이러한 적절한 춘색 음식은 그 유가 없을 것이다.

다음에 우리 인생에 대한 공리를 아니 돌아볼 수 없다.

「본초강목(本草綱目)」에 말하기를 "去伏熱 殺石藥, 毒하고 治尿血 淋痛 黃疸"이라 했고, 약성가(藥性歌)를 뒤진다면 "甘平하니 益精髓 利大小傷하며 煩可止"라 가르쳐 준다. 그 성질이 청렬(淸冽)하기 때문에 모든 숨은

---

3 맵자한 : 모양이 꼭 째여 맵시가 있는.

열병을 사라지게 하고, 뿐만 아니라 석성(石性)으로 된 극약의 독을 흩어지게 하며, 소변을 순하게 하기 때문에 황달(黃疸), 임통(淋痛) 같은 것을 낫게 하고, 사람의 정수를 이롭게 하며 번열(煩熱)과 목마름을 그치게 한다는 없지 못할 좋은 약제로 된다.

미나리는 이렇게 우리 인생에 음식으로도 좋고 약이(藥餌)로도 좋은 공능(功能)을 가졌거니와 간접으로 농가의 한 큰 부업적 공효(功效)를 가르쳐 준다.

근교를 산책하여 보면 누구나 잘 알 것이지만 근교는 아직껏 수도(手稻) 본위, 즉 논에 벼를 심는 것으로만 영농의 근본을 삼았다. 그러나 요사이에 와서는 근교의 물 많은 논은 대개 이 미나리를 심는 미나리 논으로 변하여 간다. 사반공배(事半功培)로 벼를 심는 것보다 그 이익이 배 이상 되는 까닭이라 한다.

향촌은 아직 시기상조일지 모르나 대경성의 미각의 수요를 가로막고 앉은 근교의 논들은 차츰차츰 미나리 논으로 화하고 말 것이다.

날이 하도 찬 탓인지 미나리 한 단을 시장에서 사다 놓으니 잎은 마르고 줄기는 얼부풀어 형용이 초췌하다. 이 꼴을 대하고 보니 약으로 쓴다면 모르되 미각은 그리 탐탁하게 돌지 않는다.

미나리를 씹고 싶은 봄에 주린 마음이냐.

봄빛을 부르고 싶은 호젓한 마음이냐.

날이 어서어서 풀리거라. 화사한 춘색이 모든 사람의 소반 위에 오르게 하기 위하여.

　　　　20년대 초 백조(白潮)파 시인으로 시작해서 많은 역사 소설을 남긴 작가의 맑은 수필.

　소설가는 비일상적인 소재를 통해서 흥미 있는 이야기를 만들어 나가는 사람들이다. 이와 반대로 수필가는 일상적인 소재를 통해서 흥미 있는 이야기를 만들어 나가는 사람들이다.

　이런 장르성의 특성은 매우 불공평한 점이 있다. 소설가는 비일상적 소재를 구하기 위해서 마음대로 희한한 사건을 조작해 내는 특권을 누린다. 이와 달리 수필가는 그런 거짓말을 꾸미기 위해서 머리 굴려서는 안 된다. 허구성을 거부하기 때문에 실제적, 경험적 소재라야 되고 따라서 생활 주변의 소재만으로 만족해야 한다. 그리고 생활 주변의 일상적 소재는 늘 평범하다. 맨날 자기 집에서 전쟁이 터지고 남편이 바람나고 아내가 가출하는 사건 등이 일어날 리가 없고 일어나서도 안 된다. 또 제3자로부터 얻어 오는 소재라도 여기에 거짓말을 보탤 수 없다.

　이렇게 평범한 일상적 소재만으로 문학을 한다는 것은 값싼 배추 잎사귀만 주워서 진수성찬을 차리는 것처럼 어려운 작업일 수밖에 없다.

　그렇지만 수필의 매력과 가치는 여기서 나온다. 배추 잎사귀만으로 고깃국보다 더 맛좋은 음식을 만들어 내는 문학이니까.

　박종화의 「수근찬」은 밥상에 오르는 평범한 음식 재료에 대한 찬미다. 수필의 미나리는 우리의 입맛을 돋운다. "향기롭고 사각사각한 그 연한 맛의 매력" 등 맛이 좋다는 설명 때문만이 아니다. 문학이 만들어 내는 미나리의 맛은 그 속에 우리의 소중한 삶이 있고 작자가 그것을 찾아 주고 있기 때문이다.

　여기서 작자가 발견해 나가는 미나리의 맛은 춘하추동 어느 계절을 가리지 않고 푸르름을 간직하며 항상 우리 곁에 있어 주는 어떤 소중한 존재에 대한 상징적 의미다. 그리고 특히 엄동설한을 이겨내고 맨 먼저 봄소식을 전해 줄 뿐만 아니라 그것이 지닌 다양한 효능과 함께 이에 얽힌 우리의 풍습도 전하면서 작자는 미나리를 한껏 찬미해서 생활의 발견이 되고 가치의 발견이 된다.

이것은 평범 속에서 귀중한 가치를 찾아내는 것이 수필의 매력이라는 것을 아주 잘 나타낸 것이다. 이런 주제 외에도 이 작품은 현대 수필 속에서 유의해 볼 몇 가지 점들이 있다. 이 작품에는 우리가 잊어가고 있는 한자어들이 있다.

　　식선의 춘색을 바라볼 때에 우리는 먼저 이 미나리 놓인 곳으로 젓가락이 끌려가지 않을 수 없다.

여기 '식선의 춘색'은 '반찬에 나타나는 봄의 색깔'이지만 지금은 거의 사용하지 않는 한자어다. 그렇지만 작자는 한자어를 남용하고 있는 것이 아니다. 사시(四時), 장청(長靑), 상록(常綠), 대춘(待春), 색택(色澤), 수도(手稻) 등 몇 개의 한자어는 수필 일반의 경향에 비해서 많지 않은 수준이다. 다만 한문책의 인용이 일부 나오지만 그것도 조사와 용언을 붙여서 가급적 풀어쓰고 있다. 그러므로 한자를 많이 쓰던 세대임에도 불구하고 부드러운 우리말 문장으로 바꿔 쓰려 한 점이 좋아 보인다.

말미에서 봄을 기다리는 간절한 마음을 전한 것은 잔잔한 감동과 여운을 남기는 좋은 끝맺음이 되고 있다.

다만 이런 작품이 좀 더 넓은 세상에 대한 관심으로 확대되지 않고 끝난 것은 아쉬움으로 남는다.

미나리꽝에도 봄이 오고 온 겨우내 얼음 밑에서 자라던 미나리를 기다린다는 것은 역사의 겨울이 지나고 봄이 오기를 기다리는 마음과도 같은 것이다. 또 그런 역사의 변화가 아니라 미나리가 얼음 밑에서 생명을 이어가듯이 그렇게 헐벗고 굶주리며 따뜻한 세상을 기다리는 가엾은 사람들의 마음을 미나리에서 읽어 낼 수도 있다. 그럼으로써 미나리라고 하는 지극히 신변적인 평범한 소재는 사회와 역사와 인류에 대한 따뜻한 관심으로 확대되고 수필의 위상을 더욱 높일 수도 있을 것이다.

그믐날

김상용

연말이 되니, 외상값이 마마 돋듯 한다. 고슴도치는 제가 좋아서 외를 진다. 그러나 그는 심성이 원래 지기를 좋아해서 빚을 진 것은 아니다. 굳이 결벽(潔癖)을 지켜보고도 싶어 하는 그다. 그러나 벽(癖)도 운이 있어야 지키는 것― 한데 운이란 원래 팔자소관이라 맘대로 못하는 게다. 그도 어쩌다 빚질 운을 타고났을 뿐이다.

"이 달은 섣달입니다. 이 달엔 끊어 줍쇼." 한다.

언즉시야(言則是也)다. 정월서 열두 달이 갔으니 섣달도 됐을 게다. 섣달에 청장(淸帳)하는 법쯤이야, 근들 모를 리야 있겠느냐?

또한 "줍쇼, 줍쇼." 하는 친구들도 꼭 좋아서 이런 귀찮은 소리를 외며 다닐 것은 아니다. 그들도 받을 것은 받아야 저도 살고, 남에게 줄 것도 줄 게 아닌가? 듣고 보면 그들에게도 눈물겨운 사정이 있을 적도 많다. 그러나 손에 푼전에 없을 때 이러한 이해성은 수포(水泡)밖에 될 것이 없다. 정(情)도 그러하고 의(義)도 역시 그러하나, 현실의 얼음은 풀릴 줄을 모르고 그의 딜레마엔 비애의 구름이 가린다.

"물론 주지, 그믐날 줄 게니 집으로 오소." 하였다.

그는 이 순간 감히 물론을 '주지' 위에 붙일 정도로 돈키호테가 되었다. 그러나 이 '물론'이 전연 영에서 출발한 물론은 아니다. 그도 4년 전에 50원(圓) 하나를 어느 친구에게 꾸어준 일이 있다. 딱한 사정을 듣고 나서, "무슨 방도로라도 그믐께쯤은 갚아드리리다." 하는 답이었다. 이것이 그에게 '물론'을 내뱉게 한 것이다. 그러나 그에게서 빚을 얻고 그 빚을 4년이나 못 갚았다면, 그 친구의 실력도 짐작할 만하다. 이런 때의 문제는 실력이지, 성의 유무가 아니다. 들어올 가능성 1에 못 들어올 확실성이 9쯤 된다.

이런 것을 믿다니…… 과연 어리석지 아니한가? 그도 산술 시험에 70점을 맞아 본 수재다. 그만 총명으로 이 믿음의 어리석음을 모를 리가 없다. 말하자면 그는 이 어리석음을 자취(自取)한 데 불과하다.

이런 때 떠내려오는 지푸라기를 안 잡는댔자, 별 도리가 없기 때문이다.

하여튼 그는 '그믐'이란 안질 환자의 파리채로 빚쟁이들을 쫓아버렸다. 이마를 만져보니 식은땀이 축축하다.

하늘은 선악인의 지붕을 택(擇)치 않고 우로(雨露)를 내려 준다. 게까지는 고마운 일이다. 그러나 채(債)의 권무(權務)를 가리지 않고 '그믐'을 함께 보내심은 항혜(恒惠)가 지나쳐 원망의 눈물이 흐른다. 마침내 빚쟁이들에게 '줍쇼' 날이 오는 날, 그에겐 주어야 할 '그믐날'이 오고 말았다.

이때 기다리는 50원이 나 여기 있소 하면야 근심이 무에랴? 그러나 스무 아흐렛날이나 그믐이 돼도 들어와야 할 50원은 어느 골목에서 길을 잘못 들었는지 종내 찾아들 줄을 모른다. 그에겐 "물론 주지! 그믐날 집으로 오소." 한 기억이 반갑지 못한 총명 덕에 아직도 새파랗다.

"집으로 오소" 해놓았는지라, 빚쟁이들이 다행 일터까지는 달려들지 않는다. 평온한 하루 속에 일이 끝났다. 일이 끝났으니 갈 게 아니냐? 제대로 가자면 그믐날도 되고 하니 일찌감치 집으로 돌아가야 할 게다. 그러나 천만에…… 이런 때 집으로 가는 건 맨대가리로 말라리아 모기 둥지를 받는 것과 똑 마찬가지다.

그는 오며오며 만책(萬策)을 생각해 본다. 생각해 봐야 다방 순례밖에 타계(他計)가 없다. 가장 염가의 호신피난법(護身避難法)이다. 그러나 군자(軍資)는? 그는 다 떨어진 양복 주머니에 SOS를 타전한다. 일금 30전야유(錢也有)의 보첩(報牒)! 절처봉생(絶處逢生)은 만고에 빛날 옥구(玉句)다.

그는 다방 문을 연다. 보이의 "드럽쇼!" 소리가 들려왔다. 그는 이 소리에 대해 모자를 벗지 아니할 정도로 오만하다. 30전 군자는 그에게 이만한 오만을 가질 권리를 준 것이다. 차 한 잔을 앞에 놓고 활동 화보나 들치며, 세 시간을 있어도 여섯 시간을 있어도 당당한 이 집의 손님이다. 그는 우선 거미줄 같은 니코틴 망 속에 무수한 삶은 문어 대가리를 보았다. 그는 그들을 비예(睥睨)하며 가장 점잖게 좌(座)를 정해 본다. 한 푼에 투매되는 샤리아핀의 「볼가의 뱃노래」는 그 정취가 과도로 애수적이다.

그는 커피 한 잔을 명하였다. 얼마 아니해 탁(卓) 위에 놓여진다.

"오―거룩하신 커피―ㅅ잔." 하고 그의 기도는 시작된다. 어서 염라대왕이 되사, 이 하루를 옭아가 주소서 하는 애원이다. 어쨌든 그의 군자가 핍진(乏盡)키 전에 그는 이날 하루를 착살(鑿殺)해야 할 엄훈하(嚴訓下)에 있다.

겨울밤이 열 시 반이면, 밤도 어지간히 깊었다. 그는 이 사막에서 새 오아시스를 찾노라, 30필의 낙타를 다 잃은 대상(隊商)의 신세다. 그는 지금 가진 것을 다 버린 가장 성결(聖潔)한 처지에 있다.

"지금까지야 설마 기다리랴?"

"지금 또야 오랴?"

비로소 안도의 성(城)이 심장을 두른다. 거리의 찬바람이 휘― 지날 때,

그는 의미 모를 뜨거운 두 줄을 뺨에 느꼈다.

누가 그의 왼볼을 치면, 그는 진심으로 그의 바른볼을 제공했으리라.

문간을 들어서자,

"오늘은 꼭 받아야겠다고 다섯 사람이나 기다리다 갔소." 한다.

이건 누굴 숙맥으로 아나, 말 안하면 모를 줄 아나 봐, 대꾸를 하고도 싶다. 그러나 부엌을 바라보자마자 그의 배가 와락 고파진 이때, 그에겐 그 말을 할 만한 여력이 없다.

그는 꽁무니를 뒷마루에 내던졌다. 그리고 맥풀린 손으로 신발 끈을 끄르려 한 이때다. 바로 이때다.

바로 이때,

"참 아까, 50원 가져왔습니다." 한다.

귀야, 믿어라! 이 어인 하늘의 음성이냐?

이럴 때 아니 휘둥그레지면 그의 눈이 아니다.

자— 기적이다! 기적을 믿어라. 이게 기적이 아니고 무엇이냐? 그래도 기적이 없다는 놈에겐 자자손손 앙화(殃禍)가 내려야 한다. 오! 고마우신 기적의 50원!

열한 시가 다 뭐냐? 새로 한 시 아냐, 세 시라도 좋다.

50원아! 가자, 감금된 청백고결을 구하러. 50원아, 십자군의 행군을 어서 떠나자!

어느 놈이고 올 놈은 오라. 그래, 너희들이 받을 게 얼마냐? 주마 한 그믐날이다. 주다뿐일까, 장부의 일언을 천금 주어 바꿀 줄 아는가?

그에겐 지금 공복도 피로도 없다. 포도를 울리는 그의 낡은 구두는 개선장군의 발굽보다 우렁차다.

S상점의 문을 두드린다. 아무 대답이 없다.

고연놈들! 벌써 문을 닫다니…… 받을 것도 안 받고 벌써 문을 닫았어, 고연놈들!

"문 열우." 하고 또 문을 두드린다.

"누구십니까?"

한참만에야 문이 열렸다.

"내요. 돈 받으소. 아까 왔더라는걸. 어~ 마침 친구에게 붙들려서…… 하하, 친구에게 붙들리면 어쩔 수가 없거든……."

"그렀습죠! 하하."

"줍쇼." 때에 비해 그의 음성은 간지러울 정도로 보드랍다.

"어~ 한데 사람이란 준다는 날은 쥐야지! 그렇지 않소. 어~ 한데, 모두 얼마더라……."

S상점의 셈을 마치고 다시 개선장군의 말굽 소리를 내며 그는 다음 상점을 찾아가는 것이다.

평설

김상용은 일제 식민지 시대의 시인이며 이화여전 교수로 영문학을 전공했었다. 「남으로 창을 내겠소」로 유명했던 사람.

수필 속의 화자는 1인칭인 나 자신일 수밖에 없는데 이 작품은 소설처럼 3인칭으로 되어 있다. 작자가 자기 자신을 그렇게 쓴 것 같은데 굳이 3인칭으로 자신을 바라보고 서술하는 형식을 취했어야 할 이유가 발견되지 않는다. 만일 가난한 문인이 채무자가 되고 마지막인 섣달 그믐날 채권자들을 피해 다닌 것이 떳떳하지 못해서 남의 일처럼 3인칭으로 썼다면 이것은 수필의 바른 길은 아니다.

수필은 솔직하고 당당한 자기 고백이며 모든 것이 조금도 거짓 없는 사실의 증언이 될 수 있다는 점에서 다른 어떤 문학과도 다른 장점을 지니며 그래서 1인칭으로 써야 더 좋다.

이 밖에도 이 작품은 색다른 부분들이 있다.

작품의 서두 부분은 독자를 유도해 들어가는 자리이기 때문에 뒤따르는 부분보다 더 매력이 있어야 한다. 그런데 이 글은 독자에게 혼란을 일으킬 수 있다.

> 고슴도치는 제가 좋아서 외를 진다. 그러나 그는 심성이 원래 지기를 좋아해서 빚을 진 것은 아니다. 굳이 결벽을 지켜보고도 싶어 하는 그다. 그러나 벽(壁)도 운이 있어야 지키는 것―.

이들은 "고슴도치 외 따 지듯"이란 속담을 알고 있어야 다음을 읽어 나갈 수 있다. 그래야 "고슴도치는 제가 좋아서 외를 진다."는 표현에 대한 해석이 가능해진다.

이 속담은 고슴도치가 오이를 자기 털 가시에 붙이고 다니듯이 여기저기에 부채를 많이 짊어지고 다니는 채무자를 비유하는 것이다.

그런데 이런 속담의 의미를 아는 것은 독자의 몫이라고 하더라도 이 속담을 바르게 사용하는 것은 작자의 몫이다.

작자는 "고슴도치는 제가 좋아서 외를 진다."고 했다. 여기서 "외(오이)를 진다"는 "빚을 진다"라는 뜻이다. 그런데 다음 문장에서는 고슴도치가 원래 빚지기를 좋아하는 심성이 아니라고 했다. 그러므로 이 말은 고슴도치가 스스로 좋아해서 빚을 진다는 앞의 말과는 반대되는 말이다.

이렇게 첫머리부터 앞뒤 혼란을 일으키면 독자는 읽어 나가기가 어렵다.

다음에는 "굳이 결벽을 지켜보고도 싶어 하는 그다."라고 했다.

이것도 색다른 상상력이다. 고슴도치가 결벽을 지키려 하는 짐승인지 아닌지를 김상용이 판단하는 것이 재미있고, 생물학자도 고슴도치의 도덕적 수준까지 연구하기는 어렵기 때문이다.

수필은 소설과 달리 재미있는 스토리도 거의 없는 평범한 일상적 소재에서 출발하는 장르이기 때문에 단어 하나 문장 하나하나가 성패를 가른다. 그리고 산문에 의한 사색의 전개 형식이므로 논리에 빈틈이 없어야 한다.

우리는 문장을 갈고닦는다고 말한다. 퇴고한다는 말도 그처럼 단어 하나를 수없이 생각하고 고치는 행위에서 유래되었음을 우리는 알고 있다. 이런 엄숙한 창작 자세를 누구나 충실히 따를 수는 없지만 비록 명문에는 미치지 못해도 석연하지 않은 문장만은 면해야 된다는 기본 조건이 무시되지는 말아야 할 것 같다. 수필을 하나의 떳떳한 문학 장르로 의식하지 않고, 남은 시간에 남은 먹물 남은 종이로 여가를 즐기면 그만이라는 안이함이 그런 결과를 빚게 되기 쉽다.

서울의 봄

노천명

서울의 봄은 눈 속에서 온다.

남산의 푸르던 소나무는 가지가 휘도록 철겨운 눈송이를 안고 함박꽃이 피었다.

달아나는 자동차와 전차들도 새로운 흰 지붕을 이었다. 아스팔트 다진 길바닥, 펑퍼짐한 빌딩 꼭대기에 백포(白布)가 널렸다. 가라앉는 초가집은 무거운 떡가루 짐을 진 채, 그대로 찌그러질 듯하다. 푹 꺼진 기왓골엔, 흰 반석이 디디고 누른다. 비쭉한 전신주도 그 멋갈없이 큰 키에 잘 먹지도 않는 분을 올렸다.

이 별안간에 지은 세상을 노래하는 듯이 바람이 인다. 은가루, 옥가루를 휘날리며, 어지러운 흰 소매는 무리무리 덩치덩치 흥에 겨운 갖은 춤을 추어 제낀다. 길이길이 제 세상을 누릴 듯이.

그러나 보라! 이 사품에도 봄 입김이 도는 것을. 한결같이 흰 자락에 실금이 간다. 송송 구멍이 뚫린다. 돈짝만 해지고, 쟁반만 해지고, 댓닙만 해지고, 댕기만 해지고, …… 그 언저리는 번진다. 자배기만큼 검은 얼굴을 내놓은 땅바닥엔 김이 무럭무럭 떠오른다.

　겨울을 태우는 봄의 연기다. 두께두께 언 청계천에서도, 그윽한 소리 들려온다. 가만가만 자취 없이 가는 듯한 그 소리, 사르르사르르 이따금 그 소리는 숨이 막힌다. 험한 고개를 휘어 넘는 듯이 헐떡인다. 그럴 때면, 얼음도 운다. '쩡'하며 부서지는 제 몸의 비명을 친다. 언 얼음이 턱 갈라진 사이로 파란 물결은 햇빛에 번쩍이며 제법 졸졸 소리를 지른다.

　축축한 담 밑에는, 눈을 떠 이은 푸른 풀이 닷분이나 자랐다.

　끝장까지 보는 북악에 쌓인 눈도 그 사이 흰빛을 잃었다. 석고색으로 우중충하게 흐렸다.

　그 위를 싸고도는 푸른 하늘에는, 벌써 하늘하늘 아지랑이가 걸렸다. 봄이 왔다. 눈길, 얼음 고개를 넘어, 서울에 순식간에 오고 만 것이다.

평설

　　　　노천명은 일제 강점기부터 시인으로 활동하며 6·25 전쟁 때까지 좋은 작품으로 독자의 사랑도 많이 받았지만 시류에 휩쓸려 과오도 많았다는 비난을 받았다. 수필가 고임순은 「노천명의 수필 세계」(『계간수필』)에서 그의 작품들은 '한 폭의 수채화 같다. 물감으로 촉촉하게 젖어 있는 그림 같은 글'이라 말하고 있다. 매우 적절하게 노천명 수필의 특성을 지적한 말이며, 이것은 「서울의 봄」에 더욱 적절한 표현이다.

　이 수필은 간결성, 청신성, 회화성의 세 가지 특성을 지닌다.

　「서울의 봄」은 5매 수필이다. 이런 수필은 대개 짧은 형식으로써 간결성의 미학적 효과를 극대화하려는 산문의 기법이 된다. 윤오영의 「달밤」, 「붕어」, 「촌부」와 피천득의 「장미」 등이 모두 그런 기법의 효과를 시도한 작품이다. 윤오영의 그것은 화자인 '나'와 노인 사이의 서사적 내용 속에서 의미 부여를 위한 어떤 작은 장치마저도 일체 생략해 버림으로써 간결성을 극대화하고 있다. 노천명의 「서울의 봄」도 무게 있는 주제를 추구해 나간 것이 아니다. 그런 것은 오히려 군더더기로 친다. 머리로 생각하는 짐을 완전히 벗겨 내고 그냥 한 폭의 작고 아름다운 그림으로써 누구나 부담 없이 아주 가볍게 감상하게 만든 것이 이 수필이다.

이런 기법을 노리는 산문이라면 그 문장도 간결해야 된다.

그러나 보라! 이 사품에도 봄 입김이 도는 것을. 한결같이 흰 자락에 실금이 간다. 송송 구멍이 뚫린다. 돈짝만 해지고, 쟁반만 해지고, 댓닢만 해지고, 댕기만 해지고…… 그 언저리는 번진다. 자배기만큼 검은 얼굴을 내놓은 땅바닥엔 김이 무럭무럭 떠오른다.

겨울을 태우는 봄의 연기다.

이렇게 문장이 짧다. 그리고 경쾌한 음악적 리듬이 있다. 그래서 독자는 마치 부모님과 함께 들판에 산책 나와서 강중강중 뛰며 앞서 가는 아이처럼 즐거운 기분이 된다.

그리고 이런 경쾌한 느낌은 문장의 간결성이나 음악적 리듬 때문만이 아니다. 추상적 사고를 필요로 하는 작품이 아니라 감각으로 느끼는 대로만 받아들이면 되기 때문이다. 문학에서 가능한 감각은 주로 시각적인 것이다. 후각, 촉각, 미각 등은 어렵지만 회화적 풍경은 얼마든지 그려 낼 수 있다. 이 수필은 온통 그 같은 그림이다. 철겨운 눈이 내린 뒤의 도시 풍경을 그린 것이다. 눈을 뒤집어쓰고 머리에 이고 등에 지고 있는 남산의 소나무와 거리의 자동차, 전차, 빌딩, 전신주, 청계천 풍경이 모두 간결한 터치로 그려지고 있다. 유화처럼 덕지

덕지 바른 것이 아니라 조금은 투명한 수채화다. 봄기운이 살살 번져 나간다는 표현은 그야말로 수채화 물감이 종이 위로 번져 나가는 느낌을 준다.

　그런데 이런 회화적 풍경이 더욱 수채화적인 청신한 감각을 전하는 것은 이 수필의 소재와도 관계가 있다. 고임순은 이렇게 지적하고 있다.

　　노천명에 있어 말의 생명은 눈처럼 녹아들고 바닷물처럼 흐르는 것, 그의 눈에 비치는 모든 사물은 아무리 딱딱하게 굳은 것일지라도 풀어지고 녹아서 액체로 흐르면서 가장 아름다운 생명의 풍경을 이룬다. 바다, 눈, 비, 물, 눈물, 밀물, 신록물, 치마를 적신 물 등, 이러한 '액체의 말'은 완벽한 액체의 나라와 만나는데, 이것은 바로 여성의 자궁 속이다. '나'와 '너'의 경계를 허물고 모든 대립과 갈등의 벽을 풀어놓은 곳. 그 액체의 나라에서 생명의 말, 속삭임은 태어나는 것이다. 이때 그 말들, 노천명의 글들은 경직된 남성 언어에 대응, 그것을 흔들어 부수어 놓은 여성 언어의 면모를 보이고 있다고 할 수 있다.

　남성 언어와 여성 언어라는 구분도 재미있지만 「서울의 봄」이 특히 수채화적 그리고 청신한 회화적 감각을 지니는 것은 역시 이렇게 눈이 소재가 되어 있고 청계천의 얼음에 금이 가며 그 밑으로 물이 흐르고 있는 것 등, 물이라는 소재의 원초적 이미지 때문이다. 그리고 각 문장마다 풍경 묘사가 매우 탁월하고 비유법이 좋아서 흠 잡을 곳이 없다.

　노천명은 이런 점에서 우리 수필 문학사에서 높이 평가될 자리에 있다. 그런데도 문학사적 평가에서 많이 소외된 것은 일제 강점기 때의 친일 문학과 전쟁 당시의 좌익 활동과 투옥 중의 국군 찬양 등 때문이다. 야만적인 정치적 국가 권력이 힘없는 문인의 인생을 뒤죽박죽으로 짓밟아 버린 것이다.

무궁화

이양하

우리 고향은 광막한 곳이 되어 전체 화초(花草)가 적지만 무궁화가 없다. 어려서부터 말은 들었으나 실지로 본 것은 10여 년 전 처음 서울에 살기 시작한 때다. 서울 어디서 첫 무궁화를 보았는가—.

역시 연전(延專) 교정이 아니었던가 한다. 기억에 어렴풋하나 그때 맛본 환멸(幻滅)은 아직도 소상(昭詳)하다. 보라에 가까운 빨강, 게다가 대낮의 햇살을 이기지 못하여 시들어 오므라지고 보니, 빛은 한결 생채(生彩)를 잃어 문득 창기(娼妓)의 입술을 연상하게 하였다. 그러면 잎새의 아름다움이 있나 하고 들여다보고 들여다봐야 거세고 검푸른 것이 꽃 잎새라느니보다 나무 잎새였다.

'샤론의 장미'라 한다. 해서 여기 어떤 신비로운 동경(憧憬)을 가졌던 것은 아니나 우리의 소위 국화(國花)라는 것이 이렇게 평범하고 초라한 것이라고는 생각지 못하였다. 무궁화가 어째서 우리의 국화가 되었을까 하고 안타깝게 생각하는 것은 아마 이때의 나 하나뿐이 아니겠다. 요염한 영국의 장미, 고아(高雅)하고 청초한 프랑스의 백합, 소담한 독일의 보리(菩提),

선연한 스코틀랜드의 엉겅퀴, 또는 가련한 희랍의 앉은뱅이, 또는 찬란하고도 담백한 일본의 사쿠라를 생각하고 우리의 무궁화를 생각할 때, 우리는 아무리 하여도 우리 선인(先人)의 선택이 셈에 맞지 않는 것이었다고 하지 않을 수 없다.

그래 상허(尙虛)는 무궁화가 우리 국화로서 가당(可當)하지 못하다는 여러 가지 이유를 들고, 우리들에게 좀 친근하고 보편적인 진달래를 국화로 하였으면 하는 의견을 말하였다. 그러나 국화로서의 무궁화에 대한 혐오감을 더 절실하게 단적으로 표현하는 것은 어떤 내 친구의 이야기겠다. 이 친구는 전라도 태생이 되어 어렸을 때부터의 무궁화를 많이 보아 왔다. 그러나 그것이 우리의 국화인 무궁화란 것은 알지 못하였다. 그 역시 나와 마찬가지로 서울 와서 이 사실을 처음 알게 되었는데, 그 순간의 감명은 이러한 것이었다.

"게 무강나무 아닌가. 우리 시골 가면 집 울타리 하는 바루, 그게 아닌가."

그러나 연희(延禧)에 있는 10년 동안 여름마다 많은 무궁화를 보아 오고, 또한 4, 5년 동안은 두서너 그루의 흰 무궁화가 자라는 집에 살게 되어 아침저녁으로 이 꽃의 이모저모를 보아 온 이래, 무궁화에 대한 나의 생각은 많이 달라졌다.

오늘에 있어도 우리 국화로는 꼭 무궁화라야 하겠다고 생각하는 것은 아니겠지마는, 국화 대접을 하여도 부끄러운 것이라고는 생각이 되지 아니한다. 그리고 생각하면 우리의 선인들이, 무궁화를 소중하게 여긴 뜻과 연유를 충분히 알 수 있을 것 같고, 또 꽃 자체도 여러 가지 미덕을 가져 결코 버릴 수 없는 아름다운 꽃의 하나라고 생각된다.

앵두꽃이 피고 살구, 복숭아가 피고 져도 무궁화는 아직 메마른 가지에 잎새를 장식할 줄도 모른다. 잎새가 움트기 시작하여도 물 올라가는 나무 뿌리 가까운 그루터기에서부터 시작되는 것이어서 온 뜰이 푸른 가운데 지난해의 마른 꽃씨를 달고 있는 나뭇가지가 오랫동안 눈에 거슬린다. 라일락이 피고, 황매가 피고 장미가 피고 나야 비로소 잎새를 갖춘다. 잎새는 자질구레한 것이 나무 그루터기에서 가지의 끝까지 달리는 것이어서 말하자면 온 나무가 잎새가 된다. 꽃피는 것도 무척 더디다. 봉오리가 맺기 시작하여도 한두 주일을 기다려야 꽃이 피는데, 첫 꽃이 피는 것은 서울에서는 대개 여름 방학이 시작되는 7월 초순이다. 오래 기다리던 나머지요 또 대강 한 꽃이 한 봄의 영화(榮華)를 누리고 간 뒤의 뜰이 적이 쓸쓸한 탓도 있을 터이지마는, 하루아침 문득 푸른 잎새 사이로 보이는 한 송이의 흰 무궁화는—무궁화는 흰 무궁화라야 한다. 우리의 선인(先人)이 취한 것도 흰 무궁화임에 틀림이 없다. 백단심(白丹心)이라는 말이 있을 뿐아니라 흰빛은 우리가 항상 몸에 감는 빛이요, 화심(花心)의 빨강은 또 우리의 선인들이 즐겨 쓰던 단청(丹靑)의 빨강이다—감탄 없이는 바라볼 수 없는 것이다. 꽃은 수줍고 은근하고 겸손하다. 그러나 자신은 없지 아니하다. 왜 그러냐 하면 피기 시작하면 꽃 한 송이 한 송이는 대개 그날 밤사이에 시들어 뒤말라 버리고 말지만, 다음 날 세 송이가 잇대어 피고 하는 것이 8월이 가고 9월이 가고 10월에 들어서도, 어떤 때는 아침저녁 산들바람에 흰 무명 바지저고리가 차가울 때까지 끊임없이 핀다. 그동안 피고 지는 꽃송이를 센다면, 대체 몇 천 송이 몇 만 송이 될 것일까. 그중 많은 꽃을 피우는 때는 8월 하순경인데, 이때면 나의 키만 한 나무에는 수백 송이를 셀 수가 있다. 형제가 번열(繁裂)하고 자손이 자자손손 백대 천대 이어가는 것을 무엇보다 큰 복으로 생각하던 우리의 선인들은 첫째 이러한 의미에 있어 아마 무궁화를 사랑하였을 것이다. 그리고 꽃으로서도 이

82

만큼 무성하고 이만큼 오래고 보면 그것만으로도 한 덕이라고 할 수 있지 아니할까?

이와 관련된 의미에 있어 우리 선인들은 또 무궁화의 수수하고 부쩝 좋은 것을 좋아하였을 것이다. 무궁화는 별로 토지의 후박(厚薄)을 가리지 아니하고, 청송 오죽(靑松烏竹)처럼 까다롭게 계절을 가리지 아니한다. 동절(冬節)을 제(除)하고는 어느 때 옮겨 심어도 자라고 또 아무 데 갖다 놓아도 청탁 없이 잘 자란다. 밭 기슭에서 자라고 집 울타리에다 심으면 집 울타리에서 자라고, 사랑 마당에 심으면 사랑 마당에서 자란다. 아니 심어서 자란다느니보다 씨 떨어진 곳에 나서 자라는 것이 보통이다. 그리고 이 꽃은 벌레 타는 법이 없다. 혹시 진딧물이 끼고 거미가 줄을 쓰는 일은 있어도 벌레 때문에 마르는 법이라곤 없다. 이렇게 너무도 까탈 부릴 줄을 알지 못하고, 타박할 줄 모르는 것이 이 꽃이 사람의 귀염을 받지 못하는 소이의 하나가 되는지도 모른다. 그러나 이렇게 하도 부쩝이 좋고 까탈이 없고 보니, 사람이 비록 소중히 하지 아니한다 하여도 절종(絶種) 되거나 희소해지거나 할 염려는 조금도 없다. 그냥 내버려두어도 어디까지든지 퍼지고 자라고 번성할 운명을 가졌다. 여기 우리는 무궁화를 사랑하는 우리의 선인의 마음 가운데 다시 자손의 창성(昌盛)과 국운의 장구(長久)를 염원하는 마음을 읽을 수 있겠다.

무궁화는 어떤 의미에 있어, 아니 어떤 의미에서가 아니라, 무엇보다도 은자(隱者)의 꽃이라 할 수 있겠다. 외인(外人)은 혹 우리 조선을 불러 은자의 나라라고 하는데 그 이유를 자세히는 알지 못하나 과연 은자의 나라다운 곳이 있다면, 무궁화는 따라서 우리나라를 상징하는 꽃이 되겠다. 무궁화는 첫째, 성(性)을 따진다면 결코 여성이 아니다. 중성(中性)이다. 요염한 색채도 없고 복욱(馥郁)[1]한 방향(芳香)도 없다. 양귀비(楊貴妃)를 너무 요염하다 해서 뜰에 넣지 않은 우리 선인의 취미에 맞을 뿐 아니라, 향기를 기피(忌避)하여 목견(木牽)까지 뜰에서 추방한 아나톨 프랑스의 시제도 타협할 수 있는 은일(隱逸)의 꽃이다. 그리고 은자로서의 우리의 선인의 풍모(風貌)를 잠깐 상상한다면 수수한 베옷이나 무명옷을 입고, 살부채를 들고 조그만 초당(草堂) 뜰을 거니는 모습이 나타나는데, 이 모습에 잘 어울리는 꽃으로 무궁화 이외의 꽃을 쉬이 상상할 수가 없을 것 같다. 그뿐 아니라 무궁화가 은자(隱者)가 구하고 높이는 모든 덕을 구비하였다. 무궁화에는 은자가 대기(大忌)하는 속취(俗臭)²라든가, 세속적 탐욕 내지 악착을 암시하는 데가 미진(微塵)도 없고 덕 있는 사람이 타기(唾棄)³하는 요사(妖邪)⁴라든가 망집(妄執)⁵이라든가 오만(傲慢)이라든가 찾아볼 구석은 없다. 어디까지든지 점잖고, 은근하고, 겸허하여 폐일언하고 너그러운 대신, 군자의 풍모를 가졌다.

서양 사람들은 무슨 꽃을 겸허의 상징으로 삼는지 지금 잠깐 상고할 수 없으나 나는 어떤 꽃보다도 우리의 무궁화가 겸허를 잘 표현하고 있지 아니한가 하는데, 과연 그렇다면 무궁화는 최고의 덕을 가진 탁월한 꽃이라고 찬양할 수 있겠다. 왜 그러냐 하면 겸허는 사람의 아들로서 가질 수 있는 가장 숭고한 심경(心境)일 뿐 아니라, 나아가서는 온 땅을 누릴 수 있는 미덕이기 때문이다. 이렇게 생각하면 무궁화는 어느 정도 우리 조선 사람의 성질을 말하고, 우리의 자취를 흔구(欣求)⁶하는 바에도 상부(相扶)하는

---

1 복욱(馥郁): 풍기는 향기가 그윽함.
2 속취(俗臭): 저속한 냄새.
3 타기(唾棄): 업신여기거나 더럽게 생각하여 침을 뱉듯이 버리고 돌아보지 않음.
4 요사(妖邪): 요망스럽고 간사함.
5 망집(妄執): 망상을 버리지 못하고 그것에 정착함.
6 흔구(欣求): 불교에서 흔쾌히 원하여 구하는 일을 이름.

것이어서 국화로 삼아 의당할 뿐 아니라 무궁화가 가진 덕을 몸소 배워 구현(具現)하는 데 힘쓴다면, 우리는 세계 어느 나라 사람보다도 훌륭하고 위대한 사람이 될 수 있겠다.

이것은 여하튼 때는 마침 8월, 무궁화가 가장 아름답고 무성할 무렵, 마침 새 나라의 기초가 서게 되니 상서로운 일이라 하지 아니할 수 없다. 원하건대 우리의 새 나라 새 백성, 무궁화처럼 천 대 만 대 길이 남아 훌륭한 나라 훌륭한 백성 되기를ー.

평설

　　　　　연희전문학교 영문과 교수였던 이양하는 좋은 수필로도 제자들이 많이 따랐다. 윤동주가 첫 시집을 내려고 이 교수를 찾아갔다가 그의 만류로 되돌아선 것은 제자를 보호하기 위함이었을 것이다. 이 수필의 앞부분은 무궁화를 부정적으로 서술하고 그다음에는 이 꽃을 긍정적으로 표현해 나간 것이다. 부정적 측면이 구체적으로 표현되었으므로 이를 반전시키려면 긍정적 변론도 만만치 않을 수밖에 없다. 그리고 여기서 수필 문학의 진가가 나온다.

이양하는 연희전문학교 교정에서 처음으로 무궁화를 본 것 같다고 기억을 더듬어 나가고 있다. 그런데 이 꽃을 보고 환멸을 느낀 것이 소상하게 기억된다고 했다. 그때의 기억으로 무궁화는 생채(生彩)를 잃은 꽃이라고 했다. 생채를 잃은 꽃이라면 죽어가는 꽃이다. 또 창기(娼妓)의 입술을 연상한다고도 했다.

윤동주는 중국 땅 용정을 떠나 서울의 연희전문학교에 와서 입학했을 때 우리의 국화인 무궁화가 버젓이 교정에 피어 있는 것을 보고 생기가 넘쳤던 것 같다. 생기발랄한 시 「새로운 길」이 이 무렵에 발표된 것도 이런 분위기를 말해 준다.

그런데 이양하는 무궁화를 보고 너무 실망했다. 꽃 중에서 최하 점수를 준 것이다. 이 경우에 이양하의 작품은 픽션이 아니고 상상의 산물도 아니고 직접적, 경험적 사실을 그대로 표현한 것인 이상 무궁화를 국화로 삼고 있는 대한민국에서 그대로 넘어가지지 않는다. 이대로라면 국민으로부터 분노의 지탄 대상이 되고 만다.

이 수필은 이렇게 독자들을 흥분시키고 공격의 화살을 준비하도록 약을 올려놓은 뒤에 이를 뒤집어 나감으로써 독자의 관심을 더욱 끄는 기법을 쓰고 있다. 그리고 그만큼 자신이 앞에서 서술한 내용에 대한 반론과 함께 국화로서의 무궁화의 가치에 대하여 최고의 찬사를 아끼지 않고 있다. 그런데 이 같은 무궁화 찬미는 꽃에 대한 찬미로만 끝나지 않는다. 그것은 우선 무궁화 찬미이지만 꽃 자체보다는 그것을 통해서 '우리는 누구인가'라는 민족의 자화상을 무궁화를 통하여 간접화법으로 전하고자 한 것이 작자의 본뜻이었을 것이다.

수필은 다른 장르와 달리 사실의 증거를 찾아 나가며 논리적 사색을 통하여 사물의 새로운 가치를 발견하고 창출해 낼 수 있는 가장 이상적인 표현 양식이다. 이양하는 이 수필에서 이 같은 기법의 장점을 최대로 살려 나가면서 아마도 가장 멋진 무궁화 찬미론을 만들어 낸 것 같다. 다만 매끄럽게 정리되지 못한 문장이 조금 있는 것은 유감이다. 이런 문장이 있다.

"오래 기다리던 나머지요 또 대강 한 꽃이 한 봄의 영화를 누리고 간 뒤의 뜰이 적이 쓸쓸한 탓도 있을 터이지마는, 하루아침 문득……."

이 문장에서 "누리고 간 뒤의 뜰이 적이 쓸쓸한"은 "누리고 간 뒤이기에 뜰이 적이 쓸쓸한……"과 같은 형식으로 고쳐야 앞부분과 맞는다. 수필도 문학이며 일반 산문과 다른 예술인 이상 이렇게 불편한 문장은 틀린 문장이다.

전체적으로 보면 대한민국 건국 당시의 8월에 맞춰 가장 많이 피던 무궁화에 대한 찬미 수필로서 매우 공감이 가는 작품이다.

낙관(落款)

계용묵

서화(書畵)를 좋아하는 어떤 벗이 골동점에서 추사(秋史)의 초서병풍서 (草書屛風書) 여덟 폭을 샀다.

"나 오늘 좋은 병풍서 한 틀 샀네. 돌아다니면 있긴 있군."

그 벗은 추사의 병풍서를 구하게 된 것이 자못 만족한 모양이다.

"돈 많이 주었겠군. 추사의 것이면……."

"아아니 그리 비싸지도 않아. 글쎄 그게 단 50원이라니깐 그래."

추사의 병풍서 한 틀에 50원이란 말은 아무리 헐하게 샀다고 하더라도 당치 않게 헐한 값 같으므로,

"그러면 추사의 것이 아닐 테지. 속지 않았나? 추사의 것이라면 한 폭 에도 50원은 더 받아먹겠네."

하고 의심쩍게 말을 했더니,

"괜히 추사의 글씨가 아니라는구만. 마루 병풍을 붙였다가 뗀 것인데 그 글씨 폭은 지지리 더러워지고, 가장자리로 돌아가면서 붙였던 눈썹 지 자리만 하얀 자국이 있는 것만 보더라도 그게 옛날 게 분명한 게야."

한다.

이 소리에 나는 더욱이 그 글씨가 의심스러웠다.

"이즘 고물인 것처럼 그런 가공들을 해서 많이들 팔아먹는다는데 그 눈썹지 가장자리가 하얗다는 것과 50원이란 헐한 값과를 미루어 보면 글쎄 그게 추사의 친필이라고…….

"아아니 그렇게만 자꾸 의심할 게 아니라니깐. 내게 추사의 필첩(筆帖)이 있는데 거기에 찍힌 낙관과 이 병풍서에 찍힌 그것과 조금도 틀림이 없거든."

하고 그는 틀림없는 추사의 친필로 단정을 하고 조금도 의심하려고 않는다. 그러니 나도 확실히는 모르면서 아니라고 그냥 우길 수는 없어서,

"그럼 글씨 전문가에게 시원스럽게 한 번 감정을 받아 보지?"

하고, 나도 사실은 그 진부가 궁금해서 이런 제의를 했더니,

"그야 어렵지 않지. 그럼 내가 가서 한번 감정을 받아 보겠네."

하면서 그는 생존해 있는 모모 씨의 글씨도 여러 폭 샀던 것을 추사의 것과 아울러 다 싸가지고 어느 서도 대가를 찾아가서 감정을 받기로 했다.

내 의심이 틀림없이 맞았다.

추사의 것뿐만 아니라 현 생존자의 것들까지 진짜 친필은 하나도 없다고 그 대가는 말하더란다.

그러면서 추사의 글씨를 가지고 하는 말이, 추사의 글씨를 방불케 하는 것으로 솜씨는 오히려 추사보다 능숙한 데가 있어 보이나, 도장이 추사의 것이 아니니 아무 가치가 없는 것이란 말을 하더란다.

그래서 이 글씨가 추사의 글씨보다 낫다면 추사 이상의 가치를 인정해 주어야 할 것이 아니냐고 했더니 그는 웃으면서,

"어찌 글씨의 능(能)·불능(不能)으로 가치가 있게 됩니까? 이왕 얻은 필

자의 명성 여하로 글씨의 가치가 인정되는 것이지요. 낙관이 추사의 진짜 낙관이어야 값이 나갑니다."

하고, 추사의 글씨보다 오히려 나은 점이 있다고는 하면서도 그 대가는 그 글씨를 조금도 아까워하는 기색이 없이 더 더듬어 볼 필요도 없다는 듯이 밀어 던지더란다.

하필 글씨에 있어서뿐 아니라 모든 것에 있어서 이렇게 되는 것이 사실이지만 새로이 잘한다는 것이 이미 얻어가지고 있는 그 명성을 누르기 힘든다. 확실히 그 가치의 판단에 명철한 두뇌도 그 명성 앞에서는 눈을 감는 게 상례다. 그렇기 때문에 이미 자라난 그 명성의 그늘 밑에선 흔히 새싹이 마음대로 오력(五力)을 펴지 못하고 시들어 버리는 예를 보아도 오거니와, 이 가짜 추사가 추사의 글씨보다 자기의 것이 분명 낫다는 것을 알고 있다면, 그러면서도 추사의 이름으로 글씨를 써서 팔아먹지 않아서는 안 된다면 그 창조력 고민이 얼마나 클 것일까? 생각을 하며,

"추사의 글씨보다 능숙하다니 잘 보관해 두게. 그 사람이 출세하면 그것도 만 냥짜리는 될 테니."

"보관이 다 뭐야. 거 참 흉측한 노릇이로군."

하고, 그 벗은 그 글씨 뭉치를 아무러한 미련도 없이 다시 보자기에 싸더니 골동품점으로 가지고 나가서 이조 자기의 화병 한 개로 바꾸어 왔다.

그 벗 역시 그 추사의 글씨에 혹해서 그 글씨를 사려고 하였던 것이 아니라, 그 글씨 필자의 명성, 다시 말하면 추사의 명성을 사려고 하였던 한 사람인 것을 알 수가 있었다.

평설

　　전쟁 직후인 1955년의 수필집 『상아탑』에 있는 작품이다. 수필이 오래 전부터 있었지만 그것이 어느 정도 독립적 문학 장르로 의식되기 시작한 것은 30년대 후반부터다. 계용묵은 평북 선천이 고향이지만 서울과 일본에서 학업을 마치고 30년대에 소설가로 이름을 얻기 시작했다. 수필도 썼지만 유명해진 『백치 아다다』 등을 통해서 문인으로서의 역할은 어디까지나 소설 쪽에 비중이 실려 있었다. 이럴 경우에 수필의 창작 기법은 소설과 다르기 때문에 수필은 그의 '본업' 수준에 미달되는 경우가 많지만 계용묵의 경우는 소설적 기법이 수필 창작에서도 적절히 효력을 발휘해 주고 있는 셈이다. 소설만의 고유한 특성은 물론 픽션이며, 이 밖에 사건의 전개와 대화는 결코 소설만의 독점물이 아니다.

　　계용묵의 「낙관」은 소설 같은 허구성이 좀 보이는 듯도 하지만 그것은 객관적 증거가 없으니 길게 말할 수 없다. 그러므로 인물과 사건 전개라는 소설적 이야기가 있더라도 픽션의 혐의를 씌우지 말고 그 같은 이야기의 전개 역시 수필이 지니는 기법의 하나로서 계용묵 수필이 재미있게 읽힐 수 있는 장점이라고 보는 것이 옳을 것이다.

　　그리고 이 작품에서처럼 실제로 가짜 낙관이 찍힌 김정희의 위작을 속고 사는 일은 얼마든지 있을 수 있으므로 이 작품이 아무리 소설적 이야기가 있더라도 픽션은 아니다.

　　「낙관」은 이와 달리 비판의 강도가 너무 약하다는 아쉬움이 있다. 이 수필의 주제는 타인의 명성에 가려서 자기 실력이 그를 능가하는데도 인정받지 못하는 많은 예술가(?)의 억울한 설움과 함께 예술을 예술로 보지 않고 그의 명성만으로 작품 가치를 재려는 고객이나 감상자들을 질타한 것이다. 그런데 주제는 좋지만 논리적 전개가 더 따랐으면 좋았겠다.

작자의 벗이 사들인 추사의 8폭 초서 병풍이 가짜이긴 하지만 추사보다 더 낫다는 설명이 그렇다. 물론 추사체이지만 추사보다 더 잘 쓴 것도 있을 수 있다. 그렇지만 두 가지 문제가 있다. 아무리 잘 썼다 해도 추사체라면 그것은 창의성이 없는 모방이며 아류다. 그뿐만 아니라 추사의 낙관을 찍었다면 위작이며 도둑질이다. 그러므로 이런 위조범이 아무리 뛰어난 재능이 있었다 해도 그에게 '예술가의 설움'이란 표현은 당치도 않다. 즉 작자가 그런 주제를 살리려면 모방이 아닌 독창성과 우수성을 갖춘 불우한 예술가를 소재로 쓰면 더 좋았겠다. 그리고 물론 독창적인 작품이라면 남의 낙관 도용 자체가 불가능할 터이고, 그래서 표절이 아니라 처자식 먹이려고 남의 집 담 넘어 들어가서 쌀을 퍼간 예술가를 말했다면 소재로서는 더 어울렸을 것이다.

백설부(白雪賦)

김진섭

　말하기조차 어리석은 일이나 도회인으로서 비를 싫어하는 사람은 많을지 몰라도, 눈을 싫어하는 사람은 아마 거의 없을 것이다. 눈을 즐겨하는 것은 다만 개와 어린이들뿐만 아닐 것이요, 겨울에 눈이 내리면 온 세상이 일제히 고요한 환호성을 높이 지르는 듯한 느낌이 난다. 눈 오는 날에 나는 일찍이, 무기력하고 우울한 통행인을 거리에서 보지 못하였으니 부드러운 설편(雪片)이, 생활에 지친 우리의 굳은 얼굴을 어루만지고 간지를 때, 우리는 어찌된 연유인지, 저도 모르는 사이에 온화하게 된 마음과 인간다운 색채를 띤 눈을 가지고 이웃 사람들에게 경쾌한 목례를 보내지 않을 수 없게 되는 것이다. 나는 겨울을 사랑한다. 겨울의 모진 바람 속에 태고의 음향을 찾아 듣기를 나는 좋아하는 자이기 때문이다. 그러나 무어라 해도 겨울이 겨울다운 서정시는 백설, 이것이 정숙히 읊조리는 것이니, 겨울이 익어가면 최초의 강설에 의해서, 멀고 먼 동경의 나라는 비로소 도회에까지 고요히 들어오는 것인데, 눈이 와서 도회가 잠시 문명의 구각을 벗고 현란(絢爛)한 백의를 갈아 입을 때 눈과 같이 온, 넓고 힘세고

성스러운 나라 때문에 도회는 문득 얼마나 조용해지고, 자그마해지고, 정숙해지는지 알 수 없는 것이지만, 이때 집이란 집은 모두 꿈속에 포근히 안기고 사람들 역시 희귀한 자연의 아들이 되어, 모든 것은 일시에 원시시대의 풍속을 탈환한 상태를 나타낸다. 온 천하가 얼어붙어서 찬 돌과 같이도 딱딱한 겨울날의 한가운데, 대체 어디서부터 이 한없이 부드럽고 깨끗한 영혼은 아무 소리도 없이 한들한들 춤추며 내려오는 것인지. 비가 겨울이 되면 얼어서 눈으로 화한다는 것은 참으로 고마운 일이다. 만일에 이 삭연(索然)한 삼동(三冬)이 불행히도 백설을 가질 수 없다면, 우리의 적은 위안은 더욱이나 그 양을 줄이고야 말 것이다. 가령 우리가 아침에 자고 일어나서, 추위를 참고, 열고 싶지 않은 창을 가만히 밀고 밖을 한번 내다보면, 이것이 무어랴. 백설 애애(皚皚)한 세계가 눈앞에 전개되었을 때, 그때 우리가 마음에 느끼는 것은 과연 무엇일까? 말할 수 없는 환희 속에 우리가 느끼는 감상은 물론 우리가 간밤에 고운 눈이 이같이 내려서 쌓이는 것도 모르고 이 아름다운 밤을 헛되어 자 버렸다는 것에 대한 후회의 정이요, 그래서 가령 우리는 어젯밤에 잘 적엔 인생의 무의미에 대해서 최후의 단안을 내린 바 있었다 하더라도 적설을 바라보니 이 순간에만은 생의 고요한 유열(愉悅)과 가슴의 가벼운 역악을 아울러 맛볼지니, 소리 없이 온 눈이 소리 없이 곧 가 버리지 않고, 마치 그것은 하늘에 내려 주신 선물인 거나 같이 순결하고 반가운 모양으로, 우리의 온밤을 행복스럽게 만들어 주기는 하나, 아침이면 흔적도 없이 사라지는 달콤한 꿈과 같이 그렇게 민속하다고는 할 수 없어도, 한 번 내린 눈은, 그러나 그다지 오랫동안 남아 있어 주지는 않는다. 이 지상의 모든 아름다운 것은 슬픈 일이나, 얼마나 단명하며 또 얼마나 없어지기 쉬운가. 그것은 말하자면 기적같이 와서는 행복같이 달아나 버리는 것이다. 백설이 경쾌한 윤무를 가지고 공중에서 편편히 지상에 내려올 때, 이 순치(馴致)할 수 없는 고공 무용이 원거리에 뻗친 과감한 분란은, 이를 보는 사람으로 하여금 거의 처연한 심사를 가지게까지 하는데.

대체 이 흰 생명들은 이렇게 수많이 모여선 어디로 가려는 것인고? 이는 자유의 도치 속에 부유함을 말함인가? 백설이여 잠시 묻노니, 너는 지상의 누가 유혹했기에 이곳에 내려오는 것이며, 그리고 또 너는 공중에서 무질서의 쾌락을 배운 뒤에, 이곳에 와서 무엇을 시작하려는 것이냐? 천국의 아들이요, 경쾌한 족속이요, 바람의 희생자인 백설이여, 너희들은 우리들 사람 가지를 너희의 혼란 속에 휩쓸어 넣을 작정인지는 알 수 없으되, 그리고 또 사실상 그 속에 혹은 기쁘게 혹은 할 수 없이 휩쓸려 들어가는 자도 많이 있으리라마는, 그러나 사람이 과연 그런 혼돈한 와중(渦中)에서 능히 견딜 수 있으리라고 너희는 생각하느냐?

백설의 이와 같은 난무는 물론 언제까지나 계속되는 것은 아니다. 일단 강설의 상태가 정지되면, 눈은 지상에 쌓여 실로 놀랄 만한 통일체를 현출시키는 것이니, 이와 같은 완전한 질서, 이와 같은 화려한 장식을 우리는 백설이 아니면 어디서 또다시 발견할 수 있을까? 그래서, 그 주위에는 또한 하나의 신성한 정밀이 진좌하여, 그것은 우리에게 우리의 마음을 엿듣도록 명령하는 것이니, 이때 모든 사람은 긴장한 마음을 가지고, 백설의 계시에 깊이 귀를 기울이지 않을 수 없는 것이다. 보라! 우리가 절망 속에서 기다리고 동경하던 계시는 참으로 여기 우리 앞에 와 있지 않은가? 어제까지도 침울한 암흑 속에 잠겨 있던 모든 것이 이제는 백설의 은총에 의하여 문득 빛나고, 번쩍이는, 약동하고, 웃음치기를 시작하고 있기 때문이다. 말라붙은 풀포기, 성자(聖者)의 영지가 되고, 공허한 정원은 아름다운 선물로 가득하다. 모든 것은 성화되어 새롭고 정결하고, 젊고 정숙한 가운데 소생되는데, 그 질서, 그 정밀은 우리에게 안식을 주며, 영원히 해조(諧調)에 대하여 말한다. 이때, 우리의 회의는 사라지고, 우리의 두 눈은 빛나며, 우리의 가슴은 말할 수 없는 무엇을 느끼면서 위에서 온 축복에 대하여 오직 감사와 찬탄을 노래할 뿐이다.

눈은 이 지상에 있는 모든 것을 덮어 줌으로 말미암아, 하나같이 희게 하고 아름답게 하는 것이지만, 특히 그중에도 눈이 덮인 공원, 눈에 안긴 성사, 눈 밑에 누운 무너진 고적, 눈 속에 높이 선 동상 등을 봄은 일단으로 더 흥취의 깊은 것이 있으니, 그것은 우울한 옛 시를 읽는 것과도 같이, 그 배후에는 알 수 없는 신비가 숨 쉬고 있는 듯한 느낌을 준다. 눈이 내리는 공원에는 아마도 늙을 줄을 모르는 흰 사슴들이 떼를 지어 뛰어다닐지도 모르는 것이고, 저 성사 안 심원에는 이상한 향기를 가진 앨러배스터의 꽃이 한 송이 눈 속에 외로이 피어 있는지도 알 수 없는 것이며, 저 동상은 아마도 이 모든 비밀을 저 혼자 알게 되는 것을 안타까이 생각하고 있을지도 모르기 때문이다. 그러나 무어라 해도 참된 눈은 도회에 속할 물건은 아니다.

그것은 산중 깊이 천인만장의 계곡에서 맹수를 잡는 자가 체험할 물건이 아니면 아니 된다. 생각하여 보라! 이 세상에 있는 눈으로서는 여러 가지가 있을 것이니, 가령 열대의 뜨거운 태양이 내려쬐는 저 킬리만자로의 눈, 우랄과 알래스카의 고원에 보이는 적설, 또는 오자마자 순식간에 없어져 버린다는 상부 이탈리아의 눈 등……. 이러한 여러 가지 종류의 눈을 보지 않고는, 도저히 눈에 대해서 말할 수 없다고 아니할 수 없다. 그러나 불행히 우리의 눈에 대한 체험은 그저 단순히 눈 오는 밤에 서울 거리를 배회하는 정도에 국한되는 것이니, 생각하면 사실 나의 백설부란 것도 근거 없고, 싱겁기가 짝이 없다 할밖에 없다.

평설

　　　김진섭은 일본에서 독문학을 전공하고 귀국해서 평론 활동과 함께 우수한 수필가로서 한국 수필의 든든한 기반을 닦기 시작했었는데 전쟁 때 납북되었다. 「백설부」는 국어 교과서에도 오래도록 실려 왔기 때문에 그의 대표작으로 꼽히고 있다. 그리고 김진섭은 30년대에 이르러 수필을 비로소 우리 문학에서 독립적인 문학 장르로 인식시켜 주는 데 공이 컸던 사람이다. 교과서 장기 게재와 수필 문학에 독립적 지위를 알려 준 선구자라는 것은 특별한 의미를 지닌다. 왜냐면 이런 조건은 그의 작품이 수필의 모범 답안인 것 같은 인식을 주게 되기 때문이다. 그런 의미에서 피천득의 「수필」이 그래 왔듯이 김진섭의 「백설부」도 우리 수필계에 많은 관심을 갖게 했으리라고 짐작된다.

　즉 생활 주변의 사물을 하나의 단일 주제로 삼고 긍정적인 삶의 의미를 천착해 나가는 형태의 수필로서는 「백설부」 같은 작품이 자주 모범 답안으로 떠올랐을 것이다.

　「백설부」는 그처럼 생활 주변에서 하나의 소재를 찾아 단일 주제를 한껏 긍정적 가치를 선착해 나간 것으로서는 그의 대표작이 된다.

　그는 「체루송(涕淚頌)」, 「인생예찬」, 「백설부」처럼 송, 찬, 부(頌 讚 賦)의 세 글자 중 하나가 붙은 긍정적 가치관의 수필들을 많이 써 나갔으며, 「백설부」는 그런 의식이 절정에 이르고 있는 작품이다.

　그런데 오늘의 수필에 비하면 좀 시대적 차이가 난다. 지금은 이런 문체를 쓰는 수필가가 별로 없음을 봐도 알 수 있다.

　「백설부」는 서정적 감각도 있지만 주로 사변적 서술 문체다. 철학적 사고 형태로 눈을 관찰한 수필이다. 철학은 지적, 논리적 분석 방법을 통해서 사물의 심오한 진실을 캐내는 작업이다. 그런데 문학에서는 이를 위한 장비가 무조건 무거운 쇳덩어리여야 할 필요는 없다.

일단 강설의 상태가 정지되면, 눈은 지상에 쌓여 실로 놀랄 만한 통일체를 현출시키는 것이니, 이와 같은 완전한 질서, 이와 같은 화려한 장식을 우리는 백설이 아니면 어디서 또다시 발견할 수 있을까?

여기서 '일단 강설의 상태가 정지되면'은 '한번 눈이 그치면'이라고만 해도 된다. '눈이 그쳤다' 하면 간단하게 다 알아들을 것인데 왜 '강설의 상태가 정지되면'이라고 어렵게 딱딱하게 해야 하나. 논리적 사고에는 한자어가 많이 필요하지만 눈이 내리는 데 논리적 사고는 필요 없다. 그렇게 어렵게 말하지 않아도 눈은 그냥 내린다.

'눈은 지상에 쌓여 실로 놀랄 만한 통일체를 현출시키는'도 그렇다. 그냥 눈이 내렸다고만 해도 된다. 내려서 쌓였으면 그만이지 '놀랄 만한 통일체 현출'은 무엇인가? '현출'은 나타냈다고 말하면 안 되나?

불필요한 한자어의 남용은 유식함을 과시하려는 의도가 있을 때 자주 쓰인다. 빈약한 내용을 유식한 표현으로 위장하려는 저의가 있을 때도 애용된다. 그러므로 한자어의 남용은 작품의 품위를 떨어뜨린다.

한자어는 관념적인 표현에는 필요하지만 수필이 문학인 이상 그것은 관념어보다는 그런 추상적 관념을 형상화하고 감각적으로 전달하는 용어가 필요하다. 그러려면 우리말을 써야 한다.

"어느 머언 곳의 그리운 소식이기에 이 한밤 소리 없이 흩날리느뇨",
"서글픈 옛 자취인 양 흰 눈이 내려",
"머언 곳에 여인의 옷 벗는 소리"
"흰 눈은 내려 내려서 쌓여" 등 우리말로 표현했다.

1938년 김광균의 「설야」를 보면 김진섭의 '강설'이나 '적설'이 김광균의 시에서는 '눈이 내려' '내려서 쌓여' 등으로 되어 있다. 그리고 김진섭은 눈이 소리 없이 내렸다고 직설적 설명만 했지만 김광균은 '머언 곳의 여인의 옷 벗는 소리'라고 비유법을 쓰고 있다. 웬만큼 긴 소설보다도 더 긴 한밤의 이야기를 이 비유 속에 담으면서 눈 내리는 밤의 감각적 이미지를 극대화하고 있다.

그런데 이것은 시적 기법만은 아니다. 이런 기법은 결코 시문학만의 독점물이 아니다. 산문도 얼마든지 상상의 세계를 펼쳐 나갈 수 있고 실제적, 경험적 사실에 국한시키더라도 상상적 이미지는 문학성을 위해서 모든 장르에서 필수적이다.

그리고 감각적 언어 또는 순 우리말만으로는 철학적 진리 탐구가 어렵다고 말하는 것은 잘못이다. 오늘의 수필들이 대개 김진섭 스타일이 아니면서 그것을 입증하고 있다.

「백설부」는 그런 관념적 한자어가 너무 많고 불필요한 수식어도 많고 복문이 많아서 읽는 부담이 크다. 관념적 사고는 감각적 표현보다 따라가기 어렵기 때문에 그럴수록 문체는 간결한 단문이 좋고 군더더기는 빼야 한다. 또 수필은 소재에 따라서도 이를 고려해야 한다. 백설은 가볍고 차갑고 순백색이기 때문에 주로 감각적 언어에 의해서 포착되어야 한다.

그리고 마무리 부분에서 스스로 작품 가치를 폄하하는 말을 붙인 것은 지나친 겸손이다. '생각하면 사실 나의 백설부란 것도 근거 없고 싱겁기 짝이 없다 할밖에 없다.'라는 결론을 내리려면 왜 이 글을 썼을까? 그것은 작품에 대한 작자의 겸손이 아니라 그렇게까지 말할 수 있는 글을 감히 독자들 앞에 내놓고도 태연할 수 있다는 오만이 될 우려도 있다.

물론 이 말은 작자가 킬리만자로의 눈이나 알래스카 고원의 눈을 보지 않고 말했으니 싱거운 수필일 수밖에 없었다는 것인데 터무니없는 소리다. 그런 소재 문제를 자책하려면 그보다는 가장 가까이 있는 우리의 초가지붕 위에 쌓이는 눈, 장독대에 쌓이는 눈, 빨랫줄에 걸려 있는 눈, 또는 멀리 중국이나 시베리아 벌판 눈보라 속을 헤매고 있었을 당시 우리 동포들의 눈물겨운 눈에 더 관심을 가졌어야 더 좋은 수필이 될 수 있었을 것이다.

매화

김용준

댁에 매화가 구름같이 피었더군요. 가난한 살림도 때로는 운치가 있는 것입니다. 그 수묵 빛깔로 퇴색해 버린 장지 도배에 스며드는 묵흔처럼 어렴풋이 한두 개씩 살이 나타나는 완자창 위로 어쩌면 그렇게도 소담스런 희멀건 꽃송이들이 소복한 부인네처럼 그렇게도 고요하게 필 수가 있습니까.

실례의 말씀이오나 "하도 오래간만에 우리 저녁이나 같이 하자."고 청하신 선생의 말씀에 서슴지 않고 응한 것도 실은 선생을 대한다는 기쁨보다는 댁에 매화가 성개하였다는 소식을 들은 때문이요, 십 리나 되는 비탈길을 얼음 빙판에 말하려 함에 으레 암향과 달과 황혼을 들더군요.

선생의 서재를 황혼에 달과 함께 찾았다는 나도 속물이거니와 너무나 유명한 임포의 시가 때로는 매화를 좀 더 신선하게 사랑하고 싶은 사람에게는 한 방해물이 되기도 하는 것입니다.

화초를 완상(玩賞)하는 데도 매너리즘이 필요한 까닭이 있나요.

댁에 매화가 구름같이 자못 성관으로 피어 있는 그 앞에 토끼처럼 경이의 눈으로 쪼그리고 앉은 나에게 두보의 시구나 혹은 화정의 고사가 매화의 품위를 능히 좌우할 여유가 있겠습니까.

하고많은 화초 중에 하필 매화만이 좋으란 법이 어디 있나요. 정이 든다는 데는 아무런 조건이 필요하지 않는가 봅니다.

계모 밑에 자란 자식은 배불리 먹어도 살이 찌는 법이 없고, 남자가 심은 난초는 자라기는 하되 꽃다움이 없다는군요.

대개 정이 통하지 않은 소이라 합니다.

연래로 나는 하고많은 화초를 심었습니다. 봄에 진달래와 철쭉을 길렀고, 여름에 월계와 목련과 핏빛처럼 곱게 피는 다알리아며, 가을엔 울 밑에 국화도 심어 보았고, 겨울이면 내안두에 물결 같은 난초와 색시 같은 수선이며, 단아한 선비처럼 매화분을 놓고 살아온 사람입니다. 철따라 어느 꽃 어느 풀이 아름답고 곱지 않은 것이 있으리요마는 한 해 두 해 지나는 동안 내 머리에서 모든 꽃이 다 사라져 버렸습니다. 그러나 오히려 내 기억에서 종시 사라지지 않는 꽃 매화만이 유령처럼 내 신변을 휩싸고 떠날 줄을 모르는구려.

매화의 아름다움이 어디 있나뇨?

세인이 말하기를 매화는 늙어야 한다 합니다. 그 늙은 등걸이 용의 몸뚱어리처럼 뒤틀려 올라간 곳에 성긴 가지가 군데군데 뻗고 그 위에 띄엄띄엄 몇 개씩 꽃이 피는 데 품위가 있다 합니다.

매화는 어느 꽃보다 유덕한 그 암향이 좋다 합니다.

백화가 없는 빙설리에서 홀로 소리쳐 피는 꽃이 매화밖에 어디 있느냐합니다.

혹은 이러한 조건들이 매화를 아름답게 꾸미는 점일지도 모르겠습니다.

그러나 내가 매화를 사랑하는 마음은 실로 이러한 많은 주관이 멸시된

곳에 있습니다.

그를 대하매 아무런 조건 없이 내 마음이 황홀하여지는 데야 어찌하리까.

매화는 그 둥치를 꾸미지 않아도 좋습니다. 제 자라고 싶은 대로 우뚝 뻗어서 제 피고 싶은 대로 피어오르는 꽃들이 가다가 홀쩍 향기를 보내기도 하고, 또 어느 때는 제가 방 한구석에 있는 체도 않고 은사처럼 겸허하게 앉아 있는 폼이 그럴듯합니다.

나는 구름같이 핀 매화 앞에 단정히 앉아 행여나 풍겨 오는 암향을 다칠세라 호흡도 가다듬어 쉬면서 격동하는 심장을 가라앉히기에 힘을 씁니다. 그는 앉은자리에서 나에게 곧 무슨 이야긴지 속삭이는 것 같습니다.

매화를 대할 때의 이 경건해지는 마음이 위대한 예술을 감상할 때의 심경과 무엇이 다르겠습니까.

내 눈앞에 한 개의 대리석상이 떠오릅니다. 희랍에서도 유명한 피디어스의 작품인가 보아요.

다음에 운강과 용문의 거대한 석불들이 아름다운 모든 조건을 구비하고서 내 눈앞에 황홀하게 나타납니다.

그러나 수유에 이 여러 환영들은 사라지고 신라의 석불이 그 부드러운 곡선을 공중에 그리면서 아무런 조건도 없이 눈물겹도록 아름다운 자세로 내 눈을 현황하게 합니다.

그러다가 나는 다시 희멀건 이씨조의 백사기를 봅니다. 희미한 보름달처럼 아름답게 조금도 그의 존재를 자랑함이 없이 의젓이 제자리에 앉아 있습니다. 그 수줍어하는 품이 소리쳐 불러도 대답할 줄 모를 것 같구려. 고동의 빛이 제아무리 곱다 한들, 용천요의 품이 제아무리 높다 한들 이렇게도 적막한 아름다움을 지닐 수 있겠습니까.

댁에 매화가 구름같이 핀 그 앞에서 나의 환상은 한없이 전개됩니다.

그러다가 다음 순간 나는 매화와 석불과 백사기의 존재를 모조리 잊어버립니다. 그리고 잔잔한 물결처럼 내 마음은 다시 고요해집니다. 있는 듯 만 듯한 매화 향기가 내 코를 스치는구려. 내 옆에 선생이 막 책장을 넘기시는 줄을 어찌 알았으리요.

요즈음은 턱없이 분주한 세상이올시다. 기실 내남 할 것 없이 몸보다는 마음이 더 분주한 세상이올시다.

바로 일전이었던가요. 어느 친구와 대좌하였을 때 내가 "×선생 댁에 매화가 피었다니 구경이나 갈까?" 하였더니 내 말이 맺기도 전에 그는 "자네도 꽤 한가로운 사람일세." 하고 조소를 하는 것이 아닙니까.

나는 먼 산만 바라보았습니다.

어찌어찌하다가 우리는 이다지도 바빠졌는가. 물에 빠져 금시에 죽어가는 사람을 보고 "그 친구 인사나 한 자였다면 건져 주었을걸." 하는 영국풍의 침착성을 못 가졌다 치더라도 이 커피는 맛이 좋으니 언짢으니, 이 그림은 잘 되었으니 못 되었으니 하는 터수에 빙설을 누경하여 지루하게 피어난 애련한 매화를 완상할 여유조차 없는 이다지도 냉회같이 식어 버린 우리네의 마음이리까?

　　　　　　　　　　　　—정해(丁亥) 입춘 X선생댁의 노매(老梅)를 보다.

평설

　　　김용준은 해방 직후인 1948년에 새로 설립된 동국대학교 교수로 취임하고 이 해에 30편의 수필을 묶어서 『근원수필(近園隨筆)』을 냈다. 그리고 2년 후에는 월북했다. 전쟁이 터지고 서울이 북한군에 의해서 점령된 후 서울대학교 미대학장 자리에 앉혀져 있다가 북으로 갔다. 살아남기 위한 부득이한 선택이었다고 판단된다.

「매화」는 이 수필집에 있는 좋은 작품이다. 서양화를 전공하고 한국화가로 바뀌면서 남긴 그림들 중에도 매화가 있다. 그의 수필은 '한국 수필의 백미'라는 평가를 받기도 하며 이태준과 더불어 30년대 순수문학시대에 좋은 수필을 남긴 작가다. 지금은 그림과 『새 근원수필』이 한데 묶여서 5권의 전집이 나와 있다.

그의 작품은 그렇게 호평을 받아 왔지만 지금의 수필과는 많이 다르다. 그 차이는 그만큼 해방 전후의 시대적, 문화적 차이가 빚어낸 것이라고 봐야 할 것이다.

「매화」는 지금의 수필 문장에 비하면 잘 안 쓰이는 한자어들이 있다. 성개(盛開), 성관(盛觀), 빙설리(氷雪裏), 현황(眩慌), 누경(屢經) 등은 한글 세대는 쓰지 않는 단어들이다. 순수한 우리말로 바꾸면 더 좋아질 것이다. '눈을 현황하게 합니다'는 '눈이 부시고 어지러워집니다.'로 해야 전달이 빠를 것이다. 우리들의 피 속에 오랜 세월 용해되어 온 우리말이 더 감각적이며 전달력이 강하기 때문이다.

그런데 이것은 문화적 차이일 수 있다. 근원 작가 시대로서는 그의 수필이 한자어를 남보다 많이 쓴 것도 아니며 그런 정도의 한자어는 식자들에게는 우리말 정도의 친근감을 지니게 했을지도 모른다.

또 하나의 차이는 동양 문화와 서양 문화의 차이다. 이 수필에는 중국 시인 임포(林逋)가 나온다. 한글세대들이 잘 모르는 한자어에 이름도 낯선 임포가 나오면 미국 문화를 먹고 살기 시작한 해방 후 세대에게는 이 작품이 좀 낯설 것이다. 임포 시인은 매처학자(梅妻鶴子)라는 별호처럼 매화를 아내로 삼고 학을 자식으로 생각했던 시인이었다. 학은 동물원에나 가야 보고 그림으로나 봐야 하며 김용준이 말하는 매화도 다른 꽃들에 밀려서 서서히 사라지고 있으니 그런 매화 사랑이 지금 세대에게는 낯설 것이다. 그러므로 매화를 찬미하는 김용준의 수필 세계는 역시 해방 후 세대들에게는 문화적 차이가 있다.

그러나 김용준의 수필이 지닌 그런 차이는 오히려 잃어버린 시간 속에서 곱게 피어난 이끼를 보듯 매력을 지닐 수 있다. 그는 우리말도 잘 다루고 좋은 문장을 엮어 나갔다. 이 작품의 첫머리부터 전개된 매화 풍경은 매화의 은은한 향기마저 스며드는 수묵화를 보는 듯하다. 화선지에 먹물이 번져 나가는 동양화다운 화법과 감각을 살려 나갔기 때문이다.

작자는 이렇게 매화를 찬미하지만 중국 유명 시인의 매화 찬미나 들먹이는 감상법을 비판하고 있다. 선입견 없이 사물을 관찰해야 진수를 꿰뚫어 볼 수 있기 때문이라고 말한다. 그럼으로써 그는 구름처럼 피어난 매화꽃의 아름다움과 그 향기에 취해서 몇 가지 환상을 보게 된다.

그런데 수필의 문학성을 고려하면 이런 매화 찬미는 그 다음에 다른 차원으로 발전했으면 하는 아쉬움이 있다. 아름다운 매화를 감상할 만한 마음의 여유조차 없는 사람들을 꾸짖은 것은 좋지만 왜 어떻게 사람들이 각박해지고 있는지를 말하지 않는 이상 그 주제는 가볍게 한 마디 던지고 마는 것 이상 큰 감동은 주지 못한다. 그리고 지금도 많은 사람들은 수필에서 이 이상의 문학성을 기대하지 않는 경향이 있다.

매화를 매화로만 보는 것도 좋지만 그 다음 단계로서 매화를 인생으로 보고 현실로 보고 세계로 확대해 보며 상상의 세계로 확대해 나가는 것도 좋을 것이다.

매화는 가혹한 환경 속에서 고고하게 아름다움을 지키는 멋진 어떤 존재의 이미지가 될 수 있다. 이렇게 상상력으로 또 하나의 세계를 접목시키는 것도 좋은 방법이다.

외투

김소운

계절 중에서 내 생리에 가장 알맞은 계절이 겨울이다.

체질적으로 소양(小陽)[1]인 데다 심열이 승(勝)하고 다혈질이다. 매양 만나는 이들이 술을 했느냐고 묻도록 얼굴에 핏기가 많고 침착 냉정하지 못해 일쑤 흥분을 잘한다. 아무리 추운 날씨라도 김나는 뜨거운 것보다는 찬 음식을 좋아한다. 남국에서보다는 눈 내리는 북국에 살고 싶다.

그러면서도 유달리 추위를 탄다. 추위에 대한 저항력이나 자신으로 겨울을 좋아한다기보다, 추위 속에서 그 추위를 방비하고 사는—추위는 문밖에 세워 두고 나 혼자는 뜨끈하게 군불 땐 방 속에 앉아 있고 싶은—이를테면 그런 '에고'[2]의 심정이다.

눈보라 뿌리는 겨울 거리에 외투로 몸단속을 단단히 하고 나선, 그 기분이란 말할 수 없이 상쾌하다. 어느 때는 외투라는 것을 위해서 겨울이

---

1 소양(小陽): 사상(四象) 의학에서 사람의 체질을 태양(太陽), 소양(小陽), 태음(太陰), 소음(小陰)의 네 가지로 나눔.
2 에고(ego): ①자아. ②이기주의. 여기서는 ②.

있는 것 같은 착각마저 느낀다.

그런데도 나는 그 외투 없이 네 번째 겨울을 맞이한다. 무슨 심원(心願)이 있어서, 무슨 주의 주장이 새로 생겨서 그러는 것은 아니다. 외투 두 벌은 도둑맞았고, 서울 갈 때 남에게 빌려 입고 간 외투 한 벌조차도 잃어 버리고. 그러고 나니 외투하고 실랑이하기가 고달프고 귀찮아졌다. 그냥 지낸다는 것이 한 해, 두 해―벌써 네 해째이다.

겨울의 즐거움을 모르고 겨울을 난다는 것은 슬픈 노릇이다. 하기야 외투뿐이랴―가상다반(家常茶飯)[3]의 일체의 낙(樂)이 일시 중단이다. 그러나 돌이켜 생각하면 가난하고 군색한 것이 나 하나만이 아니길래 도리어 마음 편하기도 하다.

벌써 십여 년―채 십오 년까지는 못 됐을까?

하얼빈[哈爾濱]서 사오백 리를 더 들어가는 무슨 현이라는 데서 청마(青馬) 유치환이 농장 경영을 하다가, 자금 문제인가 무슨 볼 일이 생겨 서울에 왔던 길에 나를 만났다. 이삼 일 후에 결과가 시원치 못한 채 청마는 다시 북만(北滿)으로 되돌아가게 되었다.

눈이 펑펑 내리는 날이었다. 역두(驛頭)에는 유치진 내외분―그리고 몇몇 친구가 전송을 나왔다.

영하 사십 도의 북만으로 돌아간다는 청마가, 외투 한 벌 없는 '세비로'[4] 바람이다. 당자야 태연자약일지 모르나 곁에서 보는 내 심정이 편하지 못하다. 더구나 전송 나온 이 중에는 기름이 흐르는 낙타 오버를 입은

---

3 가상다반(家常茶飯): 집에서 일어나는 일상적인 일.
4 세비로[背廣]: 일본말로 양복 또는 양복 저고리를 말함.

이가 있었다.

내 외투를 벗어 주면 그만이다. 내 잠재의식은 몇 번이고 내 외투를 내가 벗기는 기분이다. 그런데 정작 미안한 노릇이 나도 외투란 것을 입고 있지 않았다.

발차 시간이 가까웠다.

내 전신을 둘러보아야 청마에게 줄 아무것도 내게는 없고, 포켓에 꽂힌 만년필 한 자루가 손에 만져질 뿐이다. 내 스승에게서 물려받은 프랑스제 '콩크링'—요즈음 '파카'니 '오터맨' 따위는 명함도 못 내놓을 최고급 만년필이다. 일본 안에도 열 자루가 없다고 했다.

"만년필 가졌나?"—불쑥 묻는 내 말에, 무슨 뜻인지도 모르고 청마는 제 주머니에서 흰 촉이 달린 싸구려 만년필을 끄집어내어 나를 준다.

그것을 받아서 내 주머니에 꽂고 '콩크링'을 청마 손에 쥐어 주었다.

만년필은 외투도 방한구도 아니련만, 그때 내 심정으로는, 내가 입은 외투 한 벌을 청마에게 입혀 보낸다는 그런 기분이었다.

오륙 년 후에 하얼빈에서 청마와 재회했을 때, 그 만년필을 잃어버리지 않은 것이 고마웠다. 튜브가 상해서 잉크를 찍어 쓴단 말을 듣고, 서울서 고쳐서 우편으로 보내마고 약조하고 '콩크링'을 다시 내가 맡아 오게 되었다. 튜브를 갈아 넣은 지 얼마 못 되어 그 '콩크링'은 내 집 안사람이 잠시 가지고 나간 것을 스리가 채갔다.

한국에 한 자루밖에 없을 그 청자색 '콩크링'이 혹시 눈에 띄지나 않나 해서, 만년필 가게를 지나칠 때마다 쑥스럽게 들여다보고 또 보고 한다.

평설

　　　　김소운은 20년대부터 일본 시단에서 활동하며 한국 문학의 일어 번역으로 공을 남겼으며 수필집 『목근통신』 등을 냈다. 「외투」는 소설적 흥미를 담은 이야기가 소재로 되어 있다.

　감각적인 사물이나 관념적인 용어 하나만이 주된 소재가 되는 작품과 달리 이렇게 소설적 사건이 소재가 되면 일단 잘 읽히는 수필이 될 수 있다. 나무나 돌이나 까치나 항아리, 사과, 와인 한 잔 등은 모두 눈으로 보고 손으로 만지고 혀로 맛을 볼 수 있는 감각적인 소재일 뿐 사건은 별개의 것이며, 우정, 연정, 증오, 분노 등은 모두 관념적인 소재들로서 눈에도 보이지 않는 것이기 때문에 이런 소재들은 어느 정도 성숙한 수필가의 솜씨가 따르지 않으면 쓰기 힘들다.

　그런데 「외투」는 이처럼 소설과 같은 이야기가 소재가 되어서 사건의 전개 과정을 쫓는 긴장감과 호기심을 갖게 된다. 그래서 이런 소재는 말도 못하고 움직이지도 못하는 돌이나 만년필이나 꽃보다 더 쉽게 읽는 재미를 유발하는 장점이 있다. 물론 그것은 자칫하면 수필의 참된 가치와는 다른 차원의 조건이 되지만.

　김소운의 「외투」는 그런 소재 선택으로 우선 흥미를 끈다. 그러면서도 소설가들이 만들어 내는 이야기만큼 소설적 구성을 갖춘 것은 아니다.

　또 작자가 그럴 필요도 느끼지 않았을 것이다. 소설을 쓰는 것이 아니기 때문이다. 그런데도 재미있게 읽히는 이유는 우선 작자의 깔끔한 문장, 그리고 이 소재가 허구가 아닌 사실의 이야기라는 것 때문이다.

　사실도 사실 나름이지만 역사에 남는 시인과의 만남의 이야기 등은 수필만 지닐 수 있는 문학적 가치다. 왜냐하면 수필만 사실의 증언을 할 수 있기 때문이다. 우수한 시인으로 살다가 1967년에 불행하게 교통사고로 사망한 유치환이 식민지 시대에 만주 하얼빈 가까운 연수현(煙首縣)에서 살 때의 모습이 구체적으로 표현되지는 않았지만, 오버코트 한 벌도 없이 영하 40도의 추위를 견디며 지냈을 거라고 알게 되는 것은 흥미를 끄는 증언이 된다. 그리고 작자 자신도 오버코트를 두 벌이나 도둑맞고 또 한 벌을 빌려 입었다가 잃어버렸다는 것도 사실의 이야기이기 때문에 재미있다.

다만 이런 경우에 우리가 유치환을 모르고 김소운을 모른다면 흥미가 문학성을 충분히 성취해 내기는 어렵다.

우리 민족이 매우 가난하게 살던 시절에는 겨울 추위도 매서웠다. 이런 시절에 문인들이 그렇게 오버코트도 없이 지냈다는 이야기, 또는 만주에서 쓰다가 고장 난 귀한 만년필을 서울까지 가져와서 고쳐 쓰다가 소매치기 당한 이야기 등이 모두 재미있지만 그 이야기 자체만으로서는 주제가 미약한 편이다. 그런 소재는 작자의 사색을 통해서 우리들의 삶의 의미를 표현해 나가는, 다시 말해서 주제를 담는 그릇의 역할을 해야 작품이 더 좋아질 것이다.

제2장

이태준
주요섭
이범선
변영로
이은상
장덕순
최서해
손소희
유달영
한흑구
심유훈
김팡정
전　용

이성간 우정(友情)

이태준

같은 아는 정도라면 남자를 만나는 것보다 여자를 만나는 것이 우리 남성은 늘 더 신선하다. 왜 그런지 설명을 길게 할 필요는 없지만 얼른 생각나는 것은 동성끼리는 서로 너무나 같기 때문인 듯하다. 다른 데가 너무 없다. 입는 것도 같고, 말소리도 같고, 걸음걸이도 같고, 붙이는 수작도 거의 한 인쇄물이요, 나중에 그의 감정이 은근히 이성을 그리는 것까지 같아버린다. 동일물의 복수, 그것은 늘 단조하다.

남자에게 있어 여자처럼 최대, 그리고 최적의 상이물(相異物)은 없다. 같은 조선 복색이되 우리 남자에게 있어 여자 의복은 완전히 이국복(異國服)이다. 우리가 팔 하나 끼어볼 수 없도록 완전한 이국복이다. 같은 조선어이되 우리 남자에게 있어 여자들의 말소리는 또한 먼 거리의 이국어(異國語)다. 뜻만 서로 통할 뿐, 우리 넥타이를 맨 성대에서는 죽어도 나오지 않는 소리다. 우리가 처음 이성을 알 때, 그 이성에게 같은 농도의 이국감을, 어느 외국인에게서 느꼈을 것인가.

우리에게 여성은 완전한 이국(異國)이다. 사막에 흑인과 사자만이 사는 그런 이국은 아니다. 훨씬 아름다운, 기름진, 향기로운 화원의 절도(絶島)인 것이다. 오롯한 동경의 낙토인 것이다. 이 절도에의 동경을 견디다 못해 서툰 수영법으로 바다에 뛰어드는 '로빈슨 크루소'들이 시정(市井)엔 얼마나 많은 것인가.

다른 것끼리가 늘 즐겁다. 돌멩이라도 다른 것끼리는 어느 모서리로든지 마찰이 된다. 마찰에서 열이 생기고 불이 일고 타고 하는 것은 물리학으로만 진리가 아니다. 이성끼리는 쉽사리 열이 생길 수 있다. 쉽사리 탄다. 동성끼리는 돌이던 것이 이성끼리는 곧잘 석탄이 될 수 있다. 남자끼리의 십 년 정보다 이성끼리의 일 년 정이 더 도수를 올릴 수 있는 것은 석탄화 작용에서일 것이다. 타는 것은 맹목적이기 쉽다. 아무리 우정이라 할지라도 불이 일기 전까지이지 한번 한 끝이 타기 시작하면 우정은 그야말로 오유(烏有)가 되고 만다. 그는 내 누이야요, 그는 내 오빠로 정한이야요 하고 곧잘 우정인 것을 공인을 얻으려고 노력까지 하다가도, 어느 틈에 실화(失火)를 해서 우애(友愛)는 그만 화재를 당하고 보험들었다 타오듯 하는 것은 부부이기가 일수(一手)임을 나는 허다하게 구경한다.

우정이란 정(情)보다도 의리의 것이다. 부자간의 천륜보다도 더 강할 수 있는 것이 우정이다. 인류의 도덕 가운데 가장 아름답고 완고할 수 있는 것이 우정이다. 이런 굉장한 것을 부작용이 그렇게 많은 청춘 남녀끼리 건축해 나가기에는 너무나 벅찰 것이 사실이다.

한 우정을 구성하기에 남자와 여자는 적당한 대수(對手)들이 아니다. 우정보다는 연정에 천연적으로 적재들이다. 주택을 위해 마련된 재목으로 사원(寺院)을 짓는 것은 곤란일 것이다.

구태여 이성간에 우정을 맺을 필요가 없다. 절로 맺어지면 모르거니와 매력이 있다 해서 우정을 계획할 것은 아니다. 매력이 있는데 우정으로 사귀는 것은 가면이다. 우정은 연정의 유충(幼蟲)은 아니다. 연정 이전 상태가 우정이라면 흔히 그런 경우가 많지만은, 그것은 우정의 유린이다. 우정도 정이요, 연정도 정이다. 종이 한 겹을 나와서는 우정과 연정은 그냥 포옹해버릴 수 있는 동혈형(同血型)이다. 사실 동성간의, 더욱 여성간의 우정이란, 생리적으로 불화일 뿐, 감정적으로는 거의 부부 상태인 것이 많다. 그러기에 특히 정에 예리한 그들은 친하던 동무가 이성과 연애를 하거나, 결혼을 하면 감정상 여간 큰 타격을 받는 것이 아니다.

그것은 벌써 우정의 경계선을 돌파한 이후인 증거다. 그러기에 동성연애란 명사까지 생긴다. 우정에게 있어 연정은 영구한 적이다.

결혼으로 말미암아 파괴되는 우정은 여성간의 우정뿐 아니다. 남성간에는 별무한 편이나 남자와 여자 간에는 더 노골적인 편이다. 여자끼리는 결혼 당시에만 결혼 안 하는 한편이 슬퍼할 뿐, 교양 정도를 따라서는 이내 그 우정은 부활할 수 있고, 도리어 과거의 우정에서 불순했던 것을 청산해서 우정은 영구히 우정으로 정화되는 좋은 찬스가 되기도 한다. 그러나 이성간의 우정은 한편이 결혼 후에 부활되거나 나아가 정화되는 것이란 극히 희귀하다.

그러니까 이성간에는 애초부터 연정의 혼색이 없이 순백한 우정이란 발생되기가 어려울 것이다. 아직 우리 사회 상태는 어떤 처소에서나 동성끼리 접촉하기가 더 편리하다. 편리한 데서 굳이 고개를 돌려 불편한 이성 교제를 맺는 것부터 그 불편리에 대가(代價)될 만한 무엇이 있기 때문이다. 그것은 이성간에 본질적으로 있는 매력이다. 매력은 곧 미(美)다. 인체에서 육체적으로나 심령적으로나 미를 발견함은 우정의 단서가 되기보다는 연정의 단서가 되기에 더 적절하다. 그런데 연애 관계는 우정 관계보다 훨씬 채색적이다. 인기(人氣)와 물론(物論)이 높아진다. 거기서 대담한 사람끼리는 연애라는 최단 거리를 취하고 소심한 사람끼리는 최장 거리의 우정 코스로 몰리는 듯하다.

아무튼 이성간에 평범한 지면(知面) 정도라면 몰라, 우정이라고까지 특히 지목할 만한 관계라면, 그것은 일종 연정의 기형아로밖에는 볼 수 없을 듯하다. 기형아이기 때문에 이성간의 우정은 늘 감상성(感傷性)이 붙는다. 늘 일보 전에 비밀 지대를 바라보는 듯한, 남은 한 페이지를 읽다 그치고 덮어놓은 듯한, 의부진(意不盡)한 데가 남는다. 우정 건축에 부적한 원료들이기 때문이다. 그 일보 전의 비밀 지대, 못다 읽고 덮는 듯한 최후의 페이지, 그것은 피차의 인격보다도 오히려 환경의 지배를 더 받을 것이다. 한부모를 가진 한 피의 남매간이 아닌 이상, 제삼자의 시력이 불급하는 환경에 단둘이 오래 있어 보라. 그 우정은 부부 이상엣것에라도, 있기만 한다면 돌진하고 남을 것이다.

현대 생활은 이성간의 교제가 날로 빈번해진다. 부녀자가 동쪽에서 나타난다고 눈을 서쪽으로 돌이킬 수는 없는 시대다. 그 대신 본질적으로 우정 원료가 아닌 남녀끼리 우정을 계획할 필요는 없다. 알게 되면 요즘 문자로 명랑히 사교할 뿐, 특히 우정이라고 지목될 데까지 깊은 인연을 도모할 바 아니요 또 그다지 서로 매력을 견딜 수 없으면 가장을 할 것 없이 정정당당히 연애를 정당한 방법에 의해 행동할 것이다.

그러나 이성간의 우정을 절대로 부정함은 아니다. 적당한 원료는 아닐망정 집안과 집안 관계로, 혹은 단 두 사람의 사적 관계로도 또는 연령상 서로 현격한 차이로, 수미여일(首尾如一)한 우정이 생존하지 못하리라고 단언할 수는 없다. 그러니까 동성간이라는, 생리적으로 다른, 피차 적

응성을 가졌기 때문에 제삼자의 시력 범위 외에 진출하는 찬스는 의식적으로 피해 나가야할 것이다. 남녀 문제에 있어 열 학식이나, 열 인격이 늘한 찬스보다 약한 것은 영원한 진리이다. 더욱 이성간의 우정, 이것은 흥분한 사상 청년(思想靑年) 이상으로 끝까지 보호 관찰을 필요하는 것이라 생각한다.

평설

이태준은 30년대 순수문학을 대표하는 우수한 소설가였으며 수필의 수준도 매우 높았다. 해방 후 문단의 갈등 속에서 월북하여 돌아오지 않았다. 이 수필은 좋은 작품이다.

이 작품의 첫 번째 매력은 예리한 관찰력과 논리적 사고력에 있다.

작자는 이성간의 우정은 과연 가능한 것인가라는 질문에서부터 출발한다. 이성간의 우정은 어떤 것이다 하는 설명이 목적이 아니라 그것이 과연 가능한 것인가라는 부정적 입장에서부터 사고를 전개해 나가는 형식이기 때문에 증거 제시와 논리적 사고의 전개는 필수적이다.

이런 점에서 이 수필은 우리가 가장 많이 써 나가는 일반적 유형의 수필과 다르고 그가 소설가로서 발휘해 나갔던 재능 분야와도 다른 것이다.

구태여 이성간에 우정을 맺을 필요가 없다. 절로 맺어지면 모르거니와 매력이 있다 해서 우정을 계획할 것은 아니다. 매력이 있는데 우정으로 사귀는 것은 가면이다. 우정은 연정의 유충(幼蟲)은 아니다. 연정 이전 상태가 우정이라면 흔히 그런 경우가 많지만은, 그것은 우정의 유린이다. 우정도 정이요, 연정도 정이다.

작자는 이렇게 우정과 연정의 차이를 논리적인 사고의 형태로 서술해 나간다. 그가 만일 소설가로서의 재능만 있었다면 이렇게 논리적으로 서술해 나가는 산문은 쓰지 않았을 것이다. 그리고 만일 이런 소재가 주어졌다면 그는 자신이 특기로 삼는 소설로서 이성간의 우정이라는 추상적 관념을 사건 전개 형태로 형상화해 나갔을 것이다. 이쁜이와 개똥이를 등장시키고 그들이 우정이라는 이름으로 만나면서도 속으로는 포옹하고 키스하고 섹스까지 하고 싶던 욕망을 마침내 드러내서 불붙는 장면을 그리고, 결혼식 준비에 바쁜 모습도 그리고, 또는 아직 준비가 안 된 여성에게 갑자기 이성으로서의 욕망을 드러내다가 뺨 맞는 장면이라도 표현함으로써 이성간의 우정은 불가능하다는 주제를 나타낼 것이다. 그런데 이 수필에는 그런 형상화나 픽션은 안 보인다. 전 문장이 거의 모두 논리적 서술 형태다. 그리고 여기에는 다각적 검토를 통한 증거 제시가 따르고 있다. 그것이 매우 예리한 편이기 때문에 수필의 격을 높이고 있다.

또 하나의 매력은 비유법에 의한 용어 선택이다.

우리에게 여성은 완전한 이국(異國)이다. 사막에 흑인과 사자만이 사는 그런 이국은 아니다. 훨씬 아름다운, 기름진, 향기로운 화원의 절도(絶島)인 것이다.

'우리에게 여성은 온전히 이국이다.' 한 표현은 '우리에게 여성은 온전히 다른 사람이다.' 하는 것보다 매력이 있다. 그리고 여성을 '훨씬 아름다운, 기름진, 향기로운 화원의 절도'라 한 것도 매력이 있는 비유법이다.

또 '우정은 연정의 유충은 아니다.'라는 표현도 좋다. 이것은 유충이 자라면 성충이 되듯이 우정이 자라면 연정이 된단 말이냐 하는 비유법에 의한 반론이다.

동성끼리는 돌이던 것이 이성끼리는 곧잘 석탄이 될 수 있다. 남자끼리의 십 년 정보다 이성끼리의 일 년 정이 더 도수를 올릴 수 있는 것은 석탄화 작용에 서일 것이다.

이 표현이야말로 탁월한 상상력이 작용한 비유법이다. 돌과 석탄의 차이로 동성과 이성간의 만남의 차이를 비유한 것이 그렇고 특히 '석탄화 작용'이란 표현이 일품이다.

그는 내 오빠로 정한이야요 하고 곧잘 우정인 것을 공인을 얻으려고 노력까지 하다가도, 어느 틈에 실화를 해서 우애는 그만 화재를 당하고 보험들었다 타오듯 하는 것은 부부이기가 일수임을 나는 허다하게 구경한다.

여기서는 우정의 이름으로 사귀다가 연애로 바뀌는 사태를 실화(失火)라고 쓰고 있다. 그리고 마침내 결혼하는 것을 보험 들었다가 타 오는 모양으로 표현하고 있다. 야유와 유머까지 섞인 비유법이다. 이 같은 비유법은 어떤 사물을 다른 사물에 대한 상상력을 통해서 표현하는 것이기 때문에 원관념과 보조관념이 겹치는 이중적, 복합적인 그림을 만들어 낸다. 그래서 단순한 사물에 다른 사물의 이미지를 입힘으로써 평면성을 입체화하고 성격을 다양화하며 회화적 매력을 더하게 된다. 그리고 이것은 독자에게 상상력을 유발하는 것이기 때문에 더욱 읽는 재미를 더하게 만들고 예술성을 높이게 된다.

이태준은 1939년에 『문장』을 주관할 때부터 이미 문학이 지녀야 할 문장의 기교적 가치를 강조하고 『문장 강화』를 연재해 나갔었다.

소설처럼 산문이면서도 허구에 의한 읽는 재미를 만들어 내서는 안 되는 수필은 무엇보다도 문장이 생명이다. 그런 의미에서 이태준은 이런 수필과 함께 수필의 기본을 위한 문장에 대한 탐구를 통해서도 큰 공적을 남긴 것이다.

아름다운 휴먼 에세이

미운 간호부

주요섭

어제 S병원 전염병실에서 본 일이다. A라는 소녀, 7·8세밖에 안 된 귀여운 소녀가 죽어 나갔다. 적리(赤痢: 급성 전염병인 이질의 한 가지)로 하루는 집에서 앓고, 그 다음 날 하루는 병원에서 앓고, 그리고 그 다음 날 오후에는 시체실로 떠메어 나갔다. 밤낮 사흘을 지키고 앉아 있었던 어머니는 아이가 운명하는 것을 보고, 죽은 애 아버지를 부르러 집에 다녀왔다. 그동안 죽은 애는 이미 시체실로 옮겨 가 있었다. 부모는 간호부더러 시체실을 가리켜 달라고 청하였다.

"시체실은 쇠 다 채우고 아무도 없으니까, 가 보실 필요가 없어요."

하고 간호부는 톡 쏘아 말하였다. 퍽 싫증난 듯한 목소리였다.

"아니, 그 애를 혼자 두고 방에 쇠를 채워요?"

하고 묻는 어머니의 목소리는 떨리었다.

"죽은 애 혼자 두면 어때요?"

하고 다시 톡 쏘는 간호부의 목소리는 얼음같이 써늘하였다.

이야기는 간단히 이것이다. 그러나 나는 그때 몸서리쳐짐을 금할 수가 없었다.

'죽은 애를 혼자 둘들 어떠리!' 사실인즉 그렇다. 그러나 그것을 염려하는 어머니의 심정! 이 숭고한 감정에 동정할 줄 모르는 간호부가 나는 미웠다. 그렇게까지도 간호부는 기계화되었는가?

나는 문명한 기계보다도 야만인 인생을 사랑한다. 과학상에서 볼 때, 죽은 애를 혼자 두는 것이 조금도 틀릴 것이 없다. 그러나 어머니로서 볼 때에는……. 더 써서 무엇하랴? 어머니를 이해하지 못하고, 동정할 줄 모르는 간호부! 그의 과학적 냉정이 나는 몹시도 미웠다. 과학 문명이 앞으로 더욱 발달되어 인류 전체가 모두 다 '냉정한 과학자'가 되어 버리는 날이 이른다면……. 나는 그것을 상상하기에만도 소름이 끼친다.

정(情)! 그것은 인류 최고 과학을 초월하는 생(生)의 향기이다.

평설

주요섭은 30년대 「사랑 손님과 어머니」로 유명하지만 그에 앞서서 사회주의 문학 경향도 짙었었다. 해방 후까지 꾸준히 써 나간 작품들은 민족 의식이 강하고 정의감이 뚜렷하다. 이 작품도 그렇다. 「미운 간호부」는 과학 만능주의가 인간의 삶을 얼마나 황폐화시키고 있는지를 날카롭게 비판한 작품이다.

나는 문명한 기계보다도 야만인 인생을 사랑한다. 과학상에서 볼 때, 죽은 애를 혼자 두는 것이 조금도 틀릴 것이 없다. 그러나 어머니로서 볼 때에는…….

작자는 이런 주제를 병원에서 일어난 하나의 사건을 통해서 분명하게 주장하고 있다.

갑자기 어린 자식을 잃은 어머니는 슬픔의 극한 상황에 도달해 있다. 어린 자식은 적리(赤痢)에 걸린 지 이삼 일 만에 죽어 버렸다. 그런데 어머니는 병원에서 잠깐 자리를 비웠다가 죽은 자식 얼굴도 보기 어렵게 되어 있다. 남편을 찾으러 나간 사이에 병원 측에서는 죽은 아이를 시체실로 옮기고 쇠를 잠가 버렸기 때문이다.

여기서 병원 측의 조치는 잘못이 없다. 시체는 시체실로 옮기는 것이 당연하고 특히 전염성이 있는 병자이니 그렇다. 이런 어린애의 주검에 부모님이 다가가서 붙들고 통곡하게 내버려둘 수는 없다. 그런데 문제는 간호사의 매정한 말투다. 죽은 애인데 시체실에 혼자 두고 쇠자물통을 잠그들 어린애가 무서움이나 외로움을 알 까닭이 없으니 잘못이 아니라는 말투다.

작자는 이렇게 매정한 간호사를 통해서 과학의 발달이 얼마나 인간성 상실의 냉혹한 시대를 초래하고 있는지를 나타내고 있다.

> "시체실은 쇠 다 채우고 아무도 없으니까, 가 보실 필요가 없어요."
> 하고 간호부는 톡 쏘아 말하였다. 퍽 싫증난 듯한 목소리였다.
> "아니, 그 애를 혼자 두고 방에 쇠를 채워요?"
> 하고 묻는 어머니의 목소리는 떨리었다.
> "죽은 애 혼자 두면 어때요?"

이 몇 마디는 인간적 정서가 고갈되어 가는 사회의 잔혹성을 단적으로 잘 드러내고 있다. 그러면서 아무리 과학 문명의 발달이 우리에게 편리하고 또는 풍요로운 세상을 약속한다고 하더라도 그것이 인간의 따뜻한 정을 상실해 버리는 대가로 주어지는 것이라면 차라리 불편하더라도 정이 있는 야만의 세상을 선택하겠다는 것이 작자의 생각이다.

그런데 이 부분은 조금쯤 더 설명이 필요할 듯하다. 이처럼 정이 넘치는 세상에 대한 작자의 주장에 기본적으로는 동의하더라도 이 주장이 완벽한 설득력을 얻는 데는 조금쯤 무리가 있을 수 있기 때문이다.

작품 속의 간호사는 분명히 냉혹하다. 자식을 잃은 어머니를 위로하려는 태도가 전연 없기 때문에 너무 매정하다. 물론 간호사로서는 자신이 맡은 기본적인 사무적 역할은 다 한 셈이다. 그렇게 무서운 세균성 질환자의 주검은 신속하게 시체실로 옮기고 병원 담당자 외의 출입은 철저하게 통제해야 옳다. 그것이 더 큰 재앙을 막기 위한 불가피한 조치이며 이 원칙을 어기고 어머니에 대한 동정으로 시체실 문을 열어 주고 어머니가 시체에 매달려 통곡하는 장면을 허용해서는 안 된다. 그러니까 이것은 간호사의 사무적 능력의 문제가 아니라 교양의 문제다.

이런 점에서 보면 "나는 문명한 기계보다도 야만인 인생을 사랑한다."라고 말한 것은 다소 논쟁의 소지가 있다. 오늘날 우리가 '인문학의 위기'라고 말하는 것도 그처럼 과학의 발달이 인간적 정서의 상실과 황폐화 현상을 말하는 것이지만 과학의 발달이 필연적으로 그처럼 휴머니티의 소멸을 필수조건으로 삼는 것은 아니기 때문이다. 인간의 기본적 삶을 위한 사회적 조건은 사실로 과학의 발달과 병행해서 향상되어 온 것도 사실이다.

이런 점에서 몇 줄만 더 세심한 논리의 전개가 필요할 듯하다.

이 작품에 나타나는 휴머니즘 정신은 그의 전 작품에서 거의 일관성을 이루고 있다. 가장 많이 알려진 소설 「사랑 손님과 어머니」는 너무도 순수하고 또 고전적인 사랑의 형태를 통해서 남녀간의 에로티시즘보다는 고답적인 도덕적 정서의 아름다움을 더 많이 나타냈으며, 장편소설 『구름을 잡으려고』는 조국을 잃은 우리 민족의 슬픔과 고난을 파헤친 역작이고, 단편 「인력거꾼」은 가난하면서도 바르게 살아 나가는 사람들의 아름다운 모습을 통해서 우리들에게 강력하게 휴머니즘 정신을 일깨워 준다. 그의 수필은 이런 소설 등과 함께 총괄해서 작자의 내면세계를 살펴볼 필요가 있을 것이다.

그리고 대화와 지문의 문장을 훌륭하게 발휘해서 한 편의 콩트 같은 느낌을 준 것은 소설가가 쓴 수필로서 더욱 매력을 더해 준 셈이다.

도마뱀의 사랑

이범선

일본에서 실제로 있었던 이야기라고 한다.

어떤 사람이 집의 벽을 수리하기 위해서 뜯었다. 일본집의 벽이라는 것은 그들의 말로 소위 '오가베'라 하여 가운데에 나무로 얼기설기 대고 그리고 그 양쪽에서 흙을 발라 만드는 것으로서 속이 비어 있게 마련이다.

그런데 그 벽을 뜯다 보니까 벽 속에 한 마리의 도마뱀이 갇혀 있더라는 것이다. 그 도바뱀은 그저 보통 갇힌 것이 아니라 어쩌다가 벽 밖에서 안으로 박은 긴 못에 꼬리가 물려 꼼짝도 못하게 갇혀 있더라는 것이다.

집 주인은 그 도마뱀이 가엾기도 하려니와 약간 호기심이 생겨 그 못을 조사해 봤다. 집 주인은 놀랐다. 그 도마뱀의 꼬리를 찍어 물고 있는 못이 바로 십 년 전 그 집을 지을 때 벽을 만들며 박은 못이었던 것이다. 그렇다면 어떻게 되는 것일까? 그 도마뱀은 벽 속에 갇힌 채 꼼짝도 못하고 십 년을 살아온 셈이 된다. 캄캄한 벽 속에서 십 년간! 그건 정말 놀라운 일이 아닐 수 없다.

캄캄한 벽 속에서 십 년간이란 긴 세월을 살았다는 것도 놀랍다. 그런데 그렇게 꼬리가 못에 박혔으니 한 걸음도 움직일 수 없는 그 도마뱀이 도대체 십 년간이나 그 벽 속에서 무엇을 먹고산 것일까? 굶어서? 그럴 수는 없다.

집 주인은 벽 수리 공사를 일단 중지했다.

"이 놈이 도대체 어떻게 무엇을 잡아먹는가?"

하고.

그런데 어떤가. 얼마 있더니 어디서 딴 도마뱀 한 마리가 먹이를 물고 살금살금 기어오는 것이 아닌가.

집 주인은 정말로 놀랐다.

사랑! 그 지극한 사랑! 그 끈질긴 사랑! 그 눈물겨운 사랑! 그러니까 벽 속에 꼬리가 못에 찍혀 갇혀 버린 도마뱀을 위하여 또 한 마리의 도마뱀은 십 년이란 긴 세월을 비가 오나 눈이 오나 한결같이 먹이를 물어 나른 것이다.

그 먹이를 물어다 준 도마뱀이 어미인지, 아비인지, 그렇지 않으면 부부간 혹은 형제간인지, 그것은 알 길이 없다. 그러나 그것을 반드시 알아야 할 필요는 없다.

나는 그 말을 듣고 그 숭고한 사랑의 힘에 뭉클했다.

평설

이범선은 1955년에 『현대문학』으로 등단한 실향민 작가다. 「오발탄」으로 전후의 참담한 현실을 증언한 전후문학 작가로 평가되고 있다. 이것은 감동적인 이야기지만 소설은 아니다. 소설은 사람의 이야기다. 사람이 직접 등장하지 않더라도 나무나 짐승이나 돌 하나가 사람을 대신하는 대유법(代喩法)적 기능을 발휘하지 않는 이상 소설이 아니다. 소설 성립의 필수 조건으로서 '인물, 배경, 사건'을 말하는 것처럼 소설은 사람이 등장한 이야기라야 한다.

사람 아닌 짐승이 등장하더라도 그것이 소설이 되려면 이처럼 사람을 대신하는 역할을 해야 하는 이유는 늑대나 여우나 까마귀 등이 너무 하등동물이라는 인식 때문이다. 즉 사람처럼 이성적 판단과 희로애락의 감정적 변화가 없고 주체적 인격이 형성되어 있지 않다고 얕잡아 보고 있기 때문이다.

물론 짐승들도 사랑을 하지만 그것은 이성이 아닌 본능적 행위에 불과하다면 우리를 감동시킬 만한 소설이 되기 어렵다. 유치한 사랑이라고 보는 것이다. 즉 사람이 등장해야만 진정한 희로애락의 감정 표현도 가능하고 이성적 판단에 의한 사건 전개도 가능하다고 보기 때문에 사람이 등장하지 않으면 소설 자체가 성립될 수 없다는 것이다.

다만 이것은 지금까지 우리가 지녀 온 일반적인 소설론이며 짐승을 그렇게까지 경멸하는 인간의 관점이 잘못되어 있다면 소설은 꼭 인간이 등장해야만 된다는 조건은 수정될 수 있을 것이다.

이렇게 수정된다면 이범선의 「도마뱀의 사랑」도 소설적 소재가 되고 두 마리의 도마뱀이 이 소설의 주인공이 될 수 있을 것이다.

그런데 소설 성립을 위해서는 다른 또 하나의 조건이 절대적으로 필요하다. 아무리 감동적인 내용이라도 그것은 거짓으로 꾸며낸 이야기라야 소설이 된다. 거짓으로 꾸며낸 픽션이 아닌 실화라면 그것은 작자의 창의적인 노력이 없이 거저 얻어진 것이기 때문에 예술 창작으로 인정될 수 없다.

이 도마뱀 이야기는 그 같은 사실의 이야기이다. 그러므로 감동적인 아름다운 이야기이지만 소설은 아니다.

그렇다면 이것은 수필일까? 수필은 허구적인 것이 아니라 실제적 사실의 기록이기 때문에 수필이 될 듯하다. 그렇지만 엄격히 따지면 수필로서의 요건을 충족시키기에도 미흡한 점이 있다.

이 글은 짧은 산문이고 아름다운 사랑의 이야기다. 소설은 사람의 이야기지만 수필은 사람과 짐승과 산과 바다 등 모든 것이 이야기의 중심이 될 수 있기 때문에 이것은 수필에 가깝다.

그렇지만 이것은 수필로서 지녀야 할 조건 하나가 미흡하다.

이 글은 유능한 소설가로서의 흠이 없는 표현력으로 사건의 전말이 잘 그려져 있는 것이 사실이지만 이것은 작자가 일본인이 썼다는 글을 소개한 것에 지나지 않는다. 작자 자신이 이를 밝히고 있다. 그리고 그 일본인이 쓴 글은 우연히 발견한 도마뱀의 감동적인 사랑이며 실제적 이야기이다. 그러므로 동물의 관찰 기록일 뿐이지 새로 만든 창작으로서의 수필은 아니다.

이것이 수필이 되려면 이것 자체가 아무리 아름다운 주제를 지니고 있더라도 하나의 소재로서 사용될 수밖에 없다. 다시 말해서 비록 감동적인 주제를 읽게 되었다고 하더라도 그것은 찌개를 끓이기 전의 된장이나 소금이나 파와 마늘과 비린내가 나는 갈치나 간고등어일 뿐이고 작자는 이것으로 다른 무엇을 새로 만드는 사람이 되어야 한다. 그런데 작자는 이 도마뱀의 거룩한 사랑을 소개한 다음에 '나는 그 말을 듣고 그 숭고한 사랑의 힘에 뭉클했다.'고 한 줄 문장을 말미에 붙였다.

다시 말해서 작자는 타인의' 글을 소개한 다음에 가슴이 뭉클했다는 감상을 적은 것뿐이지 그 다음에 작품을 만드는 예술가로서의 창의적인 작업을 하지 않았다.

문학은 아무리 독자를 흥분시킬 만한 감동적인 내용이라도 작자가 만들어낸 것 아니면 문학이 아니다. 땅바닥에서 천만 원짜리 다이아 반지를 주웠더라도 그것은 자신이 갈고닦아서 만든 천 원짜리 구리반지만 한 가치가 없다. 예술은 그 작가의 남다른 뛰어난 땀흘림의 결실이라는 조건으로 보자면 다른 이의 글을 소개한 것만으로서는 그 작가의 작품 가치를 인정받을 수 없다.

물론 이범선 작가도 본격적으로 수필을 쓰려고 한 것이 아니라면 이 글의 수필 여부와 작가의 명예와는 아무 관계도 없다. 그러므로 이것은 수필로서가 아니라 좋은 이야기를 그의 세련된 문장력으로 소개한 것으로서 가치가 인정되어야 할 것이다.

식민지 시대 문인들의 폭음 야화

백주(白晝)에 소를 타고

변영로

혜화동 우거에서 지낼 때였다. 어느 하룻날 바커스의 후예들인지 유영(劉伶)의 직손들인지는 몰라도 주도(酒道)의 명인들인 공초(空超 吳相淳), 성재(誠齋 李寬求), 횡보(橫步 廉相涉), 3주선(酒仙)이 내방하였다. 설사 주인이 불주객이란대도 이런 경우를 당하여서는 별 도리가 없었을 것은 거의 상식 문제인데, 주인이랍시는 나 역시 술 마시기로는 결코 그들에게 낙후되지 않는 처지로 그야말로 불가무일배주(不可無一杯酒)였다.

허나 딱한 노릇은 네 사람의 주머니를 다 털어도 불과 수삼 원, 그때 수삼 원이면 보통 주객인 경우에는 3, 4인이 해갈은 함즉하였으나 오배(吳輩) 무리 4인에 한하여서는 그런 금액쯤은 유불여무(有不如無)였다. 나는 아무리 하여도 별로 시원한 책략이 없어 궁하면 통한다는 원리와는 다르다 하여도 하나의 악지혜(기실 악은 없지만)를 안출하였다. 동네의 모인(某人) 집 사동 하나를 불러다가 몇 자 적어 화동(花洞) 납작집에 있는 동아일보사로 보냈다.

당시 동아일보사의 편집국장은 고(故) 고하 송진우(古下 宋鎭禹)였는데 편지 사연은 물을 것도 없이 술값 때문이었다. 좋은 기고를 하여 줄 터이니 50원만 보내 달라는 것이었다. 우리는 아이를 보내 놓고도 거절을 당하든지 하면 어쩌나 마음이 여간 조이지 않았다. 10분, 20분, 30분, 한 시간, 참으로 지리한 시간의 경과였다. 마침내 보냈던 아이가 손에 답장을 들고 오는데 무리 4인의 시선은 약속이나 한 것 같이 한군데로 집중되었다. 직각(直覺)[1]도 직각이지만 봉투 모양만 보아도 빈 것은 아니었다. 급기야(及其也) 뜯어보니 바라던 대로, 아니 소기(所期)대로의 50원, 우화(寓話) 중의 업오리 금알 낳듯 하였다.

이제부터 이 50원을 어떻게 유효적절하게 쓰느냐는 공론이었다. 그때만 하여도 50원이면 거금이라 아무리 우리 넷이 술을 잘 먹는대도 선술집에 가서는 도저히 비진(費盡)[2]시킬 수 없었던 반면에, 낮부터 요정에를 가서 서둘다가 안심 안 될 정도였다. 끝끝내 지혜(선악간에)의 공급자는 나로서 나는 야유를 제의한 바 일기도 좋고 하니 술 말이나 사고 고기 근이나 사 가지고 지척인 사발정 약수터(성균관 뒤)로 가자 하니 일동이 좋다 하였다.

그리하여 우리 일행은 명륜동에 있는 통신중학관(故 姜相熙 군이 경영하던)으로 가서 그곳 하인 어서방(魚書房)을 불러내어 이리저리 하라. 만사를 유루(遺漏) 없이 분부하였다. 우리는 참으로 하늘에나 오를 듯 유쾌하였다. 우아하게 경사진 잔디밭 위에 둘러앉았는데 어서방은 술심부름, 안주 장만에 혼자서 바빴다. 술―끓였다―은 소주였는데 우선 한 말을 올려다 놓고 안주는 별것 없이 냄비에 고기(牛肉)를 끓였다.

---

1 직각(直覺): 보거나 듣는 즉시 그것이 무엇인지를 앎.
2 비진(費盡): 다 써서 소비함.

참으로 그날에 한하여서는 특히 쾌음(快飮), 호음(豪飮)하였다. 객담(客談), 고담(古談), 농담(弄談), 치담(痴談)[3], 문학담(文學談)을 순서 없이 지껄이며 권커니 잣거니 마셨다. 이야기도 길고 술도 길었다. 이러한 복스런 시간이 길이 계속되기를 빌며 마셨다. 그러나 호사다마(好事多魔)[4]랄까, 고금무류(古今無類)의 대기록을 우리 4인으로 하여 만들게 할 천의(天意)랄까, 하여간 그는 어찌 하였든 국면이 일변되는 사태가 의외에 발생하였다.

그때까지는 쪽빛같이 푸르고 맑던 하늘에 난데없는 검은 구름 한 장이 떠돌더니, 그 구름이 삽시간에 커지고 퍼져 온 하늘을 덮으며 비가 쏟아지기 시작하였다.

그야말로 유연작운(油然作雲)[5], 패연하우(沛然下雨)[6] 바로 그대로였다. 우리는 처음에 비를 피하여 볼 생각도 하였지만 인가 하나 없는 한데이고, 비는 호세 있게 내려 속수무책으로 살이 보일 지경으로 흠뻑 맞았다. 우리는 비록 쪼루루 비두루마기를 하였을망정 그때의 산중취우(山中驟雨)의 그 장경은 필설난기(筆舌難記)[7]였다. 우리 4인은 불기이동(不期而同)[8]으로 만세를 고창하였다.

그 끝에 공초 선지식(善知識). 참으로 공초식 발언을 하였다. 참으로 기상천외의 발언이었던바, 다름 아니라 우리의 옷을 모두 찢어 버리자는 것이었다. 옷이란 워낙 대자연과 인간 두 사이의 이간지물(離間之物)인 이상, 몸에 걸칠 필요가 없다는 것이다. 그럴 듯도 한 말이었다. 공초는 주저주저

---

3 치담(癡談): 어리석은 이야기.
4 호사다마(好事多魔): 좋은 일에는 흔히 탈이 끼어들기 쉬움.
5 유연작운(油然作雲): 구름이 만들어지는 모양.
6 패연하우(沛然下雨): 큰비가 쏟아지듯 내림.
7 필설난기(筆舌難記): 말과 글로 표현하기 어려움.
8 불기이동(不期而同): 함께 하기로 약속하지 않음.

하는 나머지 3인에게 시범차로인지 먼저 옷을 찢어 버렸다.

남은 사람들도 천질(天質)이 비겁은 아니하여 이에 호응하였다. 대취한 4나한(裸漢)들이 광가난무(狂歌亂舞)하였다. 서양에 Bacchanalian orgy(바커스식 躁亂이란 뜻)란 말이 있으나 아무리 광조(狂躁)한 주연(酒宴)이라 해도 이에 비하여서는 불급(不及)이 원의(遠矣)일 것이다.

우리는 어느덧 언덕 아래 소나무 그루에 소 몇 필이 매여 있음을 발견하였다. 이번에는 누구의 발언이거나 제의였는지 이제 와서 기억이 미상하나 우리는 소를 잡아타자는 데 일치하였다. 옛날에 영척(甯戚)이가 소를 탔다고 하지만 그까짓 영척이란 놈이 다 무엇이냐, 그 따위 것도 소를 탔는데 우린들 못 탈 바 어디 있느냐는 것이 곧 논리이자 동시에 성세(聲勢)였다.

하여간 우리는 몸에 일사불착(一絲不着)9한 상태로 그 소들을 잡아타고 유유히 비탈길을 내리고 똘물―소나기로 해서 갑자기 생긴―을 건너고 공자(孔子) 모신 성균관을 지나서 큰 거리까지 진출하였다가 큰 봉변 끝에 장도(壯圖)―시중까지 오려던 일―는 수포로 돌아가고 말았다.

평설

변영로는 20년대부터 시와 수필을 쓰며 문우들과 많이 어울렸고 「논개」로 유명하다. 변영로의 이 야화는 일제 식민 통치하의 사건이며 그런 술도깨비 사건은 현진건의 「술 권하는 사회」와 같은 우국지사들의 이야기로 미화되는 측면이 있고 또 하나는 한동안 애주가 문인들 대다수가 써먹는 '주태백 이

---

9 일사불착(一絲不着): 옷을 입지 않음.

론'으로 미화될 가능성이 있다.

이태백은 '주일두 시일수(酒一斗 詩一首)'라고 했다. 술 한 말 마시면 시 한 수씩 나왔다고 하니 참으로 신통하다. 그러니까 '문학을 하려면 술을 마셔야 한다. 술 안 마시고 어떻게 문학을 하나' 하는 것이 주태백 이론이다. 이태백은 그렇게 술을 퍼 먹다가 동정호에 빠져 익사했다지만 그런 일화가 모두 우리 문단에 술꾼을 양산하고 미화한 것이며 백주에 발가벗고 소를 타고 시내로 진입한 망나니들 사건도 그런 의미에서 문단의 영웅담이 된 것이다.

그렇지만 식민지 시대의 문학이란 바르게 하려면 목숨을 걸고 적과 맞서는 것이어서 정신 바짝 차려도 힘겨운데 술에 대취해서 비몽사몽간에 들어가야 문학이 된다는 것은 음주를 미화할 때만 쓰던 말이며 일제하 문인들이 실제로 술에 취해야만 문학을 한 것은 아니다.

다만 이 작품은 「술 권하는 사회」에서처럼 오상순, 염상섭, 변영로 등 폐허파 문인들이 식민지 시대 지식인으로서의 울분을 이런 일로 조금은 토해 낸 조짐이 있는 것은 사실이다.

원래 동인지 『폐허』는 1919년 3·1운동 직후 일제 총검으로 짓밟힌 조국의 피폐한 상황에 대한 절망적인 의식을 표현한 이름이었고, 그런 문인들이 만났던 것이다. 그중에서 특히 오상순은 허무주의적 절망의식으로 집을 떠나 동가숙서가식하며 술과 담배로 슬픔을 달래다가 이 수필의 주인공의 하나가 된 것이다.

그러나 염상섭과 변영로는 울분을 술로 달랬다 하더라도 절망적 허무주의자는 아니었다. 시집 『조선의 마음』에서도 나타나지만 그는 강한 애국심과 굽히지 않는 지조로 일제의 억압에 굽힘없이 살아 나갔다. 「논개」도 그렇게 대담하고 아름다운 작품이다. 그런 면에서 보면 발가벗고 소타고 명륜동까지 진출했다가 일본 순사들의 제지로 종로 진출에 실패한 것은 독재정권에 맞서서 교문을 나선 민주화운동의 시위 행렬이 경찰 제지를 받던 모습을 연상시킨다. 발가

벗고 미친 짓을 가장하여 일제 경찰을 조롱한 의도가 엿보이는 것이다. 그런 의미에서 이 야화는 그냥 술꾼들이 씹던 안주 이상의 주제가 내재되어 있는 듯한 조짐이 보인다.

염상섭도 「실험실의 청개구리」, 「만세전」을 비롯하여 당대의 불행했던 역사적 현실을 예리하게 관찰하고 고발하며 일제하 문인으로서는 마지막까지 단단한 지조를 지키며 살아간 작가다. 해방 후에도 그 자세는 흔들림이 없었으며 그 역시 창작을 계속하며 해방 후의 시대적 울분을 술 한 잔으로 달래며 혼탁한 문단에 어울리지 않고 혼자서 조용히 작가의 길만 걸어간 사람이다.

이 글은 가까운 성균관 뒤의 약수터에서 술판을 벌였다는 것으로 보면 작자가 1935년 『동아일보』에 입사하고 그 사택에 살던 시절에 벌어진 이야기인 듯하다.

이런 배경을 통해서 보면 이 글은 재미로서만이 아니라 야화 문학으로서 다른 많은 문단 야화보다도 가치가 있다.

무상

이은상

아니디아![1] 지난해 가을에 아우의 생명과 함께 떨어진 나뭇잎. 그 나뭇잎 속에 죽어 묻힌 버러지. 그러나 이제 몇 달이 지나 산과 들에 흰 눈이 스러지고 파릇파릇 봄풀이 돋아나면, 새로 나는 그 봄 풀잎 속에 지난해에 죽으며 남긴 작은 알들이 햇볕을 받아 깨어나고, 그리하여 한여름 밤을 즐기는 반딧불도 되고, 가을 달을 노래하는 귀뚜라미도 되리니, 나도 죽고 이어나고 꺼짐이 이와 같구나.

우담발화(優曇鉢花)[2]는 천 년에 한 번씩 꽃이 핀데도 그대로 피고 지고 하는 것이며, 월계화(月桂花)는 달마다 피는 꽃이나 그도 제대로 피고 지고 하는 것이니, 시간이 길고 짧음이 있을 뿐이요, 피고 지고 바뀜은 마찬가지다.

사람만이 그런 것 아니라 모든 생물이 다 그렇거늘, 오고가는 것을 탓할

---

1 아나디아(anitya): '덧없다'란 뜻의 범어.
2 우담발화(優曇鉢花, udambara): 히말라야 산 기슭이 원산지인 무화과의 일종.

것이 무엇인가. 오면은 가고, 간 그 자리에 새 것이 오고, 그것이 또 가고, 또 다른 새 것이 다시 오고, 이리하여 인생과 우주가 영원히 있는 것이다.

그러므로 눈을 내 한 몸에만 쏘지 말고, 크게 멀리 떠서 우주 중생을 고루 살필진대, 한 몸 왔다 가는 것이란 저 사하라 큰 사막에서 한 줌 모래를 움켰다 흩어 버림과 다를 것 없고, 태평양 큰 바다에서 한 옴큼 물을 쥐었다 뿌려 버림과 마찬가지다. 그러기에 자취인들 있을 것인가. 그러기에 슬프고 괴로움도 없는 것이다.

갓 나매 엄마의 따뜻한 품속에서 안김이 그대로 조그마한 우주인 것과 같이, 떠나매 자연의 시원한 품속에 안김이 또 그대 위대한 엄마가 아니겠는가.

나무 대자모 대우주(南無大慈母大宇宙)! 다만 그 속에서 눈을 떴다 감는, 한 순간 한 순간일 따름이로다.

그러므로 아우야! 네가 온 것도 아니요, 간 것도 아니요, 그대로 거기 있는 줄을 믿는 것이다. 앞도 아니요, 뒤도 아니요, 앞과 뒤의 사이에 너는 너대로 있는 것이요, 왼편도 아니요, 오른편도 아니요, 왼편과 오른편 사이에 너는 너대로 있는 것이다. 그건 마치 방패(防牌)의 앞뒷면과 같고, 시계추(時計錘)의 좌우함과 같은 것이다. 인생의 본체란 진실로 생사의 사이에 영원히 그대로 있는 것이다.

그런지라 무상한 그대로 내가 분명 여기에 있고, 나와 함께 너도 영원히 여기 있으리라. 내 사랑, 내 생명이 사라지기 전, 너는 한 조각도 여읨이 없이 나와 함께 있으리라. 나와 같이 먹고, 같이 자고, 같이 앉고, 같이 다니리라. 아우여, 내 사랑하는 자여, 내 마음 분명히 나와 함께 여기에 있는 것이다.

그리고 비록 내 생명까지 없어진 뒤에라도 너는 이 세상에 영원히 있으리라. 너만 있음이 아니요, 나도 또한 영원히 있으리라. 너나 또 나뿐이 아니라, 이미 왔다 간 억만 인생과 또 다음에 올 억만 인생이 다 여기 영원히 있는 것이다. 진실로 생각하면 오는 것도 아니요, 가는 것도 아니요, 처음도 없고, 나중도 없이, 제대로 영원히 있는 것이다.

나를 슬픔의 골짜기에 깊이 빠뜨린 채 한(恨)을 품고 떠나간 가엾은 아우여, 그러나 이제는 안심하여라.

안개 속같이 아득한 길에서 멍하니 갈 길을 모르던 내 마음아, 너도 이제는 안심하여라.

나는 애오라지 내 슬픔을 끄고, 고요히 눈가에 웃음을 지으면서 팔을 베고 누웠어도 오히려 편안한 양, 풍파를 넘어 잔잔한 바다를 바라보는 듯, 조용히 잠을 잠깐 들어 보리라.

잠깐이나마 시원한 눈을 붙이고, 곤한 몸을 쉬기 전에 아우여 들으라. 너를 위하여, 그리고 내 자신과 또 날같이 인생을 고민하는 모든 이들을 위하여, 나는 이제 고요히 노래 몇 장을 부르노라.

왔다가 간 줄 알고 잃은 줄만 여기고서
슬픔이 뼈에 들어 마디마디 아팠구나.
너 본시 오도 않는 길, 잃은 줄만 여기소서.

나 또한 온 줄 알고 있는 줄만 여기고서
이 몸이 아까워라 위하고만 살았구나.
나란 게 없는 것인데, 있는 줄만 여기고서.

아니 온 나로구나, 가도 않는 너로구나.

아, 너랑 나랑 만남도 여읨도 없이
라라라 여기 그대로 길이길이 머무르나니.
　　─「분향(焚香)」

평설

　　　　이은상은 일제하에서 시조 부활 운동에 힘쓰고 고향 바다를 소재
로 한 〈가고파〉로 많이 유명해졌는데 문장이 세련되어 있고 시조 시인으로서
남긴 공이 크다.

　　「무상」은 수필이지만 말미를 시로 장식하여 문학적 감동을 보완한 것이다.
산문이 시로 바뀌는 것은 수필의 정도를 비켜 간 파격이지만 그렇다고 꼭 나쁜
것은 아니다. 산문은 산문으로 끝내는 것이 정도이고, 특히 그 작품의 핵심적인
주제가 집약될 수 있는 결말 부분이야말로 좋은 산문의 매력을 보이는 것이 수
필 고유의 장점을 살리는 방법이 되는 것은 사실이다. 그렇지만 이은상의 「무
상」은 산문으로서는 좀 미숙하기 때문에 자신에게 자신 있는 시로써 말미를 장
식하여 문학적 감동을 고조시켜 좀 효과를 본 것이다.

　　작품의 주제는 아우의 죽음을 맞아서 죽은 자를 위로하고 아울러 자신을 위
로하기 위해서 인생 무상론(無常論)의 종교적 철학을 전개해 나간 것이다.

　　가을에는 찬바람이 불고 잎이 지지만 봄이 되면 다시 새 생명이 돋아난다는
사실에서 만물 윤회설에 입각하여 죽은 아우도 죽되 죽지 않고 영원히 자신과
함께 곁에 있다는 논리를 말했다.

　　그런데 이런 윤회사상을 논증하기 위한 예시문으로서는 그것은 적절하지 않
다. 나뭇잎이 졌지만 그것이 이듬해 봄에 반딧불이나 귀뚜라미로 태어났다고
하면 윤회설은 성립된다. 그렇지만 반딧불이는 잎이 썩어서 그것에서 태어난

것이 아니고 잎에 숨겨져 살아있던 알에서 태어난 것으로 설명되어 있다. 귀뚜라미도 마찬가지다. 그러므로 이것은 죽은 자가 다시 태어나서 영원히 산다는 종교철학의 설명문은 되지 않는다.

나뭇잎이 졌으면 그 잎이 썩어 흙이 되고 거름이 됨으로써 그 자리에서 새 생명의 나무가 자라난다고 해야 영원한 생명이 설명되는 것이다.

그리고 아우가 죽었듯이 반딧불이(개똥벌레)도 죽었었다는 죽음의 비유도 없다. 그뿐만 아니라 땅바닥 풀잎에 있던 반딧불이의 알이 봄에 깨어나고 한여름의 반딧불이가 된다는 것도 설명이 부족해서 자칫 오해받기 쉽다. 반딧불이는 물속의 애벌레로 다슬기 잡아먹는 재미로 오래 살다가 교미하러 플래시 켜들고 기어 나오기 때문이다.

이은상은 마산 문인인데 4·19혁명을 촉발시킨 3·15부정선거가 마산 사건이었고 그로부터 군사 정권 때까지 정치적 관계를 맺은 것이 많은 부정적인 야화를 남겼다. 변영로가 술도깨비 사건을 일으켰어도 그런 야화를 비롯한 모든 작품을 애정으로 바라볼 수 있는 것처럼 문학은 작품만이 아니라 그 작가의 삶을 통해서도 긍정, 부정을 막론하고 평가된다는 것을 이은상의 경우에도 다시 생각하게 된다.

격동기 지식인의 서글픈 자화상

엿장수와 교수

장덕순

신나게 가위질을 하며 골목길을 누비는 엿장수를 부러워해 본 일도 없거니와 그 엿장수에 관심조차 가져 본 일이 없었다. 그런데 캠퍼스에 낙엽이 쌓이고 거목이 앙상하게 그 뼈를 드러내고 있는 만추의 어느 날, 나는 학생 하나 없는 빈 교정에 서서 서글픈 침묵을 씹으며 생각에 잠겼었다. 여느 때 같으면 대학생들이 여기저기 앉아서 낙엽과 함께 낭만과 학문을 이야기하고 있었고 황혼 때면 낙엽을 태우며 노래를 불렀었는데 이 가을엔 휴강·휴교가 계속되어 이렇게 무섭도록 괴괴하기만 했다.

대학은 학생과 교수가 주인이다. 둘 중에 하나만 없어도 주인노릇은 못한다. 제자가 없는 스승이란 병신이다. 학원에서 주인행세를 못하고 있기 때문이다.

기나긴 여름방학 동안 밀린 원고를 정리하는 한편 새 학기의 강의를 준비해 놓고 개학하는 첫날엔 이러이러한 이야기로 학생들과 한바탕 웃어 보아야겠다고 삽화(挿話)까지 준비했었다. 과연 첫날 나는 예정대로 이야기를 시작했고 또 강의도 내 딴엔 열강(熱講)을 한 셈이다. 그리고 다음 주

140

의 강의 내용까지 예고하고 흐뭇한 기분으로 강의실을 나왔다. 훈장으로서 가장 유쾌한 때는 마음에 드는 강의를 하고 강의실을 나올 때이다.

그러나 그 다음 주부터 데모의 회오리바람이 일기 시작하여 정상적인 강의는 불가능했다. 강의실에 들어가면 학생은 없다. 돌아설 때의 공허한 마음은 비길 데 없이 허전하다. 훈장이란 학생들 앞에서 떠들어야 신이 나고 또 보람을 느끼게 되는데 이 권리를 행사하지 못하니 죽은 목숨과 다를 바 없다.

낙엽이 쌓인 교정에서 고목(枯木)만 바라보고 있었던 그날 나는 무거운 가방을 들고 무거운 발걸음으로 일찍이 집으로 향했다. 하늘은 드높고 햇살은 따스했으나……. 우리 집이 있는 골목에 들어서니 바로 대문 앞에서 엿장수가 열심히 가위질을 하고 있었다. 개구쟁이도 한 놈 없는 빈 골목에서 누구를 위해 가위질을 하는 것인지, 거나하게 취기가 도는 엿장수는 가위질만 하며 서성거리고 있다. 마음이 울적한 나는 그에게 이야기라도 걸고 싶어졌다.

바로 내 집 대문 앞이기에 더 다정스러웠기 때문이다.

"엿 좀 삽시다."

"엿은 다 팔았소."

"그럼 가위질은 왜 하시오?"

"엿장수는 엿이 없어도 가위질은 해야지요."

옳거니! 엿장수는 가위질을 해야 신이 나는 것이다. 쥐는 무엇이든지 쏠아야 하고, 개는 짖어야 하고, 닭은 울어야 한다. '소피스트'는 떠들어야 하고, '바리새' 교인은 궤변으로 지껄여야 직성이 풀린다. 그렇다면 교수는 강단에서 강의를 해야 신이 나고 직성이 풀리는 것이다. 엿이 없는 엿장수가 가위질을 하듯이 학생이 없는 교수도 떠들기는 해야 하지 않는가?

이젠 40여 년이 지난 때의 일이다. 어느 사립 중학교에서 동맹휴학이 일어났다. 어느 선생의 배척을 위해서인데 그 이유는 확실히 기억이 안 난다. 배척을 받은 선생은 꼬박꼬박 자기 시간에 자기가 맡은 교실에 들어갔다. 그러나 학생은 한 명도 없었다. 그래도 그 선생은 마치 학생들이 있을 때와 꼭 같이 판서를 해 가면서 수업을 계속했다. 학생도 없는 빈 교실은 외로운 교사의 수업소리로 공허한 메아리만 남길 뿐이다. 그는 학생 없는 교실에서 한 주일을 계속 떠들었다. 배척하던 학생들은 하나 둘씩 낭하에서 이 수업을 엿듣고 있었다. 그 수는 점점 늘어갔다. 마침내 학생들은 배척을 철회하고 그 선생의 수업을 받았고, 그 선생에 대한 존경은 과거의 몇 배로 높아졌다고 한다. 엿이 없는 엿장수의 가위질과 같은 이야기인데 가윗소리는 빈 골목에 메아리치지만, 빈 교실의 강의 소리는 낭하에서 엿듣고 있던 학생들의 흉금을 울린 것이다.

그러나 나는 학생이 없는 빈 강의실에 가서 강의할 용기는 없다. 또 그랬다고 효과가 있을 것 같지도 않다. 만일 나 자신의 강의가 싫다고, 혹은 나란 인간이 싫어서 강의를 거부한다면 빈 강의실에서 최후의 수단으로 떠들어 보겠지만 이는 이것도 저것도 아니다. 데모가 계속되고 대학은 휴강·휴교·조기방학으로 텅텅 비어 있는데 교수는 월급도 받고 명색이나마 연구비도 받고 있다.

새에게서 날개를 떼어 버리면 죽지는 않아도 죽은 것과 같다. 개에게서 짖어야 하는 생리를 빼어 버리면 수문(守門)의 권리와 의무를 상실한다. 교수가 가르친다는 활동을 거세당했을 때 깃 없는 새나 짖을 수 없는 개와 무엇이 다른가?

엿장수는 가위질을 해야 하고 훈장은 교실에서 떠들어야 한다. 대학의 강의가 중단되는 것은 어딘가 잘못이 있다. 누구의 잘잘못을 가리기 전에 천직을 맡은 훈장이 제자를 가르치지 못하는 현실이 눈물겹도록 슬프다.

지금도 골목에는 엿장수의 가윗소리가 들리는데…….

평설

장덕순은 국문학자로서 많은 저서를 남겼지만 수필도 좋다. 이 작품은 서울대 국문과 교수 시절의 이야기로 짐작된다. 군사 독재 정권에 대한 격렬한 저항으로 대학가가 술렁이며 강의실은 텅 비고 휴교령으로 조기 방학이 이어지던 시절에 이를 겪던 원로 국문학자가 그 슬픔을 표현한 작품이다.

문학적 표현력의 정확성과 매력은 흔히 비교법이나 비유법에서 나타난다. 흰색은 검은색과 비교할 때 가장 잘 나타난다. 뒹굴다가 머리가 부어오른 정도도 지름 10센티로 부었다는 말보다는 야구공보다 크게 부풀었다는 비교법이 더 설득력이 있다. 그리고 환갑 넘어 희어진 머리는 초겨울 이른 아침의 무서리에 비유하면 그 이미지가 더 선명해진다.

작자는 「엿장수와 교수」에서 이런 비교법과 비유법을 구사하고 있다.

학생들이 모두 거리로 쏟아져 나가서 텅 비어 버린 강의실을 뒤로하고 쓸쓸하게 귀가하던 날 자기 집 문 앞에서 가위질하던 엿장수 모습을 그린 것은 비교법이다.

엿장수는 가위질을 해야 신이 난다. 그처럼 훈장은 학생을 가르쳐야 신이 난다. 그런데 집 앞에서 만난 엿장수는 엿이 다 팔려서 가위질이 필요 없는데도 가위질을 하며 신이 나 있었던 것과 달리, 작자는 학생들이 없으니까 강의를 하지 않고 귀가했다고 자기를 엿장수와 비교하고 있다. 작자는 이렇게 양자를 비교함으로써 강의 못하게 된 자신의 슬픔을 더 부각시키는 기법을 쓰고 있다. 직업의 귀천을 떠나서 행복지수로 따지자면 그는 '엿장수만도 못한 교수'로 자신을 표현한 것이다.

그런데 이것은 비교법이면서도 조금은 비유법 효과를 지닌다.

엿장수의 엿판에는 엿이 없다. 다 팔아 버렸기 때문이다. 장덕순 교수의 강의실에는 학생들이 없었다. 모두 데모하러 나갔기 때문이다. 그래서 장 교수의 강의실은 엿장수의 엿 판처럼 비어 있었다는 비유가 부분적으로 성립된다.

여기서 이 문장이 완전한 비유법이 되려면 작자도 그날 빈 강의실에서 저 혼자 국문학을 열강하고 왔어야 된다. 그럼으로써 '나는 그날 내 집 문 앞에서 만난 엿장수와 꼭 같았다.'라는 비유가 성립된다.

다음에 작자는 '훈장은 학생을 가르쳐야 신이 난다.'라고 말하면서 이를 다른 사물에 비유하고 있다. 쥐는 무엇이든 쏠아야 되고, 개는 짖어야 되고, 닭은 울어야 되고, 소피스트는 떠들어야 되고, '바리새인'은 궤변을 지껄여야 신이 난다고 말한 것이 그 같은 비유법이다. 훈장은 학생을 가르쳐야 훈장이 되고 신이 나고 직성이 풀린다는 뜻에서 이를 쥐새끼, 개새끼, 닭새끼 그리고 바리새인 등의 경우에 비유한 것이다.

이 같은 비유는 작자 자신을 쥐새끼나 개새끼나 닭새끼 등과 함께 연상하게 만들기 때문에 표현의 재미를 얻게 된다.

이처럼 비교법으로 더욱 선명하게 표현하고 비유법으로 더욱 재미있게 표현하면 상상의 이미지가 만들어진다. 엿장수, 개, 닭, 쥐, 바리새인 등이 모두 등장하는 그림이 상상 속에서 그려지기 때문이다. 이렇게 함으로써 작자는 문학성을 잘 갖춘 수필을 쓴 셈이다.

문학은 언어로써 상상을 통하여 사상과 감정을 아름답게 표현하는 예술이다.

작자는 이렇게 문학의 필수 조건으로서의 상상의 세계를 만들었다.

그런데 만일 작자가 이 수필에서 문학성을 더 높이려면 비교법이나 비유법을 메타포로 바꾸면 더 효과적일 수도 있었다.

그리고 「엿장수와 교수」는 기법만이 아니라 주제도 이보다는 더 심화시킬 수 있지만 군사 독재 정권의 횡포 앞에서 그것은 어려웠을 것이다.

> 대학의 강의가 중단되는 것은 어딘가 잘못이 있다. 누구의 잘잘못을 가리기 전에 천직을 맡은 훈장이 제자를 가르치지 못하는 현실이 눈물겹도록 슬프다.

작자는 이렇게 스승으로서 제자를 가르칠 당당한 교권을 빼앗긴 것이 슬프다. 엿장수는 빈 가위질을 하며 신이 나 있었는데 자신은 그것도 못하고 귀가한 것이 억울하다.

그런데 작자가 이에 대하여 '누구의 잘잘못을 가리기 전에'라는 전제를 붙이고 슬픔의 근본 원인을 캐보지 못하고 한 마디 말도 하지 못한 것은 수필로서 한계를 보여 준 것이다.

교수가 교권을 빼앗겼다면 눈물겹고 슬픈 일이다. 그러나 '누구의 잘잘못을 가리기 전에'라고 하며 그 슬픔의 원인에 대한 질문을 피해 나간 것은 작자로서 그만큼 어려움이 있었기 때문일 것이다.

당대 사회 현실이 사랑하는 학생들로 하여금 거리로 뛰쳐나가서 최루탄에 맞아 죽고 물고문으로 죽고 퇴교 당하고 휴강과 휴교 사태를 일으키고 이 때문에 교수가 강의도 못하게 되었다면 훈장이 제자 없는 것만 슬퍼하지 말고 그런 원인 제공자인 독재 정권에 대하여, 다시 말해서 '나'가 아닌 너와 나의 '우리' 세상으로 목소리를 넓혀야 하는 것이 더 바람직한 것이겠다.

윤동주의 시는 그런 현실을 날카로운 지성으로 비판하고 아름다운 감성으로 절규한 문학이고 양심의 고통으로 피를 토한 '부끄러움의 미학'이었다. 윤동주와 같은 시기에 교토에 있었던 김태길 교수는 장덕순의 엿장수 얘기가 나오던 군사 독재 시기를 회고하는 수필에서 그때는 너무도 부끄러웠다고 참회하며 양심의 고통을 호소했었다. 이에 비하면 윤동주의 4년 후배로서 같은 고향 간도 용정을 떠나온 장덕순의 수필은 매우 큰 차이가 난다. 수필은 심오한 지성도 필요 없고 뜨거운 정열도 필요 없다고 한 지난날의 수필론의 한계성을 지니고 있는데 작자가 교수직을 버리지 않는 이상 그에게 윤동주처럼 살기를 주문하기는 어려울 것이다.

담요

최서해

　나는 이 글을 쓰려고 종이를 펴 놓고 붓을 들 때까지 '담요'란 생각은 털끝만치도 하지 않았다. 꽃 이야기를 써 볼까, 요새 이 내 살림살이 꼴을 적어 볼까, 이렇게 뒤숭숭한 생각을 거두지 못하다가, 일전에 누가 보내 준 어떤 여자의 일기에서 몇 절 뽑아 적으려고 하였다. 그래 그 일기를 찾아서 뒤적거려 보고 책상과 마주 앉아서 펜을 들었다. 'ㅇㅇ과 ㅇㅇ'라는 제목을 붙여 놓고 몇 줄 내려 쓰노라니, 딴딴한 장판에 복사뼈가 어떻게 박히는지 몸을 움직일 때마다 그놈이 따끔따끔해서 견딜 수 없고, 또 겨우 빨아 입은 흰 옷이 까만 장판에 뭉개져서 걸레가 되는 것이 마음에 걸리었다.

　따스한 봄볕이 비치고 사지는 나른하여 졸음이 오는데, 이런 생각 저런 생각 신경이 들먹거리고 게다가 복사뼈까지 따끔거리니, 쓰려던 글도 써지지 않고 그대로 앉아 있을 수도 없었다. 기일이 급한 글을 맡아 놓고, 그저 있을 수도 없는 일이다. 나는 한 계책을 생각하였다. 그것은 별 계책이 아니라, 담요를 깔고 앉아서 쓰려고 한 것이다. 담요야 그리 훌륭한 것도 아니요, 깨끗한 것도 아니지만 그것이나마 깔고 앉으면 복사뼈도 따끔거리지 않을 것이요, 또 의복도 장판에서 덜 검게 될 것이라고 생각한 까닭이었다.

이불 위에 접어놓은 담요를 내려서 네 번 접어서 깔고 보니, 너무 넓고 엷어서 마음에 들지 않았다. 다시 펴서 길이로 세 번 접고 옆으로 세 번 접었다. 이렇게 좁혀서 여섯 번을 접을 때, 내 머리에 언뜻 떠오르는 생각과 같이 내 눈 앞을 슬쩍 지나가는 그림자가 있다. 나는 담요 접던 손으로 찌르르한 가슴을 부둥켜안았다. 이렇게 멍하니 앉은 내 마음은, 때[時]라는 층계를 밟아 멀리멀리 옛적으로 달아났다. 나는 끝없이 끝없이 달아나는 이 마음을 그대로 놓쳐버리기는 너무도 아쉬워서 그대로 여기에 쓴다. 이것이 '담요'라는 제목을 붙이게 된 동기이다.

3년 전 내가 집 떠나던 해 겨울에 , 나는 어떤 깊숙한 큰 절에 있었다. 홑고의적삼을 입고 이 절 큰 방 구석에서 우두커니 쭈그리고 지낼 때 부쳐 준 '담요'였다. 그 담요가 오늘날까지 나를 싸 주고 덮어 주고 받쳐 주고 하여, 한시도 내 몸을 떠나지 않고 있다. 나는 때때로 이 담요를 만질 때마다 느끼는 것이 있으니 그것이 즉 이 글에 나타나는 감정이다.

집 떠나던 해였다.

나는 국경 어떤 정거장에서 일하고 있었다. 그때는 그 일이 괴로웠지만, 지금 생각하면 그것이 오히려 사람다운 일이었을는지 모른다. 어머니와 아내가 있었고 어린 딸년까지 있어서 헐었거나 성하거나 철 찾아 깨끗이 빨아 주는 옷을 입었고, 새벽부터 밤까지 일자리에서 껄떡거리다가는, 내 집에서 지은 밥에 배를 불리고 편안히 쉬던 그때가, 바람에 불리는 갈꽃 같은 오늘에 비기면 얼마나 행복이었던가 하고 생각해 보는 때도 많다. 더구나 어린 딸년이 아침저녁 일자리에 따라와서 방긋방긋 웃어 주던 기억은 지금도 새롭다.

그러나 그때에도 풍족한 생활은 못 되었다. 그날 벌어서 그날 먹는 생활이었고, 그리 되고 보니 하루만 병으로 쉬게 되면, 그 하루 양식 값은 빚이 되었다. 따라서 잘 입지도 못하였다. 아내는 어디 나가려면 딸년 싸 업을 포대기조차 변변한 것이 없었다.

그때 우리와 같이 이웃에 셋집을 얻어 가지고 있는 K란 사람이 있었다. 그 사람도 나와 같이 정거장에서 일하고 있었는데, 그 부인은 우리 집에 놀러 오는 때마다 그때 세 살 나는 어린 아들을 붉은 담요에 싸 업고 왔다.

K의 부인이 오면 우리 집은 어린애 싸움과 울음이 진동하였다. 그것은 내 딸년과 K의 아들이 싸우고 우는 것이었다. 그 싸움과 울음의 실마리는 K의 아들을 싸 업고 온 '붉은 담요'로부터 풀리게 되었다.

K의 부인이 와서 그 담요를 끄르고 어린것을 내려놓으면, 내 딸년은 어미 무릎에서 젖을 먹다가도 텀벅텀벅 달려가서 그 붉은 담요를 끄집어 오면서,

"엄마, 곱다, 곱다."

하고 방긋방긋 웃었다. 그 웃음은 담요가 부럽다. 가지고 싶다. 나도 하나 사 다고 하는 듯하였다. 그러면 K의 아들은,

"이놈아, 남의 것을 왜 가져가니?"

하는 듯이 내게 찡기고 달려들어서 그 담요를 뺏었다. 그러나 내 딸년은 순순히 뺏기지 않고, 이를 악물고 힘써서 잡아당긴다. 이렇게 서로 잡아당기고 밀치다가는 나중에 서로 때리고 싸우게 된다.

처음 어린것들이 담요를 밀고 당기게 되면 어른들은 서로 마주 보고 웃게 된다. 그러나 어머니, 아내, 나, 이 세 사람의 웃음 속에는 알 수 없는 어색한 빛이 흘러서 극히 부자연스런 웃음이었다. K의 아내만이 상글상글

재미있게 웃었다. 담요를 서로 잡아당긴 때에, 내 딸년이 끌리게 되면, 얼굴이 발개서 어른들을 보면서 비죽비죽 울려 하는 것은 후원을 청하는 것이었다. 이것은 K의 아들도 끌리게 되면 하는 표정이었다.

그러다가 서로 어울려서 싸우게 되면, 어른들 낯에 웃음이 스러진다.

"이 계집애, 남의 애를 왜 때리느냐?"

K의 아내는 낯빛이 파래서 아들의 담요를 끄집어다가 싸 업는다.

그러면 내 아내도 낯빛이 푸르러서,

"우지 마라, 우지 마라. 이담에 아버지가 담요를 사다 준다."

하고 내 딸년을 끄집어다가 젖을 물린다. 딸년의 울음은 좀처럼 그치지 않았다.

"아니! 응 흥!"

하고 발버둥을 치면서 K의 아내가 어린것을 싸 업는 담요를 가리키면서, 섧게섧게 눈물을 흘린다. 이렇게 되면, 나는 차마 그것을 볼 수 없었다. 같은 처지에 있건마는, K의 아내와 아들의 낯에는 우수감이 흐르는 것 같고 우리는 그 가운데 접질리는 것 같은 것도 불쾌하지만, 어린것이 서너 살 나도록 포대기 하나 변변히 못 지어 주는 것을 생각하면 너무도 못생긴 느낌도 없지 않았다. 그리고 그 어린것이 말은 잘 할 줄 모르고, 그 담요를 손가락질하면서 우는 양은 차마 눈으로 볼 수 없었다.

그 며칠 뒤에 나는 일 삯전을 받아 가지고, 집으로 가니 아내가 수건으로 머리를 싼 딸년을 안고 앉아서 쪽쪽 울고 있었다. 어머니는 그 옆에서 아무 말 없이 담배만 피우시고,

"○○(딸년 이름) 머리가 터졌단다."

어머니는 겨우 울려 나오는 목소리로 말씀하시었다.

"예? 머리가 터지다뇨?"

"K의 아들애가 담요를 만졌다고 인두로 때려……."

이번은 아내가 울면서 말하였다.

나는 나조차 알 수 없는 힘에 문 밖으로 나아갔다. 어머니가 쫓아 나오시면서,

"애, 철없는 어린것들 싸움인데, 그것을 탓해 가지고 어른 싸움이 될라."

하고 나를 붙잡았다. 나는 그만 오도 가도 못하고 가만히 서 있었다. 그때 나는 분한지 슬픈지 그저 멍한 것이 얼빠진 사람 같았다. 모든 감정이 점점 가라앉고, 비로소 내 의식에 돌아왔을 때, 내 눈은 눈물에 젖었고 가슴이 미어지는 것 같았다.

나는 그 길로 거리에 달려가서 붉은 줄, 누른 줄, 푸른 줄 간 담요를 4원 50전이나 주고 샀다. 무슨 힘으로 그렇게 달려가 샀든지, 사가지고 돌아설 때 양식 살 돈 없어진 것을 생각하고 이마를 찡기는 동시에 흥! 하고 냉소도 하였다.

내가 지금 깔고 앉아서 이 글 쓰는 이 담요는 그래서 산 것이다. 담요를 사들고 집에 들어서니, 어미 무릎에 앉아서,

"엄마, 아파! 여기 아파!"

하고 머리를 가리키면서 울던 딸년은 허둥허둥 와서 담요를 끌어안았다.

"엄마, 헤헤! 엄마 곱다!"

하면서 뚝뚝 뛸 듯이 좋아라고 웃는다. 그것을 보고 웃는 우리 셋ㅡ어머니, 아내, 나ㅡ은 소리 없는 눈물을 씻으면서, 서로 쳐다보고 울었다.

아, 그때 찢기던 그 가슴! 지금도 그렇게 찢긴다.

그 뒤에 얼마 안 되어 몹쓸 비바람은 우리 집을 치웠다. 우리는 서로 동서에 갈리게 되었다. 어머니는 내 딸년을 데리고 고향으로 가시고, 아내는 평안도로 가고, 나는 양주 어떤 절로 들어갔다. 내가 종적을 감추고 다

니다가 절에 들어가서 어머니께 편지하였더니,

"추운 겨울을 어찌 지내느냐? 담요를 보내니 덮고 자거라. 00(딸년 이름)가 담요를 밤낮 이쁘다고 남은 만지게도 못하더니, '아버지께 보낸다' 하니, '할머니 이거 아버지 덮어?' 하면서 군말 없이 내어놓는다. 어서 뜻을 이루어서 돌아오기를 바란다."

하는 편지와 같이 담요를 주시었다. 그것이 벌써 3년 전 일이다. 그 사이 담요의 주인공인 내 딸년은 땅 속에 묻힌 혼이 되고, 늙은 어머니는 의지가지없이 뒤쪽 나라 눈 속에서 헤매시고 이 몸이 또한 푸른 생각을 안고 끝없이 흐르니, 언제나 어머니 슬하에 뵈일까?
봄뜻이 깊은 이때에, 유례가 깊은 담요를 손수 접어 깔고 앉으니, 무량한 감개가 가슴에 복받치어서 풀길이 망연하다.

평설

1901년 함북 성진에서 태어난 후 참으로 힘들게 살다 31년에 작고한 작가의 작품이다.

「담요」는 소재 찾기와 집필의 창작 동기 단계까지의 과정이 재미있다. 그리고 최서해는 누구인지, 그의 발자국을 뒤밟아 가며 문학사에 남긴 업적을 평가해 나가는 자료로서도 매우 흥미를 갖게 한다.

일류 요리사라도 기본 재료가 나쁘면 실패한다. 그러므로 모든 장르에서 창작의 기본 성공률은 소재 선택에 좌우된다.

문학은 우리들의 다양한 삶 속에서 만들어 낸 문화의 한 형태이므로 소재가 먼저 있고 그 다음에 주제가 따르게 된다. 어떤 심오한 주제를 놓고 쓴다고 하더라도 그것은 모두 어떤 소재가 전제로 된다. 그 다음에 여기에 사색이 따르고 창작의 모티프가 형성되고 주제가 마치 과수원의 열매처럼 달리게 된다.

그러므로 우리는 일상적인 생활 주변이나 다른 세계를 바라보며 그것으로 어떻게 문학이라는 찌개 한 냄비를 맛있게 끓일 것인지 생각하게 된다.

최서해도 그랬을 것 같다. 수필 한 편을 쓰기 위해서 구상부터 해야 했을 것이다. 그런데 그는 책상에 앉아서 구상하며 소재를 찾기 전에 책상 앉기 위한 준비를 하다가 소재를 찾은 것이다. 즉 차가운 온돌방에 앉기 위해서 담요를 깔다가 담요가 소재가 되어 버린 것이다. 찌개를 끓이려고 냄비를 꺼내다가 그냥 냄비를 먹게 되었다고 하면 지나친 과장일까?

그렇게 담요가 소재가 되어 버린 것은 그만큼 그 소재가 좋은 열매를 성숙시킬 수 있었기 때문이다. 즉 "작자가 의도하는 어떤 의미"(작자의 作意)를 담아내서 하나의 작품이 될 수 있다고 생각한 것이다. 다시 바꿔 말하면 집필을 시작하게 만들 모티프를 얻은 셈이다.

그 모티프는 일제 식민지하에서 굶주리며 고통 받는 우리 민족의 문제를 작자 개인적인 체험을 통해서 증언하는 것이다.

이런 작품은 당대의 카프 문학에서 보면 자연발생적 계급 투쟁문학으로 평가되고 있으며 작자도 사회주의 문학에 동참하고 있었으므로 이 작품도 그런 문학의 하나로 평가될 수 있을 것이다.

작자는 담요를 몇 번 접어서 방석처럼 깔고 집필을 시작하면서 그 담요에 얽힌 기막힌 슬픔의 전설을 그려 나가고 있다. 다른 아이가 갖고 있던 예쁜 담요를 자기도 갖고 싶어서 잡아당기다가 싸움이 벌어져 울게 되고 부모의 가슴을 쓰리게 하던 어린 딸. 그래서 양식 사 먹을 돈을 들고 나가 담요를 사 들고 와서 어린 딸을 달래 주던 아버지 최서해. 그후 홍수가 나서 집이 사라지고 가족들은 뿔뿔이 흩어지고 마침내 어린 딸도 죽었는데 작자가 차가운 온돌방에 앉아 수필 한 편 쓰려고 깔게 된 담요가 바로 그것이다. 손녀를 데리고 있던 어머니가 어린것의 동의를 얻어서 양주 산골 어느 절간에서 글을 쓰고 있다는 작자에게 담요를 보낸 것이다.

이 모든 이야기는 픽션이 아닌 생생한 삶의 증언이었다고 봐도 될 것이다.

작자는 소작인의 아들로 자라다가 간도로 이사했었다. 그의 대표작들은 모두 간도에서 나왔다. 간도의 삶이 없었다면 최서해라는 작가는 우리 문학사에 존재하지 않았을 것이다. 이곳의 삶을 배경으로 한 것 중에 「큰물 진 뒤」가 있다. 작자가 간도에 살 때 홍수로 집이 떠내려가고 온 마을이 겪은 피해를 소재로 하면서 살인강도 짓까지 정당화하며 사회주의 문학의 잘못된 측면을 보여 준 작품이다. 수필 「담요」에서 집이 사라졌다는 것도 이때의 소재와 같다.

"엄마, 헤헤! 엄마 곱다!"

하면서 뚝뚝 떨 듯이 좋아라고 웃는다. 그것을 보고 웃는 우리 셋—어머니, 아내, 나—은 소리 없는 눈물을 씻으면서, 서로 쳐다보고 울었다.

아, 그때 찢기던 그 가슴! 지금도 그렇게 찢긴다.

그 뒤에 얼마 안 되어 몹쓸 비바람은 우리 집을 치웠다. 우리는 서로 동서에 갈리게 되었다. 어머니는 내 딸년을 데리고 고향으로 가시고, 아내는 평안도로 가고, 나는 양주 어떤 절로 들어갔다. 내가 종적을 감추고 다니다가 절에 들어가서 어머니께 편지하였더니…….

여기서 "비바람은 우리 집을 치웠다."라는 것이 「큰물 진 뒤」의 홍수의 피해를 말한 것 같다. 담요를 갖고 그렇게도 좋아서 "엄마, 헤헤! 엄마 곱다!" 하던 딸과는 그후 홍수로 헤어지고 작자는 양주 산골의 봉운사(奉雲寺)에 가 있게 된다. 여기서 작자가 있던 큰 절은 소설가 이광수 집에 식객으로 쳐들어가 있다가 그의 소개로 머물게 된 절이다.

작자는 여기서 다시 뛰쳐나왔다가 이광수의 소개로 『조선문단』에 들어가 먹고 자며 당시 한국 문단의 스타가 된다. 다만 그것은 이광수가 동의할 수 없는 사회주의 문학이었다. 사회주의 문학은 그 당시에 언론을 통해서 담론의 중심이 되고 기사가 되고 있었지만 식민지 수탈로 피폐해진 민중의 처참한 궁핍과 슬픔을 증언해 줄 작가가 별로 없었다. 여기에 이를 생생하게 증언할 인물로서 최서해가 등장하여 평론가와 언론에 의해서 스타로 부상하게 된 것이다. 이 수필도 이 같은 시기의 사회주의 문학에 속한다. 다만 사회주의가 뭔지도 잘 모르는 입장에서 쓴 것이므로 자연발생적 사회주의 계급 투쟁 문학이라고 평가되고 있다.

그후 어머니는 담요를 그곳으로 보내고 딸은 얼마 후 죽은 것으로 나타나 있다.

이 작품은 수필로서의 세련된 문장을 충분히 갖추지 못한 점과 담요를 소재로 선택하게 된 동기 설명에 군말이 좀 많은 단점은 있지만 일반적 신변소설과 달리 일제하의 사회적, 역사적 배경을 선명하게 증언하는 작품으로서의 가치가 있다.

원정(園丁)

손소희

벌써 여러 해 전이다.

이사를 와서 보니 응달진 담장 밑에 포도나무 한 그루가 있었다.

줄기는 땅 위에 있는데, 흙탕물로 얼룩진 두꺼운 이파리는 벌레에 먹혀 행려병자(行旅病者)를 연상시키며, 처참한 몰골로 찌그러져 가고 있었다.

"이 포도나무는 숫제 없는 편이 낫겠어. 온통 벌레가 슬어서 다른 나무 까지 퍼뜨려, 암만해도 뽑아 버려야 할까 봐."

포도나무가 눈에 뜨일 때마다 K는 똑같은 말을 되풀이했고, 나는 그저 듣고만 있었다.

뽑아 버린다는 것은 서운한 일이나 보기에 싸지 않아, 포도나무의 운명에 말하자면 '케 세라 세라'의 패를 속으로 달아 둔 셈이었다.

그러나 다음 해에도 포도나무는 뽑히지 않은 채, 전 해와 다름없는 환경 아래서, 그 본연의 생리대로 줄기를 벋고, 잎을 돋히고, 꽃을 피우고, 또 벌레에 먹혀 갔다.

판때기를 쪼개서 서너 자 높이의 틀을 세워 주고, 잎새마다 벌레를 잡아

주었다. 넝쿨과 이파리가 곱게 벋어 올랐다. 벌레만 먹지 말아 주었으면, 포도나무는 열매를 맺는다는 의의를 떠나서라도, 뜰에 두고 볼만한 나무라고 벌레 퇴치에 애를 썼고, 벌레에 대한 경계를 게을리 하지 않았다.

그러나 더위와 함께 포도 넝쿨에는 극성스레 벌레가 끓기 시작했다. 아침과 저녁은 물론이요, 때로는 볕이 쨍쨍한 한낮에도 깔 더펑이를 머리에 얹고, 벌레잡기에 골몰해야 했다. 별다른 효과가 없었다.

아침마다 포도나무 이파리는 마치 누에의 밥인 뽕 잎사귀같이 먹혀져 있었다.

포도나무와 이웃해 있는 단풍인가 하는 교목(喬木)으로부터 수천 수백 마리의 벌레가 떼를 지어 이동을 시작한 것이다.

한 달에도 서너 차례씩 자칭 무슨 과학 연구소에서 파견되어 온다는 사람들의 구충 소독에도 불구하고, 벌레의 이동은 여전히 계속되고 있었다.

모양은 흡사 송충이와 비스하나, 뿌연 털에 덮여 독기라고는 전혀 없어 보이는 하잘것없는 풀벌레이기는 하면서도, 나무 이파리를 결단내는 데는 참으로 무서운 위력을 가지고 있었다.

나뭇잎, 그것은 바로 그들의 식량이었다. 식량이란 살아서 움직인다는, 살아있다는 그 사실과 직결되어 있는 것이다. 식구대로 작대기나 꼬챙이를 찾아 들고, 날이면 날마다 그 하잘것없는 풀벌레 퇴치에 매달려 있어야 했다.

마치 한랭(寒冷)한 북구(北歐)의 주민이던 게르만 족이 따뜻한 남쪽 대륙으로 대거 이동을 시작하던, 3세기 말경의 유럽 대륙의 원주민들이나, 혹은 로마인들 모양 우리 집 식구들은 진실로 이 하잘것없는 벌레의 이동에 골치를 앓지 않을 수 없었다.

이 벌레의 이동이 입히는 피해는 비단 한 그루의 포도나무에 국한된 것이 아니라, 벌레의 밥이 될 수 있는 뜨락에 있는 모든 나무와 일년초에 무서운 기세로 만연되어 갔다.

벌레의 번식이 그쯤 되고 보니, 이제는 포도나무 같은 것은 문제가 아니었다. 아직 먹히지 않은 다른 나무들을 위하여, 우리 집 식구들은 날이면 날마다 자연에 도전하던 원시인들과도 같이 숱한 시간을 벌레 퇴치에 허비하여야 했다.

그러는 사이에 물단풍나무는 벌레에 이파리를 완전히 먹혀 버려서, 아주 고목같이 되어 버린 앙상한 줄기와 가지로부터 많은 벌레 떼의 이동은 추위가 닥쳐오기까지 계속되었다.

드디어 일꾼의 품을 사서 물단풍나무를 베어 눕혔다. 그 크기를 아껴온 나무다.

다음 해 봄이다.

베어 버린 물단풍나무 자리에다 은행나무를 심고, 볕이 잘 드는 위켠에 포도나무를 옮겨 주었다.

벌레의 피해가 없는 데다 마음껏 볕을 받게 된 포도나무는 세워진 참대 집 위를 맑고 윤나는 잎으로 겹겹이 덮으며, 가지와 넝쿨을 벋어나갔다. 어느 화려한 뚱에도 견줄 수 있으리만큼 돋아나고 자라나는 포도나무 이파리는 빛과 윤기와 생기로써 뜨락과 우리 집 식구들의 마음을 가득히 채워 주었다.

"포도나무는 설령 열매가 맺히지 않는 그냥 넝쿨과 이파리만으로도 충분히 다채로운 나무야."

전 해와 또 그 전전 해와는 달리 K는 포도나무 잎새들을 매만지며, 자신의 노고로 훌륭히 가꾸어진 포도나무에 대해 대단한 만족을 표명하고 있었다.

그 포도나무가 올해에는 꽃을 피우고 열매를 드리우기 시작했다.

꽃은 보잘것없으나 반짝이는 잎새 밑에 헤아릴 수 없이 맺힌 수백, 수천의 포도알들은 날마다 날마다 알맹이가 실팍해져서 참대집 밑에 수십 개의 포도송이가 드리워져 있다. 푸른 잎새와 왕성하게 벋어나는 줄기에 풍요한 열매는, 발랄하고 힘찬 생명력으로 가득히 드리워져 있는 것이다.

높은 데서 벋어야 할 생리를 땅 위에 벋으며, 벌레의 침공으로 행려병자의 고달픈 신세를 연상케 하던 때의 초라한 꼴을 이제는 어느 잎새에서도 찾아볼 수 없다.

돌이켜, 빈곤을 면할 수 없었던 겨레의 역사와, 후진 국민으로 자족하고 있는 우리의 환경을, 지금은 무수한 열매를 드리우고 있는 포도나무에 비겨서 생각해 보았다.

포도나무에 꼬이던 벌레는 흰불나방이었다. 흰불나방 퇴치약으로 지난해에 나무마다 소독을 하였기 때문에, 올해에는 별반 벌레가 꼬이지 않았다. 포도송이가 드리워진 것은 어쩌면 그 소독약 덕분이 아닐까. 아무튼 포도나무는 원정이 가꾸어 주어야 하나보다. 그러나 사람은 스스로 그 자신을 운영할 수 있도록 세상에 오지 않았던가.

그럼에도 우리는 빈곤 속에 주저앉아 있다. 또 후진이라는 딱지를 나라의 이름 위에 달고 있다. '케 세라 세라'의 체념도 콘크리트같이 우리의 머릿속에 굳어져 있다.

스스로 자신을 운영해 본댔자, 작대기나 꼬챙이로 흰불나방의 이동을 막아내는 결과밖에 되지 않은 것인지도 모르겠다.

그렇더라도 이 빈곤과 궁핍에서 벗어나기 위하여, 후진이라는 딱지를 떼어 버리기 위하여, 해충과도 같이 우리를 좀먹고 있는 무력한 체념과 빈곤과 싸워야 하겠다고, 포도나무를 바라보며 나는 생각했다.

무력한 체념에는 독기(毒氣)가 없기 때문에 경계를 등한히 할 수도 있다.

그러나 그것은 차라리 발랄한 생명력을 고갈로 이끌어 가는 무서운 독소를 뿜는 해충과도 흡사한 것이다.

옛말에도 자조자(自助者)라야 천조자(天助者)라고 한다. 사람마다 자조자가 될 수만 있다면, 또 정치인들이 알뜰하고 어질고 신의 있는 원정이 되어 준다면, 우리의 빈곤도 번영과 바뀌어지게 되지 않을까. 알알이 여물어 가는 포도송이를 바라보며, 나는 이렇게 엉뚱한 기대를 가져 보았다.

평설

손소희는 해방 직후에 소설가로 등단하고 그후 김동리와 살아가며 많은 소설을 남겼다. 「원정」은 주제가 좋고 그런 주제를 이끌어 나간 과정이 좋다.

이 작품의 주제는 결론 부분에 해당하는 다음 인용문에 잘 나타나고 있다.

옛말에도 자조자(自助者)라야 천조자(天助者)라고 한다. 사람마다 자조자가 될 수만 있다면, 또 정치인들이 알뜰하고 어질고 신의 있는 원정이 되어 준다면, 우리의 빈곤도 번영과 바뀌어지게 되지 않을까.

작자는 우리 민족의 빈곤과 후진성을 지적하며 이를 자조자(自助者)로서 극복해 나가지 못하는 장애 요인이 무엇인지를 말하고 있다. 그것은 다름 아니라 해충과 같이 우리를 좀먹고 있는 무기력이라고 말하며 특히 정치인들의 각성을 촉구하고 있다.

이 작품이 좋은 이유의 하나는 집안에서 일어나는 작은 소재를 그것에 국한 시키지 않고 울타리 밖으로 확대해 나간 것이다. 다시 말해서 외부 세계를 바라 보며 수필의 문학적 기능을 신변적 한계에 묶어 두지 않았다는 점이다.

그렇더라도 이 빈곤과 궁핍에서 벗어나기 위하여, 후진이라는 딱지를 떼어 버리기 위하여, 해충과도 같이 우리를 좀먹고 있는 무력한 체념과 빈곤과 싸 워야 하겠다고, 포도나무를 바라보며 나는 생각했다.

무력한 체념에는 독기(毒氣)가 없기 때문에 경계를 등한히 할 수도 있다.

그러나 그것은 차라리 발랄한 생명력을 고갈로 이끌어 가는 무서운 독소를 뽑는 해충과도 흡사한 것이다.

작자는 여기서 우리 민족의 빈곤을 말하고 후진성을 말하고 있다. 그리고 이 를 극복하는 데 있어서 특히 정치인들이 정신 좀 차려야 한다는 메시지를 전하 고 있다.

피천득이 「수필」을 통해서 말한 수필의 기능은 이와는 다르다. 피천득의 수 필은 '여인이 걸어가는 숲 속으로 난 평탄하고 고요한 길'이다. 그것은 '가로수 가 늘어진 페이브먼트 길'이고 '사람이 적게 다니는 주택가의 길'이다. 그리고 '정열이나 심오한 지성을 내포하지 않은 문학'이라야 한다.

이것이 피천득의 수필이다. 그러므로 여기에는 우리 민족의 빈곤과 후진성을 논하면서 자주적인 노력 없이 체념에 빠져 있는 우리 자신을 힐난하는 비판적 논리가 있어서는 안 된다. 그런데 작자 손소희는 여기서 우리 민족의 딱한 현실 을 개탄하고 이를 극복하지 못하는 우리 자신을 탓하고 특히 정치인들을 탓하 며 시끄럽고 어지럽고 지저분한 세상에 눈을 돌리고 있다.

이것은 조용한 서재 안에만 처박혀서 외부 세계에서 어떤 난리가 일어나든

말든 난과 학과 청자연적을 즐기며 몸에 진흙 한 번 묻히지 않는 삶과는 다르다. 우리가 무엇보다 먼저 빈곤으로부터 해방되고 문화적 선진국으로 나아가야 그 다음에 우리 모두의 여유 있는 삶이 보장되는 것이라고 한다면 수필의 기능도 신변적 한계에서 벗어나는 것이 당연하다.

손소희의 「원정」은 그런 의미에서 수필의 기능 확대와 함께 좋은 주제를 살린 작품이다.

그리고 이것은 그런 주제를 이끌어내기까지의 과정에서 좋은 창작 기법을 구사하고 있다.

수필적 기법을 고려하지 않고 주제 전달만을 목적으로 삼는다면 작자는 굳이 포도나무 이야기를 말할 필요가 없다. 포도나무를 잘 기르자는 것이 주제가 아닌 이상 그런 이야기로 그렇게 작품의 3분의 2 이상을 차지할 필요가 없기 때문이다. 그런데 작자는 포도나무를 성공적으로 살려 나간 과정을 제시하며 이를 통해서 우리 민족의 빈곤과 후진성 극복의 방향을 제시하고 있다. 다시 말해서 포도나무 가꾸기는 우리 민족의 문제를 극복해 나갈 방법을 말해 주는 상징적 이야기가 되고 있는 것이다.

문학의 언어는 일상적 언어와 달리 이렇게 주변적 사물에서 얻을 수 있는 상징적 이야기나 다른 어떤 사물을 통해서 얻을 수 있다. 흔히 말하는 이미지가 여기에 해당된다. 작자는 이렇게 포도나무 가꾸기의 이야기를 민족 문제의 상징적 언어로 관찰하고 정원을 가꾸는 원정(園丁)을 정치인에 비유하며 상상의 세계가 있는 좋은 수필을 만들고 있다.

겨울 정원(庭園)에서

유달영

정원에 흰 눈이 가득하게 덮였다. 연인을 안으라고 벌린 두 팔처럼 광교산에서 벋어 내린 산줄기가 겨울철에는 우리 평화농장 좌우편에서 유난스레 푸르르다. 우리 농장도 광교산의 한 줄기로 완만하게 뻗어 내린 경사지이다. 왼편으로 맑은 시내가 흘러내리고 바른 편으로 제법 노송(老松)의 티가 도는 수령(樹齡) 백년 안팎의 송림이 길게 둘러있어 우리 농장의 울타리 구실을 하고 있다.

농막 주위에는 십여 년 전, 내가 이 땅을 개간하던 무렵에 심어서 가꾸어 온 여러 종류의 나무들이 이제는 모두 크게 자라서 고개를 젖히고 올려다보게 되었다. 나와 내 아내가 해마다 땅을 파고 거름을 묻고, 가지를 간추려 주고, 벌레를 잡고 병을 막기 위해 소독을 하면서 지성스럽게 가꾸어 온 나무들이다. 그러므로 어느 한 그루 정들지 않은 것이 없다. 남들처럼 돈을 벌기 위해서 심어 가꾼 것들이 아니기 때문에 작고 큰 여러 종류의 나무들은 그대로 우리 집 가족들이다.

이제는 서리 맞아 낙엽이 져서 벌거벗은 앙상한 나무들이 못가에도 언덕 위에도 잔디밭 가에도 정자 주위에도 을씨년스럽게 찬바람에 떨고 서 있다. 각종의 산새들이 몰려와 앙상한 가지 위에 앉아서 재재거릴 때에는 잎사귀 하나 꽃 한 송이 없는 나무들은 더욱 살벌해 보인다. 그러나 마음을 가라앉히고 고요히 바라보면 어느 나무 어느 가지 하나도 오달진 눈을 지니지 않은 것은 없다. 목련·라일락·산수유 가지에는 탐스러운 꽃을 잉태한 야무진 꽃눈이 다닥다닥 붙어 있다. 그리고 벌거벗은 앙상한 나무의 수피(樹皮) 속에는 강인한 생명이 충만해 있다. 손으로 나무줄기를 어루만져 보노라면 나무와 나의 생명이 서로 하나가 되어 흐르는 듯한 삶의 신비를 느끼게 된다.

버드나무·벚나무·자작나무·밤나무·살구나무·매화나무·오동나무·박태기나무·아기씨나무·복숭아나무·모과나무·은행나무……. 그 어느 것을 보더라도 백인(百忍)의 용기를 가진 도인(道人)처럼 느껴진다. 그리고 싹틔울 때와 꽃피울 때와 잎을 뻗어버릴 때를 올바로 아는 선지자처럼 느껴진다.

예술에 있어서 가장 중요한 것은 깊이를 알 수 없는 함축이라고 할 것이다. 차원이 높을수록 소박하고 떫은 것을 좋아하게 되는 것은 바로 그 함축 때문이다. 그런데 겨울나무들은 네 계절 중에서 그 어느 때보다도 가장 함축을 느끼게 된다. 그렇게 을씨년스럽고, 그렇게 메마르고, 또 그렇게 외로워 보이건만 겨울나무들의 가지가지에는 이미 봄날의 찬란한 꽃세계도 신록의 청신한 향연도 충분히 마련해 가지고 있는 것이다.

나는 내가 씨 심어 가꾸어 기른 나무들 사이를 무한의 애정을 느끼면서 거닌다. 세월이 내 머리칼을 은실로 표백하면서 쉬지 않고 흐르고 있건만 나는 그것을 잊어버리고 나무들을 어루만지면서 흰 눈 위를 거닌다.

봄이 돌아오면 시냇가의 능수버들은 어느 나무보다도 일찍 꿈처럼 아런한 초록으로 실가지들을 물들이고 흐느적거리겠지. 언덕 위의 산수유나무는 잎이 돋기도 전에 잔설 속에서 황금의 꽃을 마술처럼 가지마다 푸짐하게 피우겠지. 그리고 진달래·개나리·미선·백목련들이 일찍 피기 경쟁을 벌일 것이고 철쭉·아기씨꽃·살구·매화·앵도·홍도·백도·박태기 들이 각각 제 시간을 찾아 피어나겠지. 모란·옥싸리·모코렌지·레드맨들이 차례차례로 뒤를 이어 피겠지. 언덕 위의 과수원의 사과나무 배나무도 푸짐하게 꽃을 피울 것이고, 숲속의 자작나무·백양나무·은사시나무·상수리나무·참나무·밤나무꽃 들도 멋을 아는 눈에는 버릴 수 없는 풍취를 심어 줄 것이 틀림없다. 그 무렵에는 연못에 수련(睡蓮)의 둥근 잎이 물 위에 동동 뜨기 시작하겠고 금잉어 떼들이 물을 굽어보는 나에게 먹이를 달라고 수면에 호화롭게 떠올라 조를 것이다.

적막하기 짝이 없는 깊은 겨울날에 앙상한 나뭇가지 사이로 거칠 것 없이 비쳐 오는 겨울 볕을 받으면서 나는 그림자처럼 따라다니는 뚜비와 함께 눈 위를 거닌다.

잎 하나 지니지 않은 겨울의 낙엽수들은 제각기 특유의 골격과 수형(樹型)을 지니고 있어 제 나름의 본 모습을 보여 준다. 수석의 아름다움에 도취될 줄 아는 사람들은 겨울의 벌거벗은 나무들을 감상해 볼 것이다. 그 소박하고 깊이 있고 떫은 멋에 취하여 반드시 삼매경(三昧境)에 잠기게 될 것이다.

난만한 봄을 마른 가지에 빈틈없이 준비하고서 하루하루 다가오는 봄날을 의심 없이 믿고 기다리는 겨울나무, 눈서리가 매운바람을 희망 속에 꾸준히 견디고 참는 침묵의 겨울나무, 볼수록 믿음직하고 멋지고 아름답다. 탁월한 예술인 같기도 하고, 천년을 내다보는 정인(情人) 같기도 하다. 겨울 정원의 낙엽수 사이를 거니는 멋을 나는 점점 즐기게 된다.

유달영은 원예학자로서의 업적도 크지만 그의 수필은 한때 베스트셀러가 되기도 했었다. 그의 수필 중에는 어린 아들의 죽음을 예감하며 쓴 「슬픔에 관하여」도 있다. 감상주의를 극복하고 논리적 사색의 형태로 인생을 논해서 많이 읽혔었다.

「겨울 정원에서」는 그야말로 원예학자의 수필이다. 나무들을 소재로 한 것이기 때문이다. 이렇게 나무를 소재로 한 수필은 많다. 그런데 「겨울 정원에서」는 원예학자가 쓴 것이니 남다른 전문적 식견도 있어서 우선 돋보인다. 많은 나무들이 겨울을 나면서 저마다 언제부터 어떻게 잎이 돋아나고 꽃이 피는지를 말한 것은 어느 정도 전문적 식견을 보인 것이다. 그리고 문장이 매끄럽고 표현력이 좋고 아울러 주제도 좋은 편이다.

난만한 봄을 마른 가지에 빈틈없이 준비하고서 하루하루 다가오는 봄날을 의심 없이 믿고 기다리는 겨울나무, 눈서리가 매운바람을 희망 속에 꾸준히 견디고 참는 침묵의 겨울나무, 볼수록 믿음직하고 멋지고 아름답다.

이 인용문은 이 수필의 주제를 집약시켜 놓은 마지막 문단이다. 내용을 요약하면 겨울나무는 헐벗은 상태에서도 빈틈없이 돌아올 봄을 준비하고, 어떤 시련 속에서도 말없이 희망을 잃지 않고 미래를 기다리는 생명체라는 것. 그래서 작자는 겨울나무를 찬미한다는 것이다.

겨울나무를 그래서 찬미하기 때문에 이 작품에서 겨울나무는 그런 교훈적 메시지를 전해주는 상징적 이미지가 되고 있는 셈이다.

다시 말하면 우리는 어떤 어려운 시련의 시기를 만나더라도 봄처럼 밝은 미래가 기다리고 있다는 믿음과 희망을 잃지 말고 꾸준히 그날을 위한 준비를 해야 한다는 것이 이 작품의 주제다.

수필의 창작기법으로 보자면 작자는 그의 관념적 주제를 겨울나무를 통해서 이미지화하고, 시각적으로 형상화하며, 상상의 세계를 창출한 것이고, 독자를 이 같은 상상적 사고의 세계로 유도해 나간 것이다.

수필이 작자 자신의 체험적 소재를 거짓 없이 표현하는 문학이라 하더라도 상상의 세계가 없으면 문학성 또는 예술성은 떨어진다. 그 같은 상상의 세계는 감동적으로 의미를 전하는 가장 효율적인 기법이기 때문이다.

그런데 이런 기법을 잘 나타내기는 했지만 작자가 겨울나무를 "탁월한 예술인 같기도 하고 천년을 내다보는 정인 같기도 하다."라고 한 것은 좋은 비유가 아니다.

탁월한 예술가라면 나뭇잎이 다 떨어지고 찬바람에 떨고 있는 겨울나무처럼 한때는 자기 그림을 알아주는 사람도 없고, 그림을 팔지 못해 끼니도 굶고, 냉방에서 추위에 떨고 있으면서도 찬란한 미래에 대한 믿음과 신념을 갖고 자기 창작의 세계를 고집하는 경우가 있다. 또 그렇게 사랑하는 님에 대한 믿음을 갖고 천년만년이라도 기다리며 변치 않고 만날 날을 준비하고 있는 정인도 있을 수 있다. 그러므로 그런 화가나 정인으로 겨울나무를 비유한 것이 틀린 것은 아니다.

그러나 유달영이 자기 집 정원에서 겨울나무를 보며 이들을 그런 예술가나 정인에 비유한 것은 그가 전할 수 있는 더 큰 주제를 놓쳐버린 결과가 된다.

같은 소재로 다음과 같이 쓴다면 어떻게 될까?

작자가 원예학의 대학원 과정을 위해 미국의 미네소타 대학으로 떠난 것은 6·25전쟁이 끝날 무렵이었을 것이다.

그렇다면 이 작품이 자기 집 정원의 나무를 소재로 한 것이니까 원예학 전공을 위해 조국을 떠나던 당시의 전쟁의 참상을 직접 겪고 본 대로 잠깐 언급할 수 있다. 그때 그가 본 조국은 우리 민족이 겪은 가장 추운 역사의 겨울이었다. 헐벗고 굶주리며 온통 무너져 내리고 불타 버린 폐허에서 미군들이 먹다 버린 뜨물(꿀꿀이죽)이나 끓여 먹고 거기서 다시 판잣집을 짓고 버둥거리던 동족의 모습. 그리고 나무 한 그루 변변히 자라지 않고 있던 헐벗은 조국의 산하를 하늘에서 내려다보며 원예학을 연구하러 멀리 떠나던 자신의 모습을 잠깐 그려 놓아도 좋다. 울음을 감추고 그저 담담한 어조로 객관적인 묘사만 잠깐 하면 된다.

　정원의 겨울나무들을 보고 말하는 부분은 그 다음으로 이어 나가면 된다. 원예학을 공부하러 유학 갔던 작자니까 훗날 귀국해서 살며 그렇게 자기 집 정원수를 바라보는 모습은 아주 자연스럽게 이어질 수 있다.

　그리고 다음에는 다시 과거로 돌아간다. 휴전 무렵에 조국을 떠나던 당시의 모습을 다시 잠깐 상기시킨다. 원예학을 연구하러 떠나며 하늘에서 내려다본 조국 강산의 모습도 슬쩍 표현을 달리해서 언급하고 지금은 대한민국이 어떻게 달라졌는지를 알린다.

　여기서 작자가 말하게 되는 주제의 핵심은 전쟁의 폐허에서 그가 봤던 한국인의 모습이 아무리 참담하고 부끄러운 것이었다 해도 그것은 결코 절망한 자들의 풍경은 아니었다는 것. 꿀꿀이죽을 먹던 그것도 미래의 찬란한 봄을 위한 준비였고 미래에 대한 믿음이었다는 점을 강하게 전하는 것이다.

　물론 작자는 이것을 그처럼 구체적으로 설명하지 않아도 좋다. 또 작자가 그때 원예학을 연구하러 떠났던 동기도 그런 헐벗은 조국의 산하를 푸르고 풍요롭게 하기 위한 것이었다는 설명도 할 필요가 없다. 3단계로 나누인 그 같은 상황만 제시해 놓으면 그런 해석은 독자가 스스로 해낼 수 있는 몫이다. 작자는 이렇게 독자가 스스로 상상적 사고로 주제의 핵심에 이렇게 도달하도록 장치만 마련하면 된다. 키워드만 제시하고 독자와 함께 작품을 완성해 나가는 것이다.

나무

한흑구

　나는 나무를 사랑한다.

　뜰 안에 서 있는 나무, 시냇가에 서 있는 나무, 우물 둑에 그림자를 드리운 나무, 길가에 서 있어 길가는 사람들의 쉼터를 주는 나무, 산꼭대기 위에 높이 서 있는 나무.

　나는 나무를 사랑한다.

　그것이 어떠한 나무인 것을 나는 상관하지 않는다.

　꽃이 있건 없건, 열매를 맺건 말건, 잎이 떨어지건 말건, 나는 그런 것을 상관하지 않는다.

　나는 나무를 사랑한다. 그것이 아메바로부터 진화(進化)하였건 말았건, 그러한 나무의 역사(歷史)를 상관하지 않는다.

　흙에서 나고, 해와 햇볕 속에서 아무 말이 없이 자라나는 나무.

나는 나무를 사랑한다.

아침에는 떠오르는 해를 온 얼굴에 맞으며, 동산 위에 서서, 성자(聖者)인 양 조용히 머리를 수그리고 기도하는 나무.

낮에는 노래하는 새들을 품안에 품고, 잎마다 잎마다 햇볕과 속삭이는 성장(盛裝)한 여인과 같은 나무.

저녁에는 엷어가는 놀이 머리 끝에 머물러 날아드는 새들과 돌아오는 목동(牧童)들을 부르고 서 있는 사랑스런 젊은 어머니와 같은 나무.

밤에는 잎마다 맑은 이슬을 머금고, 흘러가는 달빛과 별 맑은 밤을 이야기하고, 떨어지는 별똥들을 헤아리면서 한두 마디 역사의 기록을 암송(暗誦)하는 시인(詩人)과 같은 나무.

나는 나무를 사랑한다.

"너는 십일홍(十日紅)의 들꽃이 되지 말고, 송림(松林)이 되었다가 후일에 나라의 큰 재목(材木)이 되라."

이것은 내가 중학 시절 멀리 미국에 망명(亡命) 중이시던 아버님이 편지마다 쓰시던 구절이다.

지금도 나는 돌아가신 아버님을 생각할 때마다, 먼저 아버님의 이 편지 구절을 생각하게 된다.

"높은 산꼭대기에 서 있는 소나무가 높이 쳐다보이는 것은 그 자체가 높아서가 아니라, 다만 높은 산꼭대기 위에 서 있기 때문에 높이 보이는 것이다.

그러나, 산꼭대기 위에 서 있는 나무는 비와 바람에 흔들리어, 뿌리는 마음대로 뻗지 못하고, 가지들은 꾸부러져서, 후일에는 한낱 화목(火木)밖에 될 것이 없다.

사람의 발이 비치지 않는 깊은 산골짜기 시냇가에 힘차게 자라는 나무들은 사람의 눈에는 잘 띄지 않으나, 후일에는 좋은 재목(材木)이 된다."

이러한 선철(先哲)의 말씀도, 내가 나무를 사랑하는 마음을 더욱 북돋워 주었다.

나는 나무를 사랑한다.

나는 마음속이 산란할 때마다, 창문을 열고 남산 위에 서 있는 송림(松林)을 바라다본다.

송림이 없다 하면 남산이 무엇이랴?

나무가 없다 하면 산들이 무엇이며, 언덕들이 무엇이며, 시냇강변이 무엇이랴?

나무는 산과 벌에서 자란다.

고요한 봄 아침에도, 비 오는 여름 낮에도, 눈 오는 추운 겨울밤에도 나무는 아무 말이 없이 소복소복 자라난다.

나는 나무를 사랑한다.

성자(聖者)와 같은 나무.

아름다운 여인(女人)과 같은 나무.

끝없는 사랑을 지닌 어머니의 품과 같은 나무.

묵상하는 시인(詩人)과 같은 나무.

나는 나무를 사랑한다.

나는 언제나 나무를 사랑한다.

평설

　　한흑구는 1934년에 전영택과 문예지 『백광』을 내며 다양한 문학
활동을 전개했다. 「나무」는 시적인 리듬을 살린 산문이다. 리듬은 결코 시만 지
닐 수 있는 것은 아니지만 시와 산문의 외형은 장단의 차이만이 아니라 시는 여
전히 과거 운문의 유산을 물려받고 있는 것이기 때문이다.

　이 수필은 "나는 나무를 사랑한다."를 열 번 가까이 반복하며 그때마다 3행 4
행 정도로 문단을 나누고 한 줄씩 건너뛰었기 때문에 시적 형식에 가깝다. 그러
나 이것은 외형일 뿐이며 산문의 설명적인 문장 형태를 그대로 지닌 것으로서
시적 압축성은 없다.

　음악적 리듬으로 호흡을 조절해 나갔기 때문에 경쾌하게 읽히는 장점이 있다.

　그런데 내용은 쉽게 공감을 얻을 것 같지 않다. 나무 사랑이 주제인데 나무를
그렇게도 정열적으로 사랑한다고 써 나갔으면서도 그 반대의 말이 튀어나오고
있다.

　작자는 나무가 "꽃이 있건 말건, 열매를 맺건 말건, 잎이 떨어지건 말건" 무조
건 사랑한다고 말하고 있다. 어디 있는 나무라도 모두 다 사랑한다면서 "산꼭대
기 위에 서 있는 나무"도 사랑한다고 썼다. 또 나무가 어떻게 진화하였건 말았
건 모두 사랑한다고 무조건적 절대적 사랑을 강조했다.

　그런데 인용한 예문의 내용은 이와는 반대다.

높은 산꼭대기에 서 있는 소나무가 높이 쳐다보이는 것은 그 자체가 높아서
가 아니라, 다만 높은 산꼭대기 위에 서 있기 때문에 높이 보이는 것이다.

이것은 산꼭대기에 서 있는 소나무 예찬이 될 수 없다. 소나무가 말을 한다면
명예훼손에 대하여 반론을 제기할 것이다. 그만큼 높은 데서 차고 사나운 바람
을 꿋꿋하게 견디고 서 있는 나무라면 오히려 칭찬받을 나무이기 때문이다. "산
꼭대기에 높이 서 있는 나무"를 사랑한다고 이 글의 첫 문단에서 분명히 써 놓
고서도 다음에는 산꼭대기 소나무의 명예를 이렇게 깎아내린 글을 선철(先哲)
의 귀한 말씀으로 인용한 것은 큰 잘못이다.

산꼭대기 위에 서 있는 나무는 비와 바람에 흔들리어, 뿌리는 마음대로 뻗지
못하고, 가지들은 꾸부러져서, 후일에는 한낱 화목(火木)밖에 될 것이 없다.

산꼭대기 소나무를 이렇게 땔감밖에는 아무 짝에도 못 쓴다고 한 말을 귀한
선철의 말씀이라고 인용했다면 작자 한흑구는 나무를 전연 사랑하지 않는 사
람이다. 나무가 어디 있든 모두 사랑한다고 앞에서 한 말은 모두 거짓말이 되고
있지 않나!

작자는 그 다음에 한 줄 건너서 다시 남산 위의 소나무를 사랑한다고 써 놓고
있다. "송림(松林)이 없다 하면 남산이 무엇이랴."라고 했다. 그런데 남산 위의
소나무는 대개 구부러진 나무이며 애국가 속의 소나무도 바람 이슬에 시달리
다 구부러진 나무를 그린 것이다. 그런데 구부러진 나무이니 땔감 아니면 무용
지물밖에 안 된다고 한 말을 인용하며 그것이 "내가 나무를 사랑하는 마음을 더
욱 북돋워 주었다."고 했으니 너무 앞뒤가 안 맞는 횡설수설이다. 이 글의 작품
가치를 전적으로 무너뜨린 것이 된다.

우리는 자신의 글에 대한 객관적 신뢰도를 얻기 위해 남의 글을 인용한다. 남들도 이렇게 말하더라 하는 형식이다. 그런데 이렇게 자기주장과 반대되는 글을 인용한 것은 그 인용문을 바르게 살피지 않았기 때문이다. 즉 글쓰기에 대한 안이함과 무책임이 이런 글을 만든 것이다. 다른 문인들의 경우에 보면 시나 소설을 쓰면서 한편으로 수필은 아무렇게나 써 버려도 되는 쉽고 가벼운 글이라는 오만이 이런 글을 쓰게 만들기도 한다.

　작자는 시 40편, 소설 15편, 평론 8편에 수필집을 두 권 냈다고 집계된 바가 있으니 왕성한 활동을 보여 준 셈이지만 학자들에 의한 문학사적 정리는 아직 미흡한 편이다.

일제 강점기 작가의 절규

조선(朝鮮)의 영웅(英雄)

심훈

우리 집과 등성이 하나를 격한 야학당에서 종치는 소리가 들린다. 우리 집 편으로 바람이 불어오는 저녁에는 아이들이 떼를 지어 모여 가는 소리와, 아홉 시 반이면 파해서 흩어져 가며 재잘거리는 소리가 들린다. 이틀에 한 번쯤은 보던 책이나 들었던 붓을 던지고 야학당으로 가서 둘러보고 오는데 금년에는 토담으로 쌓은 것이나마 새로 지은 야학당에 남녀 아동들이 820명이나 들어와서 세 반에 나누어 가르친다. 물론 5리 밖에 있는 보통학교에도 입학하지 못하는 극빈자의 자녀들인데 선생들도 또한 보교(普校)[1]를 졸업한 정도의 청년들로, 밤에 가마니때기라도 치지 않으면 잔돈 푼 구경도 할 수 없는 처지에 있는 사람들이다. 그러나 그네들은 시간과 집안 살림을 희생하고 하루 저녁도 빠지지 않고 와서는 교편을 잡고 아이들과 저녁내 입씨름을 한다. 그중에는 겨울철에 보리밥을 먹고 보리도 떨어지면 시래기죽을 끓여 먹고 와서는 이밥[2]이나 두둑히 먹고 온 듯

---

1 보교(普校): 보통학교의 준말. 국민학교를 이전에 이르던 말.

이 목소리를 높여 글을 가르친다. 서너 시간 동안이나 칠판 밑에 꼿꼿이 서서 선머슴 아이들과 소견 좁은 계집애들과 아귀다툼을 하고나면 상체의 피가 다리로 내려 몰리고 허기가 심해져서 나중에는 아이들의 얼굴이 돋보기안경을 쓰고 보는 듯하다고 한다. 그러한 술회를 들을 때, 그네들을 직접적으로 도와 줄 시간과 자유가 아울러 없는 나로서는 양심의 고통을 느낄 때가 많다.

표면에 나서서 행동하지 못하고 배후에서 동정자나 후원자 노릇을 할 수밖에 없는 처지에 놓여 있기 때문에 곁의 사람이 엿보지 못할 고민이 있다. 그네들의 속으로 벗고 뛰어들어서 동고동락을 하지 못하는 곳에 시대의 기형아인 창백한 인텔리로서의 탄식이 있다.

나는 농촌을 제재(題材)로 한 작품을 두어 편이나 썼다. 그러나 나 자신은 농민도 아니요 농촌 운동자도 아니다. 이른바, 작가는 자연과 인물을 보고 느낀 대로 스케치 판에 옮기는 화가와 같이 아무것에도 구애되지 않는 자유로운 처지에 몸을 두어 오직 관조(觀照)의 세계에만 살아야 하는 종류의 인간인지는 모른다. 또는 눈에 보이는 그대로의 현실 세계에 입각해서 전적 존재의 의의를 방불케 하는 재주가 예술일는지도 모른다.

그러나 물 위에 기름처럼 떠돌아다니는 예술가의 무리는, 실사회에 있어서 한 군데도 쓸모가 없는 부유층(蜉蝣層)3에 속한다. 너무나 고답적이요 비생산적이어서 몹시 거추장스러운 존재다. 시각(視角)의 어느 한 모퉁이에서 호의로 바라본다면 세속의 누(累)를 떨어 버리고 오색구름을 타고서 고왕독맥(孤往獨驀)4하려는 기개가 부러울 것도 같으나 기실은 단 하루도

---

2 이밥: 입쌀로 지은 밥. 흰쌀. 쌀밥.
3 부유층(蜉蝣層): 하루살이 삶을 사는 인생 계층. 즉 보잘것없고 쓸모없는 삶의 부류.
4 고왕독맥(孤往獨驀): 외로이 가고 홀로 달림.

입에 거미줄을 치고는 살지 못하는 나약(懦弱)한 인간이다. "귀족들이 좀 더 잰 체하지 뽐내지 못하는 것은 저희들도 측간(厠間)에 오르기 때문이다."라고 뾰족한 소리를 한 아쿠타가와(芥川)의 말이 생각나거니와 예술가라고 결코 특수 부락의 백성도 아니요, 태평성대(太平聖代)의 일민(逸民)[5]도 아닌 것이다.

적지않이 탈선이 되었지만 백 가지 천 가지 골이 아픈 이론보다도 한 가지나마 실행하는 사람을 숭앙하고 싶다. 살살 입술발림만 하고 턱 밑의 먼지만 톡톡 털고 앉은 백 명의 이론가, 천 명의 예술가보다도 우리에게는 단 한 사람의 농촌 청년이 소중하다. 시래기죽을 먹고 겨우내 '가 갸 거 겨'를 가르치는 것을 천직이나 의무로 여기는 순진한 계몽 운동자는 히틀러, 무솔리니만 못지않은 조선의 영웅이다.

나는 영웅을 숭배하기는커녕 그 얼굴에 침을 뱉고자 하는 자이다. 그러나 이 농촌의 소영웅들 앞에서는 머리를 들지 못한다.

그네들을 쳐다볼 면목이 없기 때문이다.

평설

심훈의 소설 『상록수』, 시 「그날이 오면」은 우리 문학사에 남아 있는 귀중한 작품이다. 심훈은 이런 작품을 통해서 문학의 큰 기능을 과시해 준 인물이다. 1930년대 초는 우리 문학의 흐름에 큰 변화가 일어나는 분수령이었다. 일본의 대륙 침략이 우리 문인들부터 치고 굴종시키는 것으로 나타났기 때문이다. 거의 5년 또는 10년 단위로 침략 계획을 세워 나가던 그들은 30년대가 되자

---

5 일민(逸民): 학문, 덕행이 있으면서도 세상에서 나서지 않고 파묻혀 지내는 사람.

만주침략 전 단계로서 저항문학에 대한 가혹한 탄압을 시작했다. 카프 맹원 7,80명을 체포한 후 만주전쟁을 하고 다시 1934년에 같은 규모로 체포 투옥이 반복되었다. 이때부터 우리 문학은 순수문학 시대로 접어들게 되었다. 그렇지만 사회주의 문학은 못하게 되었더라도 민족적 정기는 살아있었다. 심훈은 이때 시와 영화 그리고 소설 등으로 일본에 맞서며 검열의 탄압을 무릅쓰고 정열적인 민족운동을 계속 해 나갔다. 수필 「조선의 영웅」은 이 무렵에 나온 것이다.

이 수필은 제목부터가 일제에 대해서 도전적이다. 시 「그날이 오면」에서 해방의 날이 온다면 '종로의 인경을 머리로 들이받아 울리리라.'던 기개가 이 제목에 담겨 있다.

그런데 그 주제는 30년대에 심훈 같은 지식인이 민족을 위해서 할 수 있었던 최선의 방법에 대한 정열과 안타까움이다.

그가 35년에 『동아일보』에서 『상록수』가 당선되어 받은 상금으로 당진에 '상록학원'을 세운 것으로 보면, 이 작품은 그가 그때 집필 생활과 함께 농촌 계몽운동에 나서던 시기의 모습을 그린 것으로 짐작된다.

수필이 대개 자신의 실제적, 일상적 삶의 이야기라는 점에서는 「조선의 영웅」도 크게 다르지 않다. 그렇지만 그의 일상적 삶은 좁은 울타리 안의 삶이 아니라 우리의 당대 농촌 현실 또는 민족 현실을 담은 삶이다.

이 수필은 소설 『상록수』가 지니고 있던 지식인의 농촌 참여와 같은 주제를 지닌다. 당대 민족운동은 무력에 의한 독립운동이 아니라 안창호의 '준비론'이 더 합리적 방향일 수밖에 없었으며 그런 의미에서 민중에 대한 계몽과 함께 러시아의 브나로드 운동을 도입한 것이 최선의 길이었다. 이 수필은 그런 시대적 요청을 받아들인 민족적 저항운동을 반영한다.

여기서는 농촌의 가난한 청년들이 야학당에 와서 어린아이들을 가르치는 모습이 생생하게 그려져 있다.

"시래기죽을 끓여 먹고 와서는 이밥이나 두둑히 먹고 온 듯이 목소리를 높여 글을 가르치다가" 허기가 심해져서 나중에는 아이들의 얼굴 모습조차 흐려진 다는 청년 교사들의 모습을 그려 나가면서 이들과 함께 직접 그 자리에 있지 못 하는 자신을 자책하는 부분은 작자 자신의 실제적 삶의 증언이다. 수필을 난이 요, 학이요, 청자연적 같은 것으로만 보고 뜨거운 정열도 심오한 지성도 내포하 지 않은 글이라고 하는 개념에 익숙한 입장에서 보면 이는 색다른 수필 세계다. 그리고 당대 일반적 예술가 유형에 대한 날카로운 비판도 다른 수필에서는 볼 수 없는 일이다.

수필은 시나 소설에서는 보여 줄 수 없던 실제적 사실을 직접 노출시키고 좀 더 강력하게 현실에 대한 비판의식을 드러낼 수 있다는 것을 심훈은 여기서 보 여 주고 있다.

민태원의 「청춘 예찬」도 이 시기의 작품에 속한다. 무성 영화의 변사 같은 인 상을 주기도 하고 내용에 비해서 목청이 지나치게 높은 웅변 같은 인상을 주 기도 하지만 밝고 건강한 주제와 경쾌한 문장은 다른 데서는 보기 드문 장점이 있다.

길

김유정

며칠 전 거리에서 우연히 한 청년을 만났다. 그는 나를 반겨 다방으로 끌어다 놓고 이 이야기 저 이야기 하던 끝에 돌연히 충고하여 가로되,

"병환이 그러시니만치 돌아가시기 전에 얼른 걸작을 쓰셔야지요?"

하고 껄껄 웃는 것이다.

진정에서 우러나온 충고가 아니면 모욕을 느끼는 게 나의 버릇이었다.

나는 못 들은 척하고 옆에 놓인 얼음냉수를 쭉 마셨다. 왜냐하면 그는 귀여운 정도를 넘을 만치 그렇게 자만스러운 인물이다. 남을 충고함으로써 뒤로 자기 자신을 높이고, 그리고 거기에서 어떤 만족을 느끼는 그런 종류의 청춘이었던 까닭이다.

얼마 지난 뒤에야 나는 입을 열어 물론 나의 병이 졸연(猝然)히 나을 것은 아니나, 그러나 어쩌면 성한 그대보다 좀 더 오래 살는지 모른다. 그리고 성한 그대보다 좀 더 오래 살 수 있는 이것이 결국 나의 병일는지 모른다, 하고 그러니 그대도,

"아예 부주의 마시고 성실히 사시기 바랍니다."

했다. 그러고 보니 유정이! 너도 어지간히 사람은 버렸구나, 이렇게 기운 없이 고개를 숙였을 때 무거운 고독과 아울러 슬픔이 등 위로 내려침을 알았다. 그러나 나는 아직 버리지 않았다.

작년 봄 내가 한 달포를 두고 몹시 앓았을 때 의사를 찾아가니 그 말이 돌아오는 가을을 넘기기가 어렵다 했다. 말하자면 요양을 잘 한대도 위험하다는 눈치였다. 그러나 나는 술을 맘껏 먹었다. 연일 철야로 원고와 다투었다. 이러고도 그 가을을 무사히 넘기고 그 다음 가을, 즉 올 가을을 앞에 두고 이렇게 기다리고 있는 것이다. 과학도 얼마만치 농담임을 알았다.

가만히 생각하면 나의 몸을 좌우할 수 있는 것은 다만 그 '길'이다. 그리고 그 '길'이라야 다만 나는 온순히 그 앞에 머리를 숙일 것이다.

요즘에 나는 헤매던 그 길을 바로 들었다. 다시 말하면 전일(前日) 잃은 줄로 알고 헤매고 있던 나는 요즘에 이르러서야 비로소 나를 위해 따로 한 길이 옆에 놓여 있음을 알았다. 그 길이 얼마나 멀지 나는 그걸 모른다. 다만 한 가지 내가 그 길을 완전히 걷고 날 그날까지는 나의 몸과 생명이 결코 꺾임이 없을 걸 굳게굳게 믿는 바이다.

평설

식민지 하에서 그의 고향 춘천 지역을 배경으로 해학과 풍자로 피폐한 농촌 풍경을 그리다가 29세로 요절한 작가가 신병을 소재로 한 수필이어서 안타까움을 주는 작품.

30년대 후반기에 이르기 전까지는 수필은 있었지만 수필가는 없었다. 다시 말해서 수필은 하나의 문학 장르로 인식하고 수필가임을 자부하는 사람 자체가 없었다.

김유정도 농촌 풍경의 서정성에다 해학과 풍자가 넘치는 우수한 기법을 구사한 소설가지만 수필가는 아니었다. 그러므로 김유정의 「길」도 수필가의 수필이 아니라 '소설가의 수필'에 해당된다.

시인 이상의 경우도 그렇다. 그는 「권태」로서 우수한 수필을 남긴 것은 사실이지만 그것은 시인이 쓴 수필이지 수필가가 쓴 수필은 아니라고 봐도 된다. 그는 시에 전념한 사람이며 수필을 직업으로 삼은 사람은 아니기 때문이다.

엄격히 말하면 다음과 같다. 소설가나 수필가는 소설 쓰기나 수필 쓰기가 직업이다. 이 분야에 대한 전문가로서 이를 직업으로 삼는 사람이다. 직업인이란 그것을 통해서 돈을 버는 사람만이 아니라 고료 한 푼의 수입이 없더라도 그것을 위해 일상적으로 동원 가능한 모든 정력과 재능을 기울이는 사람이다. 그러므로 시인이나 소설가가 수필을 썼다면 그것은 어디까지나 소설가가 쓴 수필 또는 시인이 쓴 수필이지 수필가가 쓴 수필은 아니다. 물론 두 가지, 세 가지 중 어느 것 하나도 소홀히 하지 않고 전문성을 지니는 경우라면 몇 가지 직함을 지녀도 상관없지만.

김유정의 「길」도 그런 비전문가의 수필이며, 지금도 많은 시인, 소설가, 평론가들이 수필을 발표해 오고 있고, 일반적으로 그들의 수필은 프로의식을 지닌 수필가의 수필만큼의 수준에는 이르지 못한 것이 사실이다.

김유정의 「길」도 그렇게 소설가가 쓴 수필이며 좀 미숙함이 드러난다.

우선 미숙성은 논리적 전개에서 나타나고 있다.

물론 나의 병이 졸연히 나을 것은 아니나, 그러나 어쩌면 성한 그대보다 좀 더 오래 살는지 모른다. 그리고 성한 그대보다 좀 더 오래 살 수 있는 이것이 결국 나의 병일는지 모른다.

이것은 작자가 자기를 다방으로 끌고 들어가서 야유하던 건방진 녀석에 대하여 한 말이다.

그런데 이 청년은 이 같은 김유정의 말을 이해할 수 없었을 것이다. 청년보다 김유정 자신이 더 오래 살 수 있을지 모른다고 말한 것은 문제가 안 되지만 '오래 살 수 있는 이것이 결국 나의 병'이란 말은 말이 되지 않는다. 오래 산다는 것이 왜 병에 해당되는지 이에 대한 설명이 따르지 않고 있기 때문이다. 오래 산다면 병이라고 말할 수 없다. 병자는 일찍 죽고 건강한 사람은 오래 사는 것이 상식이다. 그런데 상식을 깨고 오래 사는 것이 병이라고 한 것은 1플러스 1은 1이라고 말한 것이나 마찬가지다.

작자가 1플러스 1이 2가 아니라 1이라고 한다면 사랑하는 남녀가 둘이 만나서 하나가 되었다는 경우 등 적절한 비유와 설명이 따라야 한다.

그런 의미에서 문학도 과학을 벗어날 수 없고 벗어나서도 안 된다. 문학은 이성을 잃은 사람의 횡설수설과는 다르기 때문이다.

두 번째로 드러나고 있는 문제는 정리되지 않은 문장이 좀 있기 때문이다. 앞의 인용문은 "얼마 지난 뒤에야 나는 입을 열어"라고 한 다음에 이에 연결되고 있는 대화 부분이다. 그러므로 "물론 나의 병이 졸연히 나을 것은 아니나"에서부터 인용부호가 붙고 3행을 이어가서 일단 마무리해야 한다. 그 다음에 지문이 붙고 다시 인용문으로 이어 나가며 "하였다"로 끝내야 한다. 그런데 작자는 이런 대화의 지문과 차이를 구별하지 않아서 좀 뒤죽박죽이다. 소설에서는 이에 대한 훈련이 잘 되어 있었을 터인데 여기서는 그것이 무시되고 아무렇게나 써 나간 것이다. "수필은 붓 나가는 대로 쓰는 문학이다."라는 잘못된 수필작법에 따랐기 때문에 이런 글이 된 듯하다. 또는 수필을 여기로만 삼으려는 안이한 태도가 이런 글을 쓰게 만들었는지도 모른다.

셋째로 이 수필의 주제를 한마디로 표현해 놓은 「길」이 애매모호하다.

작자는 "가만히 생각하면 나의 몸을 좌우할 수 있는 것은 다만 그 '길'이다." 라고 했는데 무엇을 길이라고 했는지 알 수가 없다. 의사가 말한 대로라면 곧 죽었을 터인데 마음껏 술 마시고 집필에 열중하자 생명 마감일을 넘기고 말았으니 그렇게 술 퍼마시고 집필에 열중하는 것을 '길'이라 했을까? 그렇다면 "'길'이라야 다만 나는 온순히 그 앞에 머리를 숙일 것이다."라고 한 말과는 문맥이 통하지 않는다. 글쓰기만을 거룩한 운명으로 알고 그 운명에 복종하겠다는 뜻으로 이해할 수도 있지만 술 퍼마시는 것에 대해서까지 머리를 숙인다는 것이 역시 문맥 불통이다.

문학은 명석한 논리적 사고가 따라야 한다. 시나 소설도 마찬가지다. 우회적, 상징적인 표현은 좋지만 명석한 논리 없는 애매한 산문은 잘못이다.

그런데 이 작품은 수필이기 때문에 자신의 모습을 솔직하게 드러낸 것으로서 다른 장르와 다른 장점이 있다.

"병환이 그러시니만치 돌아가시기 전에 얼른 걸작을 쓰셔야지요?"

작자를 다방으로 끌고 들어갔던 청년은 이런 말을 했었다. 이것은 작자에 대한 심한 모독이고 조롱이었다.

그리고 이 수필은 작자에 대한 동정을 불러일으킨다. 겨우 서른 살 나이에 폐가 썩어 들어가며 곧 죽을 수밖에 없었던 작자의 가엾은 모습이 생생하게 드러나는 작품이기 때문이다. 그리고 김유정의 대부분의 소설이 대개 마지막 2~3년 사이에 쓰인 것을 보면 이 수필에서 "술을 맘껏 먹었다. 연일 철야로 원고와 다투었다."라고 한 것은 그가 소설가로서 마지막에 얼마나 뜨겁게 자신을 불태우고 사라졌는지를 나타낸 것이어서 작자의 순교자적인 치열한 정신이 깊은 감동을 주기도 한다.

나의 고향

전광용

1

　나의 고향은 함경도 북청이다. 북청이란 지명이 사람들의 귀에 익게 된 것은 아마도 「북청 물장수」 때문인 것 같다. 수도 시설이 아직 변변하지 않았던 8·15 전의 서울에는 물장수가 많았었다. 그런데 그 대부분이 북청 사람이었던 까닭으로 '물장수' 하면 북청, '북청 사람' 하면 물장수를 연상하게 되었던 까닭이다.

　그러나 북청 사람이 물장수를 시작한 것은 개화 이후, 신학문 공부가 시작되면서부터이다. 그런데 특이한 것은, 북청 물장수 치고 치부를 하기 위해서 장사를 한 사람은 단 한 사람도 없고, 그들 뒤에는 반드시 서울 유학생이 있었다는 사실이다. 아들이나 동생의 학자를 위해서는 말할 것도 없고, 머리 좋은 조카나 사촌을 위해서까지도 그들은 서슴지 않고, 희망과 기대 속에 물장수의 고역을 감내했던 것이다.

　여기에 한 토막의 일화가 있다. 삼청동 일대에다 물을 공급하는 사람

중에, 중늙은이 북청 물장수가 하나 있었다. 그는 눈이 오나 비가 오나 연중무휴로, 이른 새벽부터 밤늦게까지 물지게를 지고는 물 쓰는 집에서 돌아가며 해주는 밥으로 끼니를 때우고, 잠은 그들의 합숙소인 '물방'에서 잤다.

그러던 어느 날의 일이다. 물지게를 지고 어느 부잣집엘 들어갔더니 그집 마나님이 방금 배달된 등기 우편물을 받아들고는 그것이 어디서 온 건지를 몰라 어찌할 바를 모르고 있었다. 마나님의 하도 안타까워하는 양을 보다 못해, 그는 그 편지를 비스듬히 넘겨보고는 그것이 어디서 온 것인지를 일러 주었다. 판무식쟁이로만 알았던 물장수의 식견에 감탄한 마나님은 그후부터 그 물장수를 대하는 품이 달라졌다.

다음 해 3월 상순, 어느 해질 무렵이었다. 그제야 겨우 물지게를 지고 그 부잣집 대문 안에 들어선 그 물장수는 이미 얼근히 취해서, 물통에는 물이 반도 안 남았고 바지는 흠뻑 젖어 있었다. 그리고 그의 손에는 신문 한 장이 들려 있었다. 그의 아들이 경성제대 예과(豫科)에 수석 합격의 보도가 실린…….

문득 파인(巴人)의 시, 「북청 물장수」가 입속에 맴돈다.

새벽마다 고요히 꿈길을 밟고 와서
머리맡에 찬물을 쏴―퍼붓고는
그만 가슴을 디디면서 멀리 사라지는
북청 물장수
물에 젖은 꿈이
북청 물장수를 부르면
그는 삐걱삐걱 소리를 치며

온 자취도 없이 다시 사라져 버린다.

날마다 아침마다 기다려지는
북청 물장수

2

우리 집에는 어른이 생일을 차리는 법이 없다. 부모의 생사도 모르고
사는 불효자식이 저 먹자고 제 손으로 생일을 차릴 수는 없는 일이기에.

고향 생각이 가장 절실한 것은 추석을 맞을 때다. 이 날 우리는, 차례를
지낼 대상이 없으므로 일찌감치 등산복 차림을 하고 우이동이나 도봉산
으로 간다. 거기서 달이 떠오를 때까지 시간을 보낸다. 아이들은 들국화
의 향기를 맡는다. 개울의 돌을 들추어 가재를 잡는다 하며 신명나게 놀
지만, 나는 나대로, 아내는 아내대로, 북녘 하늘 한 끝에 시선을 박은 채
끝없는 추억과 상상의 날개를 펴는 것이다. 그러고 나면, 마음이 좀 후련
해지는 것 같으면서도, 가슴 한구석엔 여전히 뭉쳐진 덩어리가 무겁게 짓
누르는 것을 어찌할 수 없는 것이다. 이런 날 밤 집에 돌아오면, 우리는 고
향의 노래를 부르게 된다. '나의 살던 고향은 꽃피는 산골…….' 아이들은
흥겹게 합창을 하지만, 나와 아내는 어느새 착잡한 심정에 잠기고야 마는
것이다.

이럴 때 사진첩이라도 펼쳐 보면 좀 나으련만, 고향의 사진은 한 장도
없으니 그럴 수도 없는 일이다. 그럴 때마다 아내는,

"결혼사진만이라도……."

하고 푸념을 되뇐다. 그러니, 차라리 눈이라도 감을 수밖에 없다. 그러

면 그리운 사람들의 모습이 안타깝게 명멸하는 것이다.

8·15 직후 서울에 온 나는, 고향이 그립고 궁금하여 그해 겨울 방학과 이듬해 여름 방학, 두 번을 고향에 다녀왔다.

두 번째 갔을 때는 집에 닿아 하룻밤을 자고 난 다음 날 아침, 보안대에 끌려갔다. 그리고 당일로 60리가 넘는 군청 소재지의 보안서에 연행되어 1개월간의 교화소 신세를 졌다. 그때의 죄명은 우습게도 '하경자(下京者)'라는 것이었다. 서울서 내려왔다고 해서 그런 해괴한 이름이 붙은 것이다.

출감해서 집으로 돌아오니, 나의 절친했던 친구의 한 사람이며 그쪽에서 열성적으로 깃발을 날리던 Y가,

"너를 감옥에 집어넣은 것도 나고, 나오게 한 것도 나다."

하고 말하는 게 아닌가! 나는 순간, 등골을 스쳐 내리는 전율을 금할 수가 없었다. 주위의 모든 것이 두렵기만 할 뿐이었다. 그때 서울로 돌아온 후 얼마 동안은, 고향 생각만 해도 몸서리가 쳐졌었다. 그런데 그후부터 고향 꿈을 꾸면 꼭 붙잡혀 가서 욕을 보는 장면만 나타나고, 빨리 서울에 가야겠는데 하고 신음하다가 깨는 것이다. 그 그리운 고향이 왜 무서운 꿈으로만 나타나는 것일까?

어머니가 그립다. 나는 어릴 때, 수양버들이 서 있는 우리 집 앞 높직한 돌각담에 올라가 아득히 먼 수평선가를 스쳐 가는 기선을 바라보면서, 외국으로 유학 간 아저씨들을 그려보곤 했었다. 이젠 80이 넘으셨을 어머니가 아직도 살아 계신다면, 지금쯤 그 돌각담 위에 홀로 서시어, 터널 속으로 사라지는 남행 열차의 기적 소리를 들으시며, 흩어져 가는 기차 연기 저 너머로 안타깝게 아들의 모습을 그리고 계실지도 모를 일이다.

　　「꺼삐딴 리」, 「흑산도」 등의 작가로서 문명이 알려진 전광용의 이 작품은 1과 2로 나뉘어져 있다. 1은 북청 물장수라는 제3자에 대한 서술이고 2는 '나'에 대한 서술이기 때문에 양분해 놓은 것 같다. 그런데 북청 물장수가 나 아닌 타인의 얘기라고 하더라도 그것은 나의 고향 얘기로 모아진다. 그리고 이것은 제3자의 얘기인데도 작자 자신의 향수(鄕愁)의 농도를 짙게 반영하고 있다.

　　수필은 일반적으로 자기감정의 직접적 표현 수단이다. 그런데 그는 여기서 '나'가 아닌 북청 물장수를 그려 놓고 자기 고향을 소개하고 있으면서도 그것을 통해서 자신의 짙은 향수를 간접적으로 전하고 있다.

　　이 같은 방법은 수필이 고향 생각 같은 소재인 경우에 작자를 흔히 감상주의에 빠뜨리고 작품의 품위를 손상시킬 수 있는 위험을 차단시켜 준다. 남의 얘기이기 때문에 작자의 눈물이 안 보이게 되는 특성을 살린 것이다.

　　그럼으로써 작자는 자기감정을 억제하고 객관적 입장으로 물러나서 향수의 정을 그리며 작품의 격조를 높이고 있다.

　　그리고 여기에 김동환의 시 「북청 물장수」를 인용한 것도 매우 효율적인 방법이다. 작자가 그려 나가려는 고향의 물장수가 제목이 되고 있을 뿐만 아니라 이 시는 고향에 대한 그리움을 한껏 자아낼 수 있는 우수한 작품이기 때문이다. 특히 김동환은 작자와 비슷하게 함경북도 경성이 고향이고 그는 납북시인이기 때문에 분단 현실의 아픔과 향수의 아픔을 더욱 절실하게 전달해 주는 구실을 한다.

　　작자는 이렇게 제3자적인 객관적 서술 형태를 지니면서도 한껏 고향에 대한 서정적 표현으로 독자의 관심을 고조시킨 다음에 작자 자신의 얘기로 들어가고 있다. 이것은 향수를 주제로 한 작품이 문학성을 높이는 좋은 기법이 된다.

　　자기 고백적인 창작에서 반드시 지켜야 할 것은 작자 개인적 감정의 절제다.

개인적 감정은 판단을 흐리게 하고 눈동자에 콩깍지를 씌운다. 향수의 병이라는 것은 자기 고향집 뒷간에 박아 놓고 온 똥막대기까지 그립게 만든다. 그런데 독자라는 타인들은 작자 개인의 똥막대기에 절대로 감동하지 않는다. 그러므로 자기 고향이 아무리 그리워도 함부로 미화하면 헛소리가 되니까 이런 글쓰기에서는 감정의 절제가 필수 조건이다.

전광용은 이렇게 제3자적 입장에서 고향의 특성을 소개하고 호기심을 유발시켜 놓은 다음에 자신의 고향집으로 독자를 유도하기 때문에 그런 고향을 잃은 사람의 아픔을 충분히 읽게 된다.

작자는 다음에 심각한 이념적 갈등으로 치닫는 민족 분단의 역사적 현실도 고발하고 어머니를 고향에 두고 월남한 자식으로서의 죄의식과 한을 표현해 나간다. 이런 의미에서 비록 짧은 형식이지만 작자는 이 속에 중량감이 있는 주제를 알차게 담아내고 있다.

그리고 이 수필은 문장력이 매우 좋다. 소설가로서의 우수한 문체가 이 수필의 우수성을 입증해 주고 있는 셈이다. 특히 이 작가는 소설에서도 가녀린 감각적 표현을 억제하고 문체의 객관성 정확성을 유지하며 하찮은 말재주를 용납하지 않기 때문에 표현에 신뢰성이 높고 이것이 수필에서도 좋은 성과로 나타나고 있다.

전광용은 학문적 연구와 교육의 공도 크지만 이 수필은 「꺼삐딴 리」 등 그의 우수한 소설과 함께 투철한 역사의식을 담아 나간 주요 작품의 하나로 평가될 수 있을 것이다.

제3장

백　　석

신　석　강

김　동　석

조　연　현

민　태　원

이　회　승

윤　오　영

피　친　득

김　태　길

전　혜　린

공　덕　룡

안　병　욱

김　형　석

토속어와 향토의 서정

동해(東海)

백석

동해(東海)여, 오늘밤은 이렇게 무더워 나는 맥고모자를 쓰고 삐루를 마시고 거리를 거닙네. 맥고모자를 쓰고 삐루를 마시고 거리 거닐면 어데서 닉닉한 비릿한 짠물 내음새 풍겨오는데, 동해여 아마 이것은 그대의 바윗등에 모래장변에 날미역이 한불 널린 탓인가 본데 미역 널린 곳엔 방게가 어성기는가, 도요가 씨양씨양 우는가, 안마을 처녀가 누구를 기다리고 섰는가, 또 나와 같이 이 밤이 무더워서 소주에 취한 사람이 기웃들이 누웠는가. 분명히 이것은 날미역의 내음새인데 오늘 낮 물기가 쳐서 물가에 미역이 많이 떠들어온 것이겠지.

이렇게 맥고모자를 쓰고 삐루를 마시고 날미역 내음새 맡으면 동해여, 나는 그대의 조개가 되고 싶읍네. 어려서는 꽃조개가, 자라서는 명주조개가, 늙어서는 강에지조개가. 기운이 나면 혀를 빼어물고 물 속 십리를 단숨에 날고 싶읍네. 달이 밝은 밤엔 해정한 모래장변에서 달바라기를 하고 싶읍네. 궂은 비 부슬거리는 저녁엔 물위에 떠서 애원성이나 부르고, 그리고 햇살이 간지럽게 따뜻한 아침엔 이남박 같은 물바닥을 오르락내리

192

락하고 놀고 싶읍네. 그리고, 그리고 내가 정말 조개가 되고 싶은 것은 잔잔한 물밑 보드라운 세모래 속에 누워서 나를 쑤시러 오는 어여쁜 처녀들의 발뒤꿈치나 쓰다듬고 손길이나 붙잡고 놀고 싶은 탓입네.

동해여! 이렇게 맥고모자를 쓰고 삐루를 마시고 조개가 되고 싶어하는 심사를 알 친구란 꼭 하나 있는데, 이는 밤이면 그대의 작은 섬 – 사람 없는 섬이나 또 어느 외진 바위판에 떼로 몰려 올라서는 눕고 앉았고 모두들 세상 이야기를 하고 지껄이고 잠이 들고 하는 물개들입네. 물에 살아도 숨은 물 밖에 대고 쉬는 양반이고 죽을 때엔 물 밑에 가라앉아 바윗돌을 붙들고 절개 있게 죽는 선비이고 또 때로는 갈매기를 따르며 노는 활량인데 나는 이 친구가 좋아서 칠월이 오기 바쁘게 그대한테로 가야 하겠읍네.

이렇게 맥고모자를 쓰고 삐루를 마시고 친구를 생각하기는 그대의 언제나 자랑하는 털게에 청포채를 무친 맛나는 안주 탓인데, 나는 정말이지 그대도 잘 아는 함경도 함흥 만세교 다리밑에 님이 오는 털게 맛에 헤가우손이를 치고 사는 사람입네. 하기야 또 내가 친하기로야 가재미가 빠질 겝네. 회국수에 들어 일이미고 식혜에 들어 절미지, 하기야 또 버들개 봉구이가 좀 좋은가. 횟대 생선 된장지짐이는 어떻고 명태골국, 해삼탕, 도미회, 은어젓이 다 그대 자랑감이지. 그리고 한가지 그대나 나밖에 모를 것이지만 공미리는 아랫주둥이가 길고 꽁치는 윗주둥이가 길지.

이것은 크게 할 말 아니지만 산뜻한 청삿자리 위에서 전복회를 놓고 함소주 잔을 거듭하는 맛은 신선 아니면 모를 일이지.

이렇게 맥고모자를 쓰고 삐루를 마시고 전복에 해삼을 생각하면 또 생각나는 것이 있읍네. 칠팔월이면 으레히 오는 노랑 바탕에 까만 등을 단 제주(濟州) 배 말입네. 제주 배만 오면 그대네 물가엔 말이 많아지지. 제주 배 아즈맹이 몸집이 절구통 같다는 둥, 제주 배 아뱅인 조밥에 소금만 먹는다는 둥, 제주 배 아즈맹이 언제 어느 모롱고지 이슥한 바위 뒤에서 혼자 해삼을 따다가 무슨 일이 있었다는 둥……. 참 말이 많지. 제주 배 들면 그대네 마을이 반갑고 제주 배 나면 서운하지. 아이들은 제주 배를 물가를 돌아 따르고 나귀는 산등성에서 눈을 들어 따르지. 이번 칠월 그대 한테로 가선 제주 배에 올라 제주 색시하고 살렵네. 내가 이렇게 맥고모자를 쓰고 삐루를 마시고 제주 색시를 생각해도 미역 내음새에 내 마음이 가는 곳이 있음네. 조개껍질이 나이금을 먹는 물살에 낱낱이 키가 자라는 처녀 하나가 나를 무척 생각하는 일과 그대 가까이 송진 내음새 나는 집에 아내를 잃고 슬피 사는 사람 하나가 있는 것과 그리고 그 영어를 잘하는 총명한 사년생 금(錦)이가 그대네 홍원군 홍원면 동상리(東上里)에서 난 것도 생각하는 것입네.

평설

백석의 본명은 백기행(白夔行)이고 백석(白石)은 필명이며 백석(白奭)이라고 쓰기도 했다.

이 작품의 소재가 되고 있는 아름다운 동해는 백석의 고향은 아니다. 그는 근대 문학의 선구자인 이광수가 태어나서 어린 시절을 어렵게 고아로 보낸 곳, 그리고 김소월이 '영변에 약산 진달래꽃'을 노래하던 정주가 고향이다. 유명한 오산학교가 있었지만 바다로부터는 너무 먼 고장이다. 그의 고향 정주는 김소월의 시심을 울려 주던 진달래가 지금도 곱게 피고 있겠지만 그 속에는 꽃밭과는 어울리지 않는 핵무기 공장들이 숨겨져 있다.

백석의 작품들은 다른 누구보다도 고향의 색채를 짙게 담아 나갔으며 그 향토적 서정성이 백석문학의 특성이 되고 있으며 그 같은 특성은 고향을 떠난 동해 풍경에서도 나타나고 있다.

그가 고향을 떠나서 동해 바닷가와 인연을 맺게 된 것은 교편생활 때문이었다. 그런데 그 동해가 이 수필에 나타나는 동해라면 그것은 아름다운 바다 풍경으로서만이 아니라 다른 특별한 의미로서 그리운 바다였으리라는 상상도 가능해진다.

그는 일본 유학을 마치고 돌아와서 함흥 영생고보에서 교편을 잡고 있었다. 이때 함흥에서 만나서 동거하던 연인이 기생 김영한이며 법정스님으로부터 법명 길상(吉祥)을 얻은 여인이다. 사실 확인은 어렵지만 이 바다가 그 바다라면 그에게는 이런 인연 때문에 더욱 그리운 추억의 바다로서 수필의 소재가 되었으리라는 상상도 해 보게 된다. 그러나 이 수필에는 그가 부르던 이름 '자야'도 없고 시 속에서 찾던 나타샤도 흰 당나귀도 없고 눈도 내리지 않는다. 그래도 동해에 대한 간절한 그리움은 짙게 나타나 있다. 다만 성북동 산 속의 길상사와 그 기생과의 젊은 시절 연애 일화 때문에 더 유명해진 것에 비해서 그의 문학은 일반적 대중적 접근이 쉽지 않다. 그 문학의 대부분은 시지만 수필 「동해」도 대중적 친화력은 약할 것 같다. 어려운 단어와 산문으로서의 문체의 특성 때문이다.

시가 대중적 친화력이 약한 가장 큰 이유는 메타포의 난해성 때문이다. 더구나 시인이 상상력의 미숙이나 안이한 은유법 남용으로 전달이 어려워 질 때는 더욱 독자와 멀어지게 된다.

그러나 백석의 문학은 그런 것이 아니다. 그는 향토적 정취를 강렬하게 살려 나가기 위해서 토속적인 단어들을 많이 사용해 나간다. 그 토속어들은 그 지방에만 통용되면 사투리가 되므로 사전을 뒤져 봐도 없는 것이 많다. 일본의 모 교수가 백석의 시를 번역하다가 도쿄에서 필자에게 전화 문의가 오게 되고 필자가 백석의 고향 출신을 찾아서 묻고 알게 되었던 것도 이런 사투리 때문이었다. 이런 시만이 아니라 수필 「동해」에서도 마찬가지다.

> 방게가 어성기는가.
> 사람이 기웃들이 누워 있다.
> 애원성이나 부르고.

이런 표현 속의 '어성기다', '기웃들이', '애원성' 등은 사전에 없는 말이다. 그래서 쉽게 읽혀지기 어렵다.

백석은 향토적 정서를 더욱 농밀하게 표현하기 위해서 그 고장의 향토적 정취가 풍기는 사물들을 한껏 동원해 나간다. 작자가 꽃조개, 명주조개, 강에지조개 등 동해 모래밭에서 볼 수 있었던 조개를 갖가지로 모두 동원하려는 것도 그 바다 냄새를 선명하게 살리기 위해서다. 어떤 시에서는 산나물 이름을 수없이 나열해 나가는데 그것 역시 고향 산천의 정취를 모두 살려내기 위해서다.

토속적인 언어와 그 고장의 산나물이나 바닷가의 모든 조개와 모든 해조류와 물개들까지 모두 이 수필에서 그려 나가는 것은 이 같은 향토적 풍경화를 그리기 위해서다.

「동해」는 대중적으로 쉽게 읽히는 수필은 아니지만 그가 표준어를 모르거나 일반적 산문 작법을 몰라서 그렇게 썼다고 보기는 어렵다. 그는 이런 향토적 서정성을 나타내기 위해서 그 고장의 사투리와 그 고장의 사물들을 남달리 많이 동원함으로써 독자에게 조금쯤 어려움을 주고 있는 것이다.

이 경우에 그 같은 토속성, 향토성을 위한 사투리와 사물은 문학작품으로서 짚고 넘어가야 할 문제를 지닌다.

언어 예술은 근원적으로 사투리 문학이며 토속적 산물이다. 한국 문학은 외국인들에게는 낯선 사투리문학이고 영문학, 불문학, 독문학은 한국인에게는 영국, 프랑스, 독일의 사투리 문학이고 그 지방을 그린 그들의 향토 문학이다. 그리고 이런 고유 언어를 버리고 그 고향을 버리면 문학의 예술성은 격하된다. 그런데 모든 외국 문학은 번역 단계를 거쳐야 하듯이 사투리도 같은 문제가 생기므로 그것은 필수 요건이 아닐 경우에는 자제해야 할 것이다.

8·15 해방 후에 백석은 고향에 머물러서 북한의 문인이 되었다. 그런데 그곳에서는 문화어(표준어)에 의한 언어의 획일화 정책으로 사투리를 쓰지 못하게 되었기 때문에 짙은 향토적 방언을 살려 나가던 그의 문학의 특성은 사라지게 되고 그 사회에서 빛을 잃게 될 수밖에 없었을 것이다.

향기 있는 사람

신석정

1

나이가 들수록 격이 높아지는 것이 나무다. 경기도 용문사에는 천여 년 전에 심었다는 고령의 은행나무가 있어 45미터의 키에 흉고직경(胸高直徑)이 4미터가 된다니 산으로 치자면 백두요, 한라가 아닐 수 없다. 뜨락에 자질구레한 나무만 심어 놓고 바라보아도 한결 마음이 든든한데 그쯤 고령의 거목이고 보면, 내 하잘것없는 인생을 송두리째 맡기고 살아도 뉘우칠 게 없을 것 같다.

홍야항야로 일삼는 속정에 젖어 사는 것이 너무나 치사한 것만 같아 새삼 허탈을 느낄 때가 한두 번이 아니다. 창 앞에 대를 심어 소슬한 가을바람을 즐길 줄 모르는 바 아니요, 또한 눈부신 장미꽃이 싫은 바도 아니요, 오색영롱한 철쭉도 싫은 바 아니지만, 그런 관목보다는 아교목이 좋고 아교목보다는 교목이 믿음직해서 더 좋다. 욕심껏 꽂아 놓은 나무가 좁은 뜨락에 초만원이 되어 이제 어찌 할 도리가 없어 제일 먼저 장미를 담 옆으로 소개시키고 아교목의 호랑가시와 교목인 태산목, 은행나무, 낙우송을 알맞게 자리잡아 세운 것도 호화찬란한 장미처럼 눈부신 여생이기보다는 담담하기를 바라는 탓도 있지만, 차라리 그보다는 날로 거목의 몸매가 잡혀가는 아교목들에게 끌리는 정이 더욱 도탑고 믿음직한 탓이기도 하리라.

낙우송 사이로 바라다 보이는 유월 하늘에서는 가지가 흔들릴 때마다 그 짙푸른 쪽물이 금시 쏟아질 것만 같아 좋거니와, 오월부터 개화하기 비롯한 태산목은 겨우 십년이 되었는데도 두세 송이씩 연이어 꽃이 피는가 하면 그 맑은 향기가 어찌도 그윽한지 문향(文香) 십 리를 자랑하는 난 또한 감히 따를 바 못되리라.

백련꽃 송이처럼 탐스러운 봉오리에 어쩌면 향기를 가득 저장하고 있는 것만 같다. 아침저녁 솔깃이 흘러드는 그 향기를 맡아 본 사람이면 알리라.

택변(宅邊)에 오류(五柳)를 가꾸어 '한정소언 불모영리(閑靜少言 不慕榮利: 한가하고 조용하며 말이 적었고 명예나 실리를 바라지 않았다.)'의 도를 터득한 도연명(陶淵明)은 그대로 향기 높은 저 태산목 같은 거목이 아니었을까 생각될 때, 장미류의 관목처럼 눈부신 꽃이고 싶어 하는 덴 머리를 써도, 태산목처럼 격 높은 향기를 마음에 지니기란 쉬운 일이 아니기에, 내 스스로 향기 지닐 마음의 여유 없음을 슬퍼할 따름이다.

2

주례 중에서도 혼인 주례쯤은 할 만한 주례이지만, 그것도 백여 쌍을 넘고 보니 이젠 맡기에도 힘이 겨워서 '제자에 한해서'라는 단서를 붙여 놓고 실천해 오지만, 그 또한 단서대로 되지 않아서 걱정이다.

도시 단서라는 것은 말썽 많은 것이어서, 모르면 모르되 법을 다루는 데도 예의 단서가 있어서 말썽이 되기 마련이 아닌가 생각한다. 단서가 있어서 편리할 때도 있겠지만, 단서가 있기에 불편할 때도 없지 않을 것이니 말이다.

주례 청이 들어오면 먼저 달력에 색연필로 동그랗게 표를 해 놓고, 그도 못 미더워서 탁상일기에 기록해 놓는 것이 습관이 되었다. 주례 날짜가 다가오면 거의 천편일률이지만 다소 그 주인공에 알맞은 색다른 주례사를 찾아보다가도 막상 예식장에 나가면 그 장 속 같은 데서 그만 질서를 못 챙기고 만다.

가람 선생처럼 우스갯소리로 얼버무려 넘긴다든지, 독특한 유머로 씻어 넘기는 재간이라도 있으면 그토록 큰 부담은 느끼지 않으리라.

한 번은 배달을 하고 있는 제자의 주례를 맡아 나도 모르는 사이데 흥분된 어조로 주례사를 하고 있자니, 신랑도 너무 감격했던지 그의 눈에서는 끝내 눈물이 흐르고 있는 것을 보고서야 아뿔사! 말머리를 돌리기에 진땀을 뺀 일이 있었다.

그 뒤 그는 천만 뜻밖에도 금으로 만든 넥타이핀을 놓고 갔다. 알아보니 일금 삼천삼백 원이라는 것이다. 바로 연탄 공장에 물었더니 개당 배달료가 일 원이라는 데 나는 또 한 번 놀랐다. 은사 주례를 위해서 그는 삼천 삼백 개의 연탄 배달 삯을 고스란히 던져 넥타이핀을 샀다는 계산이 된다. 그 넥타이핀을 받고 난 뒤 한참 동안 넋을 놓고 앉았다가 나도 모르는 사이에 눈시울이 뜨거워 오는 것을 어찌할 도리가 없었다.

그 넥타이핀은 깊이깊이 간직해 두고 여간 경사스러운 자리가 아니면 꽂지 않는다.

언제쯤 그도 연탄 공장을 덩스럽게 꾸며 놓고 트럭으로 하루 몇 천 개씩 출하를 하게 될 것인지, 가끔 이런 생각에 잠기는 때가 많다.

<h2 style="text-align:center">3</h2>

이 동네로 옮아온 지 어언 십 년이 넘었고, 오던 길로 심은 나무가 이젠 모두 장년기를 훨씬 넘어, 태산목과 같은 낙우송은 지붕을 넘게 자랐다.

자질구레한 나무만 바라보아도 한결 마음이 개운한데, 이쯤 지붕을 넘을 만큼 든든하게 자랐으니 차라리 시시하게 살아온 내 하잘것없는 인생을 송두리째 맡겨도 뉘우칠 것 없을 것만 같다.

무심코 바라본 뜰에는 갓 피어난 태산목 꽃이 여러 송이 흡사 백련(白蓮)처럼 탐스럽고 청초하기 이를 데 없다. 더구나 간간이 흘러드는 그 향기란 저 건란(建蘭)에 뒤질 바 없으니, 어쩌면 저렇게 격 높은 향길 마음에 지닐 수 있는 것인가 하고 생각에 잠기곤 한다.

이미 작고한 R교수는 그의 「나무」라는 글에서 윤회설이 참말이라면, 죽어서 나무가 되고 싶다고 이야길 한 적이 있다. 철따라 꽃이 피고 지는 나무와 같이 살다 보면, 이 또한 나무에서 배운 미덕일 것이다. 어찌 구지레한 속정에 이끌려 청정한 마음에 작은 파문인들 일으킬 수 있으랴. 심은 지 사십 년이 넘는 내 고향 옛집의 은행나무가 이젠 아름드리 거목이 되었다는 소식을 듣고 문득 아내에게 그 은행나무가 벌써 내 관목(棺木)감이 훨씬 넘었대 하고 이야길 했더니 무척 못마땅한 눈치다. 어찌 그런 매정스런 말을 하느냐고 핀잔을 주는 데는 아무래도 죽음에 대해선 담담할 수 없는 모양이다.

문 밖에 심은 버드나무도 벌써 10년이 가깝게 자라고 보니, 이른 봄부터 찾아와서 옥을 굴리듯 울어 주는 밀화부리도 버드나무가 없었던들 엄두도 낼 수 없는 일이다. 그러기에 이 근방에서는 버드나무집으로 통할 뿐 아니라, 혹시 전화로라도 우리 집 위칠 묻는 친구가 있으면 어느 지점에 와서 문 앞에 버드나무가 세 그루 서 있는 집이라면 무난히들 찾아오게 마련이다. 당초엔 다섯 그루를 심어 정성들여 가꾸었는데 이웃집에서 가을 낙엽에 성화를 내고 자기 집 옆에 서 있는 놈만은 베어 주었으면 하기에, 그 집 주인에게 처분을 맡겼더니 베어다가 장작으로 패 땐 모양이고, 또 한 그루는 동네 애들이 매일 시망스럽게 매달리는가 했더니 끝내는 껍질을 홀랑 벗겨대는 등쌀에 그예 고사(枯死)하고 보니, 남은 세 그루가 옆채를 사이에 두고 태산목과 마주보고 서 있게 되었다.

그대로 다섯 그루가 자랐더라면 택변(宅邊)에 오류(五柳)를 가꾸어 '한정소언 불모영리(閑靜少言 不慕榮利)'의 도를 터득한 저 도연명(陶淵明)의 풍모를 배우고자 함이었더니, 세 그루가 남게 되어 짓궂은 친구가 찾아올라치면 숫제 삼류선생(三流先生)이라 부르는 데는 긍정도 부정도 하지 않는 까닭은 삼류 인생을 살아가는 나에게 오류(五柳)선생은 못 될지언정, 삼류 선생의 칭호도 오히려 과분한 것만 같아 설마 삼류 선생이라 부르는 것은 아니겠지 하고 자위하기 때문인지도 모른다.

평설

　　신석정은 1931년 『시문학』지에서 활동을 시작하고 『촛불』, 『슬픈 목가』 등의 서정시집을 냈다. 이 작품에는 은행나무, 태산목, 호랑가시, 낙우송, 버드나무 그리고 장미와 철쭉과 난과 예쁜 소리로 우지짖는 밀화부리가 나온다. 그리고 이런 나무와 화초들을 마당의 어느 위치에 배치해서 심었고 10년 또는 40년이 지난 이들은 지금 어떤 모습인지를 그려 나가고 있다. 예쁜 밀화부리는 스스로 날아온 새지만 그런 나무들을 보고 찾아왔으니까 이 새는 작자가 초대해 온 손님이 되는 셈이다.

그런데 밀화부리들의 합창이 아무리 아름답고 태산목의 향기가 아무리 '문향(文香) 십 리를 자랑하는 난'보다 좋고, 나무와 꽃과 새들의 합창 속에 파묻힌 작자의 집 풍경이 아무리 멋있어도 만일 이런 회화적 풍경이 이 글의 전부라면 이 수필은 문학작품으로서는 미흡했을 것이다. 문학은 어떤 소재를 문자로 그대로 복사하는 작업이 아니기 때문이다. 사실적 복사는 엄밀한 의미에서 창작의 예비 단계다.

작자가 여기서 이런 풍경을 묘사하고 그것이 만들어진 내력을 말한 의도는 그것을 통해서 작자 자신의 의식의 세계를 반영하고 자신의 내면을 통찰하기 위함이었다고 볼 수 있다.

작자는 10년 전 또는 40여 년 전에 자기 집 마당에 이런 나무와 화초들을 심었다. 40여 년이나 세월이 지난 나무들은 이미 크게 자라서 지붕을 덮고 있다.

그런데 작자는 이 같은 나무들의 성장과 그들의 아름다움을 칭송하면서 자기 자신을 되돌아보고 있다. 심어진 지 40년이 넘은 태산목은 이제 지붕을 덮을 만큼 훌쩍 키가 자랐고 하얀 꽃송이도 아름답지만 향기가 기막히다. 그렇다면 그 나무들과 함께 40년을 살아온 자신은 그동안에 얼마나 키가 컸고 얼마나 그윽한 향기를 지니고 있는 것인가? 작자가 이런 나무들의 모습을 그려 나가는 것은 그것을 통해서 이렇게 자신에게 질문을 던지며 자신의 내면을 통찰하기 위함이다.

나이가 들수록 격이 높아지는 것이 나무다. 경기도 용문사에는 천여 년 전에 심었다는 고령의 은행나무가 있어 45미터의 키에 흉고직경(胸高直徑)이 4미터가 된다니 산으로 치자면 백두요, 한라가 아닐 수 없다.

작자가 나무들을 보면서 말하려는 것이 이것이다. 나무는 나이가 들수록 격이 높아진다고 말하며 특히 용문사 앞마당의 은행나무를 칭송했는데 그렇다면 자기 집 앞마당의 나무들이 지붕을 덮을 만큼 크는 사이에 자신은 어느 정도나 멋지게 키가 컸을까 하고 자문하는 것이 이 수필의 형태다.

수필이 만나게 되는 모든 소재는 작자의 창의적 작업에 의하여 다른 무엇을 만들어 나가기 위한 수단이고 도구라고 본다면 신석정은 그 같은 방법에 의해서 심화된 주제에 도달하고 문학성을 높이고 있는 셈이다.

작자가 이런 소재들을 통해서 말하려는 주제는 세속적 현실에 대한 비판이다. 비록 노골적이고 적극적인 것은 아니지만 속물주의에 대한 비판이 이 글의 주제가 되고 있는 것은 사실이다.

홍야항야로 일삼는 속정에 젖어 사는 것이 너무나 치사한 것만 같아 새삼 허탈을 느낄 때가 한두 번이 아니다.

이렇게 말하는 작자의 의식세계는 다분히 현실도피적인 것이다. 그는 공연히 이러쿵저러쿵 말 많은 속세가 더럽고 치사해서 집을 조금 변두리 쪽으로 마련해 놓고 나무와 꽃을 마당에 심고 또 대문 밖에까지 심어 놓고 속세의 침입을 차단해 버린 것이다. 그런 의미에서 현실도피적인 형태가 된다. 단 그것은 현실에 대한 무서움 때문이 아니라 아름답고 순수한 공간을 유지해 나가기 위한 것이기 때문에 조금쯤 저항적인 것이다. 그리고 이런 작자의 의식세계는 도연명의 「귀거래사」와 공통적인 것을 이 작품에서 알게 된다.

204

택변(宅邊)에 오류(五柳)를 가꾸어 '한정소언 불모영리(閑靜少言 不慕榮利: 한가하고 조용하며 말이 적었고 명예나 실리를 바라지 않았다.)'의 도를 터득한 도연명(陶淵明)은 그대로 향기 높은 저 태산목 같은 거목이 아니었을까…….

도연명은 자신을 3인칭으로 객관화한 위치에서 「오류선생전」을 말했었다. 집 앞에 버드나무 다섯 그루를 심어 놓고 좋아했던 시인이기 때문에 남들이 자신을 오류선생이라 불렀다는 도연명이다. 벼슬을 내던지고 마을에 찾아온 그에 대해서는 남들이 이름을 몰라서 이름 대신 오류선생이라 불렀다는 이야기가 전해진다.

작자는 이런 도연명을 등장시켜서 그 사람이야말로 태산목처럼 향기 높은 사람이었다고 말한다. 그리고 작자 자신이 도연명처럼 그 집 앞에 버드나무 다섯 그루를 심었다고 하니 이 작품에서 말하려는 주제가 무엇인지 분명해진다. 쌀 다섯 말에 남들의 비위나 맞춰야 하는 치사한 벼슬을 내던지고 귀향했던 도연명처럼 이것은 더러운 세상에 대한 거부이며 결별의 비판 의식이다.

뚫어진 모자

김동석

배호 군이 삼청동 비탈길을 올라가다가 발바닥이 근지럽기에 구두를 벗어서 들고 보았더니 창에 구멍이 뚫려 있고 그 구멍으로 별이 보이었다. 그래서 「구두의 천문학」이라는 자미 있는 수필이 생겼다.

그런데 나의 모자는 쓰고 벗고 할 때 쥐는 자리가 배 군의 구두창처럼 구멍이 뚫어지고 말았다. 구두라면 창을 박을 수가 있지만 소프트 햇은 한 번 뚫어지면 그만이다. 또 그때 내 수중에는 별 하나 바라볼 마음의 여유 없이 그대로 눌러 쓰고 다니는 수밖에 없었다. 나는 사람들이 이 구멍으로 '나'를 들여다보는 것을 빤히 알면서도 겉으로는 모른 척했다.

하긴 그렇게 곰상스럽고 꼼꼼하게 '의상 철학' 전개한 토마스 칼라일도 그가 쓰고 다니던 모자는 내 모자만큼이나 가관이었기에 사람들이 보고 박장대소를 하였다.

"웃지들 마소. 저래 뵈도 저 모자 속엔 우주가 들어 있다오."

대체 이 말을 어떻게 해석했으면 좋을지 시방 나는 망설인다. 내가 처음 어떤 책에서 이 칼라일의 일화를 읽었을 때는 이 말의 의미는 지극히 단순했다. 또 교훈적이었다. 즉 칼라일은 헌 모자를 쓰고 다니었을망정 그의 머릿속에는 우주에 견줄 만한 넓고 찬란한 지식이 들어 있다는 의미였다.

그러나 내 자신이 칼라일에 지지 않게시리 헐고 뚫어진 모자를 쓰고 다니는 오늘날 나의 생각은 적이 비뚤지 않을 수 없다. 머리로는 우주도 능히 사념하지만 실제로는 그 머리에 올려놓은 모자 하나도 마음대로 못하지 않느냐, 이렇게만 해석이 된다. 사실 칼라일은 철두철미 관념론자였다. 그러기에 그런 모자를 쓰고도 태연할 수가 있었을 것이다.

하지만 나는 뚫어진 모자를 쓰고 거리를 걷기가 불안스럽다. 잠시도 모자가 뚫어졌다는 의식을 버리지 못한다. 그러한 내가 어저께 월급을 타가지고 모자를 사러 가다가 악기점에 들어가서 모자 살 돈으로 레코드를 사버렸으니 문제는 크다.

모자점이 악기점보다 가까웠던들 나는 우선 급한 대로 모자를 샀겠는데 우연히 악기점이 먼저 눈에 띄어서 일이 공교롭게 되고 말았다. 물론 내가 음악을 좋아하지 않는다면 문제가 애초에 생기지 않았겠으나 다른 사람들이 담배를 좋아하는 만치나 음악을 좋아하는 나다. 그런데 내가 산 레코드는 바흐의 〈48서곡과 둔주곡(遁走曲)〉이다. 맘껏 기뻐하고 맘껏 괴로워하다가 죽은 인생―그러한 행복된 생의 표현이며 '무한'의 경지에 들어갔다는 이른바 '피아노의 성전(聖典)' 이렇게 쓰여 있는 음악사를 읽은 기억이 빌미가 되어 파쉬가 연주가 빅터 반(盤) 7매를 사게 된 것이었다.

본래 나는 바흐를 좋아한다. 가지고 있는 스무나무 장 레코드 중에 〈브란덴부르크 협주곡〉 이십사 매를 점령하고 있었던 것만 보아도 알 것이다.

그러나 〈48서곡〉을 들어도 모자가 내 염두를 떠나지 않으니 탈이다. 살고 죽는 법까지 가르쳐 준다는 이 곡이 중절모 하나 어쩌지 못하는 것은 오로지 내가 소시민 근성을 벗어나지 못하기 때문이리라. 모자면 모자, 음악이면 음악, 둘 중에 하나를 취하지 못하는 나—하긴 혼자 집에 있을 땐 모자를 쓰지 않을 수 없다. 뚫어진 모자라도 써야 한다. 생각건댄 모자란 본시 머리를 보호하기 위해서 썼던 것이나 점점 사회화하고 관습화하여 드디어 장식물이 되어 버린 것이리라. 오늘날 얼굴이 창백한 월급쟁이들에겐 모자보다 일광이 더 필요하다. 또 탈모(脫毛)는 경제적이다. 그러나 내가 이렇게 말하는 것은 뻔한 아전인수다. 시방 내 모자가 뚫어졌고 또 모자 살 돈으로 좋아하는 레크드판을 사 버렸으니까 이런 소리를 하지 작년 이맘때 이 모자가 아직도 그럴듯할 때만 해도 생각이 달랐었고 더군다나 재작년 모자가 새로웠을 땐 쓰지 않아도 될 때에도 여보란 듯이 쓰고 다니지 않았던가.

결국 모자와 레크드를 둘 다 살 돈이 있으면 문제는 해소된다. 하지만 하나밖에 살 수 없는 것이 그때 내가 처한 현실이었다. 앞으로도 양말을 사느냐 책을 사느냐 하는 문제가 있을 게다. 그때에도 나는 책을 사리라 단단히 맘먹고 있다. 허나 밥이냐 예술이냐 할 때 나는 밥을 취하지 않을 수 없다. 아니 문제를 그렇게 막다른 골목으로 끌고 들어갈 것 없이 뚫어진 모자에 제한하기로 하자. 시방 나는 돈을 더 벌어서 새 모자를 사 쓰든지 뚫어진 모자를 그대로 쓰고 다니든지 해야 할 것이다. 공자는 "士志於道而恥惡衣惡食者未與議也(선비로서 도에 뜻을 두고도 나쁜 옷과 나쁜 음식을 부끄럽게 여기는 자는 더불어 의논하기에 좋아하지 못하느니라.)" 하였으나 나처럼 뚫어진 모자를 가지고 어쩔 줄을 모르는 소시민하곤 아예 말도 하지 않을 것이다. 하지만 조선의 유학자들은 나보다도 더 모자에 대해서 소심한 것을 어찌하랴.

평설

　　김동석은 영문학을 전공하고 30년대에는 수필가로 활동하다 해방 직후 좌우의 이념적 대립 속에서 김동리와 치열한 논쟁을 벌였다. 좌익 편에 서 있다가 월북한 후에는 소식이 끊겼다.

　작자는 거지꼴이 된 모자를 쓰고 다니면서 부끄러워하고 있다. 쓰고 벗을 때마다 손닿는 자리가 구멍이 나 버렸다고 했으니 장타령 각소리 패들이 쓰고 다니던 벙거지와 별 차이가 없었을 듯하다.

　모자만이 아니라 양말도 구멍이 나 있어서 부끄러워하고 있다.

　이런 감정 표현은 윤동주의 시에서 자주 나타난다. "인생은 살기 어렵다는데/시가 이렇게 쉽게 쓰여지는 것은/부끄러운 일이다."라고 말한 「쉽게 쓰여진 시」나, 가을 밤 언덕 위에 올라가 별을 헤면서 자기 땅바닥에 썼다가 지워 버린 자기 이름을 부끄러워 한 것이 그렇다. 그리고 죽는 날까지 하늘을 우러러 한 점 부끄럼이 없기를 기원한 「서시」에도 부끄러움이 나타난다.

　그런데 이런 감정 표현은 비록 같거나 유사한 용어를 썼다고 하더라도 김동석과 윤동주의 경우는 내용이 다르다. 그것은 월북 작가가 될 수밖에 없었던 운명과 후쿠오카 감옥에서 죽을 수밖에 없었던 문학의 순교자로서의 인생 역정 차이 문제를 떠나서 기본적으로 수필과 시의 장르상의 차이가 있기 때문이다.

　수필의 경우에는 그것이 어디까지나 개인적인 솔직한 자기 고백이 된다. 그렇지만 윤동주가 마지막 유서처럼 육필시집을 남기고 남의 나라 일본 땅으로 건너가서 시 한 편을 쓰면서 말한 '부끄러움'은 개인 적인 것만이 아니라 우리 민족 공동의 역사적 아픔에 대한 감정도 되고 당대의 긴박한 현실에 대한 아픔과 비판도 된다. 그리고 그 부끄러움은 사전적 단어 해석보다는 넓은 의미의 함축적 상징적 표현이다.

　김동석이 뚫어진 모자를 쓰고 외출할 때마다 신경이 몹시 쓰이고 불안했다고 말한 것은 그만큼 수필의 특성을 잘 나타낸 것이겠다. 숨김없는 진솔한 표현은 그만큼 화자에 대한 신뢰도를 높이고 호소력을 강화하고 친근감을 증대시키기 때문이다. 그리고 이것은 수필의 매력이고 장점이다.

이 작품은 이처럼 솔직한 자기 고백적인 작품으로서 수필의 장점을 잘 들어내고 있을 뿐만 아니라 예술을 사랑하고 학문을 탐구하는 선비로서의 아름다운 삶은 보여 주는 것이어서 흐뭇하게 공감을 준다. 그렇게 뚫어진 모자가 부끄럽다면서도 그 돈으로 바흐의 음반 일곱 장을 샀으며 또 뚫어진 양말이 급하더라도 앞으로 돈이 생기면 양말 대신 책을 사겠다는 것이 그렇다. 그것이야 말로 내용은 공허한데 화려한 겉포장만 요란하면 그만인 물질주의 문명사회의 허세에 대한 반발이며 도전이기 때문이다. 그리고 이처럼 비록 거지꼴(?)을 불사하고라도 책을 사고 바흐의 음반을 사기는 하지만 그것에만 몰입해서 형평성을 잃고 있는 것은 아니다. 예술이냐 밥이냐의 선택문제가 생기면 밥을 선택하겠다고 하는 데서 이 작가가 제시하는 예술 사랑과 학문 사랑은 매우 합리적임을 알게 된다.

속인들과 조금도 다름없이 뚫어진 모자와 뚫어진 양말을 몹시 부끄러워하면서도 이를 무릅쓰고 그보다는 먼저 바흐를 선택하고 책을 선택하는 그의 모습은 우리에게 더욱 가치 있고 보람 있는 삶의 의미가 무엇인지를 말해 주는 주제가 된다.

그리고 이런 이야기로 그려진 작자의 모습에 멋이 나타난다.

그는 일제 강점기에 경성제국대학 법문학부를 나오고 보성전문학교에서 영문학 강의를 했었다. 그리고 해방 직후인 1946년에는 시집 『길』과 수필집 『해변의 시』를 내고, 다음 해에는 평론집 『예술과 생활』을 냈으며, 이 무렵에는 김동리와의 순수 문학 논쟁으로 이름을 떨치던 명사였다. 김동리와의 논쟁은 비록 좌익 편에 서 있던 것이기는 하지만 이념 문제를 떠나서 이 무렵에 이만큼 왕성하게 쓰고 이처럼 시와 수필과 평론에 모두 걸쳐서 단행본을 쏟아낸 사람은 없다.

이런 작자가 뚫어진 모자와 양말이 부끄럽다고 했지만 그런 가난한 모습에도 불구하고 월급을 타면 바흐의 음반을 먼저 사고 책을 먼저 사려는 그의 모습은 확실히 멋이 있다.

그는 일제 강점기에 수필을 『박문(博文)』지에 연재하고 있어서 수필가로서 인정받을 수 있었던 것이지만 이것은 두 가지의 특별한 의미를 지닌다. 이 시기에 이르러서 김진섭, 이태준, 김용준, 이양하 등과 함께 수필을 시인이나 소설가처럼 하나의 독립적 문학 장르로 인식하고 전공하는 문인이 등장하고 있었음을 의미한다. 이것은 수필 문학사에 나타나는 새로운 발전 단계인 셈이다.

그리고 또 다른 의미도 있다. 수필은 사회문제를 떠나서 개인의 신변적 이야기를 주로 써 나가는 문학이며 자신은 그런 문학을 하고 있다고 강조한 것이다. 그 시기의 활동을 '산보적(散步的) 생활'이라고 표현했던 것도 같은 맥락이다. 정해진 목표 없이 발길 닿는 대로 가도 그만이고 안 가도 그만인 것이 산보다. 그가 "나는 수필가요"라고 자처한 것은 이런 자세로 문학을 한다는 것이었으며, 이것은 수필의 개념 설명을 하기 위해서이기보다는 자신은 그런 문학이나 하는 사람이니 잡아가지 말아 달라는 신변 보호 차원의 발언이었을 가능성도 있다. 프로 문학파들이 모두 일제 당국에 의한 체포와 투옥 등으로 항복하고 살아남던 시기임을 상기할 필요가 있을 것이다.

이렇던 김동석은 해방이 되자 한국 문단에서 좌익을 대표하는 논객이 되었다. 우익 진영의 김동리와 치열한 논쟁을 벌인 것이다. 그리고 월북 후에는 뚜렷한 활동이 보이지 않는다. 휴전 회담 때 북측 대표들 속에 통역담당자로 나왔었다는 소문도 있지만 그후 북한 문단에서의 역할은 확인하기 어렵다. 임화가 처형되고 기타 월북 문인 대다수가 남로당 숙청 대상으로 죽거나 행방이 묘연해진 것과 관련이 있을 것 같다.

냉철한 논리성과 진실 탐구

눈의 사상

조연현

사람과 사람이 서로 어떻게 다른가를 가장 잘 나타내 보여 주는 것은 그 얼굴이다. 우리는 얼굴을 보고 그가 누구인가를 곧 알아낸다. 손이나 발이나 그밖에 육체의 어느 부분도 사람마다 제가끔 다르지만 우리는 그가 누구인가를 알기 위해서 얼굴 이외의 육체의 다른 부분을 보지는 않는다. 그만큼 얼굴은 누구에게 있어서나 그의 육체를 대표하는 부분이다. 그 사람의 개성과 운명까지도 그의 얼굴에서 판단해 온 동양의 고래로부터의 관습은 결코 까닭 없는 일이 아니었던 것이다.

얼굴이 그 사람의 인간 전체를 대표하는 것이라면, 눈은 그 얼굴을 대표한다. 우리가 어떤 사람을 볼 때, 그 사람의 육체 전체를 보는 것이지만 사실은 얼굴을 보는 것이며, 얼굴을 보았다고 생각하는 경우에 있어서도 사실은 그 사람의 눈을 보는 것이다. 그 사람의 눈을 보지 않고 그 사람을 보았다고는 할 수 없다. 그러므로 그 사람의 인간 전체를 대표하는 것은 그 사람의 눈이다. 『마의상서(麻衣相書)』에 "천지의 크나큼도 일월(日月)을 의탁하여 빛나는 것이며 일월은 만물의 거울이 되나니 눈은 사람 일신에 있어 으뜸가는 일월"이라 적혀 있고, 또 우리의 옛말에 화룡점정(畵龍點睛) 이란 말이 있었던 것도 이를 두고 한 말이라고 해석되어야 한다.

얼굴로써 사람의 운명을 판단해 온 관상학(觀相學)에서도 눈을 가장 중요시한다. 눈은 코나 입과 마찬가지로 얼굴의 한 부분으로서 그 부분적 직능을 맡은 점에 있어서는 얼굴의 다른 여러 부분과 같은 위치에 놓여져 있지만, 그 사람의 운명 전체를 지배하고 그의 한 생애에 가장 많은 영향을 주는 것은 눈뿐이다. 관상학에서는 눈이 거의 80%나 그 사람의 운명을 지배한다고 보고 있다.

육체의 모든 부분은 그것이 어떤 직능의 기관이든 인간의 의지의 표현이 아닌 것은 없다. 손발의 활동이 그 대표적인 것이다. 그러나 인간의 미묘한 감정을 표현해 주는 것은 눈뿐이다. 입도 인간의 미묘한 희비애락을 표현해 주는 중요한 기관의 하나이지만 그것은 결코 눈의 그것처럼 미묘한 것은 아니다. 말[言語]은 인간의 가장 정확한 감정 표현이 될 수 있지만, 그것은 결코 눈의 그것처럼 진실한 것은 못 된다. 웃으면서도 눈은 슬픔을 말해 주기도 하고, 울면서도 눈은 즐거움을 말해 주기도 한다. 또한, 눈은 있는 그대로의 모습으로써 무한한 의미를 표현하며 조그만 변화로써 중대한 다른 의미를 갖기도 한다. "모나리자"의 미소는 신비적인 표현의 대표적 일례로 되어 있지만 항상 그 이외의 미묘한 신비적 표현을 나타내 주고 있는 것이 누구나의 일상(日常)의 눈이다. 고래(古來)로 많은 시인들이 그 애인의 눈의 비밀을 그 무엇보다도 더 많이 노래했던 것도 이 때문이다. 눈은 무언(無言)의 언어이며, 그 무언의 언어가 항상 설명을 초월해 있기 때문에 그것은 언제나 가장 정확한 언어이기도 하다.

눈은 인간이 그 육체 속에 가지고 있는 유일한 영혼(靈魂)의 창문이다. 눈은 외부로부터 자기의 영혼을 넘어다보게 하는 유일한 창문인 동시에, 자기의 영혼이 모든 외부를 바라다볼 수 있는 유일한 창문이기도 하다. 자기와 외부와의 일체의 교류는 이 눈이라는 창문을 통해서만 행하여진다. 그러므로 눈은 항상 무엇인가를 호소, 고백하려고 애쓰고 있으며, 항상 그 무엇인가를 찾고 있는 것이다. 그러나 눈이 항상 무엇을 호소하고 있는가에 대해서 아무도 정확히 알 수는 없다. 다만 확실한 것은 그것이 무엇인지는 모르나 눈은 항상 그 무엇을 호소하려고 애쓰고, 그 무엇을 찾고 있다는 사실뿐이다.

사람은 눈이 밝아야 한다. 광명 속에서도 암흑을 볼 줄 알아야 하고, 암흑 속에서도 광명을 볼 줄 알아야 한다. 그리고 가까운 곳과 한가지로 먼 곳도 볼 수 있어야 한다. 그러나 사람의 눈처럼 그 시력(視力)의 성질에 차이가 많은 것도 없다. 보지 못한 수천 년의 지난 역사를 투시(透視)하는 것도 사람의 눈이며, 매일같이 만나는 사람의 마음속을 보지 못하는 것도 사람의 눈이다. 눈앞에 있는 이해관계(利害關係)밖에는 보지 못하는가 하면, 천 년 후의 인생을 볼 수 있는 것도 사람의 눈이다. 동물의 눈엔 이와 같은 차이가 없다. 인간이 만물의 영장인 것은, 동물에게는 보이지 않는 것도 볼 수 있는 그러한 눈을 가진 때문이다.

이 지상(地上)에는 수억만의 사람이 살고 있다. 아니 제가끔 다른 수억만의 눈이 별처럼 반짝이고 있다. 이 많은 눈들은 제가끔 공통의 어둠과 대낮을 가지고 있다. 그러나 중요한 것은 공통의 어둠과 대낮이 아니라, 이 수억의 눈들이 제 가끔의 어둠과 대낮을 가지고 있다는 사실이다. 그렇기 때문에 이 수억의 하나하나의 눈은 모두 하나하나의 별과 같은 것이다. 그러나 그 무엇도 그 제가끔의 어둠과 대낮의 의미를 설명하지 못한다. 언어(言語)나 문자(文字)가 그것을 설명하기 위해서 활동하고 있다. 문학(文學)은 그 대표적인 것이다. 그러나 아무리 무수한 언어와 문자가 새로 발명되고 새로 조직되고 간단(間斷) 없이 사용되어도 어떠한 문자도 언어도 눈을 대신할 수는 없을 것이다.

평설

　　　　　　이 작품은 평론가로서 한국의 문학 단체를 이끌고 『현대문학』을 발간하며 한국 문단의 중심에 서 있던 조연현의 연작 수필로서 '사상' 시리즈 중의 하나라고 해도 좋다. 제목이 모두 '○○사상'이라고 되어 있는 여러 수필 중의 하나다.

　사상은 관념적인 것이다. 그것은 눈에 보이지 않는다. 눈에 보이는 것은 형상을 지니고 있으나 사상은 그 형상에 대한 생각일 뿐이기 때문에 보이지 않는다.

　'술은 입으로 사랑은 눈으로'라고 말하며 눈과 눈으로 교신하다가 입 맞추는 행위는 눈에 보이는 형상이지만 그 행위 속에 담겨 있는 사랑은 눈으로 볼 수 없는 관념이다. 그리고 이런 관념은 다만 대가리 속에 처박혀 있는 유령 같은 것일 뿐이다.

　이렇게 속된 표현을 해 보는 것은 그것이 비록 눈에도 보이지 않는 것이지만 생사람 잡는 괴물 노릇도 많이 하기 때문이다. 한반도에서 사람들을 가장 많이 죽게 만들어 온 것은 콜레라나 페스트 같은 전염병도 아니고 한두 명 죽이고 감옥 가는 강도질도 아니고 '빨갱이 사상' '반동사상' 등 사상이라는 괴물이었다.

　그런데 여기서 작자가 소재로 다룬 것은 그런 사회적 역사적 문제를 다룬 사상은 아니다. 사랑은 눈으로 말해진다고 하듯이 그는 다만 인간 육체의 한 부분인 눈에 대하여 생각해 나간 것이다. 눈이란 무엇인가라는 명제를 풀어 나가는 에세이인 셈이다.

눈이란 무엇인가라는 질문을 던지고 있는 것이기 때문에 이 글은 제시된 시험 문제에 대한 답안 형식이 되는 셈이다.

이렇게 되면 이 수필은 꽃과 나무와 산과 강과 바다 같은 것을 그린 아름다운 풍경화는 아니다. 또 춘천의 금병산 밑 어느 노란 동백꽃 나무 아래서 저질러진 남녀의 소설적 이야기 같은 것도 아니다.

이 수필은 이 같은 서경성(敍景性)이나 서사성(敍事性) 같은 것은 배제되어 있다. 그리고 이렇게 회화적 묘사나 동영상의 이야기가 없으면 자칫 문학 작품으로서의 읽을 재미를 놓치기 쉽다.

이 수필은 이런 서사성이나 서경성뿐만 아니라 서정성(抒情性)도 배제되어 있다. 지극히 냉정한 논리적 사고로 사물의 본질을 추구해 나가고 있기 때문에 서정성이 끼어들 여지가 없다. 아니 서정성은 엄격히 접근 금지된 형태인 셈이다. 가장 정확한 객관적 논리만을 추구해 나가려면 그럴 경향으로 흐르기 쉽다.

육체의 모든 부분은 그것이 어떤 직능의 기관이든 인간의 의지의 표현이 아닌 것은 없다. 손발의 활동은 그러한 것의 대표적인 것이다. 그러나 인간의 미묘한 감정을 표현해 주는 것은 눈뿐이다. 입도 인간의 희비애락을 표현해 주는 중요한 기관의 하나이지만 그것은 결코 눈의 그것처럼 미묘한 것은 아니다. 말은 인간의 가장 정확한 감정 표현이 될 수 있지만 그것은 결코 눈의 그것처럼 진실한 것은 못 된다.

작자는 여기서 손과 발의 활동을 눈의 활동과 비교하고 있다. 또 눈과 언어의 기능적 차이도 비교하고 있다. 그런데 그것은 모두 논리적 서술 형태로 표현되어 있다.

소설가라면 이런 경우에 손발의 동작을 묘사하고 눈의 표정도 그려 나간다. 인체 데생이나 조각에서 화가나 조각가들이 근육 하나하나의 형태를 관찰하며 그것이 말하려는 언어를 담아 나가려 하듯이 소설에서는 근육의 표정을 통해서 근육의 '생각'을 형상화해 나간다. 그런데 조연현의 수필은 그 표정이 아니라 그 생각 자체를 서술해 나간다. 그러므로 서경성이 없고 그 표정에 담길 수 있는 슬픔, 기쁨, 노여움 등의 감정 표현이 제외된다.

이것은 논리적 사고 형태가 지니는 특성이며 이 수필은 이런 특성으로서의 장점과 특성을 지니게 된다.

사실 이 수필은 이런 냉정한 사고 형태를 통해서 눈이란 과연 무엇인가라는 물음에 대한 심오한 철학적 답변에 도달하고 있다.

작자는 여기서 마음의 눈으로 보는 세계까지 언급한다. 머나먼 과거나 미래를 보는 것은 마음의 눈이다. 그리고 이렇게 멀리 보고 깊이 보고 넓게 보는 눈이야말로 밝은 눈이다.

조연현의 이 같은 수필은 한국의 일반적 수필 유형과는 다르다. 우리는 일반적으로 우리 삶의 주변에서 일어나는 이야기를 많이 한다. 만일 그 이야기들이 거짓으로 꾸며진 것이라면 소설이 되는 셈이다. 그리고 사물의 묘사가 많다. 고려자기나 수선화나 소나무를 말하고 설악산을 보고 아름다움에 감동하면 이를 그려 나간다. 이때 이 작품은 언어로 그린 정물화가 되든지 풍경화가 된다.

그런데 만일 정물화나 풍경화 같은 수필을 쓰려면 차라리 원고지를 버리고 화가로 변신하는 것이 낫다. 아무리 애써 봐도 그런 미술 작품의 묘사가 지닌 장점을 능가하기 어렵기 때문이다. 그리고 이야기의 재미를 쫓으려면 차라리 소설을 써야 한다.

수필은 다른 어떤 장르보다도 가장 짧은 형태의 철학적 사고에 알맞은 장르가 된다. 그런 의미에서 조연현의 사상 시리즈는 좋은 모범적인 사례를 보여 준 것이다.

다만 그런 철학적 사고의 가치가 아무리 중요하다고 하더라도 서정성이나 서경성, 서사성 등이 적절히 배합되면 더 친근감이 더해지고 문학성이 살아나는 수필이 될 것이다.

조연현은 앞의 김동석과는 7년쯤 선후배간이 된다. 이들은 일제 강점기를 거쳐서 해방 후의 문단을 서로 대결 상태에서 함께 겪었다. 좌우로 갈라진 해방공간에서 서정주, 김동리 등과 함께 우익 문단을 형성하고 김동석과 맞서게 되었기 때문이다. 그러다가 월북하고 곧 6·25로 서울에 나타난 김동석은 인민군 육군 소좌가 되어 있었다는 소문도 있었으며, 조연현은 전쟁 직전에 『문예』 편집에 관여하고, 1955년에는 지금까지 이어지고 있는 최장수 문예지 『현대문학』 창간 등으로 한국 문단에 남긴 공이 크다.

청춘예찬

민태원

청춘! 이는 듣기만 하여도 가슴이 설레는 말이다. 청춘! 너의 두 손을 가슴에 대고 물방아 같은 심장의 고동을 들어 보라. 청춘의 피는 끓는다. 끓는 피에 뛰노는 심장은 거선(巨船)의 기관과 같이 힘있다. 이것이다. 인류의 역사를 꾸며 내려온 동력은 바로 이것이다. 이성은 투명하되 얼음과 같으며, 지혜는 날카로우나 갑 속에 든 칼이다. 청춘의 끓는 피가 아니라면 인간이 얼마나 쓸쓸하랴? 얼음에 싸인 만물은 죽음이 있을 뿐이다.

그들에게 생명을 불어넣는 것은 따뜻한 봄바람이다. 풀밭에 속잎 나고, 가지에 싹이 트고, 꽃 피고 새 우는 봄날의 천지는 얼마나 기쁘며 얼마나 아름다우냐! 이것을 얼음 속에서 불러 내는 것이 따뜻한 봄바람이다. 인생에 따뜻한 봄바람을 불어 보내는 것은 청춘의 피가 뜨거운지라, 인간의 동산에는 사랑의 풀이 돋고, 이상의 꽃이 피고, 희망의 놀이 뜨고, 열락(悅樂)의 새가 운다.

사랑의 풀이 없으면 인간은 사막이다. 오아시스도 없는 사막이다. 보이는 끝끝까지 찾아다녀도, 목숨이 있는 때까지 방황하여도 보이는 것은 거친 모래뿐일 것이다. 이상의 꽃이 없으면 쓸쓸한 인간에 남는 것은 영락(零落)¹과 부패뿐이다. 낙원을 장식하는 천자만홍(千紫萬紅)²이 어디 있으며, 인생을 풍부하게 하는 온갖 과실이 어디 있으랴?

이상! 우리의 청춘이 가장 많이 품고 있는 이상! 이것이야말로 무한한 가치를 가진 것이다. 사람은 크고 작고 간에 이상이 있음으로써 용감하고 굳세게 살 수 있는 것이다.

석가는 무엇을 위하여 설산(雪山)에서 고행을 하였으며, 예수는 무엇을 위하여 황야에서 방황하였으며, 공자는 무엇을 위하여 천하를 철환(轍環)³ 하였는가? 밥을 위하여서, 옷을 위하여서, 미인을 구하기 위하여서 그리 하였는가? 아니다. 그들은 커다란 이상, 곧 만천하의 대중을 품에 안고 그들에게 밝은 길을 찾아주며, 그들을 행복스럽고 평화스러운 곳으로 인도하겠다는 커다란 이상을 품었기 때문이다. 그러므로 그들은 길지 아니한 목숨을 사는가시피 살았으며 그들의 그림자는 천고에 사라지지 않는 것이다. 이것은 가장 현저하여 일월과 같은 예가 되려니와 그와 같지 못하다 할지라도 창공에 반짝이는 뭇 별과 같이, 산야에 피어나는 군영(群英)⁴과 같이, 이상은 실로 인간의 부패를 방지하는 소금이라 할지니, 인생에 가치를 주는 원질이 되는 것이다.

이상! 빛나는 귀중한 이상! 그것은 청춘의 누리는 바 특권이다. 그들은 순진한지라 감동하기 쉽고, 그들은 점염이 적은지라 죄악에 병들지 아니하고, 그들은 앞이 긴지라 착목(着目)하는 곳이 원대하고, 그들은 피가 더

---

1 영락(零落): ①잎이 시들고 말라서 떨어짐. ②세력이나 살림이 아주 보잘것없이 됨.
2 천자만홍(千紫萬紅): 울긋불긋한 여러 가지 꽃의 빛깔.
3 철환(轍環): 수레를 타고 돌아다님.
4 군영(群英): 여러 가지 꽃.

운지라 실현에 대한 자신과 용기가 있다. 그러므로 그들은 이상의 보배를 능히 품으며 그들의 이상은 아름답고 소담스러운 열매를 맺어, 우리 인생을 풍부하게 하는 것이다.

보라, 청춘을! 그들의 몸이 얼마나 튼튼하며, 그들의 피부가 얼마나 생생하며, 그들의 눈에 무엇이 타오르고 있는가? 우리 눈이 그것을 보는 때에, 우리의 귀는 생의 찬미를 듣는다. 그것은 웅대한 관현악이며, 미묘한 교향악이다. 뼈 끝에 스며들어가는 열락의 소리다.

이것은 피어나기 전인 유소년에게서 구하지 못할 바이며, 시들어 가는 노년에게서 구하지 못할 바이며, 오직 우리 청춘에게서만 구할 수 있는 것이다.

청춘은 인생의 황금시대다. 우리는 이 황금시대의 가치를 충분히 발휘하기 위하여, 이 황금시대를 영원히 붙잡아 두기 위하여 힘차게 노래하며 힘차게 약동하자.

평설

민태원은 1918년에 빅토르 위고의 『레미제라블』을 번역하고 3·1운동 직후 『폐허』 동인이 되어 소설을 써 나갔다. 이 작품은 청춘의 정열적인 힘을 찬양하고 이상을 찬양하며 그것은 "대중들에게 힘과 용기와 행복을 주고 많은 열매로 인생을 풍부하게 해주는 원동력이라고 역설하고 있다. 이것은 물론 참신한 주제는 아니다. 그렇지만 일제가 만주를 삼키고 공포 분위기로 문학의 비판적 기능을 봉쇄해 버리고 민족의 좌절감이 팽배해 있던 이 시기에 젊은이들에게 전한 이 수필은 소중한 가치를 지닌다.

이 작품은 선동적인 형태이므로 일반적 수필 문장과 달리 문학적 기법으로서는 조금쯤 흠이 있다. 그렇지만 대중을 기만하는 정치적 수단으로서의 선동이 아니라 청춘에 대한 꿈과 이상의 의미를 순수한 동기에서 전하기 위한 강조법이므로 그런 예로서는 돋보이는 좋은 작품이다.

　　청춘! 이는 듣기만 하여도 가슴이 설레는 말이다. 청춘! 너의 두 손을 가슴에 대고 물방아 같은 심장의 고동을 들어 보라. 청춘의 피는 끓는다.

이렇게 시작되는 이 글은 전체가 출렁이는 리듬의 미학을 살리고 있다. 그 리듬은 강약을 적절하게 반복해 나가며 점층법에 의해서 의미를 집약시켜 나가고 있기 때문에 독자를 쉽게 흥분시킬 수 있다. 수필이 운문이 아닌 산문이라고 하더라도 호흡의 적절한 조정이 따르고 감정의 기복이 따르며 음악적 리듬이 형성되지 않으면 좋은 산문이 될 수 없다. 이 수필은 역설해 나가는 주제가 좀 관념적이며 추상적인 것이 흠이지만 이에 대한 논리적 전개만 확실하게 뒷받침되어 있었다면 더 좋은 수필이 될 수 있었을 것이다.

딸깍발이

이희승

　'딸깍발이'란 것은 '남산(南山)골 샌님'의 별명이다. 왜 그런 별호(別號)가 생겼느냐 하면, 남산골 샌님은 지나 마르나 나막신을 신고 다녔으며, 마른 날은 나막신 굽이 굳은 땅에 부딪쳐서 딸깍딸깍 소리가 유난하였기 때문이다. 요새 청년들은 아마 그런 광경을 못 구경하였을 것이니, 좀 상상하기에 곤란할는지 알 수 없다. 그러나 일제 시대에 일인(日人)들이 '게다'를 끌고 콘크리트 길바닥을 걸어다니던 꼴을 기억하고 있다면, '딸깍발이'라는 명칭이 붙게 된 까닭도 이해할 수 있을 것이다.

　그런데 이 남산골 샌님이 마른 날 나막신 소리를 내는 것은 그다지 얘깃거리가 될 것도 없다. 그 소리와 아울러 그 모양이 퍽 초라하고, 궁상(窮狀)이 다닥다닥 달려 있는 것이 문제인 것이다.

　인생으로서 한 고비가 겨워서 머리가 희끗희끗할 지경에 이르기까지, 변변하지 못한 벼슬이나마 한 자리 얻어 하지 못하고(그 시대에는 소위 양반으로서 벼슬 하나 얻어 하는 것이 유일한 욕망이요, 영광이요, 사업이요, 목적이었던 것이다.), 다른 일 특히 생업에는 아주 손방이어서, 아예 손을 댈 생각조차 아니하였기 때문에, 경제적으로는 극도로 궁핍한 구렁텅이에 빠져서 글자 그대로 삼순 구식(三旬九食)의 비참한 생활을 해 가는 것이다. 그 꼬락서니라든지 차림차림이야 여간 장관이 아니다.

두 볼이 여윌 대로 여위어서, 담배 모금이나 세차게 빨 때에는, 양 볼의 가죽이 입안에서 서로 맞닿을 지경이요, 콧날은 날카롭게 오똑 서서 꾀와이지만이 내발릴 대로 발려 있고, 사철 없이 말간 콧물이 방울방울 맺혀 떨어진다. 그래도 두 눈은 개가 풀리지 않고 영채가 돌아서, 무력(無力)이라든지 낙심의 빛을 나타내지 않고 있다. 아래윗입술이 쪼그라질 정도로 굳게 다문 입은 그 의지력을 더욱 두드러지게 나타내고 있다. 많지 않은 아랫수염이 뾰족하니 앞으로 향하여 휘어 뻗쳤으며, 이마는 대게 툭 소스라져 나오는 편보다 메뚜기 이마로 좀 편편하게 버스러진 것이 흔히 볼 수 있는 타입이다.

이러한 화상이 꿰맬 대로 꿰맨 헌 망건(網巾)을 도토리같이 눌러 쓰고, 대우가 조글조글한 헌 갓을 좀 뒤로 젖혀 쓰는 것이 버릇이다. 서리가 올 무렵까지 베중이 적삼이거나 복(伏)이 들도록 솜바지저고리의 거죽을 벗겨서 여름 살이를 삼는 것은 그리 드문 일이 아니다. 그리고 자락이 모지라지고 때가 꾀죄죄하게 흐르는 도포(道袍)나 중치막을 입은 후, 술이 다 떨어지고 몇 동강을 이은 띠를 흉복통에 눌러 띠고, 나막신을 신었을망정 행전은 잊어버리는 일이 없이 치고 나선다. 걸음을 걸어도 일인들 모양으로 경망(輕妄)스럽게 발을 옮기는 것이 아니라 느럭느럭 갈지자(之)걸음으로, 뼈대만 엉성한 호리호리한 체격일망정, 그래도 두 어깨를 턱 젖혀서 가슴을 뻐기고 고개를 휘번덕거리기는 새레 곁눈질 하나 하는 법 없이 눈을 내리깔아 코끝만 보고 걸어가는 모습, 이 모든 특징이 '딸깍발이'란 속에 전부 내포되어 있다.

그러나 이런 샌님들은 그다지 출입하는 일이 없다. 사랑이 있든지 없든지 방 하나를 따로 차지하고 들어앉아서 폐포파립(弊袍破笠)이나마 의관(衣冠)을 정제(整齊)하고, 대개는 꿇어 앉아서 사서오경(四書五經)을 비롯한 수많은 유교 전적(儒敎典籍)을 얼음에 박 밀 듯이 백 번이고 천 번이고 내리외는 것이 날마다 그의 과업이다. 이런 친구들은 집안 살림살이와는 아랑곳없다. 가다가 굴뚝에 연기를 내는 것도, 안으로서 그 부인이 전당을 잡히든지 빚을 내든지, 이웃에서 꾸어 오든지 하여 겨우 연명이나 하는 것이다. 그러노라니, 쇠털같이 허구한날 그 실내(室內)의 고심이야 형용할 말이 없을 것이다. 이런 샌님의 생각으로는, 청렴개결(淸廉介潔)을 생명으로 삼는 선비로서 재물을 알아서는 안 된다. 어찌 감히 이해를 따지고 가릴 것이냐. 오직 예의(禮義)·염치(廉恥)가 있을 뿐이다. 인(仁)과 의(義) 속에 살다가 인과 의를 위하여 죽는 것이 떳떳하다. 백이(伯夷)와 숙제(叔弟)를 배울 것이요. 악비(岳飛)와 문천상(文天祥)을 본받을 것이다. 이리하여, 마음에 음사(淫邪)를 생각하지 않고, 입으로 재물을 말하지 않는다. 어디 가서 취대(取貸)하여 올 주변도 못 되지마는, 애초에 그럴 생각을 염두에 두는 일이 없다.

　　겨울이 오니 땔나무가 있을 리 만무하다. 동지 설상(雪上) 삼척 냉돌에 변변하지도 못한 이부자리를 깔고 누웠으니, 사뭇 뼈가 저려 올라오고 다리 달 마디에서 오도독 소리가 나도록 온몸이 곤아 오는 판에, 사지를 웅크릴 대로 웅크리고, 안간힘을 꽁꽁 쓰면서 이를 악물다 못해 박박 갈면서 하는 말이, "요놈, 요 괘씸한 추위란 놈 같으니, 네가 지금은 이렇게 기승을 부리지마는, 어디 내년 봄에 두고 보자." 하고 벼르더란 이야기가 전하지마는, 이것이 옛날 남산골 '딸깍발이'의 성격을 단적으로 가장 잘 표현한 이야기다. 사실로 졌지마는 마음으로 안 졌다는 앙큼한 자존심, 꼬장꼬장한 고지식, 양반은 얼어 죽어도 곁불을 안 쪼인다는 지조, 이 몇 가지가 그들의 생활 신조였다.

　실상 그들은 가명인(假明人)이 아니었다. 우리나라를 소중화(小中華)로 만든 것은 어쭙지 않은 관료들이요, 그들의 허물이 아니었다. 그들은 너무 강직하였다. 목이 부러져도 굴하지 않는 기개, 사육신(死六臣)도 이 샌님의 부류요, 삼학사(三學士)도 '딸깍발이'의 전형인 것이다. 올라가서는 포은(圃隱) 선생도 그요, 근세로는 민충정(閔忠正)도 그다. 국호(國號)와 왕위 계승에 있어서 명(明)·청(淸)의 승낙을 얻어야 했고, 역서(曆書)의 연호를 그들의 것으로 하지 않으면 안 되었지마는, 역대 임금의 시호(諡號)를 제대로 올리고, 행정면에 있어서 내정의 간섭을 받지 않은 것은 그래도 이 샌님 혼(魂)의 덕택일 것이다. 국사에 통탄(痛歎)할 사태가 벌어졌을 적에 직언으로써 지존에 직소한 것도 이 샌님의 족속인 유림(儒林)에서가 아니고 무엇인가. 임란(壬亂) 당년에 국가의 운명이 단석(旦夕)에 박도되었을 때, 각지에서 봉기한 의병의 두목들도 다 이 '딸깍발이' 기백의 구현(具現)인 것이 의심 없다.

　구한국 말엽에 단발령(斷髮令)이 내렸을 적에, 각지의 유림들이 맹렬하게 반대의 상소를 올려서, "이 목은 잘릴지언정 이 머리는 깎을 수 없다(此頭可斷 此髮不可斷)."고 부르짖고 일어선 일이 있었으니, 그 일 자체는 미혹(迷惑)하기 짝이 없었지마는, 죽음도 개의하지 않고 덤비는 그 의기야말로 본받음직하지 않은 바도 아니다.

　이와 같이 '딸깍발이'는 온통 못생긴 짓만 하고 있었던 것이 아니라, 훌륭한 점도 적지않이 가지고 있었던 것이다. 퇴퇴한 샌님이라고 넘보고 깔보기만 하기에는 너무도 좋은 일면을 지니고 있었던 것이다.

　현대인은 너무 약다. 전체를 위하여 약은 것이 아니라, 자기 중심, 자기

본위로만 약다. 백년 대계를 위하여 영리한 것이 아니라, 당장 눈앞의 일, 코앞의 일에만 아름아름하는 고식지계(姑息之計)에 현명하다. 염결(廉潔)에 밝은 것이 아니라, 극단의 이기주의에 밝다. 이것은 실강은 현명한 것이 아니요, 우매(愚昧)하기 짝이 없는 일이다. 제 꾀에 제가 빠져서 속아 넘어 갈 현명이라고나 할까. 우리 현대인도 '딸깍발이'의 정신을 좀 배우자. 첫째, 그 의기를 배울 것이여, 둘째, 그 강직(剛直)을 배우자. 그 지나치게 청렴한 미덕은 오히려 분간을 하여가며 배워야 할 것이다.

평설

경성제대 조선어학과를 나오고 이화여전과 서울대 교수로서 학술적 업적도 크지만 수필의 업적도 크다 3·1운동 때는 적극적으로 이에 참여하고 4·19 때에는 계엄령 하에 거리에 뛰어들어 행동하는 지식인의 표상이 되고 있다. 그는 『벙어리 냉가슴』, 『소경의 잠꼬대』, 『먹추의 말참견』 등 6권의 수필집을 남기고 있다. 『딸깍발이』는 그중에서 가장 널리 알려진 작품이며, 『윤동주 평전』의 송우혜 작가는 이희승을 "우리 시대의 마지막 딸깍발이"라고 쓴 일이 있다. 1896년에 태어나서 94세로 장수를 누리다 1989년에 작고할 때까지 그가 살아간 선비의 모습이 바로 전형적인 딸깍발이였기 때문이다. 그러므로 이 작품은 '남산골 샌님'의 별칭인 딸깍발이를 그린 것임에도 불구하고 작자 자신의 자화상을 그린 듯하다. 물론 외형은 다르지만. 그리고 참으로 중량감이 넘치는 우수한 수필이다. 다른 작품들도 모두 우리 수필 문학사에 남을 귀중한 작품들이다.

그렇지만 우리 수필 문학사를 말하는 자리에서 그의 이름은 잘 언급되지 않는 경우가 많다. 자신을 스스로 가리는 장벽이 있었기 때문이다.

일제하의 조선어학회사건으로부터 국어학자로서, 서울대 교수로서 또는 『동아일보』 사장 등 때문에 문학 외적인 이름이 너무 컸다. 그리고 그를 둘러싸던 인물들이 거의 모두 국어학자나 교수들이었고, 그는 대부분의 시간을 학자로서 연구에 몰두하고 강단에만 서 있었기 때문이다. 문인들이 저녁마다 모여서 문학을 논하고 차와 술을 즐기는 자리에 그는 합석한 일이 거의 없는 것 같다. 시험 시간에 커닝하다 들킨 학생을 처벌하는 대신 저녁마다 집에 불러들여서 실력이 붙을 때까지 가르친 다음 점수를 줘서 졸업시킨 교수니까 아무에게도 쉽게 어울릴 시간 여유가 없었던 분이다. 그래서 수필 문단을 회고하는 자리에서 수필가로서의 그의 존재는 자주 잊혀진 셈이다.

「딸깍발이」는 1952년 작이다. 한강교가 끊기고 서울에 인공기가 꽂힌 후 연구실을 지키려 학교에 나갔던 일 때문에 수복 후에 힘든 일을 겪고, 수복되던 날 밤에 집이 전소되고, 생활비를 벌기 위해 길거리에까지 나가던 시절에 그는 남산골의 선비를 되새긴 것이다.

이 작품은 이 나라의 과거사 속에서 한국의 가난한 지식인들이 어떤 역경에도 굴하지 않고 맑은 인격을 지키고, 유사시에는 목숨을 내던지며 나라를 지키고 명예를 지키려 했던 모습을 그린 것이다. 그리고 이들을 회고하면서 오늘의 지식인들이 타락해 가는 모습을 질타하며 경종을 울린 것이다.

당장 눈앞의 일, 코앞의 일에만 아름아름하는 고식지계(姑息之計)에 현명하다. 염결(廉潔)에 밝은 것이 아니라, 극단의 이기주의에 밝다.

이것은 아무나 할 수 있는 주장이 아니다. 자신이 이런 질타의 대상이라면 그 글은 대번에 거짓이 되기 때문이다. 글이 곧 그의 인격이라는 말은 이런 경우에 해당된다.

그런데 작품 전체 분량에 비해서 작자는 이런 주장을 매우 짧은 분량으로 압축해 놓고 있다. 작자 자신이 늘 상종하는 사람들 속에 이런 '극단적 이기주의' 선비들이 많았다면 그는 그 속에서의 피해자다. 그러므로 분노의 정이 솟구칠 수 있다. 그렇지만 글의 품위를 유지하기 위해서는 어느 정도의 절제가 필요하다. 그래서 짧게 처리된 것이다. 그 대신 작자는 남산골 선비들의 모습을 사실적, 회화적인 모습으로 희화적으로 잘 그려 나갔다. 마음껏 조롱의 대상이 될 정도로 우스운 모습을 그렸다.

두 볼이 여윌 대로 여위어서, 담배 모금이나 세차게 빨 때에는, 양 볼의 가죽이 입안에서 서로 맞닿을 지경이요, 콧날은 날카롭게 오똑 서서 꾀와 이지만이 내밸릴 대로 밸려 있고, 사철 없이 말간 콧물이 방울방울 맺혀 떨어진다.

이런 표현은 사실적이면서 재미있다. 그리고 삼순구식의 헐벗음으로 나타난 이런 궁상으로 조롱감이 되고 있는 그것은 타락하기 쉬운 현대 지식인들이 보는 시각이기도 하다. 밥을 굶으면서도 고지식 때문에 현실과 타협할 줄 모르는 당대의 지식인들에 대한 간접적인 야유인 셈이다.

그런데 이런 사실적인 궁상의 묘사 때문에 이 글의 마지막 마무리는 힘을 얻고 주제가 살아난다. 그처럼 조롱감이 될 지경에 이르고서도 수오지심(羞惡之心)에 흔들림이 없고 정의감이 강하고 강직했기 때문에 그 선비들은 아름답게 빛나는 것이다. 만일 그들이 배부른 선비들이라고 역경도 없었다면 정말 멋지고 아름다운 선비상은 그려지지 않았을 것이다. 가장 멋지고 아름다운 지식인이란 어떤 것인가라는 질문에 대하여 작자가 이런 답을 내놓은 것은 매우 큰 설득력을 지닌다.

그가 작고한 후 딸깍발이 옛 선비들의 나막신 소리가 들려오는 남산골에는 그의 기념비가 세워졌다. 이 나라 최후의 딸깍발이라는 말이 맞기 때문일 것이다.

염소

윤오영

어린 염소 세 마리가 달달거리며 보도 위로 주인을 따라간다.

염소는 다리가 짧다. 주인이 느릿느릿 놀 양으로 쇠걸음을 걸으면 염소는 종종걸음으로 빨리 따라가야 한다. 두 마리는 긴 줄로 목을 매어 주인의 뒷짐진 손에 쥐여가고 한 마리는 목도 안 매고 따로 떨어져 있건만 서로 떨어질세라 열심히 따라간다. 마치 어린애들이 엄마를 놓칠까봐, 혹은 길을 잃을까봐 부지런히 따라가듯.

석양은 보도 위에 반쯤 음영을 던져 있고, 달달거리고 따라가는 염소의 어린 모습은 슬펐다.

주인은 기저귀처럼 차복차복 갠 염소 껍질 네 개를 묶어서 메고 간다. 아침에 일곱 마리가 따라왔을 것이다. 그중 네 마리는 팔리고, 지금 세 마리가 남아서, 팔릴 곳을 찾아다니고 있는 것이다. 팔리게 되면, 소금 한 줌을 물고 캑캑소리 한 마디에, 가죽을 벗기고 솥 속으로 들어갈 것이다. 그리고, 저 주인의 어깨 위에는 가죽 기저귀가 또 한 장 늘 것이다. 그러나 염소는 눈앞의 운명을 생각해본 일이 없다.

방 소파의 어린이 예찬에는 "어린이는 천사외다. 시퍼런 칼날을 들고 찌르려 해도 찔리는 그 순간까지는 벙글벙글 웃고 있습니다. 얼마나 천진난만하고 성스럽습니까. 그는 천사외다." 했다. 그렇다면 나도 "염소는 천사외다." 할 것이다.

주인의 뒤를 따라 석양에 보도 위를 걸어가는 어린 염소의 검은 모습은 슬프다. 짧은 다리에 뒤뚝거리는, 굽이 높아 전족(纏足)한 청녀(淸女)의 쫓기는 종종걸음이다. 조그만 몸집이 달달거려 추위 타는 어린애 모습이다. 이상스럽게도 위로 들린 짧은 꼬리 밑에 감추지 못한 연하고 검푸른 항문이 가엾다. 수염이라기에는 너무나 앙징한 턱밑의 귀여운 수염, 그리고 게다가 이따금씩 어린애 목소리로 우는 그 울음, 조물주는 동물을 점지할 때, 이런 슬픈 우형도 만들어놓았던 것이다.

페이터는 일찍이 사람들에게 "무한한 물상(物象) 가운데 네가 향수한 부분이 어떻게 작고, 무한한 시간 가운데 네게 허여된 시간이 어떻게 짧고, 운명 앞에 네 존재가 어떻게 미소(微小)한 것인가를 생각하라. 그리고 기꺼이 운명의 직녀, 클로우도우의 베틀에 몸을 맡기고, 여신이 너를 실 삼아 어떤 베를 짜든 마음을 쓰지 말라." 했다. 이 염소는 충실한 페이터의 사도다. 그리고 그는 또 "네 생명이 속절없고, 너의 직무, 너의 경영이 허무하다 할지라도, 적어도 치열한 불길이 열과 빛으로 변화시키듯 하잘것없는 속서(俗事)나마 그것을 네 본성에 맞도록 동화시키기까지는 머물러 있으라." 했다. 염소가 그 주인의 뒤를 총총히 따르듯, 그리고 주인이 저를 흥정하고 있는 동안은 주인 옆에 온순하게 충실히 기다리고 서 있듯, 그리고 길가에 버려 있는 무청 시래기 옆에 세워두면 다투어 푸른 잎을 뜯어먹듯, 그리고 다시 끌고 가면 먹던 것을 놓고 총총히 따라가듯.

이 세 마리의 어린 염소는 오늘 저녁에 다 같이 돌아가다가, 내일 아침에 다시 나오게 될 것인가, 혹은 그중의 한 마리는 솥 속으로 들어가고, 두 마리만이 가게 될 것인가, 또는 어느 것이 팔려가다가 팔려서 껍질을 벗기고, 어느 것이 남아서 외롭게 황혼의 거리를 타달거리고 갈 것인가, 그것은 아무도 모른다. 염소 자신도, 끌고 가는 주인도, 아무도 모른다. 염소를 끌고 팔러 다니는 저 주인은 또 지금 자기가 걸어가는 그 길은 알고 있는 것인가. 나는 이런 생각을 하며 염소가 지나간 그 보도 위로 걸어오는 것이다.

평설

　　윤오영의 수필 중 특히 많이 알려진 수작이다. 그가 보성고교 국어 교사로 재직했을 때는 같은 국어과에 조종현(소설가 조정래의 아버지) 시조시인도 있었고, 필자도 한때는 같은 국어과에 있었다. 그 무렵에 작자는 가끔 필자를 돈암동 집으로 불러서 이야기를 나누며 수필을 낭독해 주었다. 훗날 교과서에도 실리며 유명해진 작품들이 그 무렵에는 발표지가 없어서 나 혼자 들어주는 구비 문학이 된 셈이었다. 「염소」도 그중의 하나다.

"수필은 생각나는 대로 형식 없이 써 나가는 산문의 하나."

한국에서 가장 권위 있는 국어사전(민중서림)에는 수필을 이렇게 정의하고 있다. 다른 사전도 거의 비슷하다. 무형식이 수필의 형식이라고 말하기도 한다. 붓 나가는 대로 쓰는 것이 수필이라고도 한다. 지금의 대학에서도 교수들은 이런 강의를 되풀이하고 있다.

그러나 생각나는 대로 형식 없이 쓰는 것은 시도 소설도 아니고 물론 수필도 아니다. 수필이 문학이며 예술이라면 그것은 가치 있는 진과 선과 미를 추구하는 작업이며 어떤 문학도 심오한 사색과 거듭되는 퇴고의 과정 없이 제대로 만들어질 수 없기 때문이다.

수필이 무엇인가에 대한 답은 문학이란 무엇인가라는 질문에 다한 일반적 답에다 '산문'이란 조건 하나만 더 붙이면 된다.

수필은 사상과 감정을 언어로써 상상을 통하여 아름답게 표현한 산문 예술이며, 이 작품은 사상성과 서정성과 아름다운 예술성을 고루 갖춘 수작이다. 작법으로서 만점은 아니지만 당대의 수필로서 남다른 우수성을 나타내고 있다.

작품의 소재는 검은 염소 세 마리와 이들을 팔러 다니는 주인과 이를 관찰하고 말하는 작자 자신이다. 그리고 이 세 소재가 3단계로 나뉘는 서술 형태를 이루고 있다.

첫째는 검은 염소에 대한 운명론이다. 주인에게 끌려가다가 이미 가죽이 벗겨지고 끓는 솥 속으로 사라지며 가죽 네 개만 남은 염소, 그리고 아직 살아서 끌려가는 세 마리에 대한 회화적인 묘사를 통해서 작자가 말하는 염소 운명론이 첫 단계다. 다음에는 이들을 팔러 다니는 주인의 모습과 그 염소 백정의 운명. 셋째는 이를 관찰하는 작자의 모습이다.

이렇게 세 단계로 나누인 것은 작자가 무슨 이야기를 어떻게 쓸 것인지 생각을 거듭한 다음에 플롯을 결정했기 때문이다. 만일 작자가 생각나는 대로 형식 없이 써 나갔다면 자신이 돈암동의 집을 나설 때 아내가 한 잔소리부터 썼을 수도 있고 혜화동쯤에서 친구 만났던 얘기도 썼을 수 있다. 생각나는 대로 써나가면 염소 얘기하다 말고 남북통일 얘기로 빠질 수도 있다. 윤오영의 수필 쓰기는 그만큼 플롯을 의식하며 수필을 예술의 한 양식으로 생각한 것이다.

그리고 작자가 말한 염소의 운명은 염소 팔러 다니는 주인의 운명과 꼭 같다. 이것은 작자의 철학적 사색의 결과다. 언제 죽을지 모르면서 그 길을 열심히 걸어가는 것은 염소이며, 그것만 눈에 보이는 현실이지만 이와 달리 그들을 통해서 꼭 같은 유형의 염소 백정의 운명을 직시하고 있는 것은 작자의 상상력이며, 그것을 통해서 허망한 인간 운명의 비극성을 말하고 있는 것은 그의 철학적 사상이기 때문이다.

이런 점에서 이 수필은 피천득이 「수필」에서 말한 플롯 무용론과는 배치된다.

상상적 기법의 미학

인연

피천득

지난 사월, 춘천에 가려고 하다가 못 가고 말았다. 나는 성심여자대학에 가 보고 싶었다. 그 학교에, 어느 가을 학기, 매주 한 번씩 출강한 일이 있었다. 힘드는 출강을 한 학기 하게 된 것은 주 수녀님과 김 수녀님이 내 집에 오신 것에 대한 예의도 있었지만, 나에게는 사연이 있었다.

수십 년 전, 내가 열일곱 되던 봄, 나는 처음 도쿄에 간 일이 있다. 어떤 분의 소개로 사회 교육가 M 선생 댁에 유숙을 하게 되었다. 시바쿠(芝區)에 있는 그 집에는 주인 내외와 어린 딸, 세 식구가 살고 있었다. 하녀도 서생도 없었다. 눈이 예쁘고 웃는 얼굴을 하는 아사코(朝子)는 처음부터 나를 오빠같이 따랐다. 아침에 낳았다고 아사코라는 이름을 지어 주었다고 하였다. 그 집 뜰에는 큰 나무들이 있었고, 일년초 꽃도 많았다. 내가 간 이튿날 아침, 아사코는 스위트피를 따다가 화병에 담아, 내가 쓰게 된 책상 위에 놓아 주었다. 스위트피는 아사코같이 어리고 귀여운 꽃이라고 생각하였다.

성심여학원 소학교 1학년인 아사코는 어느 토요일 오후, 나와 같이 저희 학교에까지 산보를 갔었다. 유치원부터 학부까지 있는 가톨릭 교육 기관으로 유명한 이 여학원은, 시내에 있으면서 큰 목장까지 가지고 있었다. 아사코는 자기 신장을 열고, 교실에서 신는 하얀 운동화를 보여 주었다.

내가 도쿄를 떠나던 날 아침, 아사코는 내 목을 안고 내 뺨에 입을 맞추고, 제가 쓰던 작은 손수건과 제가 끼던 작은 반지를 이별의 선물로 주었다.

그후, 십 년이 지나고 삼사 년이 더 지났다. 그동안 나는, 국민학교 1학년 같은 예쁜 여자 아이를 보면 아사코 생각을 하였다.

내가 두 번째 도쿄에 갔던 것도 사월이었다. 도쿄역 가까운 데 여관을 정하고 즉시 M 선생 댁을 찾아갔다. 아사코는 어느덧 청순하고 세련되어 보이는 영양이 되어 있었다. 그 집 마당에 피어 있는 목련꽃과도 같이. 그 때, 그는 성심여학원 영문과 3학년이었다. 나는 좀 서먹서먹했으나, 아사코는 나와의 재회를 기뻐하는 것 같았다. 아버지, 어머니가 가끔 내 말을 해서 나의 존재를 기억하고 있었나 보다.

그날도 토요일이었다. 저녁 먹기 전에 같이 산보를 나갔다. 그리고 계획하지 않은 발걸음은 성심여학원 쪽으로 옮겨져 갔다. 캠퍼스를 두루 거닐다가 돌아올 무렵, 나는 아사코 신장은 어디 있느냐고 물어보았다. 그는 무슨 말인가 하고 나를 쳐다보다가, 교실에는 구두를 벗지 않고 그냥 들어간다고 하였다. 그러고는 갑자기 뛰어가서 그날 잊어버리고 교실에 두고 온 우산을 가지고 왔다. 지금도 나는 여자 우산을 볼 때면, 연두색이 고왔던 그 우산을 연상한다. 〈셸부르의 우산〉이라는 영화를 내가 그렇게 좋아한 것도 아사코의 우산 때문인가 한다. 아사코와 나는 밤늦게까지 문학 이야기를 하다가 가벼운 악수를 하고 헤어졌다. 새로 출판된 버지니아 울프의 소설 『세월(歲月)』에 대해서도 이야기한 것 같다.

그후, 또 십여 년이 지났다. 그동안 제 2차 세계 대전이 있었고, 우리나라가 해방이 되고, 또 한국 전쟁이 있었다. 나는 어쩌다 아사코 생각을 하곤 했다. 결혼은 하였을 것이요, 전쟁통에 어찌 되지나 않았나, 남편이 전사하지나 않았나 하고 별별 생각을 다 하였다. 1954년, 처음 미국 가던 길에 나는 도쿄에 들러 M 선생 댁을 찾아갔다. 뜻밖에 그 동네가 고스란히 그대로 남아 있었다. 그리고, M 선생네는 아직도 그 집에 살고 있었다. 선생 내외분은 흥분된 얼굴로 나를 맞이하였다. 그리고 한국이 독립이 되어서 무엇보다도 잘됐다고 치하하였다. 아사코는 전쟁이 끝난 후, 맥아더 사령부에서 번역 일을 하고 있다가, 거기서 만난 일본인 2세와 결혼을 하고 따로 나가서 산다는 것이었다. 아사코가 전쟁 미망인이 되지 않은 것은 다행이었다. 그러나 2세와 결혼하였다는 것이 마음에 걸렸다. 만나고 싶다고 그랬더니, 어머니가 아사코의 집으로 안내해 주었다.

뾰족 지붕에 뾰족 창문들이 있는 작은 집이었다. 이십여 년 전 내가 아사코에게 준 동화책 겉장에 있는 집도 이런 집이었다.

"아! 이쁜 집! 우리, 이담에 이런 집에서 같이 살아요."

아사코의 어린 목소리가 지금도 들린다.

십 년쯤 미리 전쟁이 나고 그만큼 일찍 한국이 독립되었더라면, 아사코의 말대로 우리는 같은 집에서 살 수 있게 되었을지도 모른다. 뾰족 창문들이 있는 집이 아니라도. 이런 부질없는 생각이 스치고 지나갔다.

그 집에 들어서자 마주친 것은 백합같이 시들어 가는 아사코의 얼굴이었다. 『세월』이란 소설 이야기를 한 지 십 년이 더 지났었다. 그러나 그는 아직 싱싱하여야 할 젊은 나이다. 남편은 내가 상상한 것과 같이 일본 사람도 아니고 미국 사람도 아닌, 그리고 진주군 장교라는 것을 뽐내는 것 같은 사나이였다. 아사코와 나는 절을 몇 번씩 하고 악수도 없이 헤어졌다.

그리워하는데도 한 번 만나고는 못 만나게 되기도 하고, 일생을 못 잊

으면서도 아니 만나고 살기도 한다. 아사코와 나는 세 번 만났다. 세 번째
는 아니 만났어야 좋았을 것이다.

　오는 주말에는 춘천에 갔다 오려 한다. 소양강 가을 경치가 아름다울
것이다.

평설

　　　　피천득은 영문학자이며 시인이지만 이보다는 한국의 수필가 중
에서 가장 많이 알려지고 사랑을 받아 온 분이다. 그를 그렇게 만든 것은 작품
도 우수하고 해방 후 반세기가 넘도록 국어 교과서에 「수필」이 실려 있어서 한
국의 고교 졸업 학력자 전체가 그를 기억하게 되고 그를 통해서 수필 작법을 배
워 왔기 때문이다. 이렇게 유명해진 피천득의 작품 중에서 「수필」보다 더 사랑
을 받아 온 작품이 「인연」이다.

　이 작품은 한국 수필의 일반적 수준에서 한 단계 높은 기법을 보여 주고 있
다. 상상에 의한 예술성을 만들어 내고 있기 때문이다.

　'문학은 사상과 감정을 언어로써 상상을 통하여 아름답게 표하는 예술이다.'
라는 문학의 정의는 수필을 빼놓고 시나 소설을 두고 말한 것이다. 수필은 허구
가 아닌 사실의 체험기니까 상상의 문학이 아니라고 생각한다면 지금까지 사
전에 기록된 문학론은 수필을 빼놓고 한 정의임을 알게 된다.

　그런데 「인연」은 상상의 기법으로 예술성을 높인 문학이다.

　작품 속의 나는 세 번째로 아사코를 만났을 때 그녀의 집이 뾰족 지붕에 뾰족
창문이라 말하고 있다. 그리고 첫 번째 만났을 때 아사코에게 준 동화집 표지화
가 그런 뾰족집이고 그때 아사코가 작자에게 훗날 그런 집에서 같이 살자고 말
했다는 것을 상기시키고 있다.

그렇다면 이것은 아사코가 다른 남자와 결혼하면서도 마음속으로는 피천득을 사랑하고 있었다는 표현이 된다. 그를 사랑하기 때문에 그런 집을 신혼살림 집으로 마련한 것이다. 그런데 작자는 그런 사랑을 밝히지 않고 다만 뾰족집을 언급함으로써 그 사실을 독자가 알아내도록 간접화법을 쓴 것이다. 뾰족집이라는 이미지에 의한 상상의 기법이며 은유법이다.

은유법이 아닌 직유지만 아사코의 어린 시절을 스위트피에 비유하고 대학 시절을 목련에 비유하고 그후를 시든 목련에 비유한 것도 그 꽃들의 이미지에 의해서 아사코를 설명하는 상상적 기법이다. 버지니아 울프의 소설 『세월』에 대하여 대화를 나눴다는 것도 세 번 만나고 헤어지기까지의 긴 세월의 의미를 상기시키기 위해서 설정한 소설 명칭이다. 또 "오는 주말에는 춘천에 갔다 오려 한다. 소양강 가을 경치가 아름다울 것이다."라는 말로 작품의 끝을 맺은 것도 그곳의 성심여대가 아사코의 성심학원과 같은 학원이기 때문에 이를 통해서 지금도 그녀를 사랑하고 그리워하고 있음을 독자로 하여금 상상으로 읽어내도록 유도한 장치다.

이 작품은 누구나 좋아하는 달콤한 사랑의 이야기이며, 그중에서도 이루지 못해 애달픈 사랑으로서 센티멘털리즘을 자극하고 있어서 독자의 가슴을 어렵지 않게 파고든다. 이런 소재의 장점에다 상상적 기법이 큰 몫을 한다. 표현 기법 중 가장 미적 감정을 유발하는 것이 이미지에 의한 은유법이나 직유법이기 때문이다.

이런 의미에서 「인연」은 일반적 수필에서 많이 쓰이지 못하고 있는 상상적 기법을 잘 쓰고 성공한 것이다.

다만 두 가지 문제가 남아 있다. 하나는 소설적 허구의 가능성이다. 수필의 상상적 기법은 허구가 아닌 사실의 소재에 의한 허구라야 한다. 그런데 이 작품은 소설처럼 꾸민 느낌이 짙다고 말하는 독자가 많다. 실제적 사실 여부를 가리기 위해서 일본으로 현장 답사를 간 기자도 있고 작자 자신이 이것을 소설로 썼다고 고백했다는 기록도 있어서 이 작품의 가치가 일부 전문가들에 의해서는 비판을 받고 있는 것이다. 다른 작품도 그렇다. 이 작가의 「장미」는 그와 가깝게 지내던 윤오영도 '너무 작위적이다.'라고 지적하고 있다. 허구로 꾸며 썼다는 뜻이다. 독자들의 많은 사랑을 받으면서도 수필로서는 이렇게 문제성이 뒤따르고 있는 것이 아쉽다.

또 하나의 문제점은 「수필」에서 말하고 있는 수필 작법을 스스로 배반한 것이 「인연」 같은 작품이라는 점이다. 작자는 「수필」에서 그것은 누에의 입에서 나오는 액이 저절로 고치를 만들 듯이 수필은 그렇게 저절로 써지는 문학임을 강조하며 클라이맥스도 필요 없고 플롯도 필요 없다고 했는데, 「인연」은 이와 달리 지극히 의도적인 기법으로 쓴 것이기 때문이다.

대열

김태길

2층 유리창 아래는 바로 큰 한길이다. 길은 동서로 뚫려 있다. 이미 많은 대열이 지나갔고 지금도 행진은 계속되고 있다. 서쪽에서 동쪽으로 행진하는 사람들과 동쪽에서 서쪽으로 행진하는 사람들이 아우성을 치며 엇갈린다. 동쪽으로 가는 사람들은 제각기의 평복으로 차린 군중이다. 그들은 도보로 걸어가고 있다. 서쪽으로 가는 사람들은 군복 차림의 장정들이다. 그들은 군용 트럭 또는 장갑자동차를 나누어 타고 호기롭게 행진하고 있다.

대열에 끼여 행진하는 사람들은 모두 한결같이 분노의 흥분에 가득 차 있다. 그들은 분명히 서로 미워하고 있음에 틀림이 없다. 그들은 서로 고함을 치며 나무란다. 그러나 차분한 이야기를 나누지는 않는다.

나는 2층에서 그 행렬을 바라보고 있었다. 2층에도 많은 사람들이 모여 들었다. 그들도 모두 상당히 긴장한 표정이다. 이 구석 저 구석에서 수군대는 소리가 들린다. 도대체 무슨 행렬인지 궁금하다는 것이다. 그리고 왜 저렇게 서로 미워하며 맞서는 것인지 모르겠다고 묻는 사람도 있다.

"저 사람들은 말이지요……." 하고 약간 큰 목소리가 설명하기 시작했다. 여러 사람들의 궁금증을 풀어 주려는 어떤 친절한 마음이 발동한 모양이다. 모두들 그 목소리 쪽으로 귀를 기울인다. 목소리의 주인공은 약간 유식해 보이는 그런 풍모의 인물이었다.

그 유식한 사람의 설명에 따르면 저 대열의 사람들은 본래 모두 같은 편이다. 동쪽으로 가는 사람들과 서쪽으로 가는 사람들이 서로 같은 편일 뿐 아니라 그들은 모두 우리 2층의 구경꾼들과도 본래 한 편이라고 그는 가르쳤다. 행렬 속의 사람들이나 대열 밖에서 바라보는 사람들이나 모두 다 같이 남북으로 뚫린 길을 걸어 같은 목적지로 가야 할 형편이라는 것이다.

"같은 편이면 왜 저렇게 서로 반대합니까?" 하고 어떤 간간한 목소리가 물었다.

"거기에는 두 가지 이유가 있을 겁니다." 하고 유식해 보이는 사람이 대답을 한다. 그 두 가지 이유의 하나는 목적지에 도달하는 방법에 대한 견해의 차이라고 한다. 즉, 한편에서는 동쪽으로 가야 빠르다 하고 다른 편에서는 서쪽으로 가야 빠르다고 우긴다는 것이다.

그 이유의 또 하나는 약간 은밀하다. 두 대열의 적어도 한편은 자기네의 사사로운 이익을 크게 고려하고 있다는 것이다. 동쪽 또는 서쪽 길을 택하여 가는 도중에서 얻는 이익이 서로 다른 까닭에 그럴듯한 명분을 내세워 자기네의 행로를 고집한다는 것이다. "어쩌면 쌍방에 모두 사심이 있을지도 모르지 않느냐?"고 누가 낮은 목소리로 물었다. 그러나 유식한 사람은 이 물음을 묵살해 버렸고 청중들도 그 물음을 별로 탐탁히 여기지 않는 기색이다.

유식한 사람에게 귀를 기울이던 사람들이 갑자기 창가로 와 몰려갔다. 노상의 두 행렬 사이에 실랑이가 벌어진 것이다. 한편에서는 돌을 던지고 다른 한편에서는 이름 모를 기구를 사용하여 연기 같은 것을 뿜어댄다. 한길은 금방 수라장이 되었고 흥분의 여파는 2층에까지 밀려온 듯하였다. 이때, 2층의 출입문이 열리며 몇 사람의 젊은이들이 뛰어 들었다. "여러분들은 이렇게 구경만 하시깁니까." 동쪽으로 가는 대열에 속하는 것으로 보이는 그들은 마구 소리를 지른다. "자, 우리와 행동을 같이 하십시다. 양심이 있는 분이라면 우리 대열에 들어오십시오?"

몇 사람이나 되는지는 모르나 2층에서 구경하던 군중의 일부가 그들을 따라 나섰다. 나 자신도 뭔가 어떻게 해야 할 것 같은 생각이 들었다. '양심'이라는 말이 소심한 나에게는 꽤 큰 자극이 되었는가 보다. 그러나 어느 길이 과연 옳은 것인지 아직 확신이 서지 않아 머뭇머뭇하고 있을 때 이번에는 군복 차림의 건장한 사람들이 문을 박차고 들어선다.

"당신네는 뭐 하는 사람들이기에 이렇게 방관만 하는 거요. 당신네는 이 나라 국민이 아니란 말이요. 우리는 회색분자를 가장 미워하오."

서슬이 퍼런 그들의 꾸지람에 2층 사람들은 크게 위축을 당한 분위기였다. 모두들 꿀먹은 벙어리처럼 묵묵히 서 있다. 이때 "자, 우리도 같이 나갑시다." 하고 누군가가 소리를 쳤다. 이 소리에 이끌리듯 또 몇 사람이 그 뒤를 따라 거리로 뛰쳐나갔다.

내게도 이 이상 더 우물쭈물 할 수는 없을 듯한 강박관념이 엄습해 왔다. 그러나 이왕에 늦은 길이니 확실한 것을 알고 태도를 결정해야 하겠다는 생각이 들어 슬그머니 옥상으로 올라갔다. 옥상에서 내려다보면 상황 전체를 좀더 정확하게 파악할 수 있을 것 같은 느낌이 앞선 것이다.

하늘은 맑게 개어 있었다. 옥상에서 바라보니 상당히 먼 곳에까지 시선이 미친다. 그 유식한 사람들이 말한 '남북으로 뚫린 길'이 어디에 있는가 하고 나는 사방을 두루 살폈다. 과연 저 먼 곳에 그 비슷한 것이 보인다.

그러나 워낙 먼 거리에 떨어져 있으므로 동쪽으로 가는 것이 가까울지 그 반대 방향으로 가야 가까울지 좀처럼 판단이 서지 않는다. 아물아물한 시력을 다시 조정할 생각으로 나는 두 눈을 감았다. 감았던 눈을 뜨고 다시 응시한다. 먼 곳의 안개가 걷히는 듯, 눈앞이 약간 밝아오는 듯한 느낌이다. 마침내 내 나름의 판단이 섰다.

바로 거리의 대열에 뛰어들까 하다가 2층 그 방에 잠깐 들었다. 내가 옳다고 믿는 판단을 그곳 군중에게 전하고 행동을 같이 함이 마땅하다고 생각했기 때문이다. 그러나 2층에는 아무도 없었다. 벌써 각자의 생각에 따라 거리의 대열 속에 참가한 모양이다. 거리의 인파는 훨씬 더 불어나 있었다.

갑자기 초조한 생각이 휘몰아친다. 빨리 내려가려고 서두른다. 그러나 어찌된 셈일까. 발에 신이 없이 맨발로 서 있는 것이 아닌가. 어디에 벗어 놓았는지 기억이 없다. 마침 책상 밑에 헌 운동화가 한 켤레 보였다. 아무거나 대신 신으려 했으나 발에 맞지 않는다. 되는대로 끼고 문으로 달려간다. 그러나 문은 밖으로 잠긴 듯 아무리 밀어도 열리지 않는다. 뒷문으로 달려가 보았으나 역시 마찬가지다. 생각다 못해 창문으로 달려갔다. 마침 유리창 하나가 열려 있다. 나는 앞뒤를 헤아릴 여유도 없이 그 창밖을 뛰어 내렸다. 눈앞이 아찔하며 잠이 깨었다.

늦잠에 들었던 모양이다, 동창이 훤히 밝아 있다. 날씨가 봄날처럼 푹한 탓인가, 뜰에는 아이들의 떠드는 소리가 요란하다. 창문을 열고 내다보니, 이웃 아리들까지 와서 줄넘기가 한창이다. 뒤숭숭하던 꿈자리의 머리도 식힐 겸 옷을 갈아입고 뜰로 나섰다. 어린이들은 나에게 아침 인사를 한다. 그리곤 "아저씨도 줄넘기 같이 하셔요." 하는 것이었다. 잠시 동심으로 돌아가는 것도 좋을 법하기에 혼연히 초대에 응하였다.

두 아이가 줄 양단을 잡고 열심히 돌린다. 벌써 몇 어린이가 돌아가는 줄 사이로 뛰어 들어 사뿐사뿐 뛰고 있다. 나보고도 빨리 들어오라고 재촉한다. 그러나 어찌된 셈인지 들어가지지 않는다. 나도 어렸을 때는 제법 잘 했는데 도무지 박자를 맞출 수가 없다. 줄 밑으로 뛰어든 아이들의 수가 부쩍 늘었다. 줄은 점점 빨리 돌아간다. 나도 꼭 들어가야 체면이 설 것 같다. 그러나 언제 어떻게 뛰어들어야 될지 몸이 말을 듣지 않는다.

나는 크게 심호흡을 세 번 거듭했다. 그리고 운명을 하늘에 맡기는 기분으로 무작정 돌아가는 줄 밑으로 뛰어들었다. 줄이 발목에 걸리며 몸이 '시멘트' 바닥에 나뒹굴었다. 그 순간 또 잠이 놀라 깨었다.

등에는 식은 땀이 흘러 있었다. 다시는 잠이 오지 않는다. 1974년도 이제 다 갔다는 생각이 나를 더욱 서글프게 한다. 정말 고개를 들 수 없는 한 해였다. 꿈에서도 그랬듯이, 어떻게 해야 할지조차도 모르고 어물어물 지내 온 한 해였다.

평설

김태길은 철학자이면서 수필에도 열정을 쏟았다.

이 작품은 사회적, 역사적 현실에 대한 문제로 작가의 양심적인 의식세계를 펼쳐 나간 것이다. 그럼으로써 왜 문학을 하는가, 라는 질문에 대하여 지식인으로서의 가치 있는 진지한 답을 제공하고 있다.

1974년도 이제 다 갔다는 생각이 나를 더욱 서글프게 한다. 정말 고개를 들 수 없는 한 해였다. 꿈에서도 그랬듯이, 어떻게 해야 할지조차도 모르고 어물어물 지내 온 한 해였다.

문학은 훗날까지 오래도록 읽히기 위한 발표 행위인 이상 이런 특정 연대를 적은 것은 그것이 지닌 특별한 역사적 의미가 훗날에도 기억될 것이고 기억해야 되는 것이기 때문이다.

'1974년'은 유신체제 2년째이던 해이다. 박정희 대통령은 군사 쿠데타로 집권한 후 3선 개헌까지 하며 정권을 연장하다가 마침내 영구 집권체제인 유신헌법을 만들고 이에 반대하는 학생과 교수와 종교인과 문인들을 가혹하게 탄압하기 시작했다. 그 탄압의 절정기가 1974년이다.

박 정권이 문인간첩단까지 조작해서 온 문단에 공포 분위기를 만들고 국제 엠네스티와 유엔 인권위원회까지 구명운동을 벌인 것이 이때다. 이 해 1월에 필자는 경희대 교육대학원 강의 도중 체포되고 이호철·임헌영·정을병·장백일과 함께 국군 보안사에 연행되어 고문에 의한 문인간첩단으로 조작 발표되었다.

구치소는 이런 문인 외에 많은 학생과 일부 교수와 종교인들과 기타 민주 인사로 꽉 차 있었다. 내 옆방의 학생은 어느 날 밤에 어디론가 불려 나갔다가 돌아온 후 며칠간 죽어가는 신음소리만 들리고 통방을 하려 해도 역시 신음소리만 겨우 들렸다. 식구통으로 보여 주는 다른 학생의 등은 푸줏간에서 짓이겨 놓은 고깃덩어리처럼 잔등 전체가 터져 있었다.

「대열」은 이 시대에 사랑하는 제자들이 끌려가고 꿈속에서도 이들의 신음소리만 들려오던 때에 이를 알고 분노하고 있으면서도 아무 일도 할 수 없었던 자신에 대한 참회록이다.

당시에 지식인에게 요구되는 양심은 영구적인 군사 독재 체제를 반대하고 우리 사회의 민주화를 성취하는 데 지도적 역할을 하는 것이었다. 그리고 실제로 그런 지식인 집단의 희생적인 노력은 유신 독재 체제를 무너뜨리는 결정적 역할을 해 내고야 말았다.

그런데 작자는 그런 대열에 참여하지 못한 자신에 대한 부끄러움을 이 작품에서 고백하고 부끄러워하고 있다.

직접적 참회는 못 했다 하더라도 이 글 역시 그 대열에 대한 참여임에 틀림없다. 이렇게 부끄러움을 아는 수오지심과 참회 역시 바른 사회를 위한 양심의 소리이기 때문이다. 그런 의미에서 이 작품은 한국 수필의 일반적인 경향에서는 보기 드문 사회 참여적이며 양심적인 작가의 작품이다.

작자가 특히 이런 작품을 쓴 것은 존경받는 유명 교수이며 수필가로서 독재 정권에 직접 저항하지 못한 부끄러움만이 아니라 그를 존경하는 많은 학생들의 체포, 고문, 투옥을 보고 일부 동료 교수들의 고난을 보며 총칼에 직접 맞서지 못하고 항의 한번 하지 못한 양심의 부끄러움 때문일 것이다.

이 작품은 이런 주제만이 아니라 기법으로서도 특수하다. 전개되는 서사적 장면이 거의 꿈속에서 벌어지는 것이기 때문이다.

꿈은 사실이 아니고 소설로서의 허구보다 일반적으로 더 비현실적이다. 소설은 사건 전개의 필연성이 따라야 하지만 꿈은 이것마저 무시해도 되기 때문이다. 소설이 허구라 하더라도 있을 수 있는 사건으로서의 필연성 때문에 현대 소설에서는 동에 번쩍 서에 번쩍 동시다발적으로 날아다니는 홍길동은 금물이지만 꿈은 이런 제한이 없다.

「대열」은 이런 꿈으로 전개된 수필이지만 그 내용은 지극히 현실적 리얼리티를 지닌다. 그것은 당대 현실의 압축적 이미지가 되고 있기 때문이다.

이 작품에서는 동서로 뻗는 한길과 남북으로 뻗는 한길이 교차하고 있다. 이곳에는 동쪽으로 가는 대열과 서쪽으로 가는 대열이 있고 그들은 돌을 던지고 최루탄을 쏘며 서로 맞붙고 주장이 다르지만 그들이 가야 할 궁극적 목표는 같은 것으로 되어 있다. 남북으로 뻗은 길을 따라가는 것이다.

여기서 동서로 뻗은 길의 싸움은 우리들의 이념적 대결이고 남북의 길을 가는 것은 통일을 의미한다. 이런 의미에서 우리의 사회적, 역사적 현실을 가장 간단한 그림으로 압축해 놓은 것이 이 꿈속의 그림이다. 그런데 작자는 방관자의 입장에서 이 그림을 그리고 있는 것이 아니다. 작자는 분명히 동쪽으로 가는 시위 행렬에 뛰어들려는 의지를 나타내고 있다. 신발이 없어지고 문이 안 열리는 것 등은 참여를 주저하는 의미를 지니지만 결국 참여를 위해서 창문으로 뛰어 내리며 꿈이 깬다.

수필은 개인적 체험의 한계에만 머무는 자기 고백적 수기문학(手記文學)이 되어야 할 이유가 없다. 그것은 체험의 한계 때문에 자기 집 주변에만 갇힌 울타리 안의 정원 풍경화에 머물기 쉽기 때문이다.

작자는 이런 한계를 벗어나기 위해서 꿈으로 현실을 대치하고 더 넓게 외계를 관찰하는 형태를 찾은 것 같다.

이 경우에 작자는 두 가지의 좋은 점을 기대할 수 있다. 한반도 분단 현실과 군사 독재 정권에 대항하며 민주화를 성취해 나가는 남한 현실을 작자 마음대로 쉬운 그림으로 표현할 수 있기 때문이다. 동서로 서로 반대 방향을 설정하고 달리는 시위대들과 경찰 또는 군인들. 그리고 남북으로 통하는 통일의 길을 모두 그려 놓았기 때문이다.

또 하나의 좋은 점은 독재 정권의 횡포에 맞서려는 지식인으로서 양심의 목소리가 구체적 사실로서 드러나지 않는 점이다. 그것은 꿈속의 이야기이기 때문이다. 꿈속에서야 누구를 죽일 놈 살릴 놈 아무리 말이 험했다 해도 사실이 아니기 때문에 작자는 도덕적, 법적 책임을 피할 수 있다. 그럼으로써 작자는 더 많이 자기주장을 강하게 펼칠 수 있다. 이 수필은 아마도 이 두 가지를 모두 고려한 기법을 쓴 것 같다.

작자는 1972년에 수필 전문지『수필문학』이 창간된 후 수필가들과 만나기 시작했고, 그후 1977년에 한국수필문학진흥회 창립에 참여하며『수필공원』을 발간할 때부터 적극적으로 좋은 작품들을 써 나갔다.

회색의 포도와 레몬빛 가스등

전혜린

내가 독일의 땅을 처음 밟은 것은 가을도 깊은 시월이었다. 하늘은 회색이었고 불투명하게 두꺼웠다. 공기는 몇 년 동안이나 나를 괴롭힐 물기에 가득 차 있었고 무겁고 척척했다. 스카프를 쓴 여인들과 가죽 외투의 남자들이 눈에 띄었다.

아무도 없는 비행장 뮌헨 교외 림(Riem)에 내렸을 때 나는 울고 싶게 막막했고 무엇보다도 춥고 어두운 날씨에 마음이 눌려 버렸었다.

뮌헨 하면 그 이후 내 머리에는 회색과 안개로 가득 차게 된 것도 그의 독특한 나쁜 날씨보다도 내가 에어프랑스에서 내렸던 그날 오후의 첫인상과 나의 걷잡을 수 없었던 외로움 때문이 아닌가 생각된다.

트렁크를 들고 비행장행 버스에 올라 운전사에게 돈을 다 내어 보이고 그중에서 1마르크만 가져가게 한 일, 힘없이 혼자서 하숙을 찾아갔던 일, 나는 정말로 내가 파리에 있는 말테나 된 듯한 서글픈 마음이었다.

우선 고국에서부터 연락해 놓았던 '아스타'라는 학교 사무국에 가서 벽에 붙은 벽보를 찾아야 했다. 'Zimmerfrei(빈 방 있음)'의 광고를 보기 위해서였다. 무두 값이 비쌌다(내 생각보다). 또 학교에서 멀었다. 그리고 뮌헨은 나에게 마치 라비린트(미궁) 그 자체처럼 보였었고 학교에서 5분 이상 더 가는 곳에 가서 살 자신은 나에게 없었다.

그중에서 나는 겨우 '빈 방 있음 , 전기 있음, 학교에서 도보로 5분, 월세 50마르크'라는 꼬불꼬불한 연필 글씨로 쓰인 광고지를 찾아냈다. 그 집은 정말로 학교에서 5분쯤 가면 있는 영국공원이라는 광대한 공원에 임해 있었다. 공원의 호수 바로 뒤에 서 있는 끔찍하게도 낡은 잿빛 4층 건물이었다. 첫인상이 포(Poe)의 어셔(Usher)가를 연상시켜서 유쾌하지 않았다. 그러나 다른 수가 어디 있으랴? 다른 빈 방들은 대개가 'Nur fur Amerikaner(미국인에게 한함)'이거나 또는 엄청나게 비쌌던 것을……

나는 억지로 닫겨진 문 앞으로 가서 초인종을 눌렀다. 60세 가량 된 극단적으로 비만한 단발머리의 할머니가 나왔다. 키는 작았고 차림새는 누추했다. 나는 "방을 빌리고 싶습니다."라고 말하고 싶었으나 "방을 빌릴 수 있습니까?"라고 물었던 것 같다. 할머니의 표정은 의외로 상냥했고 입가에는 구수하다고 형용할 수 있는 미소를 띠어 보였다. "학교 광고를 보셨습니까?" 할머니는 또 무어라고 말했던 것 같다. 알아들을 수 없었으나 악의는 없는 말투였다. "방을 볼 수 있습니까?"라고 물었다. "네, 네, 어서 들어오세요."

방, 내 방인 것이다. 나는 그 할머니를 따라서 긴 낭하(복도)를 지나갔다. 낭하는 어두웠고 방이 많았고 방마다 사람의 이름이 작게 써 붙여 있었다. 맨 끝에서 할머니는 멎어서더니 주머니에서 열쇠 뭉치를 꺼냈다.

"여기 살던 사람이 이틀 전에 자기 나라로 돌아갔습니다. 페르시아 사람이었지요."

열쇠가 돌려지고 문이 열렸다. 나는 주저하면서 할머니 뒤를 따라 들어

갔다. 방도 마루처럼 어두웠으나 의외로 깨끗했다. 초록빛 도자기로 된 커다란 난로가 한편 구석에 서 있었고 전기곤로가 놓인 받침대와 흰 요와 이불이 덮인 침대가 하나, 그리고 경대와 찬장이 달린 콤모데가 있었다. 창은 두 개가 영국공원과 반대되는 포도로 나 있었고 이중창에 이중 커튼이 둘러져 있었다. "하시겠어요?" 할머니가 물었다. "네."

"방세는 한 달분 미리 내셔야 됩니다."

할머니가 나간 후 나는 덧문을 열고 유리창을 활짝 열었다. 돌로 포장된 좁은 골목은 완전히 잿빛 안개로 덮여 있었고 물기가 촉촉이 방 안으로 흘러들어 왔다. 나는 언제까지나 창밖을 보고 있었다. 사람도 별로 안 지나가고 여기는 뮌헨에서도 가장 오래된 지역이고 폭격도 안 맞은 1920년대 그대로의 문명의 이기만을 쓰고 사는 마을인 것 같았다.

트렁크를 침대 밑에 넣고 나는 침대에 누웠다. 그러나 피로했음에도 불구하고 잠은 안 왔다. 열쇠로 방문을 잠그고 거리로 나갔다. 그때 마침 가스등을 켜는 시간이어서(5시경이었던 것 같다) 제복 입은 할아버지가 자전거를 타고 좁은 돌길 양쪽에 서 있는 고풍 그대로의 가스등을 한 등 한 등 긴 막대기를 사용하면서 켜가고 있었다. 더욱 짙어진 안개와 어둑어둑한 모색 속에서 그 등이 하나씩 켜지던 광경은 지금도 잊을 수 없다. 짙은 잿빛 베일을 뚫고 엷게 비치던 레몬색 불빛은 언제까지나 내 마음속에 남아 있다. 내가 구라파를 그리워한다면 안개와 가스등 때문인 것이다.

다음 날 아침에 나는 근처의 '생활필수품점'에 가서 빵 두 개와 마가린 한 통을 샀다. 전기곤로에 주전자를 올려놓고 나는 빵을 먹었다.

학교의 개강은 아직 한 달이나 남아 있었다. 나는 원래 돌아다니거나 걷는 것을 좋아하지 않았고 외국서는 더구나 무서웠다. 그러나 낮에 나는 큰마음을 먹고(사실 도착 이래 식사다운 식사를 못해서 배도 고팠다) 바로 근처에 있는 제에로오제라는 음식점에 들어갔다. 메뉴를 보았으나 별로 눈에 익은 게 없었다. 단 돼지 커틀릿이라는 것은 나도 알 것 같아 그걸 시켰다. 그러나 후로일라인(종업원)이 가져온 것은 우리 개념의 커틀릿이 아니고 돼지고기를 큰 덩어리째로 그냥 삶은 것 같았다. 실제로 그렇게 요리하는 모양이다. 나는 힘없이 먹기 싫은 음식을 앞에 놓고 멍하니 앉아 있었다. "마실 것은 무엇으로 하시겠습니까(Was Zum Trinken)?"라는 물음의 뜻도 파악 못하고 그냥 웃어 보였더니 작은 컵에 맥주를 따라서 갖다 주는 것이었다. 나는 그냥 잠잠히 앉아 있었다. 말을 하면 울음이 터질 것 같은 느낌을 안고…….

그때 여러 명의 틴에이저들이 들어오더니 주크박스 앞으로 다가가서 판을 고르는 모양이었다. 그중의 하나가 힐끗 나를 보더니 무슨 판을 눌렀다. 그에 이어서 뜻밖에도 일본 노래가 새어나오는데 아연하여 보고 있었더니 그중의 하나가 일본의 이별의 노래(Japanisches Abschiedsleid)라고 나에게 알려주듯 말하는 것이었다. 그들은 아마 나를 일본인으로 안 모양이었다. 그때만 해도 뮌헨에 한국인이라고는 거의 없었고 더구나 여자는 구경하려 해도 없었을 때니까 아마 그렇게 짐작한 모양이었다. 나는 역시 웃어 보였을 뿐 묵묵히 앉아 있었다. 그러나 왜 그런지 덜 서글퍼졌고 덜 혼자인 듯한 느낌이었다.

그후도 나는 오후나 저녁때 그 집을 자주 찾아갔다. 거리도 내 방에서 가까웠고 음식값도 다른 데보다 싼 것을 알았기 때문이었다. 후로일라인도 친절했다. 늘 말없이 호의를 보여 주었고 주간지도 내 테이블에 갖다 주곤 했었다.

그러는 동안에 나는 이 음식집이 그냥 음식점이 아니라 예술가들의 집합소인 것도 알게 되었다. 목요일에는 '시인의 밤'이 있고 화요일에는 '화가의 밤'이라는 것도 알게 되었다. 그 집의 한쪽 벽에 더덕더덕 붙어 있는 사진이며 편지며 분필 사인이 토마(Ludwig Toma)니 링겔낫츠(Ringelnatz)니 케스트너(Kastner)니 조머(Siegfried Sommer)니 하는 쟁쟁한 작가나 화가나 만화가들의 소행인 것도 알게 되었고 이 집이 한때 반 나치 운동의 중심이었던 것도 알게 되었다.

이 집에서 나는 처음으로 일제 아이힝거라는 여류시인의 존재를 그 여자의 특이한 용모와 매력적인 긴 흑발과 함께 알았다.

가을은 깊어만 갔다.

강의가 끝나면 나는 학우들(오스트리아 여학생이나 프랑스 학생)과 같이 근처 다방에 가서 크림 커피 한 잔으로 점심을 때우는 방법도 배웠다. 주립 도서관도 자기 집 내부처럼 환히 알게 되고 뮌헨 시내의 고서점이란 고서점은 다 알게 되었다. 헌책방 주인과도 친해지고 이미륵 씨 얘기도 듣게 되었다. 학교 정문 앞에서 파는 군밤 장수의 군밤을 50페니쯤 사서 교실에서 먹는 일에도 익숙해졌다.

그러나 마음은 몹시 허전했다. 고국에까지 뛰거나 걸어서 갈 수 없다는 사실이 이렇게 무서운 심연을 내 마음속에 열어놓을 줄은 몰랐었다.

짙은 안개를 들이마시면서 나는 새파란 하늘을 그리워했다. 감나무와 대추나무를 꿈에 그렸다. 사실로 내가 그리워한 것은 황색 그림자였는지도 모른다. 그것은 감상이나 미학적인 어떤 음탄이 아니었다. 그것은 색이 있는 민족의 환영, 그들의 비극이 내 속에 담겨져 있고 그들의 대표자로 내가 여기에서 간주되고 있는 그러한 절실한 비전이었다. 걷잡을 수 없는 공포였다고 해도 좋다. 강의실 내에 교수의 방언과 노령에 의한 발음의 불명료 그리고 생활필수품점 속에 진열되어 있는 셀로판지에 담긴 이탈리아 쌀 그 어디서나 비전은 나를 따랐다.

뮌헨 대학에서 내 하숙에 이르는 레오폴드 통은 거대하고 꼿꼿하게 높기만 한 포플러 가로수로 줄지어져 있었다. 그 길이 온갖 빛의 낙엽으로 두껍게 깔리기 시작할 무렵에 가을이 가장 아름다웠다. 그 거리에는 작은 어항같이 생긴 '유리동물원'이 있었다. 유리로 기막히도록 정교하게 만든 온갖 작은 짐승들, 도자기, 발레리나들……. 안데르센 동화 속의 나라 같았다. 나는 매일 그 앞을 지날 때마다 5분 이상이나 진열장을 들여다보곤 했었다. 갖고 싶고 애무하고 싶은 동물들이었다.

그 가게 뒤에 쓰러져 가는 '노아 노아'라는 집이 있었다. 거기는 다다이스트의 집합소로서 늘 해괴하고도 기상천외한 그림들이 잔뜩 붙어 있었다. 화가들이 수염을 늘어뜨리고 떠들며 담론하는 살롱이기도 한 것 같았다. 때로는 에리카 만의 낭독회도 열리는 모양이었다.

그 무렵에 나는 제에로오제보다 더 싼 음식점을 발견했다.

서서 먹는 집이었다. 흰 소시지를 불에 구워서 겨자를 발라서 먹는 스시지 집이었다. 거기에다 신 오이 한 개와 레모네이드 한 컵을 먹어도 1마르크가 안 되니 싸기도 하려니와 냄새만으로도 이끌려 들어가게 맛이 있었다.

먹는 것은 간단히 빨리……. 그리고 나는 걸어 다녔다. 학교에서 내 방까지 사이의 골목, 골목, 그리고 영국공원 속……. 이러한 곳이 내 산보지였다.

어떤 날 백조가 마지막으로 떠 있는 것을 저녁 늦도록 지켜본 일이 있다. 어둑어둑한 박명 속에 흰 덩어리가 여기저기 모여 있었고 때때로 바스락 소리를 냈다. 몹시 외로워 보였다.

나 자신의 심경 그대로였는지도 모른다.

내 마음속이 뒤흔들린 편지를 매장한 곳도 이 호수였고 내 꿈과 동경—

몇 년이나 길게 지속되었던—을 던져 넣어 버린 곳도 이 호수 속이었다. 이 호숫가의 가스등 밑에서 나는 안개에 감싸이는 쾌감과 머리를 적시는 눈에 안 보이는 비를 맛보았다. 그리고 추위에 떨면서 귀로에 서곤 했었다. 도자기 난로 속에서 석탄이 붉게 타오르는 것을 지켜보고 있으면 쓸쓸하지 않았다. 불이 타오르는 소리, 그리고 붉은 불의 혓바닥……. 이러한 것과 함께 하는 것은 혼자 있는 것이 아니었다. 나는 불길을 지켜보면서 언제나 어떤 시의 구절을 생각했다.

휴식과 포도주에 넘친 어둠,
슬픈 기타 소리가 흐른다.
그리고 방 안의 부드러운 등불로
꿈속처럼 너는 돌아간다.

공기에서는 서리와 안개와 낙엽 냄새가 섞여져 났다. 눈이 내리기 시작하자 공원에 가는 일도 드물어졌다. 11월 중순, 아직 한국은 가을이지만 여기서는 눈이 큰 송이로 내렸다. 눈이 내리는 소리, 그리고 난로의 석탄이 타오르는 소리 이외에는 아무것도 없는 날이 계속되었다. 눈이 와도 무섭게 왔다. 세워둔 자동차가 푹 파묻혀 안 보이게 되는 것이 보통이었다.

나는 한국서 가져온 얇은 천으로 된 학생용 검은 오버를 입고 오들오들 떨면서 학교에 다녔다. 점심은 커피 대신 그록크(펄펄 끓인 포도주)와 수프로 했다.

그래도 추웠다.

때로는 눈이 멎고 다시 영원한 뮌헨의 하늘빛의 회색 구름장이 덮이거나 안개비가 촉촉이 내렸다. 나는 두터운 색양말을 신고 두꺼운 머릿수건을 쓰고 다시 공원으로 갔다. 사람이라고는 없고 나뭇가지가 앙상한 해골을 노정시키고 있었다. 벤치에 앉아서 검은 나무 가장이들 사이로 하늘을 바라보았다. 왜 이렇게 변함없는 회색일까? 하고……. 아는 얼굴이나 목소리가 하나만 있어도 이 하늘이 이렇게까지 우울하지는 않을지도 모른다는 생각이 들었다.

영원한 물음 '당신은 어디에서부터 왔는가?(Woher sind Sie)'에서 도망하고 싶었고 황색 비전을 나는 좇고 있었다. 낮이나 밤이나 우울한 회색과 안개비와 백일몽의 연속이었다. 악몽처럼 혼자라는 생각이 나를 따라다녔고 절망적인 '고국까지의 거리감(Pathos der Distanz)'에 나는 앓고 있었다.

지금도 나는 뮌헨의 가을하면 내가 처음 도착한 해의 가을이 생각나고 그때의 심연 속을 헤매던 느낌과 모든 것이 회색이던 인상에서 벗어날 수 없다.

아무것에도 자신이 없었고 막막했고 완전히 고독했던 내가 겪은 뮌헨의 첫가을이 그런데도 가끔 생각나고 그리운 것은 웬일일까? 뮌헨이 그때의 나에게는 미지의 것으로 가득 차 있었기 때문인지 또는 내가 뮌헨에 대해 신선한 호기심에 넘쳐 있었기 때문인지도 모른다.

안개비와 구라파적 가스등과 함께 내가 그리워하는 것은 그때의 나의 젊은 호기심인지도 모른다.

나의 다시없이 절실했던 고독인지도 모른다.

평설

　　　전혜린의 수필집 『그리고 아무 말도 하지 않았다』는 1965년에 출간 되자마자 베스트셀러가 되고 그후로도 많은 사람들에게 읽혀졌다. 「회색의 포도와 레몬빛 가스등」은 그중에서 작자의 모습을 그려 볼 수 있는 대표적인 작품의 하나다.

전혜린이 32세가 되던 1965년에 자살하고 곧 이어서 이 책이 나왔다. 이렇게 뜻하지 않은 죽음으로 화제를 불러일으키지 않았다면 같은 해에 이 책이 나오지도 않았을 것이고 책이 나와도 다른 사람들과 크게 다르지 않았을 것이다.

이 작품은 작자가 1955년에 서울대 법대에 재학하다가 독일 뮌헨 대학으로 가던 첫날의 이야기부터 그 뒤의 뮌헨에 대한 인상을 그려나간 작품이다. 뮌헨은 그녀가 법학 공부를 버리고 유럽으로 가서 독일 문학을 전공하며 낭만을 즐기면서도 고독한 나날을 보내던 곳이고 법학도인 김철수와 만나서 사랑하고 결혼하고 딸을 낳고 돌아온 곳이다. 그녀가 독일 문학을 통해서 작가로서의 정신세계를 구축한 곳이 뮌헨이므로 이곳에 대한 기억들은 전혜린을 아는 데 많은 도움을 줄 것이다.

이 수필은 그리운 그 시절을 되새기는 서정적 서술 형태이기 때문에 깊이 있는 사색을 통해서 주제에 무게를 둔 작품은 아니다. 처음으로 낯선 이국땅에 찾아가 외롭게 지낼 집을 구하는 장면과 거리의 가로등과 식당과 축축하고 차가운 공기 등 모든 것이 섬세한 감각으로 묘사되고 있다. 이런 풍경이 나타내는 전체적 분위기는 고독이다. 작자가 스스로 찾아간 곳이지만 먼 이국땅에 가엾게 내던져진 것 같은 고독한 여인의 모습이다. 그래서 작자 자신은 '다시 없이 절실했던 고독'이라고 끝을 맺고 있다.

이렇게 고독을 말하고 지난날을 그리워하고 있기 때문에 마치 자살을 예고한 작품 같은 느낌을 주기도 한다.

그런데 이런 고독과 센티멘털리즘은 개인적 의식의 한계에 갇혀 있는 형태다. 명상적 사색이 따르는 형태가 아니어서 읽기에 부담은 없지만 울림이 크지 않다. 뮌헨으로 가던 때가 1955년이니까 6·25전쟁 직후이며 한국은 처참한 죽음의 땅에서 헤어나지 못하고 있던 시기이니 이국땅에서 한 마디쯤이라도 그런 고국땅을 회상하는 자신의 모습이 있었으면 감상주의에도 무게가 실릴 수 있었을 것이다.

『그리고 아무 말도 하지 않았다』에 실린 작품들은 『사상계』, 『서울법대학보』, 『대학신문』, 『주간성대』 등에 실렸던 것이다. 수필 전문지도 없었고, 대학의 학보사들이 문학성이 높은 수필을 요구하던 시기도 아니었다. 작자도 문학 장르로서의 수필의 격식을 진지하게 고민하지도 않았던 시기의 작품인 것 같다.

전혜린을 유명하게 만든 것은 작품보다 그의 삶과 죽음의 남다름 때문일 것이다.

전혜린은 경기여고, 서울대학교 법대, 그리고 독일 뮌헨 대학을 거친 수재라고 알려져 있었고, 누구나 부러워하는 가정에서 성장하고 20대에 이미 서울대 법대 강사가 되고 31세 때 성균관대 조교수 발령을 받았던 여성이다. 그리고 1964년에 남편 김철수(훗날 서울대 법대 교수)와 이혼하고 다음 해에 자살했다. 세코날 40개를 구한 다음 날 주검으로 발견되고 자살인지 그냥 약물 과다복용인지 궁금증을 불러일으킨 것이다.

그녀가 죽자 출판사는 재빠르게 수필집을 발간하고 여기에 평론가들에 의한 찬사가 붙여지면서 베스트셀러가 되었다.

고독한 직업

공덕룡

1954년 영화로 제작되어 우리나라에서도 상영된 일이 있었던 〈케인 호의 반란〉은 미국 소설가 허만 우크의 원작이다. 태평양 전쟁 당시, 미 해군의 소해정(掃海艇) 케인 호의 젊은 장교들이 무능하고 겁쟁이고, 그러면서 으스대기만 하는 함장에게 불만을 품고 반란을 일으켰던 실화를 담은 소설이다. 1951년 이 소설이 발간되자 곧 베스트셀러가 되고, 『뉴스위크』지는 이 작가를 커버스토리로 실었다. 뉴욕 시 교외 롱아일랜드 해수욕장에서 부부가 어린 딸을 데리고 일광욕을 즐기는, 보기에도 흐뭇한 사진이었다. 사진 밑에는 '세계에서 가장 외로운 직업'이라는 캡션이 붙어 있었다.

작가는 기자와의 인터뷰에서, 이 작품이 나오기까지 하고 많은 작품을 썼는데 잡지사나 출판사에 써 보내면 대부분 되돌아오고 되돌아오고 하였다는 것이다. 그러기를 10년, 구상을 하고 타이프라이팅을 하고 지우고 버리기를 수없이 하였을 터이니 이보다 외로운 직업도 없을 것이다. 기자가 앞으로의 계획을 묻자, 그의 대답은 이러하였다. '나에게는 한 2, 3년 휴식이 있어야 하겠다—'고.

허만 우크는 10년을 집에 들어앉아 소설을 썼다. 그는 아내에게, 남들이 아침에 출근하고 저녁에 돌아오듯, 나도 낮에는 집에 없는 사람으로 치고, 찾아 들어오거나 불러내지 말라고 당부를 한 것이다. 이 묘한 부부간 협약이 이루어지자 우크는 아침이면 아내가 싸 주는 샌드위치와 음료를 들고 자기 서재로 출근(?)하였다. 서재에 들어가서는 안으로 문을 잠그는 것이었다.

문을 안으로 잠그는 일, 그것은 바로 스스로의 의지로 자신을 네 벽 안에 구속하는 일이고, 자신 밖의 일체의 관계를 단절하는 일이며, 자신과의 대화만이 가능한 조건을 만드는 것이다. 몸은 네 벽 안에 갇혔지만, 생각은 멀리 케인 호의 함상으로 달렸을 것이다. 안일무사로 날을 보내려는 함장과, 차라리 치열한 전투 속에서 삶의 보람을 찾으려는 젊은 장교들 사이에서 벌어지는 갈등…… 그 갈등은 바로 작가 속의 갈등이었을 것이다. 무위와 안일에 기울어지려는 함장에 맞서, 전투 속에 전사의 보람을 찾으려는 또 하나의 실전에서는 하루의 전과가 드러나지만, 창작에서는 언제 끝날지도 모르는 막막한 작업…… 하루의 싸움을 마치면, 그날의 전과(있다면)를 싸움터에 남기고, 열쇠로 문을 열고, 지친 몸으로 문 밖으로 나와, '여보, 이제 돌아왔소.' 하며 아내의 마중을 받았을 것이다. 그를 싸움터에서 돌아오는 전사(戰士)라고 한다면, 아침에 헤어졌다 다시 만나는 한 가닥 스릴은, 직장에서 돌아오는 샐러리맨에 비할 바가 아닐 것이다. 그는 자신의 소설이 베스트셀러가 되자 하루의 정전이 아니라 장기간의 휴전을 바랐던 것이다. 적어도 한 2, 3년…… 롱아일랜드 비치의 휴식은 싸운 자만이 누릴 수 있는 고귀한 휴식이 되었을 것이다.

찰스 디킨스는 19세기 영국의 소설을 대표하는 작가이다. 집이 가난해 일찍이 삶의 쓴맛을 톡톡히 경험했다. 일주일의 엿새, 하루에 열두 시간

주급 6실링을 받기 위해, 구두약 상표를 끝도 없이 붙여야 했다. 틈을 내서 야학도 다녀야 했다. 열두 살 소년시절이었다. 직장을 전전한 끝에 『모닝 크로니클』의 기자가 되고, 마침내 작가로서 일찍이 자리를 굳혔다. 『픽윅 페이퍼』, 『올리버 트위스트』 등이 호평을 받고 널리 읽혀졌다. 그런데, 성공적인 작가도 도중에 좌절이 있듯, 그도 31세 때 좌절하였다. 그가 달마다 연재하고 있던 장편 『마틴 차즐윗』—그는 회심의 작품이라 자부하였었는데—이 작품의 독자의 수가 뚝 떨어졌다고 편집장이 불평을 하였다. 소설가의 자질을 타고났다고 믿던 터인데, 디킨스는 자신의 능력에 회의를 품게 된 것이다.—31세에 좌절하다니—.

그는 저물어가는 런던 밤거리를 방황하게 된 것이다. 새 작품을 구상하기 위해서다. 가스등이 희미하게 비치는 빈민가 뒷골목은 지난날과 다를 게 없었다. 야간작업을 하는 봉제점, 걸인, 소매치기, 날치기—모두 가난이 빚어낸 삶의 그늘이다. 거리 모퉁이를 빠져 나왔을 때다. 번쩍 영감이 떠올랐다. 옳지, 가난한 사람을 위해 크리스마스 송가를 써야지! 있는 자는 없는 자와 나누어 가져야 한다는 이야기—.

그는 31세의 나이에 네 자녀의 아버지가 되고, 그의 아내 케이트는 다시 만삭이었다. 동생들은 여럿이고, 게다가 아버지는 채무수(債務囚) 감옥에 갇혀 있는 몸이었다. 써도써도 살림은 피지 않았었다. 앞의 미국의 우크 같이 들어가서 안으로 자물쇠를 채울 서재도 없었을 것이다. 북적대는 집안 한구석에 스스로 자신을 가두어 버렸을 것이다. 기필(起筆)한 것이 10월 초였다. 12월 성탄절까지는 책이 나와야 하는 것이다. 그런데, 붓을 대자 기가 막힌 생각이 번쩍 떠올랐다. 그는 세상에 둘도 없는 구두쇠 영감 스쿠루지를 주인공으로 내세우는 이야기를 꾸미려는데, 7년 전에 세상을 떠난 그의 동업자 역시 무서운 구두쇠였던 마아린의 망령을, 스쿠루지의

꿈길에 찾아오게 하는 것이었다. 망령은 주화의 사슬에 결박되고, 열쇠
자물쇠가 주렁주렁 매달려 운신조차 못하는 것이다. 그리고 알부자 구두
쇠영감 스쿠루지의 과거—현재—미래를 차례로 보여 준 것이다. 영감은
소스라치게 놀라서 잠에서 깨어난다. 사람이 바뀐 것은 말할 나위없다.

12월 2일 원고는 출판사로 넘어가고, 17일 책이 되어 나왔다. 크리스마
스 전야까지 6천 부가 팔렸다.

평설

공덕룡은 영문학자로서 수필집 『서울에 고향 없다』, 『겻불을 비비
며』 등을 남겼다. 이 작품은 두 소설가의 재미있는 일화를 쓴 수필이다. 재미있
는 일화를 수필의 소재로 삼았으니까 당연히 재미있는 작품이 된다. 또 외국 작
가의 일화이기 때문에 몰라도 그만인 개인적 사생활을 소재로 삼는 것보다 얻
는 것이 많다. 작품성을 따지지 않고 소재만으로 보면 그런 결과가 된다.

이 작품은 「고독한 직업」이라는 제목으로 2명의 작가를 소개하고 있으며 작
가로 성공한다는 것이 얼마나 고독한 것인지를 말해 주고 있다. 허만 우크는 소
설가로 대접받기까지 10년이 걸렸고 이를 위해서 10년간 온종일 자신을 서재
에 문 잠그고 유폐시켰으니 매우 고독했던 직업이다. 스스로 죄수가 된 것도 그
렇고 그동안 번번이 작품을 출판사로부터 거절당하며 밥벌이를 못 했으니 고
독하다.

찰스 디킨스의 경우는 좀 다른 경우다. 그는 31세 때 잠시 작품이 안 팔렸었
다. 그렇지만 그는 더 외롭고 힘든 싸움을 했다. 여러 식구를 책임지고 있고 아
무런 여유도 없던 디킨스로서는 그것이 단 한 달이었다 해도 견디기 어려웠을
것이다. 열흘만 못 먹어도 가족들이 모두 거지가 되거나 굶어 죽었을 터이니까.

그런데 고독한 직업으로서의 작가 생활을 말하려면 조금 다른 관점에서의 접근도 있을 것이다. 10년이 될 때까지 어느 출판사도 허만 우크라는 사람의 원고를 받아 주지 않았을 경우에는 그 원인이 설명되어야 좋겠다. 무능한 작가는 평생을 그 지경이 될 수도 있으며 무능을 무릅쓰고 여기에만 매달리는 것은 우직한 오류다. 고독은 그의 작품이 우수한데도 출판사들의 안목이 따라 주지 않는 경우, 또는 대중들의 우매한 편견으로 사회적으로 비난이나 받고 매장되는 경우들이다. 시대를 앞서가는 작가에게 따를 수밖에 없는 외로움이야말로 진정한 고독이다.

이런 의미의 고독이 작가가 만나는 더욱 처절한 고독이고 그 작가의 아름다운 모습이라면 이런 예를 찾는 것이 더 좋은 글쓰기가 되겠다.

하나의 주제를 위해서 이처럼 두 가지 사례를 말하는 것도 좀 적절하지 않은 면이 있다. 논리가 귀납법적 정당성을 얻으려면 그 주제에 맞는 사례가 선택되어야 하고 그것이 둘보다는 셋이나 그 이상이라야 하며 논리적 설명도 따르면 더 좋을 것이다.

조화(調和)

안병욱

내가 가지고 싶은 철학이 있다고 하면, 곧 조화의 철학이다. 조화된 생활, 조화된 인간, 조화된 가정, 조화된 사회, 조화된 역사, 어느 것 하나도 미 아닌 것이 없다. 조화는 곧 미의 원리다. 서로 성질을 달리하는 둘 이상의 요소가 하나의 전체적인 통일을 이루고 있을 때, 우리는 이것을 조화라고 일컫는다.

조화는 진실로 미 그 자체다. 조화는 결코 타협이 아니다. 타협은 내 주장 내 요구와 네 요구가 서로 대립 충돌할 때, 나는 내 주장과 내 요구의 일부를 죽이고, 너는 네 주장과 네 요구의 일부를 포기함으로써, 제삼의 어떤 절충점을 발견한다. 그러므로 타협에는 반드시 자기 부정의 요소가 언제나 따른다. 그러나 조화는 그렇지 않다. 나는 내 위치에서 내 본질과 내 요구를 주장하고, 너는 네 위치에서 네 본질과 네 요구를 내세우되, 그것이 서로 모순 대립하지 않고, 나는 나대로 살고 너는 너대로 살면서, 저마다 자기다운 빛과 의미와 생명을 드러낸다. 이것이 곧 조화다.

조화 속에는 자기 부정의 비극이 없다. 조화는 완전한 자기 긍정의 세계다. 내가 살기 위해선 네가 죽어야 하고, 또 네가 살기 위해선 내가 희생되어야 하는 세계는 조화의 세계가 아니다. 조화는 나도 살고 너도 살고, 우리가 다 같이 사는 것이다. 그러므로 조화는 곧 생명의 원리다.

모든 존재로 하여금 저마다 제 자리를 얻게 하고, 제 빛을 드러내게 하고, 제 생명을 다 하게 하는 것이 조화의 세계다. 같은 남자끼리 둘이서 걸어간다든지, 같은 여자끼리 걸어가는 광경보다는, 이성끼리 서로 어깨를 나란히 하고 걸어가는 모습이 더 한층 아름답다. 이것은 이론이 아니고 실감이다. 그 경우에, 남자는 키가 좀 크고 여자는 좀 작기가 일쑤다. 또한, 그럴수록 더 조화의 미가 드러난다. 이것은 성의 조화요, 남녀의 조화다.

조화의 원리가 가장 잘 나타나는 것은 음악의 세계다. 하모니가 곧 음악의 생명이다. 하나의 심포니를 생각해 보면 좋다. 북은 북으로서 큰 소리를 내고, 나팔은 나팔로서 우렁찬 소리를 낸다. 피아노는 피아노대로 은근한 소리를 내고, 바이올린은 바이올린답게 흐느끼는 듯한 섬세한 소리를 낸다. 클라리넷은 클라리넷으로서, 색소폰은 색소폰으로서 저마다 제 소리를 낸다. 그러나 이 모든 소리가 저마다 제 소리를 내되 서로 남을 해치지 않고, 아름답게 전체적 통일을 이룬다. 이것이 교향곡의 미다. 이것은 진실로 조화의 극치다. 조화는 다양성의 세계다. 동시에 통일성의 세계다. 다양 속의 통일, 통일 속의 다양, 이것이 곧 조화의 본질이다. 조화는 곧 조화가 아닐 수 없다. 아무리 수려한 산이라도 물이 없으면 섭섭하다. 아무리 아름다운 강이라도 산이 비치지 않으면 어딘지 허전한 감을 느낀다. 산은 강을 부르고, 강은 산을 찾는다. 산은 강 옆에 있어야 빛나고, 강은 산을 안아야 아름답다. 이것이 곧 산수의 조화다.

사람의 신체에서 가장 아름다운 조화의 원형을 찾는다면 곧 얼굴이다. 두 눈과 한 코, 두 귀와 한 입으로 구성된 사람의 얼굴에서 우리는 진실로 기능과 작용의 아름다운 조화를 볼 수 있다. 우리가 길을 걷다가, 음식을 먹거나 말을 할 때를 생각하여 보라! 눈은 보는 일을 게을리 하지 않고, 귀는 듣는 기능을 소홀히 하지 않는다. 코는 숨쉬는 일을 잠시도 쉬지 않고 입은 말하는 일을 다다 저마다 제 자리에서 제 기능과 제 작용을 다 하면서 전체적 생명에 봉사한다. 말할 때 귀가 딴전을 부리거나 음식을 먹을 때 코와 눈이 입에 협력하지 아니한다면, 우리의 전체적 생명의 기능은 파괴된다. 작게는 하루살이의 목숨에서부터 크게는 사람의 목숨에 이르기까지, 무릇 생명은 일대 조화의 체계다. 유기체는 이러한 조화의 원리를 가지기 때문에 살아갈 수 있다.

조화는 미의 원리인 동시에 생명의 원리라고 아니 할 수 없다. 예로부터 조화의 사상을 가장 강조한 것은 그리스 사람이었다. 우리는 그리스의 철학에서 조화의 원리를 찾을 수 있다. 그리스 사람들은 우주를 '코스모스'라고 불렀다. '코스모스'는 동시에 질서 또는 조화를 뜻한다. 얼른 보기에 복잡한 혼돈의 세계를 이루고 있는 듯한 삼라만상의 대 우주에서, 그리스 사람들은 정연한 질서와 아름다운 조화를 보았다. 그러기에, 우주를 뜻하는 '코스모스'란 말이 질서 또는 조화의 뜻을 가지게 된 것이다.

봄이 가면 여름이 되고, 가을이 찾아온다. 춘하추동의 네 계절은 어김없이 순환한다. 어두운 밤이 지나면 밝은 낮이 된다. 밤과 낮의 교체는 영원을 두고 변하지 않는 질서다. 눈을 들어 밤하늘을 쳐다보면, 수십 억을 헤아리는 무수한 별들이 저마다 제 위치를 지키고, 제 궤도를 돌되, 결코 서로 충돌하는 일이 없다. 그러므로 그리스 사람들이 우주를 질서와 조화의 체계라고 본 것은 당연한 일이다.

그리스의 수학자 피타고라스에 의하면, 일월성신인 천체의 운행에 아름다운 음악이 있다는 것이다. 그러나 인간의 귀로써는 그 오묘한 음악을 들을 수가 없다고 하였다. 과연, 그리스 사람다운 자유분방한 사상이라고 아니 할 수 없다.

그리스의 철인 플라톤은 조화를 곧 정의의 원리라고 보았다. 인간의 몸이 머리와 가슴과 배의 세 부분으로 되어 있듯이 국가는 나라를 다스리는 통치 계급과, 국토를 지키는 방위 계급으로 되어 있다. 머리는 머리의 위치에서 머리의 기능을 다 하고, 가슴은 가슴의 자리에서 가슴이 맡은 바를 다 하고, 배는 배의 위치에서 배의 할 일을 다하기 때문에, 우리의 몸이 건전한 생명의 구실을 할 수 있다. 만일, 머리가 머리의 직분을 안 하고 가슴의 일을 하려고 든다든지, 가슴이 가슴의 기능을 집어치우고 배의 구실을 하려고 한다면, 우리의 몸은 파멸될 수밖에 없다. 저마다 제 자리에서 제 직분을 다 하고, 남을 침범하지 않는 것이 가장 올바른 자세다. 이것이 곧 질서요 조화다.

정의란, 별것이 아니고 질서와 조화를 의미한다. 국가의 정의도 마찬가지다. 통치 계급은 통치 계급으로서 나라를 다스리는 일을 잘 하고, 방위 계급은 방위 계급으로서 국토 방위의 직책을 다 하고, 생산 계급은 생산 계급으로서 생산에 전력을 기울이되, 서로 남을 간섭하거나 방해하지 않는다. 저마다 제 자리를 지키고 제 직분을 다 하여 아름다운 조화를 이룰 때, 국가의 정의가 실현될 수 있다는 것이다. 이것이 국가의 가장 올바른 모습이다.

사실, 우리는 자기의 자리를 안 지키고 자기의 할 일을 등한히 하면서 공연히 남의 일을 간섭하고 방해하기가 쉽다. 이것이 사회의 정의를 깨뜨린다. 소크라테스는, '너 자신을 알라'하는 말을 강조한 데 대하여, 플라톤은 '네 분을 지키라'고 역설했다. 그는 수분의 철학을 주장했다. 저마다 제 자리를 지키고 제 직분을 다 할 때, 사회는 아름다운 조화가 이루어진다.

조화는 미의 원리요 정의의 원리일 뿐만 아니라, 또한 건강의 원리요 행복의 원리다. 건전한 정신은 건전한 육체에 깃들인다. 이것이 그리스 사람들의 부동의 신념이었다. 그들은 정신만의 인간이나 육체만의 인간을 생각지 않았다.

인간은 영과 육, 정신과 육체의 아름다운 통일이요 조화라고 보았다. 영의 이름 아래서 육이 멸시되거나, 육의 이름 아래서 영이 망각되기 쉽다. 우리는 영이 없는 육의 나라에서 살기를 원하지 않는 동시에, 육이 없는 영의 나라에 살기도 바라지 않는다. 육은 영을 무르고, 영은 육을 구한다. 영이냐 육이냐가 아니고, 영과 육이 조화되어 하나가 되어야 한다. 이것이 인간의 가장 건강한 모습이다.

영과 육의 조화를 떠나서 인간의 진정한 행복을 구한다는 것은 헛된 일이다. 고도로 분업화한 현대의 산업적 대중 사회에서, 인간은 자칫하면 불구적 인간, 부분적 인간이 되기 쉽다. 한 가지 영역에 전문적 직업인이 되는 결과, 전체적 인간으로서의 조화를 잃어버린다. 머리만의 인간이 생기기 쉽고, 손만의 인간이 되기 쉽다. 인간성의 모든 요소가 조화적으로 발달된 '전인'은 찾아볼 수 없고, 어느 한 요소만이 극단히 불구적으로 발달된 인간을 보게 된다. '전인'이 스러지고 '불구인'이 늘어 간다.

막스가 지적한 바와 같이 현대의 표어는 '조화'다. 현대인의 비극은 인간이 모든 영역에서 조화를 상실한 사실에 있다. 조화의 상실이 우리의 불행이라면 조화의 회복은 우리가 불행에서 벗어나가는 길이 아닐 수 없다.

민주주의 사회의 이상은, 만인이 다 제 멋에 겨워서 살아가되, 서로 충돌하거나 대립하지 않는 일대 조화의 체계를 세우는 데 있다. 만인이 저마다 자기를 실현하고 자기를 주장할 수 있는 사회, 저마다 제 소리를 지를 수 있고 제 노래를 부를 수 있는 사회, 다양성 속에 통일성이 있고 통일성 속에 다양성이 있는 사회, 이것이 조화의 세계다.

조화! 이것은 분명히 미의 원리요, 생명의 원리요, 정의의 원리인 동시에, 또한 건강과 행복의 원리가 아닐 수 없다.

평설

안병욱은 일본에서 철학을 전공하고 『사상계』 주간을 거쳐 숭전대 철학과 교수로서 70년대 이후에는 에세이로 큰 인기를 얻었다. 횟집에 가면 광어와 도다리가 서로 비슷하니까 보통 식객들은 굳이 양쪽을 따지지 않고 먹는 일들이 많듯이 독자들은 안병욱의 작품들을 굳이 다른 일반 수필과 다른 장르라고 구별하고 읽지는 않는다. 그렇지만 안병욱의 작품들은 엄격히 따지면 일반 수필과는 다른 형태적 차별성을 지닌다. 그래서 안병욱의 경우는 장르의 명칭부터 정리하고 넘어가야겠다.

이것은 다양한 수필 중의 하나로서 엄연히 수필이지만 굳이 차별화된 명칭을 붙인다면 '철학 에세이' 또는 '철학적 에세이'라고 하는 것이 가장 무난하다. 전문적인 용어는 아니지만 안병욱 교수가 써 온 대부분의 수필은 사실로 이런 이름이 적용되어 왔다. 「조화」도 그렇듯이 그의 수필은 다음 세 가지 조건이 잘 갖춰져 있다.

a. 철학적 서술 형태.

b. 하나의 주제를 짧은 산문 속에 담아서 완성해 나간 형태.

c. 다수의 일반 독자를 의식한 형태.

이 글이 수필이 아니다라는 말이 나올 수 있는 것은 물론 이 세 가지 중에서 첫 번째 조건 때문이다. 철학적 서술 형태니까 철학이라고 말할 수밖에 없다는 것 같다.

그런데 에세이라고 우리나라에서는 일반적으로 문학이다. 그러므로 여기서 확실히 밝히고 지나가야 할 것이 있다. 철학 에세이를 쓰는 안병욱은 철학자인가 수필가인가 하는 문제다.

지금까지 한국 수필 문단에서는 안병욱은 남의 식구로 쳐 오고 있는 것이 사실이다. 수필가로 보지 않는 셈이다.

그런데 한때 '자유문학사'는 안병욱·김동길·김형석 그리고 필자 등을 포함한 약간명의 에세이집을 독점하고 약 10년간 베스트셀러 자리를 꾸준히 유지한 일이 있다. 그후 수필계에 이런 기회는 다시는 오지 않았다.

그렇지만 이것은 단순한 행운만이 아니고(필자를 제외하고) 그 베스트셀러들은 그만큼 독자들을 만족시킬 만한 좋은 조건들을 갖추고 있었다.

그런데도 안병욱 같은 사람을 우리 수필문학사에서 열외로 치고 딴 식구로 본다는 것은 무심히 넘어갈 일이 아니다. 자칫하면 핵심적인 부분 하나를 빼버리는 결과가 된다.

첫째의 오류는 안병욱이 유명한 철학자라는 것이다. 철학자로 유명해지면 수필을 잘 써도 철학자일 뿐 다른 미숙한 수필가들의 반열 속에도 끼워 주지 않는 관행이 있다.

둘째로, 그의 수필이 철학적 서술 형태라는 점이다. 철학적 서술 형태는 사물의 본질을 객관적 과학적 이론적 형태로 서술해 나가는 것이다. 이것은 자기 엄마나 아빠나 친구에 대한 개인적 사사로운 이야기를 고백해 나가는 다수의 한국 수필들과 전연 다르다. 그래서 보통 수필가들이 보면 안병욱은 남의 식구다.

다음에 에세이라는 용어를 정리해 보자.

학술 논문도 에세이다. Essay on Korean literature는 '한국 문학론'이다. 외국 대학에서 교수에게 에세이를 제출한다는 것은 논문 제출이지, 집에서 밥 먹고 친구들과 뭐하고 놀았는지를 쓰는 것이 아니다.

그렇지만 에세이는 외국에서 수필의 의미로도 쓰고 있으며, 한국에서는 특히 수필과 같은 동의어로 더 많이 쓰고 있다. 평론가 김종완 발행의 『에세이스트』는 수필 전문지이고 『에세이문학』도 『수필공원』이 바뀐 이름이다.

그러므로 철학 에세이라는 말은 수필이되 철학적인 수필로서 문학에 포함시키는 표현이다.

그리고 수필의 개념을 좀 더 넓게 보면 안병욱의 작품들은 엄연히 수필이다. 철학은 비록 학문이더라도 앞의 세 가지 조건 중 두 가지는 학문이 아니라 수필적 조건을 충족시키고 있는 것이다. 학문은 그렇게 다수의 일반 독자를 의식하지 않고 전문성을 지니는 것이며, 또 그렇게 간단한 산문 형태를 고집하는 것은 학문이 아니다. 이는 안병욱의 그런 글들이 모두 수필임을 의미한다.

철학이 사물의 궁극적 본질을 추구해 나간다는 점에서는 시인도 수필가도 소설가도 이와 다를 바가 없다. 다만 이론적 객관적 과학적 서술 형태라는 것만은 다르다.

가령 모파상의 『여자의 일생』은 여자의 일생이란 바로 이런 것이다라는 입장에서 그것을 본질적으로 따져 나간 것이라며 철학자가 하는 일과 꼭 같다. 그런데 그것은 전연 철학이 아니다. 철학은 수녀원 학교를 갓 졸업하고 나온 철없는 아가씨가 어떤 망측한 속물적인 사내녀석 만나서 얼마나 신세 망쳤는지 따위 픽션을 꾸미지 않는다. 또 시에서는 과학적 논증이 불가능한 은유법 따위를 쓰지만 철학에서는 조금이라도 그처럼 애매한 서술은 용납하지 않는다. 그것은 명확한 본질 규명이 안 되기 때문이다.

김현옥의 「나비야 청산 가자」는 자리에 누워 버린 후 다시는 일어나지 못하는 어머니에 대한 얘기나 모시 옷 사건 등을 통해서 효의 문제 또는 인생말년의 슬픔 등을 생각하며 인생의 본질을 추구한 작품이지만 그런 표현 형태는 철학은 아니다. 이와 달리 안병욱의 「조화」는 많은 형태의 조화를 말하면서도 구체적인 사건 전개 같은 것은 전연 없다. 어떤 정물화나 동영상 같은 시각적 이미지가 전연 없이 추상적 이론만으로 전개되고 있는 것이다. 이런 조건 때문에 문학으로서의 문제가 생기지만 안병욱의 수필은 이런 사건이나 이미지는 없어도 논리적 사고와 표현의 정확성으로서 지적 호기심을 충족시키며 주제를 심화시키고 있다.

사고가 정확하면 주제에 대한 심층성과 공간성이 증대된다. 채굴기의 기능이 우수하면 더 깊이 더 넓게 땅을 파고 들어갈 수 있는 경우와 같다. 안병욱은 다수의 대중들이 필요로 하는 긴요한 문제를 매우 깊게 넓게 사고하고 정확하게 본질을 짚어 나가고 있으며 「조화」도 그런 우수작이다.

그리고 이런 실력으로 철학을 수필에 접목시켜 대중화하는 데 크게 기여했으며, 우리 수필의 지적 품격을 높이는 데도 큰 역할을 했다.

다만 좀 더 바란다면 철학을 수필에 접목시키는 이상 수필다운 산문 예술로서의 생리적 변화가 더 있으면 좋겠다. 즉 비유법, 반어법, 강조법 등 다양한 문장 기법도 구사하고, 음악적 리듬도 살리고, 상상력을 유도해 나가는 장치도 필요하다. 그리고 특히 추상적 이론을 구체적 이미지로도 바꾸고 시각적 상상의 세계를 펼쳐 놓으면서 감각적 표현기능도 살리면 훨씬 문학적 감동이 증대될 것이다.

사랑의 지혜로 말하는 인생 철학

수학이 모르는 지혜

김형석

　재미있는 우화가 있다.

　옛날 아라비아의 어떤 상인이 임종을 맞게 되었다. 그는 자기 앞에 세 아들을 불러 앉혔다. 그리고는,

　"내가 너희들에게 남겨 줄 유산이라고는 말이 열일곱 필이 있을 뿐이다. 그러나 이 고장의 습관에 따라 똑같이 나누어 줄 수는 없으니까 맏아들 너는 열일곱 마리의 반을, 둘째 아들 너는 전체의 3분의 1을, 그리고 막내아들 너는 전체의 9분의 1을 갖도록 해라."고 유언을 했다.

　얼마 후 아버지는 세상을 떠났다.

　재산을 나누어 가져야 할 삼형제 간에는 오랜 싸움이 계속되었으나 해결할 길이 없었다. 맏아들은 열일곱의 반으로 아홉 마리를 주장했다. 그러나 동생들은 아홉 마리는 2분의 1이 넘으니까 줄 수 없다는 것이다. 여덟 마리 반이 되지만 반 마리는 처리할 수가 없기 때문이다. 둘째 아들은 여섯 마리를 가져야 한다고 고집을 부렸다. 그러나 형과 동생은 다섯 마리밖에는 줄 수가 없다는 것이다.

막내아들은 두 마리를 가져야 한다고 욕심을 부렸다. 그러나 형들은 두 마리는 열일곱의 9분의 1이 넘으므로 우리들만 손해를 볼 수 없다고 고집을 부렸다.

싸움은 여러 날 계속되었지만 누구도 만족스러운 해결을 내릴 수가 없었다.

하루는 이들의 집 앞을 한 목사가 지나갔다. 세 아들은 그 목사에게 아버지의 유산 문제를 해결지어 주도록 청을 드렸다. 누구도 만족할 만한 결론을 얻을 수 없었기 때문이다.

모든 이야기를 듣고 난 목사는,

"그러면 이렇게 합시다. 내가 타고 온 말 한 마리를 당신들에게 드리지요. 그러면 열여덟 마리가 될 것입니다. 맏형은 그 2분의 1인 아홉 마리를 가지시오. 둘째는 그 3분의 1에 해당하는 여섯 마리를 가지시오. 그리고 막내는 9분의 1에 해당하는 두 마리를 차지하십시오. 그렇게 되면 당신네 세 사람은 모두가 아버지의 약속된 유산보다도 많은 것을 가지게 될 것입니다."라고 말했다.

세 아들은 모두 만족했다. 목사가 얘기해 준 대로 자기들에게 돌아올 말들을 찾아가졌다. 일을 끝낸 목사는,

"그러면 나는 다시 길을 떠나야겠습니다."는 인사를 하고 걸어서 대문 앞을 나섰다. 바로 그때였다. 한 아들이 뒤따라 나오면서,

"목사님, 말을 타고 오셨다가 어떻게 이 사막길을 걸어가실 수가 있습니까? 외양간에 가 보니까 아직도 한 마리가 남아 있습니다. 우리들이 차지할 것은 다 차지했는데도 한 마리가 남았으니 이 말을 타고 가십시오."라고 말했다. 목사는,

"그렇습니까? 나에게 한 마리를 다시 주신다니 타고 가겠습니다."라고

말하면서 말을 탔다. 타고 보니 그것은 조금 전 타고 왔던 바로 그 말이었다. 아들들은 목사에게 감사를 드렸다. 그리고 목사는 아까와 같이 자기 말을 타고 갔다. 생각해 보면 세 아들은 어리석기 그지없는 젊은이들이었다. 목사가 나타나지 않았더라면 언제까지라도 싸우다가 무슨 결과를 가져왔을지 모른다. 그러나 어리석은 사람은 그 세 아들만이 아니다. 오늘의 우리들 모두가 똑같은 생활을 해 가고 있지 않은가.

나라를 사랑한다는 정치가들이 정당 싸움과 감투싸움을 하는 꼴도 비슷하고, 경제 사회에서 이권을 다투는 사람들의 심정도 거의 마찬가지다. 삼형제의 싸움 때문에 선조들의 뜻을 버리고 집안이 망해 가듯이 오늘날 우리들은 선조들의 정신적 유산을 짓밟고 불행을 향해 달리고 있다.

왜 그런가? 한 가지 마음의 결핍 때문이다. 남의 것을 빼앗기보다 이웃에게 주려고 하는 사랑의 결핍이다. 우리는 확실히 알아야 한다. 빼앗으려 하는 사람들은 둘 다 잃어버리지만 주려고 하는 사람은 모두가 잘 살게 된다는 원칙을…….

여기 두 사람의 장사꾼이 있다고 하자. 갑은 '어떻게 하면 싸고 질긴 물건을 만들어 소비자에게 도움을 줄 수 있을까?'하는 생각으로 물건을 생산하며 판다. 이에 반하여 을은 '좀 나쁜 물건이지만, 속여서 이득을 얻을 수 없을까?'하는 생각으로 기업을 운영한다면 5년, 10년 후에는 결과의 차이가 어떻게 나타날까? 갑과 같은 실업인이 많은 사회와 을과 같은 실업인이 많은 사회는 장차 어떤 결과를 가져오게 될까?

과거에 우리는 지나치게 많은 것을 빼앗아 가지려고 애써 왔다. 이웃들로부터 가장 많은 것을 찾아 누리는 사람이 그만큼 잘 살 수 있다고 생각해 왔다. 그러나 좋은 사회는 어떻게 하면 많은 것을 이웃들과 더불어 소유하며 한가지로 즐길 수 있을까를 모색해왔다. 오늘 우리는 그만큼 못 살고 있으며 그들은 그만큼 잘 살고 있다. 우리는 수학으로는 풀리지 않는 이러한 진리를 실천해야 한다.

목사가 한 마리의 말을 싸우는 형제들에게 주었듯이, 우리들도 무엇인가를 줄 줄 아는 마음을 가져야겠다. 자신에게도 손해가 없음 이웃에게도 도움이 되는 무엇을 남겨줄 수 있는 삶의 자세와 바탕을 만들어 주어야 한다. 문제는 누가 먼저 그 뜻을 보여 주는가에 달려 있다.

평설

김형석은 일본에서 철학을 전공하고 돌아와 오랫동안 대학에서 교수직에 있었지만 『아름다운 사색』, 『이성의 피안』 등 수필집을 내며 많은 독자를 얻었다. 이 작품은 윤리 철학을 대중 속에서 구현해 나가는 에세이의 대표적인 예다. 구체적인 사건을 통해서 양보의 미덕이 지닌 가치를 설명해 나갔기 때문에 논리에도 빈틈이 없게 된다. 그리고 아라비아 상인의 유산 상속 얘기도 재미있고 자기 욕심만 부리며 나라 망치는 한국의 정치꾼들에게 일침을 놓은 것도 좋다.

그런데 이것이 문학이라면 해결해야 할 문제가 한 가지 남아 있다. 제 욕심부터 부리지 말고 자기가 먼저 양보해야 살기 좋은 세상이 된다는 것은 어렵지 않은 상식이다. 그런데도 이 원칙이 지켜지지 않고 있어서 꼭 지키라고 강조하는 것이 이 글의 주제다. 즉 교훈적인 수필이다.

그런데 철학, 종교, 사회 과학 등 각 분야의 지도적 인사들이 써내는 중후한 저작물이 아무리 많아도 일반 독자들이 읽어 주고 감동하지 않으면 대중들에게는 이것은 종이 쓰레기에 불과하다. 특히 교훈적인 주제는 감동을 주지 못하면 잔소리가 되고 위압적 권위주의적인 제스처가 되기 쉽다. 사실로 교훈은 상대를 변화시키자는 것이니까 백번 일러 줘도 마이동풍이면 입만 아파진다.

문학은 이것을 해결하는 표현 수단이다. 감동받으면 변하니까.

감동(感動)이란 느끼고 움직인다는 뜻이다. 즉 한나라당이나 민주당이나 북한 공산당이나 김형석의 「수학으로 모르는 지혜」를 읽고 다음 날부터 몰라보게 달라져 있어야 그 글의 가치가 성립된다.

그런데 요즘은 절대 다수의 시인, 소설가들이 다 그렇듯이 수필가도 책이 안 팔리고 있다. 특히 김형석 같은 어르신네의 교훈적인 수필은 환영하지 않는 추세이며 읽은 후에 감동받을 독자가 드물 것 같다. 그러므로 김형석의 이런 교훈적인 수필이야말로 남달리 문학적 기법이 구사되어야 한다. 안 그러면 일반 수필보다 훨씬 안 읽히고 외면당하는 수필이 된다.

우선 수필 속에서 '어르신네'가 노출되지 말아야 한다.

이 수필에서 어르신네가 노출되는 장면은 아라비아 상인 얘기가 끝난 다음에 이에 대해서 작자의 의견을 말하는 부분이다. 그러므로 가급적이면 그 이야기 속에서 그런 교훈을 독자 스스로 깨닫도록 하고 작자는 숨어 있어야 한다. 다만 독자가 스스로 의미를 깨닫고 감동해서 눈물까지 흘리도록 하려면 사건 설명에 문학적 기법이 많이 따라야 한다.

재미있는 소재에 좋은 주제를 담은 좋은 작품이지만 문학은 재미로만 끝나서도 안 되며, 그 재미를 통해서 독자를 변화시켜야 문학이라고 한다면 이 작품 역시 철학자의 글로서 문학적 접목이 더 성공적이어야 할 필요가 있다.

제4장

무심 연습

김시헌

무심(無心)은 의식의 탈락이다. 의식을 빼면 남는 것은 육체뿐이다. 육체는 껍데기다. 그래서 땅 위에 굴러다니는 돌맹이 같고, 길가에 서 있는 나무와도 같다.

사람들은 그렇게 되기를 원한다. 생각 없이 그대로 동작만으로 살기를 소원한다. 그래서 마음을 비우자는 말을 곧잘 한다. 마음 비우기에 평생을 바치는 사람이 있다. 스님·신부·목사 같은 수도인이다. 그들은 신념과 자신과 초월을 손아귀 속에 넣고 사는 사람이다.

잡념이 마음 안에 들끓고 있으면 고통이 온다. 돈을 많이 가지고 싶은 생각, 명예를 더 높게 붙잡고 싶은 생각, 남을 앞질러서 이기고 싶은 생각 등 많다. 그것을 쉽게 얻는 사람도 있지만 얻지 못할 때 좌절과 비탄과 열등감으로 살아야 한다. 그러나 설사 얻었다 해도 다음 단계를 또 소원한다. 그래서 사람의 욕심은 끝이 없다고 말한다. '지족(知足)'이라는 한자말을 벽에 걸어 놓고 사는 사람을 보았다. 글자 그대로 '족함을 알자'인데, 어느 정도에서 욕심을 끊어야 한다는 뜻이리라.

어느 날 '로댕조각전시회' 구경을 갔다. 입장료를 주고 전시장 안으로 몇 걸음 들어선 곳에 〈지옥의 문〉이라는 커다란 작품이 나왔다. 기와집 대문짝보다도 더 컸다. 사람 키의 두 갑절은 되었으리라. 그 넓이 속에 온갖 고통의 양상이 조각되어 있었다.

거꾸로 매달려서 표정을 한껏 찡그린 사람, 위를 쳐다보면서 무엇을 열심히 갈구하는 사람, 사랑의 사슬에 걸려서 손을 놓지 못하는 사람 등, 인간 세상의 고통은 거기 다 있었다. 그리고 작품의 상층에 〈생각하는 사람〉이라는 작은 조각이 따로 붙어 있었다. 아래쪽의 그 고통의 상황을 내려보면서 고뇌에 찬 표정을 짓고 있었다. "저 표정이 바로 로댕 자신이다" 하는 직감이 내게 왔다. 로댕도 생각을 많이 했으리라. 생각은 고통의 근원이다. 로댕도 그것에서 벗어나기 위해서 조각에 전력투구했을 것이다. 동양 사람이 즐겨하는 무심 공부는 해 보지도 않았을까. 대상에 집요하게 매달리고 있으면 잡생각에서 떠날 수 있다. 그 많은 조각품을 만들면서 로댕은 생각을 잊었는지도 모른다.

길을 걷다가 무성하게 선 가로수의 잎가지를 바라볼 때가 있다. 하늘을 향해 발돋움을 하고 있는 나무에는 생각이 없다. 그냥 그대로 무심의 표정을 짓고 있을 뿐이다. 나뭇잎이 바람에 살래살래 고개를 젓고 있는 동작을 보고 어느 시인은 "그들의 대화를 듣는다."고 표현하였다. 나뭇잎끼리의 은밀한 대화가 귀에 들릴 정도라면 지극히 고요 속에 있어야 한다. '절대 고요'라는 말을 쓸 수 있다면 그 시인은 지극한 절대 고요의 경지에 있었을 것이다.

무심은 가슴 안에 오래 머물지 않는다. 어느덧 유심(有心)으로 돌아간다. 본래의 마음은 무심인가, 유심인가를 생각할 때가 있다. 무심은 잠시의 휴식을 줄 뿐 곧 유심에게 자리를 빼앗긴다. 그 무심을 자기 안에 오래도록 머물게 할 수 있는 사람은 마음 공부를 많이 한 사람이다. 그리하여 끊임없이 밀려오는 생각의 물결을 정지시키고 고요 속에 편안히 안주할 수 있는 사람은 이미 이승에서 극락을 얻은 사람이다.

무심은 만병통치약이다. 학자도 무심을 말하고 정치가도 무심을 말한다. 예술가는 새로운 것을 아름답게 창조하는 사람이다. 새것이 나오자면 낡은 것을 버려야 한다. 그 버려지는 곳이 곧 무심이다. 무심으로 돌아가서 무에서 유를 찾아내는 사람으로 예술가도 있지만 철학가도 있다.

낡은 것을 어떻게 버리느냐? 어떤 사람은 낡은 것을 보물로 끌어안고 놓기를 싫어한다. 그것 아니면 빈껍데기가 될까 봐 불안해한다. 그리하여 전통을 말하고, 혈통을 말하고, 고집과 완고를 자기의 방패로 삼는다. 방패막에 싸여 사는 사람은 그 나름의 평안이 있기는 하다. 방패막이 자기를 지켜 주기 때문이다. 그러나 그때 무심으로 돌아가 볼 일이다. 무심은 영(零)에로의 환원이다. 원점으로 돌아가서 다시 생각하면, 자신을 묶고 있는 그 방패막이 무엇인가를 깨닫게 된다. 깨달아야 제거할 수가 있다. 사람들은 끊임없이 버리면서 얻어야 한다는 말을 한다. 그것이 쉬운 일은 아니지만…….

나도 때로 무심 연습을 한다. 때로 뿐 아니고 몇 십 년을 그 노력 속에서 살아왔다. 하지만 단 십 분도 완전 무심을 얻기가 어렵다. 어느덧 잡념이 가시처럼 날아와서 고요한 수면에 물결을 일으킨다. 무심은 창조주의 뜻이 아닐지도 모른다. 생각하라고 만들어 놓은 인간의 능력인데 왜 버리느냐고 호통이라도 칠 것 같다. 그러나 포기할 수가 없다. 그 안에 휴식이 있고, 평안이 있고, 영원에의 길이 있다고 믿기 때문이다.

　　김시헌은 1966년 『현대문학』에 수필 「사담(私談)」을 발표하고 비록 작품량은 많지 않아도 꾸준한 활동으로 수필에 애정을 쏟았다. 우리는 수필을 에세이와 동의어로 쓰게 되어 버렸지만 영문을 빌리자면 우리가 가장 많이 쓰는 수필은 miscellany쪽에 가깝고 김시헌의 「무심 연습」은 essay에 속한다.

　　학술 논문도 에세이라고 하듯이 김시헌의 이것은 객관적 논리적 서술이다. 이와 달리 봄을 기다리는 마음을 표현한 이경희의 「대춘부」는 전자에 속한다.

　　이 두 가지는 남과 북 또는 흑과 백처럼 성격이 완연히 다르다.

　　「무심 연습」은 이경희의 「대춘부」에서처럼 좀 있으면 연둣빛으로 흐느적거릴 버드나무의 회화적 표현도 없고 그런 나뭇가지를 보면서 김연아 선수의 탄력 있는 허리 운동을 상상하는 표현 같은 것도 없다. 그래서 감각적인 기능만 많이 발달한 사람들은 읽는 재미를 모르기 쉽다.

　　그렇지만 이런 글은 우리 수필 문단에서 흔하지 않은 소중한 자리를 차지한다. 예리한 논리적 사고로 깊이 있는 철학적 주제를 탐구해 나가는 것이기 때문이다. 한국 수필이 지닌 철학적 빈곤의 허약 체질에 많은 보탬이 된다.

　　다만 이런 에세이가 학술적인 연구 논문이나 다양한 비평문과 달리 문학적 문체로 감동을 유발하려면 가끔 그림이 그려지면 더 좋을 것 같다. 형상화 작업이 부분적으로 삽입되면 더 좋겠다는 뜻이다.

　　이 작품은 관념적인 용어로 가득 차 있다. '무심'이라는 첫 마디부터가 그렇다. 무심은 전연 눈에 보이지 않는다. 만질 수도 없다. 아무 감각도 없다. 그만큼 추상적이기 때문에 접근이 쉽지 않다. 이런 용어만 많으면 일부 독자는 책을 덮어 버린다.

　　그러니까 이런 용어의 의미를 전달하려면 법정스님이 '무소유'를 말하면서 난 화분을 버린 얘기 같은 체험 고백이 훨씬 빠른 설명이 될 수 있다.

법정은 선물로 받은 난을 기르려다 보니 그것도 여간 정성이 가는 것이 아니었다. 그래서 귀찮아졌다. 근심이 생긴 셈이다. 그러다가 그것을 남에게 주어 버렸더니 그렇게도 홀가분할 수가 없더라는 얘기다. 소유와 무소유를 형이상학적이며 추상적인 논리로 설명하지 않고 난 화분을 남에게 주어 버린 일화로 대신하니 읽기 쉽고 재미있어진 것이다.

철학적 논리로 심오한 주제를 탐구해 나가는 수필은 전체 중 일부를 이런 '관념의 형상화'로도 표현할 필요가 있다. 그리고 이런 철학적 에세이도 은유법에 의한 상상의 세계를 만들어 나가면 더욱 문학성을 높이게 될 것이다.

다만 주제로서 평가한다면 법정의 '무소유'나 김시헌의 '무심'에 대해서는 다른 주장도 가능하다. 난을 기르면 부질없는 근심거리가 생기기 때문에 남에게 줘 버리면 자신은 편해지지만 남을 귀찮게 만들 수 있다. 물론 남이 그걸 좋아한다면 다행이지만 이것이 재물을 버리거나 속세를 버리는 경우에 대한 비유라면 반론이 따를 수 있다.

재물이 있다면 그것으로써 적극적으로 계획적으로 몸으로 뛰며 사회적 활동에 기여할 수 있다. 그러므로 재물은 그냥 남 주는 것보다 귀하게 쓰는 것이 더 중요하다. 그래서 국가가 복지정책을 펴려면 돈이 많이 든다.

또 속세가 더럽다면 근심 덜고 때 안 묻히기 위해 속세를 떠나기보다 속세에 뛰어 들어서 때 묻히고 피도 흘려 가며 고통 받는 약자들의 온갖 근심을 끌어안는 것이 더 바른 일이다. 윤동주도 그렇게 현실에 뛰어 들고 젊은 나이에 떠난 사람이다. 그러므로 부질없는 욕망은 버려야 되지만 '땅 위에 굴러다니는 돌멩이 같고, 길가에 서 있는 나무와도 같은' 존재이기를 소원하는 김시헌의 「무심연습」은 개인적 선택 사항일 뿐 보편적 진리가 되기에는 논란의 여지가 있다.

그리고 이 작품은 독자를 혼란에 빠뜨릴 우려가 있다. 용어의 부정확성 때문이다. 작자는 앞쪽에서 무심·의식·생각을 같은 의미로 쓰고 있다. 무심이 마음

비우기라 할 때 그것은 생각을 비우는 것이 아니다. 스님·신부·목사를 마음을 비우며 사는 사람이라 함은 수긍이 가지만 그들은 생각을 비우고 사는 사람은 아니다. 생각을 남보다 더 많이 하고 사는 사람이다. 그런데 용어의 오용으로 나무나 돌멩이처럼 사는 사람으로 만든 셈이다.

논리적 사색에서 가장 중요한 것은 용어의 정확성이다.

포도원이 있는 풍경

김용구

나는 꿈 많은 소년시절을 전원에서 자랐다. 한 사람으로 자라가며 여기저기 살았고, 또 생업을 갖게 된 뒤로, 여러 나라로 떠돌아 보기도 하였지만, 나이가 들수록 어린 시절을 보낸 풍경이 그리워진다.

향수가 사무칠 때면, 나의 마음은 내 고향으로 귀향을 한다. 비록 먼 시간의 거리가 있지만, 언제나 그리우면 돌아갈 마음의 고향이 있다는 것— 그것이 얼마나 고마운지 모른다.

나는 포도원이 있는 경치에서 살았다. 평지에서 산으로 경사진 널따란 일대가 포도밭이었다. 한복판에는 거대한 은행나무 한 그루가 서 있었다. 이 거목은 무성한 잎의 구름을 이루어 한여름에도 그 아래 서면 더위를 모른다.

은행나무 곁으로 맑은 내[川]가 흐른다. 그것이 비가 오면 산에서 쏟아져 내리는 물로 세찬 여울이 된다.

은행나무 아래쪽으로 내 가까이에 우리 집이 있다. 안채는 널찍한 기와집이고, 그 뒤에 초가집 두 채가 있었다. 여기는 농기구며 물건을 쌓아 두는 광으로 쓰였다.

들에는 포도넝쿨 외에도, 앵두나무며 딸기밭이 있었고, 갖가지 곡식과 야채를 심었다. 겨울에는 온상재배를 하였고, 밭일은 원정들과 일꾼들이 맡아 보았다.

가축도 여러 가지가 있었다. 고양이, 개, 닭, 토끼, 돼지, 염소, 조랑말이 있었고, 옆집에서는 젖소도 쳤다. 조랑말을 제쳐놓고 가축은 집안에서 돌 봤다.

어느 여름 갑자기 폭우가 쏟아진 때였다. 집 둘레에서는 물건을 챙기 고, 밭에서 일하던 일손들이 비를 피해 집으로 뛰어 들어왔다. 그런데 나 는 퍼붓는 빗속을 아랫밭 쪽을 향해 달려갔다. 문득 아침녘에 그쪽에 매 어 놓은 염소들이 생각났기 때문이었다. 가엾게도 염소들은 폭우 속에 흠 뻑 젖고 있었다. 나를 보자 어메메 우는 것들을 끌러 염소와 나는 함께 뛰 어 집에 돌아왔다.

우리 집의 물장사는 내가 하였다. 여름이나 겨울이나, 은행나무 아래 로 포도밭을 지나서 산기슭에 있는 샘에서, 나는 음료수를 물지게로 져 날랐다.

나는 개를 무척 좋아하였다. 우리 개뿐 아니라, 이웃의 개들도 나를 따 랐다. 들에 나가 휘파람을 불면, 사방에서 개들이 모여들었다. 큰 것, 작은 것, 검은 것, 흰 것, 누런 것…… 여남은 마리가 몰린다. 나는 그것들과 언 덕에 뛰어 올라, 풀밭에 뒹굴며, 앞서거니 뒤서거니 나무가 우거진 산 속 을 쏘다녔다. 우리 일행은 산 속을 걸어 옛 성벽에 둘려 있는 으슥한 곳까 지 가곤 하였다.

겨울이면 눈에 덮인 경치가 인상적이었다. 삼라만상이 눈에 쌓인 아침 녘의 들과 산은 신비로웠다. 눈의 풍광이 아름답기도 하려니와, 눈밭에 찍힌 산토끼의 발자국을 쫓는 것이 무척이나 즐거웠다. 한참 쫓다보면, 김이 나는 토끼 똥을 발견하고 산토끼가 가까이 있다는 흥분 속에, 눈이 덮인 골짝을 헤매게 된다. 그렇게 가다가 먹이를 찾아 내려온 꿩이 '꺽꺽' 하고 소리를 지르며 날아가는 것을 보고 얼마나 안타까워했던가.

나는 지금도 소박하고 목가적인 전원에서 어린 시절을 보낸 것을 기쁨으로 회상한다.

포도넝쿨 은행나무 내[川] 동산 개나리나무로 둘려진 집이 내가 자란 그리운 풍경이다. 거기서 나는 개, 염소, 산토끼, 꿩, 다람쥐와 벗하며 천진난만하게 자랐다. 나의 소년 시절은 그지없이 즐거웠고 아름답고 자유로웠다.

청춘의 시인 헤르만 헤세가 노래하듯, 그 시절은 '아름다운 전설'과 같았다.

포도가 익어 갈 무렵이면, 포도송이에 벌레가 끼지 않게 종이 봉지를 씌운다. 봉지는 헌 신문지로 만들었다.

어려서 나는 이 헌 신문봉지를 들추며 읽기를 즐겼다. 그러다가 거기서 우리 포도원에 관한 기사를 발견하고 어린 마음에도 얼마나 흥겨워하였던가.

지금도 기억에 또렷이 남은 한 신문 표제가 있다. '낮에는 포도원 밤에는 글읽기…….' 이것이 나의 아버지를 두고 한 말이었다. 그는 평범한 농사지기가 아니었다. 일곱 살에 아버지를 여읜 까닭에, 그의 기억이 아득한 나에게, 포도봉지의 헌 신문지는 신비에 싸인 아버지의 세계를 보여 주었다. 이것은 나에게 위대한 발견이었다.

나는 아버지를 자랑스럽게 여긴다. 그리고 포도밭을 가꾸어 나에게 그럴수 없이 아름다운 소년시절을 갖게 하여 준 것에 무한히 감사하고 있다.

소년시절은 사람이 일생을 두고 걸어가는 길을 비춰 주는 빛의 발원이다.

평설

김용구는 언론사 논설위원으로 오랫동안 재직했지만 「귀로」, 「해돋이」, 「겨울 하늘」 등 수필은 서정적 감각도 짙다. 「포도원이 있는 풍경」은 제목 그대로 언어로써 그린 아름다운 풍경화이기에 서경(敍景) 수필이라고 불러도 좋겠다. 그러나 이런 명칭은 '경치를 서술한 수필'이라는 용어 풀이 때문에 서정(抒情 혹은 敍情)은 아니다 라는 의미를 지닌 것은 결코 아니다. 작품 전체는 어린 시절 고향에 대한 향수를 표현한 것이기 때문에 해외 관광이나 가서 그려낸 풍경묘사가 아니다. 향수는 고향에 대한 그리움이며 향수의 愁는 '근심할 수'다. 그러니까 작자는 포도 넝쿨을 그리고 개, 돼지, 조랑말, 산토끼, 다람쥐와 냇물을 그렸더라도 그것은 외형적 기호일 뿐 내면 풍경은 시종 일관 정을 읊거나 서술한 것이다. 그런 의미에서 내면에 대한 명칭만 붙이면 이것은 서정 수필이 된다.

그런데 이런 수필이 문학적 성과를 거두며 성공하기는 매우 어렵다. 아름다운 풍경 앞에 서면 시 한 수가 나온다 하며 실제로 옛 시인들은 그렇게 좋은 경치 앞에서 시 한 수씩을 잘 뽑아냈지만 문학이란 무엇인가 라는 질문에 대답하며 예술성을 찾는다면 그런 시들은 대개 시각적 소재를 언어로 복사해서 옮긴 것에 지나지 않을 경우가 많다.

작자 김용구는 소년 시절을 보냈던 고향에 대한 그리움을 포도원과 큰 은행나무와 냇물과 가축들의 이야기 등으로 표현하고 있다. 작자는 갑자기 소나기가 쏟아질 때 들판 아래로 달려가서 줄에 매여 있는 염소를 풀어 주고 데려 온 이야기와 사랑하는 개와 흐르는 냇물에 대해서 모두 그리움을 자아내며 작품을 만들어 나갔다.

그런데 이런 풍경 묘사가 독자에게 시각적 영상을 전해 줄 수는 있어도 그 속에 담긴 작자의 향수의 정까지 전해 주는 서정적 효과를 얻기는 쉽지 않다. 그런 소나 조랑말이나 다람쥐나 은행나무는 지금도 마음만 먹으면 얼마든지 다른 데서 비슷한 것을 만날 수 있지만 과거의 고향의 기억 속에 남아 있는 그것들은 어떤 것으로도 대체될 수가 없다. 과거의 것에는 작자의 어린 시절의 모든 기억들이 낱낱이 각인되어 있는 데 반하여 지금 새로 만날 수 있는 비슷한 것들은 전연 그건 것이 없기 때문이다. 작자 김용구가 만일 어린 시절을 회고하며 그려 낼 수 있는 모든 사물은 만일 그가 좀 감상적인 반응이 짙은 인간형이라면 그 기억들이 가슴을 아리게 파고들며 눈물마저 흘리게 할 수 있는 마력을 지니고 있는 풍경임을 알 것이다.

또한 이런 풍경은 독자에게는 전연 다른 것이 된다. 그가 포도송이들이 탐스럽게 익어서 주렁주렁 매달려 있었다고 하면 그것은 독자들에게 식욕을 돋우게 할 수는 있지만 작자 자신과 같은 향수의 정을 환기시키는 언어가 되기는 쉽지 않다.

이것이 작자와 독자 사이의 건너기 힘든 장벽이며 당기기 어려운 아득한 거리다. 그러므로 이 거리를 좁히고 이 장벽을 허물고 독자도 작가의 어린 시절로 함께 돌아가려면 그 언어는 쉽게 찾아지지 않는다. 그래서 이런 수필은 화가가 탁월한 솜씨로 그린 풍경화처럼 아름다움에 감탄할 수는 있어도 향수의 정을 듬뿍 전하기는 어렵다.

물론 수필은 언어 예술 형태로 새로 만들어 낸 창작의 세계로서의 고유한 가치가 따로 있기는 하지만 경치 이상의 다른 가치를 찾는 기법의 변화가 있지 않는 한 화가가 생감으로 옮긴 풍경을 능가하기는 힘들다.

윤오영의 「염소」에는 검은 염소들이 줄에 매달려서 주인에게 끌려가는 석양 풍경이 나타나고 있다. 화가라면 이것도 그림으로 남길 만한 좋은 소재가 될 것이다. 그런데 이 석양 풍경에는 인생의 풍경이 있고 철학이 있다. 그가 세상을 떠나 버린 후에 읽게 되는 「염소」는 특히 그런 허망한 인생을 더욱 실감하게 해 준다.

이것이 작은 석양 풍경이 아니라 인생 전체의 큰 그림이 되고 철학이 되고 있는 까닭은 그런 소재를 그대로 옮긴 것이 아니라 그 '소재에 대한 해석'을 옮겼기 때문이다.

아름다운 소재를 그대로 옮기는 것과 그에 대한 해석을 옮기는 것은 큰 차이다. 물론 「포도원이 있는 풍경」은 이대로도 좋은 수필이 되지만 수필에 대하여 더 많이 문학성에 대한 욕심을 부리자면 이 같은 기법의 변화가 필요할 것이다.

봄물

조경희

　수도꼭지를 틀어 조르르 흘러나오는 찬물의 시원한 감촉을 처음으로 느껴본다.

　봄이 다가왔다는 안도감보다도 찬물의 시원하고 상쾌한 맛을 다시 발견한 즐거움이 크다.

　무겁게, 납덩이처럼 가라앉은 마음이 일시에 기구처럼 가벼워지는 것을 느낀다.

　겨울 동안 물은 물이 지닌 바 본연의 성질을 잃고 있었다. 물이 가진 그 부드럽고 맑은 아름다운 모습을 잃고 있었다. 눈으로 볼 수 있는 형태뿐만 아니라 그 성질까지도 아주 변해 있었던 것이다.

　물은 겨울 동안 사람의 피부를 쥐어뜯듯이 아프게까지 하였다. 마치 죄를 지은 인간이 야수가 되는 형벌을 받아, 곤고한 처지에서 영원히 죽어지지 않고 지냈다는 가혹한 전설이 연상될 정도였다. 이와 같이 물로서는 겨울은 무서운 형벌을 받는 계절이었을 것이다.

　봄이 되면 흔히 꽃 피는 계절만을 찬양한다. 동면에서 깨어나는 버러지들에게 신기한 경이의 표정을 보낸다. 시각으로 느낄 수 있는 봄, 회색 속에서 연둣빛으로 번져 나가는 풍경을 찬양 아니 할 수 없다.

그러나 무심코 손을 물에 담갔을 때 물이 주는 짜릿한 감각이란 봄이 갖다 주는 어떤 풍치보다도 나에게 잊어버렸던 봄을 찾아 주는 것이다.

피부를 쥐어뜯듯이 아프게까지 하던 감각은 어디로 사라졌는지, 물은 인간에게 새로운 즐거움을 선물하고 있다.

부드러운 물에서 느끼는 재발견, 물은 봄이라는 계절을 가르쳐 주는가 하면 내 마음속에 잠자고 있던 마음의 눈까지 살포시 뜨게 한다. 내가 사춘기의 소녀였더라면 이성(異性)을 알고 심문(心紋)의 충격을 받는 단순한 동기가 되었을지도 모른다.

너나 할 것 없이 도회에서 사는 사람들은 창경원(昌慶苑)의 꽃구경, 남산(南山) 허리에 어린 찬란한 꽃구름을 즐길 수는 있으나 봄의 운치를 돋우는 강이나 내는 보지 못한다.

다만 하나의 희망이라면 서울 도심에서 십여 분 동안 버스로 달리면 한강(漢江)이 있는 것이다.

물은 모든 물체를 윤택하게 하듯이 땅을 기름지게 하고 나아가 한 고을을 번창하게 한다.

얼마전 중앙대학에 나갈 일이 있어서 한강철교를 건널 기회가 있었다. 그때는 아직 봄 절기가 완연하지 않은 추운 때였다.

나는 차창 밖으로 유유히 흐르는 강물을 보았다. 그것은 오래간만의 일이었다. 부산(釜山)에서 서울로 환도하는 길에 강물을 보고 처음 보는 것이었다. 물은 모래사장을 파헤치고 줄기줄기 흐르고 있었다. 비록 봄날답지 않게 풍세는 세었지만 물은 평화스럽게 아무 일도 없었다는 듯 흐르고 있었다.

물결은 바람을 타고 손풍금처럼 오므라졌다, 퍼졌다, 형형색색의 재주를 부렸다. 흐르는 파동을 헤치고 음향의 리듬이 들려오는 듯도 하다.

물은 자유의 모습 그대로다.

우거진 숲, 바위 틈바구니를 졸졸 마음 놓고 흘러내리다가 불시에 동장군을 맞아 바위틈에 끼인 채 얼어붙었던 물, 깊지 않은 냇가에 깔려서 얼어 말라 버렸던 물, 그것은 물이 지닌 흐름의 자유를 누릴 수 없던 가혹한 계절이었음을 생각게 한다.

만일 물이 감각을 아는 생물이라면 겨울을 참고 견딜 수 있었을까.

나는 물 뿐 아니라 많은 생물이 바위틈을 졸졸 흐르다가 얼어붙는 것 같은 구속을 받게 되는 형편을 연상해 본다.

새삼스럽게 발견된 일은 아니지만 항상 자연의 이치가 그대로 인간 생활에 적용되고 있다.

나는 물끄러미 물을 바라다보고 서 있었다.

태양의 따뜻한 빛이 내려 쬐이자 강가에는 입김 같은 뽀얀 증기가 서리는 가운데 조그만 보트가 몇 개 나란히 떠 있는 것이 보였다.

평소 나는 행복이란 무엇인지 모르고 살아오고 있는 터이지만 이런 순간엔 엷은 꽃 이파리 같은 행복을 느낀다. 그리고 마치 봄물이 얼음 속에서 풀려 나오듯 나를 얽어매려는 모든 허위와 구속 속에서 벗어나려고 꿈틀거리는 나를 찾아낸다.

봄물이여, 추운 겨울 그리고 무서운 형벌인 얼음 속에서 튀어나오듯이 나를 어지러운 속에서 벗어나게 해 달라고 애원하고 싶다. 그리고 물은 더러운 것을 깨끗이 씻는다. 오물이라고 생각 키우는 모든 것들을 깨끗이 씻어 주소서 빌고 싶은 마음이다.

평설

　　조경희는 '한국수필가협회'를 창립하고 『한국수필』을 창간한 수 필가다. 제목이 봄물이듯이 문장도 온 겨우내 골짜기에 얼어붙어 있던 물이 흘 러내리듯이 시원스러운 유속(流速)을 느끼게 한다. 길게 늘어져도 그만인 옛날 이야기 같은 소설일 경우에는 만연체도 좋지만 가장 짧은 산문의 문학 형태인 수필로서는 이런 문장이 더 어울리는 편이다.

　그리고 주제도 좋은 편이다. 봄물이 넘치며 흘러가듯이 '나를 어지러운 속에 서 벗어나게 해 달라고 애원하고 싶다'고 한 것처럼 봄물을 통해서 작자 자신을 보고 소망을 말한 것도 좋은 주제다.

　다만 한 가지 아쉬움이 있는 것은 그 같은 해방감을 원하는 동기 설정이 어느 정도 구체화되었으면 하는 것이다. '어지러운 속에서 벗어나게 해 달라'고 소망 을 빌었다면 무엇이 그동안에 작자에게 그런 어지러움을 준 것인지 그 정신적 고통의 정체를 조금이라도 밝혀야 좋겠다는 것이다.

　물론 그런 구체성이 들어나지 않은 것은 한국수필이 지녔던 잘못된 관행 때 문이었을지도 모른다. 이런 문제는 이 글이 발표되던 50년대도 그랬고 거의 60 년이 지난 지금의 2010년대도 큰 변화가 없다는 점에서 아직 숙제로 남아 있다. 작자가 지나치게 스스로 시야를 가리고 바깥 풍경을 외면하거나 침묵하는 것 이다.

　1955년 발표 당시의 시대적 상황을 아는 독자라면 이 수필의 문제점을 알 수 있을 것이다.

　　나는 창밖으로 유유히 흐르는 강물을 보았다. 그것은 오래간만의 일이었다. 부산에서 서울로 환도하는 길에 강물을 보고 처음 보는 것이었다.

이 문장을 읽으면 작자가 한강을 바라보고 있는 장면이 떠오른다. 작자는 흑석동의 중앙대학교로 가기 위해서 버스로 한강을 건너가다가 창밖으로 한강을 바라보고 있다. 그때가 전쟁 직후의 봄이었다. 이때는 골짜기마다 땅이 녹고 얼어붙어 있던 물이 흘러내리고 있으니 한강물의 수위도 꽤 높아졌었을 것이다.

전쟁이 끝나고 아마도 부산에서 서울로 돌아올 때 바라봤던 한강물도 감회가 깊었겠지만 이렇게 1955년에 겨울이 지나서 봄물이 도도히 흐르는 한강물은 감정이 풍부한 문인으로서 또 다른 감회가 있었을 것이다. 왜냐면 그동안에 꽁꽁 얼어붙었던 가혹한 계절은 물이 얼어붙었던 자연의 계절만이 아니라 그것만으로 비유되기에는 너무도 혹독한 전쟁의 계절을 의미할 수 있는 것이었기 때문이다.

이 작품은 1955년 발표작으로 되어 있고, 서울 환도 직후의 것이라는 표현이 있으니까 아직도 이 땅에서는 피가 마르지 않고 통곡을 멈추지 않고 있는 가정도 많았을 때다. 그러므로 작자 조경희가 아니라도 누구나 그 무렵에 봄을 맞으며 도도히 흐르는 한강물을 바라봤다면 남다른 감회에 젖는 사람이 있었을 것이다.

죽은 자도 많지만 이제 전쟁은 끝났으니 살아남은 자들은 다시 무너진 폐허 위에 새 집을 짓고 새로운 삶을 시작해야 되는 시기였다. 엘리엇의 『황무지』에서처럼 "4월은 잔인한 달, 죽은 땅에서 라일락을 키우고 추억과 욕정이 뒤섞여 차라리 겨울이 따뜻했다."고 했듯이 살아남은 자들만의 축제가 시작될 잔인한 봄을 원망할 사람도 많았겠지만 한편으로는 향기로운 라일락을 키우며 약동하는 생명의 계절로서 봄을 맞이하며 봄물이 콸콸 넘쳐흐르는 한강물을 바라보며 감동적인 시 한 편이라도 쓰고 싶은 사람들이 많았을 것이다.

「봄물」을 쓰던 조경희도 그 생각을 하며 이 제재를 선택해서 수필 한 편을 쓰려고 원고지 앞에 앉았었을지 모른다.

더구나 조경희가 누구인가? 만일 이승만 정권과도 정치적으로 가까웠던 문인들이 구명 운동을 해주지 않았다면 그녀는 이 수필을 쓰지도 못했을 것이다. 중공군의 갑작스러운 개입으로 다시 서울 탈출이 시작 된 1·4 후퇴 때는 그동안의 이념 활동 문제로 감옥에 그대로 갇혀 있던 사람들은 그것으로 그들의 인생이 마감되었다고 알려져 있다. 그중에는 그들과 함께 사라진 문인도 있다.

이 시기가 조경희에게 얼마나 가혹한 계절이었는지는 쉽게 짐작이 가는 일이다. 그리고 전쟁이 끝났다. 꽁꽁 얼어붙었던 혹한의 계절이 조금씩 풀리고 조경희는 서울로 돌아올 때 한번 한강물을 보고 두 번째로 해동기에 한강을 본 것이다. 그러면서 그녀 자신도 저 흐르는 한강물처럼 '어지러운 속에서 벗어나게 해 달라고' 마음속에서 빈 것이다.

그런데 작자는 그 '어지러운 것'이 무엇인지 말하지 않고 있다. 그냥 봄이 오고 춥던 계절이 끝났으니 '어지러운 것'에서 벗어나게 해 달라고 빌고 싶었다는 것일 뿐 구체성이 없다. 이렇게 되면 그 마음속을 읽어 줄 전지전능한 하나님이 아닌 이상 작자의 마음은 전달되기 어렵다.

다만 작자 자신이 그런 끔찍한 개인적 경험까지 말할 필요는 없다. 그러나 작자 자신은 빼고라도 객관적 현실로서의 '어지러운 것'을 말했어야 옳다. 비참했던 전쟁이 끝났다는 말 한 마디로라도 족하다. 그런데 이것 없이 '어지러운 것'이라고만 한다면 그처럼 봄물을 바라보며 감격해야 할 이유가 설명되지 않는다. 오랫동안 땅 속에서 동면하다 나온 북극의 백곰도 어지러워 비틀거릴 것이니 그런 표현만으로는 작자의 어지러운 것이 무슨 뜻인지 이해시키기 어렵다.

이것은 수필 문학만이 아니라 모든 문학은 현실에 대한 관심으로부터 철저하게 분리시킬수록 그것이 순수해지고 예술성이 유지된다고 하는 잘못된 순수 문학론과도 관련이 있을 것이다.

인간의 오만과 허무에 대한 반성

하루살이와의 재회

김병규

하루는 내 테이블 위에 아주 작은 점 같은 것이 보였다. 하얀 종이 위가 아니었다면 눈에 띄지도 않을 것이었다. 그런데 그게 가만히 있는 것이 아니었다. 느릿느릿 움직이고 있었다. 맹랑하다 싶었다.

안경을 끼고 자세히 관찰했다. 그건 하루살이였다. 보통의 하루살이는 그래도 좀 큰데 이건 뭐 이런가 싶었다. 그런 꼴로 용케 움직이다니 기특한 생각이 들었다.

나는 그때 이상야릇한 상념에 잠겼다. 그게 달포 전 제주도 가는 바다 위에서의 비행기 창문에 있던 것과 동류란 것이었다. 하계(下界)를 내려가 보다가 유리창에 희미하게 움직이는 것이 보였다. 하마터면 닦아 버릴 뻔했다. 설마하니 생물이란 생각이 들지 않았기 때문이었다.

기이하다 싶어 자세히 보았다. 몸뚱이는 극히 작은 데 날개는 날씬하고 길었다. 어쩌면 연미복처럼 멋졌다. 이놈은 제법 뽐낼 만하다 싶었다.

나는 짐짓 훅 불어 보았다. 그만큼 얕잡아 본 셈이었다. 그러나 놈은 꼼짝도 않았다. 항의라도 하듯 움직이지도 않았다. 놈은 나를 노려보고 있었는지도 모른다. 그러다가 또 전후좌우로 기어 다녔다. 아니 신사처럼 점잖게 배회한다고나 할까. 가관이었다.

나는 아래에 펼쳐지는 구름이랑 더러는 섬이랑 바다 위로 둥둥 떠가는 배들에 이젠 정신이 팔리지 않았다. 목전에 전개되는 하루살이가 나의 시선을 독점하였다.

내 눈에 비친 배는 하루살이보다 크지도 않을 것 같았으며, 속도에 있어서는 하루살이가 훨씬 빨랐다.

그러나 이놈은 도대체 어쩌자는 거냐고 묻고 싶었다. 비행기 속으로 기어든, 아니 날아든 까닭은 무엇이었을까. 허공을 날다가 기상으로 들어갔거나 사람에 붙어 들어갔거나 간에, 가만히 생각해보니 그놈이 나보다는 선참자였다. 선참자니까 그렇게 의젓하나 싶은 생각까지 들었다.

어디로 다니는가 싶어 살펴보았는데, 창문의 유리 위만 왔다 갔다 했다. 다른 데는 가지도 않았다. 나 보란 듯이 그런 성도 싶었다. 조그만 창 안에만 왕래하고 있었다. 어쩌면 갇혀 있는 것 같이 보였다. 그것도 무엇을 짐짓 보여 주려고 하는 것같이 여겨졌다. 날 수 있을 텐데 날지도 않았다. 기어 다니기만 했다. 그게 연민을 일으키는 것이었다. 하지만 정말로 그럴 수 있을까. 적어도 연민의 정은 우월한 지위에 있는 자가 갖는 것이다. 내가 진정 대언장어(大言壯語)할 수 있을까.

그도 모처럼 비행기를 탔고, 나도 그랬다. 그나 나나 동승자며 동행자였다. 크게 말하면 이 세상에서의 동반자였다. 그래서 인생을 흔히 부유인생이라 하며 하루살이 삶이라고 하는지 모른다. 비행기에 타고 있는 것을 보면 그도 나도 기상에서 부유하고 있다.

그저 이리저리 떠돌아다니고 있는 것이다. 인생인들 마찬가지다. 공연히 우월감을 갖는 것 자체가 잘못이다. 기내에서 오래 있을 수가 없었다.

나는 공항에 내려야만 했다. 나는 하루살이를 바라보았다. 그는 그저 빙빙 돌고 있었다. 나는 마음속으로 '잘 있거라'라고 이별인사를 했다. 그는 아랑곳하지 않았다. 이별이 뭐 그리 대단한 거냐고 반문하는 듯했다.

백지 위를 기어 다니는 하루살이가 비행기 창문에 있던 하루살이를 상기하게 했다. 같은 하루살이일 리야 없지만, 우연이란 생각은 들지 않았다. 어떤 연관이 있을 것 같았다. 이별 인사를 했기로 다른 하루살이에게라도 이어진 것일까 여겨지기도 했다.

만일 그렇지 않았더라면 아무렇지도 않게 넘어갈 것이, 그렇게 새로운 감명으로 들이닥치는 것이 예사로운 것 같지가 않았다.

그가 의도적으로 내 앞에 나타났을 턱은 없었다. 나도 부유하고 그도 부유하다가 만났을 따름이었다. 그러나 꼭 그렇게 보고 싶지가 않았다. 그것도 인연인가 싶었다. 꼭 이유를 붙이려는 인간의 습성이 그렇게 된 것인지 모른다.

그는 나에게 무엇을 보여 주고 싶었던 것처럼 보였다. 원고지 위에 나타난 것이 어찌 아무런 이유가 없었을까. 글 쓰는 허무한 짓을 비아냥거린 것이 아닌가 싶었다. 그게 무엇이 그리 대단하냐고 빗대는 것 같았다. 그만큼 나의 인간살이가 문제로 되어 있다고 함을 그 하루살이가 인간이 자기에게 붙인 부당한 명명을 의식하기라도 하듯 나에게 인식시키려고 하는 것같이 보였다.

하루살이는 나중에 내가 쓰고 있는 원고 위를 설치고 다녔다. 종이 위를 횡단해선 모서리 끝까지 오갔다. 더러는 날기도 했다. 뛴다는 표현이 나을지 모르겠다. 가만히 바라보니 더듬이가 두 개 있고, 날개는 제법 길었다. 암만 작다고 날지도 못한다고 핀잔할까봐 훌쩍 날기도 하였다.

한참 있다가 그는 어디로 사라졌다. 이번엔 그가 나를 버리고 가 버렸다. 별볼일 없다고 여겼을까. 나는 허전해졌다. 그도 갈 곳이 있을 것이었다. 그것조차 무시한다면 너무하다는 비난을 면치 못할 것이었다.

그런데 그는 확실히 나에게 무슨 시위나 항의를 할 셈치고 나타난 것 같다는 생각을 떨칠 수가 없었다.

처음에 나는 도대체 어쩌자고 이러느냐의 투로 큰소릴 쳤다. 그 잘못을 깨치게 하기 위하여 다른 하루살이가 나타났을지도 모른다.

나를 야유해도 좋다. 그러나 분명히 내가 말할 수 있는 것은, 눈에도 잘 보이질 않는 하루살이가 네가 나에겐 그지없이 반가웠으며, 훌쩍 떠난 뒤 되레 네가 내 동반자다 함을 깨달았다는 것이다.

평설

김병규는 70년대 이후 김태길, 박연구, 유경환 등과 함께 수필문우회에서 활동하며 수필집 『시련의 강을 건너』, 『목탄으로 그린 인생론』 등을 냈다. 이 작품은 하루살이와의 만남과 헤어짐의 이야기다. 이런 이야기의 서술 형태는 은유법은 아니다. 그렇지만 하루살이와 인간(작자)의 만남 자체가 은유법적인 서술 형태를 만들고 있다.

하루살이는 매우 작은 곤충이다. 현미경으로만 볼 수 있는 바이러스보다는 훨씬 크지만 우리들의 육안으로 볼 수 있는 곤충 중에서는 가장 작은 벌레, 그래서 지구상의 공동 입주자로서 그 존재 자체가 완전히 무시되고 있는 것이 하루살이다.

하루살이는 가장 짧게 사는 생명체의 대표자다. 하루만 살다 가니까 최소 단명 생명체의 상징이다.

이런 의미에서 작자가 파리나 나비나 사슴벌레 등 수많은 곤충들 중에서 하루살이를 선택한 것은 그래야만 되는 필연적 이유가 있기 때문이다. 그처럼 하찮은 생명체 앞에서 이 지구상 가장 잘났다는 인간으로서의 너라는 인간은 과연 뭐냐 라고 시비를 걸기 위해서 작자는 그를 항공기 창문에 출연시키고 원고지 위에 출연시킨 것이다.

하루살이와 작자 김병규는 특별한 어떤 관계도 없지만 만일 관객이 이들의 팬터마임을 관람하게 되면 그것이 의미하는 바가 무엇인지 생각할 것이다. 그리고 작자를 포함해서 이 세상의 가장 잘났다는 인간들과 가장 하찮은 하루살이와의 만남에서 '너희는 정말 잘난 자들이냐?'라는 질문을 끌어내고 우리 자신을 되돌아보게 한 것이 이 작품이다. 그래서 은유법적 장치가 되어 있는 수필이다.

이를 통해서 작자는 '인생이란 이렇게 보잘것없고 허무하고 서글픈 존재다'라는 인생론을 펼쳐 나가고 그런 작은 생명체에 대한 애정을 보이고 있다. 상생의 윤리다.

작자는 여기서 원고지를 놓고 창작 행위를 하는 사람으로서의 인생을 말하고 있기 때문에 '문인으로서 이 세상을 살아간다는 것은 이렇게 보잘것없고 허무하고 서글픈 것이다.'라는 비관적 인생론을 펼쳐 나간 셈이다.

그러나 비록 문인으로서의 인생을 말한 것이기는 하지만 전체적 문맥은 굳이 글쟁이에만 국한된 것은 아니라고 여겨진다. 글쟁이에 대한 서글픈 감정이 실려 있는 것은 사실이지만 화가나 작곡가나 조각가나 배우나, 여의도 국회에 출전하는 검투사들이나 푸른 기와집 식구들이나 서울역 대합실의 콘크리트 바닥의 노숙자나 모두 그런 존재임을 암시하고 있는 것이 사실일 듯하다.

이런 경우에 작자 김병규는 이런 철학적 주제를 무대 위에서 공연해 나가기 위해서 하루살이라는 벌레 한 마리를 배우로 뽑고 자신도 등장시켜 연출을 했을 것이다.

이 벌레 배우는 두 번 무대에 등장한다. 한 번은 제주도로 가는 비행기 안의 창문이 무대이고 또 한 번은 작자의 하얀 원고지가 무대가 되고 있다.

작자는 물론 평생 살아가면서 하루살이를 꼭 이렇게 두 번만 만나지는 않았을 것이다. 한여름 밤 가로 등에 몰려들어서 서로 짝을 찾아 섹스를 하려고 군무를 펼치던 수백 수천 수만 마리가 아침이면 모두 죽어서 길바닥에 깔려 있는 모습도 여러 차례 봤을 것이다. 그렇지만 그런 하루살이들은 그가 말하려는 철학적 인생론의 연극 무대에는 맞지 않는 배우들이다. 그가 필요로 하는 배우는 비행기 안에서 만난 하루살이와 원고지 위를 기어 다니던 하루살이뿐이다. 그들만이 작자가 '인생이란 무엇인가'라는 질문에 대하여 명연기를 해 줄 수 있는 배우들이기 때문이다.

그도 모처럼 비행기를 탔고, 나도 그랬다. 그나 나나 동승자며 동행자였다. 크게 말하면 이 세상에서의 동반자였다. 그래서 인생을 흔히 부유인생이라 하며 하루살이 삶이라고 하는지 모른다. 비행기에 타고 있는 것을 보면 그도 나도 기상에서 부유하고 있다.

작자가 비행기 안에서 만난 하루살이는 이 장면을 통해서 작자가 말해 주는 의미는 다름이 아니다.

하루살이는 공중에 떠서 어디론가 가고 있다. 작자도 그렇게 공중에 떠서 가고 있다. 작자는 이것을 부유물이라 하고 있다. 비싼 항공료를 내고 예쁜 스튜어디스의 서비스를 받아 가며 안락한 의자에 앉아서 왕(손님은 왕이니까)이 된 기분일 수도 있지만 자신을 부유물이라 표현하고 있다. 이것은 엄청난 자기 비하적 비관론이지만 실체를 인정하는 발언이다. 그리고 하루살이도 엄연히 부유물은 아니지만 부유물인 셈이다.

이렇게 이 장면은 '인생이란 떠도는 먼지' 같은 것이란 비관론이며 허무주의적 발상을 나타낸 것이다.

특히 작자는 이런 비관주의를 명백히 강조하기 위해서 비교법을 쓴 것이다. 인간 존재를 경멸적으로 비하하려면 하루살이에 견주는 것만큼 효과적인 비교 대상도 드므니까.

그리고 작자와 하루살이는 다 같이 어디론가 가고 있다. 그런 의미에서 나그네이며 그들은 한 자리에서 함께 만났기 때문에 여행의 동반자다. 즉 작자는 인생이란 무엇인가라는 질문에 대답하기 위해서 매우 적절한 무대를 설정하고 배우를 등장시켜서 정답을 끌어낸 셈이다.

그런데 작자는 일반적 인생론이 아니라 문필가라는 작자 자신의 인생론으로 좀 더 구체화된 답을 쓰기 위해서 무대를 자기 서재 원고지 위로 바꾼 셈이다. 그리고 여기서 다시 한 번 자신의 인생론을 구체화한 셈이다. 글 쓰는 자신의 삶이 얼마나 부질없는 짓인지! 물론 작자 자신이 김동리 같은 인물과 순수문학 논쟁을 벌이거나 수필을 써 나간 일들이 모두 보람 있는 일이었겠지만 영원한 시간과 광막한 우주 속에서 잠시 머물다 가는 자신을 되돌아보면 이런 인생철학이 가능해질 것이다. 그리고 이 대답을 위해서 작자는 적절한 소재를 매우 잘 선택한 셈이다.

지식인의 비판과 역사의식

왕빠깝빠

유병석

지난 70년대의 어느 세월에 있었던 이야기다.

명실상부한 대학의 전임교수였지만 툭하면 학교가 문을 닫는지라 나는 실업자와 같이 집에서 뒹굴며 지내기 일쑤였다. 문을 닫는 시절이 마침 가장 화창한 계절인 4,5월이거나 가장 생기가 나는 때인 9,10월이었다.

일도 손에 잡히지 아니하고 풀 수 없는 울분이 치솟아 집에서 혼자 소주잔이나 홀짝대고 허송세월할 도리 밖에 없었던 시대. 왕빠, 깝빠, 땅꼬마, 풀떼기 등의 기발한 딱지 용어를 이때 배웠다.

아내는 돈 벌러 가게에 나가고 큰놈들은 학교에 나간 고즈넉한 오전이면 푸른 바다 넓은 백사장에서 하루 종일 게와 노니는 심정으로 네 살짜리 막내와 집을 지키며 놀았다. 어른과 아이가 함께 놀 때 어른이 아이가 되야지, 아이가 어른이 될 수 없는 노릇이어서 나는 그놈의 말이 되어주기도 하고 구슬치기의 상대가 되어주기도 했다.

그때 막내는 딱지 치는 시간 이외의 시간은 모조리 딱지 접는 데 쓰는 판이라 접은 딱지가 박카스 상자로 가득했다. 열병들이 상자가 아니라 열

병들이 상자 열 개가 들어가는 커다란 상자로 가득했다는 말이다.

딱지 중에서 모양이 앙증스레 작게 접힌 놈이 땅꼬마, 육중하고 큰놈이 왕빠라는 것이다. 왕빠 중에는 문고본 책만한 크기와 두께를 가진 놈이 있는 반면에 땅꼬마 중에는 가로 세로 1.2cm까지 다양했다. 그런가 하면 엷고 힘없는 종이로 접었기 때문에 시들시들한 것을 풀떼기라 부르고 딱딱한 무거운 종이로 접어서 땡땡한 것을 깝빠라고 했다.

말하자면 왕빠와 땅꼬마는 딱지의 크기에 의한 구분이요, 깝빠와 풀떼기는 재료의 강도에 의한 구분이다. 그리하여 박카스 상자에 가득 찬 딱지 중에는 왕빠와 땅꼬마와 풀떼기가 어지럽게 섞여 있는 것이다.

왕빠에는 풀떼기왕빠와 깝빠왕빠가 있고 깝빠에는 왕빠깝빠와 땅꼬마깝빠가 있다. '남녀노소'가 성별로 남과 여, 연령으로 노와 소로 구별하여 남(男) 중에는 노남(老男)과 소남(小男)이 있는 것과 마찬가지다. 막내가 딱지를 붙일 때에는 가장 허약한 풀떼기땅꼬마깝빠나 풀떼기왕빠를 대고 그래도 못 견딜 최후에 가서 비장한 왕빠깝빠를 댄다. 이때는 최후의 일전인지라 그것을 땅에 밀착되도록 여러 번 발로 눌러놓는다. 왕빠깝빠가 풀떼기와 왕빠나 깝빠를 넘기기란 차(車)로 졸(卒)치기처럼 쉽다. 그러나 반대로 풀떼기나 땅꼬마로 왕빠나 깝빠를 넘기기란 거의 무망한 노릇이다. 이 아비는 비록 열을 올려 딱지치기를 하지만 딴 딱지를 간수해둘 상자도 없거니와 그럴 처지도 아니어서 모두 돌려준다. 다음에 다시 딱지치기를 할 때는 언제나 적으로부터 얻어야 하는데 효도가 뭔지 잘 모르는 네 살짜리 막내는 언제나 풀떼기나 땅꼬마를 아비에게 준다.

어느 날 나와 같은 신세의 잠정 실업자 친구가 내 집에 나타나 부자지간의 이 유치한 놀이를 관전한 일이 있었다. 그가 막내에게 너 커서 뭐가 되고 싶냐고 물으니까 대답이 '왕빠 대통령'이다. 막내에게 있어서 대통령은 되고 싶으면 되는 것이고 또 대통령은 왕빠 같은 존재인 모양이다. 왜 하필 왕빠 대통령이 되고 싶으냐고 풀떼기 같은 실업자가 물었것다. 그 이유를 이 아비가 통역, 해설, 요약하면 요컨대, 나쁜 놈 빨빨 쏴 죽이고 길에 거치적거리는 사람들을 쫙 제치고 사이드카 수십 대 앞뒤를 거느리고 기관총을 단 자동차 타고 웽 달리고 싶어서라는 것이었다.

돈 벌러 아침 일찍 일터에 나갔다가 저녁 늦게 파김치가 되어 돌아온 아내가 아비와 막내의 매일 하는 딱지놀이를 눈치 챘다. 딱지를 접으면 손재주가 는다는 둥 다 교육적으로 좋은 일인데 왼손으로 치는 것을 오른손으로 치도록 왜 교정하지 않느냐고 한다. 이 말을 곁에서 듣고 있던 큰놈이 끼어들며 놔두란다. 억지로 왼손잡이를 고치려고 강제하면 말더듬이가 된다나.

맙소사, 풀떼기 같은 나는 할 말이 없었다. 교육이면 세상 다 되는 줄 아는 불쌍한 아내. 그래서 자식들 교육 때문에 즐거이 파김치가 되는 아내, 지식이면 세상 다 되는 줄 아는 순진한 큰놈, 글자로 종이에 박힌 것이면 모두 옳은 것인 줄 믿어 의심치 않는 큰놈, 왕빠깝빠면 세상 다 되는 줄 아는 막내만 못한 사람들은 아닐까.

이 세상은 막내의 딱지 상자다. 풀떼기와 땅꼬마와 깝빠가 무질서하게 뒤섞여 담긴 딱지 상자로 만약에 세상이 두 동강이 나서 딱지치기와 같은 싸움이 붙는다면 수십 개의 풀떼기땅꼬마가 아니라 단 한 장의 왕빠깝빠가 승리를 쟁취하게 마련이다. 더구나 왕빠깝빠의 수효가 많은 진영이 적의 진영을 이길 것은 말할 필요도 없으리라. 한 명의 장군이 공을 세우기 위하여서는 수만의 병졸을 죽여야 하는 것처럼 풀떼기와 땅꼬마는 그저 있으나마한 민초일 뿐일 것이다.

막내가 자라 유치원에 가고 학교에 들어가고 학년이 올라가면서 어느 사이엔가 딱지치기는 잊어버렸던 모양이다. 헛간을 치우다가 몇 년 동안 먼지를 뒤집어쓰고 있던 예의 딱지 상자를 발견했다.

족히 한 아름이나 되는 종이들을 처분할 길은 태우는 것밖에 없었다. 벽난로에 이것들을 하나하나 집어던지면서 소리 없이 타는 모양을 구경하며 한동안 앉아 있었다. 인생들이 종명(終命)을 지켜보고 있는 기분으로.

죽음에 있어서도 역시 깝빠와 풀떼기는 같지 아니하였다. 풀떼기는 푸시시 검불처럼제대로 불꽃도 내지 못하고 금시 스러지지만, 깝빠는 나무 조각처럼 제법 불꽃을 뿜으며 한동안 장렬하게 버티는 것이었다.

깝빠와 왕빠와 풀떼기와 땅꼬마를 하나하나 던지면서 아내는 풀떼기, 나는 땅꼬마하고 별을 헤듯 속으로 뇌어 보는 것이다.

평설

유병석은 대학의 국문학과 교수직에 있으면서 『어디서 무엇이 되어 다시 만나리』 등 좋은 작품집을 냈다. 이 작품은 70년대의 어느 세월이라고 연대가 밝혀져 있다. 같은 연대를 배경으로 밝힌 작품에는 김태길의 「대열」도 있다. 여기에는 1974년이라고 더 구체적인 연대가 밝혀져 있다. 필자의 「그 겨울의 날개」 등 나비나 베짱이 등이 나오는 수필 몇 편도 모두 1974년이나 그 다음 해쯤이 시대적 배경이다. 이밖에도 학생들의 시위가 격화되고 휴교령이 내려지던 시절의 다른 교수들의 글이 있다.

이런 수필들이 몇 편이나 될지 모르지만 더 발견된다면 하나로 묶어서 70년대를 말하는 수필 논문 주제로 다뤄도 좋을 듯하다. 우리 문학사 100년을 헤아리는 많은 작품들 중에서 이처럼 특정 연대를 가리키며 많은 지식인들이 수필을 쓴 일이 없기 때문이다. 그리고 그 내용이 중요하다. 「왕빠깝빠」의 유병석이

나 김태길의 「대열」이나 필자는 모두 교수직에 있을 당시의 이야기이고 모두 정치적 소용돌이 속에서 참담한 열패감으로 슬픔에 잠겨 있거나 그 이상의 고통으로 신음하던 것이 소재로 되어 있기 때문이다.

「왕빠깝빠」는 재미있다. 해학적이고 비판정신이 깔려 있다고 하는 일반적인 평가가 틀린 말이 아니다. 그중에서도 「왕빠깝빠」는 특히 재미있는 좋은 작품으로 꼽힐 수 있을 것이다.

내용은 네 살짜리 어린 자식 놈과 딱지치기 하며 노는 얘기다.

대학 교수가 학교에 안 나가고 맨날 어린애와 딱지치기나 하며 세월을 보내고 있으니 딱한 풍경이다. 가끔 소주잔을 홀짝거린다고 했지만 일상적으로는 애를 위해서 딱지를 접어 주고 함께 놀아 주는 것이다. 매우 큰 상자로 딱지가 가득했다고 하니 생산량이 많았던 셈이다.

휴교령으로 놀게 되었으면 집에서 책 읽고 논문을 쓰든지 소설을 쓰든지 여전히 할 일도 많겠지만 울분이 터져서 그것도 마음대로 되지 못했던 것같다.

작자는 여기서 국문과 교수답게 딱지의 몇 가지 종류에 대한 용어 분석을 하고 있다. 왕빠, 깝빠, 풀떼기, 땅꼬마 등의 딱지 용어에 대한 설명이 학술적인 방언분석 같아서 재미있다. 그리고 작자와 비슷한 처지의 친구가 찾아와서 애한테 묻고 듣게 되는 대답도 재미있다. 너 커서 뭐가 되겠느냐는 질문에 왕빠 대통령이 되겠다는 대답 등이 재미있다.

　　나쁜 놈 빨빨 쏴 죽이고 길에 거치적거리는 사람들을 쫙 제치고 사이드카 수십 대 앞뒤를 거느리고 기관총을 단 자동차 타고 웽 달리고 싶어서…….

이것은 아이의 말을 작자가 더 알기 쉽게 거들어 준 것인데 이것이 아이가 장차 되고 싶은 '왕빠 대통령'이다.

작자는 다른 딱지들에 대해서도 설명한다. 힘없고 시들시들한 종이로 만든 풀떼기 딱지는 왕빠나 깝빠 앞에서 얼마나 허망한 존재인지를 설명한다. 그리고 이들은 작자가 불태워 없애 버릴 때도 비슷한 모습이다. 약자들이 강자들 앞에서 얼마나 허망하게 사라지는 존재인지를 말해 주고 있다.

이들은 작자가 폐기처분하려고 불태워 버릴 때도 비슷하다 불꽃을 강하게 내 뿜으며 타 버리는 딱지와 불꽃 한번 제대로 일으켜 보지도 못하고 재가 되는 딱지가 있다.

그런데 이것이 모두 실제적 경험을 회고하며 써 나간 글일 터이지만 복선이 깔려 있다. 딱지는 모두 박정희의 유신 독재 정권 시대를 말하는 사회적 구조를 의미한다. 70년대라고 밝혔으니까 그렇게 해석된다.

작자는 이렇게 딱지치기라는 애들 장난을 통해서 당대의 모순을 비판하고 있다. 그리고 더욱 중요한 것은 그런 군사독재 체제를 야유하는 은유법의 기발한 착상에 있다.

작자는 당시의 대통령을 비롯한 강자를 왜 네 살박이 어린이가 좋아하는지를 말하고 있다. 이것은 그렇게 거들먹거리는 어른들의 의식 수준이 어린이의 그것과 꼭 같이 유치하다는 빈정거림이 된다.

이런 의미에서 보면 이 작품은 실제적 사실들을 기본 소재로 하되 매우 치밀하게 계산된 장치로써 주제를 성공시켜 나간 수필이다.

강마을

김규련

　오늘 아침 출근길에 문조(文鳥) 한 마리가 죽어서 길섶에 버려져 있는 것을 보았다. 무서리가 내린 강변에 어린 물새 한 마리가 죽어 쓰러진 것을 보고 치마폭에 싸다가 양지에 묻어 주던 소녀가 생각난다. 이듬해 봄에는 그 무덤을 찾아가 풀꽃을 뿌려 주던 그 천사의 동심이 오늘 황량한 내 가슴에 강물로 출렁인다.

　강마을 아이들은 강변의 물소리를 익히며 자란다. 강물 소리에도 계절이 깃들여 봄이 오고 가을이 간다.

　강물에도 생명이 있다. 추운 겨울 얼음이 겹으로 강 위에 깔려도 강심 어딘가에는 숨구멍이 있다. 이 생명의 구멍으로 강물은 맑은 하늘의 정기를 호흡하며 겨울내 쉬지 않고 흐른다. 겨울의 강물 소리는 마음으로 듣는다. 차가운 강바람이 소창(素窓)을 칠 때 떨리는 문풍지에서 문득 오열(嗚咽)처럼 흐르는 강물 소리를 듣는다.

　우수(雨水)가 지난 어느 날 새벽, 찡 하고 나루터 빙판에 금 가는 소리가 나면 비로소 강마을의 한 해는 시작되는 것이다. 강이 풀리면 금조개 빛깔의 겨울 강물이 청자빛으로 변해 가고, 잠에서 깨난 물고기들은 꼬리를 쳐 본다. 강마을의 봄은 강물의 빛깔과 물소리에서 오는 것일까. 막 껍질을 깨고 난 병아리의 삐약거리는 소리가 강변에서 번져 나오면 산과 들은 곧장 강물빛깔을 닮아 간다. 강마을 아이들은 감동과 사랑으로 이 신비로운 질서에 동화(同化)하면서 기다림과 설레임으로 봄을 맞는다.

봄이 오면 이른 아침의 강나루는 아이들의 공동 소세장(梳洗場)이다. 저마다 팔다리를 걷어붙이고 김이 무럭거리는 강물을 휘저으며 묵은때를 씻는다. 부리가 길고 몸매가 날씬한 물새가 저만치 수면을 스치고 허공을 찌르듯 솟아오른다. 가지색 날갯깃에 아침 햇볕이 부딪쳐 찬란할 때 동심은 봄이 온 기쁨에 넘쳐 물새로 비상(飛翔)한다. 기나긴 봄날을 함께 놀아 줄 동무가 찾아 온 것이다. 감격과 환희를 가득 싣고.

강마을 아이들의 놀이는 곧 강물에의 애무(愛撫)다. 조약돌을 주워 강심에 팔매질을 해 본다. 풀잎배, 나뭇잎배, 때로는 나무껍질로 만든 배를 물위에 띄워 보낸다. 어쩌면 미지의 세계로 한없이 가고픈 동심을 띄워 보내는 것이리라. 때로는 낚시를 드리워 고기를 건져 올리고, 강조개를 캐내기도 한다. 그러나 캐내고 건져 올리는 것이 어찌 강조개며 고기뿐이랴.

아이들은 강마을에 있어야 할 자연의 일부라 할까. 강물과 모랫벌, 물새와 고기떼, 산과 들, 나룻배와 하늘 그리고 아이들, 그 어느 하나도 없어서는 안 될 자연의 조화다. 이 자연의 조화에 깊은 애정을 느낄 때 아이들의 마음속에는 고향의식이 싹튼다. 훗날 뿔뿔이 흩어져 저마다 삶의 길목을 고달프게 걷다가, 어느 날 밤 가슴속에 흐르는 강물 소리를 듣고 문득 향수에 젖으리라.

여름의 강마을은 조물주의 장난이 허락된 방종(放縱)의 도시라 할까. 목이 타는 한 발로 모랫벌을 사막으로 만드는가 하면, 큰 홍수가 나서 한 마을을 자취도 없이 쓸어 가기도 한다. 그러나 하동(河童)들은 그런대로 마냥 즐겁다. 열사(熱砂)의 강변에서 가뭄을 잊고 마음껏 물에서 노는 것은 즐겁다. 동화 속의 왕국을 모래성으로 쌓아 올려, 공상의 날개를 펼쳐 보는 것은 더욱 즐겁다. 홍수가 나면 산마루에 올라, 함성과 군마와 쇠북소리를 내며 밀어닥치는 바다 같은 흙탕물의 장관(壯觀)에 넋을 잃는다. 날씨가 고르면 강마을은 밤낮이 없는 이방인(異邦人)의 거리로 변한다. 낯설은 풍습이 강마을 아이들의 눈을 난시(亂視)로 만들어 놓는다. 철이 바뀌면 이방인들은 훌쩍 떠나가 버려도 그들이 버려둔 풍습의 유산은 동심의 한 모서리에 갈등 같은 묘한 멍을 오래 남겨둔다.

강마을에는 추수가 없다. 농토가 귀한 이 마을 사람들은 열심히 고기를 잡거나 목기(木器)며 죽세품(竹細品)이며 돗자리를 만들어 추수 없는 서러움을 달랜다. 그러나 아이들에게는 풍요한 추수가 있다. 강물은 많은 사연과 산 그림자를 싣고 끝없이 흐른다. 갈대가 하늘거리는 강변에 모여 앉아 강물의 여로(旅路)를 곰곰이 생각해 보면 어느덧 저마다의 가슴속에도 강물이 출렁댄다. 강 건너 아득히 먼 산 너머로 해가 저가는 것을 바라보거나, 구름 사이로 깜박깜박 보이는 기러기떼를 지켜보는 것, 또는 집에 돌아갈 것을 잊고 바람소리 나는 대나무 숲을 마음껏 배회해 보는 것, 이런 것들이 모두 강마을 아이들에게 지순(至純)의 꿈을 길러 주는 것이리라.

나는 어린 시절을 강마을에서 자랐다. 남해대교(南海大橋)에서 섬진강을 따라 70리, 뱃길로 한나절을 가면 H포구가 있다. 이 포구 어느 산기슭에 울먹이며 물새 한 마리를 묻어 주던 소녀도 이제는 불혹(不惑)의 유역(流域)을 흐르고 있을 것이다. 낙엽으로 지는 세월 속에서 얼마나 많은 애환의 기슭이며 영욕의 여울목을 그녀는 지나갔을까. 사랑도 미움도 서러움과 희열도 어쩔 수 없이 흘러간다는 강물의 슬기를 사무치게 느꼈으리라. 강물의 흐름이 곧 여래(如來)의 마음인 것을.

평설

　　　　김규련은 경북 교육위원 등을 지내면서 수필집 『거룩한 본능』을 냈다. 이 수필은 언어로써 그 속에 강마을 풍경을 담았다.

　그런데 강마을 풍경을 전하려면 다른 방법도 있다. 좋은 카메라를 들고 가서 가장 좋은 자리를 잡고 일출이나 일몰이나 한 낮이나 물새 한 마리라도 날아오르는 순간을 기다렸다가 촬칵하고 암실에서 작업을 끝내는 방법도 있다. 또 이젤 위에 캔버스를 펼쳐 놓고 그림으로 풍경을 만들어 나가는 방법도 있을 것이다. 또는 시각적 효과는 못 내더라도 강물이 흐르는 소리를 사실 그대로 담을 수도 있을 것이다.

　이런 작업들은 저마다 장단점이 있지만 다른 어떤 매체도 해낼 수 없는 수필만의 중요한 장점이 있다.

　김규련이 수필가로서 이 작품에서 해낸 것도 그런 것이다. 작자는 화가가 강물을 그리듯이 강물의 회화적 이미지를 표현하기는 했지만 그것이 이 수필의 핵심은 아니다. 작자가 여기서 그린 것은 강물이 아니라 강물로써 표현된 '세월'이다. 독자는 여기서 흐르는 강물을 보게 되고 물소리를 듣게 되고 여기서 노는 아이들을 보게 되지만 그것은 결국은 그런 사물들로 표현된 '지난날의 긴 세월'이다.

　세월은 시간이며 시간은 흘러가 버리는 것이고 한 번 간 시간은 되돌아오지 않는다. 작자는 여기서 이렇게 흘러가 버린 과거의 시간을 담았기 때문에 이 작품은 '세월'이란 제목을 붙여도 좋을 것이다.

강물은 기행문으로 쓸 수도 있다. 아마존이나 나일이나 양쯔강을 관광하고 나서 다시 한국에 돌아와 기행문 한 편을 쓸 수도 있다. 그런데 아무리 잘 쓴 기행문도 김규련이 쓴 강마을 같은 문학 작품의 맛을 만들어 내기는 어렵다. 그 이유는 단 하나다. 그런 관광 후의 기행문에는 세월이 없기 때문이다. 며칠 전에 본 황하의 도도한 흙탕물과 양쯔강의 산샤 댐이 아무리 감동적이었다 해도 그것은 자신의 유년기의 기억 속에 남아 있는 고향의 강만큼 가슴을 후비며 파고들지는 않는다. 지난날의 그것은 아무리 그리워도 다시 돌이킬 수 없는 영원한 상실에 대한 아픔이 있기 때문이다. 그 시절이 아무리 즐거웠다고 해도, 흘러가 버린 시간의 그것은 영원한 절대적 상실이고 단절이고, 냉혹한 거부의 몸짓이며 치유할 수 없는 상처이기 때문이다.

김규련은 이런 의미의 강마을 풍경을 그리고 있다.

이런 영원한 이별과 절대적 단절로서의 과거의 시간에 대한 의미를 더욱 선명하게 나타내고 그 통증의 실감을 나타내고자 작자가 부분적으로 설정한 유일한 소설적 소재는 소녀의 이야기다. 죽은 새 한 마리를 치마폭에 싸다가 양지에 묻어 주었다는 소녀의 마음을 작자는 '천사의 동심'으로 표현해 놓고 있다. 이런 소녀라면 그것은 아마도 작자의 유년기 기억 속에 남아 있는 가장 아름다운 시골 소녀의 하나라고 믿어도 좋을 것이고, 이런 때묻지 않은 순수성 때문에 그 세월은 더욱 잊지 못할 그리움이 될 것이다. 그리고 작자는 이 소녀를 이 글의 첫머리에서 등장시키고 맨 끝에서 다시 상기시키고 있다. 작자가 생각하는 강마을의 이미지를 이렇게 소녀를 전후에 배치하는 의도적 구성 형태로 잘 살려 나간 셈이다.

이런 경우에 혹시 이런 질문이 생길 수도 있다.

작자 김규련의 지난날의 강마을에는 실제로 그런 소녀가 있었을까?

이것은 가상이지만 만일 없었다면 이 부분은 소설적 기법을 연상시킨다.

그러나 수필이 지닌 비허구성의 원칙을 지나치게 기계적으로 적용할 필요는 없을 것이다.

작자가 남해대교에서 섬진강을 따라 70리를 올라간 어느 강가에서 어린 시절을 보냈다면 그 고장 아이들의 온갖 모습 속에는 그런 소녀도 있을 수 있는 개연성을 지닌다.

그리고 그것은 강마을의 전체적 이미지를 그려 나가는 데 있어서 하나의 장식적 효과를 지니는 것이지 독자를 고의적으로 속이려는 거짓과는 다르다. 그것은 마치 얼굴에 분을 바르고 머리를 볶거나 쪽을 트는 것과 같은 장식일 뿐이다. 성형 수술로 딴 얼굴을 만들고 남을 속이는 것이 아니다.

문학은 사실을 속이려는 기만이 아닌 이상 기법을 구사하는 예술로서의 장식적 분장 효과는 필수이어야 한다.

이 작품은 언어 미학으로서의 남다른 기법을 구사하고 있는 것도 두드러진다. 강마을의 전체적 이미지 구성을 위해서 작자는 강이 아닌 다른 사물에도 강에 대한 연상적 어휘와 형태를 동원하고 있다.

'그 천사의 동심이 오늘 내 가슴에 강물로 출렁인다.'

천사의 동심은 흐르는 강물은 아니다. 그렇지만 '강물로 출렁인다'라는 표현으로 동심도 강물이 되고 있다.

'문풍지에서 문득 오열(嗚咽)처럼 흐르는 강물 소리를 듣는다.'

문풍지의 울림은 강물 소리는 아니다. 그렇지만 작자는 그것을 강물의 오열로 표현하고 있다.

이런 표현들은 군이 의도적인 것이기보다는 작자가 강마을에서 일어나는 모든 것에서 강을 의식하고 있기 때문이리라. 그래서 계절의 변화마저도 강물과 같은 빛깔의 변화로 보고 있으며 모든 것을 강물과 일치된 하나의 유기체와 그 현상으로 나타내고 있다. 그럼으로써 작자는 자기 자신도 완전히 강물에 동화

되어 마음으로 보고 경험하는 강마을의 이미지를 만들어 나가고 있다. 언어예술로서 언어가 지니는 표현 기법을 극대화해 나간 셈이다.

죽은 새를 묻어 준 소녀가 지금은 불혹의 '유역(流域)을 흐르고 있다'고 한 것도 시간의 흐름을 강물의 연상 언어로 나타낸 것이다.

이런 기법은 호소력이 강하기 때문에 작자는 이를 통해서 사라져 간 긴 세월을 매우 훌륭히 형상화하여 수필 문학의 매력을 잘 살린 것이다.

도시 속의 철학적 명상

조계사 앞뜰

박재식

내가 일을 보는 사무실은 번화가에 있는 고층건물 6층이다. 그러므로 내가 앉은 자리에서 노상 바라보이는 것은 높고 낮은 빌딩의 숲이 끝없이 번져나간 도심의 살벌한 풍경이지만, 바로 창 아래에 조계사(曹溪寺)를 내려다볼 수 있는 아취 때문에 하루 낮을 보내는 마음이 한결 쇄락하다. 일을 하다가 문득 지친 눈을 창밖으로 돌리면, 우람한 대웅전의 푸른 기와지붕이 선뜻 시야에 와 닿으며 시원한 그늘을 지어 준다. 항시 문이 닫힌 솟을대문에 수문장을 그려놓은 단청 빛깔도 그러하거니와, 절의 이쪽 경계를 막아 높다랗게 둘러친 고풍한 돌담이 제법 고궁(古宮)의 뒤안 같은 호젓한 옛 정취를 자아준다. 도회의 한가운데서 잠시나마 이런 멋스러운 분위기에 젖어본다는 것이 얼마나 희한하고 흐뭇한 일인지 모른다.

그러나 내가 언제나 눈여겨 내려다보는 곳은 그러한 풍치보다 본당 앞의 별로 넓지 않은 뜨락이다. 그것이 잔디밭이거나 화단으로 꾸며진 뜰이었다면 나의 눈길을 그처럼 자주 이끌지는 못했을 것이다. 뜰 가운데에 아름드리 노목 한 그루가 떨기차게 서 있을 뿐, 그림의 여백처럼 하얗게 비어 있는 뜰이 여간 마음을 안온하게 만들어 주는 것이 아니다.

안국동 앞 한길에서 이쪽 뒷담 길로 건너오는 행길 구실도 되는 이 조계사의 앞뜰은, 무심코 내려다보는 눈에 그림책을 넘길 때처럼 차분한 즐거움을 안겨주기도 한다. 때때로 수십 마리의 비둘기가 무리를 지어 내려와서 사람도 아랑곳없이 뜨락을 서성인다. 누가 모이라도 주게 되면, 어깨나 머리 위까지 마구 올라앉아 파닥거릴 만큼 이 작은 날짐승들은 사뭇 방자 무애하다. 또 뜰을 지나는 선남선녀가 선 채로 두 손 모아 다소곳이 절을 하는 광경을 자주 볼 수가 있다.

그런데 본당이 있는 북쪽을 향해 드리는 배례는 알만한데, 남쪽이나 때로는 내가 앉아 있는 서녘을 보고 절을 하는 까닭을 알 수가 없다. 나의 시야가 가려진 곳에 따로 불전이나 탑신이 있는지는 몰라도, 내가 보기로는 그저 허공을 향하여 마음속의 부처님에게 간절한 기도를 올리는 자세 같다. 그 자세가 조금도 작위(作爲)의 태깔이 없는 진지한 것이어서, 이쪽을 보고 다소곳이 절을 하고 있는 여인의 경건한 신심이 곧바로 나의 가슴에까지 와 닿는 느낌을 준다. 담장 하나를 살피러 이쪽 행길을 종종걸음으로 오가는 사람들과 견주어 보면 사뭇 딴 세상 같은 탈속한 정경이 잔잔하게 담겨 있는 곳이기도 하다.

나의 이런 느낌은 절 자체의 분위기보다 뜰이 풍기는 시사적(示唆的)인 인상에서 오는 효과가 더 큰 듯하다.

나는 절을 둘러볼 때 그곳에 있는 불당이나 석탑 같은 축조물보다 경내의 뜰에 더 매력을 느낀다. 본당 앞에 바람이 하얗게 쓸어간 빈 뜨락이 넓은 절일수록 마음에 드는 것이다. 그 하얀 뜰이 불가(佛家)에서 말하는 정토(淨土)를 연상시켜 주기 때문이다. 속진이 자욱한 도심의 복판에서, 본당 뒤꼍에 현대식 건물의 고층 가람을 두고 그 경내에 즐비한 자동차가서 있을 만큼 무가내하 세속의 모습을 닮아 가는 대본산의 절 마당에, 애로라지 남아 있는 빈 뜰이 숫제 불문의 정토를 간직하는 상징적인 공간이 아닐까 하는 느낌이 들기도 한다.

그것은 또한 부처님의 열린 마음의 텃밭 같기도 하다. 비둘기 떼가 마음 놓고 노닐고, 안식을 찾는 중생이 예불을 하는 빈 뜨락 같은 것이 부처님의 마음자리가 아닌가 싶다. 그래서 나는 그 뜰을 볼 때마다 '마음을 비운다'는 생각을 가져보기도 한다.

나의 경우, 마음을 비운다는 생각은 결코 해탈의 경지를 누린다는 뜻은 아니다. 그저 당면한 번뇌에서 벗어나 허심탄회할 수 있는 지혜를 갖는다면 나의 삶이 얼마나 떳떳하고 평안할까 하는 생각을 간절하게 해볼 뿐이다. 이 대수롭지 않은 지혜가 없는 탓으로 내 마음은 항시 이렇게 불편하고, 나와 얽힌 세상일이 이처럼 어지러운 것이 아닌가 하는 깨달음도 가져보는 것이다.

이런 생각을 하면서 나는 오늘도 시름없이 조계사의 앞뜰을 내려다보고 있다. 그리고 그곳에서 되풀이되고 있는 정경이 마치 대우주 속에 명멸하는 수유의 사상(事象)처럼 나의 시계에 깃들었다가 사라지고는 하는 것이다.

평설

박재식은 서울시 경찰국장을 지내고 수필집 『바람이 머물고 간 자리』, 『열려 있는 창』을 냈다. 이 작품은 깔끔한 문장으로 사색의 세계를 차분하게 펼쳐 나간 수필이지만 독자의 입장에서 보면 구체적인 어떤 배경 설정이 필요한 부분도 있다.

작자는 서울의 안국역 가까운 어느 빌딩 6층 사무실에서 가끔 조계사의 앞뜰을 굽어본다. 본당의 지붕도 보이고 그 주변의 다른 건물들도 모두 잘 보이지만 그의 관심은 넓은 뜰에 있다.

그곳에는 날아오는 비둘기도 보이고 본당이 있는 북쪽이나 남쪽 서쪽을 향해서 합장하고 다소곳하게 배례를 하는 여인의 모습도 보이지만 그 뜰은 대개는 텅 비어 있다.

작자가 이곳에 대하여 관심을 갖는 이유는 너무도 한적하고 조용하고 그렇게 텅 비어 있기 때문이다. 작자는 이것을 불가에서 말하는 정토(淨土) 같다고도 하고 부처님의 '열린 마음의 텃밭' 같다고도 한다.

그러니까 이것은 세속의 온갖 사물들이 번다하게 밀집된 서울의 중심지를 전체적으로 그려 놓고 다만 그 그림의 한가운데만 하얗게 비워 놓은 그림의 형태다. 이곳을 작자는 부처의 마음이나 정토의 상징으로 보고 있는 것이다.

그처럼 텅 비어 있는 마당을 그것 자체만 독립적으로 보면 별 의미가 없는 운동장일 뿐이지만 그것이 세속의 한가운데 자리 잡은 초세속(超世俗) 또는 탈세속(脫世俗)의 상징으로 본 것이 작자의 문학적 관점이다. 그리고 작자는 그 외곽의 세속적 번뇌지대 빌딩 6층에 있다. 그러므로 그에게는 조계사 앞뜰이 자기가 머무르고 싶은 동경의 대상이다. 다소곳이 합장하며 어딘가를 향해서 배례하는 여인이 있고 비둘기가 아무 근심 없이 평화롭게 노니는 그곳은 작자가 가고 싶은 마음의 고향이다.

이런 의미에서 작자는 자신의 내면세계를 철학적인 사색으로 관찰하고 문제를 풀어나갈 좋은 소재를 선택하고 있다.

그렇지만 독자의 입장에서는 궁금증이 남는다. 그가 매일 나와 앉아 있는 사무실에서 무얼 하고 있으며 근무가 끝나면 어디로 가는 것이며 누구를 만나는 것이며 그런 모든 세속적 일상적 삶이 어떤 것이기에 그는 그곳으로부터의 탈출을 소망하고 그처럼 텅 비어 있는 땅바닥을 정토의 세계인 양 동경하며 매일 굽어보고 있느냐는 것이다.

작자는 '나와 얽힌 세상 일이 이처럼 어지러운 것 아닌가'라고 작품 말미에서 말하고 있다.

이것은 조경희가 「봄물」에서 한강물을 바라보며 그렇게 얼었던 물이 녹아서 시원스럽게 흘러가듯이 '어지러운 것'에서 벗어났으면 하며 마음속에서 빌었다는 것과 사정이 꼭 같다.

박재식도 여기서 '나와 얽힌 세상일이 이처럼 어지러운 것'이라 말하며, 이런 것으로부터의 탈출을 소망한다는 것이 이 작품의 주제가 되고 결론이 되고 있는 것이다.

그런데 수필가 윤오영도 자신의 수필에서 그것은 굳이 누구에게 읽히고 싶어서 쓰는 것이 아니라고 말한 일이 있듯이 그런 입장의 글쓰기라면 「조계사 앞뜰」도 이대로 만족할 수 있지만 독자에게 읽히는 글이라면 더 구체화해야 할 부분이 있다. 즉 작자가 왜 그렇게 텅 빈 뜰을 바라보며 그처럼 어지러운 세상으로부터 벗어났으면 하고 말한 그 어지러움이 무엇이냐는 것이다. 이것은 개인의 사적 비밀에 대한 궁금증이 아니라 그처럼 어지러운 것이 무엇인지를 알아야 그로부터의 탈출의 이유가 성립되기 때문이다. 즉 구체성이 없는 어지러움은 관념에 불과하며 작자 자신은 그것만으로도 사색이 가능하지만 독자는 작자 자신이 아니기 때문에 구체성이 없는 어지러움은 설득력을 얻지 못하게 된다.

철학적 사색으로 기울어진 박재식의 수필과 소설 사이의 문제를 간단히 구분해 보자.

철학적 사색은 관념적인 용어의 나열만으로도 가능하다. 구체적인 경험적 사실에서 본질만 뽑아 놓고 보면 관념적 용어만 남을 수 있고 그것만으로도 철학적 사색은 가능하다. 윤심덕과 김우진이 이루지 못한 사랑 때문에 관부연락선을 타고 오다가 현해탄에 몸을 던져 동반 자살한 것이 소설이라면 철학자는 이 구체적 사실은 자신의 기억 속에만 놔두고 사랑이란 죽음도 불사하는 정열적인 행위이며 맹목적인 행위이고 가장 순수한 행위라고 사랑의 본질론을 엮어 나갈 수 있다. 사랑, 정열, 맹목적 순수 등 관념적 용어의 나열만으로도 철학자가 되는 것이다. 그런데 관념적인 용어는 감각적으로 손에 잡히거나 눈으로 볼 수 있는 것이 아니기 때문에 우리들의 상상 속에서 영상이 그려지지 않는다. 그래서 그런 책을 읽으면 졸음을 참지 못하는 사람도 많게 된다.

이와 달리 문학은 관념 대신 구체적 형상으로 우리들의 눈과 귀와 모든 감각을 동원해서 사물을 경험하게 만들고 스스로 사랑의 의미를 알게 만든다. 노래나 연극 형태라도 마찬가지다. 이수일과 심순애가 대동강 부벽루에서 산책하는 모습을 고복수와 황금심이 노래 부르며 김중배의 다이아몬드가 그렇게도 좋더냐고 사내가 발길질 하고 여자가 쓰러져 매달리는 대사는 철학자가 말해 주지 않아도 독자들이 알아서 결론을 내리게 되어 있다.

소설에서 강조하는 이 같은 형상화는 수필에서도 마찬가지다. 철학적 논리도 수필의 매력이고 장점이지만 때로는 구체적인 사실의 형상도 그려 나가야 문학적 감동이 증대되고 그것이 독자를 위해서는 필요한 조건이다. 그러므로 조계사의 텅 빈 앞뜰은 그 외곽의 번다한 빌딩만이 아니라 그 속에서 벌어지는 백팔번뇌의 한 가지 그림만이라도 형상화된 형태로 예시해서 구체적 증거를 보여 주면 더 좋을 듯하다.

그 여름 베짱이의 마지막 연주

김우종

그해 여름이 유난히 길고 무더웠던 것은 날씨 탓만은 아니었다. 내가 '서대문 큰집'에서 돌아오던 여름에는 대통령 부인 육영수가 피살되고 세상은 더욱 험악해졌었다. 다음 해에 나는 수필집 『그래도 살고픈 인생』과 평론집이 판매 배포 금지되고 경희대도 떠나게 되었다. 가깝던 문단 친구들도 멀어져 갔다. '철새들'이 다 떠난 자리에서 기약 없는 긴 방학이 시작되자 나도 가족들을 데리고 그곳을 떠났다.

나는 한강 너머 양녕대군(讓寧大君) 묘 곁의 약수터로 이사했다. 그리고 날마다 손자 손을 잡거나 업어주며 약수터에 나가 앉아 멀리 한강 너머를 바라보는 일이 많았다.

처서도 지나고 여름이 다 갈 무렵의 어느 날 저녁이다. 환한 형광등 불빛을 찾아서 방으로 귀여운 손님이 날아들었다. 낮에 약수터에서 만났던 베짱이가 마을을 왔나 보다.

곤충들이 밤에 불빛을 찾는 것은 당연하지만 행여 밤바람이 차져서 내 방으로 찾아든 거라면 베짱이가 가엾다는 생각도 들었다.

나는 장난을 하고 싶어졌다. 그 녀석을 잡아서 모시옷 같은 날개에 색동옷 무늬를 입혔다. 빨강, 남색, 노랑, 초록 등, 그리고 마당 풀밭에 그대로 놓아 주었다.

웬일인지 베짱이는 약수터 산속으로 돌아가지 않았다. 해바라기와 호박잎에도 앉고, 장미 가지에도 앉으면서 우리 색동옷 귀염둥이는 목장에서 늘 혼자 잘 놀아주었다. 어쩌다 안 보이면 나는 궁금해서 이곳저곳을 수색하다가 단념하기도 했다.

그렇지만 그렇게 애를 먹이다가도 다음 날쯤 어디선가 나타나는 것이었다.

그럴 때면 여간 반갑지 않았다. 큰길의 미화원처럼 눈에 띄는 복장을 입혀놓기 참 잘했다고 생각했다. 그 때문에 그 녀석은 몸을 숨겼다가도 내게 들키고 마는 것이었으니까.

"아빠, 베짱이는 여기서 살다가 어떻게 되는 거지."

"어떻게 되긴, 가을이 되고 찬바람이 불면 멀리 떠나버리는 거지."

"어디루."

"그냥 죽는 거야."

딸은 개구리와 도마뱀과 곤충들을 참 좋아하는데 이렇게 죽는다는 말에 좀 시무룩해졌다.

딸이 그날 이후 베짱이에 대해서 매일 생사여부를 확인하려는 것처럼 관심이 커지자 나도 아침마다 '밤새 평안하셨습니까' 하며 그들에게 안부 인사를 하고 싶어졌다.

그러던 어느 날 저녁, 그 녀석이 또 내 방으로 들어왔다. 색동옷 차림 후 첫 번째 방문이었다. 그런데 창문에 앉아 있던 녀석은 놀랍게도 내게 멋진 음악을 들려주기 시작했다.

처음에는 '쩍 쩍' 하며 입맛만 다시더니 날개를 조금쯤 엉거주춤하게 든 상태를 유지하면서, 기막힌 음악을 연주하기 시작했다. 처음의 '쩍 쩍'은 본 연주를 위한 조율이었나 보다.

베짱이의 연주는 엿장수의 경쾌한 가위질 소리이며 치렁치렁한 머리를 사정없이 싹뚝싹뚝 잘라 버리는 이발사의 가위질 소리다. 그 소리는 너무도 경쾌하고 청아하고 시원하다.

그렇게 울던 베짱이는 관람석에 앉아 있는 내가 너무 유심히 보고 있어서 멋쩍어진 탓인지 푸르르 날아서 전등 줄에 동동 매달렸다. 형광등과 백열등과 발갛고 작은 등을 필요에 따라서 조종하는 가는 줄에 매달려서 이번에는 그네를 탔다.

그 다음 날 아침에 일어나보니 베짱이는 방 안에 없었다. 목장 풀밭에도 아무데도 없었다. 아직 서리 내릴 때는 아니지만 밤새 풀잎에 내린 이슬이 차가웠다. 나는 그 녀석이 숨을 만한 곳은 모두 찾아봤지만 어디에서도 색동저고리의 행방은 묘연했다.

사마귀에 잡혀 먹힌 것일까.

내 집 뜰에는 커다란 사마귀가 한 마리 있다. 지난 번 아주 무덥던 어느 날 그의 등에는 자기보다 훨씬 날씬하고 작은 다른 사마귀가 업혀 있었다. 수놈이 올라타고 사랑을 하는 장면이었다. 그리고 방에 있다가 얼마 뒤에 나와 보니 너무도 어이없는 광경에 기가 막혔다. 암놈이 조금 전까지 사랑하던 자기 '남편'을 머리부터 목덜미까지 다 먹어 치우고 이번에는 '등심'을 뜯어 먹을 차례였다.

이런 잔인성 야만성과 왕성한 식욕이면 우리 색동저고리도 벌써 그의 아침 식사거리가 돼 버렸던 것 아닐까?

나는 남편 잡아먹은 죄인을 당장 우리 집 낙원에서 추방해 버렸다. 뱀

잡는 땅꾼처럼 그의 목덜미를 잽싸게 틀어쥔 다음 담 밖으로 힘껏 던져 버렸다. 그런데 그후 그는 다시 우리 풀밭으로 스며들었다. 나는 다시 그의 목덜미를 잡고 담 밖으로 내던지는데 등줄기에 소름이 돋는 것 같았다. 그후 그는 또 스며들었을까? 확실히 알 수가 없었지만 장발장을 쫓던 경감처럼 그는 결코 먹이를 두고 단념할 녀석이 아니었다.

그런데 알록달록 색동옷 스타복에 멋진 가위질 연주를 해준 베짱이는 결국 그것을 마지막으로 하고 사마귀에게 잡혀간 것일까?

남편 잡아먹은 사마귀를 내가 의심하는 이유는 그 녀석 말고는 아무도 혐의자가 없었기 때문이다.

그는 그날 밤 풀밭 어디엔가 잠복해서 삼각형 대가리를 치켜들고 베짱이의 명연주를 다 듣고 있다가 그가 밖으로 나오자 소리 없이 다가가서 잽싸게 덮치고 사라졌을 것이다.

사마귀는 발걸음 소리가 없다. 색깔도 풀빛과 꼭 같은 위장색이다. 그의 접근은 누구도 눈치채지 못한다. 그리고 은밀히 먹이에게 접근하는 그는 긴 목을 뒤로 뻣뻣하게 젖히고 상대를 노리다가 기습적으로 달려드는 것이다.

내게 접근했던 보안사 사람들도 그랬었다. 그들은 소리 없이 교내에 스며들어서 내게 다가와 있었다. 그리고 나의 명강의(?)를 다 듣고 있다가 내가 잠깐 목을 축이려고 옆방 휴게실에 들어서자 잽싸게 양쪽에서 달려들어 팔을 꽉 끼고 계단을 내려가 검은 지프차에 밀어 넣었다. 사마귀와 꼭 같았다. 그래서 학생은 물론이고 교내의 아무도 내가 그렇게 사라진 것을 몰랐기 때문에 아내는 울면서 며칠 동안 나를 찾아 헤맨 것이다.

나는 그들이 언제부터 내 동태를 감시하고 있었는지 잘 모른다. 어쨌든 그 당시의 기관원이라는 사람들은 어디엔가 몸을 숨기고 있다가 특별한 먹이가 나타나면 촉각을 곤두세우고 있다가 접근했다.

특별한 먹이는 다름이 아니다. 베짱이처럼 분명히 자기 목소리를 내고 독재 정권 체제에 방해되는 자는 그들의 먹이다.

그들은 남들을 똥개처럼 길들이려 하고 순종을 강요했다. 다만 아파트에서 성대수술 받고 쉰 목소리만 내는 강아지처럼 조용하고 주인을 잘 따르면 사는 데는 지장이 없었다. 그렇지만 그날의 베짱이처럼 감히 밝은 조명까지 받아가며 대담하게 제 목소리를 내는 자는 공격의 표적이 되었다. 그래서 그들에게 끌려갔다가 돌아오면 그렇게 짖지 못하는 개가 되기 쉬웠다. 그렇지만 우리 집 베짱이의 그날 연주는 정말 감동적이었다. 삼각 대가리들이 도처에서 노리고 있는데 밝은 불빛의 무대에까지 나서서 제 목소리를 내는 당당함, 그리고 여름도 다 지나서 생을 마감할 시간이 다가오는데 그렇게 최고의 명연주로 마지막을 장식하고 가려 한 치열한 예술정신이 얼마나 감동적인가?

그의 죽음은 슬프지만 그런 멋진 연주 때문에 희망을 버리지 않는 사람들도 있을 것이다.

평설

이것은 필자의 졸작인데 이런 시대적 배경을 이런 기법으로 쓴 수필이 적기 때문에 이 자리에 넣었다.

내 일생에는 너무 힘들었던 시절이 두 번 있었다. 하나는 대학생이 되고 전쟁이 터진 후 북에서 겪은 국군 포로 시절이고, 또 하나는 체포, 고문, 투옥, 해직, 출판 금지 그리고 그 충격으로 인한 아내의 입원으로 이어지던 유신 독재 정권 시절이다. 이 수필은 후자의 시절에 속하는데 한국 수필에는 이때를 증언하는 작품은 적다. 김태길의 「대열」은 이 시기의 지식인의 양심의 고통을 말해 주는 좋은 작품으로 꼽힌다.

박 정권은 유신 독재 체제에 대한 저항운동이 대학가와 종교계와 문단에서 일어나자 체포, 고문에 의한 문인간첩단을 날조하고 투옥했으며 필자는 출옥 후에 경희대에서 해직되고 집필로 연명하려다가 수필집과 평론집도 출판 금지 되었다. 이때 학교 근처를 멀리 떠나 강남의 상도동 약수터로 옮긴 후 정원에서 발견한 번데기를 소재로 한 수필이 「그 겨울의 날개」이고, 베짱이와 사마귀를 소재로 한 수필이 「그 여름 베짱이의 마지막 연주」가 되었다. 곤충들이 소재지 만 그것은 모두 상상을 통해서 본개념을 유도해 나가는 메타포의 이미지로 쓰 인 것이다.

베짱이는 어느 날 내 방으로 들어와서 전등갓에 매달려 그네를 타며 멋지게 울었지만 그후 어디론가 사라져 버렸다. 필자도 당시에는 문인으로서 베스트셀 러 작가였다. 사회참여운동으로 멋지게 조금쯤 저항의 목소리를 높이려다가 강 의 도중에 물 한 모금 마시러 빈방에 들렀을 때, 사마귀가 채 가듯이 감쪽같이 보안사 기관원에게 채여 사라졌으며, 이를 목격한 사람은 아무도 없었다.

그러므로 베짱이와 사마귀는 당대에 제 목소리 내는 지식인들을 미친개들이 지옥으로 물어 가던 당대의 현실을 나타낸다. 나비와 베짱이와 사마귀 등의 이 야기는 모두 사실이며 소설적인 허구가 아니다. 이 사실을 상상적 이미지로 삼 아서 당대 현실을 비유하며 원관념에 도달하게 만든 것이므로 상상적 기법의 수필이 된다.

문학은 '상상에 의한' 표현으로 가장 예술적 효율성을 높일 수 있다.

낭패기(狼狽記)

정호경

　1930년대의 우리나라 현대시에서 주제의 효과적 전달을 위한 구성법으로 수미상관법(首尾相關法)을 많이 사용했다. 시의 앞 구절을 끝에 다시 반복함으로써 표현의 효과를 노리는 결구법(結構法)이다. 예컨대 전통적인 정서와 율조로 이별의 정한(情恨)을 간절한 여성적 어조로 노래한 김소월의 「진달래꽃」이 그렇고, 기다림과 소망 속에 피어오르는 찬란한 슬픔 속의 봄을 노래한 김영란의 「모란이 피기까지는」이 그렇다. 그리고 한국의 고전적 정서와 불교의 선감각(禪感覺)으로 인간고의 종교적 승화를 노래한 조지훈의 「승무(僧舞)」 또한 그러하다. 위에 예시한 시들이 인간의 삶의 아름다움과 소망을 수미상관이라는 구성법으로 그 효과를 십분 발휘하여 정서 순화에 기여한 바 크다. 그러나 내 인생의 경우 수미상관이란 결구법은 이들과 다를 바 없었지만, 삶의 내용은 그다지 향기롭지를 못했음에 슬픈 마음 금할 길 없어 염치를 무릅쓰고 여기 몇 글자를 적는다.

　초등학교 시절 시골학교의 소풍길이래야 아무리 멀어도 걸어서 한두 시간 정도의 거리이다. 나의 고향 바로 이웃인 곤양(昆陽)이라는 곳에 다솔사(多率寺)라는 조그만 사찰이 있었다. 만해(萬海) 한용운이 잠깐 머물렀다는 곳이고, 김동리가 청년기에 문학수업을 했다는 곳으로 문학하는 사람들에게는 잘 알려진 절이다. 바로 이곳이 어렸을 때 우리들의 단골 소풍지였다.

초등학교 때의 소풍 도시락에는 삶은 달걀이 가장 안전한 자리를 차지했고, 그 외 밤이며 감 몇 개가 더 따랐다. 전날 밤을 뜬 눈으로 새웠지만 소풍길의 발걸음은 가볍고 즐겁기만 했다. 초등학교 2학년이라는 어린 나이에 처음으로 먼 길을 걸어서 보게 된 다솔사는 무섭고 큰 기와집이었다. 부처님도 처음 보았고 머리 깎은 중도 처음 보았다. 그러나 이런 것들보다 우리들의 관심사는 점심 도시락에 있었다. 허겁지겁 뱃속에 가득 채웠으니 가야 할 곳은 뻔하다. 나보다 앞서 들어간 친구가 얼굴이 파랗게 질려 곧장 되돌아 나왔다. 나도 멋모르고 뒤따라 들어섰지만 이건 뒷간이 아니라 천길 낭떠러지였다. 간신히 버티고 앉기는 했지만 다리가 떨려서 잠시를 참기가 어려웠다. 대웅전이 극락이라면 뒷간은 바로 지옥이 아닌가 싶었다. 집으로 돌아오는 길은 갈 때보다 뒤가 더 무거웠다. 뒷일을 보지 못하고 지옥의 낭떠러지만 보고 나왔으니 그럴 수밖에. 한 시간쯤 걸었을까, 아래쪽이 자꾸 부풀면서 걸음이 시원찮았다. 신작로에는 시골 버스가 가끔 먼지를 날리고 지나갈 뿐, 우리들의 행렬은 계속되고 있었다. 부끄럼이 많은 나는 담임선생에게 이렇다는 말도 못 하고 뒤처지다가 집 가까이 와서야 결국 쏟아놓고 말았다. 아버지의 호통이 두려워서 어머니에게도 말을 못 하고 벗은 속옷 뭉치를 장독대 사이에 끼워 두었다. 며칠이 지난 뒤 우연히 지나다 보니 마당 앞 장대에 질러둔 빨랫줄에 문제의 속옷이 소슬한 가을바람을 타고 시원스레 나부끼고 있었다.

이런 일을 겪은 몇 년 뒤 또 한 번의 사건이 있었다. 옛날의 시골 뒷간은 인분을 퍼낸 뒤 물을 잔뜩 퍼부어 커다란 웅덩이를 만들어 놓는다. 다음 번에 퍼내기도 수월할뿐더러 완전히 우린 진한 국물이 밭농사에 최상급의 거름이 되기 때문이었다. 이렇듯 농사 위주의 발상이고 보니 용변의 편의는 안중에도 없었다. 나는 멋모르고 뒷간에 좌정한 다음 깊은 웅덩이를 내려다보면서 콧노래까지 흥얼거리면서 배설의 즐거움을 예비하고 있었다. 한참 동안의 고역 끝에 밀려나온 한 덩어리가 풍덩 떨어지는 순간 튀어 오른 잡탕물의 세례를 받아 하반신은 물론 얼굴까지 목욕을 하고 말았다. 그 뒷날 나는 전날의 기억도 잊은 채 불쑥 들어가 보니 어제의 그 웅덩이는 변함없이 벙벙하게 괴어 있었다. 하는 수 없이 친구 집 뒷간을 빌리기로 했다. 이곳은 우리 집 뒷간과는 정반대였다. 똥을 퍼낸 지가 일 년도 더 지난 듯 사면초가였다. 바닥에서부터 쌓여 올라온 퇴적물이 양쪽 디딤판 널빤지 사이로 솟아 마치 팥빙수처럼 봉우리져 있었다. 정자세를 하고 앉은 다음 한참 동안의 노력 끝에 한 덩어리의 반죽 좋은 물건이 막 떨어지려는 순간 엉덩이를 45도 각도로 재빨리 치켜 올리면서 옆으로 비켜섰다. 그런데 풍덩 하는 소리는 들리지 않고 조용했다. 어떻게 된 영문인지를 몰라 사방을 두리번거리다가 나는 깜짝 놀랐다. 색깔 고운 찰떡 한 뭉치가 뒷벽에 찰싹 붙어 있지 않은가. 타이밍이 맞지 않았던 모양이었다. 요즘 같았으면 체능 특기생으로 대학에 선발될 뻔한 진기(珍技)였다. 친구들에게 보였더니 기념으로 떼지 말고 그대로 두라기에 그냥 나왔다.

나는 작년 1월에 평생직장이었던 교직에서 정년퇴임으로 물러났다. 종일토록 학생들에게 시달려야만 했던 고역에서 풀려나 정말 살 것만 같았다. 몇 달 사이에 체중이 늘어 양복바지의 허리통을 뜯어 고쳐야만 했다.

작년 겨울 친구 아들의 결혼에 주례를 서 달라는 부탁을 받았으나 정중히 사양하고 다만 축하객으로 참석했다. 비록 주례는 사양했지만, 진심으로 축하해 주기 위해 아래위 내의까지 새 것으로 갈아입고 예식장을 찾아갔다. 친구들이 많이 와 있었다. 오랜만에 만난 터라 이야기도 많았고 먹기도 많이 했다. 가뜩이나 작은 위장에 과식을 한 탓인지 숨쉬기가 거북했다. 거기에다 자판기의 황톳물 같은 커피까지 다 끝냈다. 지하철역에 들어서자 우리는 경로우대증을 훈장처럼 내어 보이고는 공짜표를 한 장씩 얻어 쥐고 차에 올랐다. 모처럼 즐거운 날이었다. 그런데 이게 웬일인가. 2,3분이 지나자 별안간 뱃속이 부글거리기 시작했다. 노랗게 변색한 나의 얼굴을 본 친구들이 놀라 다음 역에서 내리라고 했다. 내리자마자 화장실을 찾아 뛰었다. 아무리 뛰어도 화장실은 보이지 않았다. 순식간에 50미터는 더 뛰었을 것이다. 지나가는 한 학생에게 울먹이는 목소리로 물었더니 반대 방향을 가리키면서 한참 가라고 했다. 나는 포기하고 말았다. 마음 놓고 천천히 걸어가니 드디어 부풀었던 배설물이 때를 만난 듯 순조롭게 밀려나오기 시작했다. 뱃속은 편해서 좋았지만, 다리가 서서히 무거워지기 시작했다. 아래로 흘러내리는 모양이었다. 무거울뿐더러 간지러워서 견딜 수가 없었다. 발목에 쇠사슬을 채운 채 골고다 언덕을 기어오르던 예수의 괴로움이 이랬을까. 허리를 구부려 응급조치를 했다. 바짓가랑이를 한복 대님 칠 때처럼 말아 양말 속으로 밀어 넣고는 한참을 걸어 화장실에 당도했다. 문을 잠그고 청소작업을 시작했다. 그냥 버릴까 하다가 처음으로 입은 새 것이어서 큰 덩어리는 떼어낸 다음 내의를 말아, 버려둔 스포츠 신문으로 싸 들고 지하철 밖으로 나왔다. 한겨울의 찬바람이 바짓가랑이 속으로 파고들었지만 참을 만했다. 문방구를 찾아 책봉투를 사서 집어넣고 보니 양쪽 볼이 불룩해서 반반하게 할 양으로 손바닥을 받쳐 살짝 눌렀더니 노오란 반죽이 치약처럼 봉투 주둥이로 쪼로록 올라왔다. 한 장을 더 사서 거꾸로 뒤집어 씌웠더니 안전했다. 하체에 붙어 끈적거리는 것을 말리기 위해 한 시간 가량을 돌아다닌 뒤 집으로 가는 좌석버스에 올랐다. 다행히 승객들 중에 누구 하나 코를 벌름거리며 냄새의 주인공을 탐색하려는 사람은 없었다. 불룩한 책봉투를 들고 집에 들어가니 읽지도 않는 책을 또 샀느냐는 아내의 핀잔이었다.

평설

정호경은 1970년대 초에 등단해서 우수한 수필을 많이 남기고 여수로 돌아간 후에는 창작과 후배 사랑으로 문필가의 보람 있는 말년을 보내고 있다. 그의 많은 수필집에 『낭패기』가 있는데 이것은 그의 자선집이다. 여러 작품 중에서 고른 작품들을 모은 것이다. 그중에서 똥 싼 얘기로 수필 문단에 충격을 준 「낭패기」가 책 이름이 되어 있다. 이것이 그의 정신세계를 말하는 대표작이 될 수는 없지만 문학적 표현 기법으로서는 단연코 수작이다. 그리고 이같은 우수성과 함께 아마도 작품의 명성 때문에 이것이 선집의 이름이 된 것 같다.

이것이 명성을 얻은 이유는 두 가지일 것이다. 우리 수필 문학사에서 지금까지 이만큼 탁월한 해학적 기법을 구사한 작품은 달리 찾아볼 수 없다. 그리고 이만큼 작자가 솔직하고 정직하고 겸허하게 자신의 모습을 드러낸 작품도 달리 찾아볼 수 없다. 어르신네가 실오라기 하나 걸치지 않고 종로 네거리에서 동대문까지 달리는 것과 다름없는 대담한 자기 노출이기 때문이다.

정자세를 하고 앉은 다음 한참 동안의 노력 끝에 한 덩어리의 반죽 좋은 물건이 막 떨어지는 순간 엉덩이를 45도 각도로 재빨리 치켜 올리면서 옆으로 비켜섰다. 그런데 풍덩하는 소리는 들리지 않고 조용했다. (중략) 색깔 고운 찰떡 한 뭉치가 뒷벽에 찰싹 붙어 있지 않은가. 타이밍이 맞지 않았던 모양이었다. 요즘 같았으면 체능 특기생으로 대학에 선발될 진기(珍技)였다. 친구들에게 보였더니 기념으로 떼지 말고 그대로 두라기에 그냥 나왔다.

　(중략)

　한겨울의 찬바람이 바짓가랑이 속으로 파고들었지만 참을 만 했다. 문방구를 찾아 책봉투를 사서 집어넣고 보니 양쪽 볼이 불룩해서 반반하게 할 양으로 손바닥을 받쳐 살짝 눌렀더니 노란 반죽이 치약처럼 봉투 주둥이로 올라왔다.

　이 인용문의 앞부분은 초등학교 시절의 추억담이고 뒷부분은 어르신네가 된 뒤의 낭패기다. 제자의 결혼식 주례 부탁을 받았던 날 식장에서 밥을 먹고 나와 경로우대증을 갖고 전철을 탔던 날의 이야기니까 어르신네다.

　앞뒤 얘기는 모두 작자의 생리적 배설 체험기록이다. 초등학교 시절에 작자는 친구 집 뒷간에서 용무를 보다가 실수를 저질렀다는데 그 표현이 너무 사실적이어서 웃음이 터진다. 화장실에서 대소변을 보는 일이라면 누구나 다 하는 일이라도 감추고 사는 것이 상례인데 이처럼 실수의 극치를 남김없이 까발리고 있기 때문에 웃음이 터지는 것이며 그 실수를 '진기', '대학선발 시험', '기념' 등의 과장법으로 묘사하고 스스로 야유하기 때문에 해학의 웃음이 폭발한다.

　그후 제자의 결혼식 주례까지 부탁받은 노인이 되어 저지른 실수의 해학은 참혹하고 비참한 수준이다. 용무가 급해져서 화장실을 찾아다니다가 바지에 싸버린 실수. 마침내 화장실을 만나서 그 안에서 벌이는 일들이 눈물이 날 정도로 비참한 낭패였던 것을 극사실주의적 기법으로 묘사해 나가고 있다. 내복을 홀랑 벗은 자신의 누드까지 묘사하지는 않았지만 벗은 내복을 서류 봉투에 담은 후 손바닥을 받쳐 살짝 눌렀더니 노란 반죽이 치약처럼 나왔다는 장면은 해학의 극치다.

그런데 작자는 왜 이런 낭패기를 썼을까? 맑고 아름다운 자연 환경을 사랑하고 보일러 통속에 알을 낳은 새를 사랑하고 반딧불이를 사랑하며 삭막한 도시 문명에 주먹질을 하는 자각의 일반적 작품 경향과는 다르다.

그런데 중요한 사실이 읽힌다.

이 세상 사람들은 누구나 가면을 쓰고 산다. 가면은 자신을 보호하기 위한 필수적 수단이 된다. 그런데 자기 보호를 위해서 내면을 보이지 않으려는 침묵의 가면과 온갖 거짓을 가장하고 남을 기만할 목적으로 쓰는 가면은 다르다.

똥 싸는 모습을 감추기 위해서 칸막이를 하거나 화장실 문을 잠그고 늘 단정한 모습만 보이려는 것은 남을 기만하기 위함이 아니고 자신을 보호하기 위함이며 동시에 또 남들에게 수치심과 혐오감을 주지 않기 위한 예의다. 이와 달리 언제라도 가해자가 될 악마의 내면을 숨기기 위해서 씌워진 웃음의 가면은 기만이다.

이 작가는 이 작품에서 음모는커녕 죄 없는 가면까지도 벗어 보이고 있다. 그만큼 그는 자신의 권위와 체면 유지에 대해서는 큰 신경을 쓰지 않는다. 솔직하고 겸허한 사람으로 살기 위한 자세일까?

그렇지만 여기에는 당당하면서도 무서운 오만과 질타가 있다. 온갖 위선을 숨기며 목에 힘주고 뽐내는 사람들을 향한 당당한 오만과 질타다. '너희들 모두 똥 싸고 못난 짓 해괴한 짓 나쁜 짓 다하고 다니면서 내게 뭐라고 말할 터이냐' 하는 소리가 들린다. 그리고 세상 모두가 그런 위선의 가면을 쓰고 사는 이상 차라리 자기처럼 아무 것도 감추지 않고 솔직하게 다 보여 주는 사람이 더 떳떳하다는 선언이 이 작품이다.

수필은 다른 어느 장르보다도 솔직하게 자기 자신을 드러냄으로써 사랑받는 장르라고 한다면 이 작가는 이 작품을 통해서 그런 모습을 정말 확실하게 용기 있게 실천적으로 보이고 있다고 하겠다.

꽃의 비밀

윤재천

꽃에는 비밀이 있다.

예기치 못한 힘이 있다.

마른 바람에 시들어가고, 어린 손길에도 꺾이고 마는 연약한 모습이지만, 분노를 잠재우고 슬픔을 거두게 하며, 솔로몬의 영광마저도 부질없게 만드는, 알 수 없는 비밀이 있다.

생활의 의욕을 잃어 인생이 덧없이 느껴지거나, 일이 손에 잡히지 않을 때면 황망히 떠난 어머니를 가슴에 안아 보곤 한다.

어머니는 일찍 떠나셨지만 언제나 가슴 안에 살아 나를 지켜보고 계신다. 지금까지 살아오면서 신앙을 가질 필요를 느끼지 않았던 것도 내 안에 늘 의연한 모습으로 어머니가 계시기 때문이다.

어머니는 집안의 일을 남에게 의탁하지 않고 손수 당신 손으로 해결하셨다. 어린 우리들의 뒷바라지와 아버지의 시중—주안상 마련까지 당신의 몫이라 생각하고 기쁨으로 여기던 분이다. 어느 하나 남에게 맡기지 않았다.

철저하리만큼 당신과 운명지워진 사람들을 위해 혼신을 다하여 사시다 간 분이다. 꼭두새벽부터 밤늦게까지 종종걸음을 할 수밖에 없었다. 부엌에서 뒤란 장독대로, 방과 마당을 바람처럼 휘돌며 일을 찾아 때를 놓치지 않았다.

누구의 위로나 격려를 부담스러워 하던, 모든 것을 운명으로 알고 사시던 어머니—나약한 몸으로 벅찬 일을 어떻게 할 수 있었으며, 어디서 그런 힘이 솟았을까 지금도 고개가 숙여진다.

그 힘겨움 탓인지 서둘러 이승을 떠나서 나에게 이별의 아픔을 알게 하고, 고독과 그리움이 얼마나 황량하고 아픈 것인가를 처절히 가르쳐 주신 분이다.

많은 시간이 지난 지금도 그 고통스러운 것은 때때로 가슴을 휘몰아 흥건한 눈물로 되살아나곤 한다. 어머니에 대한 그리움은 시간이 흘러도 사그러들거나 잊혀지지 않는다.

어머니에 대한 그리움이 북받칠 때는 꽃집에 들려 카네이션 몇 송이를 산다.

고향이 멀지 않은 곳에 있으니 마음만 먹으면 어머니가 누워 계신 곳을 언제나 찾아갈 수 있지만, 모든 것이 생각 같지가 않다. 이런 일도 어머니를 위해서보다는 나를 위해서 하는 일 같아 송구스럽다.

나에게 있어 카네이션은 꽃의 꽃말처럼 단순히 보은(報恩)이나 감사의 표상만이 아니다. 누가 가슴에 이 꽃을 달고 있거나 손에 들고 갈 때 그 꽃은 그 옛날의 어머니를 생각하게 하였기 때문이다. 그래서인지 5월에는 더욱 어머니에 대한 생각이 간절하다.

꽃은 위대한 힘을 가지고 있는 신비한 존재다. '위대함'이나 '신비함'이라는 것은 물리적 의미에서의 '강함'을 이르는 것은 아니다.

노자(老子)가 말한 '약지승강 유지승강(弱之勝强 柔之勝剛)'이라는 말을 인용하지 않는다 해도 유약(柔弱)하다는 것은 결코 뒤처진 것이거나 굴종과 패배를 표상하는 것이 아니다.

한 송이 꽃이 가지고 있는 물리적 힘은 지극히, 그 무엇과 비교할 대상이 없을 만큼 미약하다. 그것은 꽃이라는 외형상의 형식만을 두고 하는 평가다. 꽃이 마음을 움직이게 하는 면, 한 송이나 한 아름의 꽃이 가지고 있는 정서적 위력은 대상에 따라서는 그 무엇과도 비교할 수 없을 만큼 크다.

"약한 자여, 너의 이름은 여자이니라. 그러나 강한 자여, 너의 이름은 어머니이니라"고 했지만, 약해 보이는 듯하면서도 엄청난 힘을 내포하는 것 중의 하나가 꽃이다. 이는 분노를 삭이며 증오의 칼날을 갈던 사람이 기습적으로 손에 쥐어준 몇 송이의 꽃을 받아들고 한순간에 눈 녹듯 마음을 풀고 가슴 가득 사랑의 온기를 채우게 되는 것으로 쉽게 알 수 있다. 이런 모습이나 정황은 소설이나 요즘 젊은이들의 정서를 반영한 애정영화에서나 볼 수 있는 일만이 아니다.

연약해 보인다고 하여 실제로 그런 것은 아니다. 유약주의(柔弱主義)는 부쟁주의(不爭主義)로 해석될 수 있다. 필요 없이 시비를 걸어 화를 초래하지 않고, 흘리지 않아도 좋을 피를 흘리지 않도록 하는 것이 이 정신의 요체다. 인간사회에 꽃이 영원히 존재해야 하는 이유는 이 때문이다. 나는 이 사실을 어머니에 대한 그리움을 꽃을 통해 삭이면서 확인하곤 한다.

사람들은 이상적 평화를 쟁취할 목적으로 끊임없이 평화를 파괴해 왔다.

삶의 본질이나 해법을 착각하고 있었던 것이다. 모든 것의 해결 방법을 오직 힘의 논리로 극복하려 했기 때문이다. 이 사실은 지나치게 과학을 맹신하는 전례를 통해 확인할 수 있다. 이 무모함의 부당성을 꽃은 그 빛깔과 향기를 통해 부정하고 있다.

현대인의 정서가 오늘의 현실처럼 한 발 물러설 여유도 없을 만큼 삭막해진 것은 꽃을 대할 수 있는 기회와 공간이 좁아졌고, 뿌리를 뻗을 흙이 두터운 콘크리트 코트를 벗지 못하고 있기 때문이다. 이러한 상황은 그들에게 죽음을 강요하는 것과 다르지 않고, 우리 스스로 우리의 삶을 포기하는 것과 같다. 자연은 생명을 가진 모든 것의 영원한 터전이다.

우리 생활 어디에나, 가슴 한가운데에 싱그러운 꽃이 자랄 공간을 마련하여 자랄 수 있도록 배려하지 않으면 우리의 미래는 삭막할 수밖에 없다.

어머니는 내 가슴속의 꽃이다.

어머니는 영원히 지지 않는, 늘 싱싱한, 무수한 의미와 빛깔과 향기를 지닌 꽃이다. 지금까지 모나지 않게 살 수 있었던 것은 어머니의 빛깔과 향기가 그윽했기 때문이다.

그대는
바다 속 푸른 작은 섬
아름다운 열매와 꽃들로 온통 뒤덮인
샘이며 신전
이 모든 꽃들은 나의 것.

나는 오늘도 어머니의 지극한 사랑과 당신이 가진 것을 모두 내주고도 더 손에 쥐어줄 것이 없음을 안타까워하던 어머니를 기억하며 한 송이의 카네이션을 바라보고 있다.

어머니는, 내 마음속에 가득 핀 꽃을 위해 인용한 E.A. 포의 시처럼 나를 그동안 안주케 했던 '바다 속 푸른 작은 섬'이다. '아름다운 열매와 꽃들로 온통 뒤덮인 샘이며 신전'이다.

맑은 물로 채워진 유리병 안에 몸을 담그고 누구 하나 일용할 양식을 마련해 주지 않아도 단 한 마디 불만이나 불평 한 조각 없이 체취와 빛깔을 통해 우주의 신비로움을 무언으로 전하는 꽃, 언제나 내 가슴에 가득한 어머니….

　이제야 당신이 내 가슴에 꽃으로 살아 계시므로 지금의 나로 존재함을 알 수 있을 것 같다.

평설

　　　『현대수필』을 창간하고 오랫동안 수필창작교실에서 많은 수필가를 길러온 윤재천은 꽃을 남달리 좋아한다.

　그의 문학 행사장에는 꽃이 매우 많다. 그리고 꽃을 많이 찬미한다.

　꽃에는 향기가 있고 그것은 매우 매혹적이어서 '사랑의 온기'를 전한다고 한다. 그래서 백화점들도 맨 처음 입구에 화장품 코너를 마련하고 고객들로 하여금 얼이 빠져서 카드를 더 많이 긁게 하나 보다.

　독일 작가 쥐스킨트의 『향수―어느 살인자의 이야기』야말로 그렇다. 주인공 그루누이는 광장 한가운데로 끌려 나가 목이 잘리기 직전에 주머니 속에서 자기가 만든 최고급 향수를 꺼내들고 관중들을 향해서 뿌린다. 그러자 증오의 칼날을 갈던 사람들은 모두 정신이 혼미해지면서 남녀가 옷을 벗어 버리며 사랑의 행위들을 한다.

　그런데 윤재천의 꽃의 찬미는 이런 에로티시즘은 아니지만 유사한 점이 있는 것이 사실이다.

　이 수필에서 말하는 꽃의 찬미는 사실은 꽃 자체보다 어머니에 대한 찬미다.

　작자는 첫 머리 서너 줄에서 꽃을 찬미하다가 곧바로 어머니에 대한 회상으로 들어간다. 예고도 없이 찬미의 대상이 바뀌기 때문에 좀 당황하게 되지만 작자는 꽃을 어머니의 동의어로 쓰기도 하고 있기 때문이다. 그 이유는 어머니가 꽃처럼 부드럽지만 강하며 사랑의 힘을 지니고 있기 때문이라는 것이다. 그래서 노자(老子)가 말했다는 '약지승강 유지승강(弱之勝强 柔之勝剛)'을 인용하고 유약주의(柔弱主義)나 부쟁주의(不爭主義)를 논하고 있다.

이런 의미에서 꽃이 지닌 비밀과 그 아름다움을 말한 것은 바로 어머니를 위한 비유가 되는 셈이다. 이렇게 꽃이 곧 어머니이기 때문에 '인간사회에 꽃이 영원히 존재해야 하는 이유는 이 때문이다'라고 말하고 있는 것도 꽃 자체에 대한 찬미도 되며, 동시에 어머니를 말하는 동의어로 쓰이고도 있는 것이다.

그런데 부드러우면서도 강하고 무한한 희생과 사랑의 온기를 지닌 어머니의 이미지로서 꽃을 표현한다면 양자의 유사성에 대해서 더 많은 표현으로 아날로지의 강도를 높여도 좋겠다.

꽃은 아름답다. 자식을 잉태하기 위해서 아름답게 화장하고 몸매를 가꾸는 것이다. 예뻐야 나비와 벌과 새가 날아와서 암술 수술의 꽃가루를 옮겨 주니까. 여자도 엄마가 되기 위해 그렇게 한다.

꽃은 향기가 있고 꿀이 있다. 나비나 벌들이 와서 섹스를 돕게 해주기 위한 선물로서 향기와 꿀을 준비한다. 사람도 여자는 남자에게, 남자는 여자에게 그렇게 선물을 한다.

자식을 잉태한 다음에는 꽃은 시들어 버린다. 그 모습도 아름답다. 뱃속의 아기만을 위해 나비와 벌을 더 이상 유혹하지 않으려는 갸륵한 정조 관념 때문이다.

사람도 잉태하고 엄마가 되면 요염한 분장은 삼가고 섹스도 삼간다. (이 부분은 좀 확실한 통계가 없지만).

꽃은 꽃잎이 진 다음에는 열매가 다 완성될 때까지 그를 위해 필요한 양분을 공급하며 최선을 다한다. 그리고 가을이 오면 잎은 떨어져 흙이 되고 거름이 된다. 새 생명을 위해 자기 육신을 바치는 것이다. 사람도 엄마는 그렇게 헌신한다.

열매가 된 새 생명은 맛좋은 과육을 뒤집어쓰게 한다. 다른 짐승들이 과육을 먹으며 새 생명을 더 넓은 땅에 가서 살도록 지혜를 써 주는 것이다. 사람도 엄마는 자식을 멀리 떠나보내며 그들을 위해 최선을 다한다.

작품 속에서 꽃이 어머니의 이미지로 그려지려면 이렇게 꽃과 어머니의 생물학적 유사성도 많이 강조하면 꽃의 찬미가 곧 어머니의 찬미로서 공감을 더 얻을 수 있다. 그렇지만 이 작품에서처럼 작자가 자신의 어머니에 대해서 쓰는 경우라면 꽃가루와 벌레새끼들의 행위를 부모님의 사랑의 해위에 견주어가며 생물학적 유사성을 설명하기는 좀 불편할 것이다.

이 작품은 작자 자신의 어머니에 대한 찬미이며, 이를 통해서 보편적인 어머니의 아름다운 모습을 표현하기 위해 아름다운 꽃을 소재로 가져온 셈이다. 꽃을 든 남자로서의 작자가 이것을 사랑하는 어머니의 영전에 바치며 찬미한 것이다.

바보네 가게

박연구

우리 집 근처에는 식료품 가게가 세 군데 있다. 그런데 유독 '바보네 가게'로만 손님이 몰렸다.

'바보네 가게'—어쩐지 이름이 좋았다. 그 가게에서 물건을 사면 쌀 것같이만 생각되었다. 말하자면 깍쟁이 같은 인상이 없기 때문에, 똑같은 값을 주고 샀을 지라도 싸게 산 듯한 기분을 맛볼 수 있었다.

나는 아내에게 어째서 '바보네 가게'라고 부르는가고 물어보았다. 지금 가게 주인보다 먼저 있던 주인의 집에 바보가 있었기 때문에 다들 그렇게 불러 오고 있는데, 지금 주인 역시 그 이름을 싫지 않게 여기고 있다는 것이다. 그 집에서는 콩나물 같은 건 하나도 이를 보지 않고 딴 가게보다 훨씬 싸게 주어 버려 다른 물건도 으레 싸게 팔겠거니 싶은 인상을 주고 있다는 거다.

어느 작가의 단편 「상지대(商地帶)」의 이야기가 생각난다. 똑같은 규모의 두 가게가 마주 대하고 있는데, 계산에 밝은 인상의 똑똑한 주인의 가게는 파리만 날리고 바보스럽게 보이는 주인의 가게는 손님이 많아 장사가 잘되었다. 도대체 그 이유가 무엇일까?

바보 주인의 상술인즉 이러했다. 일부러 말도 바보스럽게 하면서 행동을 하면 손님들이 멍텅구리라 물건을 싸게 주겠거니 하고 모여든다는 것이다. 사람마다 자기가 똑똑하다는 걸 인식할 때 매우 만족스럽게 생각한다는 심리를 역으로 이용한 거다.

바보와 비슷한 이름이 여러 개 있다. '멍텅구리 상점', '돼지 저금통', '곰 선생'―이 얼마나 구수하고 미소를 자아내는 이름들이냐.

'멍텅구리 상점'은 '바보네 가게'와 비슷하니 설명을 생략하고 '돼지 저금통'과 '곰 선생'을 이야기해 보자.

우리 집에 돼지 저금통이 몇 개 있다. 왠지 꿈을 꾸면 재수가 좋다는 말도 있듯 집에서 남자 아이들을 흔히 애칭으로 '돼지'라고 부르는 걸 볼 수 있다. 돼지는 아무 거나 잘 먹는 소탈한 성품이어서 자손이 귀한 집 아들 이름을 돼지라고 하는 수가 있다.

우리 아이들은 내가 신발 닦은 값이라도 주면 눈꼬리가 길게 웃고 있는 돼지 저금통 안에 넣어 주지 않을 도리가 없는 모양이다. 내 아내도 50원 짜리 동전을 꼭꼭 자기 돼지 저금통에 넣어 오고 있다. 그래서 나는 50원 짜리 동전이 생기면 퇴근 후에 웃옷을 받아드는 아내의 손바닥에 한 닢 혹은 두 닢을 놓아 주는 것이 즐거움의 하나가 되었다.

돼지를 미련한 짐승으로 보지만 그렇지만도 않다. 우악스럽게 기운이 센 멧돼지가 힘을 내면 호랑이도 잡는다. 아무리 영악스런 호랑이지만 멧돼지가 어느 순간을 보아 큰 나무나 바위에 대고 힘대로 밀어 버리면 호랑이는 영락없이 죽고 만다.

바보스런 웃음으로 우리 아이들과 내 아내의 동전을 주는 대로 삼킨 돼지 저금통이 어느 땐가 위력을 부리면 급병이 난 식구를 구해 줄 수도 있다고 믿어질 때 더없이 애착이 간다.

누구나 학교 다닐 때 '곰 선생'이란 별명을 지닌 선생님을 기억하고 있을 것이다. 우직스러운 듯하지만 한없이 좋은 선생님이 아니던가. 그러나 그 선생님이 화나면 어느 선생님보다도 무섭다.

곰은 절대로 미련한 짐승이 아니다. 둔한 동작으로 시냇물 속을 거닐다가 물고기가 나타나면 앞발을 번개같이 놀려 잡아낸다. 파리채로 파리를 잡듯 그 넓적한 발바닥으로 물탕을 치는 동작이야말로 '곰'이 아니라 하겠다.

친구를 사귈 때에도 너무 똑똑한 사람은 어쩐지 접근하기가 망설여진다. 상대방에게서도 만만한 데가 보여야 이쪽의 약점과 상쇄가 가능해서 허물없이 교분을 틀 수가 있는 법이다. 그런데 저쪽이 빈틈이 없는 사람이라면 항상 이쪽이 못난 놈으로만 비칠 것 같아 싫을밖에.

세상의 아내들도 조금 바보스럽거나 일부러라도 바보스럽기를 바라고 싶다. 이 말에 당장 화를 내실 분이 있을 듯하다. 어떤 못난 남자가 제 아내가 바보스럽기를 바랄 것이냐고, 옳은 말씀이다. 내가 말하려는 바보는 그런 통념의 바보가 아니다.

특히 남자들은 직장에서 항상 신경을 곤두세우고 있다. 바보 취급받지 않으려고 노력하는 것이지만 경쟁 의식은 노이로제 증상을 일으키고 열등감으로 피로가 겹친다. 이 샐러리맨이 가정에 돌아가면 또 아내라는 사람에게 신경을 써야 한다. 연탄값·쌀값·학비·의복비 등 수없는 청구서를 내밀면서 지난달에도 얼마가 적자인데 언제까지 이 모양 이 꼴로 살아야 하느냐고 따지면 무능한 가장은 더욱 피로가 겹친다. 쉴 곳이 없다. 이런 경제 능력말고도 똑똑한 아내에게 이론에 있어서 달리면 열등 콤플렉스가 되어 엉뚱한 짓을 저지르기가 쉽다.

내 생각으로는 대부분의 우리 아내들이 짐짓 바보인 척하는 것 같다. 유행에 둔감한 척 의상비를 자주 청구하지 않는 거는 남편의 수입을 고려함이요, 무슨 일로 기분이 상했는지 대포 몇 잔에 호기를 부리고 대문을 두드리면 영웅 대접하듯 맞아들이는 매너야말로 활력의 '충전(充電)' 바로 그것이라 하겠다.

어쩌면 내 집이 바로 '바보네 가게'가 아닌가 한다. 돈은 물론 무엇이든 부족하게 주는 나에게 반대 급부가 너무 융숭했기 때문이다. 여섯 살짜리 막내딸아이는 10원만 주어도 아빠에게 뽀뽀를 해주고 그리고 또…….

평설

박연구는 1963년에 수필가로 등단한 후 오직 수필만을 사랑하며 수필 문학 진흥에 힘쓴 사람이다. 그는 『바보네 가게』, 『어항 속의 도시』, 『환상의 끝』 등 수필집을 내고, 『수필공원』의 후신인 『에세이문학』의 발행인으로 활동하다가 작고할 때까지 수필가의 외길을 걸어 갔다. 넉넉한 보수가 있는 직장 생활을 거의 하지 못하고 수필에 전념했기 때문에 가정 형편은 좀 힘들었을 것이다. 그리고 수필가의 외길이라 해도 발표를 시작한 1963년은 수필 문예지가 없었기 때문에 그 길 역시 너무 힘들었을 것이다. 그래도 그는 수필을 매우 사랑하여 수필 동인지도 내고 한국 수필계를 일으켜 나가는 데 공이 컸다.

「바보네 가게」는 유신 정권의 정치적 소용돌이로 문단도 수난 시대였지만 가정생활도 어려웠던 것이 역력히 드러나는 작품이다. 10원이나 50원짜리 동전만 줘도 자식이나 아내가 좋아했다는 얘기가 그렇다. 이런 얘기는 사람들이 왜 '바보네 가게'를 왜 더 많이 찾아가는가, 라는 의문에 대한 답을 풀어가는 과정에서 나타나고 있다.

수필은 서사적인 것과 서정정인 내용으로 갈리기도 하지만 논리적인 것으로 구분되기도 한다. 「바보네 가게」에도 돼지나 곰에 대한 이야기도 나오지만 전체 내용은 사물을 요모조모로 따지는 논리적 구조가 주조를 이루고 있다. 사람들이 왜 바보를 더 좋아하고 바보네 가게를 더 찾아가고 바보가 왜 더 많이 이득을 보느냐 하는 문제를 풀기 위한 논리다.

　사사성이나 서정성은 소설이나 시에서 그 가치가 잘 드러나지만 이런 논리적 표현은 주로 수필이라는 산문의 영역이다. 그리고 논리적 전개는 감성이 아니라 지적 재능에 속하는 것이기 때문에 지성의 문학으로서 가치가 있게 된다. 이 작품은 이런 기법을 잘 나타내고 있다. 그리고 자기 가정이야말로 바보네 가게라고 함으로써 비록 넉넉하지 못한 살림이라 해도 다 함께 행복할 수 있는 삶의 지혜가 바로 이것이다라는 결론에 도달하고 있다.

　어떤 이는 박연구의 수필을 현란한 수사도 뜨거운 흥분도 냉철한 묘사도 없지만 '그래도 세상은 살 만한 곳'이라는 생각을 담고 있다고 지적한 바 있는데 「바보네 가게」야말로 그런 의미에서 살 만한 세상으로서의 작은 행복 철학을 나타낸 작품이다.

초승달이 질 때

허세욱

소쩍새가 피를 쏟듯 구슬프게만 울던 늦은 봄 초저녁으로 기억된다. 산과 산이 서로 으스스하게 허리를 부비고 그들끼리 긴 가랭이를 꼬고 누운 두메인지라 해만 지면 금시 어두워졌고 솔바람이 몰고 오는 연한 한기로 미닫이를 닫아야 했다.

40리 밖 읍내에 가셨다가 돌아오시지 않은 아버님을 마중하러 나는 세 살 아래 동생을 데리고 재를 넘었다. 한참 걷다 보니 속눈썹 같던 초승달이 지고 어디를 보나 까만 어둠이 밀려오는데 열대여섯 살 소년은 갑자기 울음을 터뜨릴 것 같은 무서움에 질려 있었다. 나는 동생의 손을 꼭 잡고 뚜벅뚜벅 걸음을 옮겼다. 주먹만한 차돌을 주웠다. 그리고 그것을 땀이 나도록 쥐고 동생더러 뒤를 따라오라 했다.

여느 때같이 쇠죽 냄새가 물씬한 머슴의 등짝을 앞세우고 그 뒤를 바짝 따르며 아버님을 마중했던 밤은 그래도 든든하고 재미있었지만 그 밤처럼 풋나물 같은 두 형제만이 마중할 땐 떨리기만 했었다. 역력히 기억되는 것은 나보다 어린 동생이 훨씬 태연하고 의젓했던 것이었다. 겁을 먹다 보면 배도 고팠다. 자꾸만 커다랗게 들려오는 부엉이 소리, 아버님의 호리한 체구에 표표한 흰 두루마기가 좀처럼 보이지 않을 때, 우린 울음을 터뜨릴 수밖에 없었다.

그 무렵 우리 집 앞을 지나는 신작로엔 하루를 두고도 겨우 산판에 드나드는 트럭 몇 대와 누룽지처럼 쇠똥으로 얼룩진 황소의 달구지들만 삐걱거릴 뿐이었다. 20리 밖엔 기차가 통했지만 겨우 서너 번, 그것도 시커먼 화차로 아득히 연결된 임시 열차까지 셈에 넣어서 그랬던 것이다.

원래 소박하셨던 아버님은 읍내 출입이 있을 때마다 40리나 되는 먼 길을 아예 걷기로 작정하셨다. 그래서 새벽 일찍이 길을 뜨셨다가 으레껏 황혼이 지나서야 오셨다. 심한 경우는 백리가 넘는 전주 나들이도 보행을 마다하시지 않았다. 그래서인지 내가 겨우 열 살을 지난 뒤부터 시작한 마중이 제법 익숙해졌다. 외지에 나와 중학을 다닐 때 방학을 맞아 집에 돌아올 때면 나는 이 마중 같은 일로 학자(學資)를 토색질하던 불계수(不計數)의 빚을 갚으려고 했었다. 확실히 그런 예우가 있고 나면 책값을 주실 때 관대하셨다. 그리고 우람스런 머슴을 앞세우고 깜박이는 초롱불로 길을 밝히면서도 도깨비 얘기나 들으면서 오싹오싹한 밤길을 걷는 데 짜릿한 재미도 약간 느끼곤 했었다.

그 밤도 그러한 몇 가지 속셈이 있었는지 모른다. 그럴수록 목적을 위해선 아버님을 꼭 마중해야 된다는 다짐을 굳혔었다. 이윽고 멀리 펄럭이는 하얀 두루마기를 보곤, 평소 응석 한 번 부려 보지 못하고 자란 주제에 큰 소리로 "아버지"를 외쳤다. 그리고 우리 형제는 장신의 아버지 뒤를 따라 졸랑졸랑 돌아왔다. 여느 아빠처럼 두 팔에 형제를 거느리고 사탕이라도 한 개 속주머니에서 꺼내 주셨으면 했지만, 그렇게 엄하기만 했던 아버지가 지금은 더욱 그립다. 도연명(陶淵明)이가 낙향할 때 문간에서 마중했던 그의 치자(稚子)보다 우린 더욱 어리석어서 먼길을 두근거렸는지 모른다.

우리들 자식이 원행(遠行)의 아버님을 마중하던 곳은 먼 고개를 넘어 돌들이 산을 이룬 성황 고개요, 비단물이 반짝이는 청강수(清江水) 징검다리요, 숨이 깔딱이는 높은 비석재였다. 요즘처럼 편리하게시리 문전에서 영송하는 것은 사무적이어서 싫다. 통금 5분 전에 귀가하는 탕부(蕩父)나 낭아(浪兒)가 아닌데도 벨소릴 듣고서야 슬리퍼를 끌며 발발이와 함께 문을 열어 주는 그런 것은 더욱 싫다.

지금은 분초를 다투는 약속에 서로 묶여 줄달음하는 정밀 기계 시대다. 옛날 우리 부조(父祖)들이 사랑하는 친구들과 재회를 약속할 땐 '꽃이나 피거든 만나세.' 아니면 '풍엽(楓葉)이 만산(滿山)할 제 만나세.' 등등 정말 아리숭한 그런 거였다.

거기에 비하면 아버님 귀가 시간은 훨씬 구체적이었고, 기계 시대에 비하면 훨씬 애매했다. 시린 손을 부비며 고갯마루 고추바람 속에 서서 언제쯤 거나한 취기를 데불고 홀연히 시계(視界)에 나타나실 아버님을 마중함엔 기다리는 기쁨이 있다.

살벌한 오늘의 서울에서도 때로 예고 없이 소낙비가 내리는 초저녁 주택가 입구를 스치면, 많은 아주머니나 어린 자녀들이 우산을 들고 누구를 기다리는 풍경을 본다. 지금쯤 어느 대폿집에서 술타령하는 남편이나 아빠를 기다리는 뜨겁고 목마른 풍경을 본다. 그럴 때마다 나는 초승달이 지고 까맣게 어두운 고개에서, 지금은 다시 뵈올 수 없는 아버지의 하얀 두루마기를 기다리느라 우리 형제가 등을 맞대고 추위를 견디었던 무섭도록 적막한 밤이 그립다.

허세욱은 중국 문학을 전공하고 중국 문단과 학계에도 이름이 알려진 학자지만 수필에도 애정이 깊었다. 이 작품은 향수의 정을 전하는 글이다.

이처럼 향수가 창작의 동기가 되는 수필은 아주 많다. 수필이 그런 형태에는 매우 잘 맞는 문학으로 태어난 것이기 때문이다.

소설도 산문이지만 개인의 향수의 정을 전하는 글로서는 적합하지 않다. 고향 노래는 수필가의 몫이며 수필가라면 누구나 한 번씩은 쓰고 지나가야 하는 필수과목이나 다름없다. 작자 자신의 고백적 수기로 가장 알맞은 문학이 수필이기 때문이다.

소설은 자신을 객관화해서 거리를 두고 바라보는 입장에서 말하는 표현 양식이다. 자기를 무대 위에 올려놓고 관객처럼 바라보는 형태이니 우습기도 하다.

소설가들은 그렇게 무대의 주인공으로 자신을 등장시키는 일이 많지만 그 인물에 자기 이름을 달지는 않는다. 다른 이름을 달고 분장을 시킨 다음 작자의 내면의 소리를 대신 내 주는 형태다. 이와 달리 수필은 솔직하게 자신이 자기를 말하는 형태이므로 향수의 정을 읊는 글이라면 역시 수필이 좋다.

다시 뵈올 수 없는 아버지의 하얀 두루마기를 기다리느라 우리 형제가 등을 맞대고 추위를 견디었던 무섭도록 적막한 밤이 그립다.

작자는 이렇게 그리움을 토하고 있다. 전북 임실이 고향인데 아마도 좀 외진 곳에 살면서 이렇게 아버지를 마중 나가던 일이 종종 있었던 것 같다.

향수의 정을 토하는 자기 고백적 글을 쓰는 것이 목적이라면 그 주제에서 사상성 따위를 찾을 필요는 없다. 물론 이 글에서 보면 귀가하시는 아버님을 마중 나가기 위해 열대여섯 살 되는 동생과 캄캄한 산길을 넘어 다녔다고 하니 1934

년생의 작자로는 그때가 6·25전쟁기나 그 직후가 된다. 그리고 분단으로 인한 참담한 이념적 갈등의 참극도 소년시절에 그 주변에서 많이 보거나 들었을 듯하다. 그러나 이런 환경을 떠나서 그가 그리워하는 고향은 밤마다 소쩍새가 울고 부엉이가 울고 40리 밖 먼 곳까지 다녀오시는 아버님을 마중하러 캄캄한 고개를 넘어가던 기억들이 있는 곳이다.

무거운 주제를 떠나서 이렇게 과거에 대한 그리움을 전하는 서정적 수필이면 분위기 묘사가 무엇보다 필수적이다. 미숙한 문장이라도 이야기 자체가 어떤 주제를 전하고 상상력을 유발하고 호소력을 발동시키는 것이 아니면 그럴 수밖에 없다. 왜냐면 그 그리움은 작자의 몫이기 때문이다. 독자는 타인이니까 구경꾼일 뿐이다. 그러니까 독자도 그 자리에 흡수되도록 분위기 묘사가 좋아야 한다. 초승달이 지고 난 다음 더욱 캄캄해서 무섭던 산길을 동생 손잡고 걷던 분위기를 얼마나 잘 살리느냐에 따라서 작품의 성패가 갈라지는 수필이라고 하겠다.

비닐우산

정진권

언제 어디서 샀는지 모르지만 우리 집에도 헌 비닐우산이 서너 개나 된다. 아마도 길을 가다가 갑자기 비를 만나서 내가 사 들고 온 것들일 게다. 하지만 그 가운데 하나나 제대로 쓸 수 있을까? 그래도 버리긴 아깝다.

비닐우산은 참 볼품없는 우산이다. 눈만 흘겨도 금방 부러질 듯한 살하며, 당장이라도 팔랑거리면서 살을 떠날 듯한 비닐 덮개하며, 한 군데도 탄탄한 데가 없다. 그러나 그런 대로 우리의 사랑을 받을 만한 덕을 갖추고 있기 때문에, 아주 몰라라 할 수만은 없는 우산이기도 하다.

우리가 길을 가다가 갑자기 비를 만날 때, 가난한 주머니로 쉽게 사 쓸 수 있는 우산은 이것밖에 없다. 물건에 비해서 값이 싼지 비싼지는 알 수 없지만, 어떻든 일금 100원으로 비를 안 맞을 수 있다면, 이는 틀림없이 비닐우산의 덕이 아니겠는가?

값이 이렇기 때문에 어디다 놓고 와도 섭섭하지 않은 것이 또한 이 비닐우산이다. 가령 우리가 퇴근길에 들른 대폿집에다 베우산을 놓고 나왔다, 이렇게 생각해 보라. 우리의 대부분은 버스를 돌려 타고 그리로 뛰어

갈 것이다. 그것은 물론 오래 손때가 묻어 정이 들었기 때문이기도 하겠지만, 그러나 100원짜리라면 아마도 그러지 않을 것이다. 그래서 고가의 베우산을 받고 나온 날은 어디다 그 우산을 놓고 올까 봐 신경을 쓰게 된다. 하지만 하루 종일 썩인 머리로 대포 한잔 하는 자리에서까지 우산 간수 때문에 걱정을 할 수는 없지 않은가? 버리고 와도 께름할 게 없는 비닐우산은 그래서 좋은 것이다.

비닐우산을 받고 위를 쳐다보면, 우산 위에 떨어져 흐르는 맑은 물방울이 보인다. 그리고 빗방울이 떨어지면서 내는 통랑(通朗)한[1] 음향도 들을 만한 것이다. 투명한 비닐 덮개 위로 흐르는 물방울의 그 청량함, 묘한 리듬을 만들어 내는 빗소리의 그 상쾌함, 단돈 100원으로 사기에는 너무 미안한 예술이다.

바람이 좀 세게 불면 비닐우산이 홀딱 뒤집혀지기도 한다. 그것을 바로잡는 한동안, 비록 옷은 다소의 비를 맞는다 하더라도 우리는 즐거운 짜증을 체험할 수 있고, 또 행인들에게 가벼우나마 한때의 밝은 미소를 선사할 수 있어서 좋다. 그날이 그날인 듯, 개미 쳇바퀴 돌 듯하는 우리의 무미(無味)한 생활 속에, 그것은 마치 반박자짜리 쉼표처럼 싱그러운 변화를 불러일으키는 것이다.

좀 오래된 이야기 하나가 생각난다. 퇴근을 하려고 일어서다 보니, 부슬부슬 창밖에 비가 내린다. 나는 캐비닛 뒤에 두었던 헌 비닐우산을 펴들고 사무실을 나왔다. 살이 한 개 부러져 있었다. 비가 갑자기 세차졌다. 머리는 어떻게 가렸지만 옷은 다 젖다시피 했다. 그때였다. 누군가가 뛰어들었다. 책가방을 든 어린 소녀였다. 젖은 이마에 머리카락이 흩어져

---

1 통랑(通朗)한: 환하게 트여 밝고 맑은.

있었다. 나 하나의 머리도 가리기 어려운 곳을 예고도 없이 뛰어든 그 귀여운 침범자는 다만 미소로써 양해를 구할 뿐 말이 없었다. 우리는 버스 정류소까지 함께 걸었다. 옷은 젖지만, 그래도 우산을 받고 있다는 안도감이 있었다. 마침내 소녀의 버스가 왔다. 미소와 목례를 함께 보내고 그는 떠났다. 이상한 공허감이 비닐우산 속에 남았다. 그것도 100원으로 살 수 없는 체험일 것이다.

나도 곧 버스를 탔다. 차가 M 정류소에 설 때였다. 비는 여전히 쏟아지는데, 정류소엔 우산꽃이 만발해 있었다. 아버지를 기다리는 아들딸들, 오빠나 누나를 기다리는 오누이들, 남편을 마중 나온 아낙네들일 것이다. 버스에서 내린 사람들은 용하게도 그를 맞으러 나온 우산을 찾아내었다. 아름다운 풍경이었다. 그때 나는 차창 밖으로 한 젊은 여인을 보았다. 그녀는 비닐우산을 받쳐 들고 버스 안을 살피었다. 남편을 기다리는 신혼의 여인이었을까?

버스는 또 떠났다. 그녀는 우두커니 서 있었다. 몇 번이나 버스를 그냥 보냈을까? 말없이 떠나는 버스를 조금은 섭섭하게 바라볼 그녀의 고운 눈매가 눈앞에 아른거렸다. 나는 눈을 감았다. 다음 버스에선 그녀가 기다리는 사람이 꼭 내렸을 것이다. 그리고 역시 용하게 알아보고는 그녀의 비닐우산 속으로 성큼 뛰어들었을 것이다. 왜 이렇게 늦었느냐는 원망의 눈길과 미안해하는 은근한 미소, 찬비에 두 몸이 다 젖는대도 그 사랑은 식지 않을 것이다.

비닐우산은 참 볼품없는 우산이다. 한 군데도 탄탄한 데가 없다. 그러나 버리기에는 너무도 아름다운 효용성이 있음으로 하여 두고두고 보고 싶은 우산이다. 그리고 값싼 인생을 살며, 조금만 바람이 불어도 넘어질 듯한 부실한 사람, 그런 몸으로나마 아이들의 머리 위에 내리는 찬비를 가려

주려고 버둥대는 삶, 비닐우산은 어쩌면 나와 비슷한 데도 적지 않은 것 같아서, 때때로 혼자 받고 비 오는 길을 쓸쓸히 걷는 우산이기도 하다.

평설

　　　　　한국 고전 문학에 매우 조예가 깊고 교수로서 연구 활동을 쉬지 않은 탓인지 수필도 내면의 깊이가 있어 보인다. 「비닐우산」은 수필이 언어예술로서 얼마나 아름다운 감동을 줄 수 있는지를 매우 잘 보여 주는 작품이다. 필자가 보고 느끼는 바로는 드물게 만날 수 있는 명수필이다.

　이 작품에서 가장 돋보이는 것은 사랑과 행복의 발견이다. 그 사랑과 행복은 돈과 명예와 권력을 더 많이 가진 사람과 달리 그로부터 많이 소외된 다수의 약자들 속에서 발견되는 사랑과 행복이기 때문에 돋보인다. 그렇게 많이 가져야만 사랑과 행복을 가질 수 있는 것이 아니라는 것은 일반적 상식에 대한 신선한 도전이며 발견이며 소중한 철학이 아닐까?

　작품의 중심 소재는 비닐우산이다. 비닐우산은 작품 속에서 보면 일금 100원으로 되어 있다. 지금은 물가가 올라서 100원이 넘겠지만 그래도 싼 물건이며 그나마도 작자가 말한 그런 백 원짜리 우산은 지금은 거의 퇴출당하고 사라져 버렸다.

　그런데 이 싸구려 우산이 살이 부러진 대로라도 비가 내릴 때 펼치면 그 비닐종이 밑에 그렇게 따뜻한 삶의 행복이 가득히 담겨지는 것이었음을 발견해 주고 있어서 흐뭇한 감동을 준다.

　작자 정진권은 퇴근 시간이 되자 캐비닛 뒤에 두었던 비닐우산을 들고 사무실을 나온다. 살이 한 개 부러져 있는 우산이다. 비가 갑자기 세차지니 머리는 좀 가렸지만 옷은 다 젖다시피 되었는데 그래도 그 밑으로 비를 피하려고 뛰어

드는 사람이 있다. 책가방을 든 어린 소녀다. 둘은 함께 버스 정류장까지 걸어
간다. 그리고 소녀가 먼저 버스를 타고 사라지자 작자는 비닐우산 속에 이상한
공허감이 남았다고 말하고 있다.

평범한 삽화 한 토막이지만 이것은 작자의 인생 속에서는 잊혀지지 않는 행
복한 소중한 삽화로 남아 있음을 알게 된다. 전연 이름도 아무것도 모르는 타인
인데 이렇게 작자 곁에 가까이 다가 온 것은 서로 믿음이 있는 따뜻한 사회에서
만 가능한 일이다. 그것은 작은 새들이 지친 날개를 접고 잠시 나무 가지에 앉
아서 쉬었다 가는 것처럼 그동안에 서로 인사도 없었지만 새는 편히 쉬었다 가
게 되어서 좋고 나무는 그런 자리를 마련해 줄 수 있어서 좋다는 사랑과 믿음과
행복의 아름다운 풍경이다. 소녀가 떠나버린 후 잠시 이상한 공허감이 다가온
것은 비록 작은 것이지만 그것이 비닐우산 소유자의 행복이었기 때문이다.

그런데 만일 작자가 자가용 승용차를 타고 출퇴근 한다면 이런 소녀와의 만
남이 이루어질 수 있을까? 물론 잘 살면 잘 사는 대로 그 나름의 행복이 있겠지
만 작자의 그것은 일찍이 쓰레기 통 속에 처넣어도 아깝지 않을 만한 싸구려가
안겨 주는 행복이기에 쓰레기 통 속에서 피어난 장미꽃처럼 놀랍고 아름답다.

또 자가용 승용차를 탄다면 허락도 없이 차 속으로 뛰어들 타인도 없다. 만일
있었다면 내쫓으려 했을 것이다. 그러니까 허락도 없이 소녀가 뛰어들고 이를
반긴 것은 그것이 값비싼 승용차가 아니라 100원짜리 비닐우산이었기 때문이
다. 이런 경우에는 100원짜리가 몇 천만 원짜리보다 비싼 역할을 하는 셈이다.

또 미아리 고개의 정류소에서 창밖으로 내다본 풍경도 그렇다. 우산을 들고
나와서 버스에서 내릴 아버지나 아들딸들, 오빠와 누이, 또는 남편을 기다리는
사람들이 있다. 그들은 기다리던 사람을 만나게 되면 서로 반가워하며 우산을
바쳐 들고 집을 찾아갈 것이다. 옷이 좀 젖고 춥더라도 그 때문에 어깨라도 더
따뜻하게 껴안아 주며 가는 모습이 곧 사랑과 행복의 그림이다.

비록 가난한 사람들의 풍경이지만 그것은 행복의 주제를 담은 그림으로서 아주 적절하다. 그리고 그 행복은 가족끼리의 사랑을 말해 주는 행복일 뿐만 아니라 허락도 없이 뛰어든 소년의 경우처럼 타인들과의 만남에서 이루어지는 사랑과 믿음이 만들어 주는 행복이기에 차갑고 삭막한 모래바람만 불던 인생에 대한 관점이 달라질 수 있다.

이것 역시 차가운 비바람이 불더라도 불편을 모르고 풍족하게만 사는 환경에 익숙해진 사람들은 갖기 힘든 행복이다.

이 사랑과 행복은 그처럼 누구에게나 그냥 주어지는 것은 아니다. 살 하나가 부러진 100원짜리 비닐우산 하나도 아까워서 버리지 못하는 자신의 삶은 좀 고달픈 삶이고 그것은 짜증과 비관과 분노 또는 범죄 유발의 동기도 될 수 있다. 그렇지만 정진권의 백 원짜리 우산은 살 하나가 부러졌는데도 사랑과 행복을 그 밑에 가득히 채워 주는 큰 구실을 한다. 그리고 이것이 이렇게 될 수 있다는 것은 작자의 혜안(慧眼) 때문이며, 그것은 성숙한 철학적 인생관의 혜안이다.

'비닐우산족'이라도 탐욕을 버리고 허세를 버리고 그래도 주눅 들지 않고 당당하고, 나만이 아닌 우리 모두의 삶에 애정을 갖는다면 이런 혜안을 갖게 될 것이다.

이 수필은 이런 주제가 아니라도 작자가 그려 나가는 회화적 묘사와 음악적 이미지만으로도 충분히 매력적이다.

이 작품의 끝맺음에서 비닐우산은 곧 작자 자신의 이미지가 되고 있다. 독자는 비닐우산이 작자 정진권을 의미하는 상징적 기호임을 알게 된다. 은유법이 아닌 비유이기 때문에 상상작용에 어려움은 없지만 비닐우산을 작자자신으로 대치해서 읽는 것은 상상의 세계다. 상상 속에서 그 비닐우산은 비가 내리는 날이면 작자의 아이들 머리 위를 덮어 주는 구실을 충분히 하기는 어려운 우산이다. 바람이 몹시 부는 날이면 뒤집히기도 하는 우산이다. 아내한테 호강 한번 못 시켜 주고 자식들한테 대학 간다는 자식한테 공부방 하나 따로 못 만들어 주고 등록금도 쩔쩔매는 경우가 있었다면 그게 모두 바람 부는 날의 비닐우산 꼴이다.

이것이 한 가정의 아비이며 남편으로서 70년대에 흔히 있었던 지식인의 모습이고 독자가 그려내는 상상의 세계다. 그리고 그런 모습으로 혼자 걸어가는 모습이 독자의 가슴 속에 조금은 아리게 다가온다.

이런 점으로 보자면 이 작품은 서정적 감각이 매우 짙으며 그런 감각 때문에 사랑과 행복의 이미지가 강한 호소력을 갖게 된다. 그리고 혼자 걸어가는 마지막 한 줄의 작자의 모습은 값싼 센티멘털리즘이 아니라 작자와 이 나라의 서민층 다수가 살아가던 현실의 실체이기도 하다.

이 작품은 1975년 작이다. 정치적으로는 참으로 암울하던 유신 독재 정권 때다. 김태길이 「대열」에서 참으로 부끄러웠던 한 해(1974년)가 다 가 버렸다고 고백한 때가 바로 이 해가 된다. 정진권의 「비닐우산」은 이런 시대적 배경 속에서 한 지식인이 살 하나 부러진 비닐우산처럼 힘들게 살아가면서도 서로의 따뜻한 사랑과 행복을 분명히 찾아 나가는 명수필로 읽혀질 것이다.

제5장

손광성
김병권
이경희
고임순
최병호
유혜자
이정림
정목일
염정임
홍혜랑
맹난자
문혜영
은옥진

달팽이

손광성

　달팽이를 보고 있으면 걱정이 앞선다. 험한 세상 어찌 살까 싶어서다. 개미의 억센 턱도 없고 벌의 무서운 독침도 없다. 그렇다고 메뚜기나 방아깨비처럼 힘센 다리를 가진 것도 아니다. 집이라도 한 칸 있으니 그나마 다행이다 싶지만, 찬찬히 뜯어보면 허술하기 이를 데 없다. 시늉만 해도 바스라질 것 같은 투명한 껍데기. 속까지 비치는 실핏줄이 소녀의 목처럼 애처롭다.

　달팽이는 뼈도 없다. 뼈가 없으니 힘이 없고 힘이 없으니 아무에게도 위협이 되지 못한다. 하물며 무슨 고집이 있으며 무슨 주장 같은 것이 있으랴. 그대로 '무골호인'이다. 여리디 여린 살 대신에 굳게 쥔 주먹을 기대해 보지만 아무래도 무리인 것 같다.

　그렇다고 감정마저 없다는 이야기는 아니다. 민감하기로는 미모사보다 더하다. 사소한 자극에도 몸을 움츠리고 이마를 스치는 바람에도 고개를 숙인다. 비겁해서가 아니다. 예민해서요 수줍어서이다. 동물이라기보다 식물에 가깝다.

누구를 찾고 있는 것일까?

달팽이는 늘 긴 목을 치켜들고 주위를 두리번거린다. 그러나 그의 이웃은 아무 데도 없다. 소라, 고동, 우렁, 그리고 다슬기 같은 것들이 있긴 하지만 그들은 이미 그의 이웃이 아니다. 아득히 먼 물나라의 시민들이다.

모든 생물이 다 그러하듯 달팽이의 고향도 바다였던 때가 있었다. 그런데 먼 조상들 중 호기심이 많은 한 마리가 어느 날 처음 뭍으로 올라왔다가 그만 길을 잃고 말았다. 물달팽이가 육지 달팽이로 바뀌는 기구한 역사가 그렇게 해서 시작된 것이다.

잃어버린 고향에 대한 그리움 때문일까? 육지에 사는 달팽이의 목과 눈은 물달팽이의 그것보다 훨씬 가늘고 길다. 슬픔도 내림이라, 수많은 세월이 흘렀는데도 조상들의 슬픔으로부터 그들은 자유로울 수가 없는 모양이다. 실향민의 후예. 달팽이는 늘 외로움을 탄다.

어디 좋은 친구 하나 없을까?

달팽이는 개구리에게 다가가 본다. 개구리도 습지를 좋아하니 벗이 되어 줄 법도 한 일이다. 하지만 그들은 너무 크고 너무 빠르다. 도무지 따라잡을 수가 없다. 벌이나 개미는 어떨까? 부지런한 것은 더없이 좋은 일이지만 배타적인 것이 좀 마음에 걸린다. 제 동족이 아니면 자기들의 먹이로밖에 생각하지 않으니 말이다.

시인이 죽으면 나비가 된다는 말이 있다. 나비가 죽으면 무엇이 될까. 아니, 달팽이가 죽으면 무엇이 될까.

달팽이는 나비 곁으로 다가간다. 그냥 사귀기만이라도 했으면 싶다. 그러나 나비는 잠시도 한곳에 머물러 주지 않는다. 설사 머문다 해도 걱정이다. 어떤 때는 환희에 넘쳐 춤을 추다가도 금세 침울해져서는 두 날개를 접은 채 마른 나뭇잎처럼 조용하다. 그 엄청난 감정의 기복을 감당할 자신이 없는 것이다.

아, 배추벌레하고 놀아야지.

달팽이는 그들 옆에서 잠시 외로움을 달래 본다. 외모는 좀 그렇지만 벌처럼 시끄럽지도 않고 나비처럼 팔랑대지도 않아서 좋다. 한데 한 가지 안된 것은 그들은 탐식가라는 사실이다. 옆에 가서 등을 대고 누워도 눈 한 번 거들떠보는 일이 없다. '나는 먹는다, 고로 나는 존재한다'는 식이다. 달팽이는 풀이 죽어서 돌아온다.

달팽이는 날카로운 이빨도 없다. 그의 입은 먹기 위한 기관이라기보다 차라리 이목구비를 갖추기 위한 필요에서 생긴 것 같다. 살아있는 것을 보면 뭐든 먹기는 먹는 모양인데 그런 순간을 거의 볼 수가 없다. 게다가 짝짓기를 하는 장면도 들키지 않으니 말이다. 귀여운 금욕주의자, 이 모든 쾌락보다 더 절실한 어떤 문제가 있다는 말일까.

달팽이는 언제나 긴 목을 치켜들고 길을 떠난다. 현실로부터 탈출할 수 있는 어떤 비밀의 문이라도 찾고 있는 것일까. 방황하는 영혼, 고독한 산책자.

그러나 달팽이는 감정을 드러내지 않는다. 기쁨을 노래하지도 않고 슬픔을 울지도 않는다. 매미에게는 일곱 해 동안의 침묵과 극기를 보상하고도 남을 이레 동안의 찬란한 절정의 순간이 있지만 달팽이에게는 그런 눈부신 순간이 없다. 그렇다고 종달새 같은 황홀한 비상의 기회가 마련되어 있는 것도 아니다.

다만 가시며 그루터기며 사금파리 같은 현실, 맨살로 밀며 살아갈 수밖에 없는 그런 현실이 그 앞에 놓여 있을 뿐이다. 육체의 고통이 때로는 영혼의 해방을 가져온다고 믿는 어느 고행승과도 같은 그런 표정으로 그저 묵묵히 몸을 움직일 뿐이다.

오체투지(五體投地)의 말 없는 순례. 지나간 자리마다 묻어나는 희고 끈 끈한 자국들. 배설물일까. 낙서일까. 아니면 그들끼리만 통하는 상형 문 자일까. 끝내 판독되기를 거부하는 암호들.

여름도 다 끝나려는 어느 늦은 저녁 무렵이었다. 그때 나는 달팽이의 이상한 몸짓을 보았다. 억새풀의 제일 높은 끝에 한 방울의 이슬처럼 위 태롭게 맺혀 있었다. 목은 길게 솟아올랐고, 조그만 입은 약간 벌어졌으 며, 꽃의 수술 같은 두 개의 눈은 긴장되어 있었다. 마치 노래를 부르려는 순간의 어떤 가수처럼, 나뭇가지를 떠나려는 순간의 새의 자세처럼 보였 다. 가늘고 긴 목에서 벌레소리 같은 어떤 슬픈 소리가 나올 것 같았다. 그 러나 달팽이는 끝내 아무 소리도 내지르지 못했다. 투명한 달빛이 조그만 몸을 비추고 있었다.

밀폐된 유리벽의 저편에서 키가 작은 한 남자가 울고 있는 것을 나는 보고 있었다.

평설

손광성은 수필과 그림을 함께하며, 특히 우수한 수필로 많은 독 자들의 사랑을 받고 있다. 문학이 예술성을 얻기 위해서 가능한 가장 효율적인 기법은 이미지에 의한 상상의 극대화이다. 손광성의 「달팽이」는 이런 예를 잘 보여 주고 있다. 달팽이의 모든 것이 작자가 말하려는 것을 모두 상징적으로 보 여 주는 이미지다. 표현법으로 말하자면 은유법이다.

달팽이를 보고 있으면 걱정이 앞선다. 험한 세상 어찌 살까 싶어서이다.
개미의 억센 턱도 없고 벌의 무서운 독침도 없다. 그렇다고 메뚜기나 방아깨비처럼 힘센 다리를 가진 것도 아니다. 집이라도 한 칸 있으니 그나마 다행이다 싶지만, 찬찬히 뜯어보면 허술하기 이를 데 없다. 시늉만 해도 바스라질 것 같은 투명한 껍데기. 속까지 비치는 실핏줄이 소녀의 목처럼 애처롭다.

이렇게 시작되는 「달팽이」의 서두 부분은 달팽이에 대한 예리한 관찰력을 나타내고 있다. 움직이는 달팽이의 여러 모습을 빈틈없이 묘사해 나가고 있는 과학적·사실적 관찰 기록으로서의 가치를 지닌다. 그리고 이것은 소설처럼 거짓으로 꾸며서 만들어 내야만 되는 기록이 아니라 실제적 관찰로만 가능한 것이므로 실제적 사실의 세계로서의 수필의 기본 조건에 철저하다.

그러나 그 같은 사실성에도 불구하고 여기에는 과학 논문과 본질적으로 다른 서정성이 있다. 달팽이에 대한 따뜻한 동정이다. "속까지 비치는 실핏줄이 소녀의 목처럼 애처롭다."고 한 것은 날카로운 관찰력만이 아니라 대상에 대한 그 같은 사랑과 깊은 이해가 있으며, 또 이것은 비유법에 의한 상상의 이미지를 만들어 주고 있다.

다음에는 달팽이의 고향이 바다였다는 서술이 이어진다.

그리고 관찰자 이외의 사람 하나가 나오지만 이것은 이 마지막 한두 줄에만 나오는 장면이다.

그런데 이 작품에서 우리는 달팽이만 보게 되는 것이 아니다. 달팽이는 우리 인간의 험한 세상을 혼자 힘으로 살아가기에는 너무도 어려운 사회적 약자를 연상하게 한다. 그럼으로써 이 글에서는 달팽이와 사회적 약자인 한 가엾은 인간이라는 양자 간의 유추 현상이 성립된다. 작자는 외형적으로는 달팽이만 말했지만 그것을 통해서 우리 사회의 힘없고 외로운 인간을 상상으로 서술해 나가고 있었다는 것이다. 그리고 이런 암시를 통해서 문학이 지향해 나가야 할 지극히 소중한 휴머니즘의 주제를 짙게 깔아 나갔다고 볼 수 있다.

그런데 여기서 달팽이는 사회적 약자라는 불특정한 인간만이 아니다. 달팽이는 무엇보다도 먼저 작자 자신이다. "밀폐된 유리벽의 저편에서" 혼자 울고 있는 키 작은 남자는 누구일까? 말미의 한 남자의 모습은 울고 싶어도 "끝내 아무 소리도 내지르지 못했다."는 달팽이의 가엾은 모습과 이어져 있다. 그러므로 달팽이는 작자 자신의 이미지다.

그렇다면 작자는 처음부터 달팽이를 보고 있었던 것이 아니다. 자신을 보고 있었다는 추측이 가능해진다. 투명한 달빛이 스며드는 창가에 서서 유리벽에 반사되고 있는 자신의 모습, 울고 있는 자신의 모습을 바라보며 험한 세상을 살아가는 힘없고 외롭고 슬픈 달팽이의 존재를 통해 자신을 바라보고 있었던 셈이다.

그리고 보면 앞에서 인용한 "고향을 잃어버린 달팽이", "실향민의 후예"라는 것도 북쪽의 고향을 떠나온 실향민으로서의 작자 자신을 유추해 나가게 되는 중요한 키워드였음을 알게 된다.

이런 점에서 이 작품은 수필의 세계가 고수해야 할 실제적 사실성을 전체적으로 유지해 나가면서 이것을 유추(類推)해 낼 수 있는 상징적 세계로서 달팽이를 옮겨 온 것이다.

이런 기법은 허구성 자체로 시작되고 끝나는 소설에 비해서 더욱 예술성을 높이게 된다.

오월의 나비

김병권

나이가 들어야 추억의 진미를 안다고 했던가.

내 벌써 종심(從心) 고개를 넘고 보니 지나온 날들에 대한 갖가지 추억들이 새록새록 되살아난다. 가슴속에서 회억(懷憶)의 물결이 출렁일 때마다 나는 곧잘 아득한 세월의 강 저 너머로 홍안(紅顔)의 젊었던 시절을 떠올리곤 한다.

그 누구인들 가슴 아린 추억거리가 한두 가지쯤 없을까만 참으로 삶과 죽음의 구획마저 가늠할 수 없었던 전쟁마당에서의 회억만큼은 절실하지 못하리라. 북한 공산군의 기습 남침으로 야기된 6·25전란이 한창일 때 나는 금강산이 내려다보이는 동부전선 최전방 고지에서 보병 소대장으로 참전했다. 아무리 무쇠처럼 단단한 젊은 몸이라고 하지만 몇 날 몇 밤을 공방전투(攻防戰鬪)로 시달리고 나면 그야말로 온몸이 녹초가 되어 아무 데서나 곯아떨어지고 만다.

1952년 5월의 어느 날이었다. 간밤의 격전으로 피로에 지친 나는 잠시 참호 속에서 낮잠에 빠져 있었다. 아니 그냥 졸고 있었다는 표현이 더 적절할 것 같다. 그런데 갑자기 고막을 찢는 듯한 총소리가 들리더니 뒤미처 소대원 한 사람이 전사했다는 무전 보고가 왔다. 정말 눈 깜빡할 사이의 일이었다.

전쟁 마당에서야 항용 있을 수 있는 일이지만 그날따라, 아니 오늘날까지도 내 마음을 애절하게 에이는 데는 그럴만한 사연이 있다. 그 병사야말로 절절한 심혼(心魂)의 감동으로 시를 쓴 시인이며, 마지막 선혈(鮮血)을 녹여 시어(詩語)를 토해낸 격정(激情)의 시인이라고 할 수 있기 때문이다.

먼 남쪽 지방에는 이미 온갖 백화가 만발했을 때이건만 38선보다 더 북쪽에 위치한 전선고지에는 아직 을씨년스러운 냉기(冷氣)가 흐르고 있었다. 더구나 응달진 골짜기에는 덕지덕지 백설기 같은 눈이 쌓여 있을 때였다.

그런데 이상한 일이었다. 이렇듯 한랭기온(寒冷氣溫)이 가시지 않은 살벌한 고지에 노랑나비 한 쌍이 찾아온 것이다. 졸린 눈을 간신히 뜬 채 적진을 경계하고 있던 L병사는 "아— 저 나비!" 하면서 상체를 일으켜 나비를 잡으려는 순간 적의 총탄 세례를 받은 것이다. 그 당시의 적은 고도로 숙련된 저격수들을 곳곳에 배치해 놓고 있어 우리의 허점이 조금만 노출되면 영락없이 공격해 오는 장기(長技)를 가지고 있었다.

찰나적인 순간에 어처구니없는 일이 발생한 것이다. 너무나도 철없는 병사가 큰 실수를 저지른 것이다. 참으로 안타까운 일이었다.

"싸움 한번 제대로 못해보고 그놈의 나비 때문에 죽다니……?"

전우들의 원망어린 애곡(哀哭)의 넋두리가 사방에서 들려왔다. 나 역시 "바보 같은 녀석……"을 연거푸 뇌이면서 그의 죽음을 애도했다. 그러다가 얼마 후 그가 마지막으로 내뱉은 말을 곰곰이 되씹어보니 그 병사야말로 누구보다 시심(詩心)이 풍부했던 문학도가 아니었나하는 생각을 지울 수가 없었다.

나비의 전생은 번데기다. 그는 한여름 내내 지친 몸을 추스르며 고치 속에서 안식을 취한다. 그러나 그곳에서의 안식이 아무리 안락무량(安樂無量)하다 하더라도 하늘을 마음대로 날아다니는 자유에는 비기지 못하리라.

불현듯 자유가 그리워진 그 병사는 전쟁 놀음에 미친 인간들을 비웃으며 그 나비들에 이끌려 애틋한 향수의 나라로 줄달음질쳤던 것이다. 몸은 비록 전쟁이란 사슬에 매어 옴짝달싹 못 한다 하더라도 전쟁을 혐오하는 그의 마음은, 벌써 두둥실 나비들과 어울려 찬란한 평화의 나라로 비상(飛翔)하고 있었던 것이다.

이렇듯 이 세상에서 가장 짧은 시, "아— 저 나비!"를 남기고 간 그 병사를 나는 아직도 잊지 못하고 있다. 일찍이 "시의 본질은 발견이다"라고 설파한 영국 시인 새뮤얼 존슨의 말처럼 그는 예상치 못한 '발견'을 통해 새로운 경이와 환희를 맛보게 되었던 것이다.

그렇다. 그 병사는 산새마저 피신해버린 황량(荒凉)한 전야(戰野)에 평화의 여신인 양 한 쌍의 노랑나비가 너울거리는 것을 보는 순간, 자신 속에 내재한 뜨거운 감동을 발견했던 것이다. 그리하여 그 내면 깊숙이 침잠(沈潛)한 아련한 추억을 끄집어내고 있었던 것이다.

동구 밖 자드락에 지천으로 피어나는 개나리와 산 벚꽃들, 그리고 온통 앞산과 뒷동산을 붉게 물들이는 진달래가 흐드러질 무렵이면, 뒤꼍 장다리 밭에는 수많은 나비 떼가 몰려왔던 것이다. 그래서 옆집 '순이'와 장다리 밭을 헤집으며 하루 종일 그 나비 떼를 좇던 추억이, 그 순간 가슴속 밑바닥으로부터 밀물처럼 밀려왔던 것이다. 그래서 그 병사의 망막에 비친 한 쌍의 노랑나비는 단순한 나비가 아니라 바로 그 '순이'의 얼굴이 선명하게 오버랩 되어 있었던 것이다.

이렇듯 뜨거운 감동을 주체할 수 없었던 열정과 또 장다리 밭에 얽힌 수줍은 추억을 반추해 보고 싶은 그 마음바탕이야말로, 바로 영혼의 불꽃으로 달구어낸 시심(詩心)이 아니고 무엇이겠는가.

봄이 물러가는 5월의 길목에 서면 나는 곧잘 그때의 상념들로 가슴이 벅차오른다. "아— 저 나비!" 이 외마디 서사시는 반세기의 시공(時空)을 격(隔)한 지금까지도 내 가슴속에서 짜릿한 감동으로 되살아나고 있다.

평설

지금은 조직 생활을 떠났지만 오랫동안 군복무를 하면서 『현대문학』을 통해서 수필가의 길을 함께 걸어왔다. 이것은 한국전쟁 때 최전선에서 일어난 한 장면을 전하는 작품이다. 노랑나비 한 쌍이 날고 한 병사가 이들을 쫓으려고 참호에서 나오는 순간 적탄에 맞고 쓰러졌다는 것이 이 작품의 소재다. 그런데 작자가 전하는 이런 장면은 전선 보고서로서는 너무 특수하다. 최전선에서 한 병사가 적군의 총탄에 쓰러졌다면 요란한 총소리와 포성이 울리고 아군과 적군이 달리고 쓰러지고 전투기도 날아다니고 피 흘리며 쓰러진 병사의 처절한 신음소리도 들릴 듯한데, 이 사건은 이런 고정 관념에서 벗어나고 있다. 노랑나비 한 쌍을 쫓는 것은 평화로운 꽃동산의 이야기이기 때문이다.

병사의 죽음은 눈물겨운 일이지만 나비를 쫓는 장면은 전쟁이 아니라 평화다. 비록 누런 전투복에 철모 쓰고 총을 든 채로 참호에서 튀어 나온 병사지만, 그는 어릴 적 고향으로 돌아가서 소녀와 함께 장다리 밭에서 나비를 쫓는 소년으로 바뀌고 있다. 노랑나비 한 쌍을 본 순간 병사는 그곳이 전쟁터이며 적군이 바로 저쪽에서 총구를 겨누고 있다는 사실을 잊고 소년 시절로 돌아간 것이다.

형상화된 그림으로 치자면 이것은 5월의 춘경을 그린 한 폭의 아름다운 수채화다. 그리고 이 그림으로 작자가 전하는 병사의 의식세계는 자유와 평화에 대한 갈망이며 전쟁에 대한 혐오감이다.

작자는 노랑나비의 전생이 번데기라 말하고 있다. 번데기의 삶은 암흑이고 구속이다. 나비는 고치 속에 그처럼 억압된 생명체로 살다가 푸른 하늘을 향해서 한껏 치솟으며 날아다니는 자유의 몸이다. 작자는 병사가 이렇게 날아다니는 나비를 쫓아서 자기도 날려고 했다고 말하고 있다.

병사의 그날의 죽음을 그가 어린 시절에 장다리 밭에서 나비를 쫓으며 소녀와 놀던 시절로 바꿔 놓은 것은 민족상잔의 비극의 역사 속에 살아오는 우리들의 가장 간절한 소망이 무엇인지를 말하고 전쟁의 슬픔을 말하기 위함이겠다.

한국전쟁은 참담한 비극이며 여기에는 심각한 이념적인 문제가 있다. 그렇지만 이 작품은 이같은 이념의 색깔 없이 전쟁 자체에 대한 혐오감과 함께 인간의 자유와 평화에 대한 갈망을 이렇게 예쁜 나비와 병사의 그림으로 표현한 것이어서 읽는 부담감을 덜어준다.

이 작품 속의 이야기는 1952년 5월이고 작자는 이때 21세의 약관이었다. 필자도 이때 비슷한 자리에서 격전을 겪고 있었다. 작자는 그후 반세기가 지나서 수필가로 등단할 무렵이던 1970년대 초기에 이 작품을 쓴 것 같다. 술도 오래 묵어야 명주가 되듯이 문학의 소재도 오래 묵어야 제대로 작품으로 성숙해진다. 동료의 죽음을 보는 격전지의 체험처럼 감정적 응어리가 오래 가는 소재일수록 이것이 작품으로 익으려면 시간이 필요하다. 이 작품 소재도 반세기를 기다린 것이니까 그만큼 감정의 물결이 잔잔해져서 주제가 곱게 성숙해 간 것이라고 볼 수 있겠다.

대춘부(待春賦)

이경희

　낮닭 우는 소리에도 봄을 느낀다. 수양버들 가지가 탄력 있게 늘어지고 아리들 걸음걸이에 긴장이 풀려 있다.

　이틀을 두고 내린 비……. 그 비는 정녕코 봄비임에 틀림이 없었다. 정원의 돌들을 덮고 있던 겨울 먼지……. 그 검은 먼지가 말끔히 씻기자 을씨년스럽던 겨울이 가버렸음을 깨닫는다.

　언젠들 빗물에 젖은 돌들에 깊은 애정을 느끼지 않은 적이 있었겠는가만, 새삼 긴 겨울의 침울을 벗겨 준 '이틀 비'에 감동한다.

　물은 차나 그렇다고 겨울은 아니다. 겨울이 가졌던 매섭고 찬 매듭은 이미 풀리고 다만 그 구겨진 매듭 자리만 펴지지 않은 느낌일 뿐이다.

　사철나무 잎새의 숨결도 겨울의 그것과는 다르다. 봄의 입김이 벌써 담 안으로 들어선 것이다.

　성급하게 새순 돋는 봄이 기다려진다. 어쩌면 봄은 가슴을 설레게 하는 성급함에서 시작되는 것일까.

　별로 기다려야 할 일이 없어진 연령인데도 경칩의 계절이란 멍하니 잊은 것을 기억해 내고 싶어지는 까닭은 웬일일까? 지나간 봄 속에 무언가 많은 것을 묻어 버렸기 때문이다.

나의 평생의 가장 중요한 일들을 결정한 것이 모두 봄이었다. 누군가가 부르는 소리, 누군가가 깊은 꿈속으로 유인한 손길, 누군가가 뚜렷한 이유 없이 나를 슬프게 한 행동……

봄이면 이런 많은 사연들이 마치 아지랑이처럼 그칠 줄 모르고 자꾸만 하늘로 하늘로 향하여 올라가는 것 같은 어지러움을 느낀다.

돌이킬 수 없는 그 세월의 아름답고 슬픈 것들이 설혹 기다려지는 것은 아니라 하더라도 불현듯 머릿속을 스쳐 갈 때 나는 봄을 깨닫는다.

달래김치의 산뜻한 맛에도 봄은 있다. 달래 속에는 농축된 봄향기가 있다. 어머니는 한 번도 꼬집어 봄을 말하는 일이 없었다. 그러나 달래김치로 식구들에게 봄을 맛보게 하였다. 그것도 지혜임에는 틀림이 없다.

초등학교 때 친구들이 둑으로 봄나물을 캐러 가는 것을 보았다. 그런데 나는 한 번도 그들과 같이 따라나서 보지 못하였다. 집에서 나를 보내 주지 않았기 때문이다.

그러니까 나는 한 번도 봄을 찾아 나서지는 못하였던 것이다. 오늘의 내가 봄에 대해 유별난 감정을 품는 것은 이 때문일까?

비는 밤에도 멈추지 않았다. 오랫동안 듣지 못했던 빗소리라 그런지 공연히 근심스러운 생각도 든다. 버릇이란 어쩔 수 없이 이런 기쁜 소리에도 의심을 갖는 모양이다.

어둠 속에서 잉어가 물 위로 치솟았다 떨어지는 소리가 들린다. 깊은 겨울잠에서 저 잉어들도 깨어난 모양이다. '철썩!' 하는 물소리로 그것들이 동면(冬眠)하면서도 자라 준 것에 고마움을 느낀다.

방 안에서 콩나물처럼 자란 화초(花草)들을 보면 봄볕이 기다려진다. 이 화초들을 작년에 밖으로 내놓은 것이 언제였는지 통 생각이 나지 않아 일기장을 뒤적여 본다. 그러나 이 중요한 대목은 나의 일기장 속에 기록되어 있지 않았다. 정녕 나는 보다 중요한 일이 뭔지 모르고 산 것 같다.

아침 일찍 창문을 연다. 비인 줄만 알았는데 하얀 눈이다. 녹으며 쌓이는 것들. 그러나 그 속에도 겨울은 없었다. 아무리 눈일지라도 봄의 숨결은 덮어 버리지 못하는 것임을 알겠다.

굶은 새를 위하여 곡식을 던져 줘야겠다는 생각을 아직도 실천에 옮겨 보지 못한 채 창문을 닫는다. 역시 나는 생활의 주제(主題)에 대하여 다시 생각해야겠다. 꼭 새 때문만이 아니라 쫓기며 사는 일만이 나의 인생인 것처럼 된 생활에서 보다 사람다운 곳에 눈을 돌려야 할 것이기 때문이다.

일요일은 한가롭게, 집에서 모시고 거느리고 하며 보내리라고 마음먹었으나 진정 느긋하게 지내게 되질 못한다. 놀 줄 아는 사람이 놀고 쉴 줄 아는 사람이 쉰다는 말의 뜻을 알 것 같다. 차라리 겨울이면 체념이란 것이 있어 집 속에 묻혀 있을 수 있겠으나, 봄은 그렇게 나를 가만히 있게 하지 않는다.

낯선 고양이가 나의 뜰 한가운데를 가로질러 담을 넘는다. 고양이의 얼룩털에도 봄의 윤기가 보인다. 그는 이미 활동을 개시했나 보다. 한나절 저렇게 쏘다니는 것을 보면 봄이긴 봄인 모양이다.

뒤늦게 강아지가 쫓아가 짖어 대기는 하지만 서로 꼭 잡아야 하고 쫓겨야만 한다는 긴장감은 없이 그저 일상생활로서의 싫은 의무를 치르는 느낌이다.

졸음도 오고 할 일도 생각나지 않는 오후……, 공연히 물컵만 비운다. 정녕 봄은 오나 보다.

평설

TV가 없던 시절에는 라디오 출연도 많던 인기작가이며 『산귀래』 등 수필집이 십여 권인데 이 작품에서는 깔끔한 문체로 서정적 분위기를 잘 끌어 나가고 있다.

작자는 개나리, 진달래가 피기 직전의 계절적 풍경을 여기서 그려 나갔다. 낮닭이 우는 소리, 늘어진 버들가지, 아이들 걸음걸이, 그리고 달래김치, 봄나물, 연못 속의 잉어가 치솟다 떨어지는 소리, 밤에도 그치지 않는 빗소리 등이 모두 만화방창(萬化方暢)의 봄소식을 전하는 풍경들이다. 그래서 제목을 「대춘부(待春賦)」라고 했다.

봄을 기다리는 마음을 표현하는 예술적 수단은 그림도 있고 음악도 있고 무용도 있다. 그중에서 가장 감동적으로 가슴 속까지 울려 줄 수 있는 예술은 문학이다. 언어만이 지니는 탁월한 설득력 때문이다.

"물은 차나 그렇다고 겨울은 아니다."

이 작품 앞부분에는 늘어진 버드나무 풍경과 함께 이런 서술이 나온다. 입춘이 갓 지나고 봄이 몇 걸음 앞까지 다가온 계절의 작품으로서 이렇게 썼을 것이다.

"수양버들 가지가 탄력 있게 늘어지고"라고 했으니 작자가 노들강변 늘어진 봄버들을 미리 보러 나왔다가 강물에 손을 담갔다면 이렇게 "물은 차나 그렇다고 겨울은 아니다."라는 느낌이 들었을 것이다. 물이 너무 차가워서 화들짝 놀랐지만 그래도 겨울은 아닌 것.

이것을 작자가 그림으로 표현하려면 늘어진 버드나무 가지와 강물에 손을 담그는 작자 자신을 그리되 옷도 그 계절에 맞아야 되고 버드나무도 아직은 연 둣빛을 삼가야 했을 것이다.

그런데 아무리 그렇게 잘 그려봤자 "물은 차나 그렇다고 겨울은 아니다."와 같은 계절 감각을 그리기는 어려울 것이다. 온도계를 그려 넣을 수도 없고.

이 수필 문장에는 봄과 겨울의 경계선이 그려져 있다. 물은 차지만 이미 겨울 은 아니라는 표현이 그렇다. 그런데 그림으로는 그런 경계선을 38선처럼 분명 하게 그려 넣을 수가 없다.

또 이 글에서는 봄을 기다리는 여인의 마음이 분명히 감지된다. 꽁꽁 얼어붙 었던 겨울과 달리 버드나무가지가 김연아의 허리처럼 '탄력 있게 늘어지고' 있 음을 확인하면서 강물에 손을 담가 봤다면 그것은 분명히 봄을 기다리는 몸짓 이다. 강물에도 봄이 왔는지를 피부로 확인하려고 손을 담그는 것이다.

이런 점에서 문학은 미술과 음악과 무용 등이 따를 수 없는 내면적 감정의 물 결을 섬세하게 표현하는 예술이 된다.

그런데 이것은 그 언어가 성공적으로 쓰일 때만 가능하다. 단어 하나라도 잘 못된 선택은 전체적 의미 전달 기능을 와해시켜 버린다.

이와 달리 그림은 미숙해도 대개 웬만큼은 저 나름대로의 전달력을 지닌다. 엉터리는 엉터리대로 신기하게 가치가 있다. 어느 수필가는 자동차를 그려 보 게 했더니 찌그러진 오징어 비슷했다. 그래도 재미있어서 한참 웃다가 기념으 로 간직하겠다고 했다.

옛날엔 공중변소 안에도 그런 것이 많았다. 용변 중에 그린 '명화'들이다.

이경희의 최근 저서 『백남준(白南準)』에도 그런 그림들이 있다. 비뚤어진 사각 형 한 귀퉁이에 뿔처럼 찍찍 두 줄 선을 긋고, 네모 안에는 눈알 하나 그리고 한 옆으로 줄 하나 찍 긋고 입처럼 만든 것이 이 그림이다. 제목이 애꾸무당이다. 백남준이 유명인이라는 것만 빼면 공중변소에서 보는 숱한 것과 동일 수준이

어서 더 이상 봐 줄 필요가 없는데 재미있다.

그림은 이처럼 낙서같이 만들어져도 가치가 발생하는데 문학은 이렇게 쓰면 그냥 개소리, 쇠소리가 되고 아무도 읽어 주지 않는다.

그만큼 문학은 아무리 대가라도 똥뒷간 낙서하듯 쓰면 안 되고, 그 대신 탁월한 문장력이 지니는 설득력은 세상을 바꿀 수도 있을 것이다.

이경희의 「대춘부」는 그렇게 세상 바꾸려고 쓴 것은 아니지만 아름다운 계절적 감각과 봄을 기다리는 여인의 정서가 잘 읽힌다.

여기에 좀더 '대춘'이라는 주제를 강조하려면 수필은 회화적 표현법을 좀 축소시켜도 좋겠다. 서경(敍景)은 정지된 경치를 서술하는 것이고 그것이 회화의 기본이다. 그런데 그것이 아름다운 시각적 효과를 나타내더라도 봄을 기다리는 마음을 그런 기법으로 충분히 그려내기는 어렵다. 그러니까 문학은 서경 묘사 외에 필요한 것이 있다. 봄을 기다리는 절실한 동기를 설정이 있으면 더 좋겠다.

정월 나릿 믈은

아흐 어져 녹져 하논대

누릿 가운데 나곤

몸하 하올로 녈셔

아으 동동다리

고려가요 「동동」의 제2연이다. 얼음이 얼다 녹다 반복되는 해동기에 봄을 기다리는 여인의 마음이 그려져 있다. 이 넓은 세상에 태어나서 혼자 살아가는 여인이라면 너무도 춥고 배고파 어서 겨울이 끝나기를 간절히 기다렸을 것이니 그 여인의 '대춘' 심리가 강한 설득력을 지니고 독자는 그녀를 따뜻하게 품어 주고 싶어진다. 즉 대춘의 강한 주제를 감지할 수 있는 동기가 설정되어 있는 작품이다. 다만 작자가 이처럼 떠나버린 님만 기다리고 있어야 할 운명이 아니니 이렇게 쓸 수는 없지만.

또 이것은 자연의 봄만이 아니라 이 여인의 마음을 그리는 장치도 된다. 외로움을 달래 줄 임에 대한 기다림을 그렇게 자연에 의탁해서 표현한 것이다.

그런 의미에서 상상의 세계를 만들고 복합적 입체적 구조를 형성하며 예술성을 높이려면 늘어진 버들 같은 시각적 풍경 외에 봄이 어서 와야만 되는 절실한 동기 설정의 소재를 찾으면 더 좋아진다.

우리는 흔히 자연의 아름다움에만 감탄하고 이것만을 표현하는 일이 많지만 자연을 그리되 자연 자체에 그치는 것은 문학 이전의 것이다. 이경희의 수필이 그런 것은 결코 아니며, 문학의 본질을 말한다면 그렇다는 뜻이다. 자연을 보되 이 여인처럼 그것으로서 자신의 인생의 봄을 말하고 다른 모든 인간들의 기다림을 말하고, 또는 민주화된 세상을 기다리는 민중의 봄을 은유적으로 표현해 나간다면 수필은 몇 단계 다른 차원의 고급한 문학이 될 수 있을 것이다.

그리운 추억과 산문 예술의 아름다움

골목길

고임순

세월은 시냇물 되어 흐르면서 기억들은 물에 씻긴 조약돌처럼 반들거리며 남는 것일까. 이 세상에 태어나 사는 동안 얼마나 많은 길을 걷고 또 걸었을까. 지금까지 걸어 다녔던 길들이 아련히 떠오른다.

흙먼지 부옇게 일던 신작로, 돌부리에 넘어져 무릎을 깨고 울던 골목길, 납작한 초가지붕이 이어진 산동네 후미진 언덕길 등. 호기심이 남달랐던 나는 구불구불 끝이 보이지 않아 궁금했던 골목길에 더 흥미를 느껴 곧잘 해찰하면서 다니기를 즐겼다.

길은 우리에게 가장 서정적인 공간이다. 떠남과 돌아옴의 길, 집을 떠나 주어진 일들을 부지런히 마치고 다시 보금자리 내 집으로 돌아오는 길, 걸을 때마다 그 길들이 마치 우리 몸속의 혈맥처럼 땅을 누비고 있는 것 같다는 생각이 들었다.

때로 승용차를 몰고 고속도로를 쾌적하게 달리며 속도감을 즐기노라면 인간 승리감과 함께 현대를 사는 보람을 느끼기도 한다. 그렇지만 소달구지 덜컹대던 시골 흙길이 말끔히 아스팔트로 포장된 것을 보면 서정시를 잊어버린 것 같은 아쉬움이 이는 것이다.

누가 길을 '부름'이라 했던가. 길 막다른 골, 맨 끝에는 제각기 회구하는 대상들이 손짓하고 있어 지남철처럼 끌려간다. 강 건너 학교가 징검다리로 나를 부르는가 하면, 산동네 숙이네 사립문이 오솔길로 나를 불렀고, 가로수 이어진 신작로가 도시로 나를 불렀다. 이 모두가 희망이기도 하고 기다림이기도 한 길의 부름이 아니던가. 길은 희망을 따라 떠나라 부르고, 그리움을 간직한 채 돌아오라고 말한다.

떠남과 돌아옴의 길. 그 길은 희망이라는 미래와 그리움이라는 과거로 낯선 사람들과 인연을 맺게 한다. 이렇게 너와 나의 만남의 열매가 결실되고 그 만남은 곧 열림으로 이어진다. 그 열림은 또 인연을 묶는 매듭이 되어 사람의 운명을 바꾸어 놓는다.

내 20대 중반, 비원에서 원남동 로터리로 가는 돌담길은 우거진 오동나무 가로수가 운치를 더 해주는 산책로였다. 우측 담을 끼고 내려가다가 그 끝자락에 자리한 우체국 옆길로 들어가면 종묘 담을 향해 골목길들이 문어발처럼 뻗어있는 동네가 나온다. 그 첫 골목에는 작은 집들이 옹기종기 이어지다가 중간쯤에 아담한 2층 양옥이 이방인처럼 서 있고, 그 막다른 곳, 나무가 무성하게 우거진 종묘 담 밑에 푸근한 'ㄷ' 자 한옥이 있었다.

매일 아침, 삐걱하고 커다란 한옥 나무대문을 밀고 나가는 나를 양옥집 베란다에 서서 바라보던 낯선 청년은 재빨리 골목어귀로 내려가 우연인 척 맞아주었다. 그런데 고개를 빳빳하게 쳐들고 다녔던 내 눈에는 그 청년이 보이지 않았다. 그렇게 오만무례하게 굴던 나에게 그는 아랑곳없이 끈질긴 구혼 공세를 퍼부었다.

결혼과 학문의 기로에서 불거진 갈등, 이번만큼은 혼기를 놓쳐서는 안 된다는 것이 부모님의 완강한 뜻이었지만, 나는 대학원을 마치고 미국 유학까지 할 꿈을 버릴 수가 없었다. 더 넓은 길로 나가 국제적으로 활동하고 싶은 일념으로 평생 독신으로 살겠다고 고집했던 시절, 그러나 골목길 인연을 하늘의 뜻으로 받아들인 우리는 마침내 결혼하기에 이르렀다.

그리고 10년, 그 큰 꿈을 접고 시부모님 모시고 3남매 키우며, 소리 없이 살았던 마포 신수동 집도 언덕바지에 있는 골목길에 있었다. 아이들이 공을 차며 뛰놀고 시어머님께서 동네 어르신들과 담 그늘에서 담소하시던 길. 밤늦게 귀가하는 남편을 희미한 가로등불 아래서 하루살이를 쫓으며 기다리던 골목길.

어느 날이던가. 참으로 오랜만에 딸집을 찾아오신 친정 부모님께서 하룻밤 주무시고 가시라는 내 간곡한 청을 뿌리치셨다. 저녁 식사를 마치시고 서둘러 대문 밖으로 나가시더니 어서 들어가라고 지팡이에 의지하여 손짓하시던 어스름 저녁. 멍하니 서 있는 나를 자꾸 뒤돌아보시며 "또 오마" 하셨지만 다시는 올라오시지 못하고 만 언덕길. 조심조심 밟고 가신 한 발자국마다에 구부정한 부모님 뒷모습이 각인 되어 버린 내 한(恨)이 서린 골목길.

세월은 흘러 이제 재건축 붐으로 우리의 발자국이 밴 골목길과 주택들은 사라졌다. 원남동 골목은 도시계획으로 확장되어 현대식 빌라가 건축되고, 신수동 언덕은 고층 아파트 숲으로 탈바꿈했다. 그런데 내 마음이 왜 이리 허전할까. 무엇인가 귀중한 보물을 묻어둔 골목길에 대한 향수가 사라지고만 것 같아 서글퍼지는 것이다.

옆집 담 쪽에 잠깐 차를 세웠다고 눈을 부릅뜨고 대들던 아저씨는 어디로 갔을까. 하루 종일 피아노 치며 소란 피우던 앞집 딸부자네는 그렇게도 노래 부르던 강남 아파트로 이사 갔을까. 길도 변하고 사람도 변해 버린 세상이 되고 말았다. 현대의 골목길은 수직으로 하늘에 뻗은 엘리베이

터와 계단이 아닐까.

　대인(大人)은 대로로 가라 했는데 나는 아직 소인인가. 지금도 역시 골목길 체질인지 큰 길보다 골목길을 선호한다. 지금 살고 있는 공덕동 삼성 아파트 뒷문으로 나가면 정겨운 옛 동네가 나를 반겨 준다. 좀 돌아서 가더라도 꼬불꼬불 골목을 누비고 다니면서 주변을 돌아보며 추억에 잠기는 즐거움을 누린다.

　그 길에는 꿈꾸던 내가 보이고, 오순도순 나누던 우리의 사랑 얘기도 들린다. 우리들의 호흡이 깔려 있는 길. 서민들의 애환이 서려 있는 골목길을 기웃거리면 마음이 푸근해진다. 아무렇게나 놓인 손때 묻은 살림도구들이 반짝이면서 깊은 삶의 미로를 더듬게 한다.

　반쯤 열린 양철대문에 기댄 녹슨 자전거. 장독대 위 사과상자 속에서 웃고 있는 봉숭아 꽃 두어 송이, 금이 간 시멘트 담을 타고 올라간 나팔꽃. 고무대야 속의 수북한 빨래와, 빨간 비닐 새끼줄로 맨 빨랫줄 가득 펄럭이던 옷가지들. 비오는 날이면 흙탕물이 고이고 어디서 구수한 된장찌개 남새가 풍기던 골목길.

　우리 부부 해로의 인생길도 이런 골목길인 것을. 욕심 부리지 않고 한 발 한 발, 내디딜 수 있는 공간이 있다는 것만으로 우리는 얼마나 행복했던가. 고단하고 힘들어도 꾸준히 걸어온 이 우회로(迂廻路). 앞으로 내가 걸어갈 길이 얼마나 남았을까, 생각에 잠겨본다.

　오늘도 나는 묵묵히 골목길을 걷는다. 아직 시들지 않은 내 꿈에 생수를 뿌리며 내게 남겨진 골목길 인생을 조용히 누리고 있다.

평설

      고임순은 대학에서 국문학 강의도 하고 서예가로서 국제적 활동
까지 전개하는 전문가지만 수필가로서도 역시 단단한 기량을 구축해 온 원로
다. 이 작품은 지난날을 그리는 원로 작가의 서정이 촉촉이 가슴 속을 적시며
감동을 전해 주는 수작이다. 흘러가버린 지난날에 대한 기억들이 "물에 씻긴 조
약돌처럼 반들거린다"는 비유는 너무도 신선하고 아름답다.

  황진이의 '청산리 벽계수'가 아니라도 흐르는 세월이 시냇물에 비유된다면
저마다 가슴속에 새겨진 옛날의 기억들이 그토록 아름다운 이유는 조약돌이
물에 씻기고 또 씻기어 반들거리게 된 것과 같다는 표현 이상의 멋진 비유는 찾
기 어렵다.

  이런 작품은 삭막한 도시 문명 속에서 지치고 상처받은 가슴을 달래 주는 위
로와 치유의 기능을 지닌다. 어린 시절의 가족들도 친구들도 다 흩어지고 소식
이 끊겨 가고 있는 사람들에게 「골목길」은 우리를 다시 한 번 그 시절로 되돌아
갈 수 있는 마술을 발휘한다. 비록 작품 세계는 상상적 모천회귀(母川廻歸)라 하
더라도 우리들의 영혼은 충분히 위로받을 수 있는 자리다.

  이런 작품을 과거 지향적 센티멘털리즘이라고 폄훼하는 비평도 많지만 그것
은 사실과 다르다. 이 작품처럼 과거 회귀적인 타임머신의 기능이 우수하다면
누구나 이 여행을 하고 싶어질 것이다. 지난날에 대한 생생한 기억력과 표현력
과 서정적 감각만 따른다면 그 작품은 수작이 되고 때로는 명작이 된다.

  이 작품은 현실 비판적 기능도 지닌다.

  이렇게 아름다운 상상력과 섬세한 감각적 촉수로 더듬어 나간 「골목길」은 서
정시를 잃어버린 현대 문명의 치부와 그 폭력의 야만성을 여지없이 두드려 패
주는 날카로운 비판 정신의 결과이기도 하다. 한국 수필 문학의 아름다움을 확
인하게 된다.

통일이 되는 날의 상상

최병호

나는 두고 온 산하를 몽매에도 그리워하는 실향민이 아니다. 그런데도 이따금 TV를 통해 그들의 망향제 행사 같은 것을 보게 되면 저절로 눈물이 흐른다. 북녘에도 비슷한 행사들이 이어지고 있는지는 알 수 없지만 반세기를 넘어서는 그 회향의 정들이 쌓이고 쌓이면 분단의 장벽이 흔들릴 수 있을까. 또 나 같은 사람들의 그 동정의 눈물이 보태고 보태지면 통일에의 여명이 동틀 수 있을까.

ㅈ은 하루아침에 고아가 되었다. 이른바 '여수순천반란사건'이라고 하는 소용돌이 속에서다. 그 사건은 당시 여수에 주둔하고 있던 국방군(국군) 제14연대의 일부 좌경 군인들이 일으킨 반란이었다. 그들은 잠시 여수, 순천 지역을 강점하기도 했으나 곧 지리산으로 퇴각했다. 지리산 둘레의 한 고장인, ㅈ이 사는 동네도 그래서 한동안 편할 날이 없었다. 삼엄한 계엄령이 내내 칼바람을 휘둘렀다. ㅈ의 아버지와 어머니는 함께 계엄사령부에 붙들려 갔다. ㅈ의 아버지는 일제 강점기에도 종종 감방을 드나들

었기 때문에 ㅈ은 또 쥐 죽은 듯이 기다려야 할 무슨 일이 생겼나보다, 그렇게만 생각했다. 그런데 어머니까지도 끝내 돌아오지 않았다. 그는 넋을 잃고 말았다. 그때 ㅈ은 중1의 철부지였다.

내가 ㅈ을 만난 건 동네 친구 ㄱ의 집에서다. ㄱ의 어머니의 호의로 당분간 그곳에 묵는다고 했다. 그때 ㅈ은 고등학교 진학을 걱정하고 있었다. 그동안의 절망, 두려움, 분통, 외로움, 불안, 배고픔 등등이 얼마나 사무쳤을까만 그런 구석은 전혀 보이지 않은 밝은 인상이었다.

ㅈ은 어머니, 아버지 얘길 좀처럼 꺼내지 않았다. 시국에 관한 얘기도 입정에 올리지 않았다. 축구나 탁구 이야기, 멋이나 유행 이야기, 아니면 벼락부자 이야기 같은 것을 즐겼다. 자원해서 군에 입대했고 제대하고는 거기서 익힌 운전기술로 미군부대 전속 운전기사가 되었다. 부지런히 뛰고 벌고 아끼고 저축했다. 그리고 결혼했다. 결혼 전에 그는 내게 이런 얘기를 했다.

"양색시 중에도 천사가 있어. 전쟁 통에 어쩌다 그런 신세가 되었지만 나는 정말 그렇게 바르고 심성 곱고 참한 여자를 주변에서 본 일이 없어. 우리 아버지를 생각하지 않는다면 청혼도 할 수 있을 것 같았어."

나는 반사적으로 고개를 끄덕이며 "그렇지 그럴 수 있을 거야. 그래, 그래……" 하면서 그의 가슴에 새겨진 아버지에 대한 무게를 뿌듯하게 느꼈다.

ㅈ은 일본을 다녀왔다. 출가한 누나가 거기 있고 또 장인 되는 분이 광복 후 나오지 못한 채 그곳에 눌러앉아 있었기 때문이다. 여권이 발부되지 않아 그는 정보 분실을 찾아가 호소했다. 자신이 대한민국을 위해서 잘못한 일이 무엇인가를 묻고, 돈 좀 얻어 와서 자식들만은 공부 좀 시키고 싶다고 직설적으로 졸라댔다. 몇 가지 조건이 붙여졌지만 그래도 그

소망이 그런대로 순조롭게 풀려서 ㅈ은 마침내 '사장'이 되었다.

지금, ㅈ은 평안한 노년을 맞고 있다. 두 아들이 뜻대로 학교 교육을 마치고 벤처기업의 대표가 되어 있다. 빌딩도 두어 채 가지고 있다. 그런 ㅈ의 통일에 관한 생각이 문득 궁금해질 때가 있다.

ㅎ의 죽음은 온 동네를 어리둥절하게 했다. 장대한 기골에 나직하면서도 우렁찬 목소리로 항상 주변을 압도했던 그는 동내의 대표적인 젊은이였다. 바른 말 잘하기로도 유명했다. 그는 해방정국에 좌익 편에 섰다. 그러나 정부수립과 함께 좌익이 지하로 스며들면서 그는 오히려 투사의 면모를 드러냈다. 경찰서 유치장을 심심찮게 드나들었다. 밤사이에 삐라가 뿌려져서 더덕더덕한 아침이 새면 사람들은 누구나 할 것 없이 그것을 대통인 ㅎ의 짓이라고 여겼다. 이따금 초저녁 무렵이면 고을을 빙 두르고 있는 산줄기에 봉화가 순차적으로 켜지는 이른바 '봉화투쟁'이 있었다. 그것도 모두 그가 짰을 것 이라고들 했다. 그런 ㅎ이 어처구니없게도 자기편의 총탄에 죽임을 당한 것이다.

6·25전쟁이 터져서 인민군이 물밀듯이 남하했을 때, ㅎ은 분연히 일어나 '좋은 세상이 왔다'고, '통일조국이 건설된다'고 목청을 높였다. 그리고 자기야말로 '교산도 노 가다마리(共産黨의 진짜 덩어리)'라고 일본말로 외쳐댔다. 인민군의 긴 밤 행군이 지나갔다. 뒤이어 유격대라는 사복부대가 잠시 동네에 머문 일이 있었다. 그들은 ㅎ을 붙들어 '조직의 배신자는 죽어야 한다'고 일갈하고 그를 동구 밖 냇가 버드나무 아래에 세웠다. ㅎ은 '교산도노 가다마리'답게 '인민공화국 만세'를 외치면서 그 총탄 안았다. ㅎ의 배신행위란 정부 수립 후 이른바 '보도연맹'에 가입한 사실을 지칭한 것이었다.

ㅎ의 부인이나 자식들에 관한 뒷이야기를 나는 들은 바 없다. 그러나 그들은 과연 이 시점에 통일 문제를 어떻게 생각하고 있는지 역시 궁금하다.

'통일이 되는 날의 상상'이 하필이면 왜 기쁨에 앞서 걱정으로 치닫는지 알 수 없다. 나만의 유별난 옹졸인지…….

8·15해방 후, 나는 걸핏하면 조선말 쓴다고 종아리를 때리던 일본 선생님이 하룻밤 사이에 조선 사람으로 둔갑하여 '자주독립'을 외치는 것을 보았다. 의식 행사 때마다 애국가의 후렴이 '대한사람 대한으로'와 '조선사람 조선으로' 나뉘어 불리는 소리를 들었다. 이내 대한사람은 대한민국으로, 조선 사람은 조선민주주의인민공화국으로 남과 북에 각기 정부를 세웠다. 동족상잔의 6·25전쟁이 일어나 이 땅은 포연 속에 묻혔다. 휴전, 그리고 반세기를 서로 '괴뢰'라고 외치며 힐뜯고 미워했다. 수많은 실향민, ㅈ과 ㅎ, 그 밖에 그와 유사한 엄청난 사연의 사람들이 얽히고설킨 가운데 남과 북은 서로 자기 이데올로기만을 가르치고 강요했다.

그렇게 길들여진 서정과 생각이, 그 이질적 요소들이 어떻게 융화될 수 있을까. 국민정부의 대북 햇볕정책으로 남북 화해의 물꼬가 트인 오늘, 솔직히 나는 뭐라 말할 수 없는 불안감 같은 것을 지울 수가 없다. 그동안에 입력된 고정관념이라 할까, 분단의 앙금 같은 것들이 그렇게 씻어지지 않은 탓일 게다. 격랑의 반세기를 살아오면서 그 중심에 있지 않았던 내가 그럴 때 그 중심에 있었던 사람들이야 말해 무엇 하랴.

통일이 되는 날, 나는 무엇보다도 이를 저해하는 저간의 그 이데올로기와 미워하고 믿지 못하는 감정의 부스러기들을 말끔히 씻는, 그 설거지 걱정에 동참할 것으로 상상된다.

평설

오랫동안 교직 생활을 해오면서 그 자리에서 물러날 때까지 이 작가의 문학은 남달리 역사적 사회적 비판의식이 강하다. 이 작품에서 작자는 우리의 역사적 현실을 직시하며 남북갈등의 심각한 문제를 생각하고 근심하고 있다. 이것은 사생활이라는 작은 울타리 안의 이야기가 아니고 우리 모두가 어울리며 부딪히는 사회적 현실의 이야기이고, 8·15 이후 지금까지 이어지고 있는 우리 모두의 처절했던 삶과 죽음의 이야기이다.

그러므로 신변적인 관심사가 주요 소재로 되고 있는 일반적 수필과 달리 더 소중한 문제에 접근한 작품이다.

수필은 작자의 일상적 체험을 진솔하게 표현하는 산문이라는 것은 다수의 수필가들의 관습이고 취향일 뿐이지 그것이 수필의 정의는 아니다. 수필은 개인적 교양 생활의 하나라는 일반적 통념을 벗어날 필요가 있으며 그런 의미에서 이 작품은 많은 관심을 끌게 된다.

작자는 여기서 분단 이후의 이념의 갈등으로 빚어진 희생자들의 실화를 말해 주고 있다. 부모가 희생되고 고아로 자랐던 인물, 좌익에 서 있다가 그들에 의해서 처형된 인물 등.

작자가 이것을 말한 이유는 이런 일들이 우리들의 가슴에 심어 준 참담했던 기억들 때문이다. 남북이 다시 만난다면 그 기억들이 다시 무서운 재앙의 원인이 될 수 있기 때문이다.

어린 학생으로 식민지 시대를 살고 그후 분단 현실의 역사를 지켜 본 원로 세대가 아니면 쓰기 어려운 역사적 증언과 고발의 문학이다.

동전 구멍으로 내다본 세상

유혜자

차르륵 차르륵, 숙모님이 지나갈 적마다 허리춤에서 이런 소리가 났다. 큰 집안의 며느리였던 숙모님이 할머니에게서 살림의 주도권을 인계받아 열쇠 꾸러미를 차게 된 것은 쉰이 넘어서였다. 곡식과 연장을 넣어두는 광 열쇠, 몇 가마니 들이의 뒤주, 그밖에 장롱이며 벽장 등의 것까지 주렁주렁 달고 다니셨다.

어느 날 그 열쇠꾸러미에서 시꺼멓고 구멍이 뚫린 동그란 쇠붙이를 발견했다. 녹이 슬고 닳아서 글씨는 분명치 않았지만 가운데에 사각의 구멍이 뚫려 있었다. 그것이 조선왕조 때 쓰던 돈인 상평통보(常平通寶)라는 것은 후에야 알았다.

첩첩산골에서 태어나 50리나 되는 장 구경 한 번도 못하고 시집온 새댁이 어려서부터 돈이라는 걸 꾸러미로 만들어 숨겨 온 줄은 친정에서나 시댁에서나 아무도 몰랐다.

해가 뉘엿뉘엿 서산마루로 넘어갈 때 어머니 생각이 나면 새댁은 동전을 꺼내보고 위안을 받았다. 계룡산 줄기 몇십 리를 뻗은 산길을 지나 둥

우리처럼 아늑하던 마을, 햅쌀을 찧는 디딜방아 울려오던 그 친정 뒤란이 생각날 때 동전꾸러미는 향수를 달래는 노리개가 되기도 했다.

시퍼렇던 모과에 노란 물이 들고, 풍년이 와서 오랜만에 사랑방에서 시아버님의 질펀한 웃음이 울려나오던 날, 새댁은 논을 더 장만할 돈이 될까 하고 시아버님 앞에 내놓고 싶었어도 꾹 참았다.

흰 테 두른 까만 모자와 금빛 단추의 학생복을 입은 맵시 있는 서방님은 방학에나 만날 수 있었다. 서방님이 경성(서울)에서 내려오면 예쁘게 보이려고 방물장수의 보따리에서 금박댕기, 칠보 비녀를 탐냈다가도 감춰둔 돈을 더욱 요긴한 데 쓰려고 도로 놓곤 했다.

겨울밤, 잠이 안 오면 장롱 깊숙이 손을 넣어 손끝으로만 동전을 세어 보았다. 12냥만 가지면 서방님이 공부하고 있는 3백 리 경성에 갈 수 있을까 하고 망설이면서……

그러나 여름방학에 경성에서 온 서방님의 표정은 겨울 밤 장롱 속에서 느끼던 동전의 감촉보다도 서먹하고 차가웠다. 방물장수 아주머니에게서 박가분이라도 사뒀다가 바를 걸 그랬나 하고 후회하며 빡빡 깎은 서방님의 뒤통수를 보니 더욱 애티가 나지 않는가? 자신의 쪽진 머리가 그날 따라 뒤퉁스러운 느낌이었다.

사랑방에 아이들을 모아 놓고 글을 가르치는 야학(夜學)인가 한다고 학생 서방님이 돌아오지 않는 밤, 목이 타게 기다리노라면 먼 논에선 끄악 끄악 하고 개구리가 울곤 했다. 야학만 쫓아다니다가 경성으로 가 버린 서방님을 원망할 겨를도 없이 일에 파묻힌 새댁은 가을도 쉽게 보내 버렸다.

겨울방학이 되어도 돌아오지 않는 서방님. 한밤 내 등잔불이 버선볼 받는 손목은 비춰 주었지만 새댁의 어두운 마음을 밝혀 줄 줄은 몰랐다. 고독은 한 알의 굵은 의지로 여물어 밤이면 손이 부르트도록 물레를 잣게 했고 베틀을 매어 부지런히 베를 짜게 했다.

구멍 뚫린 동전, 그 텅 빈 것처럼 마음이 허했고 실팍한 손자를 보고 싶어 하는 시아버님의 바람이 자신에게도 절실했지만 3년이 지나도록 이뤄지지 않았다. 옥양목같이 바랜 염원은 동전처럼 뚫린 마음의 공간 속을 들락거리기만 했다.

겨울의 기나긴 밤, 문풍지에 불던 바람은 마을을 하나 넘고 들을 건너가기도 하지만 도달할 수 없는 자신의 길, 웅얼웅얼 아이를 달래듯이 북을 이 쪽 저쪽으로 보내며 마음에 무늬를 놓듯이 베를 짜는 밤도 있었다.

은실과 금실이 쏟아지는 것 같은 신록의 버들가지를 헤치며 장 구경을 나간 새댁은 현란한 자연과 장터의 물건들에 눈이 부셨다. 빛살 속의 시냇물을 맨발로 건널 때 마음까지 시원하게 트이는 듯했고 잠든 귀를 깨우는 수많은 사람들의 화사한 웃음소리. 옷감전의 비단들은 오색무늬로 아른거려서 장롱 속에 두고 온 돈 꾸러미가 아쉽기도 했다. 희한한 세상도 있구나. 집집마다 유리창이 번쩍이고 그릇전의 매끈하고 아담한 사기그릇들, 고무신 가게에 쌓인 신발들이며 잡화상에 진열된 오밀조밀한 물건들.

그뿐이 아니었다. 이상한 옷차림을 펄럭이는 왜놈들이 가마아닌 인력거에서 내리는 것을 보곤 비실비실 도망쳐 버렸다. 낮 동안 장 구경한 것을 떠올리다 잠이 든 새댁의 꿈길엔 더욱 화려한 것이 어른거렸다.

2년 만에 여름방학에 온 서방님은 몹시도 우울해 보였다. 시아버님께서 흉년으로 학비를 못 보내셔서 공부를 계속할 수가 없던 때문이었다. 등잔불도 몹시 가물거리는 밤, 오랜만에 서방님과 마주 앉은 새댁은 등잔심지보다도 더욱 팔락거리는 가슴을 누르며 서방님 앞에 아껴 둔 동전 꾸러미를 내밀었다. 영문을 몰라 의아해하는 서방님에게 학비에 보태라고 했을 때 그토록 냉랭하던 서방님이 폭소를 터뜨렸다.

"쯧쯧, 당신은 우물 안 개구리만도 못해. 그래 동전 구멍으로나 세상을 내다보고 어리석게 살고 있으니……."

뜻도 모를 말을 하며 소중한 동전 꾸러미를 획 밀쳐 버릴 때 새댁의 눈에선 참았던 눈물이 솟구쳤고, 저문 날 외진 길 돌아가는 외기러기의 슬픈 운명을 절감했다.

자신이 그토록 소중하게 모아서 남몰래 간직했던 동전들이 오래 전에 시대가 바뀌어 쓸모 없어진 것이라는 것을 까맣게 모르고 살아온 세월. 먼 산 불타는 노을에 고개를 넘어올까 기다리던 서방님이 독립운동하러 만주로 떠난 줄도 모르고 가슴에 빗장 지른 세월을 지내는 동안 새댁은 조금씩 눈이 트여 갔고 살림을 주도하는 마님이 되어 갔던 것이다.

평설

70년대 초 방송국 프로듀서 시절부터 유혜자는 수필에 대한 애정이 남달랐다. 한국수필문학진흥회를 비롯해서 한국 수필 문학을 키워 나가던 자리에는 항상 참여하며 프로 의식을 철저히 간직해 왔다.『한국수필』이사장으로서의 열정과 책임의식도 대단했다. 이것은 나라가 망하던 100여 년 전의 충청도 시골 풍경과 함께 그 속에서 긴 세월 살아간 한 여인의 운명을 그린 작품이다.

통한의 민족적 비극이 전개되던 역사적 전환기지만 이 작품은 표면적으로는 아름다운 회화적 풍경을 그려 놓으면서 그 속에서 살아간 한 한국 여인의 서글픈 운명에 초점을 맞추고 있다.

여기서 베를 짜거나 물레를 돌리거나 한밤에 등잔불 밑에서 바느질하는 여인의 모습 등은 모두 아름다운 그림의 소재다. 그렇지만 이 작품 속에는 화가들의 솜씨로는 표현이 거의 불가능한 비극적인 내용들이 있다. 방학이 되어 고향에 내려온 남편이 야학에만 몰두하며 새댁이 기다리는 방에는 들어오지 않던 사연이나 나라가 망한 소식 등은 그림으로서 나타내기 어려운 부분들이다.

이 작품은 그런 여인을 말하기 전에 짙은 향수를 자아내는 충청도 계룡산 구석의 너무도 평화로운 농촌 풍경으로서 매우 뛰어난 가치가 있다.

이런 향수라면 우리는 흔히 정지용의 「향수」를 생각한다. 정지용이 이를 수필로 섰다면 같은 충청도 농촌 풍경으로서 닮은 구석도 많아졌을 것이다.

이 수필에는 정지용의 「향수」처럼 휘돌아 나가는 실개천도 없고 황금빛 게으른 울음을 우는 얼룩배기 황소도 없지만 그보다 훨씬 더 향수의 정이 진솔하게 사실적으로 표현되고 있다. 유혜자나 정지용이나 다 같이 짙은 향수를 가슴에 품고 썼다고 하더라도 수필이라는 산문의 표현 양식은 시보다 수필이 훨씬 구체성이 가능한 문학이기 때문이다.

그런데 정지용의 그것은 고향 자체에 대한 기억을 생생하게 재생시키며 이를 아름답게 표현하려는 의도가 짙게 드러나고 있는 것과 달리 이 수필에서 작자가 그리는 고향은 그처럼 향수의 정을 유발하려는 의도는 두드러지지 않다. 다만 숙모님이 살아 나간 특수한 환경을 설명하는 과정에서 그 고장이 아름답게 향수의 정을 환기시키는 결과가 되고 있다.

그런데 이런 배경은 작자가 그려 나가는 숙모님의 서글픈 모습을 형상화하는 데 꼭 필요한 중요한 역할을 한다.

여인이 깊은 밤에 물레를 돌리는 모습이나 베를 짜는 모습은 영상으로만 비춰 보면 아름답지만 이 수필 속에서 물레를 돌리고 베를 짜는 이 여인의 그것은 밤이 깊도록 돌아오지 않는 남편을 기다리며 고독을 달래는 고독한 몸짓이다. '겨울의 기나긴 밤, 문풍지에 불던 바람'은 떠나온 옛 고향에 대한 향수의 정을 환기시키기도 하지만 한편으로 그런 밤을 지새우던 여인의 가슴이 얼마나 허하고 아리고 쓰렸을까 하는 사실적 고발성이 강하다. 더구나 그 배경에는 한일합방의 역사적 사실도 있기에 더욱 그렇다.

이 작품에는 숙모님이 새댁이 되어서 처음으로 구경한 장마당 풍경도 나타난다. 그리고 이것 역시 그리운 고향 얘기가 되지만 작자가 이를 기억시키고 있는 이유는 숙모님이 소중히 간직했던 엽전 꾸러미의 의미를 강조하기 위해서다. 서울 가서 공부하는 남편을 기다리는 새댁이라면 그런 날을 위해서 사고 싶은 것도 많았겠지만 끝내 참고 간직했던 돈이기 때문이다.

그리고 작자는 이 장바닥에 인력거와 일본인을 등장시키고 있다. 한일합방으로 나라가 망한 사실을 표현하기 위한 배려다.

그런데 숙모님은 나라가 어떻게 망하고 장롱 속 엽전 꾸러미가 어떻게 무용지물이 되었는지를 모른다. 그래서 남편의 학비로 내놓은 그것은 웃음거리가 되고 남편은 그후 독립운동을 위해 만주로 떠난 것으로 되고 있다.

이런 결론으로 보자면 물레질하는 여인, 북을 이쪽저쪽으로 돌리며 베를 짜는 여인, 그리고 '은실 금실이 쏟아지는 것 같은 신록의 버들가지들'과 현란한 색깔들로 장식된 장마당 풍경 등은 한 여인을 감쪽같이 속여 온 장치이기 때문에 그녀의 비극성을 더욱 강조해 주는 구실을 한다.

작자는 이렇게 살아나간 숙모님을 통해서 나라를 잃은 민족의 통한을 나타내고, 집 안에만 갇혀 살던 그 시대의 전형적인 한국 여인상을 그려 내고, 그래도 그리운 그 시절의 아름다운 고향을 감동적으로 그려 내고 있다.

다만 작자에 따라서는 이런 귀한 소재를 우리 모두의 이야기로 해석해 나가는 것도 가능할 것이다. 그처럼 엽전 꾸러미가 무용지물이 되도록 세상 물정을 모르고 닫힌 사회 속에 밀폐되어 사는 것은 사회학적인 견지에서 보면 이 작품의 여인만이 아니라 우리 모두의 공통적 모습이라고 말할 사람도 있기 때문이다.

있음의 흔적

이정림

   아무에게도 의지할 곳이 없는 할머니들이 여생을 함께 보내는 집을 방문한 적이 있었다. 안내하는 사람을 따라 그 집 현관을 들어서다가 나는 우연히 벽에 걸린 게시판을 보게 되었다. 거기에는 색종이로 만든 꽃잎들이 한 오십여 장 붙어 있었다. 그리고 화심(花心)에는 할머니들의 사진이 꽃술인 양 들어 있었다. 그 모습은 마치 어느 유치원의 벽에 붙은 원아들의 사진과도 같았다.

   살짝 찡그린 얼굴이 있는가 하면 눈을 감은 얼굴, 무뚝뚝해 보이는 얼굴, 앞니가 한 개도 없는 입을 활짝 벌리고 웃은 호호 백발 할머니의 동안(童顏)……

   노인들의 사진을 무심히 훑어보다가 나는 한구석에서 얼굴이 없는 꽃잎 몇 개를 발견하였다. 얼굴 없는 꽃잎―. 그것은 본래부터 꽃잎만 있었던 것이 아니라, 어제 오늘 사이에 이승을 떠난 할머니들이 남기고 간 빈자리였다. 노인 중에서도 병들고 나이 많은 분들만 기거하는 그 집에서는 이틀에 한 사람 꼴은 세상을 뜬다고 했다.

앓던 할머니가 세상을 등진 날은 웬일인지 집의 공기가 무겁게 가라앉는다고 한다. 누가 그 소식을 일부러 전해 준 것도 아닌데, 그들은 본능적으로 죽음이 다녀간 발소리를 감지해 내기 때문이다.

그곳의 노인들은 항상 죽음을 베개 삼아 산다. 이승에서도 낙다운 낙을 누려 보지 못한 노인들이 저물어가는 인생의 마지막 고개에서 그들을 벗하여 동행해 줄 친구란 죽음밖에 없을지 모른다. 그들의 소원은 살아생전에 좀 더 안락하기를 바라는 생의 욕심이 아니라 곧 닥쳐올 죽음을 편안하게 맞이할 수 있는 죽음복(福)이다. 복이라고는 별로 누려 보지 못한 이들이 간절히 소원하는 이 죽음복은 살아있는 사람으로서 갖는 마지막 욕심이다.

그런 발원(發願) 끝에 어느 축축한 새벽녘에 혼자 눈을 감으면, 그들이 이승에 있었던 흔적은 무엇으로 남게 될까. 임종 지키며 서러워해 줄 자식 하나 없고, 마음 함께 떠나보내며 애통해 할 반려(伴侶) 또한 없으니, 그들이 세상에 왔다 가는 자취란 완전한 빔, 공백(空白)뿐이지 않을까. 그들은 이승이란 꽃밭 한구석에서 남 몰래 피어 있다가 남 몰래 스러지는 이름 없는 꽃들이나 같다.

요즘 내 마음의 꽃밭에도 얼굴 없는 꽃잎들이 하나 둘 생겨나기 시작한다. 오랫동안 연락이 끊긴 한 친구가 자살했다는 충격적인 소식이 바람결에 들려왔다. 또 심성이 착하여 남에게 이용만 당하다가, 외롭고 구차하게 말년을 보내던 어느 노장군의 부고(訃告)를 신문에서 보았다. 가장 실의에 빠져 있을 때 무료 변론을 맡아 주며 따뜻한 격려로 힘이 되어 주었던, 그 꼿꼿한 몸매의 변호사도 세상을 떴다.

친구는 학교에 다닐 때만 해도 평범할 정도로 조용한 아이였다. 그러다가 어느 날 바람처럼 나타난 한 남자를 따라 종적을 감춘 후로는 사람이 놀랄 만큼 변모되어 갔다. 그러던 친구가 어느 구석에서 불쑥 모습을 나타내어 교편을 잡는가 싶더니, 이번에는 또 자살이라는, 제 부고를 제 손으로 뿌리고 갔다. 왜 그 친구가 세상을 스스로 버리지 않으면 안 되었는가 하는 이유에 대해서는 잘 모른다. 그러나 내가 궁금하게 여기는 것은, 그보다는 그 미완의 인생에서나마 그가 이 세상에 존재했었다는 '있음의 흔적'을 무엇으로 남기고 갔을까 하는 점이다.

노장군과 은퇴한 변호사의 부고를 신문에서 보았을 때, 나는 그분들의 영결식장에 꼭 참석하고 싶었다. 그만큼 그분들은 내게 고마운 분들로 자리잡고 있고, 더욱 고마운 것은 그런 내 마음을 변치 않게 해준 그분들의 인격이었다. 결국 마지막 인사를 드리러 가지는 못했으나, 나는 그날 그분들이 생전에 내게 베풀어 주신 아름다웠던 인정을 되돌아보면서, 내 마음속의 꽃잎 하나를 떼어내는 허전함을 맛보았다.

이젠 내 마음의 꽃밭에도 서서히 가을이 오고 있는 모양이다. 새로 피어나는 꽃보다 지는 꽃이 많아졌고, 새로 돋아나는 잎보다 떨어지는 잎이 많아졌다. 한철만 피었다가 지는 꽃들도 가을이면 저마다 그들의 '있음의 흔적'을 남기고 간다. 아무리 후미진 구석에서 사람의 눈길 한번 받아보지 못한 무명초라 해도 가을이 되면 제가 서 있던 자리에 씨앗을 떨어뜨린다. 그 한 알의 씨앗은 바로 이듬해에 그 꽃이 거기에 있었음을 말해 주는 훌륭한 표적이 되지 않는가.

사람도 저마다 자기 생긴 대로, 자기 그릇대로 그 '있음의 흔적'을 남기고 간다. 어떤 사람은 명예로, 어떤 사람은 업적으로, 어떤 사람은 재산으로, 어떤 사람은 사상으로. 그렇다면 나는 내 '있음의 흔적'을 무엇으로 남기게 될까. 아니, 나도 작으나마 내가 이승에 머무르다 갔음을 말해주는 그 무엇을 정녕 남기게 될 수 있을 것인가.

나라는 존재는 그 어느 누구의 마음속에서 그래도 한번쯤은 그리움으로 돌아보는 빈자리로 남겨지게 될까. 아니면, 어디에 피었다가 언제 졌는지도 모르게 쓸쓸히 스러져 간 이름 없는 꽃들 중의 하나로만 여겨지게 될 것인가.

마음에 빈자리가 늘어간다. 그가 있었던 자리와 그가 남기고 가는 흔적. 내가 있었던 자리와 내가 남기고 가는 흔적.

바람이 분다. 가을도 아닌데, 누런 고엽(枯葉)이 발밑에 뒹구는 가로숫길을 걸으면서, 나도 어느새 '있음의 흔적'이라는 것을 생각하게 되는 나이에 와 있음을 깨닫는다.

평설

수필 전문지 『에세이21』에서는 어느 대가라도 단어 하나 맞춤법 하나 잘못 쓰고 어물쩍 넘어가지 못하는 것으로 소문나 있다. 그렇게 가르치며 자기 작품도 끊임없이 정상을 향해 달리고 있는 사람이 이정림이다. 이 작품은 서정적 문체로 삶과 죽음의 그림자를 수채화처럼 곱게 그려 나간 작품이다.

이 수필의 중심 소재는 크게 보면 다음 두 갈래 중 하나를 선택하는 작품이 되거나 양쪽을 적절히 조화시킨 작품이 될 가능성이 많다.

하나는 인생에 대한 감상주의적 경향의 작품이다. 눈물 질질 짜는 넋두리 문학도 있지만 작자가 예술적 감각을 살리면 약간 우울한 잿빛에다 엷은 핑크와 우윳빛을 혼합한 달콤한 센티멘털리즘을 형상화해 나간 작품이 될 수도 있다. 이 경우에 센티멘털리즘은 정을 읊는 것이기 때문에 서정 수필로서 매력을 지니게 된다.

다른 하나는 철학적 에세이가 되는 것이다. 인생의 죽음은 슬픈 것이기에 눈물이 나는 정서적 반응이 먼저 오는 것이 당연한 순서다. 늙고 병들고 올데갈데 없는 무의탁 할머니들이 이틀에 한 사람 꼴로 저세상으로 간다는 곳을 방문했던 수필가들이라면 대개 그런 수필을 쓸 가능성이 많다. 이정림도 그렇게 슬픈 자리에 다녀오며 고운 서정 수필을 남긴 것이다.

그런데 죽음은 인생의 종점이고 결말이기 때문에 그 자리는 총체적 평가가 내려져야 하는 자리이고 근원적 질문에 대한 대답을 준비해야 하는 자리다. 그 할머니들은 어떻게 살았으며 왜 살다 갔는지, 그리고 무엇을 남겼는지, 그리고 할머니들만이 아니라 나는 또는 우리 모두는 왜 살고 어떻게 살고 무엇을 남기고 가야 하는지, 또는 그런 '있음의 흔적'조차 남길 필요가 있는지 없는지 등 질문지를 받고 가는 자리다.

그런데 그 답변은 철학적 답변이며 철학은 논리다. 삶과 죽음의 모든 이유에 대한 근원적 설명은 철학이고 그것은 슬프고 허무하다는 감상이 아니라 이론이기 때문에 서정 수필과는 전연 성격이 다르다.

문학은 서정적 성분의 함량이 많을수록 더 쉽게 대중적으로 독자들의 가슴속을 파고들 수 있다. 서정적 표현은 감성적인 것이고 우리들의 심미감을 호소하는 것도 감감적인 표현이 더 효능이 빠르기 때문이다.

바람이 분다. 가을도 아닌데, 누런 고엽(枯葉)이 발밑에 뒹구는 가로숫길을 걸으면서, 나도 어느새 '있음의 흔적'이라는 것을 생각하게 되는 나이에 와 있음을 깨닫는다.

이 작품의 마지막 부분이다. 이것은 작자가 가로숫길을 걸어가는 자신의 영상을 그린 풍경화다. 바람이 불고 마른 잎이 뒹굴고 그런 가로숫길을 걷는 여인을 상상하게 만드는 이 그림을 우리는 망막의 감각적 기관을 통해서 바라본다.

가을도 아닌데 마른 잎이 뒹군다는 것은 일찍 떠나 버린 친구 같은 사람을 연상시키면서 이를 바람에 휘날리며 뒹구는 마른 잎 풍경으로 시각화한 것이다.

작자는 이런 마무리를 통해서 자신의 삶과 죽음의 문제를 아름다운 수채화처럼 그려 나간 셈이다.

그런데 여기서 수채화라는 표현은 수채화니까 유화나 다른 것보다 더 좋다는 뜻은 아니다. 아니 모든 그림이 그렇다. 언어 예술은 그림이 결코 할 수 없는 기능을 해 낸다. 논리적 사고의 기능이 그것이다. 작자가 말하는 '있음의 흔적'이 철학적 명제로서 인간의 근원적 존재 이유를 캐 나가는 예술이 되려면 그것은 문학이라는 언어 예술만 가능한 것이고 특히 수필이라는 산문 예술이 지닌 장점이며 그림은 어림도 없다.

이것은 수필의 위상을 위해서도 매우 중요한 조건이다.

수채화는 예술이고 철학 논문은 예술이 아니니 철학이 지닌 단점도 있지만 그 철학을 예술로 만드는 것이 수필이다.

이런 점에서 보면 '나는 내 있음의 흔적을 무엇으로 남기게 될까.' 하는 감상적 질문으로 작품 전체가 마무리되는 작품도 좋겠지만, 이와 달리 그 질문에 대한 답을 준비하며 논리적 사색을 병행해 나가는 것도 고려해 볼 일이다.

침향의 향기, 수필의 향기

침향(沈香)

정목일

'침향(沈香)'이란 말을 처음 듣게 된 것은 어느 날의 차회(茶會)였다.

뜻이 통하는 몇몇 사람들이 함께 모여 우리나라의 전통차인 녹차(綠茶)를 들면서 대화를 나누는 모임이 한 달에 한 번씩 있었다. 차인(茶人) ㅅ선생이 주재하시는 차회(茶會)에 가보니 실내엔 전등 대신 몇 군데 촛불을 켜 놓았고 여러 가지 다기(茶器)들이 진열돼 있었다.

ㅅ선생은 끓인 차를 찻잔에 따르기 전 문갑 속에서 창호지로 싼 나무토막 한 개를 소중스러이 꺼내 놓으셨다. 그것은 약간 거무튀튀한 빛깔 속으로 반지르 윤기를 띠고 있었다. 마치 관솔가지처럼 보이는 이 나무토막을 ㅅ선생은 양손으로 감싸쥐고 비비시며 말씀해 주셨다.

"이게 침향(沈香)이라는 거요."

나를 포함한 차회 회원들은 그 나무토막을 코로 가져가 향기를 맡아보았다. 향나무보다 더 깊은 향기가 마음속까지 배여 왔다.

"옛 차인들이 끓인 차를 손님에게 권할 때 손에 배인 땀냄새를 없애기 위한 방법으로, 이 침향으로 손을 비벼 향긋한 향기를 찻잔에 적신 다음,

권해 드리는 것이라오."

나는 이날, ㅅ선생으로부터 처음으로 '침향'에 대한 얘기를 들었다. 침향은 땅속에 파묻힌 나무가 오랜 세월 동안 썩지 않고 있다가, 홍수로 인해 땅 위로 솟구치게 된 나무라고 한다. 감나무나 참나무가 1천 년 동안 땅속에 썩지 않은 채로 파묻혀 있다가 땅 위로 솟아오른 것이어서, 그 나무엔 1천 년의 심오한 향기가 배어난다는 것이다. 나무가 땅 속에 묻혀서 1천년 동안 썩지 않은 것은, 땅 속이 물기가 많은 곳이었거나, 나무가 미라가 된 상태일 것이라고 했다. 이 침향은 땅 속에서 오랜 세월이 지날수록 향기를 간직하게 된다고 한다.

침향을 들고서 1천 년의 향기를 맡아보았다. 땅 속에 파묻힌 1천 년의 향기가 가슴속으로 흘러들었다. 이 침향이야말로, 썩지 않는 나무의 사리(舍利)이거나 나무의 영혼일 것만 같았다. 침향에 1천 년 침묵의 향내가 묻어났다. 방안의 촛불들이 잠시 파르르 감격에 떠는 듯했다. 차를 들면서 1천 년의 시공(時空)이 내 이마와 맞닿는 듯한 느낌이었다. 영원의 그림자가 찻잔에 잠겨 있었다.

지난 1988년 4월, 경남 의창군 다호리 고분에서 삼한(三韓)시대의 유물이 출토된 일이 있는데, 그중에서도 대형 통나무 목관(木棺)과 붓이 들어 있었다. 2천 년 전의 통나무 목관이 거의 원형의 모습으로 나온 것을 보고 감격과 신비감에 사로잡혔다. 낙동강 유역의 다호리 고분에서 나온 통나무 목관과 붓은 물에 잠긴 진흙 속에 파묻혀 있었기 때문에 썩지 않고 보존될 수가 있었다. 이로써 나무가 땅 속에 파묻혀 2천 년 이상 썩지 않을 수 있다는 것이 충분히 증명된 셈이다.

촛불 아래서 침향에 젖은 차를 들이마셔 보았다. 1천 년 세월의 향기, 땅 속에 드러누워 안으로 쌓아 놓았던 1천 년의 말들을 생각해 보았다. 썩지 않는 나무의 영혼과 말들을 생각해 보았다. 참으로 고요하고 담백하기만한 차의 맛처럼 1천 년이 지나가 버린 것일까. 손바닥 반만한 나무토막, 모르는 사람이면 눈길조차 주지 않을 보잘 배 없는 것이 1천 년 세월을 향기로 품고 있다니, 다시금 손으로 어루만져 보곤 하였다.

두 번째로 '침향'에 대한 이야기는 서예가 ㄱ씨에게서 들었다. 그의 얘기는 사뭇 ㅅ선생과는 다른 것이었다.

옛날 중국에서 우물을 팔 때, 우물 정(井) 자 모양으로 땅 밑에서 나무로 쌓아올리는데, 참나무 침목(沈木)을 사용하였으며 1천 년이 지나도 물속에 잠겨 있어서 이 나무가 썩지 않는다고 한다. 대대로 이어 온 고가(古家)의 우물 속에서 간혹 발견되는 이 나무를 '침향'이라 하며, 귀한 약재로도 사용한다고 했다.

ㄱ씨의 말로는 오랜 세월이 지난 우물일수록 침목의 향기가 물에 배어나 우물 맛이 향기롭고 심오해진다는 것이었다.

두 분이 들려준 '침향'에 대한 말은 차이가 있긴 하지만, 땅 속에 오랜 세월 동안 묻혀 있었던 나무인 것만은 일치했다. 침향은 1천 년의 세월과 물의 향기인 것이다.

나는 가끔 침향을 생각하며 그 향기를 꿈꾼다. 과연 무엇이 1천 년 동안 썩지 않고 향기로울 수 있을까. 세월이 지날수록 퇴색되지 않고 더욱 향기로워질 수 있단 말인가. 침향이야말로, 영원의 향기가 아닐까.

어떻게 하면 나의 삶도 한 1백 년의 향기쯤 간직할 수 있을까. 땅속에 파묻힌 듯 침묵으로 다스린 인내와 인격 속이라야만 향기가 밸 수 있으리라. 어쩌면 땅속에 묻혀 썩을 것이 다 썩고 난 다음, 썩을 것이 없을 때, 비로소 영혼의 향기가 풍기리라.

나는 꿈속에서도 가끔 침향을 맡으며 내 삶 속에 그 향기를 흘려보내고 싶어 한다. 침향을 보배이듯 간직하고 계신 ㅅ선생님이 부럽기만 하다.

한 달에 한 번씩 열리는 차회에 잘 나가지 않지만, 은근히 침향으로 인해 마음이 당겨 참석하곤 한다. 창호지를 벗기고 침향을 만지면, 마음이 황홀해지고 만다. 내 마음을 촛불이 알아 펄럭거리고, 어디선가 달빛 젖은 대금산조 소리가 들려올 듯싶다. 침향이 스민 차 한 잔을 들면, 1천 년의 세월도 한 순간일 것만 같다. 차향(茶香)에 침향(沈香)을 보태면, 찰나와 영겁이 이마를 맞대고 있음을 느끼게 된다.

그리운 이여, 조용히 차 끓는 소리, 촛불은 바람도 없이 떠는데, 침향으로 손을 비비고서 마주 보고 한 잔 들어보세. 천 년 침묵의 향기, 세월의 향기가 어떤가.

촛불 아래 차 끓이는 소리…… 침향으로 손 비비는 소리. 코끝에 스미는 차향과 침향의 향기…….

평설

『월간문학』이 처음으로 수필 추천제를 둘 때 제1호 등단 작가이며 이에 대한 열정이 여간이 아니다. 많은 작품과 함께 한국 수필 발전에 기여해 온 공이 크다. 이 작품은 「침향」이라는 제목처럼 글로서도 향기를 많이 풍기는 편이다.

작자는 차회에 나가면 ㅅ선생을 만난다. 그는 나무토막을 두 손으로 비비며 침향을 묻혀서 찻잔을 다룬다고 한다. 이 수필을 쓰는 작자도 침향 같은 것을 묻혀서 원고지에 배도록 애쓴 것 같다.

그리운 이여, 조용히 차 끓는 소리, 촛불은 바람도 없이 떠는데, 침향으로 손을 비비고서 마주 보고 한 잔 들어보세. 천 년 침묵의 향기, 세월의 향기가 어떤가.

촛불 아래 차 끓이는 소리⋯⋯. 침향으로 손 비비는 소리. 코끝에 스미는 차 향과 침향의 향기⋯⋯.

맑은 향이 피어오르는 분위기를 잘 드러낸 마지막 부분이다.

작자는 이렇게 말하는 침향에 대해서 두 가지 설명을 하고 있다.

ㅅ 선생의 말―땅속에 파묻힌 나무가 오랜 세월 동안 썩지 않고 있다가, 홍수로 인해 땅 위로 솟구치게 된 나무라고 한다. 감나무나 참나무가 1천 년 동안 땅속에 썩지 않은 채로 파묻혀 있다가 땅 위로 솟아오른 것이어서, 그 나무엔 1천 년의 심오한 향기가 배어난다⋯⋯.

ㄱ 서예가의 말―우물을 팔 때, 우물 정(井) 자 모양으로 땅 밑에서 나무로 쌓아올리는데, 참나무 침목(沈木)을 사용하였으며 1천 년이 지나도 물속에 잠겨 있어서 이 나무가 썩지 않는다고 한다. 대대로 이어온 고가(古家)의 우물 속에서 간혹 발견되는 이 나무를 '침향'이라 하며⋯⋯.

그런데 국어사전의 설명은 이와 다르다. '침향'이란 상록 교목이 따로 있는 것으로 설명되어 있다. 그러니까 참나무나 감나무와는 상관이 없다. 다만 이 나무도 원료만을 채취하기 위해서는 땅속에 묻어 썩히는 방법을 쓴다고 한다.

국어사전의 설명과 작자가 ㅅ씨나 ㄱ씨로부터 전해들은 말은 이렇게 다르기 때문에 이 부분은 설명이 필요한 경우가 생길 듯하다.

다만 이런 문제를 무시하고 본다면 작자는 좋은 소재를 사용한 셈이다.

즈믄 세월 동안 땅속에 묻혀 있다가 나온 나무에서는 그토록 좋은 향이 난다니 얼마나 좋은 얘깃거리가 되겠는가?

수필 문학의 창작 작업 중 무엇보다 중요한 필수적 요건은 '기호 읽기'다. 어떤 평범한 사물에서 그것이 말하는 의미를 읽어 내는 것이다. 나무든 돌이든 그것이 우리에게 말하는 어떤 의미를 읽어 내야 한다는 의미에서 기호 읽기가 된다. 그리고 수필은 이를 통해서 비로소 상상의 예술적 화법을 성취해 내게 된다. 나무를 통해서 그가 말해 주는 것이 높고 푸른 꿈이라고 읽어 내듯이. 그런데 모든 사물이 그런 의미를 쉽게 전해 주는 것이 아니겠다. 또 어떤 의미를 전할 것인지 그 비중도 모두 다를 수밖에 없다.

침향은 그런 기호 해석이 어렵지 않은 소재이며 그 의미도 비중이 크다. 참나무나 감나무가 천 년 동안 땅속에 묻혀 있으면 고귀한 향을 얻게 되는 것이 침향이라면 그것은 곧바로 우리들의 이야기가 될 수 있기 때문이다. 우리가 그렇게 캄캄한 어둠 속에 오래도록 자신을 가두듯 모든 슬픔과 고통을 참고 침묵하며 인내하는 미덕을 갖추면 그 삶에선 향이 피어오른다고.

이렇게 그 나무를 어떤 다른 상징적 이미지로 읽어 내는 것이 기호 읽기다.

어떻게 하면 나의 삶도 한 1백 년의 향기쯤 간직할 수 있을까. 땅속에 파묻힌 듯 침묵으로 다스린 인내와 인격 속이라야만 향기가 밸 수 있으리라. 어쩌면 땅속에 묻혀 썩을 것이 다 썩고 난 다음, 썩을 것이 없을 때, 비로소 영혼의 향기가 풍기리라.

작자는 이렇게 침향을 통해서 자신의 인격적 성숙을 위한 수련의 가능성을 말하고 있다.

다만 '땅 속에 묻힌 듯 침묵으로 다스린 인내와 인격'이면 거기에 향이 밸 수 있다는 것은 흔히 있는 교훈적 주제가 되기 때문에 참신성을 살리기 위한 다른 작업도 생각해 볼 수 있다.

이런 소재라면 주제의 방향을 이렇게 바꿔 볼 수도 있다.

천 년이나 땅 속에 묻혀서 침묵을 지키는 것은 아름다운 향을 만들어 내는 것이 아니라 슬픈 한을 만들어 낸다는 역설도 가능하다. 인류 역사의 많은 부분들이 거의 모두 그처럼 천년만년 억울하게 땅 속에 갇혀 있다가 운이 좋으면 박물관에나 전시되는 것이 아닌가?

백제금동대향로 같은 것도 대표적인 예가 된다. 억울한 죽은 이의 명복을 빌며 향기를 피우던 백제 최고의 금속 예술이 외적에 의한 방화와 약탈과 살육의 현장에서 한 시녀의 기지로 우물 속에 던져지고 그 여인은 죽거나 볼모가 되고 지금 그 향로가 박물관에 국보로 전시되어 있다면 그것은 1,400년의 향이 아니라 1,400년의 한으로서 먼저 우리들의 가슴을 메운다.

천년만년 땅 속의 침묵이 '침향'이라면 그것은 우선 향기로운 수필의 소재가 되어서 좋기도 하지만 그 나무토막을 천년만년 땅 속에 묻히도록 강요한 역사의 이미지로 읽는다면 그 소재는 더 많은 진실을 찾아 나가는 주제가 되며 수필의 비중을 더 높일 수도 있을 것이다.

서글픈 도시 문명

회전문

염정임

거리에 나가 보면 모든 사람들이 바삐 움직이고 있다. 조금이라도 더 빨리 가기 위해 걸어도 될 거리를 자동차를 타고 가고, 계단을 두고도 에 스컬레이터를 이용한다.

무엇을 위하여 그렇게 바쁘게 서두르는지…….

나는 워낙 상황에 대한 판단이 느리고 운동 신경이 둔하다 보니 빠르게 움직이는 기계 종류는 모두 경계하는 대상이 되고 말았다. 그래서 현대 여성의 필수 조건이라고 하는 운전면허를 몇 년 전에 따놓고도 아직 운전 할 엄두를 못 내고 있다. 내 손으로 자동차를 움직여서 줄지어 달리는 기 계의 대열에 끼일 것을 생각하면 진땀이 절로 나기 때문이다.

또한 백화점에 설치되어 있는 에스컬레이터를 탈 때에도 언제나 조심 스럽고 두려운 마음이다. 마음속으로 '하나, 둘, 셋'을 세면서 발 놓을 자 리를 눈여겨보았다가 단숨에 발을 딛고 올라서면 그제서야 안도의 한숨 이 나온다. 그 톱니바퀴 같은 계단들 틈새로 발이 빠져들지 않은 행운을 무한히 감사하게 되는 것이다.

어쩌다가 양손에 쇼핑백이라도 들고 하행 에스컬레이트를 탈 때에는 정말 난감하다. 잘못 발을 내딛다가는 당장 아래로 곤두박질쳐 버릴 것만 같아 온몸의 신경이 발끝에만 가 있게 된다. 다이빙대 끝에 선 수영 선수의 심정이 이러할까? 아랫배에 힘을 단단히 주고 오른발 왼발을 차례대로 재빠르게 계단으로 내려딛고 나면 일단은 성공한 셈이라 마음을 놓는다. 중심을 못 잡아 몸이 잠깐 기우뚱해도 속으로는 쾌재를 부르는 것이다.

그러나 그 무엇보다도 나를 곤란하게 하는 것은 요즈음 대부분의 빌딩 입구에 설치된 회전 유리문 앞에서이다. 옆에 보통 출입문을 두고도 왜 굳이 빙글빙글 돌아가는 회전문이 있어야 하는지 나는 도무지 알 수가 없다. 혹시 드나드는 어린아이들을 즐겁게 해주기 위해서라면 수긍이 가겠지만…….

어쩌다가 큰 건물에 들어갈 때, 나는 회전문 앞에서 항상 긴장을 느낀다. 마치 어릴 때 친구들과 줄넘기 놀이를 하면서 그 회전하는 반원 속에 뛰어들 때처럼, 어린 시절 그 정확한 투신을 위해서 얼마나 많은 망설임과 결단을 반복했던가, 때로는 비장한 각오 끝에 두 눈을 꼭 감은 채 뛰어들곤 하지 않았던가? 실패하지 않기 위해서는 무엇보다 호흡을 잘 가다듬고 단숨에 들어서야 한다. 그건 상당한 민첩을 요구했다.

회전문 앞에서도 그건 마찬가지다. 나의 몸을 용납하는 공간이 미처 내 앞에 오기 전에 미리 그곳을 향하여 전진해야 하는데 어려움이 있는 것이다.

회전문에 일단 들어서면 자신의 의지와는 관계없이 문의 속도에 발걸음을 맞추게 되어 있다. 직립 인간으로서 두 팔을 흔들며 유유히 걷는 자유를 잠시 동안이나마 유보하지 않을 수 없는 것이다. 마치 무성 영화 시대의 찰리 채플린처럼, 또는 기모노를 입은 일본 여성처럼 발걸음을 짧게 놓아야 무사히 회전문을 빠져나올 수 있다. 따라서 군자다운 체면과 요조숙녀로서의 품위를 지키기엔 회전문은 합당치 않은 것이다.

가령 어느 빌딩 입구에서 수십 년 만에 옛날 애인들이 우연히 마주쳤다고 하자. 그러나 회전문 안에서는 말 한마디 나누지 못하고 반대 방향으로 돌면서 헤어져야 한다. 극적인 해후가 이루어질 수도 있는 순간에, 유리문으로 쓸쓸한 일별만 나누면서…….

그러나 회전문을 통과할 때 영화에서 보는 것처럼 도망치는 범인과 뒤쫓는 형사가 돌고 도는 장면보다 더 실감나는 때는 없을 것이다. 그것이 코미디 영화이건 007 첩보물이건…….

아무래도 회전문이 자리해야 할 곳은 고층 건물의 입구가 아니라 연극이나 쇼의 무대 위가 아닌가 싶다. 회전문이야말로 마술사의 소도구로도 쓰임직하지 않은가! 들어갈 때에는 젊은 아가씨가 들어가서 나올 때에는 허리 굽은 할머니가 되어 나온다든지, 호랑이가 들어가서 나올 때에는 고양이가 되어 있다는 말이다.

때로는 나 같은 사람으로 인해 회전문 앞에 사람들이 밀리기도 하는데, 여러 사람에게 서로 양보하고 나중에 들어가겠다고 사양하는 것은 미덕이 못 된다. 마음의 준비가 된 사람부터 한 사람이라도 먼저 회전문을 통과하는 게 현명한 일이다. 장유유서의 아름다운 질서를 잠깐 잊어야만 하는 것도 회전문 앞에서이다.

살아가면서 나에게 부딪혀오는 일들 앞에서도 회전문 앞에서처럼 망설이고 뒤로 미룰 때가 많다. '이번에는 꼭' 하면서도 유리문이 몇 개나 빙빙 돌며 지나가기를 기다린다. 정작 들어서고 보면 벌써 몇 바퀴가 돌고 난 뒤가 된다. '아차' 했을 때에는 한 발 늦어 있음을 발견한다.

모든 일이 너무 정신없이 빨리 돌아간다.

때로는 살아간다는 것이, 정지하고 싶어도 어쩔 수 없이 빙글빙글 도는 유리문 앞에서처럼 현기증과 당혹감을 줄 때도 많다. 그러다가 언젠가는 회전문에 떼밀리듯이 이 세상에서 밀려나 버릴 때가 오지 않겠는가?

자동차를 타고, 에스컬레이터를 타고 그렇게 바쁘게 서두르지 않아도 찾아오리라.

회전문 앞에 설 때, 나는 이 세상에서 내가 차지하고 있는 공간에 대한 불확실성을 첨예하게 느끼곤 한다.

평설

염정임은 독문학을 전공하고 일찍이 『수필공원』과 『현대문학』으로 등단했는데 사물을 보는 예리한 관찰력과 우수한 문장력으로 수필의 좋은 품격을 발휘해 오고 있다. 이 작품은 문장이 물 흐르듯 자연스럽고 매끄럽다. 여기서 '물 흐르듯'이란 표현은 '붓 나가는 대로'라는 표현과 비슷할 수 있지만 '붓 나가는 대로'와 '물 흐르듯이'는 사뭇 다른 개념이다. 붓은 사람이 쥐고 쓰는 것이므로 가끔 망발이 심하다. 잘 나가다가 옆으로 빠지고 거꾸로 뒤집어지고 갈라지고 쪼개지는 것이 사람의 말이요 그것을 붓으로 쓰면 붓 나가는 대로 쓴 글이 된다. '수필'이란 이름의 한자어가 그런 오해를 받도록 작명 절차를 밟은 것이다.

이와 달리 '물 흐르듯'이란 '논리적'이란 말로 바꿔도 좋다. 물도 옆으로 흐르고 거꾸로 흐를 때도 있지만 그것도 반드시 아래로 흐르기 위한 방법에 지나지 않는다. 막히면 옆으로 비켜야 아래로 흐르니까 비킬 따름이고 거꾸로도 마찬가지다. 그만큼 물 흐르듯이 부드럽게 흐르며 그 바탕에 논리를 깔고 있는 것이

이 수필의 문장이다.

논리적 사고에는 귀납법이 있다. 몇 가지 사례를 통해서 결론에 도달하는 것이 귀납법이다. 그런데 그 사례는 숫자만 많으면 되는 것이 아니다. 좌파 10명만 모아 놓고 떠들거나 우파 10명만 모아 놓고 떠드는 것은 귀납법이 아니다. 일방적 편견일 뿐이기 때문이다.

염정임은 빌딩의 회전문이란 무엇인가라는 주제를 놓고 성토하고 있다. 부정적 시각으로 보는 것이므로 성토라고 해도 좋다. 그런데 재미있다. 작자 자신이 남다른 겁쟁이이기 때문에 겪는 불편부터 말해 나가니까 재미있다. 그런 불편 여러 개를 말하면서 회전문은 불편한 것이라는 결론을 내리고 있으며 그 사례들이 모두 긍정이 가기 때문에 결론이 정당하다. 동시에 그 사례들이 모두 재미있어서 읽는 맛이 좋다.

그런데 작자는 이렇게 회전문을 말하면서 이를 우리들의 삶의 현실을 말하는 상징적 이미지로 유도하고 있다. 그리고 그 재미는 한국의 현대 문명에 대한 날카로운 야유이고 비판이기도 하다. 우리 모두가 그런 문 앞에서 작자와 같은 우스운 꼴이 되고 있음을 알게 된다.

작자 자신은 어지럽게 앞으로 달리며 서두르기만 하는 현대 문명의 군상들 속에 섞여 있는 피해자다. 작자는 그 자리에서 그들처럼 나가지 못하고 겁만 먹고 있다가 떠밀려 가기 때문이다. 그런데 자신을 피해자로 노출시키고 있지만 사실은 우리 모두가 그런 피해자이리라는 암시를 주고 있다. 그럼으로써 이 회전문의 모순이 바로 현대 문명의 모순임을 말하고 있다.

기계 문명에 익숙하지 못하고 우리 사회의 경쟁판에 익숙하지 못한 자신에 대한 자화상 같지만 이것은 우리 현실에 대한 비판으로서 소중한 의미를 던져 주고 있다.

사부곡(思父曲)

건넌방 손님과 아버지

홍혜랑

   헐린다, 헐린다 하던 친정집 한옥이 드디어 헐렸다. 지은 지 70여 년이 된 이 집은 우리 여러 남매가 태어난 생명의 산실이었고, 성장의 마당이 었고 배움의 도량이었다. 배우자를 만나 혼례를 치르고 부모님의 슬하를 떠나온 후에도 본가를 드나들던 우리들의 발걸음이 채곡채곡 쌓여 있는 가족사 박물관 같은 곳이다. 부모님이 돌아가시고 10년 넘게 세입자들만 살고 있으니 워낙 오래된 건물에 안전사고라도 생길까봐 오라버니는 늘 염려하면서도, 방마다 우리들의 삶의 흔적이 문신처럼 배어 있는 집이기 에 그 처리를 놓고 적잖이 고심한 것 같다.

   집이 지상에서 사라지는 마지막 순간을 지켜보며 주춧돌을 챙겨온 오 라버니의 마음은 우리 모두의 마음이기도 하다. 이제 그 집은 이 지상에 서 버틸 만큼 버티다가 때가 되어 최후를 맞게 된 것이다. 하지만 사람이 살만큼 살다가 천수를 다하고 생을 마쳤다고 해서 그 사람과 더불어 가졌 던 추억들이 슬프지 않은 것이 아니듯, 그 집의 구석구석에 서려 있는 우 리들의 추억도 마찬가지다. 나는 홀로 집터를 찾았다.

집의 형체가 사라진 빈터 앞에 서니 완벽한 결별이 이런 것인가 싶다. 만면의 기쁨으로 "어서 오너라" 하시던 부모님의 음성이 아니라 집터 위에 깔린 뽀얀 정적이 나를 맞는다. 어렸을 적 꿈속에서는 앞마당에 비행기도 내려앉았는데 집터가 생각보다 작아 보이는 것이 오히려 다행이다. 드넓은 대지였다면 그 황량함을 감당하기 더욱 힘들었을 것 같다. 여기쯤이 안방이었을까, 저기쯤은 장독대가 서 있었을 것 같고. 부엌은, 사랑방은, 대문은, 돌계단은. 도무지 가늠할 수가 없다. 안방에서 대청을 건너면 건넌방이다. 건넌방의 창호지 미닫이문 안쪽에서 뜻밖에도 오랜만에 아버지의 음성을 듣는다.

6·25 전쟁 때였다. 충청도 산골에서 피난 생활을 마치고 상경하신 선친의 수중은 무일푼이었다. 부산 같은 대도시로 피난을 가지 않고 충청도 두메산골을 피난지로 잡았던 것을 선친께서는 평생을 두고 후회하셨다. 자식들도 아버지의 그 후회에 하나같이 동의해 드렸다. 전쟁 전에는 단단한 사업체를 갖고 계셨으니 아무리 전쟁 중이더라도 두메산골보다는 대도시에서 할일이 더 많으셨을 것이다.

살던 서울집으로 돌아오긴 했지만 먹는 것이 해결되지 않는 절대빈곤의 세상이었다. 그런데도 부모님은 먹는 일보다 더 간절하게 매달리시는 일이 있었으니 우리들 여러 남매의 교육이었다. 맨 맏이인 오라버니가 대학에 입학할 즈음이었으니 우리 모두의 교육은 사실상 전쟁 이후에 이루어졌다.

중·고등학교에서는 기일 안에 수업료를 못 내면 등교해도 수업을 받지 못하고 교실 밖으로 추방되었다. 지금의 복지 국가적 안목으로 본다면 교육을 책임져야 할 국가가, 학교가, 사회가 못할 짓을 했지만 전쟁을 치르면서 빈털터리가 된 국가가 그나마 학교 문을 열고 교육을 재개하려면 다른 도리가 없었을 것이란 생각도 든다. 내가 이 추방학생 틈에 끼어 본 적이 없었던 것은 수업료를 위해서 식음을 잊고 백방으로 애쓰시던 부모님이 계셨기 때문이다.

중학 2학년이던 겨울방학 어느 날 집에 오신 손님은 얼굴이 그리 낯설지 않은 아버지의 지인이었다. 그분은 그날 지인으로 우리 집을 내방한 것이 아니라 빚쟁이로 돈을 받으러 온 것이다. 그때의 금리는 우리나라가 겪은 어떤 고금리에도 비교할 수 없을 만큼 높았다. 사채이자의 최소가 월 1할이었으니 일 년이면 120퍼센트. 원금보다 더 많은 돈이 1년의 이자로 나가는 셈이다. 내가 어린 나이였음에도 지금까지 그것을 기억하는 것은 부모님의 금전적 고통이 숨길래야 숨길 수 없는 일상사였기 때문이다.

그 당시의 금리로 남에게 돈을 빌려주는 사람은 어쩔 수 없는 고리대금업자일 수밖에 없었다. 마침 대청을 지나던 나는 건넌방의 창호지 문 안쪽에서 흘러나오는 그 분의 목소리를 들을 수 있었다. 아버지의 목소리는 거의 들리지 않는데 그분의 목소리는 점점 커진다. 급기야 그분의 거칠은 고성이 내 가슴에 총알처럼 박힌다. 수모를 당하시는 아버지는 한 말씀도 없으시다. 빚진 죄인이라더니 바로 지금의 아버지다.

아버지가 무엇 때문에 채무자가 되었는지 나는 잘 알고 있었다. 그 순간 모든 것을 포기하기로 했다. 학교를 안 다녀도 좋고 집이 없어 거리에 나앉아도 좋았다. 나도 모르게 미닫이문을 열고 뛰어 들어가 아버지의 목을 끌어안고 통곡하며 말했다. "아버지, 우리 이 집 내주고 나가요"라고. 한옥의 창호지문이 아니고 현대식 두꺼운 목재문이었다면 그날 안에서 무슨 일이 일어났는지 그처럼 똑똑하게 알아차릴 수는 없었을 것이다. 이제 두꺼운 목재문도 얇은 창호지문도 아무것도 없는 빈터에 서서 나는 지금 아주 선명하게 그날의 아버지를 만나고 있다.

그로부터 50여 년의 세월이 흘렀고 아버지께서 우리 곁을 떠나신 지도 20년이 넘었지만 그날 흐느끼는 어린 딸의 팔에 목이 감긴 채 침묵으로 일관하시던 아버지의 모습은 내가 기억하는 아버지의 모습 중에서 가장 진하게 가슴속에 자리 잡고 있다. 어린 소녀의 절규를 목격한 채권자는 자신의 성격이 다혈질이다 보니 언행이 지나쳤노라고 사과했지만 아버지의 표정은 미동도 하지 않았다. 당신이 받은 수모보다 어린 딸이 받았을 상처가 당혹스러워 더욱 침묵으로 일관하셨을 것이다.

하지만 내 스스로 4남매의 어미가 되어 살아오는 동안 그날의 아버지에 대한 기억은 상처가 아니라, 삶의 에너지요 자식교육에 대한 신앙으로 뿌리내리게 되었다. 나중에 안 일이지만 그때 우리 집은 이미 은행에 저당되어 있었기에 집을 내주고 나간다 한들 그분에겐 아무런 이득이 안 되었다. 전쟁의 후유증이 점차 치유되면서 선친께서는 특유의 집념과 근면으로 다시 사업에 몰입하시어 많은 보람을 거두셨다. 그때 아버지께 돈을 꾸어 주었던 그분의 빚도 물론 갚으셨을 것이다.

자식의 교육을 위해서라면 지옥이라도 서슴지 않으셨을 아버지의 결연한 삶에 비해 보잘것없는 딸자식이 되었는데도 언제나 나의 자존심에 불이 꺼지지 않도록 촛불을 이어서 댕겨 주시던 아버지. 이제 언성 높이는 빚쟁이는 없지만 나는 지금 여전히 눈물로 아버지를 만나고 있다. 아버지의 딸로 태어난 전생의 인연이 고마워서다.

세 살 때 어머니를 여의시는 불운만 없었다면, 그리고 제도 교육을 중도에 포기하셔야 했던 가운(家運)만 아니었다면 아버지는 틀림없이 학교의 선생님이 되셨을 것이다. 방학 때면 우리 모두는 천자문, 명심보감, 맹자를 배우느라 아버지의 제자가 된다. 그 바쁘신 중에도 즐겨 스스로 서당의 훈장이 되시던 아버지의 모습은 훗날 우리 여러 남매의 자화상이 되기도 했다. 우리들 5남매 중 4남매가 교육에 몸담게 되었으니. 특히 오라버니의 모습에서는 점점 아버지의 삶이 아주 진하게 묻어나온다.

"배움은 때가 있느니라"던 아버지의 신념은 아버지 자신의 인생 체험에서 온 것이었다. 결국 나는 아버지의 체험을 살고 있는 것이다.

평설

오랫동안 교육에 이바지해 오면서 수필 문학의 길을 함께 걸어오다 지금은 지난날을 뒤돌아보는 자리에 있다. 이 작품도 그런 경향이 나타난다. 이 작품은 작자가 20여 년 전에 작고한 아버지를 회상하는 작품이다. 아버지에 대한 그리움과 사랑과 존경이 잘 전해지고 있다.

개인적, 체험적 소재를 쫓는 것이 많은 수필들의 일반적 경향이라면 그 속에는 아주 많이 가족사가 담길 수밖에 없다. 그중에서도 가장 많이 등장하는 소재가 어머니인데 이 작품은 아버지에 대한 것이다. 자식들의 교육에 다른 무엇보다도 정열을 쏟던 아버지에 대한 회상이라면 교육자로 자라난 자식의 입장에서는 할 얘기도 많을 것이다. 이런 수필에서 작자가 전하는 이야기가 특히 강한 호소력을 지니려면 어떤 이야기를 어떤 자리에서부터 서술해 나가느냐 하는 것이겠다.

이 작품은 이런 화두의 초점을 헐려 버린 집터에 자신이 서 있는 장면에서부터 잡아 나갔기 때문에 성공적이다.

부모님 슬하에서 오래도록 여러 남매가 살던 집을 작자는 가족사를 말해 주는 박물관이라 말하고 있다. 사실로 어느 한 곳 그들의 옛 기억을 말해 주지 않는 자리는 없을 것이다. 그런데 부모님이 돌아가시고 오래도록 남들만 들어가서 살게 했던 집을 마침내 헐어 버린 후 그 빈터에 서 있는 작자의 모습이 좀 처량하다. 강제 철거로 한데로 나앉게 된 경우는 전연 아니지만 자신의 그리운 가족사를 알알이 기록하고 있던 모든 것이 일시에 사라지고 빈 터만 남았으니 그 자리를 찾아온 작자의 가슴속 풍경이 처량할 수밖에 없다.

이렇게 화두가 시작됨으로써 아버지에 대한 그리움이 매우 절실하리라는 것을 알게 된다.

이런 자리에서 회상하는 기억들 중에는 채무자에게 수모를 당하던 가엾은 아버지에게 울면서 매달리며 채무자에게 차라리 집을 넘겨 주자고 하던 중학 1년생의 자신의 모습이 있다. 훗날 그 집이 그렇게 남아 있다가 부모님이 돌아가시고 집이 헐린 후 그 자리에 서게 되었으니 감회가 깊을 수밖에. 이렇게 회상하는 역사가 매우 진하게 서정적 감각으로 전해져서 가슴에 남는 작품이다.

불꽃춤

맹난자

포도줏빛 물결이 넘실대는 지중해의 어느 해안도로를 달리고 있었다. 차는 멈춰 섰고 나는 초행길이 아닌 듯 좁은 골목 안으로 굽어들었다. 3미터가 넘는 돌계단을 올랐다.

눈부신 정오의 태양은 바로 머리 위로 쏟아졌고 눈앞에 펼쳐지는 아랍풍의 하얀 건축물들. 대체 여기가 어디쯤일까? 사방을 둘러본다. 꿈에서라도 와 보고 싶어 하던 안달루시아 지방 그 어디쯤인 것 같다.

태엽이 감긴 로봇처럼 나는 의지와 상관없이 허름한 흙벽의 좁은 골목 안으로 들어갔다. 전생에 살던 곳을 찾아가고 있다는 느낌조차 들었다.

짚단이 듬성듬성한 흙벽에선 비릿한 흙냄새가 났고 어디선가 가느다란 피리 소리가 기묘한 울림으로 다가왔다. 소리 나는 곳을 찾아가니 한 무리의 사람들이 에둘러 서 있다. 흰 터번을 쓴 노인 앞에 2미터가 족히 넘는 방울뱀이 황록색의 몸을 반쯤이나 곧추세우고 있다.

놈은 두 갈래로 찢어진 붉은 혓바닥을 버릇처럼 날름거리며 미약에 취한 듯 피리 소리에 몸을 맡겨 흔들흔들 춤을 추는 것이 아닌가. 한 점 바람도 없는데 스무 개가 넘는 비늘이 동시에 일어나 햇빛에 반짝거린다. 찬란했다. 언젠가 보았던 신라 왕관에 매달린 영락처럼 아름답다.

차르륵, 쏴르륵.

무희들이 가는허리를 꺾을 적마다 허리에 매단 구슬 장식이 일제히 떨면서 울리는 소리 같다. 차르륵, 방울뱀도 그런 무희의 동작처럼 제 몸의 둥근 꼬리를 흔들어 대기 시작했다.

'따라락 따라락.'

군중들은 한두 사람씩 손뼉을 치기 시작했다. 손뼉은 점점 커졌고 한데 어울린 흥이 무르익자 방울뱀은 '따라락 따라락' 꼬리에서 캐스터네츠를 울리며 춤을 추는 동안 집시 소녀로 변해 갔다.

낯이 익었다. 자세히 보니 지난여름 모스크바에 갔을 때 아르바트 거리에서 본 아이와 비슷했다. 푸슈킨이 살던 신혼집을 둘러보고 나왔을 때였다. 빨간 점퍼 차림의 여자 아이가 길거리 한복판에서 아코디언을 켜며 노래를 부르고 있었다. 앞에 가 보니 초등학교 이삼학년이나 되었을까?

부슬비를 맞으며 천연덕스럽게 노래하는 표정이 통 아이답지 않았다. 제 품보다 배나 큰 아코디언을 켜면서 유창하게 불러 젖히는 곡조는 아이들의 노래가 아니었다. 앞에 놓인 깡통에 돈을 집어넣고 비를 맞고 서서 몇 곡 더 들었다. 그런데 그 아이의 얼굴이 이따금씩 떠오르는 것이다.

파란 눈, 창백한 얼굴, 입가에 번진 루주와 하늘색 아이섀도라니, 그리고 감정에 푹 빠진 채 반 눈을 뜬 표정은 이미 어린애의 것이 아니었다. 감시원인 듯한 청년 두 사람이 팔짱을 낀 채 뒤에서 그 애를 연신 지키고 있었다. 기차를 타고 모스크바에서 페테르부르크를 돌아 나올 때까지 나는 그 아이의 안부가 염려되었다.

언젠가 보았던 영화 〈집시의 시간〉 때문이었을까.

앵벌이로 나선 아이들에게 가해진 무차별 구타 장면이 왜 그 아이에게 겹쳐지는지 모르겠다. 일찍부터 온몸으로 세상과 부딪치며 살아가는 아이들의 고초가 가슴 한쪽을 시리게 했다.

차디찬 밤공기를 가르며 유랑민의 막사에서 울려 퍼지던 아코디언 소리와 기묘한 피리의 선율. 그것은 내일이 불투명한 사람들의 절망의 고함 같기도 하고 때론 외마디 비명 같기도 했다.

구걸과 도둑질, 살인과 마약. 함부로 살아가는 그들의 몸짓과 파멸이 안타깝지만 조금은 이해될 듯도 싶었다.

아르바트 거리의 그 여자 아이는 내 눈앞에서 난데없이 어른 무용수가 되었다. 에스메랄다처럼 그녀는 고혹적으로 춤을 추기 시작했다. 프릴이 잔뜩 달린 빨간 원피스가 격정적으로 턴할 때는 마치 휘감아 오르는 하나의 불기둥처럼 보였다. 타오르고 있는 불꽃 그 자체였다. 짧은 생명의 불꽃, 그 찰나적인 연소를 보는 듯했다.

신들린 무녀처럼 무엇엔가 함몰된 듯한 그녀의 표정. 미간은 찡그린 채 온몸으로 비늘을 털어내듯 한 광기어린 그 춤은 더 이상 기쁨의 표현이 아니었다. 어떤 악마성을 흔들어 깨우는 주술적인 행위 같기도 하고 또 어찌 보면 망자를 위한 무녀(巫女)의 진혼제 같기도 했다.

'따라락 따라락.'

규칙적인 반복음에 나는 설핏 잠이 깨었다.

지축을 울리는 플라멩코 무희들의 강한 발박자 소리가 귀에 여운으로 남는다. 보다가 덮어 둔 에곤 실레(Egon Schiele)의 화집 때문이었을까.

오스트리아의 화가인 에곤 실레는 이상하게도 병든 여자아이를 즐겨 그렸다. 병든 여자 아이가 아르바트의 소녀를 불러들였나 보다. 가정이나 사회로부터 버림받고 질병으로 시들어 가는 상한 육체, 그런 영혼에 대해 실레의 관심은 남달랐다. 화집 속에서 앙상한 손가락으로 음부를 가리고 표정 없이 〈누워 있는 소녀〉나 비쩍 마른 〈앉아 있는 어린 소녀〉의 모습은 영락없이 아르바트 거리에서 본 그 여자 아이의 모습과 닮아 있었다.

그 아이의 운명은 장차 어떻게 될 것인가? 생각만으로도 불안해진다. 알코올 중독으로 천천히 망가져 가거나 질병이나 구타로 인해 황폐해진 인생을 살게 되는 것은 아닌지?

다시 화집을 펼쳐 들었다. 에곤 실레가 그린 소녀들을 찬찬히 들여다본다. 병든 소녀들은 집시들처럼 안주할 곳을 찾지 못한 채, 텅 빈 허공 속에서 부유(浮遊)하고 있다. 인생에 대한 별다른 저항도 없이 그저 멍한 눈으로 허공에 떠 있는 듯하다.

숱한 비바람을 견뎌 낸 강원도 어느 덕장의 황태처럼 뒤틀린, 그 애들의 사지에는 앙상한 뼈만 남아 있다. 눈으로 나목에 잎을 달듯 나는 염력을 담아 그 아이의 몸에 살을 찌우고 옷을 입혀 본다. 꿈속에서 본 대로 몸에 꼭 맞는 빨간 원피스도 입히고 아이가 좋아할 굽 높은 구두도 신겨 주고 흑단 같은 머리채엔 붉은 꽃도 달아 줘본다. 그랬더니 아이는 플라멩코 무희처럼 환하게 웃으면서 내 앞으로 턱턱 걸어 나오는 것이 아닌가. 그러자 나를 위한 춤인 듯 그 애는 천천히 스텝을 밟기 시작했다.

갑자기 무엇엔가 화가 난 듯 별안간 '탕'하고 발로 땅을 찬다. 강한 발박자 소리에 깜짝 놀랐다. 거기엔 이상한 힘이 실려 있었다. 순간 소름이 돋았다. 급한 리듬을 타고 춤사위가 격정으로 치달을 때는 그 아이가 카르멘인 것도 같고, 버들가지처럼 허리가 휘어질 때에는 관능의 야차와도 같은 유대 공주 살로메를 보는 것 같기도 했다. 선지자 요한을 한눈에 사랑하고 만 살로메 공주. 왜 이 장면에서 그녀가 떠오르는지 모르겠다. 그녀는 작심하고 의부 헤롯왕에게 아름다운 춤을 선사한 대신, 요한의 머리를 요구했다.

은방패 위에 담긴 요한의 머리에 입을 맞추며 이렇게 외치던 살로메 공주.

"…… 넌 죽어서 너의 머리가 내 것이 되었구나.
너의 입술 위엔 매운 맛이 있었구나. 그건 피맛이었다.
아! 그러나 아마 그건 사랑의 맛일 거야."

결국 비수와도 같이 차가운 달빛 아래 처형되고 마는 요염한 살로메의 환영이 떠올라 나는 얼른 책장을 덮고 말았다. 마치 내 손으로 그 아이의 안위를 지켜내려는 듯.

피맛, 아! 사랑의 맛. 죽음을 무릅쓴 집시 여자들의 불꽃같은 사랑, 그리고 서슴없는 산화(散華).

나는 거기까지 생각을 접고 싶었다. 그런데 요란한 프릴의 빨간 원피스를 입은 무희는 한 마리의 소를 몰 듯 이번에는 격정적인 플라멩코 리듬에 맞추어 파소 도블레로 춤을 바꾼다. 순간 내 눈앞에 흩뿌려지는 선혈같은 꽃잎들.

붉은 꽃잎은 마스게임을 할 때처럼 하나씩 일어나 여자 아이가 되었다. 그리하여 일제히 꽃처럼 피어난 여자 아이들은 손에 손을 잡고 즐겁게 원무(圓舞)를 추기 시작했다. 이 작은 정령들은 어느새 내 앞에서 하나의 시뻘건 불기둥으로 타오르는 것이었다. 그 화염 속으로 내 온몸이 빨려 들어가는 듯한 아찔함.

'따라락 따라락!'

내 몸 안에서도 이상하게 강한 발박자 소리가 울려나왔다. 그만 눈을 감았다. 그리고 미약에 취한 듯 몽롱한 기운으로 피리 소리에 맞추어 춤을 추던 그 황록색의 방울뱀처럼 흔들거리며 내 의식은 불꽃 속으로 나아가는 것이다.

어질어질하면서도 싫지 않은 이 기묘한 기분. 늦은 봄날 오후였다. 갑자기 그때 목 안에서 역한 피비린내가 확 끼쳐 왔다.

평설

이 작품의 제목은 맹난자라는 작가에게도 어울린다. 국문학 전공 후 불교 철학을 하고 『주역에게 길을 묻다』를 내며 주역을 가르치고 일찍이 수필문학진흥회의 주요직을 맡고 『에세이문학』도 키워 오며 많은 수필을 발표해 왔다. 불꽃처럼 정열을 태우며 수필도 때로 실험적이다. 「불꽃춤」도 일반적인 수필의 틀을 과감하게 깨 버린 작품이다. '의식의 흐름'을 수필의 기법에 적용한 것이라고 볼 수 있다.

수필은 산문이기 때문에 서사적 서술 형태로 하나의 사건을 전개시켜 나갈 수 있다. 그리고 그 이야기가 주제를 만들어 나간다. 이런 점에서 소설과 같으며 다만 허구가 아닐 뿐이다. 그런데 이 「불꽃춤」은 그런 사건 전개가 아니다. 사건 전개에는 필연성이 따라야 하지만 이 작품은 그런 표현 형식이 아니다. 여러 개의 장면들은 그런 필연성으로 연결되어 있지 않다.

일반적으로 수필은 논리적 서술에 가장 알맞은 산문이기도 하다. 소설은 형상화가 요구되지만 수필은 명확한 관념적인 용어만으로 논리적 문장의 매력을 이어나가며 멋진 산문예술이 될 수 있다. 그래서 이론가들이 쓰기 좋은 형태다.

그런데 「불꽃춤」은 그런 논리적 서술 형태가 아니다.

이 작품은 몇 개의 다른 장면들을 한 화폭에 담아 놓은 특수한 기법을 쓰고 있다.

먼저 지중해 어느 해안을 차로 달리다가 내려서 걸어들어 간 후 만난 방울뱀이 있다. 갈라진 혓바닥을 날름거리며 피리 소리에 맞춰서 춤추는 방울 뱀. 다음에는 모스크바의 어느 길가에서 자기 몸집보다 큰 아코디언을 연주하며 노래를 부르는 소녀가 있다. 초등학교 2~3학년쯤밖에 안 된 어린 소녀인데 어른처럼 치장하고 어른들의 노래를 부른다. 그녀의 뒤에는 그녀를 감시하는 두 사내가 있고 부슬비가 내리고 있다. 그들의 감시를 받으며 앵벌이를 하는 셈이다.

다음에는 춤추는 에스메랄다가 나온다. 빅토르 위고의 「노트르담의 콰시모도」에 나오는 집시의 소녀를 말하고 있는 것 같다. 다음에는 오스트리아 화가 에곤 실레의 그림 속의 소녀들이 나온다. 모두 병든 것 같은 소녀들이다. 그리고 또 있다. 세례 요한을 짝사랑하며 쟁반에 올려진 그의 목을 안고 입을 맞춘 살로메다. 의부였던 헤롯왕의 요청을 받고 춤을 춰 준 대가로 받은 요한의 목이다. 유대인들의 성서에는 간단한 이야기만 전해지지만 오스카 와일드가 탐미주의자로서 문학의 소재로 재구성한 이야기의 주인공이다.

다음에 또 등장하는 것은 플라멩코 춤을 추는 여인들이다. 소가 등장하고 핏방울이 튕긴다. 핏방울은 붉은 장미의 꽃잎들로 그려지고 있다.

굳이 사건 전개 형식으로 이들을 연결하면 작자는 에곤 실레의 그림들을 보다가 비몽사몽간에 그림 속 병든 소녀들로부터 이런 장면을 연상하게 되고 자신도 이 세계에 미약(媚藥)을 먹은 방울뱀처럼 취해서 흔들거리며 불꽃 속으로 걸어가는 것이다.

작자는 이처럼 다양한 장면들을 한 화폭에 담아서 무엇을 전하려는 것일까?

작자는 분명한 자기주장을 내세우지 않고 있지만 이것은 인류 문화의 한쪽 그늘에 숨겨져 있는 가해자들의 잔혹한 사디즘과 약자들의 마조히즘과 죽음의 저항에 대한 고발이다.

이 작품의 여러 장면들에는 공통점이 있다. 등장 인물들이 모두 여성이며 사회적 약자들이다. 그들은 남성들에 의한 희생자이며 사회적 모순에 의한 희생자들이다. 모스크바 거리의 소녀도 남성들에게 착취당하고 있는 앵벌이들이며 영화 〈집시의 시간〉에서는 그들이 얼마나 처참하게 학대받고 혹사당하고 있으며 술과 마약과 살인의 범죄 속에서 죽어 가는지를 말해 주고 있다.

집시 여인인 에스메랄다도 마찬가지다. 그녀는 노트르담 성당의 사제에 의해서 무서운 고문을 당하고 종교재판에서 마녀의 죄명으로 처형된다. 살로메는 공주가 되었지만 음탕한 헤롯왕은 자기 아내가 데리고 들어온 그녀에게 자기 앞에서 춤을 추게 한다. 관능적인 춤이다. 그리고 그녀를 죽이게 된다.

이 작품 속의 여인들은 모두 남성들에게 성적 쾌락을 주기 위한 도구가 되도록 강요된 후 파멸한다. 아코디언을 연주하며 노래하던 소녀는 어리기는 하지만 남자들을 즐겁게 하기 위한 복장과 얼굴 화장을 하고 그런 노래를 부른다.

이것은 참으로 잔인한 성적 범죄다. 성이 무엇인지도 모르는 어린 생명을 상대로 성적 쾌락을 추구하는 것이기 때문에 더욱 잔혹한 범죄다. 그리고 이것이 성적 쾌락을 위한 범죄라는 점에서 말해 주는 것은 성적 욕망의 잠재의식 속에 숨겨져 있는 사디즘이다. 상대를 짓밟고 파괴하는 악마적 본성이 그 속에 숨겨져 있음을 나타내고 있다.

여기서 마지막으로 보여 주고 있는 것이 불꽃춤이다. 작자는 이를 사디즘이 아닌 마조히즘의 죽음의 춤으로 보고 있다. 성적 쾌락의 도구로서 파괴되어 가는 여성이 마룻바닥을 치면서 시작되는 춤은 분노의 폭발이지만 그녀는 그것으로 상대를 이기는 저항을 시도하는 것이 아니다. 그것은 자신을 불태워 버리는 자살행위의 시작이다. 작자는 유럽 여행을 하면서 남들이 그렇듯이 관광객의 자리에 앉아서 그런 춤을 봤겠지만 거기서 정열의 춤이 주는 매력에 만족하고 있었던 것이 아니라 그들이 누구인가를 보고 있었던 것 같다. 그렇게 춤을 추고 때로는 마약에 취하면서 한껏 남자들의 성적 쾌락을 만족시켜 주는 대상으로서 스스로 섹스를 내주면서 자신을 불태워 사라지는 사람들. 그것은 무서운 자학 행위이며 이들은 사회적 약자들 중에서도 더욱 약자인 집시 여성들이다.

이렇게 이 작품의 여러 장면들은 남성들의 욕망을 위한 도구로서의 여인의 운명이면서 그 속에 숨겨져 있는 인간의 잔인한 파괴 본능을 보여 주는 것이다. 그리고 이 희생자들은 인류 사회의 모든 여성이 아니라 가장 힘없는 약자로서의 여성들이며 대개는 국가도 없는 민족이라는 점에서 사회적 비판의식이 강하며 특히 인권의식이 뚜렷해 보인다.

우리 인류 문화 특히 서구 문화 속에 나타나는 사회적 강자들의 잔혹한 사디즘과 함께 그 피해자들이 마침내 저항을 포기하고 스스로 자신을 내던지며 관능 속에서 불꽃으로 사라지는 마조히즘의 비극을 보여 주는 매우 심각한 고발 문학이다.

의식의 흐름 형태여서 자칫 낯설기도 하지만 굳이 모든 장면을 전연하게 연결시킬 필요가 없는 소재들을 보여 주고 있다. 그 장면들이 모두 모여서 귀납법적인 형태로 강력하게 하나의 주제를 형성하고 있기 때문이다.

전쟁과 가난과 그리움

어린 날의 초상

문혜영

눈을 감으면 아지랑이 아롱아롱한 언덕길을 타박타박 걸어오는 조그만 계집아이가 보입니다. 수줍음이 너무나 많았던 조그만 가랑머리 소녀…….

아득한 세월 저편에서 내게로 걸어오는 그 가랑머리 소녀는 언제나 말이 없습니다. 말이 없어도 나는 그 소녀의 말을 알아듣습니다. 누군가가 만약 소리 없는 말을 알아들을 수 있다면 그 둘은 이미 둘이 아니고 하나입니다. 우리들 서로는 끊임없이 둘이 되기도 하고 또 끊임없이 하나가 되기도 합니다. 소리 없는 말을 알아들을 때 하나였다가, 다시 또 막힌 가슴으로 둘로 갈라서는, 인간은 참으로 묘한 존재들입니다.

가랑머리 소녀, 때때로 내게 찾아와 가슴을 휘저어 놓고 가는 소녀, 세월이 아무리 흘러도 어린 소녀로만 있는 어린 시절 속의 나! 나는 지금, 지워지지 않는 영상으로 내 가슴속에서 살아 움직이는 그때의 나를 보고 있습니다.

우리 가족은 이북에서 살다가 1·4후퇴 때 월남하였습니다. 피난을 나오면서 아버지를 잃고 또 오빠마저 세상을 떠나게 되니, 남은 사람은 어머니와 올망졸망한 우리 네 자매뿐이었습니다.

사선을 넘으면서 목숨 하나 부지하기도 어려웠던 우리는 아무 것도 가진 것 없는 빈주먹으로 어느 도시에 정착하여 살게 되었습니다. 어머니가 그곳의 여자 상업고등학교에서 교편을 잡게 되셨기 때문입니다.

방 한 칸 마련할 수조차 없었던 우리의 처지를 생각했음인지 학교에서는 관사에서 살도록 해 주었습니다. 그러나 사실 말이 관사지 방이 둘, 부엌이 둘 있는 작은 일본식 집이었습니다. 그나마 방 하나는 숙직실로 사용했기 때문에 우리는 방 하나만을 차지하고 살았습니다.

나는 지금도 그 집이 눈에 선합니다. 방과후면 어머니가 가르치시는 학생들이 우리 집에 들끓었습니다. 짙은 감색 교복에 하얀 칼라를 단 언니들이 떼지어 오면 나는 혼자 마음속으로 예쁜 순서를 꼽아보곤 했습니다.

전쟁 뒤였기에 모두가 어렵고 가난했던 시절이었습니다. 수난을 함께 겪었던 그 당시 사람들의 마음은 지금보다 훨씬 순수하고 고왔던 것 같습니다. 그 당시에 우리 집에 들락거리던 어머니의 제자들은, 그 외롭고 고달팠던 시절의 은사님이셨던 어머니를 못 잊어 하며, 삼십여 년이 흐른 지금까지 스승의 날이나 어머니의 생신이면 찾아오곤 합니다.

나는 그 집에서 초등학교에 입학을 했습니다. 그리고 막내인 내 동생은 내가 3학년이 되던 해, 만 다섯 살도 안 된 나이로 내가 다니는 학교에 입학을 했습니다. 학교에 다닐 나이가 안 되었지만 어머니가 그렇게 하신 것입니다.

유복녀로 태어난 내 동생은 내가 학교에 가고 없으면 심심하고 외로워서 어머니가 가르치시는 교실마다 찾아다니며 어머니를 난처하게 했기 때문입니다. 동생은 어머니의 목소리가 흘러나오는 교실을 찾아내어 문을 빠끔히 열고는 "엄마, 나 심심해!", "엄마, 나 배고파!" 했습니다. 학생들은 동생이 귀여워 까르르 웃어댔지만, 어머니는 마음이 아프셨던 것입니다.

언젠가는 우리 앞집에 사는 마리아네 엄마가 아기를 낳자 마리아가 그 것을 자랑했습니다.

"우리 아기 참 예쁘다. 너넨 아기 없지?"

아기가 무슨 인형쯤 되는 줄 알았던지 동생은 교실 문을 열어젖히고

"나도 아기 하나 낳아 줘!"

하고 울어 버린 일도 있었습니다.

동생이 입학한 후, 첫 번째 맞이한 봄 소풍 때의 일입니다. 김밥, 사탕, 과자, 과일 등 어머니는 동생 몫과 내 몫을 한 보자기에 싸주셨습니다. 보자기가 하나뿐인데다가 동생이 너무 어리기 때문에 점심시간에 나보고 챙겨 먹이라면서 그렇게 싸 주신 것입니다. 나는 동생의 손을 잡고 학교를 향해 팔랑팔랑 걸었습니다. 날아갈 듯이 즐거운 마음이었습니다.

그런데 학교에 도착해 보니 1학년과 3학년이 각각 다른 곳으로 소풍을 간다는 것입니다. 3학년은 1학년보다 조금 더 먼 곳으로 간다고 했습니다. 예측하지 못했던 일이었습니다. 난감했습니다. 도시락을 둘로 가를 수도 없을뿐더러 어린 동생을 혼자 보내는 것도 마음이 놓이지 않았습니다. 어찌할 바를 모르고 발만 동동 구르다가 나는 결정을 했습니다. 저 어린 동생을 위해 오늘 하루 학부형이 되어야겠다고 말입니다. 담임선생님께 말씀드렸더니 쾌히 승낙하셨습니다.

나는 먼저 출발하는 우리 반 소풍 대열을 한참이나 바라보았습니다. 눈물이 나오려고 하는 것을 꾹 참고 동생네 소풍 대열을 따라 걷기 시작했

습니다. 신입생들이라서 그런지 학부형들이 꽤나 많이 따라왔습니다. 1학년 아이들과 비교해도 별로 크지 않은 조그만 내가 어머니들 사이에서 걷고 있으려니까 어머니들은 무척 궁금한 모양이었습니다.

"몇 학년이니? 너는 왜 소풍을 안 가고 여기 왔니?"

그렇게 물어볼 때마다 도시락 보따리가 왜 그리 부끄럽던지, 감출 수만 있다면 어디에든 감추어 버리고 싶었습니다. 그런 마음 때문이었는지 도시락 보따리가 자꾸만 무겁게 느껴졌습니다.

목적지에 도착한 후, 동생을 솔밭 그늘로 데려와 점심을 먹였습니다. 동생은 언니인 내가 저를 따라온 것에 대해선 아무 생각도 없는지 재잘거리며 맛있게 먹었습니다. 점심을 먹은 뒤, 선생님의 호루라기 소리에 따라 동생은 다시 제 동무들 곁으로 갔습니다. 혼자 앉아 도시락 보따리를 챙겨 싸는 내 눈에는 뿌연 안개가 서려 왔습니다. 참았던 눈물 한 방울이 볼을 타고 흘렀습니다. '아, 이러면 안 돼, 난 오늘 학부형인데, 눈물 따위를 보이다니!' 나는 누가 볼세라 손으로 얼른 눈물을 닦아 냈습니다.

아름드리 소나무에 기대어 서서 동생네 반 아이들이 뛰노는 것을 보고 있었습니다. 수건돌리기, 술래잡기, 보물찾기……. 즐겁게 웃는 동생의 모습이 아지랑이처럼 아롱거렸습니다. 솔밭 위 하늘엔 눈부시게 하얀 학들이 너울거리며 날아다녔습니다. 내 마음을 아는지 모르는지…….

참으로 길고 긴 하루였습니다. 아홉 살의 소녀가 감당하기엔 너무나 힘들었던 봄 소풍. 그런데 왜 가끔씩 그때가 그리워지는지 나도 모를 일입니다.

수필은 자기 고백적 글쓰기로서 가장 적절한 양식이며 누구나 그런 글은 한 편 쯤이라도 쓰고 싶은 욕망의 유혹을 받는다. 그런데 자기 고백적인 소재일수록 자신의 주관적 감정에 빠지기 쉽고 그만큼 자기 객관화가 어렵다. 객관화가 안 되면 자칫 값싼 감상주의적 산물이 된다.

이 작품은 그런 우려는 없다. 이 작품의 소재야 말로 엉엉 울음소리가 터져 나올 듯한 것이지만 작자는 적절히 감정 조절을 해나가며 서정적 분위기를 잘 살려 나가고 있다.

작품의 시대적 배경은 우리 민족이 가장 큰 고난을 겪던 6·25전쟁이다. 작자는 이때 원산에서 미군 배에 실려서 거제도로 간 피난민 중의 하나였던 것 같다. 그때 이화여전 출신의 어머니가 학교 선생이 되고 학교 관사에서 살던 시절의 이야기가 너무도 그리운 기억으로 남아 있다. 어린 동생이 학교로 찾아와 교실마다 기웃거리며 어머니를 찾아다니는 모습이 재미있다. 그런 동생을 집에 내버려둘 수 없어서 아직 다섯 살인데 입학시킨 어느 날 작자가 자기네 3학년 소풍은 빠지고 동생 소풍 따라가며 소녀 가장이 된 이야기도 재미있다.

이것은 모두 피난시절 실향민 어린이들의 눈물겨운 이야기들이다. 그런 이야기들은 감정적 폭발성을 지니는 것이지만 이를 가급적 절제해가며 아름다운 서정적 풍경으로 표현해 나가고 있다.

향수에 젖는 과거지향적인 작품은 많지만 이 작품은 우리의 가장 비통했던 역사의 한 단면을 보여 주고 있는 것이기에 소중하며, 시대적 배경은 무서운 전쟁과 가난이지만 세련된 문체로 옛날을 아름답게 그려 나가고 있어서 매력이 있다.

통곡의 미루나무

은옥진

서울시 서대문구 현저동 101번지. 나는 지금 허물어진 형무소 터에 서 있다. 아랫녘에서는 꽃 소식이 분분한데, 때 아닌 적설로 너른 마당 전체가 흰 눈으로 덮여 있다.

1908년 일본 식민지였을 때 경성감옥으로 문을 열어 조국의 광복을 맞기까지 수많은 의병과 독립운동가 등, 애국지사들이 투옥되었고 고문과 처형이 자행되던 곳이다.

1987년 서울구치소라는 이름으로 불리다가 경기도 의왕시로 이전되었어도 80년 동안 서대문감옥, 서대문형무소, 서울형무소, 서울교도소 등 여러 번 명칭이 바뀌었지만 감옥이라는 점에서는 변함이 없었다. 해방이 되고 난 뒤에는 독재 정권에 항거하던 민주화 운동가들이 이곳에서 옥고를 치르기도 했다.

그 이름의 변화만큼이나 지난 흔적들을 가늠할 수 없다. 안내 책자에 실린 사진을 한참이나 들여다보다가 역사관으로 들어섰다. 역사관에는 일제의 국권 침탈에 맞서 의병 항쟁을 벌이고, 식민 지배에 항거해 독립

436

운동을 했다는 이유만으로 죽음에 이르도록 각목과 채찍으로, 전기고문과 물고문을 하던 당시의 현장을 재현해 놓은 여러 종류의 고문실이 있다. 또 다른 칸에는 독립운동가 5,000여 명의 수형 기록표로 가득하다. 유관순 열사 김구 선생 등, 낯익은 얼굴도 보인다. 3·1운동으로 수감자들이 넘쳐나 감옥 안은 발 들여 놓을 틈도 없을 만큼 비좁았다.

좁은 문을 들어서니 수감자가 된 듯한 기분이다. 내 어찌 헤아릴 수 있을까 마는, 80여 년 전 독립운동가들이 이 좁은 문을 지나면서 어떤 마음으로 발걸음을 떼셨을까.

전신이 마비되는 고문 기구의 벽관이 있고 독방을 재현해서 관람객들이 직접 들어가 체험해 볼 수 있게 한 공간도 있다. 움직일 수 없을 만큼 비좁아서 2~3일이 지나면 저절로 온몸이 마비되는 고문기구이다.

때마침 그곳을 관람하던 고등학생쯤으로 보이는 한 학생이 겁도 없이 고문 기구 안으로 들어가더니 단 몇 초도 견디지 못하고 뛰쳐나온다. 온몸이 조여들어서 견딜 수가 없다고 친구들에게 이야기하고 있다.

다시 몇 걸음 지나니 '유관순굴'이 있다. 유관순 열사가 죽음을 맞은 사방 1m도 채 안 되는 독방이다. 그 굴 앞에서는 서 있기조차 가슴이 시린지 사람들은 눈길을 피하고 만다. 유관순 열사의 사진만이 덩그러니 걸려 있다.

아우내 장터에서 독립 만세를 부르다가 수감되어서도 아침저녁으로 만세를 불렀던 어린 소녀. 3·1운동 1주년인 1920년 투옥자들과 함께 옥중 시위를 벌이다가, 이곳 지하 독방으로 격리되었다. 손톱 발톱이 다 뽑혀 나가고, 천정에 거꾸로 매달아 코에 고춧가루 물을 붓고, 불에 달군 인두로 온몸을 지지는 잔혹한 고문을 당하다가 빛이 들지 않는 캄캄한 먹방에서 열여섯의 한참 나이에 순국하셨다. 여성애국자들은 의자에 묶인 채 손톱 끝을 나무꼬챙이로 쑤시는 고문으로 목숨을 잃거나 불구자가 되기도 했다.

무심히 지나칠 수 없는 현장, 발걸음마저도 조심스러워서 숨을 죽인다. 이름조차도 생소한 여러 가지의 고문 현장을 지나치며 나도 모르게 가슴이 죄어든다. 독립운동을 펼쳤던 역사와 5,000여 명의 독립운동가 수형기록표가 고스란히 남아 있는 곳이다. 유관순 열사와 김구 선생처럼 낯익은 얼굴도 보인다. 걸음을 세우고 다시 한 번 돌아본다. 환청인가. 그때의 신음소리가 들리는 듯하다.

어렵게 역사관을 빠져나왔다. 구름 낀 하늘을 올려다본다. 그 옛날 담장 망루의 모습과 옥사였던 건물 한 채가 눈에 들어온다. 울타리 높이 쌓아 올려진 붉은 벽돌 하나마다 애달픈 사연이 새겨져 있는 듯하다.

아픈 사연은 무심코 내디딘 발밑에도 있다. 옥사 빈터에는 보도블록 대신 땅바닥에 깨진 벽돌 조각들이 덮여 있다. 그냥 지나칠 수 없다. 수감 중에 있던 애국지사들을 강제 동원하여 구워낸 역사의 산물이기 때문이다.

벽돌 한쪽에는 일제강점시대에 '경성감옥'에서 제작된 것임을 입증하는 '京' 자가 새겨져 있다. 한 걸음 또 한 걸음 내디딜 때마다 숙연해진다. 애국지사들의 한이 서린 아픔을 나는 지금 딛고 서 있다. 나도 모르게 신고 있던 신발을 벗어들었다. 잠시 동안의 형식이지만 그래야 될 것만 같은 마음이었다.

벗은 신발을 다시 신었다. 사형장 시구문으로 향한다. 시구문 밖은 묘지였는데 이런 사실을 아는가 모르는가. 지금은 아파트가 빽빽이 들어 차 있다. 원래 시구문은 사형을 집행한 시신을 형무소 밖 공동묘지에 몰래 버리기 위해 뚫어 놓은 일제가 만든 비밀 통로였다. 자신들이 저지른 만행을 감추기 위해 폐쇄했던 것을 1992년 서대문독립공원으로 조성하면서 입구에서부터 40m를 복원해 놓았다.

길이라고도 할 수 없는 좁고 어두운 지하로. 그 옛날 마치 하수도관 같은 그 길을 따라 이 나라의 많은 애국지사들이 형무소 밖 공동묘지로 몰래 버려졌던 것이다. 65세의 나이로 조선총독부 사이토 마코토 총독에게 폭탄을 던져 체포된 강우규 의사도 이 좁은 길을 따라 버려졌을 것이라는 생각을 해본다. 그가 마지막 발걸음을 옮겼을 사형장으로 가 본다.

시구문 조금 못 미쳐서 사적 324호로 지정된 사형장이 있다. 일제가 지은 목조건물이다. 전국에서 사형선고 받은 애국지사들을 이곳에 이감하여 사형을 집행했던 곳이다. 어두컴컴하고 음침한 목조건물 내부에는 사형수가 앉는 의자며, 그때에 사용했던 굵은 동아줄이 그대로 내려져 있다. 사형을 집행할 때 배석했던 사람들이 앉은 긴 의자도 그대로 보존되어 있다. 으스스한 한기에 머리카락이 꼿꼿이 서는 듯했다.

사형장 입구에 서 있는 한 그루 미루나무와 눈이 마주쳤다. 진초록의 잎이 수없이 바뀌었을 터인데도 나무둥치는 거무스레하니 앙상하다. 이승을 못다 살고 간 이들의 한이 서려서일까. 아니면 맺힌 가슴 풀지 못하고 떠난 그들이 목이 메어, 나무가 그렇게 어설프게 생겼을까. 그 모두를 지켜보았을 나무는 어찌 견디어냈을까.

미루나무 아래 세워둔 안내문에는 이렇게 적혀 있다.

통곡의 미루나무
사형장 입구 삼거리에 하늘 높이 외롭게 자라고 있는 이 미루나무는
처형장으로 들어가는 사형수들이 나무를 붙들고 통곡했다는 곳으로
유명하다.
또한 사형장의 또 한 그루의 미루나무는 사형수들의 한이 서려 잘 자라지

않는다는 일화가 전해지고 있다.

건물 구조와 그 나무 위치로 보아 모든 사형수는 그 앞을 지나게 되어
있다. 일제 강점기 같으면 옥사에서 끌려나올 때 벌써 얼굴에 용수갓을
씌워서 남들이 알아볼 수 없게 했다. 수갑을 채우고 그것도 모자라서 뒷
짐결박에, 발목에는 족쇄까지 절그럭거리며 그 앞을 지나게 된다. 그뿐인
가. 두 사람의 장정이 사형수 양편에 서서 수갑까지 채워진 그의 두 팔을
끼고 걸었다고 한다. 그런 와중에 어떻게 발걸음을 멈추고 통곡이라도 마
음껏 할 수 있었겠는가.

끌려가면서 조금 있으면 세상을 하직한다는 것을 알아챘을 것인데, 사
형장으로 걸어가면서 어떤 몸짓을 했을까. 품었던 꿈 지우고, 풀지 못할
억울함을 안고 마지막을 향해 내딛는 걸음. 그 모든 것들을 미루나무는
지켜보았을 것이다.

선열들 같으면 국운이 기울어 침략자의 손에 잡히었으니 죽는 처지를
비탄했을 것이며, 해방 후 전쟁에 휘말려 억울하게 죽어간 이들도 있었을
것이다. 아까운 죽음도 있었을 것이고 잘못된 죽음인들 어찌 없었으랴.

미루나무는 그들의 마지막 외침을 들었을 것이며, 사라지는 마지막 뒷
모습도 보았을 것이다. 또 파렴치범일망정 그가 세상을 등지는 순간에 지
은 몸짓이나 탄식도 기억할 테지.

가던 걸음 못 박혀 머물러 서서 어머니를 부르며 통곡했다 하니, 마지
막 길에서 만난 나무는 그날 어머니의 가슴으로 함께 울었으리라. 무수한
발자국 못 박혀 서면 그때마다 어찌 다 감당했는지. 그 통곡소리 하늘에
올라 노을에 젖었을까. 맑디맑은 하늘의 흰 구름이 되었을까. 높직한 가
지에 걸려 우는 바람 소리도 발걸음을 쉽게는 재촉하지 못했으리라.

우리 곁에서 아직도 고난을 기억하는 저 나무. 역사의 발걸음만큼이나 험난함을 겪은 나무. 통곡의 미루나무 둥치에 손을 얹으니 처절한 몸 떨림이 전해져 온다. 투옥과 구타, 고문과 죽음에도 굴하지 않고 해방이 되는 1945년 8월 15일, 광복의 그날까지 단 하루도 독립운동을 멈추지 않았던 곳. 독립 만세 소리가 가장 크게 터져 나온 서대문형무소였으니 그때의 통곡이, 선열들의 함성이 들리는 것만 같다. 결코 감옥에 가둘 수 없었던 우리 민족의 외침, "대한 독립 만세!"

평설

　　　　　　　은옥진은 『수필공원』과 『수필과비평』으로 등단하여 『수필과비평』에 4년간 「나무」를 연재했었다. 4년간 30여 그루의 나무를 찾아다니며 그들의 이야기를 들은 것 중의 하나가 이 작품이다. 희소가치라는 것이 있다. 아무리 좋은 것도 너무 많으면 값이 떨어진다. 이 세상이 거의 황금으로만 가득 차면 작은 씨앗 하나라도 심어서 키울 수 있는 흙 한 줌이 황금 수천만 배보다 더 비싸질 것이다.

　　은옥진이 나무를 찾아다니며 써 나간 수필들은 그런 희소가치가 있다. 한국 수필 수십 편 또는 100여 편을 읽으며 심사를 하다 보면 너무 많은 사람들이 개인적인 삶의 울타리 안에 갇혀 있음을 알게 되는데 은옥진의 나무 얘기는 여기서 벗어나며, '나'가 '우리'로 바뀌고 시야가 넓어지기 때문이다. 나무를 통해서 나무가 보고 말하는 우리들의 과거사에 귀를 기울이면 그렇게 된다.

　　작자는 해미 순교성지의 나무를 찾아가서 고종 때 천여 명의 천주교도들이 참혹하게 죽은 옛 이야기들을 듣는다. 그 나무에 매달려 죽은 이들을 비롯해서 오랜 세월이 흘렀어도 그 나무들은 증인으로 남아 있기 때문이다. 그리고 제주도에 가서도 그렇게 많은 사람들이 죽던 장면을 목격하고 지금도 살아있는 나무들을 찾아 간다. 「통곡의 미루나무」는 이런 연작물의 하나다.

작자가 말하는 미루나무는 옛 서울형무소의 사형장 입구에 서 있는 나무다. 필자가 유신 정권 때 독방에 갇혀 있으면서 사형장으로 들어가는 사람들을 철창 밖으로 보고 있을 때 그곳 가까이 있던 미루나무인 것 같다.

작자는 이런 수필을 쓰기 위해서 현장답사를 하고 증인들을 만났다. 나무가 들려주는 증언이라고 했지만 작자가 말한 풍경들은 당시에 그곳에 갇혀 있었던 90대 노인을 찾아내고 물어가며 쓴 것이다.

이를 통해서 말한 주제는 일제에 저항했던 애국지사들의 고난과 그 강인한 민족정신이고 일제의 야만성이다. 작자는 이를 객관적 사실의 고증으로만 서술해 나간 것이 아니라 사형장으로 가던 그들의 내면 의식을 상상으로 그려 나가면서 분노와 아픔을 공감하게 만들고 있고 오늘의 현실 속에서 그 역사의 의미를 되새기게 하고 있다.

이런 수필은 역사적 사실에 대한 증언이 중요하기 때문에 문학적 상상력을 함부로 개입시킬 수 없는 대신 다른 문학 장르가 해낼 수 없는 장점이 있다. 같은 소재라도 소설은 어디까지나 픽션이 원칙이니까 사실 여부를 가릴 수 없지만 수필은 픽션이 아니기 때문에 그 기록은 사실의 증언으로서 가치와 권위를 지닌다.

이런 의미에서 「통곡의 미루나무」를 비롯한 이 작가의 「나무」 연작은 개인적 체험이 한계에만 갇히기 쉬운 다른 수필들과 달리 드물게 보는 작품 세계를 지닌다.

제6장

숙자완근헌군자훈연칠승환원택
한민종양원성애병례종희영대
조최김박최복김오이박정안김류

초록빛 은유

찔레나무

조한숙

내 마음속 저 깊은 곳에는 찔레나무가 한 그루 있다.

봄이 오면 연녹색 새순이 돋아나고 오월이 되면 하얀 꽃이 미풍에 나부끼는 찔레나무가 있다. 찔레꽃은 천등산 아래 시골집 뒤뜰에도 산자락 나지막한 곳에서도 무심히 피고 졌다.

꽃그늘 옆에는 태어난 지 한 달이 조금 넘은 첫 아기를 품에 안고 있는 젊은 어머니가 서 계신다. 젖먹이를 바라보고 있는 어머니는 행복해 보인다.

긴 봄날, 어머니는 찔레순을 꺾으며 시골길을 다니셨다. 찔레순의 설익은 듯하고 달콤한 풋맛을 입에 담고 길을 가노라면 길벗 없이도 호젓한 십 리 이십 리 시골길이 어느 결에 와 닿곤 했다. 비틀거리를 지나 이십 리가 넘는 송정 할머니 댁에 갈 때도, 평동 외갓집 마을에서 오 리가 되는 천등산 아래 우리 친가로 갈 때도 찔레나무는 이십대 젊은 어머니의 길벗이 되어 주곤 했다. 그래도 시골길이 지루할 때면 어머니는 씀바귀 노란 꽃을 꺾어 머리에 꽂기도 했다.

어머니가 첫 아기를 출산하고 몸조리를 하러 외갓집에 머물던 삼월, 외숙모도 만삭이 되어 오늘내일 출산을 기다리고 있었다. 외갓집에서 이레가 되던 날, 외숙모는 진통을 시작했다. 한 집에서 같은 달에 태어난 애기가 둘 있으면 삼신할머니가 노하신다며, 외할머니는 서둘러 어머니를 시댁으로 보내셨다. 외갓집의 솟을대문 닫히는 소리를 뒤로 하고 문 밖으로 나왔을 때 어머니 팔에는 어린것이 세상모르고 자고 있었다. 일주일만으로는 산후조리가 될 턱이 없고 걷기도 힘들 텐데 어머니는 팔에 안긴 어린것을 의지하며 오 리나 되는 길을 걸었다. 박달재 아래 시댁을 바라볼 때 그 길이 얼마나 멀고 아득했을까.

어둠이 깃들 무렵, 느닷없이 들어온 며느리를 보며 할아버지 할머니는 웬일이냐고 놀라서 아기를 받아 안으셨다. 친정 아랫목에서 편히 있을 줄 알았던 당신 며느리를 내보낸 사돈어른들에게 섭섭한 마음이 조금은 있으셨던 것 같다. 그도 그럴 것이 외숙모의 진통으로 경황이 없기는 했으나 어찌나 빨리 내보냈던지 강보에 싸인 아기를 집에 와서 풀어보니 팔 한쪽이 뒤로 젖혀져 있었다고 했다.

할아버지는 아기를 바라보며 "할아버지가 미안하다, 할아버지가 미안하다."며 몇 번이나 되뇌셨다. 그 이야기는 서울에 계신 아버지에게도 전해졌다. 첫 자식에 대한 부모의 관심과 사랑이 세상의 어느 부모 치고 극진하지 않은 이 있으랴.

그런 섭섭한 마음도 잠시, 어머니 곁에는 현실이라는 슬픔이 있었다. 산모는 하루에도 대여섯 번씩 미역국을 먹어야 애기에게 충분한 젖을 줄 수가 있었다. 긴긴 봄날 하루 종일 수유를 하고 나면 어머니는 어지러웠다. 할머니는 마음만 있었지 며느리에게 충분한 미역국을 끓여 줄 형편이 못 되었다.

그때부터 어머니의 친정행이 시작되었다.

어머니는 젖먹이를 생각해서 내키지 않은 발걸음을 떼어 날마다 외가 마을 평동을 다녀오셨다. 외갓집 건너편에 있는 영길네 집으로 가 있으면 외할머니는 밥상을 한상 차려 그 집으로 내오곤 하셨다. 남의 집 마루에서 밥상을 받고 이런 저런 설움에 눈물 흘리는 어머니에게 영길네 아주머니는 수저를 쥐어주고 위로를 잊지 않으셨다.

"새댁, 먼 훗날 지금 이야기하고 살 테니 너무 서러워 말고 어서 국 식기 전에 먹어, 어서 먹어." 하며 등을 두드려 주셨다.

어머니는 굶어도 견딜 수가 있었다. 그러나 젖 먹겠다고 보챌 자식을 생각하면 어디서 힘이 솟아나는지 눈물을 거두고 숟가락을 들었다. 그리고는 애기가 울까 봐 한 걸음에 집으로 돌아갔다.

외할머니도 첫 손자를 보는 경사가 있어 기쁘기도 했으나 딸의 산후조리를 제대로 못 해주고 보낸 것이 마음에 걸려 막내이모 편에 심부름을 자주 시키셨다. 어머니가 몸이라도 불편해서 외갓집으로 못 내려오는 날, 아홉 살배기 막내이모는 종다래끼에 미역국과 밥을 담아 언니네 집으로 날랐다. 이모는 애기 조카가 보고 싶어 시골길 오 리를 싫다 않고 심부름을 했다.

1940년대, 해방을 맞고 어수선하던 그 시절, 그때는 서울이고 시골이고 가난을 벗 삼아 살았다. 부농이건 빈농이건 보릿고개를 넘겨야 일 년이 잘 넘어 가는구나 안도의 한숨을 내쉬었고, 어머니도 첫 아기와 함께 그 고개를 넘어가셨다.

아버지는 그때 가난한 종갓집의 장손으로 서울에서 어렵게 유학을 마치고 식산은행에 다니실 때였다. 한 집안을 일구어야 한다는 일념으로 신혼의 아내를 집에 남겨 두고 홀로 서울에 올라가 계셨다. 훌쩍 떠나버린 남편을 생각하며 어머니는 시댁과 친정을 다니느라 박달재를 수도 없이 오르내리셨다.

몇 년 전 예술의전당에서 악극 〈울고 넘는 박달재〉를 공연했을 때, 악극을 보며 나는 관중석에서 소리 없이 울었다. 그 시절을 함께 한 할머니 할아버지들도 연신 손수건으로 눈물을 훔쳐냈다. '천둥산 박달재를 울고 넘는 우리 님아' 악극의 주제곡인 그 노래를 모두들 따라 부르며 한 많은 지나온 삶들을 노래로 푸는 듯했다.

악극의 주인공으로 열연하는 금봉이와 준호를 바라보며 나는 실제의 주인공들을 생각했다. 오십여 년 전, 서울로 간 남편을 그리워하며 첫딸을 안고 박달재를 수시로 넘나들던 나의 어머니야말로 그 시대의 주인공인 금봉이가 아니겠는가.

우리 육남매가 장성해서 어머니의 속뜻을 알아들을 만할 때, 어머니는 마음에 묻고 있던 옛 이야기를 가끔 하셨다. 맏이인 나에게 특히 자주 하셨는데, 어머니의 사랑에 감격하기는커녕 반복되는 그 소리가 듣기 싫어서 내 방으로 들어가 버리곤 했다. 지금은 잘 살고 있는데 또 그 얘기냐고 들으려 하지 않았다.

내가 시집 와서 서른 살에 첫 아기를 출산하던 날, 어머니는 제일 먼저 병원으로 뛰어오셨다. 딸의 진통이 안쓰러워 안절부절못하셨다.

그날 밤, 내가 아기를 품에 안고 엄마가 되었다는 감동에 울먹해할 때, 옆에 계신 어머니는 나를 바라보며 그렇게 아기가 예쁘냐고 물으셨다. 시어머니와 친정어머니의 정성스런 보살핌 속에 몸조리를 하면서, 나를 안고 계셨던 젊은 날의 어머니를 어렴풋이 떠올렸다.

여성의 일생 중에서 가장 힘들고 고통스러운 출산을 하고 위로 받아야 할 시기에 어머니는 몸조리 같은 것은 생각도 못하셨다. 어린것이 배곯을까 봐 오직 그 생각뿐이셨다. 병원에서 내내 나를 보살피느라 옆에 계시던 어머니가 집으로 돌아가신 후, 조용히 어머니를 생각했다. 어머니의 헌신적인 자식 사랑이 가슴으로 파도처럼 밀려 왔다. 젊은 날의 어머니가 느꼈던 슬픔과 서러움이 다가오면서 가슴이 메어 왔다. 나도 지금은 어머니가 아닌가.

평설

　　　　1990년에 『수필공원』으로 등단한 후 『에세이문학』 발행인이 되고 『초록빛 은유』 등의 수필집을 냈다. 「찔레나무」에서 초록빛은 다른 사물을 상징적인 이미지로 사용하며 본관념을 감추어서 비유하고 있기 때문에 은유법이다.

　여기서 초록빛은 우선 찔레꽃의 이미지가 된다. 이 꽃은 시골 처녀다운 수줍음 때문에 감히 붉은 연지는 찍어 바르지 못하고 하얀 박가분만 바른 얼굴이다. 시골에선 찔레꽃이 피면 은은하고 상큼한 향기가 온 마당을 채우고 가슴속을 채우지만 잎은 늘 초록이다.

　이 작품은 첫 문장에서 이런 찔레꽃을 그려 놓고 있다.

　　　내 마음속 저 깊은 곳에는 찔레나무가 한 그루 있다.
　　　봄이 오면 연녹색 새순이 돋아나고 오월이 되면 하얀 꽃이 미풍에 나부끼는 찔레나무가 있다. 찔레꽃은 천등산 아래 시골집 뒤뜰에도 산자락 나지막한 곳에서도 무심히 피고 졌다.
　　　꽃그늘 옆에는 태어난 지 한 달이 조금 넘은 첫 아기를 품에 안고 있는 젊은 어머니가 서 계신다. 젖먹이를 바라보고 있는 어머니는 행복해 보인다.

이 작품은 이렇게 미풍에 나부끼는 찔레나무로부터 시작된다. 미풍에 나부끼면 당연히 요상한 향기가 후각을 자극한다. 백화점마다 1층 입구를 화장품 코너로 만들고 고객들을 후각부터 즐겁게 하며 흥분시키는 것과 같은 수법이다. 문학은 많이 읽혀야 하고 백화점은 많이 팔아야 하기 때문에 고객 관리 차원에서 이것은 필수적인 기법이다.

논설문은 처음부터 관념적 용어로 독자로 하여금 머리를 굴려 가며 읽어야 하는 부담을 주지만 이 수필의 질레꽃처럼 시각과 후각을 만족시키는 감각적 표현은 전달력이 빠르기 때문에 좋은 성과를 거둔다.

이 수필은 앞머리에서 이런 빛깔과 향기의 시각적, 후각적 이미지를 설정하고 작자의 갓난아기 시절의 옛 전설을 전개해 나가고 있기 때문에 초록빛은 찔레꽃의 은유라고 할 수 있다.

그런데 이런 작품의 가치는 좀 더 설명이 필요할 것이다.

우리는 문학을 언어 예술이라 한다. 그리고 한국 문인은 한국어로 문학을 한다. 영어에 능통한 한국 작가도 많겠지만 한국인이 한국의 영토에서 한국어로 말하고 김치 깍두기에 된장, 고추장 먹고 사는 사람들 애기를 쓰는 이상 그 작품이 외국어로 쓰이면 그것은 삭막하게 개념만 남고 생명이 죽어 버린 언어가 되기 쉽다.

'엄마'는 결코 '어머니'나 '모친'이나 '자당'으로 대치될 수 없을 뿐만 아니라 더구나 mother나 mere나 일본어의 하하로 번역되면 반쯤 무용지물이 된다. '엄마야 누나야 강변 살자'가 'Mother and sister…'로 바뀌면 시가 아니다. 그 언어의 원형질이 파괴되기 때문이다.

"문학은 언어로써 상상을 통하여 아름답게 표현하는 예술이다."라는 기본적 정의에서 '아름답게 표현'이란 감동적으로 표현한다는 말이다. 그리고 감동적 표현을 위해서 지극히 효율적인 언어는 감성적인 언어다. 그리고 감성적인 것은 가급적이면 원형적인 것이라야 한다. '엄마'는 세상에 태어난 직후 가장 일찍부터 배우는 용어이고 가장 내면에 스미고 용해된 용어이기 때문에 순수하게 원형 그대로 유지되어 온 언어다. 이와 달리 외국어는 낯선 것이기 때문에 감성적 전달력이 지극히 미약하다.

이런 의미에서 문학은 원형이 손상되지 않은 순수 한국어일수록 전달력 호소력 설득력이 강하고 관념적 용어보다는 감성적 용어가 더 효과적이다.

「찔레나무」는 근대적인 외래 문명에 오염되지 않은 어린 시절의 시골 박달재가 무대로 되고 있기 때문에 관념적인 용어가 거의 없고 순수한 우리말의 원형성을 유지하며 깔끔한 문장을 만들어 나간 작품이다.

이 작품은 이런 언어의 원형성과 함께 소재들의 원형성으로 문학적 효과를 극대화시켜 나간 것이다.

길

최민자

길은 애초 바다에서 태어났다. 뭇 생명의 발원지가 바다이듯, 길도 오래 전 바다에서 올라왔다. 믿기지 않는가. 지금 당장 그대가 서 있는 길을 따라 끝까지 가 보라. 한 끝이 바다에 닿아 있을 것이다. 바다는 미분화된 원형질, 신화가 꿈틀대는 생명의 카오스다. 그 꿈틀거림 속에 길이 되지 못한 뱀들이 용이 되지 못한 이무기처럼 와자하게 우글대고 있다. 바다가 쉬지 않고 요동치는 것은 바람에 실려 오는 향기로운 흙내에 투명한 실뱀 같은 길의 유충들이 발버둥치고 있어서이다. 수천 겹 물의 허물을 벗고 뭍으로 기어오르고 싶어 근질거리는 살갗을 비비적거리고 있어서이다.

운이 좋으면 지금도 동해나 서해 어디쯤에서 길들이 부화하는 현장을 목도할 수 있다. 물과 흙, 소금으로 반죽된 거무죽죽한 개펄 어디, 아니면 눈부신 모래밭 한가운데서 길 한 마리가 날렵하게 튕겨 올라 가늘고 긴 꼬리로 그대를 후려치고는 송림 사이로 홀연히 사라질지 모른다. 갯벌이나 백사장에서 길의 흔적을 발견하지 못했다 해서 의심할 일도 아니다.

첨단의 진화생물체인 길이 생명체의 주요 생존전략인 위장술을 차용하지 않을 리 없다. 흔적 없이 해안을 빠져나가 언덕을 오르고 개울을 건너 이제 막 모퉁이를 돌아갔을지 모른다.

식물이 지구상에 등장한 것은 4억 5천만 년 전, 초창기 식물의 역사는 물로부터의 피나는 독립투쟁이었다. 모험심 강한 일군의 식물이 뭍으로 기어오르는 데에만 1억 년이 넘는 시간이 걸렸다. 이끼와 양치류 같은 초기 이민자들이 출현한 후 3억 년이 지날 때까지 지구는 초록 카펫 하나로 버티었다. 꽃과 곤충, 날짐승과 길짐승이 차례로 등장하고 그보다 훨씬 뒤인 사, 오만 년 전쯤, 드디어 인간이 출현했다. 길이 바다로부터 나온 것은 그 뒤의 일, 그러니까 진화의 꼭짓점에 군림하는 영장류가 번식하기 시작한 후의 일이다. 길이 지구상의 그 어떤 생명체보다 고차원의 생물군일 거라는 주장에 반박이 어려운 이유다. 유순하고 조용한 이 덩굴 동물은 인간의 발꿈치 밑에 숨어 기척 없이 세를 불리기 시작했다.

생물이라는 말이 거슬리는가? 그럴 수 있다. 생물이 뭔가. 에너지 대사와 번식능력이 있는, 생명현상을 가진 유기체를 일컫는다. 산허리를 감아 봉우리를 삼키고, 집과 사람을 무더기로 뱉어내는 길이야말로 살아 숨 쉬는 거대한 파충류다. 지표에 엎디어 배밀이를 하고 들판을 가르고 산을 넘는 길은 대가리를 쪼개고 꼬리를 가르며 복제와 변이, 생식과 소멸 같은 생로병사의 과정을 낱낱이 답습한다.

낭창거리는 아라리가락처럼 길은 내륙으로, 내륙으로 달린다. 바람을 데리고 재를 넘고, 달빛과 더불어 물을 건넌다. 사람이 없어도 빈들을 씽 씽 잘 건너는 길도 가끔 가끔 외로움을 탄다. 옆구리에 산을 끼고 발치 아래 강을 끼고 도란도란 속살거리다 속정이 들어버린 물을 데리고 대처까지 줄행랑을 치기도 한다. 경사진 곳에서는 여울물처럼 쏴아, 소리 지르듯 내달리다가 평지에서는 느긋이 숨을 고르는 여유도, 바위를 만나면 피해가고 마을을 만나면 돌아가는 지혜도 물에게서 배운 것이다. 물이란 첫사랑처럼 순하기만 한 것은 아니어서 나란히 누울 때는 다소곳해도 저를 버리고 도망치려하면 일쑤 앙탈을 부리곤 한다. 평시에는 나붓이 엎디어 기던 길이 뱃구레 밑에 숨겨둔 다리를 불쑥 치켜세우고 넉장거리로 퍼질러 누운 물을 과단성 있게 뛰어넘는 때도 이때다. 그런 때의 길은 아프리카 오지에 살고 있다는 전설의 괴물 모켈레므벰베나, 목이 긴 초식공룡 마멘키사우르스를 연상시킨다. 안개와 먹장구름, 풍우의 신을 불러와 길을 짓뭉개고 집어삼키거나, 토막 내어 숨통을 끊어 놓기도 하는 물의 처절한 복수극도 저를 버리고 가신 님에 대한 사무친 원한 때문이리라. 좋을 때는 좋아도 틀어지면 아니 만남과 못한 인연이 어디 길과 물뿐인가.

길들의 궁극적 목적지가 어디인가에 대해서는 아직도 확연하게 밝혀진 바가 없다. 사람의 몸에 혈 자리가 있듯 땅에도 경혈과 기혈이 있어 방방곡곡 요소요소에 모이고 흩어지는 거점이 있다는 말도 있고, 중원 어디쯤에 결집 장소가 있어 길이란 길이 모두 그곳을 향해 모여들고 있다는 소문도 있다. 길들이 모이고 흩어지는 사통팔달의 중심축에 마을이나 도시가 생겨나기도 하는데 산 넘고 물 건너 마침내 입성한 길들을 위해 예의 바른 인간들은 건장한 나무를 도열시키고 푹신한 덧옷을 입혀 주며 환대하기도 한다고 한다.

꿈과 욕망을 뒤섞고 본질과 수단을 왜곡시키는 도시. 도시에 오면 야성은 말살되고 감성은 거세된다. 살아 숨 쉬는 것들의 생기를 탈취하여 휘황한 빛을 풍겨내는 도시의 마성에 길들 또한 수난을 면치 못한다. 타고난 유연성을 잃고 각지고 억세어져 가로세로로 뒤얽히거나, 기괴하게 뒤틀린 채 비룡처럼 날아오르고 두더지처럼 땅 속을 파고들기도 한다. 대도시 인근에는 비대해질 대로 비대해진 길들이 혈전에 막히고 동맥경화에 걸려 온갖 종류의 딱정벌레들에게 밤낮없이 뜯어 먹히는 광경이 심심찮게 목격된다. 타락한 길들이 도시와 내통하면 똬리를 틀고 주저앉아 분수없이 새끼를 싸지르기도 하는데 젊고 모험심 있는 것들은 원심력을 이용해 도시를 빠져나가지만 병들고 고비늙은 것들은 옴짝달싹 못하고 영양실조에 걸려 변두리 어디쯤을 비실거리다 고단한 일생을 마감하기도 하는 모양이다.

무엇 때문에 길들은 이 도시에 와서 죽는 것일까. 무엇이 그들을 이곳으로 오게끔 유인하고 또 추동하는 것일까. 꿈의 형해처럼 널브러져있는 도시의 길들을 내려다보고 있자니 머릿속 길들마저 난마로 엉켜든다. 탄식 같기도 하고 그리움 같기도 한 길. 섬세한 잎맥 같고 고운 가르마 같던 옛길들은 다 어디로 가 버렸을까. 알 수 없는 무언가에 홀로 허위단심 여기까지 달려왔지만, 지쳐 쓰러지기 전까지 그들 또한 알 수 없었으리라. 결승점에 월계관이 기다리고 있는 것은 아니라는 것을. 길도 강도, 삶도 사랑도, 한갓 시간의 궤적일 뿐임을.

불뱀 한 마리 검은 강을 건너 구부러진 등뼈로 강변을 휘돈다. 일렁이는 빛의 꽃가루 사이로 기신기신 고개를 오르는 꽃뱀. 길이 헐떡인다. 퇴화된 근육이, 실핏줄이 쿨럭인다. 끊어졌다 이어졌다 위태롭게 깜박인다. 너무 빨리 내달리는 대신 꽃도 보고 별도 볼 걸, 오르막과 내리막을 더 천천히 즐길 걸, 키 작은 풀과 집 없는 달팽이에게 조금 더 친절을 베풀어 줄걸, 그런 후회를 하고 있을까.

달동네 가풀막에 길 한 마리 엎드려 운다. 승천하는 길을 위한 조등 하나, 하늘가 별자리로 나지막이 걸린다.

평설

재미있는 좋은 작품이다. 최민자의 수필에서 재미를 말한다면 「길」보다는 「하느님의 손도장」을 더 쳐 줄지 모른다. 배꼽의 거룩한 위상을 출생설화에서부터 오늘에 이르기까지 다각도로 검증해 나간 것이 매우 재미있다. 그렇지만 「길」은 수필 작법으로서의 특수성으로 돋보이는 재미가 따로 있다. 그리고 주제도 좋다.

기법의 특수성으로 읽는 재미는 은유법이며 활유법이다. 사람이 걷고 차가 달리는 길은 물론 구불구불 징그러운 뱀도 아니고 무서운 용도 아닌 도로 자체지만 한편으로 이것은 인간 문명을 총체적으로 대신하며 문제성을 시사하는 이미지이기도 하다. 그런 의미에서 활유법으로 말하고 은유법으로 생각하며 전하는 언어 미학의 재미가 있다.

또 하나는 그 주제가 말하는 재미다. 길을 잃은 도시 문명, 인간 문명의 횡포에 대한 비판정신이 재미있고, 그로 인한 약자들의 아픔에 대한 따뜻한 배려가 우리들의 상처를 위로해 주어서 재미있다. 물론 이런 재미는 운동 경기나 노래방의 재미와는 다르다.

로마제국의 전성기를 '모든 길은 로마로'라고 표현했듯이 길은 애초에 바다에서 태어나 상륙해서 마침내 도시에 이르지만 거기서 꿈의 형해처럼 널브러져 버린다고 작자는 말한다.

"꿈과 욕망을 뒤섞고 본질과 수단을 왜곡시키는 도시. 도시에 오면 야성은 말살되고 감성은 거세된다. 살아 숨 쉬는 것들의 생기를 탈취하여 휘황한 빛을 풍겨내는 도시의 마성에 길들 또한 수난을 면치 못한다. 타고난 유연성을 잃고 각지고 억세어져 가로세로로 뒤얽히거나, 기괴하게 뒤틀린 채 비룡처럼 날아오르고 두더지처럼 땅 속을 파고들기도 한다."

이것이 길의 마지막 모습이다. 바다에서 상륙할 때는 '유순하고 조용한 덩굴동물'이었는데 도시에 이르자 이 꼴이다.

이것은 아스팔트와 콘크리트와 철근으로 만들어진 도시의 길이지만 이것이 현대인이 사는 도시문명이라면 '그리움 같기도 한 길. 섬세한 잎맥 같고 고운 가르마 같던 옛길'이 지녔던 인간적 정서는 메마르고 비명만 남는다. "꽃도 보고 별도 보고, 오르막과 내리막을 더 천천히" 즐기며 "키 작은 풀과 집 없는 달팽이에게" 친절을 베풀 수도 있었던 인정은 만나기 힘들다.

작자는 우리의 현대 도시 문명을 생명체로서의 길의 이미지를 통해서 은유적 화법으로 말해 주고 있다. 그러니까 독자도 작자와 마찬가지로 은유법의 상상적 사고로 작품을 읽어야 한다. 수필은 직설법의 장점과 함께 은유에 의한 상상적 기법을 병행함으로써 가장 효율적으로 예술성을 얻을 수 있지만 이 작품은 전체가 은유다. 이런 기법이 최민자의 수필에만 있는 것은 아니지만 매우 드물고 우수한 것은 사실이다. 특히 힘차고 발랄하고 풍부한 어휘 구사와 뛰어난 상상력이 작품의 격을 높이고 있다. 여기에 주제로 "달동네 가풀막에 길 한 마리 엎드려 운다."는 마지막 마무리가 아름다운 서정성과 약자들에 대한 사랑을 담고 있어서 매우 감동적이다.

좁은 공간에서 살아남기

김종완

내 집은 서울 종로의 14평 아파트다. 원룸으로 된 이렇게 작은 평수는 오피스텔인 줄 알았는데, 이건 아파트라 했다. 내가 보기엔 도시가스가 들어온다는 것 말고는 아무런 차이가 없다. 집은 맨 꼭대기라 복층이다. 복층이라지만 두어 평 정도 크기의 다락방 하나가 위에 붙어 있는 꼴인데, 다락방은 문도 없고 허리를 펼 수도 없는 공간이다. 아래는 사무실로, 다락은 잠자리로 이용했다.

명색이 잡지사고 출판사이므로 편집하는 직원이 필요했다. 직원을 채용했으나 이런 환경에서 오래 견디지를 못해 겨우 책 한 권 내고나면 그만두었다. 그러길 몇 번, 그때마다 잡지는 체제가 흔들렸다. 그렇다고 모든 걸 외주를 줄 수도 없는 노릇이었다. 결국 지방에서 대학 다니는 막내를 불러 올렸다. 아이가 올라오자 위층의 잠자리를 그 놈에게 양보하고 나는 아래로 내려왔다. 사실 막내가 딸아이여서 두 칸짜리 전세방이라도 얻어 살아야했지만 서울의 주거비는 촌놈의 상상을 초월해서 엄두도 내지 못했다. 사생활의 공간이 없는 아이에게 너무나 미안했고, 일이 다 끝난 다음 방을 가득 차지한 타원형 탁자를 한 쪽 벽으로 밀치고 의자들을 치우고 바닥에 잠자리를 까는 내 모습이 초라했다. 그러나 어쩔 것인가. 최소한의 경비로 버텨내야 했다.

우리는 처음엔 그럭저럭 잘 지냈다. 아이는 내가 잠이 들어 이불이라도 차내면 덮어주었고, 난 그놈을 키울 땐 되어 보지 못한 자상한 아빠가 되는 듯도 했다. 그러나 얼마 있지 않아 불편해지기 시작했다. 그놈은 여자고 나는 남자다. 나도 심한 야행성이지만 그놈은 더했다. 컴퓨터를 가지고 놀면서 밤을 꼬박 새웠다. 아래로 내려왔다가 위로 올라갔다가, 냉장고를 열었다가 닫았다가, 그러다 새벽 두세 시엔 부엌으로 내려와 딸그락거리며 식사를 하고, 다시 올라갔다가 또 내려오고 똑 같은 일을 반복했다. 난 주로 밤에 일을 하는 체질인데다 내 일이라는 게 집중을 요하는 것들뿐이다. 아이의 자판 두드리는 소리까지 귀에 거슬렸다. 아니 어쩔 땐 아이의 숨소리마저도 거슬렸다. 이건 동물의 영역싸움 말고는 달리 표현할 길이 없다. 밤새 영역싸움을 하다가 새벽에 내가 잠이 들면 아이는 늦은 아침까지 지켰다가 그때부터 잠을 자기 시작했다. 낮에 손님들이 와도 녀석은 잠을 자고 있는 경우가 허다했고, 그럴 때마다 난, 아이가 밤샘을 했어요, 변명을 하면서 얼굴을 붉혔다. 괜히 아이를 불러들여 바보로 만들고 있다는 자책감이 나를 죄었다.

그럴수록 이 좁은 공간에 대해서 화가 났고 답답해 견딜 수가 없었다. 어느 날 집에 있던 화분을 꽃가게를 하는 회원에게 부탁해서 전부 치워버렸다. 화분이 몇 개나 된다고, 그것들이 자릴 차지하면 얼마나 차지한다고, 그만큼도 공간을 내어 줄 만한 여유가 나에겐 없었던 것이다. 뿐만 아니라 난 그 푸른 생명들을 보살필 마음의 여유마저 잃어갔던 것이다. 더는 참을 수 없을 때, 딸아이와 나는 너무나 사소한 일들로 부닥치기 시작했다. 어느 날인가 큰 소리가 나고 아이가 시골로 내려가 버렸다. 무엇 때문에 그런 충돌이 있었는지 기억이 나지 않는 걸 보면 하찮은 의견 차이였거나 둘 중 하나가 조금 무례했을 게 틀림없다. 아이는 내려간 다음날 사과의 전화를 했고 난 또 그앨 불러올렸다. 난 못난 애비라는, 아이는 불효했다는 자책감으로 한동안 서로 조심하다가 다시 부닥치고, 또 아이는 내려갔다 돌아오고, 그러길 반복하며 지냈다.

좁은 공간에서 서로의 시선이란 마치 총구를 겨누는 것만큼이나 부담스러운 거였다. 과장이라고? 결코 그렇지 않다. 좁은 공간이라도 서로 분리만 된다면 부닥침이 덜할 것 같았다. 발코니를 유리로 막아 창고로 쓰던 곳을 치우고, 유리로 된 지붕과 벽을 두꺼운 스티로폼으로 싸고 바닥에는 전기보일러를 깔았다. 그리고 나는 그곳으로 거처를 옮겼다. 경계엔 책장을 들여 시선을 완전히 차단했다. 이제 아랫방을 비무장지대로 비어놓고 아이는 위층에 나는 발코니방에 서로의 몸을 숨겼다. 나의 독서의 30%는 화장실에서 이루어졌는데 그것은 숨길 데 없는 몸뚱이의 눈물 나는 자구책이었던가. 방을 옮기고 나서 우선 눈에 띄게 나의 화장실 점유 시간이 줄었다. 우리는 비로소 쉴 수 있는 보금자리를 마련한 것이다. 그렇다고 이후 우리 부녀 사이에 평화만 있는 것은 아니었다. 전쟁의 강도와 횟수가 줄었을 뿐이다.

화분을 모두 다 정리한 뒤에도 화분이 간간이 들어왔다. 그러면 며칠 두고 보다가 누구에게 주어버렸다. 살아있는 것들을 좁은 공간에서 고생시키지 않겠다는 나름의 배려였다. 봄 세미나 때 제법 큰 화분이 하나 들어왔다. 그런데 이번에는 아무도 가져가지 않는 거였다. 할 수 없이 아랫방 현관 쪽 붙박이 옷장 앞에 두었다. 화분 가운데 앞쪽에는 두 촉의 양란, 뒤쪽으론 심비디움 그리고 양 옆으론 테이블야자와 산호수가 심어져 있고 바닥엔 이끼를 깔아 놓았다. 가운데 뻗어 오른 두 줄기의 꽃대에는 화려한 꽃이 만발해 있었으나 일주일 정도 지나자 시들어 버렸다. 이번엔 심비디움의 잎새가 하나 둘 지기 시작하더니 둥치만 지저분하게 남았다. 봄과 여름을 지냈다. 딴에는 정성을 들인다고 들이며 돌보고 있다. 꽃에 대해서 잘 안다는 분께 동의를 구하듯 물었다.

"전문가가 잘 키우면 내년에 난에서 꽃을 피우지 않겠어요?"

그가 미소 지으며 말했다.

"그 난은 이미 죽었을 거예요. 화분이 겉으론 그럴듯하지만 안은 스티로폼으로 채워져 있어서 살기 어려워요."

그가 가고 난 후 가위를 들고 화분으로 갔다. 앙상하게 서 있는 양란의 줄기를 보며 말했다.

"이미 죽어 버렸니? 겨우 꽃만 피우고 바로 죽으면 어떻게 해. 새끼만을 위한 삶이 아닌, 네 몫의 삶도 있어야 되는 것 아냐?"

가위를 밑동 깊숙이 넣어 잘랐다. 마치 죽은 자를 염하듯 경건하게. 그런 다음 벌레라도 나올 것 같은 심비디움의 둥치들을 대강 다듬었다. 더는 가위질이 불가능한 딱딱한 부분만이 뾰족뾰족 남겨졌다. 화분은 가운데는 텅 빈 채 양 옆에만 푸른 기운이 팔팔했다.

가을에 접어들자 아이는 시골에서 아르바이트를 한다고 아예 내려가 버렸다. 아이가 내려가 버리자 난 해방감에 들뜨기까지 했다. 그렇게 좁아 보이던 공간이 갑자기 넓어 보이지를 않나, 그렇게 어수선하기만 하던 실내가 아늑하게만 느껴지질 않나, 심지어는 너무나 적요하여 참선 삼매에라도 들 것 같았다. '이놈을 진즉 보내 버릴 걸 그랬어.'

늦가을 어느 석양 무렵 난 의자에 앉아 탁자 너머에 있는 화분을 바라보고 있었다. 보자기만큼 비쳐 든 햇살이 하필이면 화분만을 온전히 비추고 있었다. 화분의 양 옆으론 테이블야자의 푸른 넝쿨들이 성지의 입구를 장식하듯 서 있고, 그 뒤로 산호수의 숲이 우거져 있는데 바로 눈앞에 펼쳐 있는 듯 가깝고, 가운데 바닥에는 이끼들이 잔디처럼 쫙 펼쳐져 있는데 마치 먼 지평선을 바라보듯 이상하게도 아득하게 보였다. 그 시야의 끝머리쯤 회색으로 탈색된 심비디움의 남겨진 둥치들이 마치 무등산 서석대의 거대한 주상절리대가 상서로운 기운을 내뿜으며 서 있듯 그렇게 빛나고 있는 것이 아닌가. 절이라도 올리고픈 장엄한 모습이었다. 나는 솟구치려는 샤만의 기운을 누르기 위해 억지로 피식 웃으며 다짐하듯 소리 내서 말했다.

"이런 시선의 불균형이 어디 있담. 원근법이 완전히 무너진 것이 아닌가!"

이후에도 시선의 착각은 계속되었다. 어느 날 오후, 난 화분 속의 서석대를 보며 갑자기 쓸쓸해졌다. '난 아직 서석대를 오르지 못했어. 그런데 몸이 이래 가지고 더는 산을 탈 수 없을지도 몰라. 과연 살아서 오를 수나 있을까?' 그때 갑자기 서석대가 스톤헨지로 변하는 것이었다. 난 하짓날 스톤헨지를 찾은 수많은 관광객들 중의 한 명이 되어 우리네 탑돌이 하듯 스톤헨지를 돌고 돌았다. 그러다 문득 고개를 돌렸을 때, 발코니 방의 창가엔 어수선하게 널브러진 박스 위로 공룡 한 마리가 불쑥 내 시야에 뛰어 들어 왔다. 놈은 몸을 비틀면서 고독에 몸부림치듯, 혼란 중에 잃어버린 새끼를 찾듯, 분노와 애절함이 묻어나는 몸짓을 하고 있었다. 물론 난 놀라지 않았다. 그 공룡과 나의 거리란 너무나 멀었기 때문이다. 아니다. 나는 그 공간에 애당초 없었다. 영화관객이 화면 밖에서 화면을 보듯 나는 구경꾼에 불과했다. 다시 고개를 돌렸다. 놈은 언제 달려왔는지 바로 스톤헨지 앞의 넓고 넓은 잔디밭 위를 달리고 있었다. 나는 이 모든 것을 아득한 눈으로 쳐다보고 있었다. 그렇게 얼마나 지났을까. 나는 벌떡 일어나 창가로 걸어갔다. 궁금해서 더는 참을 수 없었던 것이다. 과연 저 공룡은 뭐란 말인가? 그것은 딸아이가 두고 간 헝겊 필통이었다. 왜 이리 쓸데기 없는 것들이 자꾸 보이는 거야? 아무도 답하지 않았다.

그러나 난 알고 있다. 이제 내가 마음의 화평을 얻었다는 것. 아이는 시골로 내려간 지 몇 주째고, 이제 아이가 보고 싶어졌다는 것이다.

평설

　　　　수필 전문지 『에세이스트』 발행인으로서 초기에는 서울의 종로구 비원 가까이에서 사무실 운영에 어려움이 많았던 것 같다. 이 작품의 소재가 그것이다. 많은 수필가들이 가족을 자기 작품 무대에 등장시킨다. 무대에 올려놓았으니 관객이 볼 것이며 관객이 봐줘야만 만족하는 것이 문학이다. 그런 의미에서 수필은 개인적 정보를 자발적으로 노출시키며 이를 즐기는 문학이다.

그런데 작품은 읽는 재미도 필수 조건이지만 김종완의 이 작품은 읽으면서 재미를 느껴도 좋을까 하는 망설임을 갖게 한다. 작자가 어려움을 겪는 장면에서 재미를 느낀다는 것은 너무 매정하기 때문이다.

작품 속에서 사람 사는 이야기가 재미있으려면 갈등 구조가 있어야 한다. 사건을 전개시켜 나가는 소설이 재미있는 것은 갈등구조 때문이다.

이 수필도 우선 갈등구조 때문에 재미있다.

작품 제목 그대로 이 수필은 '좁은 공간에서 살아남기'다.

이 공간의 성격 자체가 갈등구조다. 아빠와 딸이 밥 먹고 잠자고 화장실 왕래하며 사는 가정집이면서도 사무실이다. 좁은 공간에서 두 가지 기능을 함께 발휘해야 하기 때문에 갈등이 생긴다.

또 딸과 작자와의 관계도 그렇다. 이들은 부녀간이지만 동거가 시작된 동기는 딸을 무임 사무직원으로 불러 들였기 때문이다. 다른 사람들을 쓰기도 했었지만 책 한 권 낸 다음에는 떠나 버렸다고 한다. 이 회사의 내막을 필자는 모르지만 채용된 직원이 오래 버티고 못 버티는 것은 사장님이 주는 돈봉투의 부피에 달려 있을 것이다.

그러므로 대학생인 딸을 불러들인 것은 봉투를 주지 않기 위한 묘책이었을 듯싶다. 그러니까 사무실이면서 가정집인 이곳에서 사무직원이며 가족인 딸이 한 공간에서 만난 복합구조이며 이 공간이 작은 오피스텔 규모라면 갈등은 필연적이다. 여느 가정집에서도 화장실을 다 같이 쓰는 이상 아침 등교 시간이나 출근 시간에는 갈등이 생기는데 김종완의 이 공간은 더 말할 필요가 없다. 그래서 전개되는 양상이 구경군의 입장에서는 모두 재미있다.

그러다가 마침내 딸이 고향으로 내려감으로써 갈등구조가 풀리는 것으로 결말이 나고 있다.

그런데 갈등은 풀렸지만 그것이 근원적인 갈등의 해결은 아니다. 작자는 잠시 해방감을 느끼고 즐거운 환상에도 젖게 되지만 떠나 버린 딸이 다시 그리워진다.

그리워진다는 것은 그동안의 갈등이 남북한의 갈등구조처럼 풀어야만 될 갈등은 아니라는 점이다. 사람 사는 곳에는 어디나 갈등이 있다. 우리는 그렇게 비비적거릴 때 비로소 따뜻한 온기가 발생하며 애도 낳고 함께 일하며 정 붙이고 살아가게 된다. 혼자 떨어져 나가는 것은 해방이 아니라 그냥 내버려지는 것을 의미한다. 그런 의미에서 작자가 말하는 그동안의 갈등은 풀어야 할 어떤 구조가 아니라 오히려 풀지 말고 있어야만 할 우리들의 삶의 형태임을 암시하고 있다.

다만 이들의 공간이 십 년 넘게 많은 수필가들을 키워 내고 그들이 활동해 온 무대라면 이런 설명은 좀 무리함을 부인할 수 없다.

이 공간은 김종완 부녀만의 공간은 아니다. 많은 수필가들의 공동의 생활 공간이다. 수필가로 사는 이상 여기서 활동하는 많은 수필가 모두가 숨 쉬고 사는 공동의 주택이다.

김종완은 언젠가 필자에게 진보랏빛 서양란의 큰 화분을 보낸 일이 있다. 꽃은 졌지만 보내 준 분의 마음이 고마워서 다른 화초를 옮겨 심고 아끼고 있는데 자기 집이 가난해서 내게 입양해 온 자식 같아서 마음이 쓰인다.

자고 가래이

박양근

그날은 당일로 돌아올 기차표를 끊지 않았다. 큰집에 갈 때면 늘 당일 치기로 돌아오곤 했고 제삿날에는 늦은 밤차를 타고 내려왔다. 다음 날 출근이 조금은 부담스러웠지만 특별한 일이 늘 생기는 것은 아니었다. 그러나 이번에는 자고 와야겠다고 내심 작정했다.

부산으로 내려온 지 어언 서른 해가 가까워진다. 그동안 가족 사정도 많이 바뀌었다. 형제들은 하나 둘 분가를 하였고, 무엇보다 집안 대주가 수를 다하면서 집안이 휑해져버렸다. 당연히 어머니 혼자 집을 지키게 되었다. 아직 바깥나들이를 할 정도인 어머니는 자식들에게 의탁하지 않아 마음 편하다고 말씀하신다. 그러면서 도처에서 찾아온 피붙이들이 왁작거리는 명절을 기다리시는 눈치를 숨기지 못한다.

어릴 때의 일이다. 당시 여름철에는 모기가 유달리 극성스러웠다. 에프킬라나 모기향이 없어 모기장만이 유일한 방충장비였다. 가장자리로 밀려나는 경우에는 모기떼의 희생양이 되기 일쑤였던 만큼 형제들은 가능한 모기장 가까이 누우려 하지 않았다. 어쩌다가 모기 한두 마리가 찢어진 틈을 뚫고 들어와 종횡으로 누비면서 포식을 할 때면 여름 하늘을 지나가는 쌕쌕이 소리만큼이나 날카로웠다.

그러다 보면 잠이 들어 버린다. 어디선가 선선한 바람이 밀려와 눈을 떠보면 어머니가 부채를 들고 모기장 밖에서 모기를 쫓고 있었다. 한밤중 대청마루에 앉아 부채질하는 어머니의 뒤로 은하수가 길게 흐르고 앞마당의 감나무는 미동도 하지 않았다. 어떤 때는 뿌연 새벽이 되도록 부채질로 모기를 제 편으로 부르고 계셨다. 어깨가 턱 벌어진 자식이 되어도 어머니의 눈에는 모기에게 무방비로 공격받는 아이로 보이는가 보다. 그 여름밤 풍경은 내가 대학교에 들어가서도 이어졌다.

며칠 전 할머니 제삿날이었다. 제수준비가 어떤지 전화를 드렸다. 겸사하여 모임이 생겨 시간에 맞춰 올라가겠다고 하니 조심스럽게 덧붙이신다.

"자고 가래이."

순간 가슴에 휜 바람이 불었다. 일전에도 자고 내려가라는 말씀을 서너 차례 하셨지만 청개구리마냥 훌훌 내려왔다. 다음 날의 회의는 이른 아침 열차를 타면 될 터이지만 회의와 바쁘다는 핑계를 대며 내려오곤 했다.

몇 년 전까지 그런 말을 하지 않으셨다. 자식이 바쁜 나이 줄에 접어들었다는 사실을 뻔히 아는 터라, 제사가 끝나면 정성스럽게 음식을 싸서 손에 쥐어줄 뿐이었다. 그 어머니가 이제 투정하듯 자고 가란다.

3년 사이에 어머니는 퇴행성관절염으로 양쪽 무릎을 두 차례에 걸쳐 수술을 받았다. 적잖은 자식들을 업고 안아 키우느라 양쪽 무릎이 활처럼 휘어져 제대로 걸을 수 없게 되었다. 싫다는 어머니를 간신히 설득하여 교정해 드렸더니 무척 기뻐하면서 나들이를 여간 조심하는 게 아니다. 아파트 경로당을 오가며 소일하는 시간을 빼면 거의 집 안에서 보내는 셈이다. 그 적적함을 누군들 쉽게 이겨낼까 싶다.

아예 왕복 열차표를 예매했다. 돌아오는 시간은 다음 날 아침 시간으로 했다. 마음이 느긋해졌다. 이제 얼마가 남아 있을지도 모를 여생을 손꼽아보면 마주할 수 있는 시간이나 횟수가 너무나 짧고 적다. 지난주까지만 해도 당일에 돌아오려고 하였는데 내 맘이 왜 바뀌었는지 뚜렷한 이유가 생각나지 않는다.

그 며칠 전에 직장 동료가 사고로 세상을 떴다. 장남인 그 친구의 나이는 마흔 여덟이었다. 사회인으로서 한창 나이였다. 장지까지 따라온 여든 셋 연세의 모친은 붉은 묘지를 빙빙 돌며 몸을 가누지 못한 채 호곡을 하였다. "아까바라"라는 피맺힌 곡소리는 이내 쉬어버렸고 무심한 까치도 덩달아 울어댔다. 그날 가장 서러운 사람은 그의 어머니였다.

제사가 끝나고 멀리 사는 형제들이 뿔뿔이 돌아갔다. 회사에 근무하면 출퇴근 시간에 매이지만 대학교에 근무하면 조금 여유를 부려도 된다는 이점이 있다. 이런 여유를 가진 사람은 집안에서 나밖에 없다. 그런데도 지금까지 그 여유가 왜 주어졌는가를 깨닫지 못했다. 낯을 붉힐 수밖에 없는 일이다.

어머니가 종종걸음을 치며 이부자리를 깔았다. 늙어가는 자식을 위해 이부자리를 펴는 더 늙은 어머니, 몸이 배길세라 초여름인데도 두꺼운 요를 깔고 준비해 둔 새 이불을 폈다. 무엇보다 어머니 품을 떠난 후로 30여 년이 지났건만 내가 좋아하는 베개의 크기를 아직 잊지 않으셨다. 나는 아이처럼 몸을 이불 속으로 넣었다.

가만히 어머니의 표정을 살핀다. 흐뭇한 미소가 주름살 사이로 퍼져간다. 두 자식을 먼저 저승으로 보내고 나머지 자식들은 남의 집에 보낸 홀 어머니의 속마음이 가을바람처럼 소슬하게 다가온다. 이제 더 거두어드릴 것도, 손에 쥘 것도 없는 여든을 훌쩍 넘긴 나이. 그 어머니가 반백 머리의 자식을 위해 이불을 펴는 것이다. 하룻밤 동안 자식을 집 안에 품는 기쁨이나 영원히 자식을 가슴에 묻는 아픔의 극점은 어머니라는 존재에서만 가능할 것인데, 남은 행복이란 이런 것일까. 사랑과 정을 고스란히 베풀고도 오히려 모자라 미안해하는 어머니의 시선이 봄꽃보다 곱다.

따뜻한 감촉에 살며시 눈을 떴다. 일찍 기차를 타는 자식을 위해 더운 아침밥을 하러 부엌으로 들어가면서 가만히 내 발을 쓰다듬는 어머니의 손길이다. 나도 한쪽 발을 교통사고로 심하게 다쳤던 적이 있다. 그러고 보니 우리 집에서 무릎 수술을 받은 사람은 어머니와 나뿐이다.

다음 집안 대소사가 다가올 때도 "자고 가래이"라고 말씀하실 게다. 그 말을 이제는 더 이상 들을 수 없지만 한여름의 부채질 소리는 갈수록 선해진다.

평설

작자는 영문학을 전공하고 대학 강단에 서 있지만 수필에 대한 학문적 연구와 비평으로 한국 수필 문학 발전에 큰 의욕을 보이고 있다. 수필도 소설과 마찬가지로 사랑의 이야기가 많다. 그런데 그 이야기를 다 같이 러브스토리라고 말하지는 않는다. 소설의 사랑은 흔히 남녀 간의 사랑이고 수필의 사랑은 어머니의 사랑이나 우정이나 다른 사물에 대한 사랑이기 때문이다.

수필에서 남녀 간의 러브 스토리가 지극히 적은 이유는 수필의 타고난 운명 때문이다. 소설이 전하는 사랑의 이야기에서 작자는 어디까지나 그것을 만든 사람에 지나지 않지만 수필에서 그것은 제3자의 입장이 되지 않는 이상 그 주인공은 자신이기 때문이다. 그리고 자신의 러브 스토리는 대개 감추고 싶은 비밀의 세계이기 때문에 수필가는 남들이 아무리 궁금해 해도 써 주지 않는다. 피천득의 「인연」처럼 평생 세 번밖에 못 만난 사랑이고 뜨거운 키스나 성관계가 없는 사랑이고 고백해도 흉될 것이 없는 사랑이고 아름답게 표현될 수 있는 소재라면 못 쓸 이유가 없지만 그렇지 않은 이상 수필가는 러브 스토리는 거의 쓰지 않는다.

그 대신 어머니의 사랑은 어떤 경우에도 스캔들이 아니고 거의 모두 아름답기 때문에 좋은 수필 감이 된다.

박양근의 「자고 가래이」도 아름다운 어머니 사랑이다. 어머니 사랑은 어머니가 자식을 사랑하는 이야기와 자식이 어머니를 사랑하는 이야기가 있으며 후자는 사모곡인 경우가 많다. 어머니가 가신 뒤의 어머니에 대한 자식의 사랑이 사모곡이다.

박양근의 「자고 가래이」도 사모곡이다. 그런데 작자는 어머니가 가셨다는 말은 쓰지 않았다. 다만 '이제는 자고 가래이'라는 말을 더 이상 들을 수 없다는 말로 대신하고 있을 뿐이다. 죽음이란 말은 직접적 설명보다는 이런 화법이 훨씬 더 표현 기법상 품위를 유지하게 될 것이다.

이렇게 돌아가신 어머니에 대한 사랑이 사모곡인 것은 사실이지만 작자는 어머니가 그립다는 표현도 삼가고 있다. 사랑의 형태로 보면 이것은 어머니에 대한 자식의 사랑이 아니라 자식에 대한 어머니의 사랑이 전부다. 그러므로 작자 자신이 어머니를 얼마나 사랑하고 그리워하는지를 직접 말하지 않은 것도 직접 설명적 화법보다는 간접적 암시적 화법이 더 품위를 지니기 때문일 것이다.

작자의 어머니는 멀리 떠나서 사는 자식이 찾아올 때마다 '자고 가래이'라고 부탁하다가 자식이 바쁜 것을 알게 된 뒤부터는 그 말을 하지 않았다. 그러다가 다시 시작되었다. 나이가 많이 드신 뒤부터다. 품을 날이 얼마 남지 않았기 때문이다.

작자는 어머니의 자식사랑을 이렇게 '품는다'는 말로 표현하고 있다. 자식이 먼저 가면 그를 영원히 가슴에 품고, 살아있을 때는 집에서 재워 주며 품는다는 것이 어머니의 사랑이다. 그러니까 어머니의 '자고 가래이'는 집에서 어린 자식 이불 덮어 주고 밤새도록 모기 쫓아 주며 사랑하겠다는 표현이다. 그리고 그 말 속에 얼마나 깊은 어머니의 사랑이 농축되어 있는지를 표현한 것이 이 작품이다.

작자는 영문학자이자 비평가이면서 수필에 대한 애정이 남다르다. 그만큼 좋은 수필도 많이 쓰고 있다.

내버려둠에 대하여

최원현

한 달여를 아주 심하게 앓았다. 대학병원의 응급실로도 들어가고, 진통제를 먹어보고 주사를 맞아 봐도 가라앉지 않는 통증은 어디선가 보았던 그림 한 폭을 떠오르게 했다.

기억 속의 그림은 짙은 빨강과 검정의 소용돌이였다. 보고만 있어도 극도의 혼돈과 불안을 느끼게 하는, 내 몸이 빨려 들어가는 착각을 일으키게 했다. 그러나 이번 내 상황은 세탁기의 탈수 통 속에서 돌아가는 빨래마냥 그 그림 속 휘돌이 속으로 온몸이 아닌 머리만 빨려 들어가는 고통이었다.

앓는다는 것, 거기엔 분명 원인이 있을 터였다. 그러나 통증은 극에 달하는데도 현대과학 첨단 장비의 대답은 '이상 없음' 이요 '아주 정상임'일 때 그것을 인간 능력의 한계로 보아야 할 것인가 장비의 한계로 보아야 할 것인가. 그 '이상 없음', '아주 정상임'과 견딜 수 없는 아픔 사이에서 내가 할 수 있는 것은 아무것도 없었다.

두통, 난 두통이란 게 그렇게 크고 깊고 넓은 것인지 몰랐었다. 두통의 종류만도 무려 400종이 넘는다고 했다. 내게 온 놈은 그중 대단한 악질이었다. 내 머리 속을 제 마음대로 마구 드나들면서 심심하면 걷어차고 짓밟고 비벼댔다. 어떨 땐 마구 쾅쾅대며 발구름을 하기도 하고, 아주 기분 나쁘게 직직 끌기도 하면서 제가 할 수 있는 온갖 못된 심술을 다 부렸다. 그때마다 나는 자지러지고 머리를 움켜쥐며 신음하다가 머리통을 떼어내 버리고 싶은 충동, 삽으로 아픈 부위를 푹 파내어버리고 싶은 강렬한 충동으로 몸을 떨었다.

녀석은 그런 나를 보는 것이 너무나 재미있는 것 같았다. 내가 고통스러워하면 할수록 더욱 신이 난 듯 기세를 높였고, 그러면 나는 더 자지러졌다. 그렇게 한바탕씩 흔들어 놓고는 녀석이 히죽이 웃고 있을 때면 내 머릿속은 천만근 무게의 납덩이가 되어 아무런 생각도 느낌도 없어져 버렸다. 그러고는 무서울 만큼 잠시 고요가 왔다.

폭풍후의 정적, 그런 불안한 평화 속에서 문득 떠오른 말이 '내버려둠'이었다. 제발 나를 좀 내버려둬 줄 수 없나, 나를 마구 흔들고 가만있지 못하게 하는 것들에게 제발 나를 좀 가만히 내버려두기를 간절히 애원했다.

평소에는 그렇지 않았던 아주 미세한 소리까지도 잡아내는 귀, 아주 여린 빛 까지도 감지해 내는 눈, 거기에 맞춰 지나칠 만큼 예민하게 자극하는 생각들은 내 머리 속을 창세 전의 카오스로 몰아갔다. 꼭 맞는 말이 혼돈이었다. 그러나 다시 생각해 보면 살아있다는 것은 크건 작건 고통을 느끼는 것이고 아픔을 아는 것이고 그것들로부터 벗어나려는 힘을 발휘하는 상태가 아니겠는가. 사람도 너무 편안하고 아무 일도 없을 때는 살아있음의 의미조차 느끼지 못한다. 말하자면 위기감이 없어진다는 것인데 위기감이란 생명에 대한 강한 애착과 종족 보존의 번식력으로 살아있다는 자기표현을 하는 것 같다. 그래서 살기가 어려워지면 어려워질수록 종교에 귀의하는 수가 늘고 풍요롭고 평화로워지면 종교에서도 멀어진다고 한다. 어렵다는 것은 자기 힘만으로는 살아갈 수 없다는 자기 항복이다.

난(蘭) 한 촉도 생명의 위기감을 느껴야 꽃 촉을 밀어올린다고 한다. 죽을힘을 다할 때 기적도 일어난다. 어찌 생각하면 시시포스의 고통도 특별한 배려라 할 수 있지 않을까. 고통을 통해 살아있음을 느끼라는, 아니 살고 싶어 하는 강렬한 생존력을 느끼게 해주려는 특별한 배려가 아녔을까. 만일 그가 수고도 고통도 없는 한 곳에 가만히 갇혀만 있었다면 그는 그걸 더 고통스러워하지 않았을까. 내게 임한 이 고통도 새로운 전환기에 있는 내게 주신 신의 특별한 계획 속 알림이 아닐까.

몇 날을 계속된 고통 속에서 아무 생각도 않으려 하는데도 자꾸만 이 '내버려둠'이란 화두가 나를 놓아 주질 않는다. 내버려둠이란 관심 없음이요 방관도 되는데 내가 바라는 이 내버려둠은 그렇게 나를 관심으로부터 버려달라는 것은 아니다. 내 내버려둠의 소망은 나를 마구 흔드는 고통으로부터 벗어날 수 있는 적극적 보호다. 사람에게 일상적인 내버려둠은 아주 나쁜 것이 될 수 있는 것처럼 적당한(?) 고통의 흔듦은 살아있는 모든 것을 그답게 해줄 것 같다.

사람이란 알게 모르게 무수한 인연의 줄에 얽매어 있기 마련이고 보면 보이는 것은 보이는 대로, 안 보이면 안 보이는 대로 생각에서 떠날 수가 없는 존재이다. 그러나 생각을 하기에 고통도 느끼는 것이고 그게 살아있는 증거다.

정확한 이름은 모르겠는데 신경초란 식물이 있다. 무엇이든 자기 몸을 건드리면 움츠러들고 만다. 초등학생 때 교실 앞에 신경초가 심겨져 있었는데 수업만 끝나면 반응하는 게 신기하여 달려 나가 그걸 건드려 보곤 했었다. 하지만 하도 아이들이 귀찮게 하니까 며칠 못가 말라죽고 말았다. 식물도 감당 못할 만큼 귀찮게 하니 죽고 마는데 사람은 어떨까. 어쩌면 나도 여러 가지 갖다 붙일 수 있는 온갖 구실을 내세우며 너무 여러 가지 생각으로 내 머리를 혹사 시켰던 것 같다. 내 머리는 견디어보다 보다가 항복을 하고 만 것 같다. 인간이란 워낙 독한 생명체라 신경초처럼 죽지는 않았지만 내 머리도 그걸 감당할 수 없다고 강력하게 거부를 하고 나선 것 같다.

지나침은 모자람만 못 하다고 했다. 순리란 말처럼 모든 것을 적당하게 분수껏 나를 건사할 필요가 있다. 그렇고 보니 내가 생각하는 내버려둠이란 기준에는 바로 이런 '적당'과 '순리'나 '분수'가 담겨있는 의미일 것 같다.

'내버려둠', 그건 살아가면서 누구나 지켜줘야 할 최소한의 양심적 휴식이 아닐까 싶다. 현대인은 그런 예의를 거의 잊고 산다. 심지어 휴식이란 이름으로도 노동보다 강도 높게 머리를 혹사시킬 때도 있다. 이번 내게 온 이 고통과 혼란의 의미는 분명 적당히 나를 내버려둘 줄도 알아야 한다는 신의 따뜻한 배려요 꼭 그렇게 하라는 사랑의 강력한 요구일 것만 같다. 나로부터의 자유함이 선행될 때 내면의 정신과 생각도 건강할 수 있으리라. 오랜만에 졸음이 몰려온다. 사랑하는 자에게 잠을 주신다고 하신 성서의 말씀이 오늘따라 유난히 따뜻하고 감사하고 의미롭게 다가온다.

평설

　　1987년에 『한국수필』로 등단한 후 우수한 작가로서 『날마다 좋은 날』 등 좋은 수필집을 냈다. 이 작품은 명상적 에세이에 속한다. 수필 대신 굳이 에세이라 함은 영어권에서 사용되는 Essay가 학술적 논문까지도 의미하는 것이고, 논문은 주관적 감정을 배제하고 객관적 증거를 쫓는 논리적 문장이고, 최원현의 이 수필은 논리적 사고의 형태이기 때문이다. 이런 점에서 일반적인 다수의 한국 수필과는 조금 다르다. 한국 수필은 논리적 사고가 비교적 약한 대신 서정성이 강하기 때문이다.

　이 수필은 또 다른 특징이 있다. 그것은 신앙적 사고다. 다시 말해서 신이라는 절대적 존재를 믿는 입장에서 명상적 사고가 진행되고 있다.

　신앙인으로서의 사고와 학술적 연구 논문 같은 사고가 언제나 일치하는 것은 아니다. 신의 존재를 믿지 않는 입장에서는 양자가 얼마든지 다른 결론에 도달할 수 있기 때문이다. 그런데 최원현의 이 글에서는 그 같은 양자 간의 모순과 괴리는 나타나지 않는다. 다만 문제가 될 수 있는 것은 신의 존재를 믿지 않는 사람의 공감여부다.

　이 작품에서 작자는 원인을 알 수 없는 무서운 고통에 시달린다. 그리고 과학이 풀지 못하는 이 문제를 신앙인의 입장에서 풀어나가고 있다. 고통이 멈췄다는 의미의 해결이 아니라 이것을 오히려 그를 위한 신의 고마운 배려이며 사랑이라 판단하고 그대로 내버려두기로 작정하는 해결이다. 그것은 신이 그를 위하여 큰 계획을 실천해 나가기 위한 배려라는 판단이다. 그런데 신을 믿지 않는 독자는 이를 받아들이기 어렵게 된다. 신의 존재를 믿지 않는 이상 그것이 신의 계획이고 사랑이라는 판단은 원천적으로 불가능하기 때문이다.

　이 작품은 이런 문제가 따르지만 작자는 어느 날 갑자기 겪기 시작한 무서운 두통에 대하여 진지한 명상의 시간을 갖고 논리를 전개해 나간다. 아픔이란 무엇인가라는 물음에서부터 우리는 아픔을 통해서 오히려 살아있는 자기 존재를 확인하게 되고 또 변하고 발전해 나가리라는 것이다. 난초의 꽃대 하나가 치솟는 것도 어떤 위기감에 의한 생명력의 발동이라 말하고 있다.

고통이 때때로 보다 나은 미래를 위한 동기가 된다는 것은 신앙인의 입장이 아니라도 많은 사람이 공감할 수 있는 부분이다. 그리고 두통도 지나친 혹사로 인한 결과라면 그냥 내버려두고 '순리'와 '적당'과 '분수'에 맞는 삶을 가져야 된다는 것도 누구나 공감할 수 있는 부분이다. 그런 의미에서 이 작품 제목이 「내버려둠에 대하여」로 되어 있다.

아픔이 이런 원칙을 지키라는 신호라면 그대로 내버려두고 쉬며 속도를 조절하는 것이 당연하다. 그리고 그렇게 살아야만 된다는 것을 우리는 대개 경험으로 알고 있다. 다만 그것이 창조주의 배려 때문이라는 것은 신의 존재를 믿는 사람의 입장이고 기타는 '모른다'가 될 것 같다.

이 작품의 결론 부분은 신의 계획과 배려를 확신하는 신앙인의 입장에서 겸허하게 감사하고 휴식을 취한다는 것으로 맺어지고 있다. 신앙을 떠나서 누구나 겸허하게 받아들일 수 있는 좋은 철학적 결론이 되겠다.

명태에 관한 추억

목성균

늦가을이나 초겨울이면 명태 한 코가 우리집 부엌 기둥에 걸려 있었다. 그을음투성이의 산골 초가집 부엌 기둥에 한 코로 걸린, 다소곳한 주검 한 쌍의 모습은 제자리를 옳게 차지한 때문인지 '천생연분'이란 제목을 달고 싶은 한 폭의 정물화였다.

밤이 이슥해서 취기가 도도하신 아버지가 명태 한 코를 들고 와서 마중하는 며느리에게 "옛다!" 하며 건네주시는 걸 본 적이 있다. 남용하시는 게 아닌가 싶은 아버지의 호기가 참 보기 좋았다.

그날 "아버님, 저녁 진짓상 차릴까요?" 며느리가 묻자 아버지는 "먹었다" 하시며 두루마기를 벗어서 며느리에게 건네주시고 사랑으로 들어가셨다. 며느리는 두루마기 자락을 추녀 밑에 걸어 놓은 등불에 비춰 보더니 즉시 우물로 가지고 가서 빨았다. 아버지는 취한 걸음으로 이강들을 건너서, 은고개를 넘어서, 하골 산모랭이를 돌아서 확장되는 대륙성 고기압에 두루마기 앞섶을 휘날리며 오셨을 것이다. 삶의 어느 경지에 취해서 맘껏 활개 젓는 아버지의 손에 들려 온 명태 두 마리가 얼마나 요동을 쳤으면 두루마기 자락을 다 더렵혔을까.

아침에 아버지가 "아가, 두루마기 내오너라" 했을 때, 며느리는 그 지엄한 분부에 차질 없이 대령할 수 있도록 푸새다림질을 해서 늘 횃대에 걸어 둔 두루마기를 이때다 싶은 마음으로 내다 드렸다. 그 두루마기 자락에 온통 명태 비린내를 칠해 오신 것이다. 그리고 당당히 그 명태를 며느리에게 건네고, 며느리는 공손히 받아서 부엌 기둥에 걸었다. 한 집안 대주(大主)의 권위가 나를 감동시켰다.

젊은 날의 어느 늦가을, 갈걷이를 끝내고 어디 갔다가 집으로 돌아오는 길이었다. 막차에서 내린 나는 차부 건너편에 있는 전방 앞에서 발걸음을 멈춰 섰다. 등피(燈皮)를 잘 닦은 남포 불빛 아래 놓인 어상자에 가지런히 누워 있는 명태들이 왜 그리 정답던지, 마치 우리 사랑간에 모여 놀다가 제사를 보고 가려고 가지런히 누워 곤하게 등걸잠이 든 마실꾼들 같았다. 그 명태를 한 코 샀다.

아버지가 두루마기 자락에 명태 비린내를 묻혀 가지고 왔다고 젊은 자식놈도 그러면 불경(不敬)이다. 옷에 비린내를 묻히지 않으려고 각별히 조심을 해서 명태 한 코를 들고 밤길 십리를 걸어 집에 오니까 팔이 아팠다. 연만하신 아버지가 취중에 두루마기 자락에 비린내를 묻히지 않고 명태 한 코를 들고 밤길 십리를 걸어온다는 것은 불가능하다는 걸 알았다. 결코 아버지는 당신의 출입 위상을 위해서 정성을 다한 며느리의 침선(針線)을 소홀히 여기신 건 아니었다.

다음 날 아침 아내가 명탯국을 끓였다. 아버지가 좋아하시면서 "웬 명태냐?" 하셨다. 아내가 "애비가 사 왔어요" 하자 아버지는 잠깐 나를 쳐다보시더니 "우리집에 나 말고 명태 사 들고 올 사람이 또 있구나!" 하시는 것이었다. 고전을 면치 못하던 야전 지휘관이 지원군이라도 보충받은 것

478

처럼 사기가 진작된 아버지의 말씀이 왜 그리 눈물겹던지, 그날 아침 햇살 가득 찬 안방에서 아버지와 겸상을 한 담백하고 시원한 명탯국 맛을 생각하면 지금도 잦히는 밥솥처럼 마음이 자작자작 눋는 것이다.

내 친구 중에는 명탯국을 안 먹는 놈이 있어서 나는 일단 그를 경멸한다. 명태는 맛이 없는 생선이라는 것이다. 생선 맛이야 비린 맛일 터인데 그놈은 비린 맛을 되 좋아하는 놈이다. 사실 맨 북어포를 먹어 보면 알지만 솜을 씹는 것처럼 맛이 없긴 하다. 그런데 고추장을 찍어 먹으면 숨어 있던 북어살의 구수한 맛이 입안 가득히 살아난다. 그래서 말이지만 명태가 맛이 없는 것은 우리 입맛에 순응하기 위한 담백성 때문이라는 생각을 하게 된다. 명태의 그 담백성을 몰개성적이라고 매도한다면 잘못이다. 생선은 비린 만큼 교만하다. 비린 생선들은 비린 그의 개성을 우선 존중해 주지 않으면 우리가 의도하는 맛을 내주지 않는다. 그러나 명태는 맛에 대한 자기 주장을 관철하려 들지 않는다. 줏대도 없는 놈이라고 할지 모르지만 그건 줏대가 없는 것이 아니고 줏대 없는 그의 본성 자체가 그의 줏대인 것이다.

나는 여태껏 썩은 명태를 보지 못했다. 오늘날의 명태 말고, 냉동 산업과 운송 여건이 불비한 시절, 동해안에서 태산준령을 넘어 충청도 산읍 오일장의 어물전까지 실려 온 명태를 두고 하는 말이다. 당연하다. 명태는 썩지 않는 철에만 잡히기 때문이다. 명태는 바닷물이 섭씨 1도에서 5도가 되어야 산란을 하러 북태평양에서 동해로 떼지어 내려오는데, 그때가 명태의 어획기다. 부패의 철을 비켜서 어획기를 설정한 주체는 어부가 아니라 명태이다. 가급적 주검을 부패시키지 않으려는 명태의 의지가 진화된 결과로 보고 싶다. 어차피 그물코에 걸릴 수밖에 없는 회유성(回遊性) 운명일 바에는 주검을 부패시켜 가지고 혐오스러워하는 사람의 손길에 뒤채이며 어물전의 천덕꾸러기가 될 필요는 없다는 게 명태의 결론이었을지 모른다. 얼마나 생선다운 고결한 결론인가.

'썩어도 준치'란 말이 있다. 참 가소롭기 그지없는 말이다. 명태가 들으면 "무슨 소리야, 썩으면 썩은 것이지ー" 하고 실소를 금치 못할 것이다. 부패 직전의 살코기에서는 글리코겐이 분해되며 젖산을 발생시켜서 구수하고 단맛을 낸다는 요리학적 설명이 있긴 하지만 그건 숙성을 뜻하는 것이지 부패를 이른 말이 아니다. 자연에서 생선의 숙성은 순식간에 지나가는 과정에 불과하다. 숙성을 보전하는 것은 기술이고 부가가치를 창출하는 것으로 요리사의 몫이지 준치의 몫이 아니다.

'썩어도 준치'란 말은 꼭 청문회장에 나온 사람의 뻔뻔스러운 변명 같아서 부패한 냄새가 코를 찌른다. 준치는 4월에서 7월까지 부패가 촉진되는 철에 잡힌다. 제 주검의 선도(鮮度)에 대한 대책도 없는 주제에 '썩어도 준치'라니 명태에 비하면 비천하기 이를 데 없는 본성이다.

보릿고개가 준치의 어획기다. 배가 고픈 백성들은 준치의 어획을 고마워하며 먹었으리라. 어쩌다 숙성된 준치를 먹었을지 모르지만 대개 썩은 준치를 먹고 삶의 비애를 개탄하는 마음으로 짐짓 '썩어도 준치'라고 역설적인 감탄을 했을지 모른다. 얼마나 우리들의 슬픈 시대를 단적으로 대변하는 감탄구인가.

명태는 무욕으로 일관한 제 생의 담백한 육질을 신선하게 보전해서 사람들에게 보시(布施)했다. 명태는 제 속을 비워 창난젓과 명란젓을 담게 주고 몸뚱이만 바닷가의 덕장에서 바닷바람에 말라 북어가 되고, 대관령 너머 눈벌판의 덕장에서 눈바람에 말라 더덕북어가 되었는데, 알다시피 제상의 좌포(左脯)로 진설되거나, 고삿상 떡시루 위에 실타래를 감고 누워 사람들의 국궁재배(鞠躬再拜)를 받는 귀물(貴物)로 받들어졌다.

명태를 생각하면 언뜻 늦가을 텃밭의 황토 흙에 하반신을 묻고 상반신을 햇살에 파랗게 드러낸 채 서 있던 청정한 조선무가 떠오른다. 그 순박 무구하고 건강하기가 과년한 산골 큰아기 같은 조선무가 없으면 명태의 담백한 맛을 살려내기 힘들었을지 모른다. 산골 동네 텃밭에서 그 청정한 무가 가으내 담백한 맛의 진수를 보여 주려고 뼈무르면서 명태를 기다렸다. 순박한 무와 담백한 생선의 만남, 그야말로 산해(山海)가 진미로 만나는 것이다.

명탯국을 끓이는 아침, 아내는 내게 텃밭에 가서 무를 두어 개 뽑아다 달라고 했다. 하얗게 무서리가 내린 늦가을 텃밭에 가서 몸을 추스르고 뽑혀 가기를 바라고 있었던 것처럼 클 대로 다 큰 조선무를 뽑아들면 느껴지는 묵직한 중량감이 결코 하찮은 삶이란 없다는 방자한 생각을 하게 부추기는 것이었다.

문득 아버지의 호기가 그립다. 아침 햇살 가득 차오르던 산골 초가집 부엌 기둥에 긍정적인 모습으로 걸려 있던 순박한 명태 한 코가 집안 대주의 권위로 바라보이던 시절이 그립다.

평설

목성균은 1938년 충북 괴산 출생으로서 25년간 산림청의 산림직을 맡고 그 삶을 많이 사랑했던 것 같다. 작품에서 청정한 숲의 향기가 난다. 수필처럼 살다 간 사람이라고 말하는 사람도 있다.

「명태에 관한 추억」은 우선 문장의 매력이 지닌 흡인력이 매우 강하다. 담백하고 간결하며 매우 적절한 언어 선택으로 사물 표현의 사실성이 짙다. 수필이 가장 짧은 형태의 산문 예술인 이상 이런 문장의 간결성은 필수 조건이다. 그리고 명태 한 코를 사 들고 흰 두루마기에 온통 비린내를 적시며 귀가하는 아버님의 모습이나 그로부터 명태를 받아드는 며느리의 모습 등이 모두 생동감이 넘친다.

이런 회화적 묘사만이 아니라 산문 예술만이 지닐 수 있는 논리적 서술의 매력이 짙다. 명태 찬미를 위한 전어와의 비교 논리가 매우 예리하고 명쾌하다. 다른 이들의 수필에서는 보기 드문 매력이다. 이런 문장의 매력으로 설득력을 얻어가는 작품의 주제는 은근하고 맑은 삶에 대한 찬미다. 소재가 명태지만 작자가 이를 굳이 전어와 비교하고 있는 것은 그런 비교로 나타나는 것과 같은 '명태적'인 인간의 삶의 가치를 말하기 위함이다. 즉 '전어철이 되면 집 나간 며느리도 돌아온다.'는 말처럼 당장 혀끝을 만족시키며 자랑이 넘치는 어떤 것과 달리 여느 때는 자신을 드러내지 않으면서 다른 것과 어울리는 상호 공존의 형태에서 상대도 돋보이게 해주고 비로소 자신의 진가를 나타낸다는 명태의 맛을 그런 사람의 인격에 비유하고 있는 셈이다. 이런 소중한 주제와 함께 문명의 발달로 날이 갈수록 우리들이 잃어가고 있고 잊어가고 있는 소중한 것에 대한 향수를 환기시키고 있는 것이 목성균의 수필 세계다.

어머니의 팬터마임

김애자

2인용 병실이다.

푸른 색 줄무늬의 환자복을 입은 노인은 침상에 앉아 바느질에 열중하고 있다. 어제 낮부터 먹고 자는 것도 잊은 채 같은 동작만을 되풀이하고 있는 중이다. 그렇다고 실제로 바느질을 하고 있는 것은 아니다. 바늘도 없고 실도 없다. 그럼에도 자신은 지금 바느질을 하고 있다는 스스로의 착각에 묶여 있다. 엄지와 검지로 실을 잡고 바늘귀를 향해 가느스름 실눈을 뜨는가 하면, 꿰인 실을 길게 뽑아 매듭을 짓기도 한다. 또 시침해 놓은 천을 조심스럽게 잡아당기어 주름을 펴기도 하고, 인두로 자근자근 눌러 저고리 도련을 돌리기도 한다. 아주 가끔은 깊은 한숨을 쉬면서 망연자실 창밖을 바라본다. 그럴 때마다 심연을 알 수 없는 아득한 눈빛이 딸에게는 감당할 수 없는 아픔이다.

노크 소리와 함께 간호사가 들어온다. 그는 아기에게 볼을 비비듯 얼굴을 노인의 턱까지 밀착시키며 손을 잡고 어른다.

"우리 할머니 또 바느질 하시네." 등을 다독거려 주자 순하게 팔을 내민

다. 차트에 혈압을 체크하고 약봉지를 딸에게 건네주며 눈웃음으로 뜻을 전한다. 간호사가 나가기 위해 잠깐 문이 열리자 복도를 지나가는 사람들의 어수선한 발소리가 들이닥치는가 싶더니 이내 잠잠해 진다. 내동 못보고 못들은 양 등 돌리고 누워 있던 옆 침상의 할머니가 부석한 얼굴을 찡그리며 일어나 독백을 늘어놓는다.

"애구 지겹다. 귀신이 뭘 먹고 사나. 이 늙은이들 잡아가지 않구설랑."

이제부터 할머니의 쓰디 쓴 독백은 길게 이어질 것이므로, 노인의 딸은 손수건을 핸드백에 넣고 눈을 감는다.

그때가 몇 살이었던가. 엄마 무릎에 안겨 가마를 타고 가다가 내린 곳이 목계강가였었는데, 강물이 푸르다는 것을 나는 처음 보았었지. 사공이 노를 저을 적마다 강변과 산이 빙빙 돌았고, 어린 것은 뱃전에 앉아 쬐고만 손가락을 오므려 물을 떠 담았었지. 암만 떠 담아도 손에 담긴 물빛은 푸르질 않아 그예 심통이 났었지. 엄마에게 푸른 강물을 떠 달라고 얼토당토않은 떼거리를 부려 배 안의 사람들을 허리를 잡고 웃었고 나는 무안해서 큰 소리로 울었었는데.

엄마와 함께 가마를 타고 강을 건너 산을 넘고, 들을 지나 꽤나 멀리 가던 곳이 외가였음을 나는 후일에서야 알았다. 외조부가 돌아가시기 전, 딸과 외손녀가 보고 싶어 가마를 보냈던 것임을.

외조부는 당신의 딸이 과부가 되었다는 것을 가문의 수치로 여겼다. 때문에 대명천지 밝은 낮에 딸이 친정 문턱을 넘어오는 것을 용납하지 않았다. 사위가 어둠에 묻히고서야 엄마를 따라 가마에서 내렸고, 누군가의 등에 업혀 큰 대문을 지나고 솟을대문 하나를 더 넘은 후에야 한약 냄새에 절은 방안으로 들어갈 수 있었다. 머리에 흰 띠를 두른 노인이 외손녀의 작은 손을 잡아보는 것으로 첫 인사를 나누었고, 고개를 깊이 숙이고 울고 있는 엄마에게 외조부는 무슨 당부인가를 한참이나 했다. 그 다음의 기억은 끊기었다.

그리곤 어느 날인가 엄마는 흰 옷을 입고 마당에 초석을 내다 편후, 쪽머리를 풀고 땅에 엎드려 오래오래 호곡하셨다.

어린 시절에 엄마는 늘 화롯가에서 바느질만 했다. 그 자태가 어린아이 눈에도 몹시 한심하게 여겨졌다. 실과 골무와 바늘, 가위와 인두, 다리미와 자를 밤낮 끼고 살았다. 그 것이 규방 칠우(七友)란 것과, 규방 칠우란 것이 우리 네 식구가 먹고 사는 밥줄이었음도 나는 어른이 되고 나서야 알게 되었다.

엄마는 6·25사변이 나던 첫 여름까지 명월관 기생들의 옷을 지었다. 옷감은 주로 숙고사니 자미사, 모본단이었고, 색이 고왔다. 비단을 마름질하고 남는 자투리는 딸의 명절비심으로 쓰였다. 세밑이면 밤을 새워가며 색동천 서리서리 잇대어 저고리를 만들어 입히며 얼음 굴에 수달피새끼처럼 귀엽다고 하셨다.

이번에는 바늘의 시침이 잦은 것으로 보아 얇은 천임이 분명하다. 그런데 갑자기 노인의 손이 바들바들 떨린다. 딸은 잽싸게 의자에서 일어나 어머니를 품에 안으며 벽에 붙은 벨을 누른다. 간호사가 달려오고, 둘 사이에는 암호 같은 눈짓이 오고가자 곧바로 일회용 주삿바늘과 500cc 링거액이 준비되었다. 노인을 침상에 눕히자 간호사는 정맥이 등고선처럼 들어 난 손등에 주삿바늘을 꽂고 반창고로 단단하게 고정시켜 놓는다. 한 방울 두 방울 링거액이 혈관을 향해 떨어지자 눈꺼풀이 스르르 감긴다. 간호사가 나가고, 딸은 미라처럼 마른 손목을 잡고 맥을 짚어 본다. 맥박이 매우 느리다. 이제 푹 잠을 자고 나면 좀 나아질 터이므로 이불을 끌어 올려 목 밑까지 덮어 주고는 가방을 들고 일어섰다. 병실을 나서는 딸의 뒤통수에 대고 옆의 할머니는 또 패악을 늘어놓는다.

"못할 짓이여. 자식이 열이면 뭣해, 염병할 것들."

밖은 첫여름이다. 나뭇가지마다 연초록 주련이 실실하다. 여인은 갑자기 눈이 부신 것인지 현기증이 이는 것인지 잠깐 다리가 휘청 흔들린다. 혼자서 이틀 밤을 꼬박 새웠으니 어지럼증이 일만도 하다. 머리를 감싸고 섰다가 다시 발자국을 떼어 놓는 그녀 앞으로 흰나비 한 마리가 나풀나풀 춤을 추며 날아온다. 나비는 곧 꼭두서니 빛깔로 만개한 영산홍 꽃술 위를 맴돌다가 저 편 화단으로 날아간다. 나비가 사라진 화단을 한참 서서 바라보던 여인은 어머니가 잠드신 입원실 창문을 향해 한마디 간언(艱言)을 올린다.

"어머니, 사람의 한생이 저 꽃 한 송이보다 낫지 않습니다. 꽃이 피고 지는 그 사이를 한 호흡이라고 하데요. 당신의 아흔 다섯 구비의 생도 한 호흡인걸요. 그러니 이제 그만 무대에서 내려오셔도 됩니다. 관객들도 떠나고, 조명도 다 꺼졌는걸요."

봄은 한 호흡의 꽃을 뜨겁게 피워 놓고, 노인은 소실점 끝에서 가물거린다.

평설

작자는 1991년에 『수필문학』으로 등단하고 수필집 『달의 서곡』 등으로 많은 호평을 받아 온 후 지금은 산 밑에 서재를 꾸미고 농사도 지으면서 우수작을 써 내고 있다. 「어머니의 팬터마임」은 가물가물 꺼져 가는 인생의 마지막 장면을 묘사한 작품이다. 꺼져 가는 사람은 95세가 되어 병원에 누워 있는 어머니고 관찰자는 작자인 딸이다. 어머니가 죽어가니 눈물이 왈칵 솟아야 할 것 같은데 그런 장면이 아니다. 이미 치매에 걸려 있는 노인의 모습은 곱기만 하다. 먹고 살기 위해 화롯가에서 온종일 명월관 기생의 고운 옷을 만들며 바느질만 하던 과거로 돌아 간 노인의 모습은 그때처럼 조용하고 고운 모습이다. 작자의 세련된 문체와 소녀처럼 섬세하고 민감한 감각이 그런 장면을 만들어 내고 있다. 작자는 그런 아름다움을 위해서 마지막 장면에서는 흰나비 한 마리를 등장시키고 있다. 영산홍 꽃술 위를 맴돌다가 저 편 화단으로 날아가는 나비다.

이것은 화룡점정(畵龍點睛)의 화법이라고 해도 좋겠다. 마지막으로 눈동자를 찍자 그림 속의 용이 살아있는 용이 되어 하늘로 날아갔다는 전설처럼 이 흰나비는 이 작품의 주제를 마지막에 한마디 말로 분명히 밝히는 장치도 되고 죽음을 아름답게 장식하는 방법도 된다.

이 경우에 정말 흰나비가 그렇게 날아갔느냐고 물으면 곤란하다. 이것은 소설적 허구냐 실제적 경험이냐의 문제가 아니라 의미 설정을 위한 한 컷의 장식이기 때문이다. 그 의미가 이 작품이 말하는 철학적 주제다. 꽃이 한번 피고 지는 것을 한 호흡이라 하듯이 어머니가 95세를 살아도 그것은 한번 태어나서 죽기까지의 한 호흡이라는 것. 그만큼 인생은 짧고 허무하다는 것이 작자가 말하는 철학적 주제다. 그런 철학적 주제는 명상적 사색을 통해서 얻어지는 관념이지만 작자는 이를 노인의 죽음을 통해서 형상화하고 있다.

형상화란 눈으로 보는 그림이 되는 것을 말한다. 작자는 여기서 그 그림을 섬세한 언어의 감각으로 잘 묘사해 나가고 있다. 그리고 더 구체화하기 위해서 작자는 그런 인생의 허무를 연극으로 나타내고 팬터마임으로 나타내고 있다. 인생은 결국 한 호흡 짧은 시간의 연극에 지나지 않는다는 것. 더구나 그것은 저 혼자 독백하는 것이나 다름없는 팬터마임임을 암시하고 있다. 사실로 사람들은 누구나 열심히 자기를 알리고 알아주기를 바라며 살지만 자신의 말을 세상이다 알아준다는 것은 불가능하다. 그래서 누구나 외롭게 단절의 고독감 속에서 살다 가는 것이다.

그런 의미에서 마지막 가는 노인의 모습은 소재가 팬터마임이 아니라도 팬터마임일 수밖에 없으며 그것은 비극이요, 그래서 인생은 더 허무하다는 것이다.

그런데 작자는 이런 허무주의에도 불구하고 노인의 마지막 가는 길을 아름다운 꽃길로 만들고 있다. 마지막이야말로 아무도 봐주지 않고 관객들이 다 떠나고 조명도 꺼졌으니 어서 무대에서 내리라고 하면서 흰나비를 그려 주고 있다. 봄에 처음으로 흰나비를 보면 어머니가 죽는다고 하듯이 여기서 흰나비는 어머니의 죽음을 의미한다. 그러나 흰나비는 꽃밭으로 가고 있다. 어머니를 꽃밭으로 안내하고 있는 것이다. 아흔다섯을 넘고 백을 넘어도 꽃이나 사람이나 한 호흡을 살고 가는 허무한 삶임을 말하면서도 작자는 그래도 인생은 아름답다고 말하고 싶은 것이 이 김애자 작가가 전하는 메시지다.

피혁 삼우(皮革三友)

오병훈

허리띠

일을 할 때면 제 꼬리를 물고 있어야 한다. 입이라고 해야 아래턱뿐이지만 가느다란 혀 하나와 턱을 의지하여 제 꼬리를 잘도 물고 있다. 종일 주인의 허리를 껴안고 숨죽인 채 지내야 한다. 어쩌다 주인이 배에 힘이라도 주게 되면 턱이 빠질까 걱정이다. 실제 녀석의 친구 중에는 가끔씩 금속제 목이 떨어진 적도 있었다. 다행하게도 다시 끼워 놓을 수 있었지만.

매일 이런 상태로 지내야 하니 긴장의 연속이다. 그래도 오전까지는 낫다. 주인이 허물없는 친구로부터 오찬이라도 초대된 날은 더욱 힘이 든다. 그런 날은 물고 있던 꼬리를 놓게 하여 잠시나마 녀석을 자유롭게 할 때도 있지만 아주 드문 일이다.

친구 중에는 별난 녀석도 있다. 그의 주인이 모임의 뒤풀이 같은 곳에서 취하기라도 하면 허리를 꼭 껴안고 있어야 할 녀석의 머리를 잡고 꼬리까지 빼낸다. 그리고는 모가지를 잡은 채 배를 훑어 내리면서 익살스럽게 외친다. "이것이 무엇이냐. 배암이야 배암. 한 마리만 먹어 봐! 오줌 줄기가 담을 넘어. 두 마리만 먹어 봐. 전봇대가 부러져. 애들은 가. 어른들은 보짝보짝 다가와!"취중 사람들의 배꼽이 빠질까 걱정이다. 배암이 무엇이기에 저리도 재미있을까.

요즈음은 녀석에게도 고민이 하나 있다. 주인의 허리가 점점 굵어지는 것을 느낀다. 지난해에 이미 사용하던 구멍이 한 칸 더 뒤로 밀려났다. 주인의 허리가 굵어질수록 녀석은 입으로 꼬리를 잡기가 힘겹다. 요즘 들어 부쩍 힘이 부치는 느낌이다.

이제 꼬리의 구멍이 두 개밖에 남지 않았다. 마지막 구멍까지 턱이 닿을 수 있으면 녀석도 버틸 수 있겠지만 그 이상은 곤란하다. 주인이 크고 잘생긴 신참 녀석을 하나 데려올까 염려된다. 시장에 가면 얼룩무늬 악어가죽에다 부드러운 양피 하며 갖가지 색깔과 모양 예쁜 것들이 얼마든지 있다. 나이 먹는 것도 서러운데 그들에게 밀려날 것을 생각하면 앞날이 서글퍼진다.

구두

쌍둥이 녀석들은 아침부터 저녁까지 주인의 발을 감싸고 지낸다. 게다가 백 근이 넘는 주인을 온몸으로 떠받치고 어디든 헤집고 다녀야 한다. 아무리 몸이 고달프다고 해도 제 의지대로 그만둘 수 없는 숙명을 타고났다.

세상에 태어나 죽을 때까지 주인을 위해 살다 더러운 청소차에 실려 쓰레기더미에 버려진다 해도 한 방울의 눈물마저도 흘리지 못한다. 어느 누구 하나 불쌍하게 생각해 주는 이 없다.

주인이 무슨 행사장이라도 가는 날은 덩달아 신이 난다. 때 빼고 광내면 잘나가는 신참 녀석에게도 꿀리지 않는다. 신수가 훤하다. 쌍둥이 녀석들은 언제나 함께 지낸다. 주인이 외출할 때 한 녀석만 데리고 가는 법이 없다. 얼굴이 같고 색깔이 같다고 하지만 자세히 보면 다르다. 두 녀석을 짝지어 놓으면 좌우가 대칭이라는 것을 알게 된다. 콧등이 주인의 대머리처럼 반짝반짝 광이 난다.

녀석이 싫어하는 날은 비 오는 날이다. 거리에 낙엽이라도 뒹구는 날 비라도 내리면 녀석은 지푸라기에 매단 해삼처럼 온몸이 풀어진다. 진흙탕 길도 싫다. 덧씌우기한 여름날의 아스팔트길은 진드기처럼 달라붙어서 더욱 싫다.

그렇다고 해서 고달픈 날만 계속되는 것도 아니다. 어느 날 주인이 점심식사라도 하기 위해 녀석을 데리고 갈 때가 있다. 현관에 남겨 두고 방으로 들어가고 나면 종업원이 녀석들만의 자리로 잠시 옮겨 놓는다. 녀석은 그곳에서 일생동안 가슴에 묻어 둘 비밀 하나를 얻었다. 뺨에 닿는 순간 무어라 말할 수 없는 전율을 느꼈다. 어느 땐가 강아지 꼬리를 밟았을 때의 놀라운 기분이라고나 할까. 게다가 부드럽고 달콤한 냄새가 코끝을 간질였다.

그동안 주인댁 딸까지도 싫어하는 냄새를 잘도 참아 왔지. 솔직히 말해서 녀석도 처음에는 발냄새가 싫었지만 이제는 운명이려니 하고 살아간다. 그래서 얼마 전부터는 오히려 구수한 담북장 냄새쯤으로 여겨 왔다.

그런데 그게 아니다. 같은 처지이면서 어찌 이처럼 향기로울 수가 있을까. 녀석의 옆에 다소곳이 머리를 맞대고 있는 아가씨로부터 솜사탕처럼 부드러운 향기가 스며 나왔다. 게다가 잘록한 허리하며 죽 뻗은 각선미가 너무나 아름다웠다. 세상에 이처럼 아름다운 아가씨가 있을까. 향기는 층을 이룬 그들만의 작은 공간 전체로 퍼졌다. 아가씨와 함께 지냈던 짧은 시간을 영원히 잊을 수 없을 것 같았다.

그 일이 있은 뒤부터 녀석은 비밀의 씨앗을 마음밭에 심은 채 살아간다. 주인이 다시 그 식당으로 가 아가씨를 만나게 해주지나 않을까 하는 기대감으로.

지갑

가장 깊은 곳에 얌전히 숨어 있다. 언제나 주인의 심장 소리를 자장가처럼 들으며 잠이 든다. 딱히 무슨 거룩한 일이라고는 할 수 없지만 나름대로 할 일이 있다. 소중한 것들 보듬고 지낸다. 주인의 얼굴이 찍힌 주민증이며, 전자카드, 사진 한 장, 그리고 이름을 적은 몇 장의 종이 조각 따위를 품고 다닌다. 다른 사람들에게는 하찮은 것이겠지만 주인이 끔찍이도 아끼는 것들이다.

더 중요한 것은 돈이라는 종이 조각이다. 녀석의 주인은 그 종이로 먹을 것을 바꾸고 입을 것도 산다. 꼭 있어야 할 것들을 품고 있으니 녀석 또한 소중하게 여길 수밖에 없다. 그래서 녀석은 주인의 총애를 받으며 의기양양하게 지낸다.

그때를 생각하면 지금도 아찔하다. 주인과 영원히 이별하는 줄 알았다. 주인은 녀석에게 늘 이렇게 말했다. "사나이는 명예롭게 살다 그 명예를 위해 죽을 수 있어야 해." 처음에는 그 말의 뜻을 잘 몰랐지만 세월이 가면서 어느 정도 이해가 되었다. 그래서 녀석은 마음속으로 다짐했다. 주인이 자신을 버리지만 않는다면 영원히 함께하겠다고.

그 당시 주인은 만원 전철에서 시달리고 있었다. 어느 때보다 힘이 드는지 이마에는 땀까지 맺혀 있었다. 정거장에서 출입문이 열리는가 했는데 주인의 어깨를 툭치는 사람이 있었다. 넘어질 뻔했다. 그리고는 쏜살같이 달리는 것이었다. 문이 닫히는 순간 누군가, "도둑이야! 소매치기다"라고 외쳤다. 주인은 문득 가슴으로 손이 갔다. 이쪽저쪽 주머니 부분을 눌러 보았으나 없었다. 속주머니가 예리한 칼에 찢겨져 있는 것이 아 닌가. 주인은 마음속으로 빌었겠지, 사진만이라도 돌려주었으면 하고.

며칠 후였다. 신분증을 찾았다는 연락에 주인이 파출소로 달려갔다. 눈물겨운 상봉이었다. 그때까지도 녀석은 빛바랜 사진 한 장을 꼭 껴안고 있었다. 돌아가신 어머니를 잊지 못해 늘 사진을 품고 다니는 주인을 생각하면 얼마나 다행인지 모른다. 겨울이면 맨손으로 어머니 무덤의 눈을 쓸어내리는 주인이다.

평설

순조 때 유씨 부인의 「조침문」은 "오호 통재(嗚呼痛哉)라!"하며 부러진 바늘 하나를 위해 제사를 올리는 수필이다. 시나 소설과 다른 수필만의 특성을 잘 나타낸 소중한 유산이다. 생활 주변의 작은 사물에 대한 깊은 관심은 곧 생활의 발견이며 이런 애정은 이처럼 사물의 의인화(擬人化)로 발전하기도 한다. 바늘을 위해 제사상을 차리고 조침문을 낭독했다면 그 발상은 의인화다.

이런 의인화가 전통으로 이어지거나 보편화된 것은 아니기 때문에 오병훈의 허리띠와 구두와 지갑의 이야기는 의인화의 기법으로서 참신한 느낌을 준다. 2000년대부터 자주 나타나기 시작한 새로운 형태 변화의 하나로 볼 수 있을 것이다.

「피혁 삼우」는 세 가지 사물을 보는 짧은 수필을 하나로 묶은 것이며 그것들은 사실적 관찰만이 아니라 이를 통해서 좋은 주제를 담아 나가기 때문에 가치가 있다.

삼우 중의 하나인 '허리띠'는 뱀을 연상시키기 때문에 날이 갈수록 성적 향락에 얼이 빠져 정력제를 찾는 한국인들의 모습 또는 배만 불러지고 있는 다수 한국인의 일그러진 한 모습을 말해 주고 있다.

'구두'는 구두만이 아니라 항상 고달프게 남을 위해 궂은 일만 하다가 마지막엔 미련 없이 청소차에 실려 가는 쓰레기 같은 운명의 모든 것을 상징하겠지만 그래도 식당의 신발장에서 예쁘고 날씬하고 향기로운 구두와의 만남을 그린 것이 재미있다. 이 부분은 작자가 소설적 상상력으로 행복의 주제를 만들어 나간 것이겠다. 그늘지고 힘든 삶에도 그런 행복이 있으리라는 주제.

그런데 작법상의 의문 하나가 남는다. 작자는 구두 한 켤레가 좌우 쌍둥이로서 둘이기 때문에 '녀석들'이라고 복수로 시작했는데 신발장에 들어가서 예쁜 여자 구두를 만날 때부터는 '녀석'으로 바뀌고 있다. 녀석이면 하나다. 하나로 해야 이야기가 복잡하지 않기 때문에 단수로 바뀐 것일까? 그렇지만 처음에 복수로 시작했으면 계속해서 복수로 써야 한다. 이야기가 복잡해지니까 단수로 바뀐 것 같지만 두 녀석으로 썼으면 계속해서 두 녀석이라야 혼란이 없다. 상대방 여자 구두도 좌우 둘이니까 서로 어느 쪽을 골라잡든 '녀석들' 두 쌍둥이의 두 가지 러브스토리이면 된다.

'지갑'도 소설적 상상력으로 적절하게 말미를 장식했다. 지갑 속에 신분증이나 카드나 돈이 들어 있는 것은 상식이지만 어머니의 사진은 드문 일이고, 소매치기가 빈 지갑을 돌려보내며 그 속에 어머니 사진을 남겨 놓았다는 것은 이 작품에서 소중한 의미를 지닌다. 이런 어머니에 대한 사랑의 주제를 위해서 이 장면이 만들어졌을 것이다.

혹시 이 작품에서 이런 소설적 이야기의 설정을 수필이 금하는 허구성으로 본다면 그것은 옳은 해석이 아니다. 그것은 작자가 허위로 이야기를 꾸며서 실제로 없었던 일을 만들어서 독자를 속이려는 의도를 지닌 것이 아니기 때문이다.

작자는 유난히 나무를 좋아해서 『서울의 나무, 이야기를 새기다』 등 20여 권을 냈으니 나무 전문가이지만 수필도 좋은 편이다.

11월은 빈 몸으로 서다

이혜연

물새 한 무리가 후드득 날아오른다.

몇 번의 날갯짓으로 산만했던 대열을 가지런히 가다듬은 새들은 저무는 강 위를 두어 번 선회하더니, 선홍빛 노을 속으로 유유히 멀어져 간다.

휘모리 가락처럼 사위를 온통 붉은 빛으로 휘몰아 넣던 노을이 스러지고 나자, 한지에 먹물 스미듯 시나브로 어둠이 밀려오기 시작한다. 빛과 어둠이 만나는 시각이다. 한낮의 거센 빛살에 숨을 죽이고 있던 사물들이 수런수런 제 기색을 찾는다. 산빛, 물빛이 깊어지고 불빛이 생기를 찾기 시작하는 시각. 낮이라기엔 어둡고 밤이라기엔 아직은 밝은, 빛과 어둠이 함께 하는 이 짧은 순간을 음미하며 나는 하루의 고단함을 벗고 평온함에 잠긴다.

모자란 게 많은 탓일까, 돌아보면 나는 늘 한 걸음 물러서서 세상을 살아온 것 같다. 여유가 있어서가 아니라, 매사에 도전하기보다는 체념하고 안도하기를 좋아하는, 게으르고 소심한 성격 때문일 것이다. 그런 삶의 태도는 은연중 기호(嗜好)에도 영향을 미친 것 같다. 화창한 날보다는 흐리거나 비 오는 날을, 장조의 쾌활함보다는 애조 띤 단음계 가락을, 화려한 원색보다는 채도 낮은 중간 색조를, 그리고 토요일 오후보다 금요일 저녁을 좋아하는, 말하자면 적극적 참여보다는 방관자적 안일을 즐기는 편이다.

여명(黎明)을 마다하고 굳이 어스름이 깔리기 시작하는 저녁 무렵에 산책을 나서는 것도 이런 나의 성향 때문이 아닌가 싶다. 저녁 빛은 체념 속에 드리워진 화해와 수용, 그리고 다음 날에 대한 어렴풋한 기대가 담긴 부드러움으로 포근히 나를 감싸준다.

11월은 바로 이런 저녁 빛과 닮았다. 가을이라기엔 너무 늦고 겨울이라기엔 다소 이른, 가을과 겨울이 몸을 섞는 달이다. 욕망의 굴레를 막 벗어던지고 난 후의 홀가분함이라고나 할까. 색의 잔치도 끝내고 떨구어 버릴 것 다 떨구어 버리고 빈 몸으로 선 나무들의 모습. 그래서 11월의 바람 끝에는 마지막 잎새의 냄새가 한 자락 묻어 있는 것 같다. 마른 잎의 냄새를 닮아서일까, 커피 향이 유난히 좋아지는 것도 이때쯤이다. 해질 무렵, 스산한 바람을 맞으며 정처 없이 걷다가, 낙엽이 두텁게 깔린 어느 산비탈에 앉아 별빛 같은 불빛들을 내려다보며 뜨거운 커피 한잔을 마시는, 철없는 낭만을 꿈꾸어 보게 하는 것도 이 달이다. 그러나 아쉽게도 그 꿈은 대부분 상상에 그치고 말았다.

11월은 가난하고 쓸쓸한 달이다. 풍경(風景)도, 소리도, 빛깔도 여위어 바람마저 적막해진다. 그러나 11월을 맞는 나의 마음은 그래서 오히려 어느 때보다 편안하고 넉넉하다. "빈들의 맑은 머리와/단식의 깨끗한 속으로/… 외롭지 않게 차를 마신다"던 김현승 시인의 시구처럼, 가난하기에 맑아질 수 있고, 쓸쓸하기에 도리어 외롭지 않을 수 있는 것이다.

그 때문일까. 11월은 산문보다는 시가 한결 맛이 있어지는 달이다. 절제된 언어, 응축된 사유, 행간의 여백이, 군더더기를 털어 버리고 가뿐해진 11월의 모습을 닮았다고나 할까. 시의 날이 11월 1일인 것을 보면 이런 느낌은 나만의 것은 아니지 싶다.

겨울의 느낌은 무겁다. 오래된 침묵으로 지루하고, 새 생명을 잉태해야 하는 부담감으로 홀가분할 수가 없다. 소생을 준비하는 내밀한 움직임으로 은근히 부산하기까지 하다. 겨울을 일컬어 정중동(靜中動)의 계절이라 함도 그 때문일 것이다.

반면에 11월의 느낌은 가볍고 신선하다. 방금 비운 그릇에 남아 있는 온기처럼 지난 것에 대한 미련이 사뭇 없는 것은 아니지만, 체념의 편안함이 있으며 충만을 꿈꿀 수 있어 훨씬 자유롭다.

하지만 이런 여유는 그리 오래가지 못한다. 연말이라는 회오리를 등에 업은 12월이 이내 밀려오기 때문이다. 부화뇌동의 소란함과 초조함 속에서 12월은 후회할 겨를도 없이 순식간에 지나가 버린다. 두 번의 설을 치러야 하는 1월 또한 번잡하기는 마찬가지다. 금요일 밤을 사랑하듯이, 내가 한 해의 마무리와 시작을 11월에 하는 것도 그런 까닭에서다. 남은 한 달의 여유는 지나간 날들을 뒤돌아보고 새로운 날들을 계획할 수 있는 차분함을 준다.

그러나 내가 11월을 목마르게 기다리는 가장 큰 이유는 따로 있다. 작은 설렘이 있는 달, 운이 좋으면 첫눈을 만날 수도 있다는 것이다. 폭설이 아니라, 대개는 무서리처럼 살포시 대지를 덮고 상고대처럼 가볍게 빈 가지를 채우는, 떠나는 가을에 대한 겨울의 예우와도 같은 눈이다. 몇 해 전까지만 해도 내 수첩의 11월 난에는 첫눈 소식이 올라와 있고는 했다. 이 나이에도 '첫'이라는 글자가 가슴을 설레게 하는 유일한 것이 눈이 아닌가 한다.

간혹 이런 나의 기다림을 저버리고 11월이 가는 경우가 있다. 그럴 때면 무언가를 잃은 듯 아쉽고 허전해진다. 12월에 내리는 첫눈은 11월의 것만큼 내게 신선한 기쁨을 주지 못한다. 그저 겨울눈에 불과할 뿐이다. 그리고 때로는 폭설이 되어 고통을 주기도 한다.

그러나 첫눈이 없으면 어떠랴. 추적추적 비 내리면 마른 가지 검게 물들고, 그 가지 사이로 잿빛 하늘과 둥근 까치집이 걸리는 11월의 풍경, 그 색채의 빈곤함마저 나는 사랑하는 것을.

평설

첫눈이 천천히 하늘에서 내리자 어린애가 아빠에게 묻는다. 하늘의 비행기는 빠른데 눈은 왜 저렇게 느리냐고. 그러자 아빠가 이렇게 대답한다.

"겨울 준비가 되지 않은 사람들 때문이야. 서두르지 말라고"

이 동시에는 이 세상의 뒤처지고 힘겨운 사람들에 대한 따뜻한 배려가 있다. 이런 배려는 고달프고 외로운 많은 사람들에 대한 치유의 문학이 된다.

이혜연도 11월은 첫눈이 내려서 좋다고 했지만 그가 바라보는 하늘의 첫눈은 이렇게 연탄 걱정 김장 걱정하는 사회의식의 눈은 아니다. 이 작품이 말하는 11월은 사회와는 무관한 자연이기 때문이다.

그렇지만 치유와 위안의 기능은 마찬가지다. 그 배경에는 한국적 현실이 있다. 작자가 이를 의식했는지는 알 수 없지만 이 작품은 아주 많은 불쌍한 한국인의 상처를 어루만져 주고 위안을 주는 기능을 지닌다. 한국인은 거의 모두 로마의 콜로세움에 내몰린 검투사들처럼 맨날 서로 죽기 아니면 살기이기 때문에 불쌍한 민족이다. 이 작품은 이런 한국인에게 우리가 이젠 아귀다툼 그만하고 쉬어야 할 이유와 그 휴식의 시간과 공간이 어디 있는지를 말해 준다. 이를 위해서 작자는 11월이라는 그림을 그려 주고 그곳이 왜 휴식과 치유의 공간인지를 논리적으로 설명한다.

논리적 서술 형태는 자칫 관념적 용어 나열이 되기 쉽다. 그래서 그런 책을 읽으면 졸게 되는 사람이 많다. 그런데 이혜연은 논리적이면서도 서정적 표현이 더 강하다. 이 글의 앞머리 부분은 논리가 아니라 물새 한 마리가 선홍빛 노을 속으로 멀어져 가는 아름다운 풍경화다. 작자는 이 같은 그림 속으로 독자를 끌어들여 애조 띤 단음계 가락의 음악을 들려주고, 원색보다는 채도 낮은 중간 색조의 그림 앞에 서게 하며 홀가분한 후식을 만끽하게 해준다. 그리고 커피도 제공하고.

독자는 이로써 그 동안에 쌓인 많은 피로를 풀고 안식을 얻게 된다. 직접적인 설명도 있지만 이런 시간과 공간을 보여 주고 고마움을 되새겨 주는 것이 이 수필의 논리다. 물론 이것이 성공하려면 작자의 섬세하고 예리한 감성과 세련된 언어가 따라 주고 있기 때문일 것이다.

그리고 이런 기법이 아니라도 독자가 좋아 할 수 있는 소재의 특성이 중요한 몫을 차지한다.

노스롭 프라이 같은 철학자는 꿈이나 신화를 통해서 인류 문화의 원형을 찾는다고 했지만 그런 어려운 얘기가 아니라도 이 수필의 많은 소재들은 원초적이며 보편적인 이미지들로 꽉 차 있다.

오랫동안 전해 오는 자연 속의 많은 사물들은 사람들의 의식의 밑바탕에 원초적이며 보편적인 이미지들도 잠재되어 있다. 이 작품의 첫머리에서처럼 선홍빛 저녁노을 저쪽으로 멀리 사라져 가는 물새를 바라보면 누구나 조금쯤은 달콤한 감상(感傷)에 젖게 될 것이고, 하루해의 흥분도 사그라져들 것이며, 미웠던 자들도 조금은 용서해 주고 싶어질 것이다. 아침에 우는 새는 배가 고파 울고, 저녁에 우는 새는 님이 그리워 운다고 하듯이 그 시간은 사랑하고 위로해 주며 쉬고 싶은 시간이다.

이 세상에서 미친 듯이 가장 바쁘고, 가장 치열한 경쟁으로 지쳐 있는 한국인들에게는 이 수필은 그런 의미에서 위안과 치유만이 아니라 우리가 얼마나 잘못된 길에서 위기에 처해 있는지를 암시해주기도 한다. 그것이 작자 개인적 취향인 듯한 겸손한 형태지만 많은 사람들에게 공감을 줄 것이다.

주목과 나눈 이야기

박종철

    겨울 설산이 좋다. 그중에서도 태백산이 더 좋다. 희디흰 실크로 온몸을 감고 있는 눈부신 산들을 바라보면 꿈을 꾸는 듯 황홀하다.

    유일휴게소에서 가족과 함께 푹푹 빠지는 눈길을 천천히 오른다. 겨울 새들의 가냘픈 노랫소리가 악기의 선율처럼 귓전을 스친다.

    높은 나무에서 잡자기 우르르 쏟아지는 눈사태에 놀라기도 하며 눈 세상에 흠뻑 취해 걷노라면 어느새 내 몸에도 눈빛이 들어와 마음을 하얗게 비운다.

    제일 처음 만난 주목은 훤출한 미남형이다. 기골이 장대하고 곧게 치솟은 몸체에 가지마다 눈꽃을 무더기로 피우고 있어 우러러 보이기까지 하다. 피부 결도 곱고 잎새도 촘촘하게 달고 있어 건강하고 활기차다. 마치 군사들을 이끌고 전투대열의 선두에 서서 호령하는 장군의 기상이랄까.

    발길을 옮길 때마다 사각사각 소리를 낸다. 앞서간 사람들의 발자국을 따라 걷고 있다. 한참을 오르다가 또 주목을 만난다. 600여 년의 나이를 두르고 있는 고목이다. 한 몸에서 둘로 갈라져 오랜 세월을 버티다가 몸통과 가지는 미라가 되어 형체만 남았고 허리에서 외가닥으로 뻗은 가지에만 잎새를 달고 있었다. 마치 가족을 지키기 위해 일생을 소진한 끝에 목석같이 뼈만 앙상하게 남은 아버지의 모습이다.

주목은 산신령이다.

신령이 아니고서야 어찌 살아서 천년, 죽어서 천년이랄 수 있을까. 높고 험한 산속에 굳이 뿌리를 내리는 것은 필시 생명에 대한 철칙과 숨은 사유가 있을 것이다. 칼날이 튕길 만큼 돌같이 굳은 육질 속에서 어떤 경로를 통하여 생명수를 자아올려 가지 끝에 잎을 달게 하는 것인지 끈질긴 생명력이 신비롭기만 하다.

눈을 입에 넣어 얼음과자처럼 씹어보기도 하고 아이들처럼 눈을 뭉쳐 서로 던져보기도 하면서 쉬엄쉬엄 오른다.

오랜 세월을 견딘 주목 앞에서 다시 발을 멈춘다. 나무의 몸체는 두 갈래로 갈라져 사람이 들락거릴 수 있을 정도로 구멍이 크게 뚫렸고 오른쪽으로 비스듬히 뻗은 가지에다 새록새록 잎을 달고 있어 생명의 유구함에 절로 마음을 여미게 한다. 한 몸이 이산가족처럼 찢겨진 아픔이 얼마나 깊었을까. 그 상처를 치유하며 오랜 세월을 버티고 있는 끈질긴 생명력에 그저 감탄과 고개가 숙여질 뿐이다.

태어날 때부터 불로초를 먹은 것일까. 아니면 하늘로부터 불사조란 명줄을 축복으로 받은 것일까. 괜히 주눅이 들고 옛 조상들을 만난 듯 숙연해진다.

주목은 왜소한 나를 내려다보며 일갈한다. '인생아, 어찌 너희는 백년을 못 다 살면서 그리도 파란과 근심이 많으냐. 천년인들 길겠느냐. 세월은 속절없는 것이다. 지나는 바람결이오, 뜬구름처럼 허무할 뿐이다. 마음을 잘 다스려 지나친 욕심은 미련 없이 버리고 나처럼 홀가분하게 살아

라. 너희는 조금만 더워도 덥다고, 조금만 추워도 춥다고 불평하지 않느냐. 침묵의 아버지인 바위산도 눈물을 흘리거늘, 식물체인 난들 어찌 뿌리 깊은 아픔과 눈물이 없었을까. 남몰래 흘리던 눈물은 동이동이 넘쳤을 것이다.

나는 덥거나 춥거나 폭풍우가 몰아치고 생살이 찢기어도 하늘의 뜻으로 받아들이고 오직 감사한 마음으로 살 뿐이다. 욕망이란 그릇을 가득 채우려하지 말고 결과에 만족하며 감사한 마음으로 살아라. 그리하면 너희에게도 천년 세월이 눈앞에 다가설 것이다.'

발걸음을 다시 옮긴다. 주위는 온통 눈과 침묵과 눈부신 세상뿐이다. 속으로 반문해 본다. '어디 세상살이가 말처럼 쉬운가. 어머니의 자궁에서 떨어져 세상에 나오는 순간 세상살이의 두려움 때문에 울음부터 먼저 터뜨리는 것이 사람의 본성이 아니겠는가. 나 같은 소인배는 작은 비바람에도 흔들리고 천둥번개에도 지레 놀라서 몸을 숨기고 날카로운 소리에 자라목처럼 움츠리는 비겁쟁이니 어찌 주목과 같은 높을 뜻을 세울 수 있을까.' 살아온 세월이 후회스럽고 허망할 뿐이다.

주목은 사람에게 가르침을 남겨 주고 또 유익함까지 베풀고 있으니 신목이라고 할 수 있겠다. 주목의 잎은 신장병과 위장병 치료에도 도움을 주고 열매는 항암효과도 있는 것으로 알려져 있다. 또 결이 고르고 광택이 좋아 장식과 용구제 등으로 쓰이고 있어 주목의 진가를 더욱 높여 주고 있다.

천제단에 올랐다가 내려오는 길에 아쉬움이 남아 긴 수염을 달고 용트림을 하고 있는 주목과 마주한다. 보료처럼 푹신한 눈밭에 앉으니 아늑하고 편안해진다. 백발이 성성한 조상을 만난 듯 마음을 기대어 본다.

주목 할아버지가 나에게 일러준다.

'너는 지금 내리막길을 홀가분하게 걷고 있다. 지나온 길보다 남은 길이 더 없이 짧다. 이제 너의 길을 마무리할 때가 가까워졌다. 두드리면 울림이 돌아오는 빈 항아리처럼 마음을 비워라. 그리고 남은 시간을 금쪽같이 아껴라.'

가족과 함께 일어선다. 눈 덮인 산들의 능선이 다정하게 다가온다.

눈부신 겨울 산, 말없는 설산이 좋다. 그곳에는 산신령 같은 주목이 살고 있기에 더욱 오르고 싶은 것이다.

평설

이 작품의 주목나무가 작자 박종철을 연상하게 되기도 한다. 겨울 산의 주목나무처럼 고결한 문학 정신으로 영동 지방의 대표적인 수필가로서 대접을 받아 오고 있는 우수한 작가다. 문학은 언어로 표현되는 것이기에 모두 언어 예술이지만 산문으로서는 소설보다 훨씬 더 언어 예술적 특성으로 매력을 간직한다. 물론 소설도 그래야 되지만 그런 서사적 사건 전개가 허용되지 않는 이상 문장 하나하나만으로 언어 예술의 매력을 살리는 것이 수필 본연의 자세다.

예전에 흔히 말하던 문장가(文章家)는 그 문장으로 담아내는 내용도 중요하지만 그 문장력이 뛰어난 경지에 이른 사람을 의미했다. 수필가는 이런 문장가이어야 한다.

박종철의 「주목과 나눈 이야기」는 첫 줄부터 이런 문장가의 매력이 물씬 풍긴다. 눈 덮인 겨울산의 수려한 풍경이 첫 줄에서부터 확연하게 눈앞에 전개된다. 마치 기차를 타고 캄캄한 터널을 지나자 눈앞에 갑자기 전개되는 아름다운 풍경에 경악하게 되는 것과 같다.

이 작품의 첫 문장은 '겨울 설산이 좋다'로 시작된다. 한 줄의 5분의 1 정도 밖에 안 되는 단문이다. 다음에는 '그중에서도 태백산이 더 좋다.'로 이어진다. '겨울 설산이 좋다'의 2배 정도 길이다. 다음에는 이 문장의 2~3배 정도 길이의 문장이 이어진다.

독자는 이 3개 문장을 읽으며 경쾌한 리듬을 타게 된다. 탕, 탕탕, 탕탕탕 하는 리듬이다. 짧은 것에서부터 긴 것으로 이어지는 3단계 점층법(漸層法)이다.

이런 기법을 의식하지 않으면 산문에서 예술적 디자인이 살아나기 어렵다. 처음부터 긴 문장은 부담을 줄 것이며 리듬이 깨져도 부담이 되기 때문이다.

이런 의미에서 박종철은 우수한 문장가다.

이런 문장으로 그려나간 풍경이 참으로 아름답다.

언어로 그려 나간 풍경화는 색칠하며 그려 나간 것과 달리 그것을 능가하는 장점이 따로 있다. 미술 작품으로서의 풍경화는 눈으로 직접 확인하며 감상하기 때문에 받아들이는 입장에서 문학만큼 상상적일 필요가 없다. 문학은 독자에게 문자(언어)만 전달하는 것이니까 이것으로 어떤 그림을 그리느냐는 것은 독자 마음에 달려 있다. 그만큼 독자도 작가와 함께 그림을 그리는 것이기 때문에 이것이 문학만의 매력이 된다.

박종철은 이런 겨울산 풍경 안에 600여 년 살아온 주목나무를 그려 놓고 있다. 그리고 주목과의 대화를 통해서 그 질문과 대답으로 우리들의 이야기를 하고 있다. 그 나무에 비하면 우리가 얼마나 하찮은 존재인지를 확인하고 이를 통해서 참되고 귀하고 아름다운 삶이란 무엇인가에 대한 답을 찾고 있다. 이처럼 우리들의 갈 길을 진지하게 묻는 원로 작가의 자세는 마치 깊은 산 속에서 산신령을 만나서 답을 구하는 구도자의 모습처럼 감동적이다. 강원도 강릉의 서재에서 가끔 산행을 하며 주목나무에 반하다가 작자도 주목나무처럼 고고하게 살아가는 수필가가 되고 있는 것 같다.

뱀

정희승

　뱀은 난해하고 불가사의한 동물이다. 한마디로 미끌미끌하다. 내가 파악하려고 하면, 교묘하게 빠져나가버린다.

　자만심에 찬 나는 한때 뱀을 잡을 수 있다고 믿었다. 그까짓 것쯤이야 마음만 먹으면 누워서 떡먹기라고 거들먹거렸다.

　그러나 뱀은 어설픈 내 손아귀에 결코 들어오지 않았다. 완력이나 우격다짐은 물론, 사탕발림, 은근한 유혹 그 어떤 것도 통하지 않았다.

　물론 잡았다고 득의에 찬 미소를 지었던 적도 있었다. 정말 그때 나는 영물인 뱀을 잡았다고 생각했다. 그런데 그 순간 온몸이 꼭 째는 느낌이 들어 정신을 차려보면 오히려 내가 옴짝달싹할 수 없을 정도로 뱀에게 칭칭 감겨 있었다.

　보리가 패는 화창한 늦봄이었다고 기억한다. 산소에서 내려오는 길에 풀숲에서 몸을 길게 늘어뜨리고 볕을 쬐는 꽃뱀과 맞닥뜨렸다. 알록달록한 꽃무늬가 더없이 매혹적이어, 나는 가던 걸음을 멈추고 탄성을 질렀다.

고와라! 여기에 봄을 찬미한 한 줄의 아름다운 하이쿠(俳句)가 있구나!

그러자 게으른 꽃뱀은 내 말을 알아듣기라도 한 듯 몸을 한 굽이 느리게 접더니 자신은 한 줄이 아니라 두 줄이라고 능청스럽게 딴청을 부리는 것이었다. 실없이 터져 나오는 웃음을 참으며, 그래 너는 하이쿠가 아니라 대련(對聯)이란 말이지? 하고 얼른 방금 전에 한 말을 수정하였다.

그 말이 끝나기가 무섭게 능글맞은 뱀은 낭창낭창한 버들가지처럼 몸을 두 굽이 더 접으면서 나는 네 줄인데? 하고 나를 빤히 쳐다보며 비릿하게 웃었다. 나도 질세라 오, 이제 보니 절구(絶句)로구나 하고 맞대응하였다.

뱀은 그렇게 나오리란 걸 이미 예상하고 있었다는 듯, 이번에는 네 굽이를 더 접어 여덟 줄로 몸을 변형시켰다. 나는, 이번에는 율시(律詩)로군! 하고 천자문 암송하듯 목청을 한껏 높였다.

그러자 반들반들한 뱀은 몸으로 구불구불 수많은 행을 만들며 밑으로 내려가는 것이었다. 이집트 신전에 쓰인 신성한 문자처럼 쟁기질하듯, 왼쪽에서 오른쪽으로 그 오른쪽에서 다시 왼쪽으로 그렇게 현란하게 행갈이를 하면서.

굽이치며 유연하게 도주하는 점액질 텍스트!

이미 자존심이 상할 대로 상한 터라 순순히 도망가도록 내버려둘 수는 없었다. 그래, 약을 바짝 올려놓고 줄행랑 놓겠다는 심산이야? 단단히 심통이 나서 막대기 알구지로 몸통을 짓누르며 엄지와 검지로 꽃뱀의 대가리를 움켜쥐었다. 이제 보니 너의 진면목은 자유시로구나. 지금까지 나를 완전히 기만했어.

내 말에 동의라도 하듯 수많은 행들이 내 팔을 휘감으며 꿈틀꿈틀 요동쳤다. 이것 좀 봐. 너는 틀림없이 꿈틀거리는 자유시야!

정말 그때 나는 뱀을 잡았다고 생각했다. 그러나 그것은 크나큰 오산이

자 착각이었다. 내가 잠깐 방심하는 사이 미끌미끌한 뱀은 허물만 남기고 감쪽같이 내 손아귀를 벗어나버렸다. 그리고 아무 일 없었다는 듯 아까보다 조금 밑쪽 찔레덩굴 옆에서 몸을 일자로 곧게 편 채 지그시 나를 쳐다보며 빙그레 웃는 것이었다. 그 모습이, 나는 이제 다시 한 줄인데? 하고 말하는 것 같았다. 막 허물을 벗은 터라 문장에 떨어진 복사꽃 세 송이가 유난히 붉게 빛났다. 화색을 되찾은 뱀은 가소롭다는 듯 혀를 널름거리며 다시 감미로운 박하 향을 뿜었다.

너는 기껏 헛물을 켠 거야. 내 허물만 움켜쥔 거라고. 자, 그럼 이제 슬슬 두 번째 연으로 미끄러져 가볼까? 이제 막 한 연을 끝낸 참이니까.

그제야 나는 뱀을 잡는 게 결코 쉽지 않다는 것을 깨달았다. 어쩌면 영원히 잡을 수 없을지도 모른다는 생각마저 들었다. 그래서 나는 정색하고 진지한 태도로 물었다.

너는 누구야? 아니, 너는 무엇이야?

정체를 파악하려는 불온한 나의 질문에도 뱀은 대수롭지 않다는 듯 아주 태연하게 대답했다.

자못 궁금한 모양이로군. 글쎄, 알기 쉽게 설명을 해주어도 그 아둔한 머리로 이해할지 모르겠어. 그래도 알고 싶어 하니까 일단 가르쳐주지.

나는 한마디로 결코 하나의 기표로 고정할 수 없는 그 무엇이야. 그러니까 끝없이 미끄러지며 변용하는 기표지. 의미를 생성하려는 연쇄적 미끄러짐과는 근본적으로 달라. 고유한 안면을 획득하지 못하는 데서 오는 어쩔 수 없는 변신이니까. 발이 없는 자의 원죄라고나 할까? 그러므로 나는 무엇이든 될 수 있어. 그리고 그 무엇도 될 수 없고. 이제 나의 정체를 파악할 수 있을 것 같아? 후후, 그런데 떨떠름하고 얼떨떨한 표정을 보니 전혀 이해하지 못한 것 같군. 얼굴에 긴 의문표가 되똑하게 드리워져 있어. 이럴 때는 비유가 좋은 처방이야. 성가시겠지만 어쩔 수 없이 발을 달고 다녀야겠군. 시를 비유로 설명 해주는 게 좋겠어. 그러니까 나는 무한한 행, 무한한 연을 끌고 가는 단 한 줄의 시야. 아니, 헤아릴 수 없는 수많은 담론과 흥미진진한 영웅담, 신비로운 전설, 두서없고 부질없는 잡담을 갈무리한 단 하나의 글자지.

단 하나의 글자라니? 너는 지금까지 최소한 한 줄의 언표였잖아? 그런데 갑자기 그것이 어떻게 다시 한 글자로 요약될 수 있단 말이야?

그래서 나를 잡을 수 없는 거야. 잘 보라고. 내가 어떻게 한 글자가 될 수 있는지.

뱀은 보란 듯이 천천히 긴 몸을 사려 똬리를 틀었다. 그리고 중심에 머리를 얹고 혀를 널름거렸다.

그제야 무슨 말을 하려는 것인지 조금은 알 것 같았다. 나는 고개를 끄덕이며 말했다.

그러니까 중심을 휘감고 도는, 엄청난 잠재력을 지닌 토네이도란 말이군. 태풍의 눈은 시안(詩眼)을 의미하는 것이겠고?

많이 발전했군. 진실에 꽤 가까이 접근했어. 그러나 아직도 영감이 턱없이 부족해. 그런 세속적인 언어로는 결코 나를 다 표현할 수 없지. 시안은 한마디로 너무 오염되고 닳아서 주술적인 힘을 이미 오래 전에 상실해 버렸어. 신성한 힘을 지닌 다른 말이 필요해. 그런데 인간의 언어에는 그런 마땅한 단어가 없어. 의미의 손실이 있겠지만, 어쩔 수 없이 풀어서 설명해 주어야겠군. 그러니까 나는 모든 사태를 깜박이지 않는 눈으로 관망하면서, 이브를 유혹할 수 있고 심지어 천일야화를 들려줄 수 있는 달콤한 혀를 가진, 신경이 살아서 끝없이 꿈틀거리는, 오직 신성한 한 글자야!

어안이 벙벙해진 나는 뱀을 멍한 눈으로 쳐다보았다. 사악한 뱀의 눈과 마주쳤다. 나의 의중을 빤히 꿰뚫어보는 것 같았다.

꽤 감명 받은 것 같군. 그런데 안 좋은 버릇이 있는 것 같아. 하긴 교육은 언제나 고분고분하고 착한 아이로 만드는 경향이 있지. 방금 가르쳐준 그 한 글자에 다시 골몰하기 시작했다는 말이야. 후후, 그것만 제대로 파악하면 나를 잡을 수 있다고 생각하겠지. 그러나 재삼 강조하지만 그것만으로는 아니, 그런 태도로는 나를 결코 잡을 수가 없어. 잡히지 않으려고 간교한 꾀를 부리는 게 아니야. 제발 누군가가 나를 잡아줬음 좋겠어. 정말이지 나에게는 안식이 필요해. 쉬고 싶어. 부탁이야. 더 많은 정보를 알려줄 테니까 나를 꼭 붙들어줘.

뱀은 스르르 똬리를 풀었다. 그리고 입으로 꼬리를 물어 둥근 고리형태를 취했다. 에우보로스 뱀이 된 것이다. 그것만으로는 미흡했던지 꼬리를 삼키면서 몸을 배배 꼬아 비틀었다. 그러자 뫼비우스 띠로 변했다.

보다시피 나는 또 이렇게 겉(형식)이면서 속(내용)이야. 그리고 끝이면서 시작이기도 하지. 이제 어느 정도 감이 잡히나?

시간을 갖고 어떻게 하면 나를 잡을 수 있을지 잘 궁리해봐. 미안하지만 지금은 어림없어. 그 능력으로는 결코 나를 완전히 포획할 수 없다는 말이야. 그렇다고 지레 포기하지 마. 알구지로 짓누르는 솜씨도 좋았고 손아귀의 힘도 센 편이었어. 끝까지 희망을 잃으면 안 돼. 힘을 내라고. 기다릴게.

굴욕적인 참패였다. 어떻게 그렇게 무참하게 당할 수 있다는 말인가. 내 자신이 한없이 작게만 느껴졌다. 너무나 비참해서 돌아와 이불을 둘러쓰고 소리 없이 울었다. 그리고 오랫동안 끙끙 앓았다.

그후 나는 늘 뱀을 의식하며 살아왔다. 어떻게 하면 뱀을 잡을 수 있을까 고심하였다. 하지만 결과는 언제나 신통찮았다. 아니, 참담했다. 여태껏 겨우 뱀에 묻은 먼지나 덧없는 뱀의 뿔만 움켜쥐었을 뿐이니까. 거칠고 질박한 석 새 무명이 어느 날 갑자기 결 고운 비단으로 변하는 것은 아니었다. 시간이 흐를수록 내 자신의 초라한 능력에 절망했다. 차라리 뱀을 외면해버리는 게 낫겠다는 생각도 했다. 그러나 외면할 수 없었다. 외면하려고 해도 어디에서든 시도 때도 없이 나타났으므로. 단지 대부분 일상생활에서는 그 그림자에 의지해서 살기 때문에 보지 못할 뿐이었다. 내가 읽는 모든 텍스트, 그 그림자인 기능에 순응하지 않고 텍스트 그 자체를 의심하고 몰입하면, 뱀은 거기에 어김없이 똬리를 틀고 있었다.

그런데 그런 힘겨운 노력을 하는 사람은 나뿐 아니었다. 어떤 이는 그림으로 어떤 이는 음악으로 또 어떤 이는 춤으로 뱀을 잡으려고 노심초사하였다. 저마다 그물은 달랐지만 목표는 같았다. 뱀을 잡겠다는 일념으로 모두 고심하고 있었다.

궁금했다. 그렇게 많은 사람들이 노력하는데도 왜 뱀을 잡을 수 없는 것일까? 뱀은 잡아달라고 어디든 모습을 드러내고 모두 잡으려고 끊임없이 다가가는데도 왜 늘 어긋나는 것일까? 왜 잡히지도 않고 잡을 수도 없는 것일까? 도대체 잡음과 잡힘 사이에는 어떤 척력, 어떤 심연이 있는 것일까? 어떻게 생각하면 그물이나 힘에, 더 나아가 지혜에 문제가 있는 것 같기도 했다. 모르겠다. 넓이와 깊이 그리고 자성(磁性)을 거느리는 애정에 문제가 있는 것인지도.

뱀을 누가 어떻게 잡든 통째로 잡을 수만 있다면 시샘, 질시, 우열, 불평등, 차이, 전망 그 모든 것들이 일시에 종식될 것이다. 예술가는 꿈을 꾸지 않고 그저 삶을 향유하기만 하면 될 것이다. 아니, 더 이상 새로운 예술도 없으니 예술가도 사라질 것이다. 모두 예술을 살게 되리라. 예술이 결국 뱀을 통째로 포획한 전능한 땅꾼, 불사의 비밀을 알고 있는 아스클레오피스에 의해 완성되었다는 의미이므로. 그때야 삶이 궁극의 예술이고 궁극의 예술이 곧 삶인 세계, 그 둘을 더 이상 분리할 수 없는 지복의 세계, 그러니까 모든 악이 소멸된 무하유향(無何有鄕)이 도래하리라.

사실 우리는 너무나 오랫동안 잊고 살아왔다. 아니, 외면해왔다. 에덴동산에서 우리의 선조들이 추방될 때 그들 발뒤꿈치에 바짝 붙어서 따라왔던 그 뱀을. 이제는 직시해야 한다. 여전히 그 뱀이 우리와 함께하고 있다는 사실을, 그것을 잡지 않고는 시원으로 회귀할 수 없다는 냉엄한 사실을. 그리고 보면 모든 예술가는 영원으로의 회귀를 꿈꾸는 몽상가다.

나는 비장한 마음으로 다시 어설프고 무모한 시도를 하려 한다. 지금까지 전의를 불태우며 호시탐탐 그 기회를 노려왔다. 이 글이 바로 그 증거다. 나는 뱀을 잡기 위해 오로지 뱀에만 몰입했다. 뱀이 꼼짝 못하도록 단도직입으로 뱀 자체를 거침없이 해독하고 폭로하였다. 뱀도 뜨끔했으리라. 시시포스는 실패하더라도 결코 비난받지 않는다. 포기하지 않는 한 실패도 숭고한 것이므로. 뱀아, 결과를 두려워하지 않고 다시 너를 포획해보마.

나는 원고지 그물을 넓게 펼쳐 뱀을 향해 힘차게 던진다.

평설

정희승은 2006년에 『한국수필』로 등단했지만 그전부터 우수한 역량을 발휘해 온 것 같다. 「뱀」은 주목을 끌 만한 좋은 작품이다. 사물에 접근해 들어가는 기법이 매우 독창적이고, 상상력에 의한 추리력이 좋고, 실패를 거듭하면서도 포기하지 않는 삶의 의미에 가치를 두는 신념에 소중한 무게가 실리고 있는 작품이다.

그런데 이런 작품은 자칫 독자나 평자들에 의한 오독을 유발할 수 있다는 것도 작자는 잊지 말아야 할 것이다. 난해성에 막히고 주춤거리다가 황당한 결론을 내리는 사람이 많기 때문이다.

30년대 이상의 시가 가장 대표적인 예다. 해방 후 서정주의 「국화 옆에서」도 그렇다. 무수한 학살을 저지른 전쟁 행위와 그 일왕을 극찬하며 종전 후 위기에 몰린 친일파들 사이에서 기세를 올린 작품인데 은유법을 안이하게 다루고 유명도로 인한 선입견으로 황당한 해석을 가장 많이 붙인 경우다.

「뱀」도 좀 잘못된 해석이 이미 붙고 있는데 아직 신인이니까 그 정도일 것이다.

이야기가 꽃뱀에서부터 시작되었기 때문에 서정주의 「화사(花蛇)」가 연상되고 여기서부터 오류가 유도되기 쉽지만 작자가 말하는 뱀은 언어 예술이 추구하는 궁극적 실체의 이미지로 보는 것이 좋겠다. 뱀의 움직임으로 나타나는 하이쿠와 대련과 절구와 자유시는 모두 문학이다. 그리고 마지막 한 줄도 문학 애기다.

'나는 원고지 그물을 넓게 펼쳐 뱀을 향해 힘차게 던진다.'

이렇게 원고지를 펼친다고 했으니 작자는 원고지에 글을 쓰는 문인이다. 그것으로 뱀을 잡겠다고 했지만 종이 몇 장 던져서 잡힐 뱀은 없으니까 그것은 은유법일 뿐 작자는 글을 쓰는 사람이고, 그는 실패를 거듭하는 시시포스가 되더라도 포기 하지 않고 글을 쓰겠다는 비극적인 인물로 읽는 것이 무리가 없겠다.

작자는 문학 말고 음악 미술 무용의 예술가들도 뱀을 잡으려는 일념으로 노심초사하고 있다고 말한다. 작자는 그중에서 언어로 뱀을 잡으려는 사람이다. 그리고 그 뱀은 잡힐 듯 잡힐 듯하면서도 잡히지 않고 잡은 줄 알았는데 빈 허물만 쥐고 있으며 뱀은 이미 저만치 달아나서 이쪽을 바라보며 놀리고 있다.

글 쓰는 행위가 무엇인가 궁극적인 문제를 풀고 마지막으로 도달하려는 어떤 실체를 의미한다면 이 작품이 은유법인 이상 성공 여부는 뱀이라는 이미지 선택의 적절성 여부에 좌우된다.

뱀은 잡은 줄 알았다가도 미끄러워 잘 놓치는 요상한 놈이라는 의미에서 창작행위와 유사성을 지닌다. 자신은 혼신의 힘을 기울여서 대진리라도 찾은 줄 알다가도 착각임이 들어나는 경우가 그렇다.

또 그럼에도 불구하고 작가는 포기하지 않고 글을 쓴다. 도망쳤던 대상이 다시 잡힐 듯 유혹하고 있기 때문이다. 그런 의미에서 이부를 유혹한 뱀을 이미지로 삼은 것은 적절하다.

다만 뱀이 뱀장어만큼 미끄럽지 않고 뱀을 허리를 잡는 바보는 없는 것이 조금 흠이지만 그래도 이만하면 적절한 비유가 되겠다.

뱀을 누가 어떻게 잡든 통제로 잡을 수만 있다면 시샘, 질시, 우열, 불평등, 차이, 전망 그 모든 것들이 일시에 종식될 것이다.

작자가 말하는 창작 행위의 궁극적 목표는 이것이다. 평화와 평등과 희망, 다시 말해서 다 함께 전쟁 없이 사람답게 사는 세상을 위한 지혜를 얻는 것. 이것이면 예술가들도 이젠 할 일이 끝난다는 것이다. 작자는 이것을 뱀을 잡는 행위에 비유하고 있다. 그리고 이 일이 실패하더라도 이를 거듭하겠다는 의미를 원고 그물을 힘차게 던지는 행위에 비유하고 있다.

은유법이기에 독자의 상상력이 잘 따라 줘야 하지만 고무적인 주제와 정신이 매우 좋다.

유년의 기억과 민족상잔

함박눈

안영환

소년기에 나는 겨울철에 내리는 눈을 무서워했다. 특히 새벽녘 들창을 열었을 때 푸르스름한 기운이 감도는 미명 속에서 밤새 도둑고양이처럼 소리 없이 뜰이며 나뭇가지며 온통 점령한 흰 눈이 덮여 있는 걸 보면 공포가 엄습해 왔다. 흰 눈 위에 튀기며 낭자하는 선혈이 더욱 선명해지는 것 같아 황급히 창을 닫아 버리곤 했다. 물론 그 선혈은 환영이었으나 너무나 생생한 것이었다. 어머니는 눈 내리는 날 무서움에 떠는 나를 볼 때마다 "아가, 내가 널 거기에 데려가지 않았어야 했는데……." 눈시울을 적시며 나를 품에 끌어안곤 하셨다.

어머니는 17세 되던 해 한 살 위인 아버지와 결혼했으나 애를 갖지 못하다가 30이 돼서야 처음 나를 낳았다. 부모들끼리 약속해서 한 결혼인지라 부부금실이 좋지 않아 그리 됐다고도 하고, 아버지가 공부한다 뭐한다며 서울과 동경만을 쏘다녀 그렇게 됐다고도 했다.

좌우간 내 아래로 딸 둘을 더 낳는 바람에 졸지에 나는 외아들이 돼서 귀여움을 독차지했다. 어머니는 어느 고승으로부터 사실은 아들이 하나 더 있는데, 그 아들은 보살님과 인연이 적어 바람처럼 왔다가 바람처럼 가버리지만, 그 아들 덕에 장수할 것이라는 알쏭달쏭한 말씀을 들으셨다고 했다. 집안에서 어머니를 좋게 보지 않는 어른 중에는 이 얘기를 전해 듣고 아버지 말투를 흉내 내 "멍청하고 모자라 사실은 가진 애가 지워진 것도 몰랐던 것 아니냐"는 의혹을 제기하기도 했었다.

서양 사람들이 '한국전쟁'이라고 명명한 1950년 6·25사변이 터질 때까지는 나는 행복하게 살았다. 간혹 아버지가 어머니를 학대하고 서울로 올라가버리면, 나는 몇몇 또래 친구들을 모아 아버지가 할머니에게 주신다며 애지중지하는 뒤뜰 석류나무 가지에 주렁주렁 탐스럽게 매달려 있는 석류들을 모조리 훑어 따버리는 등의 보복을 하더라도 외아들 지위 때문에 심하게는 야단맞지 않았다.

7월 하순이 되면서부터 내가 살던 정읍(井邑)에도 인민군 부대가 들어오기 시작했다. 정읍은 남도로 내려가는 길목이어서 그들은 새벽녘에 정읍에 도착하여 한낮 내내 내무서로 이름이 바뀐 경찰서 건물과 비교적 큰 읍내 가정집에 배정되어 아침 겸 점심을 배불리 먹고 낮잠을 자다가 석양녘에 주먹밥 한 덩어리씩을 배낭에 넣고 떠났다. 어른들은 인민군이 공습을 두려워해 밤에 행군하고 낮에 휴식하는 것이라고 했다.

우리 집에도 30여 명에서 많게는 60명까지 배정되었던 것 같다. 두어 차례 그들이 지나간 뒤 어른들은 이대로라면 곧 곳간이 비어 우리도 먹을 것이 없게 된다고 걱정했다.

한번은 1개 소대 병력이 우리 집에 와서 밥 먹고 여기저기 널브러져 잤는데, 한 왜소한 병사가 매우 아파 저녁에 함께 떠나지 못했다. 읍내 내무서 책임자가 그 병사를 우리 집에서 맡아 돌보라고 명령했다. 그가 만일 회복되지 못하면 처벌을 각오하라는 협박도 했다. 누굴 처벌하겠다는 것인지, 아버지는 홀로 부산으로 피신하시고, 집안일을 거들어주는 친척 어른 몇 분이 우리 집에 출입했으나, 내무서원에게 한마디도 뭐라 말씀하지 못했다.

토하고 고열에 인사불성으로 그 왜소한 병사는 죽을 것 같았다. 집안 어른들은 이제 인민군 송장까지 치우며 누군가 처벌받게 생겼다며 걱정이 태산이었다. 그러나 며칠이 지나면서 그 가냘픈 병사는 어머니의 지극한 간병으로 기적적으로 회생했다. 말린 약초를 어디서 구하셨는지 탕약을 달여 먹였다.

어머니로부터 들은 바로는 그는 어머니와 같은 연안(延安) 이(李)씨로서 이름은 영철(永喆)이라고 했다. 성만 다르지 길 영자는 내 항렬의 돌림자여서 신기하기도 했다. 그러나 그는 못나 보였다. 나보다 10여세 위 나이인데도 키는 불과 두 뼘 남짓 밖에 크지 않아 장총을 어깨에 멜 때는 개머리판이 땅에 끌렸다. 9세의 어린 내 눈에는 인민군이 이 모양이니 전쟁에서 지겠다는 생각이 들었다.

그가 회복되어 떠나기 전 어머니에게 "어머니"라고 부르고 싶다고 말했다. 어머니는 미소만 지을 뿐 말씀이 없으셨다. 어머니는 그가 살고 있는 황해도에는 연안 이씨가 많다면서 아마 먼 혈족일 듯싶다고 하셨다. 그러면서 엄마가 낳자마자 죽어 생모를 모르고 자란 아이라고 하셨다. 그러면 어떻게 새엄마가 친 엄마가 아닌 걸 알았겠느냐고 묻자, 어머니는 "친척이 말해 줄 수도 있고, 새로 태어난 동생들과의 어쩔 수없는 차별 때문에 알게 된 게지"라고 짐작하셨다.

가을이 되면서 서울이 수복되었다는 괴 소문을 놓고 집안 어른들은 숨죽여 쑥덕거렸다. 그 소문은 사실이어서 이내 인민군 세상은 다시 국군 세상으로 바뀌었다. 이 와중에서 많은 사람이 죽었다는 풍문이 떠돌았으나 시체를 직접 보지는 못했다. 겨울철이 되자 밤에 빨치산이 출몰하여 경찰과 전쟁을 벌이면서 진짜 잔혹한 살상이 자행되어 시체를 본 적도 있었다. 인근 내장산은 계곡이 우리의 내장처럼 얽히고설켜 빨치산의 주된 은신처가 되었다. 달빛이 없는 칠흑의 밤에는 어김없이 콩 볶는 듯한 총소리와 함성이 어린 나를 숨 쉴 수조차 없는 공포에 가두었다.

한 겨울 눈이 쏟아지는 어느 날 빨치산의 공격이 가열 차던 새벽녘에 누군가 우리 집 대문을 두드렸다. 어머니는 나와 내 동생 둘을 끌어안고 이불을 뒤집어쓰고 있었는데, 벌떡 일어나 귀를 기울이셨다. 그러더니 옷매무새를 고치고 밖으로 나가셨다. 어머니와 함께 들어온 분은 할머니의 조카 부인, 그러니까 내겐 당숙모뻘 되는 아주머니였다. 고위 경찰인 아저씨가 눈이 펑펑 쏟아져 별일 없을 줄 알고 몸에 미열이 있어 집에서 자다가 빨치산의 출몰로 경찰서로 복귀하던 중 누구 총인지 총에 맞고 집에 되돌아왔으니 도와달라는 것이었다. 어머니가 간청을 뿌리치지 못해 따라 나서자 나도 울면서 어머니의 치마꼬리를 붙잡았다. 눈보라는 울고 있는 내 얼굴을 세차게 후려치기만 했다. 정읍은 겨울철 유난히 눈이 많이 내리는 고장이다.

아저씨는 대청마루에 누워 있었다. 어머니는 그리로 달려가 피가 쏟아지고 있는 아저씨의 어깻죽지 한 곳에 헝겊을 틀어막으면서 솜뭉치를 가져오라고 소리쳤다. 그 소리에 눈을 뜬 아저씨는 "의사를 불러오라고 했는데 누굴 데려온 것이냐"고 투정하면서 다시 의사를 불러오라며 신음했다. 아주머니는 어디서 의사를 데려오느냐고 울부짖으면서 다시 밖으로 나갔다.

"여기요, 여기" 하는 소리가 들리더니 서너 명의 장정 발굽소리가 가까워오면서 대문이 활짝 열렸다. 아주머니가 바로 경찰서 앞까지 다가가 "고 경위 총 맞았다"고 외쳐 데리고 들어온 사람들은 경찰이 아닌, 경찰서를 공격하던 빨치산들이었다. 벙거지 모자에 쌓인 눈 더미 사이로 빨간 휘장이 보이자 어머니는 내 손을 잡고 맨 발로 좁은 마당을 가로질러 담 벼락에 붙어 섰다. 제 정신이 아닌 아주머니가 마루에 올라서자마자 연발의 총소리가 들리고 아주머니는 나무토막처럼 토방에 떨어졌다. 아저씨는 누운 채 몇 차례 몸을 꿈틀거리다가 늘어졌다. 피가, 선혈이, 튀기면서 마당의 흰 눈 위로 흘러내렸다.

한 빨치산이 내 손을 부여잡고 떨고 있는 어머니를 향해 누구냐고 묻자, "이 집 식모"라고 대답했으나, 저년이 거짓말 한다고 총구를 겨눴다. 그리고는 총소리를 들었는데, "어머니, 빨리 집으로 가세요"라는 울음 섞인 말 이외에는 기억나는 것이 없다. 바람처럼 왔다가 간다는 아들이 어머니를 보호하고자 동료 빨치산에게 총을 쐈던 건가. 바람결인지, 눈보라 소린지, 어머니더러 집에 돌아가라는 소리 밖에 기억에 남아있는 것이 없다.

그 집에서는 경찰 내외와 안방에서 숨죽이던 두 남매 그리고 빨치산 두 명도 함께 죽어 있는 시체가 이튿날 확인되었다. 지금도 나는 순백의 눈 위에 선혈을 뿌린 증오의 실체에 대해 이해하지 못한다. 그러나 사랑의 실체에 대해서는 지금도 뜨거움을 느낀다. 어머니는 그 고승의 예언대로 명을 이어 90세까지 장수하셨다.

이번 겨울에도 정읍에는 눈이 많이 내린다. 어머니가 저승에 가신 다음에는 눈발이 어머니의 소식을, 이승에서 바람처럼 왔다가 바람처럼 간 다른 아들과의 재회의 기쁨을 전하는 것 같기도 하고, "아가, 네 형은 아직 이곳에 오지 않았다"는 소식을 전하는 것 같기도 해서 함박눈이 유난히 포근하게 느껴진다. 이제 바람 타고 눈발 내리는 소리가 그리운 어머니의 소리, 태고의 숨소리처럼 들리기도 한다.

평설

안영환은 수필가이기 전에 해외에서 오랫동안 무역 업무에 종사하고 제2의 인생으로서 수필 창작에 열정을 쏟고 있다. 유년기에 고향 정읍에서 겪은 이야기가 이 글의 소재가 되고 있다. 이 수필에는 유년과 고향과 함박눈의 세 단어가 있다. 이렇게 세 단어만 모이면 너무도 아름다운 향수의 세계가 그려진다. 그런데 여기에 다시 피와 총소리라는 두 단어가 더 있다. 어린 시절 작자의 고향 정읍에서 있었던 민족상잔의 처절한 비극을 이 단어들이 말해 주며 작자의 유년의 기억을 되살리고 있는 것이다.

어린 시절의 작자는 함박눈이 펄펄 쏟아지고 총소리가 요란하게 울리던 날 밤 대문을 다급하게 두드리며 구원을 청하는 당숙모뻘 아주머니를 따라서 어머니와 함께 밖으로 나간다. 그리고 아주머니 집에서 갑자기 들이닥친 빨치산들을 보게 되고 그들에 의해서 아주머니와 아저씨가 총에 맞아 죽는 모습을 보게 된다. 방안에 있던 두 남매도 그렇게 죽고 또 빨치산 두 명의 시체도 그 다음 날 발견되었다. 어머니는 어느 고승의 예언대로 '사실은 아들이 하나 더 있는데 인연이 적어 바람처럼 왔다가 바람처럼 가 버리는 또 다른 아들' 덕에 죽지 않았고 어린 작자도 살아남았다.

이런 이야기를 담은 「함박눈」은 한국의 일반적인 수필과는 다른 장점이 있다.

수필은 개인적인 체험을 서술해 나가는 경향이 짙다. 그래야만 되는 것이 아님에도 불구하고 그런 경향 때문에 자기 고백적 특성이 강한 장르처럼 인식되고 있다.

이 작품도 개인적 체험담이 소재가 되고 있기는 마찬가지다. 그렇지만 그 개인적 체험은 우리 민족 공동의 처절한 아픔을 증언하는 역사적 기록성을 지닌다. 그만큼 이 작품은 담아내고 전하는 이야기가 개인의 체험적 한계를 벗어나서 광역화되고 무게를 더하고 있다. 남북 분단의 아픔은 우리 모두의 것이며 그것은 인류의 사랑과 평화를 위한 질문을 던지는 속삭임이 되기 때문에 호소력이 강하고 울림이 큰 문학이 된다.

이런 경우에 이 작품은 작자가 6·25 세대이기 때문에 그처럼 역사적 의미와 인류의 전쟁과 사랑의 의미를 묻는 글을 쓸 수 있었지 않겠느냐고 생각하는 것은 잘못이다. 수필이 자기 체험만을 기술해 나가야 한다는 생각은 잘못이기 때문이다.

이 작품은 사건 전개에서 사실적 형상화의 표현력도 좋고 특히 하얀 함박눈을 배경으로 벌어지는 사건이어서 회화적 배경의 효과도 잘 살려 내고 있다.

그는 증오의 실체는 이해할 수 없지만 '사랑의 실체에 대해서는 지금도 뜨거움을 느낀다.'고 말하고 있다.

이런 의미에서 안영환의 작품 세계는 비극의 미학이며 눈물의 미학이다. 우리들의 삶이 철학적인 질문을 통해서나 사회적, 역사적 현실을 통해서 얻어진 결론이 비극이라면 이를 절감하고 이를 극복하는 길이 사랑의 눈물에 있다는 점에서 그의 문학은 눈물의 미학이고 비극의 미학이라고 말할 수 있다.

문학은 새들이 노래하듯이 짝을 찾고 먹이를 찾고 밝은 햇빛과 시원한 바람을 즐기듯이 일상적, 개인적 교양을 위해서 필요한 장르이기도 하다. 그렇지만 다른 예술과 달리 문학은 사회와 역사를 바꾼다. 그것은 무대에서 장구 치고 꽹과리 두드리듯 요란한 소리는 없지만 다 함께 고통을 잊고 서로 사랑하며 위로하며 양보하며 함께 눈물 흘리고 행복을 공유하는 마음을 만들어 나가기 때문에 그 힘은 위대하다. 노벨상에 다른 예술은 없어도 문학이 있는 이유도 이 때문이다. 그런 의미에서 문학은 다른 어떤 예술보다도 큰 짐을 지고 자랑스러운 길을 걸어간다. 안영환은 이 같은 의미의 사랑과 구원의 기능을 비극의 샘에서 찾고 눈물의 미학에서 찾으며 큰 공감과 설득력을 얻으며 한국 수필계에서 높은 경지를 구축해 나가고 있다.

현관에서

김대원

오늘 아침에도 전철역은 여느 날처럼 출근하는 사람들로 붐볐다. 계단을 오르는 아내의 뒷모습이 사라질 때까지 지켜보다가 발길을 돌렸다. 아들이 운영하는 죽(粥)집 일을 봐 주러 가는 길이었다. 한 사람 더 쓰면 좋으련만 인건비도 만만치 않은데다 제 식구만 하겠느냐는 생각에서 그러는 것이었다. 언젠가 바쁜 점심시간만이라도 내가 나가서 도와주겠다고 했더니 아내는 손사래를 쳤다. 나이 많은 사람이 홀 서비스하면 손님 다 떨어진다며 웃었다.

"아니, 나이 먹은 사람이라고 뭐 어디 불결해 보이기라도 하나?"

하마터면 '젠장!' 소리가 나올 뻔했다.

부슬부슬 비가 내리기 시작했다. 아침마다 운동 삼아 걷는 둑길로 가다가 동네 목욕탕으로 발길을 돌렸다. 뜨거운 물 속에 몸을 담근 채 눈을 감고 앉아 있자니 온몸의 세포가 깨어나는 느낌이었다. 얼마 안 있어 머리와 얼굴 여기저기에 땀방울이 맺혀 콧등이며 볼을 타고 목덜미로 흘러내렸다. 양손바닥으로 얼굴을 쓰윽 문질러대지만 조금 후면 다시 땀방울이 모여 조르르 얼굴을 간질이며 흐른다. 그 촉감이 싫지 않다.

술 마신 사람처럼 벌게진 얼굴로 목욕탕을 나오니 빗발은 제법 굵어졌다. 집을 나선 사람들은 우산을 받쳐 들고 어디론가 바쁜 걸음으로 가고 있는데 나는 거꾸로 집을 향해 가고 있다. 예전 같았으면 나도 지금쯤 일터에 나가 하루 업무를 시작할 시간인데, 하는 생각에 삶의 현장에서 빗겨 있는 사람의 묘한 쓸쓸함이 잠시 스치고 지나갔다.

일손을 놓은 후 얼마쯤 쉬었다가 다시 시작하려던 것이 긴 휴식으로 이어져 버렸다. 이렇게 되리라곤 생각지도 못했는데 현실이 되고 말았다. 그렇다고 마냥 한가한 날만 보내는 건 아니다. '백수(白手)가 과로사 한다.' 는 우스갯말처럼 이런저런 일들로 쉴 틈 없이 바쁘다. 그런데 그 것이 내 가정이나 식구들을 위해서는 도움이 되는 일은 아니다. 공연히 일을 사서 하다보면 심신만 고달플 때도 있다. 그래서 한여름과 겨울엔 인연 있는 사찰이나 집에서 안거(安居)에 들어 한철을 나기도 한다.

터벅터벅 계단을 오르는 소리에 앞집 강아지가 짖어댔다. 그 집도 식구들이 다 나가고 강아지 혼자 집을 지키는 날이 많다. 혼자 지루하게 있다가 인기척 소리가 나니 반가운 모양이었다.

"네 주인 아니야!"

나직이 말하면 알아듣기라도 하듯 뚝 그친다. '어찌 네 심정을 모르랴……' 하고 한마디 더 해주려다 그만 두기로 했다.

나는 습관적으로 벨을 누르려다 멈칫, 바지주머니에서 열쇠를 꺼냈다. 어쩌면 내 손으로 현관문을 열고 싶지 않아서일지도 모르겠다. 아니면 내가 벨을 누르면 언제나 아내나 딸이 달려와 열어주는 것에 길들여져 있어서 그럴지도 모를 일이다. 열쇠는 두 개다. 하나는 본래 있던 것이고 그것이 미덥지 않아 다시 특별(?) 잠금장치를 한 것을 열기 위해 마련한 것이다. 그런데 문을 여닫는 키를 돌리는 방향이 위아래가 반대여서 종종 헷갈릴 때가 있다. 바쁜 일로 서둘러 나갈 땐 나도 모르게 허둥대기도 한다. 귀한 보물이 많아서가 아니라 가족만의 보금자리를 침해받고 싶지 않아서다.

현관문을 열고 들어서니 몸집이 커서 신발장에도 못 들어가고 있는 등산화가 화난 듯이 혼자 뭉뚝한 코를 내밀고 있었다. 어쩐지 요새 내 모습 같았다.

몇 해 전만 해도 현관을 꽉 채운 신발들이었는데, 어느새 보트같이 커 버린 아들의 검정 구두는 분가를 해 버렸고 출근하는 딸의 굽 높은 예쁜 구두도, 그 곁을 지키던 아내의 신발도 출타 중이다. 오늘따라 그 빈자리가 휑하니 넓어 보였다. 텅 빈 현관, 꼭 내 마음과 같았다.

시원한 물 한 컵을 꿀꺽꿀꺽 다 마시고 창가에 앉았다. 전철 안에서 꾸벅꾸벅 졸고 있을 아내의 모습이 마음을 아프게 했다. 가게 문을 닫고 자정이 다 되어서야 들어와 다시 새벽에 일어나 아침 준비를 해 놓고 나가자니 피로가 가실 날 없다. 졸다가 내릴 정류장을 지나쳐 버린 것이 한두 번이 아니라며 계면쩍게 웃기도 했다. 오늘은 잘 갔는지 모르겠다. 오토바이를 타고 배달을 하는 아들도 걱정되기는 매한가지다. 겨울이면 빙판길이 걱정스럽고, 또 여름이면 뙤약볕에 숯검댕이가 된다. 결혼 적령기를 훨씬 넘기도록 일에 묻혀 사는 딸내미에겐 더없이 미안하다. 모두가 내 탓인 것 같다. 새삼 가장의 위치를 실감케 했다.

집에서는 무엇 하나 내 스스로 할 수 있는 것이 없다. 문득 어느 날 아침에 생방송된 TV 프로그램이 생각났다. 〈아내가 남편보다 더 오래 살아야 하는 이유〉였다. 그날 출연한 남자들 거의가 나와 다름없었다. 전에는 아내가 출타하기라도 하면 돌아와 밥상을 차려 줄 때까지 기다렸다. 속옷에서 양복까지 아내가 챙겨 주는 대로 입었다. 내가 좋아서 가는 등산도 배낭을 챙기는 건 지금도 아내 몫이다.

"어이구, 이런 건 좀 자기가 미리미리 챙겨야지, 차라리 내가 가고 말지" 하면서도 도시락이며 수건, 물병, 과일 등을 배낭 안에 차곡차곡 넣는다.

언젠가 아내가 한 말이 떠오른다.

"내가 당신보다 오래 살아야지, 당신 혼자 놔두고 가면 누가 그 뒷일을 봐 주겠어? 하지만 알 수 없는 일이니 당신도 하나하나 혼자 할 수 있게 좀 해 봐요."

꼭 그래서는 아니지만 다림질과 청소기 돌리기는 늘 해 오던 것이다. 어쩌다 휴일이면 아내는 내가 타 주는 커피가 맛있다며 즐겨 마시기도 한다. 역할이 바뀐 셈이다. 그런데 빨랫감을 분류하여 세탁기에 넣어 돌리기는 아직 못하고 있다. 하지만 꼭 하고 싶지는 않다. 그것보다 내 할일을 찾아서 밖으로 나가 있어야 할 자리에 있고 싶다. 다시 아내의 배웅을 받으며 저 현관문을 나서는 날이 왔으면 좋겠다.

평설

김대원의 고향은 판문점이다. 휴전선에서 멀지 않고 더 북쪽으로는 개성의 송악산이 보이는 곳이다. 다른 실향민들과 달리 그는 가까이 다가가서 고향 마을을 바라볼 수 있기에 고향에 대한 그리움과 안타까움이 더 한 것 같다. 그렇게 실향민으로 인생이 저물어가고 한 가정에서도 남들처럼 서서히 뒤로 물러앉아야 할 입장이 되니 고독감이 배가 되는 모양이다. 그런 고독감을 작자는 현관문의 풍경으로 이렇게 나타내고 있다.

현관문을 열고 들어서니 몸집이 커서 신발장에도 못 들어가고 있는 등산화가 화난 듯이 혼자 뭉뚝한 코를 내밀고 있었다. 어쩐지 요새 내 모습 같았다.

　　몇 해 전만 해도 현관을 꽉 채운 신발들이었는데, 어느새 보트같이 커 버린 아들의 검정 구두는 분가를 해 버렸고 출근하는 딸의 굽 높은 예쁜 구두도, 그 곁을 지키던 아내의 신발도 출타 중이다. 오늘따라 그 빈자리가 휑하니 넓어 보였다. 텅 빈 현관, 꼭 내 마음과 같았다.

　　노년의 적막강산 같은 풍경을 작자는 현관의 신발장을 통해서 매우 사실적으로 드러내고 있다.

　　현관을 꽉 채우던 신발이 사라졌다는 것은 작자 곁에 머물던 자식들도 다른 곳으로 가 버리고, 많이 찾아오던 방문객들도 발길이 뜸해지고, 혼자 남아 있는 외로운 시간이 많아졌음을 의미한다. 그래도 마지막까지 아내는 함께 머물러 주겠지만 그녀마저 출타 중일 때는 그야말로 우주 속에 혼자 남은 고아다. 늦가을이 되어 철새들이 다 떠난 나뭇가지에 혼자 남아 있는 새처럼 가슴으로 스며드는 고독감을 가장 절실하게 작자에게 전해 줄 수 있는 많은 소재들 중에서 이만큼 생생하게 감동적으로 그 쓸쓸함을 가슴에 찔러 주는 것은 드물 것이다.

　　작자의 다른 작품들도 그렇지만 「현관에서」는 그 같은 인생 말년의 고독감을 나타내는 문학적 기법으로서 매우 우수한 장면을 보여 준다. 가깝던 친구도 먼저 저세상으로 떠나고 아들도 분가해서 나가고 딸도 나가고 일가친척 친구들의 방문도 거의 끊긴 시간의 고독감이 어떤 것인지를 나타내는 방법은 두 가지다.

　　하나는 인생 말년에 혼자 남아가게 되는 고독의 슬픔을 이론적으로 설명하며 철학적으로 풀어 나가는 것이다. 또 하나는 이것을 그림으로 그리는 것이다.

　　우리는 이를 관념의 형상화라고 한다. 혼자 남은 새의 외로움과 슬픔은 마지막 잎마저 떨어져 가는 나뭇가지에 혼자 웅크리고 앉아 있는 모습을 그려 주면 된다. 시각적 형상으로 관념을 전달하기 때문에 형상화라고 한다. 그리고 다른 상징적인 사물을 빌릴 때는 이미지로 전환하는 기법이 된다.

수필은 이 두 가지 기법이 다 함께 조화를 이루는 장르지만 관념적 서술이 넘치면 문학성이 떨어지기 때문에 대부분의 수필가들은 이를 피하려 한다. 그렇지만 시각적 형상만 나타나면 정확성이 떨어지고 그런 형상에만 안주하면 주제가 빈곤해지기 쉽다. 붉은 노을의 석양 풍경은 멋진 인상파 화가의 그림이 될 수는 있지만 그것만으로는 철학적 사고의 세계가 비어 있는 작품이 되기 쉽다. 세계적 명화라는 것이 사실은 대개 그런 철학과는 거리가 멀다.

김대원은 철학적 명상의 깊이가 있지만 그래도 관념적 서술 형태보다는 시각적인 형상화의 기법이 더 진가를 발휘한다.

「현관에서」에서는 죽(粥)집을 차리고 있는 아들을 도우러 나가는 아내의 뒷모습, 그 다음의 하루 일과를 그린 것이 모두 작자 인생의 해가 저무는 일몰 시간의 풍경화로 잘 나타나 있다. 독자는 이런 회화적 풍경을 통해서 백수(白手)가 된 작자가 전하는 노년기의 고독과 슬픔이라는 관념을 읽게 되고 그 그림을 통해서 독자가 관념의 실체를 파악하도록 되어 있다.

노년기의 이런 소재들은 흔한 것이지만 관념의 전달력은 표현 기법에 따라서 다르게 나타난다. 그것을 매우 성공적으로 나타낸 그림 중의 하나가 신발장이 놓여 있는 현관 풍경이다.

도둑이 많은 동네에서 혼자 사는 여자는 밖에서 들여다보는 현관에다 남자들의 신발, 특히 운동화나 등산화를 일부러 흐트려 놓고 산다는 말도 있다. 작자의 현관 풍경은 그처럼 그 집이 외로운 집임을 나타내는 가장 확실한 언어가 된다.

이를 통해서 작자는 노년기의 고독의 실체를 사실적으로 나타내고 있으며 그런 형상화 기법의 우수성은 다른 작품에서도 잘 나타난다.

등(燈)

류영택

어둠에 묻힌 아파트에 불이 깜박인다. 오늘도 나를 기다리느라 아내는 잠을 못 이루고 있는 것 같다. 잠시 잦아든 숨을 몰아쉬며 다시 오르막을 오른다.

나는 집으로 올 때면 오르막 중간쯤에서 걸음을 멈춰 서서 잠시 심호흡을 한다. 물론 지친 몸을 쉬고 싶어 그러는 때도 있지만 그보다는 우리 집 발코니창문에서 새어나오는 불빛이 좋아서다.

창호지에 스며나는 호롱불처럼 붉은 빛을 머금은 유리창을 보고 있으면 부엌창문이 마치 사각 등(燈)의 한 면처럼 보이고, 등속을 밝힌 호롱불이 아내의 볼그스름한 볼처럼 느껴진다.

아내는 가족 중 한 사람이라도 귀가하지 않으면 주방발코니에 불을 켜 둔다. 거실 전등을 끄고 아내가 굳이 바깥 불을 켜두는 것은 버스에서 내리거나 지하철을 내려 언덕길을 걸어올 때면 멀리서도 그 불빛이 눈에 잘 들어와서다.

나는 불빛을 머금은 우리 집 창문을 보면, 무서움에 떨며 외진 산길을 걸어오다 고향집 처마 밑에 걸린 등을 보는 것처럼 마음이 놓이고, 양발에 턱을 괴고 마루 밑에서 졸고 있던 누렁이가 내 발자국 소리를 듣고 금세라도 달려 나올 것만 같은 착각에 빠져들 때도 있다.

하지만 그 불빛이 늘 켜져 있었던 건 아니다. 아내가 교통사고를 당한 후부터 오랫동안 나와 내 가족을 마중하던 발코니 불빛을 한동안 볼 수가 없었다.

병원에서 집으로 돌아오던 나는 언덕배기에 서서 불 꺼진 아파트 창을 바라봤다. 순간 내 마음 속을 밝히고 있던 작은 촛불마저 꺼져버린 것 같았다. 검은 물감이 번져나가듯 창에 드리워진 어둠은 스멀스멀 내 몸속으로 스며들어왔다. 이제 다시는 등불을 밝힐 수 없겠지. 짙은 어둠은 어느새 불안감으로 온몸을 엄습해 왔다.

아내와 나는 떨어져 생활한 적이 없다. 처가에 가거나 고향집에 갈 때도 우리는 늘 함께 다녔다. '가끔, 어쩌다'라는 말을 할 일이 없었다. 늘 곁에 있었고 앞으로도 변함없을 거라 생각했기에 아내의 빈자리만큼이나 가슴속 공허감도 클 수밖에 없었다. 미운 정 고운 정. 서로에 대한 애틋한 사랑, 그 모든 것들이 가슴구멍으로 썰물처럼 빠져나가고 그 자리에는 서러움이 밀려들었다.

이제 불을 밝히고 기다려 줄 사람이 내게 없었다. 울컥 복받쳐 오르는 설움을 삼키며 하늘을 바라봤다. 희미한 내 눈가에 별 하나가 들어왔다. 붉은 빛을 머금은 그 별은 지난 날 어머니가 켜둔 등불처럼 보였다.

어머니는 등불을 밝혀두고, 이제나 저제나 장에 가신 아버지를 기다렸었다. 밤이 이슥해지고 졸음을 쫓느라 내가 입을 벌리고 하품을 하면 어머니는 들고 있던 바늘로 가물가물 숨 죽어가는 호롱불심지를 돋구며 '아부지, 어데쯤 오고 있노?' 머리를 짚어보라고 했다. 철이 없었던 내가 정수리를 짚으면 어머니는 타들어가는 심지모양 까만 한숨을 내놓으셨다.

내가 어머니의 마음을 헤아리고 정수리를 짚던 손을 이마로, 거기서 더 아래부분 코를 짚을 나이가 됐을 때 그 일은 동생이 하게 됐다. 나는 환히 웃는 어머니의 모습을 보고 싶어 동생에게 눈치를 줬지만 동생은 어머니의 간절한 마음도 모르고 정수리만 짚었다. 동생이 정수리를 짚는 날에는 나는 삽짝을 들어서는 아버지의 기침소리를 들을 수 없었다.

오늘은 집으로 오는 길이 서글프지 않겠지. 현관문을 나서려다 말고 나는 발코니에 불을 켰다. 그 누구도 쉽게 상상할 수 없는, 이런 아이디어를 떠올린 내 스스로가 그렇게 대견스러울 수가 없었다.

가게에 앉아서도 발코니에 켜 놓은 불을 떠올리다보면, 정말 괜찮은 생각이라며 흐뭇해하는 나 자신이 순진하다 못해 참 바보 같다는 생각이 들어 웃음이 났다. 오늘은 밤늦도록 아내의 말동무가 돼 주어야지.

병실을 들어서는 나는 한결 마음이 느긋해져왔다. 아내는 내가 병실을 찾을 때마다 간병인이 있으니 혼자 있어도 괜찮다며 집에 가서 푹 쉬라고 했다. 나는 편하게 해주고 싶어, 함께 있고 싶은 자신의 마음을 숨기고 그러는 아내의 마음을 왜 모르겠는가. 아내의 그 말에 못 이긴 척 집으로 돌아올 때면 나는 마음이 편치 않았다. 병실 문을 나서다말고 자신과 함께 있자며 나를 부르는 몸짓 같아 보였다.

오늘은 서둘지 않아도, 아파트에 켜진 불빛들이 하나 둘 꺼져도 어제처럼 쓸쓸하거나 외롭지 않을 것 같다. 밤이 깊을수록 내가 켜둔 불빛은 더욱 붉게 빛날 것이며, 그것은 칠흑같이 어두운 밤을 밝혀 주는 등불처럼 아늑하고 따스한 불빛으로 나를 맞아 줄 것만 같았다. 그것은 상상만 해도 즐거운 일이었고, 우리 집을 드리운 어둠의 그림자를 단번에 날려 보낼 것만 같았다.

나는 아내의 손을 잡았다. 아내는 자신의 손을 매만지는 내 모습에 감격을 했는지 '하루 종일 일하고 피곤할 텐데.' 그렁그렁 눈가에 맺힌 눈물을 숨기느라 고개를 숙였다. 나는 막차 시간이 임박해서 병실을 나왔다.

길을 걷다 말고 오르막 중간에서 걸음을 멈췄다. 고개를 들어 아파트를 바라봤다. 벌겋게 불빛을 머금은 발코니창이 허공에 매달아 놓은 애드벌룬처럼 높게만 보였다. 하지만 나는 감격에 젖을 수가 없었다. 오히려 가슴이 서늘해져 왔다. 그 불빛은 아내가 켜두었던 불빛과 달랐다. 나를 맞이하려고 내 스스로 켜둔 불이었지만 기다림의 불이 아니었다. 따스한 온기가 묻어나지 않았다. 내가 켜고 내가 꺼야 하는 서러움이 배어 있을 뿐이었다. 등은 그냥 불을 밝히고 있는 게 아니라는 생각이 들었다.

초가 위에 고개를 내민 하얀 박꽃이 보는 이의 마음을 가슴 시리게 하는 것은 은은한 달빛을 마중하는 기다림이 있어 그러하듯, 아내가 켜둔 그 등불은 가족의 무사귀가를 비는 애끓는 마음이 녹아 있어 따스할 수 있었다는 생각이 들었다.

다시 불을 밝혔다. 이번에는 내 스스로를 맞이하기 위한 등불이 아니다. 긴 밤을 노심초사하며 아내가 나를 기다린 것처럼, 이제 내가 등불을 밝히고 아내를 기다리기로 했다.

나는 속이 훤히 들여다보이는 투명 유리등보다 창호지를 물들인 발간빛을 좋아한다. 불그스름한 불빛이 스며나는 등불을 보고 있으면 가슴 졸이며 아버지를 기다리시던 어머니와 나를 기다리는 아내의 애절한 마음이 그 속에 녹아있는 것만 같다.

지금쯤 무엇을 하고 있을까. 졸린 눈을 하고 하품을 하는 딸아이가 '아빠 언제와?' 물어올 때마다 '글쎄 어디쯤 왔을까' 어서 머리 짚어보라며, 정수리를 짚는 손에 한숨을 쉬고, 이마를 짚는 손에 미소를 짓다 코를 짚는 손에 창문을 내려다보고 있지나 않을까. 나는 아내가 창을 내려다볼 것만 같아 고개를 치켜든 채 손을 흔들어본다. 등은 기다림이며, 돌아오는 발걸음을 반갑게 맞아주는 마중불이었다.

평설

2008년부터 문예지와 신춘문예 등을 거치며 등단한 류영택은 힘든 노동도 많이 하면서 그런 삶의 현장 경험이 귀중한 소재가 되어 좋은 작품이 만들어져 나갔다. 그는 주변 문인들로부터 이야기꾼이라는 평을 들었다. 이야기꾼은 소설가가 들어야 할 말인데 수필가가 이야기꾼이 되었다.

'이야기하다'라는 말은 '말하다'를 의미하지만 간단한 몇 마디를 그렇게 말하지는 않는다. 이야기는 소설을 영어로 말할 때의 스토리에 해당된다. 다만 인물, 사건, 배경 등의 소설적 조건이 붙지 않더라도 재미있게 길게 말을 끌어가는 재주가 있으면 이야기꾼이 될 것이다. 류영택은 그런 의미의 이야기꾼이다. 소설은 아니지만 재미있는 이야기를 아주 많이 실타래처럼 풀어가던 사람이다. 2006년부터 2011년 『부산일보』 신춘문예의 「냉면」까지 약 5년간에 쓴 수필이 200편 정도이니 참 많은 이야기를 풀어나갔다. 수필의 기교를 다 한 성실성으로서는 높이 평가될 작가다. 그리고 곧 세상을 떠났다.

그의 작품들은 치밀한 구성과 매우 적절한 소재 선택과 감동적인 주제로 수필의 매력을 다하기 위한 조건들을 최대로 활용한 것 같다.

이 작품의 주제는 아내에 대한 사랑과 행복이다. 부모님 사랑과 형제 사랑도 함께해서 가족 사랑과 행복이라 해도 되겠다.

작자가 풀어 나가는 이야기는 심오한 철학적 주제에 도달하기 위한 것은 아니다. 그냥 행복이란 무엇인가에 대한 답을 이끌어내되 논리적 사색을 통한 귀납법적 설명이 아니라 몇 가지 연상(聯想)적 소재와 간단한 이야기 설정에 의해서 강한 설득력을 얻는 형태다. 「등」은 아내가 작자인 남편을 늦은 시간까지 기다리기 위해서 아파트 베란다에 켜 놓는 등이다. 그런데 작자는 옛날의 호롱불을 연상하게 하고 불그스레한 빛깔에서 아내의 붉은 볼을 연상시켜 나가고 있다. 그리고 어머니가 아버지를 기다리던 때의 호롱불을 이에 오버랩시켜 나가고 마루 밑에서 주인을 기다리다 반갑게 맞아 주는 누렁이도 그려 놓고 있다.

이런 등은 김광균의 「와사등」처럼 특수한 감성을 유발하는 것이며 여기에 옛날의 부모님과 어린 시절의 형과 주인을 기다리던 시골집 누렁이 등을 통해서 그가 말하는 「등」에 대한 정의를 내리고 있다.

> 나는 아내가 창을 내려다볼 것만 같아 고개를 치켜든 채 손을 흔들어본다.
> 등은 기다림이며, 돌아오는 발걸음을 반갑게 맞아 주는 마중불이었다.

이렇게 말하는 '기다림'이나 '마중'은 곧 사랑이며 이것이 곧 우리들의 행복임을 말하고 있다. 관념적 논리 대신에 몇 가지의 이미지를 통하여 감성적인 호소력을 지니려는 기법이다. 특히 지난날에 대한 향수의 정을 짙게 풍기기 때문에 그리움과 함께 아내 사랑, 가족 사랑의 의미가 더 큰 감동으로 다가오게 하고 있다.

여기서는 아내가 교통사고로 입원한 후 베란다에 등을 켜 놓지 못했던 이야기가 설정되어 있고 다음에는 작자가 스스로 켜 놓은 등이 있다. 밤길이 어두워서가 아니라 기다림의 등이 없는 슬픔 때문에 스스로 등을 켜 놓았다는 것인데 조금은 작위성이 느껴진다. 아내가 기다리고 있는 듯한 가짜 느낌을 얻기 위해서 한낮에도 불을 켜 놓고 전기료가 나가게 하는 사람은 없을 것이기 때문이다. 그렇지만 이것은 작은 문제다. 이런 좋은 작가는 흔하지 않기 때문에 그와의 짧은 인연이 아쉽다.

제7장

정성화
정진회
문상기
임병문
신숙영
이은희
김윤정
김현옥
이윤경
박월수
남주희
이두래
한복용
민아리
김산옥

버드나무

정성화

장터 한복판에 점포도 없는 가정집이 있다는 것은 싱거운 일이다. 왁자지껄한 시장바닥에 양쪽 귀를 틀어막고 앉아 있는 모양새의 집이 바로 우리 집이었다. 그래서 닷새에 한 번씩 장날이 되면 시장판으로부터 온갖 실랑이와 악다구니가, 투박한 경상도 사투리와 육두문자 섞인 욕지거리가 방안까지 차고 들어왔다.

우리 집이 '버드나무집'이라고 불리게 된 것은 집 앞 양쪽에 지붕 높이만한 버드나무가 있었기 때문이다. 방바닥에 누워 창문을 올려다보면 버드나무가 눈에 들어왔다. 천막을 붙들어 맨 줄에 스칠려서 군데군데 나무껍질이 벗겨지고 위쪽으로 갈수록 성한 가지가 없는 나무였다. 때로는 매어놓은 줄이 너무 팽팽해서 나무는 중심을 잃은 채 한쪽으로 기울어져 있기도 했다.

나무는 우리가 그 집으로 이사 오기 오래 전부터 거기에 있었던 것 같았다. 나무 아래의 둥치 부분이 빤질빤질한 게 처음에는 왠지 되바라져 보였는데, 그것은 장터 사람들이 자주 기대어 앉은 탓이었음을 나중에야 알게 되었다.

　장터마다 새로 뿌리를 내려야 하는 장꾼들의 삶이란, 가지를 꺾어 땅에 꽂아놓기만 해도 얼마 안 있어 뿌리를 내리는 버드나무를 닮아야 했다. 그 바닥에서 살아남기 위해서는 가늘지만 부러지지 않는 버드나무 가지가 되어야 했다. 그래서인지 거칠게 갈라져 있는 버드나무 껍질을 보게 되면, '장돌뱅이' 그들 삶의 질곡을 보고 있는 느낌이 들었다.

　바람이 거세게 부는 날, 버드나무는 천막이 날아갈까 봐 천막 주인보다 더 안절부절 못했다. 또 무더운 날에는 얼마 되지 않는 그늘로 장터 사람들을 불러들이기도 했다. 버드나무는 그렇게 장터 식구가 되어 있었다.

　우리 집 앞에는 고구마 장수가 늘 자리를 잡고 앉았는데, 뙤약볕에 그을려 고구마보다 더 짙은 구릿빛 얼굴을 하고 있었다. 그는 언제나 한 손에 대저울을 들고 있었는데 장사가 그리 잘 되는 것 같지는 않았다.

　손님이 없을 때면 자기 혼자 그 저울을 들고서 접시에 추를 하나 얹어놓고 막대눈금을 맞추어보고 또 추를 하나 더 얹고 하면서 시간을 보내고 있었다. 그의 얼굴은 거기 있는 쇠 저울추를 다 합쳐도 잴 수 없을 듯이 무거워 보였다. 어둑어둑해질 무렵 그는 웅크리고 앉은 채, 팔지 못한 고구마를 푸대자루에다 도로 주워 담았다. 자루 속으로 우두둑 고구마 떨어지는 소리가 들렸다. 고구마 자루는 금세 그의 덩치만 해졌다. 그의 뒷모습을 보면서 나는 우두둑 소리를 내는 듯한 우리 삶의 무게를 생각했다. 삶이란 도대체 얼마나 무거운 것이기에 하루를 짊어지기에도 저토록 힘들어 보이는 것일까, 삶이란 아무 짐 없이 가볍게 나서는 산책일 수는 없는 걸까 하는 생각이 들었다. 저녁이 되어서야 버드나무는 장꾼들의 악다구니에서 풀려났다.

　긁힌 자국 정도는 아무것도 아니라는 듯 가지를 한 번 털어 보이고는 이내 저녁바람을 탔다. 마치 저녁 무렵 놀이터에 나와 아무 걱정 없이 그네를 타는 아이처럼. 그때 버드나무에게 무슨 말인가 해보라고 했더라면 버드나무는 아마 제 몸을 배배 꼬면서 "이 정도는 괜찮아요."라고 말했을 것 같다.

부러진 버드나무 가지를 봐도 그렇다. 다른 나무보다 훨씬 빨리 수액이 굳어지고 생채기가 아문다. 그것이 바로 버드나무의 힘이 아닌가 싶다. 부드럽게 가닥가닥 풀어지면서도 껍질 속으로는 무섭도록 내공(內功)을 쌓아가는 나무다. 삶의 가지 하나만 부러져도 그에 대한 미련과 집착을 버리지 못한 채, 부러진 가지 끝만 바라보고 있는 우리들 자신에 비하면 나무는 참으로 의연하게 제 몫을 꾸려가고 있다는 생각이 든다.

시장바닥을 비질하는 소리와 함께 장터에도 어둠이 내렸다. 그러면 나는 우리 집 버드나무가 오늘 장날에도 무사한가 걱정이 되어 슬며시 나가보곤 했었다. 그때의 습관 때문인지 요즘도 어디서든 버드나무를 보게 되면 반가워하며 나무를 쓰다듬는 버릇이 있다.

시인 정호승은 그의 시에서 '껴안고 있으면 나무가 되는 사람과 결혼하라'고 했다. 사람도 그처럼 나무를 닮을 수는 없는 걸까. 나무처럼 베풀고 나무처럼 견디고 나무처럼 제 자리를 지킨다면 우리네 삶도 그렇게 신산(辛酸)하지는 않을 텐데.

사람의 몸은 신기하게도 몸속에 어떤 성분이 부족해지면 그 성분이 들어 있는 음식물 생각이 간절해진다고 한다. 그렇다면 내가 지금 버드나무에 대한 기억을 촘촘히 짚어내고 있는 것도 내게 그런 버드나무 인자(因子)가 필요하기 때문이 아닐까. 누군가 나의 가지를 필요로 하고 나의 그늘을 아쉬워하며 나의 듬직한 둥치에 기대고 싶어 나를 찾고 있는 게 아닐까.

가지가 꺾이어도 노래를 부르는 버드나무 '삘릴리리삘리리' 버들피리가 되어 소리 공양(供養)까지 바친다. 나의 가지 속에는 정녕 어떤 노래가 들어 있을까.

버드나무 속에는 열(熱)을 내려 주고 염증과 통증을 완화시켜 주는 아스피린 성분도 들어 있다고 한다. 그 즈음 내가 거의 병을 앓지 않고 지냈던 것은 그 버드나무가 내 방 앞을 언제나 지키고 서 있었기 때문일 게다. 나 역시 정말 그런 성분까지 갖추고 있어야 좋은 버드나무가 될 수 있을 텐데.

나는 지금 가벼운 감기를 앓으며 마음속으로 그때 그 버드나무를 쓰다듬고 있다.

평설

정성화는 2000년에 『에세이문학』으로 등단하고 신춘문예 당선도 거치며 국어 교과서에도 수필이 실려서 호평을 받고 있다. 이 작품도 좋다.

어떤 사물을 보되 그것을 다른 무엇의 이미지로 보는 것이 그 산문의 문학성을 만드는 기본적인 조건이다. 이 작품은 그 같은 이미지의 상상력으로 아름다운 삶의 의미를 찾아 나간 작품이다. 서술에 군말이 붙지 않고 논리가 정연해서 좋다. 부러진 가지도 땅에 심으면 곧 뿌리를 내리듯이 장꾼들은 그렇게 장터에서 뿌리를 내려야 한다는 비유가 좋다. 장꾼들은 가늘지만 부러지지 않는 버드나무 가지를 닮아야 한다는 비유도 좋고, 가지가 부러져도 버드나무처럼 회복이 빨라야 한다는 비유도 좋다. 그리고 버드나무는 무더울 때는 그늘을 내주며 베풀고, 힘들어도 잘 견디고 제자리 잘 지킨다는 것 등이 모두 정연하게 잘 맞는 논리가 되고, 그것이 아름다운 삶의 논리이기 때문에 잘 읽혀지고 재미있다.

이것이 어떤 다른 사물에 의한 비유가 아니라 직접적 서술 형태라면 글은 건조해진다.

작자가 말하는 아름다운 삶을 직접적 서술 형태로 바꾸면 우월적 입장에서 가르치는 교시적인 성격을 지니게 되지만 이렇게 비유법을 쓰면 조금쯤 그 느낌을 완화하게 되고 추상적 관념이 그림으로 형상화된다. 버드나무의 그림을 보며 그것을 통해서 버드나무의 말을 듣는 것이 되기 때문에 회화적 분위기도 살아난다. 물론 관념적 표현이나 교시성을 아주 없애려면 직유를 은유로 바꾸면 되지만 이런 직유만으로도 문학성을 잘 살려 나간 작품이다.

고백과 참회의 성장 수필과 순수미

여의도 광장의 약속

정진희

　TV를 보던 내 동공이 커졌다.

　PD수첩 화면에 '나는 아간이 아니다'라는 제목 아래로 유명한 목사님의 이름이 쓰여 있었다. '아간'은 구약성경 여호수아에 나오는 유다지파의 자손으로 여리고성 함락시 전리품을 몰래 감추었다가 화형에 처해진 인물이다. 사이비 교단이나 교주가 나올 법한 프로그램에 세계 최대 단일 교회 목사가 거론된 것만으로도 놀랄 일이지만, 그 분은 내 첫 신앙의 인도자이며 또한 내 첫 사랑을 만난 교회 목회자이기에 놀라움은 더욱 컸다.

　성스럽고 이성적이며 도덕적인 이상향을 갈망하고 추구하게 한 신앙과 예측할 수 없는 사랑으로 휘청거렸던 날들……. 육체적인 사랑은 악이었고 정신적인 사랑은 선이었던 내 순수의 시절 속에 그 교회와 여의도 광장이 있다.

　방송 내용은 원로 목사와 가족이 결부된 재정 비리에 대한 것이었다. 사건의 진위 여부는 알 수 없으나 "나는 아간이 아니다."라는 목사의 외침이 변명이 아니라 진실이길 바라는 마음과 함께 대중의 영적 지도자에 대한 배신감이 어느덧 나를 여의도 광장 한복판으로 데려간다.

오십대 초반에 남편을 잃은 엄마가 현실과 맞바꾼 것은 예수, 교회, 목사였다. 열일곱 살의 나는 엄마의 강요에 못 이겨 한 시간 반이나 걸리는 교회에 나가야 했고 그곳에서 처음으로 '죄인'이 되었다. 내가 따먹지도 않은 선악과 때문에 원죄를 부여받은 나는 믿기만 하면 그 죄를 사해준다는 예수를 죽은 아버지보다 더 믿게 되었다.

어느 날 신비한 영적 체험을 한 후 여름방학을 이용해 철야예배를 시작했다. 매주 금요일 밤 열 시에서 다음 날 새벽 네 시까지 이어지는 예배였다. 당시엔 통행금지가 있어서 첫차가 올 때까지 불 꺼진 예배당에서 기다려야 했지만 나는 예배가 끝나자마자 교회 밖으로 나왔다. 생애 첫 외박이 주는 야릇한 해방감과 스스로 불러일으킨 고독감이 데려간 곳은 교회 옆 여의도 광장이었다.

해뜨기 전, 어딘가 응축된 빛 덩어리가 한껏 몸을 사린 듯 긴장된 하늘 아래, 그 광활한 대지에 홀로 선 내 안으로 차오르던 것은 고독이 주는 충만함이었다. 그 절대 정적의 공간에서 하늘의 먹빛이 흐려지며 새벽이 오는 모습을 꼬박 지켜보았다. 고백하건대 나는 환한 예배당보다 어둡고 광활하고 막막한 공간에 더 매료되었다. 그것은 행복감이면서 죄책감이었다. 거룩한 신성과 선한 이성을 추구하면서 동시에 감성의 노예임을 경험했던 자리. 알을 깨고 날아가는 한 마리 새를 보았던 자리였다.

그 남학생을 만난 것은 두 번째 철야 예배가 끝나고 교회 현관 앞에서다. 그는 내가 사는 동네 작은 교회에서 고등부 회장을 맡고 있었다. 얼굴

한 번 보았을 뿐인데 먼 곳에 나와서 마주치니 반가움과 놀라움에 저절로 말문이 터졌다. 우리는 함께 여의도 광장으로 향했다.

은밀하기까지 한 어둠 속에서 주로 하나님, 성경, 믿음에 대한 이야기로 시작해 다음엔 가족사와 개인적인 얘기로 진전했다. 놀라운 것은 한 몸처럼 느껴진 일체감이었다. 이후 겨울방학으로 이어진 철야예배는 기도를 한다기보다 솔직히 그를 만난다는 기대감이었음이 분명했다. 하나님을 기만하고 본능을 위장하고 있다는 것에 대한 두려움과 세상 처음 한 이성을 향한 갈망과 그리움 사이에서 나는 마치 세상의 비밀과 갈등을 혼자 짊어진 듯 괴롭고도 황홀한 설렘으로 출렁거렸다.

결혼하자는 약속에 이른 것은 마지막 철야예배가 끝난 후였다. 가슴의 뜨거움으로 추위조차 느끼지 못했던 겨울 새벽, 여의도 광장에서였다. 그는 우리의 심오한 약속을 온 세상에 공표하려는 듯 '목련화'라는 가곡을 목청껏 불렀다. 드넓은 광장 가득 그의 목소리가 울려 퍼지고 힘겹게 어둠을 밀어내던 광장이 후다닥 깨어났다. 그리고 '오 내 사랑 목련화야~'로 시작되는 노랫말은 내 심장과 늑골의 뼈 구석구석 들어와 촘촘히 박혔다. 얼마쯤의 회의와 불온한 열정을 품게 되는 청년이 되기 전, 열일곱 살의 순수가 빚어 낸 약속은 지나고 보니 허황된 것일지라도 얼마나 눈물겹고 갸륵한 것인지…….

그와의 약속을 깬 것은 나였다. 가난한 전도사의 아들이었던 그는 S대학엘 들어갔고 나는 등록금이 없어 취직을 했다. 내가 대학을 포기할까봐 그는 만날 때마다 문제지와 참고서를 내게 들이밀었다. 허나 은행에서 돈을 세고 있는 현실을 받아들일 수 없었던 내 몸은 이런 저런 병을 앓으면서 약해졌고, 내가 번 돈으로는 밥 한 끼도 먹지 않으려는 그와 다투는 것에 지쳐갔다. 아니 그의 가난이 지겨워졌다. 거룩한 신앙 안에서 숭고한 사랑을 꿈꿨지만, 허약한 육체는 허약한 정신을 불러왔고, 정신적인 사랑이 주는 짐은 내게 무거워만 갔다.

이별도 운명이던가. 대문에 달린 우체통 속에서 '누가 나를 잊으며 돌아서는가 보다'라는 시구가 적힌 그의 편지를 발견한 날, 나는 다른 남자와 데이트를 하다 집 앞에서 기다리던 그와 길목에서 마주쳤다. 그 짧은 순간 그의 눈빛에 어린 당황과 배신감을 나는 보았다. 그리고 그 눈빛은 내 망막에 남아 나 스스로를 불신하는 계기가 됐고, 누군가를 배신했다는 죄책감은 오랫동안 나를 괴롭혔다.

그렇게 여의도 광장에서 시작되어 오년여에 걸친 사랑은 누추하게 끝이 났다. 이별의 충격으로 그가 휴학을 했다는 소문이 들려왔고, 내가 결혼한 후엔 목사가 될 것을 서원했다는 그의 소식을 들었다. 그리고 오늘 나는, 내 영혼을 부축했던 신앙과 내 첫 사랑의 지성소였던 여의도에서 들려오는 소식을 TV로 듣는다.

어느덧 여의도 광장은 여의도 공원으로 바뀌면서 거대한 빌딩들이 들어찼다. 오래전부터 나는 그 교회에 다니지 않는다. 세월이 흐르고, 풍경이 흐르고, 신앙이 흐르고, 사랑이 흐르고, 나도 흘렀다. 흐름 속에 모든 걸 용서 받는 것은 아니다. 돌이켜보면 부끄러운 청춘이었다. 보다 높은 이상과 이념을 위해 불의와 싸우길 두려워 않는 것이 청춘일진대, 가난 따위로 한 사람의 신의를 저버리고 약속을 내 팽개친 내 청춘의 오류는 벌거벗은 것처럼 여전히 부끄럽다. 나 역시 누군가에게 깊은 상처와 배신감을 주었다는 사실을 떠올리자 내 치부는 잊어버리고 남의 허물에 흥분한 것 같아 또 부끄러워진다.

성숙한 삶이란 타인에게 상처를 주지 않는 것이라던가……. 불완전한 인간이 성숙을 향해 가는 삶. 유명한 목사 또한 한 인간임에랴. 방송을 보며 느꼈던 배신감이 그저 한낱 실망감으로 누그러진다. 그날 그 골목길에서 마주쳤던 그 눈빛도 이제는 실망감으로 바뀌었길 바라 본다.

평설

　　　　　2006년 『에세이플러스』로 등단한 정진희는 현재 『한국산문』 (전 에세이플러스) 대표로 왕성한 활동을 보여 주고 있다. 이 작품은 수정처럼 맑은 자기 고백적 솔직성을 지니고 있다. 젊은 시절에 작자가 겪었던 사랑의 이야기, 그 이야기 속의 부끄러운 기억을 과감하게 털어놓고 지금도 아린 가슴을 쓸어내리고 있다.

　수필은 다른 어느 장르보다 이 같은 자기 고백적 순수성을 요구하는 문학 장르다. 수필이 이처럼 자기 고백적 문학이라야 된다는 어떤 원칙이 정해져 있는 것은 아니지만 전통적으로 대다수의 수필이 그런 자기체험 중심의 문학으로 발전해 온 것만은 사실이다. 그리고 그런 개인적 체험을 전하는 문학이며, 허구를 거부한다는 의미에서 수필은 소설과 차별화되는 특성과 장점을 지닌다. 그리고 이것이 장점이고 특성인 이상 수필은 읽는 재미나 예술적 감동의 기교를 위해서 작위성을 드러내면 아무리 대가들의 작품이라도 순간적으로 감동을 잃고 문학의 생명이 끝나기 쉽다.

　이 같은 자기 솔직성은 솔직성 자체의 가치 때문에 문학의 격이 높아진다. 왜냐면 허구는 남의 얘기니까 자기 책임을 면하며 작품 내용에 따라서 자신을 미화하고 속이기도 하지만 수필은 화자에 대한 어떤 비판도 자기 것으로 받아들이는 미덕이 있는 것이기 때문이다.

작자 정진희는 고교 시절에 여의도 교회에 나가면서 한 남자를 깊이 사랑하다가 대학생이 된 후 돌아서게 된다. 남자는 S대생이 되고 자신은 가난해서 취업하게 되고 이 차이가 서서히 거리감을 만들게 되고 작자는 어느 날 다른 남자와 데이트했던 것까지 여기서 고백하고 있다. 그리고 사랑은 끝나 버리고 그 부끄러운 과거를 되새기며 어느 날 TV를 통해서 본 여의도 교회 목사의 부끄러움을 함께 상기시켜 나가고 있다. 작자가 자신의 가난 때문에 사랑하는 사람과 헤어지게 된 젊은 날의 실수에 대한 부끄러운 기억이 있다면 그것은 "나는 야간이 아니다."라고 주장하는 여의도 어느 목사의 그것과는 비교될 일이 아니다. 그럼에도 그처럼 자신을 아프게 매질하는 자기 고백적 솔직성은 그만큼 순수한 것이기에 감동을 준다. 그리고 이 작품은 흘러간 과거에 대한 그리움과 아쉬움과 후회 등이 강렬한 감정의 기복을 이루며 독자의 가슴을 파고들고 있어서 매우 인상에 남게 된다.

흔적

문상기

　분단 이후 처음 트였던 금강산 길이 다시 막힌 지도 오래 됐다.

　많은 사람들이 그곳에 다녀왔다고 자랑하는데 나에겐 아직 그럴 기회가 없었다. 앞으로 설령 그럴 행운이 따른다 해도 별로 가보고 싶지 않다는 게 솔직한 나의 심경이다. 다녀온 사람들은 대개 금강산의 아름다운 경치에 대한 찬탄보다도 그쪽 안내원들의 경색된 통제로 당했던 행동의 부자유와 불쾌하고 불편했던 경험을 여행담에 내비쳤다. 그러나 정작 내가 금강산 관광에 흥미를 잃게 된 것은 그것 때문만이 아니다. 당시 어느 신문에선가 '금강산 전역 67개소에 총 4천 자 바위글 새겨'란 제목의 기사를 읽고 난 뒤부터였다.

　'암벽에 새겨진 거대한 글자들은 김일성 부자의 지시사항을 비롯해 선동구호, 적기가 등이며 이밖에 주체·자립·자위·속도전 등의 단어도 포함돼 있는데 한결같이 붉은색으로 채색돼 있다.'며 금강산에서 가장 넓은 바위 봉우리인 바리봉에 새겨진 '천출명장 김정일 장군'은 글자 하나가 가로 25m, 세로 34m, 깊이는 1.5m가 넘는다고 했다. 상상을 초월하는 크기다. 그러나 명승지를 체제유지를 위한 선전장으로 이용한다는 정치적 이유보다 더 실망스러운 것은 억만 년 풍상, 인고의 세월이 다듬어낸 자연의 절경을 무참히 흠집 낸 인간의 어리석음이었다.

명승지의 암벽이나 커다란 기암괴석의 곳곳에는 거의 빠짐없이 글자들이 새겨져 있는 것을 볼 수 있다. 다녀간 사람들의 이름을 비롯하여 절경을 읊은 유명한 한시의 구절 같은 것들이다. 당대의 명필이나 역사적인 인물에서부터 무명 시인묵객들이 남긴 즉흥시도 있고, 장난삼아 끄적인 치기 어린 낙서 등 각양각색이다.

울산 반구대 암각화 같은 유적은 고고학적 가치가 있는 문화재라 치더라도, 그 밖의 어떤 유명한 분이 남긴 암벽 글자라 해도 자연경관을 훼손한 낙서가 분명하다는 생각에 미치면 마음이 개운치 않다. 그 글씨가 아무리 명필이고 심금을 울리는 명문장이라 해도 바위틈에 고고히 뿌리내린 작은 소나무 한 그루, 구석지에 다소곳이 핀 진달래 한 포기, 이름 모를 한 떨기 야생화의 아름다움에 어찌 견줄 수 있으랴. 자기를 자랑하고 싶은 하잘 것 없는 인간의 어리석음은 속내만 드러내 보일 뿐이다.

지구상에 존재한 수많은 인종 가운데서도 북아메리카 인디언만큼 자연을 아끼고 사랑한 사람들은 없었다고 한다. 그들은 땅은 살아있는 생명체라 믿었다. 땅이 곧 자연의 어머니이고 생명을 지닌 온갖 짐승과 나무와 풀, 그리고 산과 바위, 강, 바람을 일으키는 공기도 영혼이 있으며 어머니인 땅과 생명을 공유하고 있다고 믿었다. 그들은 인간을 품어 생명을 유지하게 해주는 풍요로운 자연을 외경심으로 대하고, 존중하고, 영혼으로 소통함으로써 균형과 조화를 이루어야한다고 생각했다. 내가 어릴 때 즐겨 보며 사실처럼 믿었던 미국의 정통 서부영화에서처럼 역마차를 습격하여 약탈하고, 적의 머리 가죽을 벗겨가는 잔혹하고 호전적인 야만인의 모습과는 사뭇 거리가 멀다. 그들은 오히려 문명화된 서양인보다 훨씬 도덕성이 강하고 평화를 사랑하는 사람들이었다고 한다. 인디언에 대한 부정적인 편견은 정복자인 백인들의 입장에서 만들어졌다는 게 학자들의 일반적인 견해다.

"인디언들은 자신들이 수천 년 동안 살아온 미 대륙의 자연환경을 하나도 파괴하지 않고, 어지럽히지도 않고, 물려받은 그대로 남겨놓고 떠났다. 마치 강물 속의 물고기들처럼, 공기 속의 새들처럼 자연과 하나 되어 살다가 그대로 남겨두고 떠났다." 1923년 퓰리처상을 받은 미국의 여류 소설가 윌라 캐더(Willa Cather, 1873~1947)의 말이다. 자연을 무참히 흠집 내는 인간들에게 꼭 들려주고 싶은 말이다.

〈쇼생크 탈출〉이라는 미국 영화는 몇 번을 계속 봐도 감동이 새롭다. 개봉한 지 20년이 다 돼가는 오래된 영화지만 요즘도 케이블 TV에 자주 방영된다. 주연배우 팀 로빈스와 흑인배우 모건 프리먼의 연기가 압권이다. 그 영화에 이런 장면이 있다.

쇼생크 감옥에서 도서실 사서 일을 보던 브룩스라는 늙은 죄수가 가석 방돼 인근 도시의 숙박시설에 잠시 머문다. 출옥한 장기수들이 사회생활에 적응하도록 정부에서 마련해 준 임시거처다. 그러나 평생을 감옥생활에 길들여진 노인에겐 바깥세상의 자유가 오히려 고통스러울 뿐이다. 친구들이 있는 감옥으로 다시 돌아가고 싶어도 뜻을 못 이룬 그는 끝내 거기서 자살한다. 죽기 전 목을 매달 대들보에 주머니칼로 이런 글자를 새긴다. '브룩스가 여기 있었다(BROOKS WAS HERE).' 뒤이어 가석방된 감옥 친구 레드도 그곳에 머물다 떠나면서 그 글귀에 잇대어 이런 글자를 새긴다. '레드도 여기 있었다(SO WAS RED).'

혈혈단신인 늙은 죄수들이 누구에게 보이려고 이런 글귀를 새겨 놓았을까. 그들은 왜 머물었던 자리에 이런 흔적을 남기고 싶어 했을까. 자신이 이 세상을 떠난 뒤에도 누군가 그를 기억해 줄 것을 바라는 마음, 덧없는 삶을 조금이라도 보상받으려는 안타까운 몸짓인 것 같아 가슴이 아렸다.

바위벽에 새기든, 나무기둥에 새기든, 그런 흔적만이 한세상 머물었다는 징표는 아니다. 작은 모래뱀이 사막을 기어가도 모래 위에 가느다란 물결무늬 자국을 남긴다. 아무리 하찮은 인간이라도 생의 거친 벌판을 건너노라면 티끌 같은 자취는 남게 마련이다. 어떤 사람의 삶의 자취는 인류 문화 발전에 위대한 공헌으로 기억되는가 하면 또 어떤 독재자의 삶의 흔적은 인류를 전쟁의 재앙으로 끌어들인 저주의 표징이 되기도 한다.

스쳐 지나가는 인연에도 흔적은 남는다. 지금까지 살아오면서 나는 많은 사람들을 만났고 또 헤어지기도 했다. 좋은 인연에는 아름다운 추억이, 궂은 인연에는 아팠던 상처의 자국이 선명히 남아 있다. 이런 기억들은 또한 내 마음의 벽에 새겨진 그들의 삶의 흔적 한 부분이기도하다.

나도 내가 사랑했던 사람들의 가슴속에 내 삶의 흔적이 조금이나마 남아 있기를 바란다. 그 흔적이란 다만 내가 그들을 깊이 사랑했다는 기억이기를 바라며, 그것 하나만으로도 충분할 것 같다.

평설

2000년에 『수필춘추』로 등단하고 수필집 『모든 것은 지나간다』, 『기다린다는 것은』 등을 냈다. 수필이 다른 문학 장르와 마찬가지로 예술성을 얻으려면 이미지의 창출에 의한 상상적 기법이 가장 효율적이다. 그 이미지는 비유법에 해당되는 기법이다. 윤오영의 「염소」에서 그날 죽고 더러는 아직 살아서 끌려가는 검은 염소들의 처량한 모습이 그들을 끌고 가는 주인 자신의 인생의 이미지라면, 또는 이것이 우리 모든 인간의 인생의 이미지라면 끌려 가는 염소와 사람은 비유법으로 연결되어 있다. 검은 염소와 같은 염소 주인, 검은 염소 같은 우리들이라는 비유법이다. 그리고 이것은 물론 검은 염소를 바라보는 작자가 상상적 사고를 통해서 얻어진 이미지다.

그렇지만 수필이 지닐 수 있는 예술적 기법은 이것만으로 성립되는 것은 아니다. 비유법이 아니라도 문장은 많은 기법을 구사하며 독자를 감동적으로 이끌어 나가고 그 감동이 곧 예술성이다. 그리고 작자가 그런 문장력과 예리한 분석으로 명석한 논리를 전개하며 소중한 주제를 형성해 나가면 감동은 극대화된다.

이것은 수필만이 가능한 예술성이다. 시나 소설이 이런 표현기법을 전체적으로 구사하면 그 장르 자체를 스스로 부정하게 되기 때문이다.

문상기의 「흔적」은 상상적 기법은 적게 구사한 대신 명석하고 예리한 논리와 고매한 사상성으로 큰 감동을 주고 있다. 한국 문학에서 이런 수준의 수필은 많지 않다.

작자가 말하는 흔적은 사람이 이 세상에 남기고 가는 흔적이다. 그 흔적으로서 먼저 제시된 것이 금강산의 바위에 새겨진 큰 글씨들이다. 금강산의 겨울산은 개골산(皆骨山)이라 할 만큼 바위산들이고 세계적인 명산들인데 작자는 이곳에 새겨진 글씨의 크기가 얼마이고 그런 글씨가 금강산 전체에 얼마나 있는지를 정확한 숫자로 제시하고 있다. 이런 숫자는 작자가 꼭 현장답사를 해야만 되는 것은 아니다. 믿을 만한 자료를 제시하면 된다.

이런 숫자 제시는 문장을 건조하게 만들 우려도 있지만 작자의 간결한 문체와 정확한 증거 제시와 논리의 타당성은 그런 우려를 말끔히 씻어 버린다.

이런 증거 제시는 다음 몇 가지로 더 이어진다. 금강산만이 아니라 우리나라에서도 흔히 산에 가면 볼 수 있는 옛사람들의 이름과 글귀가 있다.

또 작자는 방울뱀이 사막에서 기어가며 남기는 물결무늬도 흔적으로 제시하고 있다.

또 작자는 영화 〈쇼생크 탈출〉에서 가석방된 죄수가 목매고 자살하기 직전에 대들보에 새긴 글귀와 뒤이어 가석방된 죄수의 글자도 제시하고 있다. 작자는 이들의 이름과 이들이 새긴 영문자들도 모두 정확히 보여 주고 있다.

다음에 작자는 '억만 년 풍상, 인고의 세월이 다듬어 낸 자연의 절경을 무참히 흠집 낸 인간의 어리석음'을 질타하기 위해서 북미 대륙에서 살다 간 옛 인디언들의 모습을 제시하고 있다. 이들의 이야기야말로 자연을 훼손하고 가는 인간들을 부끄럽게 하는 가장 강력한 증거물이다. 작자는 인디언의 자연관이 무엇이었으며, 어떻게 살다 갔는지를 조사하고 증언한 미국 여류작가의 기록과 그녀의 생몰연대 등까지 빈틈없이 간결하게 제시하고 있다.

이처럼 자기주장을 위해서 증거의 다양성과 정확성에 최선을 다하는 것은 문인으로서 자기 글에 대하여 절대적 책임의식을 나타내는 것이고, 자기주장에 대한 최대의 설득력을 확보하는 방법이고, 이것은 작자의 정직성의 표현이 된다.

그리고 이 글의 결론으로 나타나고 있는 주제가 매우 감동적이다.

> 나도 내가 사랑했던 사람들의 가슴속에 내 삶의 흔적이 조금이나마 남아 있기를 바란다. 그 흔적이란 다만 내가 그들을 깊이 사랑했다는 기억이기를…….

작자도 이 세상을 살다 간 흔적을 남기고 싶다. 그러나 그것은 세상 사람들이 모두 보는 어떤 자리가 아니다. 다만 자기가 사랑했던 사람들의 가슴속에만 남기고 싶다고 한다. 그들을 깊이 사랑했다는 기억을 남기고 싶다고.

이 결론에 도달하면 가슴이 뜨거워진다. 참으로 아름다운 흔적인가? 또 그렇게 이 세상을 살다 가는 것이야말로 얼마나 아름다운 삶인가? 이렇게 사는 사람들이 많아지면 이 세상은 그만큼 서로 모두 사랑하며 행복하게 사는 세상이 될 것이다. 이 글은 이런 고매한 사상과 감정을 감동적으로 사회에 전하는 것이므로 그 가치가 빛날 수밖에 없다.

잊어라 잊어라 했을까

임병문

한낮인데도 공원으로 가는 길목의 약수터에는 적막이 감돌았다. 이어지는 설한으로 인적이 끊어진 탓이다. 고요한 약물터의 뜨락에는 어젯밤 내린 눈이 아직 숫눈인 채 쌓여 있다. 가만히 다가서 수줍게 눈을 밟아본다. 은밀한 그 느낌에 가슴이 설렌다.

설레는 가슴은 새 눈이고 숫눈이어서가 아니다. 이미 내려서 묵은 눈도 내게 새로운 느낌의 만남이면, 그것은 가슴 떨리는 첫 만남이기 때문이다. 밟는 나도 품어주는 눈도 서로의 마음은 마찬가지일 것이다.

문득 나목(裸木)에 앉은 새 한 마리가 자리를 박차고 난다. 새가 떠난 가지 끝의 눈은 분분히 흩어져 내리고, 거기에 붉은 꽃 한 송이가 피어 있다. 괴괴한 마당 한 쪽에 그림처럼 피어난 선홍빛의 알 수 없는 꽃이다. 고결한 듯 그윽하고, 미혹한 듯 은은한 자색이 꽃 속에 기품으로 서려 있다.

아! 그것은 붉게 핀 한 송이 매화였다. 좀체 볼 수 없는 한 떨기 설중매인 것이다. 생각에 잠긴다. 숫눈과 홍매화, 그리고 나, 서로가 범상치 않은 인연이 되었다. 연(緣)이란 본시 그런 것인지도 모른다.

하지만 눈이 녹고 꽃이 지고, 발길을 돌리면 우리의 만남은 헤어짐이 되고, 맺은 연은 끝이 날 것이다. 그 끝난 인연은 이별의 아픔으로 이어지고, 그것은 긴 그리움이 될 수도 있다.

내게는 일찍이 그런 그리운 사람이 있었다. 선연히 떠오르는 그 봄날, 오늘처럼 떨리는 마음으로 나와 인연이 된 사람이다. 그 사람은 내게 붉은 매화처럼 찬연히 다가와 선홍빛 그리움만 남기고 에둘러간 사람이다.

내 나이 열두 살, 그때의 봄날은 참으로 외로웠던 시절이었다. 시골에서 막 대처로 이사를 온 나는 갈 곳도 친구도 없었다. 그날도 나는 홀로 도심 공원의 뒷산에 올랐다가 불량배를 만나 쫓기게 되었다. 넘어지고 구르며, 어른들이 보이는 산 아래 활터까지 와서야 그만 기진해 쓰러지고 말았다.

옷은 찢어지고 무릎과 손등에는 선혈이 낭자했다. 쫓아오던 낯선 형들은 보이지 않았고, 피 묻은 내 손에는 뺏기지 않은 새 하모니카가 꼭 쥐어져 있었다.

그런 내게 한 여인이 다가왔다. 그는 나를 부축하고 집에 들어가 뒤란의 우물가에 앉혔다. 그리고는 피를 씻어내고, 찬물로 얼굴을 식혀 주었다. 놀라서 몸을 떠는 나를 여인은 가만히 안아주었다. 왠지 눈물이 났고, 여인에게서 지분냄새가 났다. 그 냄새는 밤꽃 향처럼 그윽하게 났다.

그날 이후 여인은 내게 운명 같은 존재가 되어 버렸다. 모르는 여인에게 얼굴을 붉히며 누나라고, 수줍게 불러본 날이 그날이기 때문이다. 외로웠던 어린 시절 밤잠을 설치게 했던 그 첫 정(情)의 소리, 바로 누나였던 것이다.

그날 나를 데리고 들어가 피를 씻어 주고 약을 발라 주었던 활터 아래 큰 기와집에서 누나는 살았다. 사람들이 그 집을 화류(花柳)집이라 부르는 것을 나는 그때 처음 들었고, 비로소 그 예쁜 누나가 어쩌면 기생일지도 모른다는 생각을 혼자서만 하게 되었다.

진달래가 무더기무더기 흐드러지던 어느 봄날, 나는 누나를 찾아갔다가 그 화류집 담장 아래서 누나의 낭랑한 노랫가락을 처음으로 들었다. 숨이 막히도록 그 소리가 좋았다. 끊어질 듯 이어지는 알 수 없는 그 가야금 소리는 내 어린 가슴에 누나를 그만 대못 질러 버렸다.

그러던 어느 날 나는 누나를 따라 뒷산에 올랐다. 아! 산은 두견 빛으로 무리무리 발갛게 익어가고, 흐드러진 진달래는 만산에 꽃 세상을 펼쳐내고 있었다. 누나는 절로 노래를 불렀다.

"바위 고개 피인 꽃 / 진달래꽃은 / 우리 임이 즐겨즐겨 꺾어 주던 꽃 / 임은 가고 없어도 잘도 피었네 / 임은 가고 없어도 잘도……."

갑자기 노래가 끊어졌다. 누나는 먼 하늘을 바라보며 울고 있었다. 그 하늘 아래 고향집이 있다고 했다.

이런 누나와의 꿈같은 시절이 봄을 지나 겨울로 가던 어느 날, 누나는 내게 말했다. 이제 찾아와서는 안 된다고, 그리고는 무언가를 내밀었다. 누나가 밤을 새워 뜬 벙어리장갑이었다. 열심히 공부해서 대학생이 되면 그때 나를 다시 찾겠다며 누나는 내 주소를 적었다. 그것이 이별이 되었다.

누나가 왜 그래야만 했는지, 그때 누나는 왜 나를 안고 울었는지 나는 모른다. 내가 아는 것은 오직 누나는 정이 많고 아름다운 여인이라는 것뿐이다. 그런 누나를 향한 내 속절없는 그리움은 내 생에 긴 이별의 아픔이 되었다.

짧은 만남과 긴 이별, 나이 들어서도 잊혀 지지 않는 그때의 이별과 그때의 슬픔, 언뜻 아홉 달의 짧은 인연 끝에 헤어져 평생을 서로 그리워하다가, 끝내 세상을 등진 퇴계(退溪)와 기생 두향(杜香)의 애절한 사연이 떠오른다. 한 사람이 죽어서야 비로소 만날 수 있었던 그들의 애달픈 사랑, 퇴계는 『매화시첩(梅花詩帖)』에 두향을 향한 그리움을 이 같은 시로 남겼다.

'이별은 소리조차 나지 않고/살아 이별은 슬프기 그지없어라/서로 한 번 보고 웃는 것/하늘이 허락한 것이었네/기다려도 오지 않으니/봄날은 다 가려 하는구나.'

퇴계는 죽는 날 아침 두향이 보내온 분매(盆梅)를 바라보며 '매화에 물을 주어라' 하는 말을 남기고 저녁에 숨을 거두었다. 죽는 그날까지 두향을 못 잊어 한 것이다. 두향은 퇴계가 죽자 단양 땅 남한강에 스스로 몸을 던져 정인(情人) 곁으로 갔다.

사무쳐 잊지 못하는 사람의 마음, 어쩌면 그것은 삶의 업(業)인지도 모른다. 피할 수 없는 욕망의 업일지도 모른다. 그 처절한 그리움의 고통, 정녕 어찌해야만 하는가.

누나가 세상 어디에서 나를 아직 생각하고 있다면, 누나는 이런 내게 무어라 말을 했을까. 사람의 인연이란 본디 그런 것이니 이제 그만 잊어라 잊어라 말을 했을까.

겨울 공원의 동상으로 서 있는 퇴계는 눈 속의 매화를 바라보며 아직도 두향을 그리워하고 있을까. 아니면 그도 누나처럼, 이제 그만 잊어라 잊어라 두향에게 그리 말을 했을까.

평설

이 수필은 잊지 못할 유년의 기억 속에 상상적 기법으로 회화적 이미지를 오버랩시켜 가면서 예술성을 한껏 고조시킨 작품이다.

작자는 흰 눈이 내린 날 공원 쪽으로 가는 길가 약수터에 서서 홍매화 한 송이와 흰 눈을 바라보며 과거를 회상하는 장면을 도입부로 삼고 있다.

작자가 뒤돌아보는 지난날의 영상에는 설중매와 흰 눈은 없다. 그렇지만 도입부의 풍경은 작자가 회상하는 과거의 영상과 겹치면서 그 영상을 아름다운 그림으로 만들어 버린다. 시각적 이미지에 의한 영상처리로 회화적 기법이 작용한 셈이다.

그런데 이 그림은 시각적인 색채 미학적 효과만 지닌 것이 아니다. 매화와 흰 눈이 지닌 전설적 이미지도 중요한 역할을 한다.

작자가 회상하는 과거지사는 열두 살 때 만났다가 헤어진 기생에 대한 짝사랑이다. 물론 짝사랑이 아닌 수도 있지만 만날 때마다 서로 포옹하고 입 맞추던 사랑이 아닌 것만은 분명하다.

작자는 흰 눈과 매화를 말하는 도입부에서 "눈이 녹고 꽃이 지고, 발길을 돌리면 우리의 만남은 헤어짐이 되고, 맺은 연은 끝이 날 것이다. 그 끝난 인연은 이별의 아픔으로 이어지고, 그것은 긴 그리움이 될 수도 있다."고 말하면서 과거의 영상을 이어 나가고 있기 때문에 이 두 가지는 자연스럽게 하나의 그림으로 재구성될 수밖에 없다. 열두 살 때 땅바닥에 쓰러져 피 흘리며 울고 있던 작자를 일으켜 안아주고 우물가로 데리고 가서 씻어 주고 안아 주고 약도 발라 준 여인은 매화로 읽혀지고 작자 자신은 흰 눈으로 읽혀진다.

흰 눈을 새 눈 또는 숫눈이라고 표현한 것도 작자 자신을 연상시킬 은유법으로 적절한 구실을 한다. 어린 나이니까 새로 내린 '새 눈'이 되고, 처음으로 이성을 대하는 숫총각처럼 아무도 그때까지 밟은 일이 없는 눈이니 '숫눈'일 뿐만 아니라 '숫'은 수컷, 수놈을 연상시키기도 하기 때문이다. 그리고 매화는 물론 꽃이니까 여성으로 읽혀질 뿐만 아니라 그 여인이 기생이라 했으니 기녀들의 애칭으로도 많이 쓰이는 매화는 작자의 그 여인일 수밖에 없다.

작자는 이렇게 붉은 홍매화를 백색의 배경에 배치하여 참으로 아름다운 그림을 만들고 이 매화와 흰 눈을 작자와 그 여인의 이미지로 설정했기 때문에 두 남녀의 만남과 헤어짐을 한껏 이것으로써 미화하는 효과를 얻고 있다.

그런데 작자는 여기에 다시 퇴계와 기녀 두향(杜香)을 등장시키고 있다. 매화가 나왔기 때문에 자연스럽게 퇴계의 『매화시첩』이 나오고, 두향이 보내 준 매화와 퇴계의 마지막 말 한마디, 그리고 그가 죽자 뒤를 이어 강물에 몸을 던진 그녀의 애절한 사랑의 이야기로 이어지고 있다.

여기서 퇴계는 전연 작자 임병문이 아니지만 그가 말하는 사랑과 이별의 과거지사는 퇴계의 그것과 매우 유사한 점들이 있다. 그래서 퇴계의 전설이 다시 작자의 그것을 아름답게 장식하는 역할을 하게 된다. 공원으로 가는 길에 흰 눈과 매화가 있고 공원에 가면 퇴계의 동상이 있다는 것도 유추에 의해서 퇴계와 작자의 이야기를 하나로 묶는 구실을 한다.

열두 살 소년의 기억 속에 남아 있는 애절한 사랑이 소재가 되어서 하나의 작품이 되려면 깊이 있는 주제 설정을 위한 철학적 사고가 따라야 한다. 그런데 사회적 역사적 문제로 세상에 내놓을 것이 아니고, 오직 아름답고 소중한 기억으로 간직하며 이런 만남과 이별의 아픔이 얼마나 큰 것인지를 말하려면 그것을 한껏 아름답게 그려나가기 위한 기법이 구사되어야 한다. 이를 위해서 회화적 기법에 의한 형상화도 필요하고 다른 소재들을 접목시킨 메타포도 필요하다. 임병문의 「잊어라 잊어라 했을까」는 그런 기법이 매우 잘 구사된 좋은 수필이다.

고란초

신숙영

모든 진실은 언젠가는 반드시 밝혀지기 마련이라고 흔히 말한다. 그렇지만 연못에 빠져 죽어 귀신이 된 장화가 밤중에 사또님 앞에 나타나서 계모의 모든 죄상을 일러 바쳤듯이 그렇게 감춰진 진실을 밝혀 줄 증인이 항상 있는 것은 아니다. 증인들은 보복이 두려워 입 다물기도 하고 누군가에 의해서 사라져 버리기도 한다. 케네디 암살 사건에서 오스왈드를 비롯하여 많은 사람들이 죽거나 영원히 증발되어 버렸듯이.

3천 궁녀의 낙화암 전설도 그렇다. 정말 3천 궁녀가 있었을까? 그렇다면 그 죽음을 증언해 줄 수 있는 증인이 있어야 하는데 말이다. 만일 확실한 증인이 있었다면 그는 낙화암 절벽에 붙어서 사실을 직접 목격한 풀포기나 바위일 것이다.

"궁녀가 치마폭 뒤집어쓰고 떨어지네, 웬일일까? 또 떨어지네. 또 떨어지네. 백, 2백, 3백 자꾸 떨어지네, 가엾어라."

고란초는 아마도 그 전설의 진실성에 대한 목격자일 것이다. 그런데도 아무런 말이 없다.

초등학교 6학년 봄 소풍으로 고란사를 보고 돌아올 때, 나의 작은 가슴은 삼천궁녀의 슬픈 전설 때문에 자꾸만 눈물이 고였었다. 그리고 34년이란 긴 세월이 지나서 아줌마 문인이 되어 다시 고란사 입구로 들어섰을 때 내 가슴에는 눈물 대신 문학의 향기가 충만해 있었다. 그런데 돌아 올 때는 다시 34년 전처럼, 비록 눈물은 아니라도 가슴속이 적셔지고 있었다.

고란초를 좋아해서만은 아니다. 백제가 멸망한 후 여기저기 흩어져 숨어 살던 유민(遺民)들의 모습을 보는 것 같아서다. 그들도 그렇게 사라진 고란초와 비슷했을까. 고란사는 백제 말기에 창건된 것으로 추정되고 있다. 그때 그곳에는 고란초가 많기 때문에 사찰명도 고란사가 되었을지 모른다. 그런데 나는 그곳을 둘러보고 나오면서부터 다른 생각을 하게 되었다.

의자왕은 처절한 항전 끝에 당군에 패하고 자결하다 실패한 후 당나라로 끌려갔다. 이때 그의 왕족들과 군사들 약 1만 5천 명도 끌려가고, 백성 약 1만 2천 명도 끌려갔다. 병자호란 때처럼 닥치는 대로 도륙을 당하고 여인들은 강간당했을 것이다. 물론 신라 군사들도 함께 그랬을 것이다. 6·25 때의 동족상잔처럼.

그랬다면 이런 일도 있었으리라. 한 여인이 어린애를 안고 그 사찰로 뛰어 들어 구원을 청하고 숨어 살다 죽은 일이 있을지도 모른다고. 궁녀가 그렇게 절간으로 피신해서 백제인이며 궁녀라는 것을 숨기고 살다 갔을 수도 있다.

그 여인들의 삶은 고란초와 꼭 같았었다. 그래서 주지 스님은 사찰명도 고란사로 바꾸었다. 주지도 물론 백제인이다. 그들은 백제 유민들의 억울하고 가엾은 혼을 달래고 구원을 기원하며 그 모습이 고란초와 너무 비슷하기에 고란초를 더 아꼈다. 물론 이것은 모두 나의 픽션 스토리지만 고란초를 보면 이런 상상도 무리한 것은 아닐 것 같다.

고란초는 뿌리조차 내리기 어려운 돌멩이 틈바구니에 겨우 끼어 산다. 그것도 양지바른 따뜻한 돌 틈이 아니라 남들 눈에 잘 띄지 않는 침침하고 그늘진 돌 틈이다. 그리고 남들 지나다니는 평지가 아니라 가파른 낭떠러지나 벼랑에 산다.

여느 난들은 좋은 집안에서 융숭한 대접을 받으며 호화롭게 자란다. 예쁜 화분에 옮겨 놓고 애지중지 다뤄도 몸살을 앓고 온갖 병치레를 한다. 성질이 까다로워 그러는지 낯선 환경에 적응을 못해서 그러는지 햇빛과 습도를 잘 맞춰 줘야 제구실을 한다. 그런 대접을 받으면서도 무엇이 여유롭지 못한 사람처럼, 침착하지 못한 사람처럼, 그리고 나약한 사람처럼, 잘 견뎌내지 못한다.

또 고란초는 은화식물이다. 꽃을 숨기고 있는 식물이어서 은화식물이라고 한다. 일본군이 중국 난징에서 30만 학살을 저지를 때 젊은 여자들은 얼굴에 검은 칠을 하고 꽃다운 아가씨의 정체를 감추었다. 꽃을 숨기는 고란초가 꼭 그렇다. 또 자식들을 퍼뜨릴 씨앗도 잎의 뒷면 포낭(胞囊)에 숨기고 있다. 이렇게 자식들마저 숨기고 사는 고란초는 씨를 말려 죽이려하는 가해자를 피하기 위한 방법이나 마찬가지다. 백제 유민들이 이렇게 살지 않았을까?

그런데 이렇게 살았으리라는 것은 확실한 증거가 없다. 유민들 모두 백제인의 신원을 숨기고 숨어 살다 가 버렸다면 증인이 아무도 없기 때문이다. 백제에 대해서는 유민만이 아니라 역사 자체가 애매하다. 백제는 한반도와 남서부를 모두 차지했던 큰 나라다. 일본에는 백제가 문화적 정치적으로 남긴 큰 역사가 지금도 확실하게 많이 남아 있다. 일본어에서 "구다라나이 코도오 유우나"라는 말은 "구다라에 없는 것은 말하지도 말라"의 준 말이라고 한다. '구다라'는 백제다. 백제에도 없는 것은 말할 가치도 없다고 했으니 백제가 얼마나 큰 나라였는지 짐작이 간다. 그런데 신라 경주에는 역사 유물이 그렇게도 많지만 백제 역사의 흔적은 드물다. 게르니카라는 마을이 프랑코와 히틀러의 폭격으로 지도에서 사라졌듯이 그렇게 지워지고 일부 유민이 고란초처럼 숨을 곳만 찾아다니며 살았던 것이 아닌지? 모든 역사의 진실은 언젠가는 모두 밝혀진다는 것은 우리들의 희망사항일 뿐이다.

나는 어릴 때, 이곳에 오면 고란초와의 만남으로 가슴이 설렘으로 이어졌었다. 고란사 뒤뜰 사랑채만 한 큰 돌 사이에 세 포기 고란초가 나란히 줄지어 있었다. 우리는 그것을 보기 위하여 친구들 어깨 너머로 기웃거렸다. 신기한 보물을 찾은 것처럼 그 자리를 떠나지 못하고 머물러 있었다. 그때까지만 해도 사람들 눈에 잘 보이는 곳에 자리 잡고 있었는데, 이제는 그 고란초도 사라져 버렸다.

고란초에 대한 아쉬움을 확인하려고 사찰 관리인에게 물었다. 그는 사람들 눈에는 잘 보이지 않으나 돌멩이 틈 사이 어디엔가 살아있다고 한다. 그 반가운 말 속에서 백제 역사도 살아있음을 확인 한다. 그러나 살아있으되 숨어 있다는 것이 안타깝다.

고란사 뒤뜰 어딘가에 지금도 자라고 있을 한 줄기 고란초는 나약한 식물이었다. 그러나 그 뿌리와 뿌리는 서로 의지하며 살아온 것이다. 숱한 비바람에도 끄떡없이 견뎌내면서 자신에게 주어진 자리를 달갑게 맞이했다. 좋은 자리 차지하려고 투정하지 않았다. 말없이 한길만 고집하며 겸허한 마음으로 그 맥을 이어 오고 있었나 보다. 역사 속에서 본 듯한 인생의 참맛을 알아낸 성직자처럼, 또는 고난이 깊은 사람처럼 그렇게 말이다.

평설

　　2004년『문학산책』으로 등단 후『표정 읽기』,『말강구』등 수필집을 내며 좋은 수필을 자주 발표해 왔다. 이 작품의 마무리는 우리들의 가슴에 아픔을 전해 준다. 물론 그것은 문학적 감동으로서의 아픔이다. "고란사 뒤뜰 어딘가에 지금도 자라고 있을 한 줄기 고란초는 나약한 식물이었다. 그러나 그 뿌리와 뿌리는 서로 의지하며 살아온 것이다."라고 말하는 고란초가 다른 풀포기와 다름없는 식물이 아니기 때문이다.

　이 작품은 고란사의 고란초를 소재로 한 작품이다. 충남 부여군의 부소산 북쪽을 흐르고 있는 백마강 가의 고란초와 고란사다. 물론 이 고장에 오면 누구나 백마강의 슬픈 전설을 기억하게 되지만 작자는 상상의 날개를 펼치며 그 전설을 더욱 애절한 역사적 실체를 보여 주고 있다. 신라와 백제의 연합군에 의하여 모두 불타고 피바다가 되는 가운데서 구원을 청하는 한 여인을 상상하고 그가 어떻게 살아남았는지를 상상하며 고란초를 말함으로써 작자는 애절한 전설의 역사적 실체를 생생하게 재생해 놓고 있는 것이다. 고란초는 나약한 식물이지만 뿌리와 뿌리로 서로 의지하며 낭떠러지에 붙어서 사는 모습을 그 당시부터 그렇게 힘들게 숨어 살던 백제 유민으로 본 것이 뛰어난 상상력이다. 수필은 이처럼 평범한 소재에서 다른 어떤 의미를 지닌 이미지를 발견할 때 예술적 감동이 크게 만들어진다.

　작자는 이 부분을 은유법으로 나타내고 있다. 고란초가 백제의 유민들이라는 말을 하지 않았다. 그것을 알아나가는 것은 독자의 몫이며 그런 의미에서 독자도 작자와 마찬가지로 상상력에 의해서 작품을 함께 완성해 나가는 셈이다. 작자는 이렇게 보조 관념에 의해서 본관념에 도달하는 은유법을 구사하며 감동적인 주제를 만들어 내고 있다.

검댕이

이은희

검댕이가 긴 여행을 떠났다. 먹보인 녀석이 좋아하는 젤리도 마다하고 어디론가 사라지고 덩그러니 보금자리만 남았다. 그런데 나는 놀라지도, 슬프지도 않다. 가족들은 두 눈에 쌍불을 켜고 그를 찾느라고 야단이다. 그러나 베란다와 온 방을 구석구석 찾아보아도 녀석은 나타나질 않는다.

검댕이는 우리 집에서 키우는 사슴벌레의 애칭이다. 유난히 검고 두 개의 집게가 커서 붙인 이름이다. 이 녀석이 우리 집에 오기까지엔 할머니의 영웅담이 한몫했다.

어느 날이었다. 할머니와 손자가 나를 따돌리고 뭔가 작전을 수행하려는 눈치였다. 아이가 난데없이 사슴벌레에 관해 연구하려는 것도 무슨 꿍꿍이속이 있는 것 같았다. 나 몰래 아빠에게 용돈도 얻어내는 것 같았다. 그리고 그날 벌어진 일을 할머니가 가족들에게 영웅담처럼 풀어놓으셨다.

도시에서는 흔하지 않은 곤충인지라 부르는 게 값이었다. 검댕이 한 마리의 가격은 만 오천 원인데 아이의 주머니엔 만 삼천 원밖에 없었다. 문방구 주인은 모자라는 이천 원을 가져오라고 했다. 하지만 검댕이를 빨리 갖고 싶어 주춤거리는 아이에게 그는 유혹의 손길을 내밀었다. 뽑기를 하면 만 오천 원이 나올 수 있다는 말에 아이는 귀가 솔깃하여 순순히 빠져들어 갔고 결국, 가지고 있던 돈마저 몽땅 뽑기 기구한테 빼앗겨 빈손이 되고 말았다.

그 다음 상황은 보지 않아도 그림이다. 아이는 눈물 콧물이 범벅되어 내 돈을 내놓으라고 생떼를 쓰며 대성통곡을 하였을 것이다. 손자의 얘기를 들은 할머니는 눈썹이 날리도록 문방구로 달려갔고 문방구 주인을 사행심을 조장했다고 협박 반 애걸 반으로 모자란 돈 이천 원으로 타협을 보았다. 제일 작은 검댕이를 골라 주려고 하는 그의 손을 제치고 제일 큰 놈으로 고른 손자와 할머니는 승전고를 울리며 개선장군처럼 돌아왔다. 용감무쌍한 할머니다. 덕분에 아이도 쓰라린 인생 경험을 했고 추억의 탑에 돌 하나를 더 얹은 셈이다.

웬만한 애완곤충은 우리 집을 거쳐 가지 않은 것이 없을 정도였다. 아이는 그들을 데려온 일주일은 호기심으로 밥도 제때 챙겨 주며 지나칠 정도로 깊은 관심을 두었다. 그러나 그것도 잠시일 뿐, 시간이 흐를수록 거들떠보지도 않아 그들의 뒤처리는 할머니의 몫이 되곤 했다. 그들도 사람처럼 사랑을 먹고 자라는가 보다. 사람도 사랑이 부족하면 거칠어지고 생기가 없어지듯, 그들도 기운을 잃은 듯 얼마 가질 못해 마침내 죽는 경우도 생겼다. 그런 모습이 딱해 앞으로 다시는 곤충을 사주지 않겠다고 다짐을 했는데, 검댕이를 어렵게 데려온 얘기를 듣고 나니 마음이 약해지고 말았다.

그러나 검댕이의 값보다 비싼 집만큼은 양보하지 않기로 했다. 자그마한 사육장이 이만 오천 원이다. 전에도 햄스터가 오천 원이면 집은 만 오천 원, 금화조가 팔천 원이면 새집은 이만 오천 원이었다. 주객의 전도였다. '배보다 배꼽이 크면 안 된다'는 이유를 내세웠다. 처음에는 고집을 부리던 남편과 아이도 못 이기겠다는 듯 네모난 석쇠를 사다가 구슬땀을 흘리며 녀석의 보금자리를 만들어 주었다. 제법 근사했다. 손수 집을 만든 남편과 아이는 어느 때보다 더욱 강한 사랑을 베풀었다.

하루는 검댕이가 벌렁 드러누워 배를 하늘로 향한 채 전혀 움직이질 않았다. 혹시 죽은 것은 아닌가 싶어 아이에게 물었다. 죽은 시늉을 하는 것이라고 했다. 아이는 그의 말과 행동을 이해하고 있는 것인가? 그 녀석의 언어를 알아듣지 못하는 내가 귀머거리인가. 갑갑하고 답답하지만 어쩔 수 없었다.

다음 날, 검댕이가 남의 집 화분 근처에서 방황하고 있지 않은가. 철끈으로 칭칭 감아 만든 튼튼한 집을 어떻게 빠져나왔는지 도무지 이해할 수 없었다. 두껍고 무거운 책으로 눌러 놓기까지 했는데 어떻게 나왔을까. 그 후로도 그는 몇 번씩이나 탈출시도를 하여 가족들을 놀라게 했다.

그러던 어느 날이었다. 검댕이의 등이 여기저기 갈라져 상처투성이인 것이 눈에 띄었다. 실패를 거듭해도 포기하지 않고 빠져나오려고 안간힘을 썼구나 여겼다. 헌데, 놀라운 일이 벌어진 것이었다. 녀석은 정사각형인 석쇠의 네모난 구멍 밖으로 두 집게를 정면으로, 위로, 아래로, 그것도 모자라 사선으로 시도하는 것이었다. 순간, 나는 녀석이 빠져나오게 된 비밀을 직감할 수 있었다.

자로 석쇠의 구멍을 재보았다. 가로, 세로 1.5센티미터. 검댕이가 정면으로 빠져나온다는 것은 불가능한 일이었다. 그러나 사선의 길이가 약 2센티미터가 넘는다는 것을 간과한 것이 실수였다. 아주 간단한 진리를 소홀히 다룬 것이다. 그는 우리가 놓친 맞모금의 길이를 발견한 것이었다.

겁도 없이 탈출하려는 검댕이를 보며 문득 내 모습이 겹쳐졌다.

신혼 시절, 가난한 촌부의 아내는 오직 하나 욕심의 그릇을 채우기 위해 하루를 살았다. 셋방살이를 벗어나기 위한 알뜰함은 이내 작은 평수의 내 집을 얻을 수가 있었다. 거기까지는 좋았다. 그러나 헛된 욕심은 더 큰 것을 바라고 숫자를 헤아리며 여러 해를 보태었다. 겉치장을 위한 삶으로 내 머릿속엔 상상의 기와집은 수없이 그려졌다. 또한, 직장에선 한 계단 더 높은 직급을 위하여 모든 상황을 내게 유리한 쪽으로 고민해갔다. 늘 내 주변의 것들은 경쟁대상이었다. 그렇게 열을 채우기 위한 욕망의 불꽃은 사그라지지를 않았다.

욕망의 한 부분을 고속질주로 이루어낸 어느 날, 원인 모를 병에 걸린 듯 가슴아파했다. 모든 것이 제자리에 있건만 이유 없이 허전하며, 신열을 앓듯 갈피를 잡지 못하였다. 내가 원했던 삶이 이런 것이었던가. 물질만능 위주의 사회에 물든 내 모습, 순수감성이라곤 손톱만큼도 없는 사람으로 변해 있었다. 문득, 내 순수영혼을 잃고 욕망만 높아진 삶이 부질없는 짓이란 걸 알게 되었다. 가슴 깊은 곳에서 울리는 내면의 소리를 듣지 못했다. 화려한 불빛을 쫓아다니는 불나비 같았다. 노랗게 단풍이 든 느티나무 아래에서 까르르 웃던 열아홉 소녀의 그림자가 그립다. 계절의 아름다움을 시로 읊던 나는 어디에 묻혀 있는 걸까. 사유의 창을 열어 묻고 되묻는다.

그 동안 나는 내내 주위의 환경을 탓하며 어디론가 훌쩍 떠나고 싶었다. 하지만 감히 행동으로 옮기는 것은 엄두를 낼 수가 없었다. 나에겐 언제나 벗어날 수 있는 열린 문이 있지 않은가. 그럼에도 현실에 안주해 버린 날 조롱하는 듯했다. 나는 검댕이 보다 용기 없는 사람이었다. 그다지 절실하지도 않으며 실체 없는 고민을 늘어놓던 나의 몸부림이 그저 우스울 뿐이었다.

검댕이의 자유를 향한 무모한 도전과 끈질긴 노력에 탄복하지 않을 수 없었다. 그는 사력을 다해 1.5센티미터의 구멍에 온몸을 던졌을 것을 상상하니, 전기충격을 받은 듯 온몸이 짜릿해 왔다. 그랬다. 나의 삶은 소극적이고 수동적이었다. 인생살이에서 겉으로 드러난 것만 볼 줄 알았다. 비껴보고, 누워볼 수 있는 삶을 몰랐다.

표면에 드러난 가벼운 것을 즐기며, 내면의 깊이를 모르는 지금까지의 삶이 아니었던가. 그래 지극히 사소한 것, 가끔 꿈틀거리며 일어나는 아주 작은 감성을 도외시했다. 철망에 긁혀 생채기투성이가 될 정도의 적극적인 삶과는 비교도 되지 않아 보였다.

식구들이 집을 비운 오후. 녀석이 왕성한 혈기로 사방을 활개치며 돌아다닌다. 두근거리는 가슴을 끌어안고 서서히 베란다 쪽으로 다가간다. 그리고는 창문을 반쯤 열었다.

서재로 돌아와서도 진정되지 않는 마음은 온통 그 녀석에게 가 있다. 이윽고 '툭'하는 소리가 들린다. '아, 드디어 자유를 찾았구나!'라고 작은 탄성이 일었다. 먼발치에서 둘러보니 역시 녀석이 보이질 않는다. 녀석이 기어가는 속도를 계산하며, 시간이 빨리 흘러갔으면 싶었다. 그런데 갑자기 힘이 빠졌다. 두 어깨가 축 처졌다. 검댕이가 없는 쓸쓸한 보금자리. 검댕이의 탈출은 가족들에겐 언제까지나 미제 사건으로 남을 것이다.

평설

작자는 2004년 동서커피문학상에 응모해서 시·소설 부문을 제치고 「검댕이」로 대상을 받았다. 전국의 많은 경쟁자를 제치고 수필 부문이 대상을 받은 것은 처음 있는 일이다. 그후『검댕이』,『망대』,『버선코』,『결』등 수필집을 다수 출간하고 한국 수필계에서 많은 주목을 받고 있다. 이 작품은 이은희의 2004년도 등단작이다. 한국문인협회가 위임을 받아서 주관한 동서커피문학상의 대상 수상작이다. 우수한 문장력뿐만 아니라 이미지 창출에 의한 상상력으로 수필이 갖춰야 할 예술로서의 문학적 기법에서 특히 우수성을 나타냈기 때문이다. 신인 작품에 해당되지만 시·소설까지 근 2만 명의 많은 응모자 속에서 치열한 경쟁과 엄격한 심사를 거치는 것이기 때문에 수준 높은 작품이 선정될 수밖에 없다. 더구나 시·소설 등과 경합하면 늘 그렇듯이 수필에서 대상작이 나온다는 것은 예상하기 어려운 것으로서 10년이 지난 지금까지 전무후무한 일이다.

'동서커피'는 기업체지만 많은 상금과 함께 전국적인 홍보를 통해서 응모작이 매우 많고 심사가 3단계를 거치고 심사위원과 응모자가 미리 이름을 익힐 수 있는 여지가 전연 없다.

작품의 소재는 곤충 한 마리인 사슴벌레의 관찰기에 속한다. 그것을 구입하고 기르다가 잃어버리게 되기까지의 과정이 재미있다. 그렇지만 이야기의 재미보다도 그 벌레를 통해서 작가 자신의 인생을 깊이 있게 짚어보고 보다 값진 삶의 길을 발견한 것이 귀중한 성과다.

사슴벌레가 자유를 찾기 위해 철망 상자 속에서 몸부림치다가 성공한 방법을 통해 자신보다 더 귀중한 삶의 길을 찾았다는 애기는 큰 암시를 준다. 즉 사슴벌레는 '나'라는 인생의 상징적인 소재로 쓰임으로써 상상을 통한 비유법의 우수성을 나타내고, 수필의 예술성을 확보한 것이다.

수필의 창의성과 예술성은 모든 사물을 어떤 다른 의미의 상징적 기호로 읽어내며 심오한 주제를 이끌어 내는 것이다. 바꿔 말하면 상상을 통해서 이미지를 창출해 내는 것이다. 이때 독자가 그 글을 읽는 것은 그 이미지를 통해서 본 관념에 도달하는 과정이 된다. 즉 사슴벌레는 작자의 인생론을 의미하는 그림이 되며 수필은 이를 통해서 상상에 의한 예술적 감동을 얻어내게 된다.

악보를 넘기는 여자

김윤정

쌍꺼풀 없는 작은 눈, 야무지게 꼭 다문 입 그리고 허리를 꼿꼿이 세우고 흐트러짐 하나 없는 다소곳한 자세와 수수한 옷차림. 숨은 쉬고 있는 것일까? 내내 한 가지 톤을 유지하고 있는 무표정한 그녀의 얼굴에서는 마치 시간이 멈추어 버린 것 같다.

지인의 소개로 가게 된 첼로 독주회에서 나는 정작 첼리스트에게는 관심이 없고, 공연이 시작되면서부터 피아노 반주자 옆에서 악보 넘기는 일을 하고 있는 여자에게만 시선이 머문다. 그리고 어느 것 하나 놓칠세라 그녀에게서 눈길을 떼지 못한다.

페이지 터너(page turner). 그녀가 하는 일의 정식 명칭이다. 악보를 넘긴다고 해서 '넘순이' '넘돌이'라고 쉽게 부르기도 한다. 독주곡의 경우에는 독주자가 악보를 완전히 외우기 때문에 악보 넘기는 사람이 필요하지 않지만, 반주의 경우에는 곡을 외우기보다는 화성이 잘 어우러져야 하는 데 신경을 써야 하므로 악보를 넘겨주는 사람이 필요하다.

그녀는 조명을 비껴 앉아 첼리스트를 제외하고는 반주자조차 눈에 잘 들어오지 않는 무대 위에서 자신의 역할을 겸손하게 수행하고 있을 뿐이다. 한 악장이 끝나기 조금 전, 그녀가 조용히 일어나 반주자의 시야를 가리지 않게 악보 위쪽으로 왼손을 뻗는다. 악보의 오른쪽 윗모서리를 살짝 꺾어서 다음 장을 약간 보여 주고는 곡이 다음 장으로 진행되자 페이지를 넘긴다.

이럴 때 반주자는 악보 넘어가는 부분의 몇 마디를 미리 외워 놓는다. 뜻하지 않은 실수에 대비하기 위해서. 페이지 터너가 악보 넘길 타이밍을 놓치거나 잘못해서 두 장이 넘어가거나, 반주자가 박자를 놓치거나 하는 일은 언제고 일어날 수 있으니까. 누구나 긴장하면 실수를 하게 마련이지만, 그럴 때 당황하지 않고 둘 중 하나는 그 실수와 긴장을 잘 조절할 줄 알아야 한다. 페이지 터너와 반주자와의 호흡은 그래서 그만큼 중요하다. 가끔 삐거덕거려도 서로의 마음을 잘 다독일 줄 알아야 하는 부부 관계처럼 말이다.

세상에는 그녀처럼 보이지 않는 곳에서 묵묵히 제 할 일을 하는 사람들이 많다. 언젠가 영화배우 황정민은 남우주연상 수상소감을 "다 차려 놓은 밥상에 숟가락만 얹었을 뿐"이라고 말하여 화제가 되었다. 함께 일하며 땀 흘리는 스태프들을 두고 한 말이다. 애정을 가지고 일에 몰두하는 사람이 어디 이들뿐이랴. 오늘도 어딘가에서 가난과 타협하면서 한 길을 걷는 사람들이 있기에 살맛나는 세상인지도 모르겠다.

어느 시인은 "열정은 건너는 것이 아니라 몸을 맡겨 흐르는 것"이라고 말한다. 나는 이들에게서 강물에 몸을 던져 물살을 타고 흐를 줄 아는 열정을 본다. 주인공을 더 빛나게 만들어 주는 그들이 결코 시시해 보이지 않는 것은 바로 이 때문일 것이다.

산은 정상을 보고 오르면 오르지 못한다. 바로 앞 계단을 보고 올라야 정상에 다다를 수 있다. 누군가는 해야 할 일을 주연 아닌 조연으로서 바로 앞을 보며 한 계단 한 계단 오르는 그네들도 언젠가는 산의 정상에 설 수 있지 않을까?

집으로 돌아온 내 눈앞에는 아직도 그녀의 모습이 아른거린다. 피아노 치는 여자와 하나가 된 그녀를 떠올리며 어설프게나마 그녀를 크로키해 본다. 자신의 일에 긍지를 느끼는 평온한 모습이 나를 밤늦도록 놓아 주지 않을 것 같다.

지금 나를 이끌어 주는 페이지 터너는 누구일까. 혹은 나는 누군가에게 페이지 터너 같은 존재이고 있는가? 화성을 무시하고 독주하려 들지는 않는가? 자꾸 되묻고 반성하고 싶어지는 밤이다.

평설

한국 수필은 1900년대를 접고 2000년대로 들어설 무렵부터 신인들에 의하여 한층 높은 수준에 도달하고 있다. 수필가들의 양적 팽창이 문제가 되기도 하지만 우수 작가들이 많아졌다. 김윤정도 그런 작가다. 「악보를 넘기는 여자」는 그중에서도 뛰어난 수작이다. 수필의 매력이 무엇이며 거기서 우리가 얻을 수 있는 것이 무엇인지 궁금한 사람이 있다면 이런 작품을 보여 주고 싶다.

이 작품은 수필이 요구하는 다음 조건들을 모두 잘 갖추고 있다.

좋은 주제, 빈틈없는 구성, 명확한 논리적 서술, 상상적 이미지의 창출, 문장력, 그리고 압축적인 간결성이 그것이다.

지금 나를 이끌어 주는 페이지 터너는 누구일까. 혹은 나는 누군가에게 페이지 터너 같은 존재이고 있는가? 화성을 무시하고 독주하려 들지는 않는가? 자꾸 되묻고 반성하고 싶어지는 밤이다.

이 작품은 이렇게 끝을 맺고 있다. 여기서 말하는 페이지 터너는 무대에서 피아노 반주자를 위해 악보를 넘겨 주는 사람이다. 넘순이, 넘돌이라는 이름도 재미있다. 그런데 조명을 받는 사람은 오직 반주자이며 넘순이는 조명이 가려지지 않도록 비껴 서서 반주자를 도울 뿐이다. 한국어의 넘순이라는 별칭부터가 직업에 대한 비하의식이 깔려 있다. 그렇지만 그녀의 역할 없이는 무대 연주는 가능하지 않다. 작자는 섬세한 부분까지 놓치지 않고 예리한 관찰력으로 넘순이의 역할을 묘사하고 있다.

이 수필이 문학적 기법으로서 돋보이는 가장 중요한 것은 페이지 터너를 페이지 터너로서만 보지 않은 점이다. 꽃을 꽃으로만 보는 문학은 문학이 아니다라는 원칙을 잘 지키고 있다.

넘순이는 우리가 살아가는 사회적 현실의 한 측면이다. 사회적 계층이라고 해도 좋다. 그런 계층의 이미지로서 페이지 터너를 그려 나가고 있기 때문에 상상적 기법의 예술적 미를 효과적으로 창출하고 있다.

이런 이미지로서의 페이지 터너에 대한 작자의 생각은 매우 소중한 주제를 나타낸다. 페이지 터너는 남들로 하여금 조명을 받고 박수를 받게 할 뿐 자기는 비껴 서서 스스로 몸을 낮추고 묵묵히 성실하게 힘든 일을 해 나가는 사람들이다. 가난해도 가난과 타협하고 참아 내며 살아가는 사람들이다. 이를 좀 더 심각하게 본다면 그들은 뒤처지고 소외된 계층이다. 이 작품은 이런 외롭고 힘든 삶을 살아가는 계층에 대한 밝은 조명이다. 무대에서는 첼리스트나 반주자에게만 조명이 가고 관객은 그들에게만 박수를 보내지만 작자는 이 글을 통해서 그렇게 뒤로 가려진 소외자에게 조명등을 비춰 주고 있다.

소외계층이 지니는 소중한 사회적 가치와 의미를 되새기게 하는 이것은 참된 휴머니즘일 뿐만 아니라 우리 사회의 병든 의식구조까지도 비판하는 양심의 소리가 된다.

특히 이런 주제는 다른 선진국들과 달리 너무도 잘못 달리고 있는 이 나라 자본주의 구조의 병폐에 대하여 각성을 촉구할 수 있는 것이기 때문에 소중한 주제가 된다. 또한 이런 주제가 강한 설득력을 얻고 있는 것은 적절한 예를 단계적으로 들어가며 빈틈없는 논리를 펴고 있기 때문이다. 수필이 산문 예술로서 지닐 수 있는 장점과 특성은 이런 논리의 매력이다.

그리고 전체적으로 매우 간결한 문단을 이어가며 가장 짧은 산문 예술로서의 수필의 매력을 잘 지니고 있다.

나비야 청산 가자

김현옥

봄이 간다. 꽃 지자 잎 돋고, 잎 돋자 그늘 드리워졌다. 명주처럼 이불을 깔아놓은 듯 화사하고 다소곳한 연두의 모락산(慕洛山)은 어느 산봉우리에 누워 뒹굴어도 산 아래서 툭툭 털고 일어나면 그만일 듯 부드럽고 포근하다. 잔치 끝에 언뜻언뜻 남아 있던 꽃잎마저 훈풍(薫風)에 나비되어 흩어지고, 나비 날아간 꽃자리는 초록이 동색(同色)되어 여름 향해 치닫는다.

스물에 고향을 떠난 후, 서른에 아버지를 잃은 후, 마흔에 치유(治癒)되지 않는 어머니의 질병으로 낙망(落望)을 거듭한 후 무엇으로도 채워지지 않는 허전함이 가슴 한 켠에 자리 잡았다. 평생 해서는 안 될 삼불효(三不孝)에서 두 가지 불효를 마흔 전에 저지르고도 웃을 때 웃었고 먹을 때 먹었다. 산 사람은 살아 천붕(天崩)의 고통도 희미해지고, 세월은 흘러 제 살 터지 듯 아프던 어머니의 병통(病痛)에도 둔감해졌다. 그간의 보살핌이 얼마였으며 그간 의지와 위로가 얼마인데 잠깐의 아픔으로 그 많은 은혜가 무마(撫摩)되고 잠깐의 추모로 그 많은 자애(慈愛)를 망각(忘覺)하는 이기심 가득한 내가 자식을 훈육(訓育)하고 그 자식은 그런 나를 부모라고 여긴다. 봄은 가는데 꽃은 지는데 병석의 어머니는 자는 듯, 꿈꾸는 듯 누워만 있고 흰나비 한마리가 허방난 내 가슴에 날아든다.

여름이 왔다. 해 길어지자 햇살 높아지고, 햇살 높아지자 그늘 깊어졌다. 여리디 여린 잎사귀가 바람 쏘이고 비 맞더니, 숱도 많아지고 색도 짙어져 가릴 것 많고 숨길 것 많은 내밀(內密)을 껴안았다. 따사한 봄볕에 온몸 내맡기고 농염한 꽃빛에 얼굴 붉혔으며 감미로운 바람에 가슴 두근거렸던 봄날의 은성(殷盛)한 비밀을 놓칠 새라 숲은 날마다 무장(武裝)하고 시퍼런 울타리를 친다. 꽃 진 지 오랜데 흰나비 한 마리가 꽃 찾아 헤매다 바람에 떠밀려 서슬 푸른 잎사귀 위를 힘없이 주저앉는다. 먼 길을 날았는지 어디로 가려는지 얇은 몸이 힘에 겨운 듯, 양 나래를 파닥이며 방향타(方向舵) 잃은 내 가슴에 내려앉는다. 난데없이 날아온 흰나비 한 마리가 가슴 깊이 개어둔 어머니의 낡은 모시적삼을 펼치며 어머니의 살 내음을 퍼트린다.

아버지 돌아가시던 해, 마음 둘 곳을 찾아 헤매다 아버지의 편린(片鱗)을 어느 후미진 서예실(書藝室)에서 발견하고 정붙여 오늘에 이르렀다. 한지(韓紙)에서 이는 퀴퀴한 닥나무 내음과 은은한 묵향(墨香)이 사랑방에서 나던 바로 그 냄새였기에, 필재(筆才)를 의논하는 동호인(同好人)들의 낮은 수군거림이 한시(漢詩)를 읊조리던 아버지의 바로 그 웅얼거림이었기에 내 상실(喪失)의 방황을 그 서실에서야 멈출 수가 있었다. 옛것에서 새것을 발견하고, 법고(法古)에서 창신(創新)을 깨달아 자칫 가벼워질 수 있는 성정(性情)에 그나마 가닥을 잡고 중심을 잡을 수 있어 그곳에서만은 더없이 편안했다. 어깨 너머로 대하던 글씨 공부가 생각처럼 되지 않아 접고 싶은 생각도 많았으나 분란한 마음을 가다듬기에는 더할 나위 없이 좋아 바쁠 것도 요란할 것도 없이 친구삼기로 작정하고 전람회도 찾아다니고 졸작(拙作)의 부끄러움도 정진(精進)이라는 미명아래 더러더러 출품(出品)도 감행했다.

부끄러움과 설렘의 첫 전시회를 앞두고, 그 뜻 깊은 날에 입을 마땅한 옷을 고르지 못해 고민하다가 순간 어머니의 흰모시 적삼을 생각해 냈다. 크고 작은 여름 의례(儀禮)에 흰나비의 양 나래를 펼쳐놓은 것 같은 완벽한 대칭과 유려한 곡선의 모시적삼을 받쳐 입던 어머니의 고운 자태가 떠올라 급히 그 옷을 빌렸다. 마흔의 얼굴에 이십대의 혼수품이었던 현란한 색감이 이질(異質)스러운 내 한복보다는 올은 낡고 품새는 빠듯했지만 우리 의복의 영원한 고전(古典)답게 특유의 정갈함과 단아한 정취가 있어 부족한 글씨를 뒤덮고 마는 그날의 대역전극을 만들어 냈다.

전시장에서의 흥분이 겨우 가라앉을 즈음에, 돌려주기가 아까워 천금을 주고라도 갖고 싶은 욕심이 슬며시 들 즈음에, 불두화(佛頭花) 송이가 가지 휘어지도록 앞마당에 만발할 즈음에, 깃광목 홑치마를 상복으로 입은 미망(未亡)의 상주(喪主)로서 어머니는 돌이킬 수 없는 병이 났다. 마음대로 집안일을 할 수도 없고 마음대로 나들이조차 할 수 없는 환자가 되었다. 가서 돌아오지 않는 모시적삼을 채근할 필요 없는, 환자복이 평상복이 되고 평상복이 환자복이 되어 버린 뇌졸중의 중환자가 되었다. 백방(百方)의 치료에도 차도가 없어 낙망이 거듭되는 십여 년의 세월 동안, 어디에 있든 그 모시적삼의 향방(向方)에 신경을 쓸 겨를이 없었다. 잊혀져 갔다.

잠시 욕심을 부리기는 했으나 병이 나지 않았다면 당연히 돌아가야 했을 그 모시적삼이 본의(本意) 아닌 어머니의 유물(遺物)이 되어 내 장롱 깊은 곳에 푸새 약간 사위어도 흐트러지지 않은 그 빛과 그 결로 아직은 살아있다. 천금을 주고라도 어머니의 건강을 살 수만 있다면, 천금을 주고라도 모시적삼을 입은 그 칼칼한 모습을 다시 볼 수 있다면, 천금을 주고라도 갖고 싶었던 그 모시적삼을 기꺼이 포기할 마음 간절하지만 그럴 수없는 현실에 망연자실한다.

봄이 가고 꽃이 져도 서운할 것도 없다. 여름 오고 그늘 깊어져도 설렐 것도 없다. 자태 고왔던 어머니는 오늘도 자는 듯 꿈꾸는 듯 누워만 있는데. 먼 길 날아 지친 흰나비는 서슬 푸른 잎사귀 위에 주저앉고 말았는데. 모시적삼의 푸새는 날마다날마다 사위어져 가는데. 세월은 흐르는데. 무심한 세월은 자꾸 흐르는데…….

나비야, 청산(靑山) 가자. 나비야, 청산 가자.

평설

2000년대 초에 『문학산책』으로 등단 후 『창작산맥』에서 뛰어난 작품들을 발표하며 주목을 받고 있다. 「나비야 청산 가자」는 상상적 기법으로 예술적 감동을 한껏 고양시킨 수작이다.

상상적 기법에 의한 예술성은 주로 나비라는 이미지에 의해서 만들어지고 있다. 그것이 어떻게 얼마나 아름다운 이미지로 작품 전체 속에서 시간을 초월하여 날아다니며 주제를 이끌어 나가는지를 보자.

이 수필은 먼저 봄 풍경을 담고 있는데 그 속엔 나비들이 있다.

'훈풍에 나비되어 흩어지고', '나비 날아간 꽃자리' 등이다.

다음에는 약 30년의 긴 세월이 흐른 뒤의 나비다.

'병석의 어머니는 자는 듯, 꿈꾸는 듯 누워만 있고, 흰나비 한 마리가 허방난 내 가슴에 날아든다.'

이렇게 나타난 나비는 다음 셋째 문단에서는 여름 풍경이 그려지면서 또 나비가 나온다.

> 흰나비 한 마리가 꽃 찾아 헤매다 바람에 떠밀려 서슬 푸른 잎사귀 위를 힘 없이 주저앉는다. (…) 나래를 파닥이며 방향타(方向舵) 잃은 내 가슴에 내려앉 는다.

이렇게 그려진 나비는 다시 다섯째 문단에 가서 모시적삼을 '흰 나비의 양 나래를 펼쳐 놓은 것 같은……'이라고 하는 비유로 나타난다. 그리고 마지막 문단에서 '먼 길 날아 지친 흰나비'가 나오고 끝줄은 '나비야 청산(靑山) 가자, 나비야 청산 가자.'로 맺어지고 있다.

이 수필 무대에 이처럼 반복적으로 흰나비가 나오는 것은 두 가지 의미의 연출 효과가 있다. 우선 봄 풍경, 여름 풍경, 그리고 지난 세월에 일어났던 아픈 기억들에 대한 시각적, 감각적 효과를 위해서 나비들이 날아다니고 있다. 산과 들의 자연 풍경은 나비가 날아다님으로써 훨씬 아름다워지고 생동감이 살아난다.

그런데 이 나비는 흰나비들이다. 원작 시조 「나비야 청산 가자」는 범나비로 되어 있지만 여기서 작자는 모두 흰나비로 그렸다. 지난 세월의 아픔의 이미지에는 흰나비가 맞기 때문이다.

봄이 되면 제일 먼저 노랑나비와 흰나비가 날아다니는데 흰나비를 먼저 보면 그 해 집안에 상사(喪事)가 일어난다는 속설이 있었다. 엄마가 죽는다고 말하기도 했다. 그뿐만 아니라 장례식장의 꽃도 모두 흰색을 쓴다. 흰나비가 이런 이미지를 지니고 있기 때문에 이렇게 흰나비를 반복적으로 등장시킨 것은 그것이 작자가 전하려는 주제의 상징적 기호가 되기 때문이다. 프랑스의 바슐라르가 '이미지의 현상학'에서 말한 4원소(물, 불, 흙, 공기)의 기호학적 상징과 같은 것이다. 「무기여 잘 있거라」에서 헨리가 사랑하는 여자 캐서린을 만나러 가던 날 비가 많이 내리는 것으로 날씨를 표현한 것도 작자가 비(물) 내리는 풍경으로 그녀의 죽음을 예고한 기법이다.

둘째로 흰나비는 어머니의 모시옷 이미지이며, 먼 길을 힘들게 걸어오다가 지쳐서 쓰러져 있는 어머니의 이미지로서 한껏 상상의 세계를 만들어 나간다.

한국의 험한 역사적 배경 속에서는 동족들을 배반하며 저 혼자만 이익을 추구하지 않는 한 누구에게나 삶은 고달프다. 특히 어머니들이 그렇다.

이 수필은 그런 어머니상을 흰나비에 비유하고 있어서 우리는 상상을 통하여 그 역사적 현실의 실체에 접근하게 된다. 구체적, 설명적인 진술보다 훨씬 감동적인 산문이 되는 셈이다.

그리고 흰나비가 시각적으로 모시적삼의 이미지가 되는 것은 더 말할 나위가 없다. 그러므로 어머니의 모시옷이 흰나비가 되고 흰나비가 어머니가 되고, 작자가 어머니의 모시옷을 입은 후 되돌려 줄 수도 없게 된 사실을 통해서 작자는 아름다운 효심을 주제로 하여 이미지의 미학을 참으로 완벽하게 수필의 미학으로 완성시켜 나간 셈이다.

작자는 자기만의 개성이 강한 문체도 구사하고 있다. 간결성을 위해서 조사마저 생략해 버린 문장이 매우 많기 때문이다.

호흡의 리듬을 의식한 문장도 매우 좋다. 끝 연에서 '누워만 있는데' '사위어져 가는데' '세월은 흐르는데' '자꾸 흐르는데' 하고 '나비야 청산 가자'로 맺은 마무리는 수필 문장의 아름다움을 절정으로 이끈다. 그리고 물론 '나비야 청산 가자'는 중풍으로 오랫동안 누워 계시는 어머니에게 어서 일어나 달라는 간절한 소망의 은유적 표현이다.

이 작품은 이처럼 이미지의 미학으로서 상상의 세계를 연출하며 명수필의 경지를 만들어 내고 있다.

산불

이윤경

산불이 났다. 마을에서 얼마 떨어지지 않은 당산 너머에서부터 산불이 시작되었다. 벌건 불은 진달래 꽃잎마냥 너울너울 산을 넘고 있었다. 불 꽃이 한 바탕 춤을 추고 간 자리에는 바스러지는 검은 재만 가득했다. 불 꽃은 이제 바람에게 제 몸을 맡기고 훨훨 날고 있었다. 불화살이 허공을 가르듯 이 나무 저 나무로 옮겨 붙었다. 수 십 년 굵어진 소나무, 참나무도 순식간에 불덩이로 변해 퍽퍽 쓰러지고 있었다.

동네 사람들이 하던 일을 던져두고 손에 삽이며 빗자루를 들고 산으로 달렸다. 곧 이어 읍내에서 소방차가 오고 트럭 적재함에 한 무리의 공무 원들이 실려 왔다. 바람과 불의 협공을 막아내기에는 인간의 힘과 그들이 들고 온 도구는 너무나 미약해 보였다.

매캐한 연기를 뚫고 날아온 거대한 헬리콥터가 공중에서 수직으로 쏟 아 붓는 물세례에 산불의 기세가 한풀 꺾였다. 그 틈에 인간의 손과 발은 불의 꼬리를 자르고, 불씨를 꾹꾹 밟아가며 개울 쪽으로 사냥감을 몰듯 몰아가고 있었다. 불은 지쳐 쓰러졌다. 불이 사그라진 산은 온몸의 숨겨진 속살들과 작은 주름까지도 훤히 드러낸 채 벌거벗겨져 있었다.

산불은 꺼졌지만, 그날 밤 나는 훨훨 날아다니는 불덩이에게 밤새 쫓겨 다녔다. 자리 밑이 축축이 젖어 있었다. 아버지는 산불을 보고 놀라서 그런 거니 괜찮다고 했지만, 아침마다 젖어 나오는 이불을 빨아대는 엄마의 눈치를 살피느라 밥이 제대로 넘어가지 않았다.

밤마다 불덩이는 나를 찾아왔다. 허우적거리며 도망치고 있는 나를 아버지가 흔들어 깨웠다. 방문 앞 뜰 위에다 요강을 가져다 두고는 그 앞을 지키고 계셨다. 찔끔찔끔 오줌을 누자 요강 속에서 울리는 쪼르륵거리는 소리에 아버지와 나는 마주 보며 웃었다. 밤마다 아버지는 잠 든 나를 깨워 요강 위에 앉히고 그 곁을 지키고 서 계셨다. 새벽 별빛은 파랗게 빛나고, 아버지의 넓은 등은 그 모든 두려움을 잊게 해주었다.

그 해 여름, 아버지가 쓰러졌다. 불에 그슬린 산처럼 까매진 얼굴로 몇 날을 앓다가 돌아가셨다. 아버지의 꽃상여를 따라 산으로 가는 동안 나는 한 번도 울지 않았다. 나는 죽음의 의미를 알지 못했다. 한 바탕의 축제 같은 날이라 여겼다. 땅속에 묻히는 검은 관은 아버지의 실체가 아니었다.

그날부터 다시 오줌을 쌌다. 아무도 나를 흔들어 깨워 주지 않았다. 뜰 위에는 요강도 없었다. 새벽마다 혼자 눈을 떴지만 일어날 수가 없었다. 방문을 열면 사방 어둠 속에서 벌건 불덩이들이 내게로 덤벼들 것만 같았다. 아침이면 혼자 쪼그리고 앉아 젖은 속옷을 빨았다. 가끔씩 엄마는 부지깽이로 등짝을 후려쳤다. 아픔보다 서러움에 학교 가는 길 내내 울었다. 아버지의 부재가 그제야 실감이 났다. 죽음이, 남겨진 자들에게 던져주는 고통의 시간들을 나는 하나씩 알아가고 있었다.

그 해 가을, 나를 따라다니던 불덩이가 내 안으로 들어왔다. 내 몸이 하나의 불덩이가 되었다. 고열은 며칠이 지나도록 떨어지지 않았고 온몸을 붉은 반점들이 뒤덮었다. 홍역이었다. 목구멍을 넘기가 무섭게 먹은 것을 다 토해내고 나는 자리에서 일어나지 못했다. 엄마는 나를 이불로 싸서 리어카에 싣고 읍내 병원으로 달렸다. 폐렴증상까지 있다는 말에 엄마의 다리가 휘청거렸다.

엄마의 힘 빠진 팔로 끄는 리어카에 누워서 보는 가을 하늘은 깊고 눈부셨다. 동네로 들어서는 길가에 산불이 났던 산이 시커멓게 나를 내려다보고 있었다. 가슴이 쿡쿡 아파 왔다. 불덩이들이 내 안에서 이리저리 날아다니는 것 같았다. 저 산처럼, 아버지처럼, 나를 까맣게 태워 버릴지도 모른다는 생각에 몸이 벌벌 떨려 왔다.

한 달이 지나고서야 나는 일어나 걸었고, 다시 학교에 갔다. 열이 내 몸에서 빠져 나가자, 더 이상 불덩이는 나를 찾아오지 않았다. 나는 새벽이면 혼자 일어나 마당가에 쪼그리고 앉아 오줌을 눌 수 있게 되었다.

겨울이 가고 다시 봄이 왔다. 나는 삼 학년이 되었고, 언 땅을 뚫고 올라오는 새싹처럼 건강해져 있었다. 봄비가 그친 토요일 오후, 엄마와 나는 보자기를 하나씩 들고 산불이 났던 당산을 올랐다. 겨울에 내린 눈과 몇 번의 봄비로 쌓여 있던 검은 재는 많이 씻겨 있었다. 어지러운 잡목들 사이로 연둣빛의 보송송한 싹들이 올라오고 있었다. 고사리였다. 주위가 온통 고사리 밭이었다. 엄마는 보자기를 허리에 묶고 반을 접어 다시 허리에 끼웠다. 커다란 주머니가 만들어지자 엄마와 나는 말도 없이 고사리를 꺾었다. 비릿하고 향긋한 고사리 향이 손가락의 지문사이에 배여 들었다.

온 산이 다 타서 재로 변하고, 아무것도 살 수 없으리라 생각한 산 위에 생명의 숨소리가 들리고 있었다. 산은 처음부터 타지 않고 살아있었다. 산을 덮고 있던 것들이 탔을 뿐, 예전처럼 그대로 살아있었다. 새로운 생명들을 키워 낼 준비를 하느라 잠시 숨을 고르고 있었던 것이다.

여름이 되자, 고사리 잎이 넓게 벌어지고 그 그늘 아래로 곤충들이 모여들고 풀씨가 날아들고, 수런수런 거리는 소리가 쉬지 않고 들렸다. 산을 덮은 검은 빛이 밀려나고 초록빛으로 산이 꿈틀거렸다.

삼십 년이 지났다. 당산 숲에서는 가끔씩 멧돼지가 내려와 엄마의 고구마 밭을 망쳐 놓았다. 우거진 숲에서는 온갖 새들의 둥지가 나무에 매달려 있고, 벌들이 꽃을 찾아 잉잉거리며 날고 있었다. 산길을 걸으면 물컥거리며 습한 초록의 물기가 올라왔다. 산은 온전히 회복되어 있었다.

나는 아직도 삼십 년 전의 그 불덩이를 기억하고 있다. 내 안에 문신처럼 아버지의 흔적을 새기고 살아가듯, 저 산도 그날의 뜨거운 기억을 안고 있을 것이다. 나는 가슴에다 저 산을 품고 살기로 했다. 어떤 어려움이 밀려와도, 그것들이 나를 활활 태운다 해도 다시 일어나 푸른 생명을 가득 품고 살아가는 저 산처럼 나도 그렇게 살고 싶다.

평설

　　　이윤경은 2000년대에 들어와서 신춘문예에 몇 곳에 응모하며 등단한 작가다. 오순자 교수는 이윤경의 「멸치」, 「꿈꾸는 시간」 등에 대하여 '대상을 사물의 이미지로 보기'라고 했다. 「산불」도 그런 기법이 나타나는 작품이다.

대상을 사물의 이미지로 보는 것은 수필의 예술성을 증폭시키는 가장 효율적인 기법이다. 이것은 작자가 써 나가는 과정에서 밟았던 순서대로 독자도 상상력을 통해서 원관념에 도달하는 방법이며 예술적 기법의 본질적 특성 중 가장 중요한 것이 이런 상상적 기법이기 때문이다.

이윤경이 마무리에서 '나는 가슴에다 저 산을 품고 살기로 했다.'고 말하는 저 산은 그녀의 유년의 기억 속에 새겨져 있는 산이다. 불이 났던 산이며 엄마와 함께 고사리를 캐러 갔던 산이며 아버지가 묻혀 있는 산이다. 이 산을 품고 산다는 것은 산의 뜨겁고 활기찬 불굴의 생명력 때문이다. 활활 다 타버리고 검은 재만 남은 듯했지만 그래도 다시 봄이 오고 비가 오니 푸른 싹이 돋아나고 벌레들이 찾아들고 새들이 둥지를 틀고 생명의 속삭임이 들려오는 산. 이것을 가슴에 품는다는 것은 산을 그처럼 불멸의 생명력을 지닌 어떤 존재의 이미지로 보기 때문이다. 글쓰기를 위해서 만나는 소재들을 다른 어떤 의미의 상징적 이미지로 보는 상상력은 이 작품의 경우보다 더 크고 넓고 깊은 것을 기대하는 것이 좋지만 이 정도의 마무리로도 이 작품은 매우 흐뭇하다.

이런 만족도는 표현력이 좋기 때문이다.

작자가 묘사한 산불은 때때로 활유법을 구사한 것, 우수한 형상화의 문장력을 보인 것, 사실적 묘사이면서도 무섭게만 나타내지 않고 회화적, 시각적 매력과 이미지를 만들어 낸 것 등이다. 여기서 산불을 멋진 불춤의 축제를 보는 것처럼 끌어 나간 것도 활유법이며 '진달래 꽃잎 모양 너울너울 산을 넘고 있었다.'는 것도 그렇다. 이것은 산불이 산등성이를 다 태우면서 뒷산으로 옮겨 붙어가는 모습인데 작자는 이를 아름다운 진달래의 이미지로 바꾸고 있다. 이쪽에서 꽃봉오리가 다 피고 불붙는 형상이더니 점점 더 산등성이 너머로까지 분홍빛이 번져가는 모습으로 그린 것이며 회화적 이미지로서 진달래를 그린 것은 아름답기도 하지만 우리들에게 향수의 정을 일으키기도 한다.

이처럼 아름답게 그리면서 생명체의 활유법을 구사한 것은 작자가 산 자체를 생명체로 보는 데 적합한 표현법이다.

여기에 작자의 유년기의 수난은 '저 산을 품고 싶다.'는 소망이 얼마나 절실한 목소리인지를 잘 나타낸다. 산불에 놀라서 오줌싸개가 되고 아버지가 그런 딸을 보살피며 사랑해 주다가 꽃상여를 타고 산으로 가고 또 홍역을 앓았던 모든 기억들이 '나는 저 산을 가슴에 품기로 했다.'는 말의 진실성을 강력하게 전한다. 자연을 바라보는 경건한 마음과 힘든 세상을 뜨겁게 살며 푸른 생명력을 보여 주려는 모습이 아름답다.

달

박월수

　그날은 배꼽마당이 들썩거리도록 말 타기를 하고 놀았다. 배가 촐촐할 무렵 친구는 내 손을 잡고 자기 집으로 이끌었다. 친구의 어머니는 호박전을 굽고 있었다. 금방 구운 호박전은 달콤하고 고소했다. 노랗고 동그란 모양이 달을 닮았다고 생각했다. 그 달이 반달이 되고 하현달이 되고 눈썹달이 되어 내 속으로 사라졌다.

　몇 개의 달을 삼켰는지 모른다. 어스름녘이 되어 달처럼 부른 배를 안고 집으로 왔다. 달을 닮은 호박전을 먹을 때부터 아래가 이상했다. 이제껏 한 번도 느껴보지 못한 싫고도 궁금한 무엇이 내 몸에서 벌어지고 있다는 생각이 들었다. 구석에 숨어서 아무도 몰래 아랫도리를 내려 보았다. 낮에 먹은 호박전 빛깔이 끈끈하게 묻어 있었다. 아침이 되어 제일 먼저 살펴본 살에서는 붉은 달빛이 홍건했다. 울컥 서러움이 밀려들었다.

　뒤꼍 뚜껑 덮인 대야에서 몰래 훔쳐본 어머니의 서답이 떠올랐다. 달빛보다 더 붉은 물에 담겨있던 서답은 한 번도 앞마당 빨랫줄에서 하얗게 펄럭인 적이 없었다. 언제나 뒤꼍에 낮게 엎드려 달빛 아래서만 말랐다.

결코 다른 빨래와 함께 섞인 적 없는 그것은 어린 내 눈에도 부끄러움이었고 남에게 숨겨야 할 비밀이었다.

앉은뱅이책상 서랍 속에 꼭꼭 숨겨둔 흔적을 반나절도 안 되어 어머니께 들켰다. 어머니는 달거리가 시작된 거라고 했다. 여자라서 겪는 불편이며 부끄러움이니 참아야 한다고도 했다. 달마다 한 번씩 며칠에 걸쳐 하게 된다는 마지막 말은 울고 싶은 나를 적잖이 안심시켰다. 내 속에서 흘러나오는 붉은 달빛을 날마다 경험하며 살 수는 없다고 절망하던 참이었다. 어머니의 말이 끝나고 왜 여자는 부끄러워야 하고 숨겨야만 하는지 묻고 싶었지만 그러지 못했다. 뒤꼍의 뚜껑 덮인 대야를 생각하니 나도 그래야만 할 것 같았다. 오후 내내 반짇고리 곁에 앉아 하얀 소창을 만지작거리던 어머니는 개짐이란 걸 만들어 내게 주었다. 뒤꼍에서 몰래 훔쳐 본 어머니의 서답이랑 참 닮았었다. 내 것이 좀 작았을 뿐. 샅에 차는 물건이라 했다.

셋이나 되는 오빠들 틈에서 풀썩거리며 자란 나는 억지로 여자가 되어야 했다. 달을 지날 때마다 개짐이 지닌 부피가 부담스러워 치마를 입고 견뎌야 했으며 달거리의 아픔도 참아야 하는 줄만 알았다. 여자보다 남자가 더 많은 우리 집에서 아무 눈에도 띄지 않게 모아둔 서답을 씻느라 밤에 몰래 깨어 있기도 했다. 그러면서 나는 어머니의 자궁처럼 포근한 유년의 배꼽마당과 결별했고 달을 닮은 호박전을 유난히 싫어하게 되었다. 내가 잉태의 신비를 경험하기 전까지는.

달콤 쌉싸래한 신혼의 어느 날, 여름 땡볕에 제 몸을 둥글게 말아 키운 감자를 삶았다. 오지게 잘생긴 놈을 골라 입안에 넣다가 울컥 신물이 올라왔다. 빙빙 어지럼증이 생기더니 하늘이 노랬다. 달을 본지가 언제인지 헤아려 보곤 오스스 소름이 돋았다. 내 안에서 새 생명이 움을 틔운 것이다. 세상이 다 내 것이 된 양 좋았다. 몸속의 아이가 톡톡 발길질을 하던 날은 숨이 멎을 것 같은 경이로움에 휩싸이기도 했다. 말갛게 숨 쉬던 달빛이 치마 아래로 축축하게 번지던 날 아이의 첫 울음 소릴 들었다. 서 말의 붉은 달빛을 쏟은 후에야 아이를 낳는다는 우리 어머니의 어머니, 그 어머니의 어머니처럼 나도 그만큼의 달빛을 쏟은 후 비로소 엄마가 된 것이다.

우주가 내 품에 와서 안긴 듯한 잉태와 출산의 기쁨을 가슴 뻐근하게 누려 보고서야 알 게 되었다. 내게로 들어 온 달의 소중함과 내 안에서 느끼는 귀찮지만 달콤한 비밀은 건강한 여자에게만 허락된 의무이며 축복이라는 것을.

예전엔 가뭄이 심하면 붉은 혈이 선명한 여자의 개짐으로 깃발을 만들어 기우제를 지내는 풍습이 있었다. 생명의 상징인 물을 여자의 달거리로 불러오려 했다는 건 잉태의 근원이 거기에 있다고 믿은 때문이었으리라. 그런 이유로 지금껏 내가 알던 것과는 달리 여자의 달거리는 신성한 것으로 여겨졌을지도 모를 일이다. 우리 조상들은 달의 정기를 받으면 여성의 생산력도 높아진다고 믿었다. 보름달이 뜨기를 기다려 '강강술래'나 '월월이청청' 같은 놀이를 여자들만 즐긴 것을 보면 말이다.

나는 이제 내가 처음 달을 보았을 때의 어머니 나이가 되었고 엉덩이에 살이 통통하게 오르고 젖무덤이 봉긋하게 부푼 딸은 그때의 내 나이가 되었다. 둥근 호박전 빛깔을 가진 달과 제 몸의 붉은 달빛도 그 아이는 보았다. 빠르게 시간이 흘러 그 아이가 우주와 소통하게 될 날을 나는 손꼽아 기다린다. 달이 가져다준 몸의 신비를 우주를 품에 안으므로 온전히 이해하게 되는 날 비로소 그 아이도 생명의 경이로움을 온몸으로 받들고 지켜가게 되리라.

그때쯤이면 아마 나는 달의 몰락을 경험하고 있을지도 모른다. 그 시기에 겪게 된다는 끝 모를 우울과 나른함으로 힘든 날들을 맞을 수도 있다.

혹은 쓸쓸함과 불안함이 엄습해 와서 밤마다 잠 못 들고 뒤척일지도 모른다. 하지만 내게서 뜨고 지던 달의 기억들이 모여서 이루어진 아이와, 그 아이의 아이를 보면서 순하게 견디어 낼 것이다. 이미 오래전에 달이 준 의무와 축복을 누린 후 참다운 완경(完經)[1]을 이룬 내 어머니처럼.

평설

　　　　　2009년에 『부산일보』 신춘문예로 등단했는데, 이런 작가의 경우도 2000년대의 한국 수필이 놀라운 변화를 보여 주고 있는 예가 된다. 수필가들의 급격한 증가도 큰 변화지만 남성들에 비해서 여성 작가가 훨씬 많아진 것도 큰 변화의 하나다.

　수필은 자기 고백적 성격이 짙기 때문에 여성 작가의 증가는 수필의 여성화라는 특성을 키우게 된다. 문학에 굳이 성별을 두는 것은 우습지만 다분히 그런 변화를 일으켜 온 것은 사실이다. 한국의 초기 수필가들이 대개 남성이고 외국도 비슷하지만 이에 비하면 우리 수필은 날이 갈수록 여성들이 선택하는 소재와 그들의 관심사가 주제가 되는 경향이 짙다.

　그런 변화 속에서 나타난 박월수의 「달」이야말로 분명히 여성이 아니면 쓸 수도 없는 수필이다.

　그뿐만 아니라 이 작품은 전통적인 수필의 개념에 큰 변화를 보여 주고 있으며, 이런 변화는 2000대 한국 수필의 큰 진화라고 봐야 할 것이다. 시대적 환경 변화에 따라서, 또는 시대를 앞질러 가며 수필의 소재와 주제의 영역을 확대시킨 것이기 때문이다.

1　완경(完經): 김선우의 시 제목에서 빌려옴. 폐경(閉經)

「달」은 하늘의 달이기도 하지만 여성의 생리 현상의 하나인 달거리의 달이다.

달거리가 수필의 소재가 되고 처음부터 끝까지 이것으로 이야기를 풀어나간 다는 것은 누구도 상상하기 어려운 일이다. 이것은 여전히 치마 속에 감춰 둬야 할 부끄러운 이야기이며, 말해서는 안 될 함구령이 내려진 성역(性域)이며 성역(聖域)이기 때문이다.

여기서 부끄럽다는 것은 도덕적 염치사상으로서의 부끄러움만이 아니라 수줍음을 말하는 이중적 의미를 지닌다. 그리고 포르노 소설은 있어도 포르노 수필은 허용하지 않듯이 수필은 소재 선택에서도 훨씬 보수적인 장르다.

작자 박월수는 이를 깨뜨리고 있다. 문학이 인생의 탐구이며 작가가 누구나 쉽게 접근해서는 안 될 성역이 따로 있을 수 없다는 점에서 본다면 이런 소재 선택은 긍정적인 의미에서 수필의 작은 반란이다. 그리고 이런 반란이 시초가 되어 더 큰 반란을 유발할지도 모른다.

이 작품에서 작자가 보여 주고 있는 것은 달거리의 의미와 함께 대대로 이어 나가는 인간 생명에 대한 무한한 경외감과 존엄성이다. 여성의 달거리가 하늘의 달과 함께 하나의 우주 질서 안에서 일어나는 것이란 관점에서 본다면 달거리와 잉태와 출산을 여성이 우주를 품에 안는 것이라고 말하는 작자의 상상력은 꽤 공감을 준다.

논리를 전개해 가는 과정도 재미있다. "그 달이 반달이 되고 하현달이 되고 눈썹달이 되어 내 속으로 사라졌다."고 하는 표현은 둥그런 호박전을 깨물어 먹는 과정에 대한 설명이다. 호박전이 둥글기 때문에 이런 비유가 가능하겠지만 그렇게 달처럼 둥근 전을 먹는다는 것을 통해서 작자는 배 속에 달이 들어가는 것을 암시하고 '달처럼 부른 배'라고 말함으로써 배 속에 이미 달이 들어가 있음을 암시한 것이 재미있는 표현이다. 이런 표현은 논리적 객관성과 정확성이 미흡해지기 쉽지만 비유에 의한 간접적 표현은 상상력을 높이는 장점이 되겠다.

완장

남주희

배식 판 다 거두어랏!

허여멀겋게 생긴 사내가 소리쳤다. 손에는 긴 꼬챙이가 들려져 있고 목소리는 제법 날카롭다. 길게 줄 선 노인들은 술렁이기 시작했고 몇몇은 땅바닥에 힘없이 주저앉는다.

해인사에서 부모님의 천도재를 지내고 나니 허탈했다.

아— 이렇게 사라지는구나, 겹겹이 에워싼 절대부재의 허망들이 또 나를 끌고 어디로 내동댕이 칠지, 정처 없이 나는 또 누구에게 매달리며 생의 안부를 확인해야 하나, 부르짖으며 대웅전 법당에 엎어져 엉엉 소리내어 울었다. 죽도록 얻어터지고 나면 엄마를, 아버지를 잠깐 만날 수 있을까.

마음을 근근이 추스르고 나니. 그래 일하나 저지르자, 란 생각이 불길처럼 솟구쳤다. 아버지 조의금을 무의탁 노인들께 밥을 차리는 것으로 귀결 지었다.

300여 명의 밥을 차리는 것은 대입 수능시험 날의 조마조마하고 경건함 바로 그것이었다. 마음 들여다보는 일이 많이도 소홀했구나, 사는 것 같지 않게 흘러간 세월은 무의미했으며 녹록치 않은 것들을 붙들고 무던히도 갈급했던, 그간의 고적이 손아귀에서 빠져나가고 있었다.

드럼통에다 쌀을 붓고 불을 지피며 따뜻한 밥 한 끼를 부모님의 염원으로 짓는다는 일념으로 몸을 놀렸다. 쇠고깃국, 쌀밥, 김치, 감자볶음, 잡채 등으로 몇몇 도우미의 힘을 빌려 정신없이 일을 마쳤다.

가난한 시절, 딸년 시집가기 하루 전 엄마의 억장 무너지는 성찬. 고깃국에 고봉 쌀밥은 생각만 해도 분에 넘치는 대우요 지지리도 못난 부모마음을 상쇄시키는 거룩한 식사다.

밥이 도착하니 어디서 왔는지 팔을 걷어붙인 사람들이 나타나 국과 밥을 퍼주며 인사를 주고받는다. 나는 끼일 자리가 없다. 곡식으로 답하기보다는 그래도 몸으로 봉사하는 것이 더 인연 짓는 일이라 여겼다.

많이 드십시오, 모자라면 더 달라 하십시오, 라는 말로 길게 늘어진 줄 사이를 비집고 엄마, 아버지를 대신했다.

부모님 연세쯤 되시는 분을 보면 또 가슴이 막혔다. 힘없는 자, 병든 자, 갈 곳 없는 사람들의 줄은 유독 구불구불했다. 어쩌다가 바닥을 훑으며 길에서 밥사발을 줍는단 말인가. 눈물 글썽이는 것조차 남우세스러워 임시 천막 뒤로 가서 훌쩍거리다 나와 보니 그새 난장판이 벌어졌다.

"배식 판 다 거두시오."
기다란 막대기로 배식 판을 두드리며 험상궂게 나부대는 사내. 포악한 놈의 장난질이요 선도라는 '완장'을 찬 무지막지한 놈의 완력이다.

이 무슨 가당찮은 소린가. 나는 번개처럼 뛰쳐나가 앞을 가로막았다. 아니 날아갔는지도 모른다.

"왜 이러십니까? 밥은 내 밥인데요. 왜 이래라저래라 아저씨가 난리예요?"

"뭐요?" 험상궂은 그 사내는 나를 노려보며 같잖다는 듯 긴 꼬챙이를 빙빙 돌리며 빈정거렸다.

"이런 장사 하려면 내 말을 따라야 해요"

뭐? 장사라고? 저 인간 말종을 어떻게 다루어야 하나. 나는 분에 겨워 어쩔 줄 몰랐지만 이를 악물고 맨 끝에 선 노인에게까지 수북수북 밥을 퍼 담아 드렸다. 맹렬하지만 가장 원초적인 행위 앞에서는 더 수굿해지는 법이다

이 황막한 자리에서 밥 짓는 일이 내 업보라면 기꺼이 받겠으며, 더 낮은 자세로 생에 투항하라면 그렇게 할 것이며, 약하고 병든 자를 속임 했다면 진흙탕 속에서 오체투지로 천년을 빌 것이며, 그것이 가식이라면 세상에 발 디딜 어떤 자격도 없다는 생각이 들었다.

이 별천지 홈그라운드의 얘기는 이렇다.

많은 노인이 식사를 받아 빨리 그 자리에서 먹고 난 후, 다시 줄을 서서 비닐봉지에 밥과 반찬을 담아 저녁 식사로 메운다는 말이다. 그러니 두 번 받아가는 셈이다.

그 사내놈은 그런 짓을 관리 감독하는, 총책임자라는 말이다. 누가 시킨 것도 아닌데 저 스스로 어디서 완장하나 얻어 차고 종주먹을 들이댄다하니. 성질이 고약해 밥이 남으면 죄 긁어모아 어디로 사라졌다가 밥 때가 되면 어김없이 완력을 쓴다 한다.

개코 같은 소리다! 나는 버럭 소리를 지르며 경찰에 신고하겠다, 고 눈을 부릅뜨며 대항했다. 어디 젊은 놈이 불쌍하고 힘없는 사람들을 담보로

무지막지한 행동을 하는가.

"말 마세요. 경찰도 다 알고 있어요." 외려 경찰은 자기네가 해야 할 일을 이 남자가 도맡아 주니 걱정을 더는 셈이라는 얘기다. 속임수를 쓰다가는 먹는 밥도 다 엎어 버리고 내쫓긴다는 얘기며 저 사람은 여기에서 왕초보다 더 무섭다는 말을 함께 한다. 내 멍청한 머리로는 도저히 용서되지 않는다. 쌀 두어 됫박만 더 보태면 될 것을. 반찬이 모자라면 소금 간을 해서라도 허기만은 면해야지.

희미한 빛이지만 정직할 수밖에 없는 저 나약한 행렬 앞에 껍죽대며 채찍질과 위협으로 짐승같은 횡포가 벌어지고 있으니…….

작가 윤흥길은 「완장」이란 작품 속에서 인간의 오묘한 심리를 적나라하게 파헤쳤다. '하빠리들이나 차는, 보잘 것 없지만 센 권력'이라고 말한다. 완장 하나로 권력의 무게를 달아내는 초라한 자아도취의 인간. 이 알력다툼은 어느 장소에서나 매번 독버섯처럼 살아 움직여 결국은 파멸을 초래하고 인간은 또 다시 그 욕망의 전철을 밟는다.

일을 마치고 나니 해가 기웃했다. 몸은 물먹은 솜처럼 축축 쳐진다.

동대구 역사 앞을 지나 소방서 앞에서 발을 멈춘다. 어디서 불이 났는지 소방수들의 움직임이 가파르다. 소리 나는 곳으로 무한정 질주하는 그들을 멍하니 지켜보고 있다. 내가 만약 소리 지르면, 악악 악을 쓰면 비겁하고도 발칙한 완장의 폭풍을 꺼 줄 수 있을까. 낮고 힘없는 소리에도 물세례를 퍼 부으며 격분하여 머리통을 후려갈겨 줄 수 있을까.

한바탕 소란을 떤 후라 어질머리 일었지만 천천히 길을 걸었다. 수많은 생각과 제멋대로인 사람들 틈바구니에서 나 또한 부당한 일을 저지르고, 머뭇거리고, 후회하고, 미워하는 일상을 여일하게 흘려보내는구나, 라는 생각. 그것을 받아들이는 데는 한참의 시간에 또 시달려야 할 것 같다.

이 바람 부는 장소에 무슨 힘으로 가나. 무슨 힘으로 다시 가서 완장과 씨름하며 눈을 돋워 악바리가 되어야 하나. 몇 겹으로 둘러쳐진 내 안의 견고를 한 마장씩 건너뛰며 다시 용기를 낸다. 그래, 그래도, 나는 가야 한다.

평설

　　남주희는 2003년에『현대수필』로 등단하고 같은 해에『시인정신』에서 시인으로도 등단해서 시집이 4권, 수필집으로는『조금씩 자라는 적막』이 있다. 이 수필은 무법지대에서 함부로 설치는 권력의 횡포를 고발한 작품이다. 한국 수필이 일반적으로 개인적인 체험과 그 생활 주변의 소재를 써나가되 사회적, 역사적 영역까지는 확대되지 않는 경향과는 차이가 있는 작품이다. 더구나 분노의 목소리가 과감하게 표출되고 있어서 색다른 느낌을 준다. 맹자가 말한 대로 품위 있는 인간이면 마땅히 지녀야 할 네 가지(四端) 중의 두 가지인 시비지심(是非之心)과 수오지심(羞惡之心)이 매우 뚜렷하다. 옳고 그름을 강력한 어조로 따지고 있고 나쁜 것을 미워하며 부끄러워하는 정신 때문에 작자는 흥분을 감추지 않고 있다. 이런 정의감과 분노의 표현은 한국 수필에는 많지 않다. 그래서 소중한 느낌을 준다.

　　이런 경우에 분노의 목소리를 솔직하게 드러내는 문장은 자칫 글의 품위를 손상시킬 우려도 있지만 이 작품은 그런 정도에 이르지는 않고 있다. 그리고 때로는 거칠고 사나운 말투가 문장에 활력을 넣고 파격의 흥을 돋울 수도 있다. '완장 하나 얻어 차고 종주먹을 들이댄다', '나약한 행렬 앞에 껍죽대며'라는 표현 등이 어느 정도 자제하고 쓴 사나운 말투이며 이것이 더 흥분도를 높이면 시원한 카타르시스가 될 수도 있고 잘못 쓰면 품위를 떨어뜨릴 수도 있을 것이다.

해인사에서 부모님을 위한 천도재를 지내고 슬픔에 잠겨 있던 작자가 조의금을 무의탁 노인들을 위해 내놓고 급식 행사를 하는데 여기에 완장 차고 나타나 가난한 노인들에게 행패를 부리는 사람을 봤을 때 얼마나 분노가 치밀었을까? 경찰들도 이런 일을 말리지 않고 외면하고 있다니 천도재를 치른 뒤에 겪은 작자의 마음이 어떤 것이었을지 짐작이 간다. 그리고 무력감을 느끼면서도 작자로서 가던 길을 가야 한다고 말하는 마무리가 매우 공감이 간다.

잊은 것, 잃어버린 것을 찾아서

녹

이두래

호미는 죽은 듯 보인다. 꼿꼿한 몸에 고개를 외로 꼬고 누워 온몸은 말라붙은 피로 붉게 물들어 있다. 사람 손에 닳아 반질반질 윤이 났을 호미 자루는 잡으면 바스라질 듯 거무죽죽하고 촘촘히 갈라졌다. 날이 부러져 버린 곡괭이 자루엔 이름 모를 버섯까지 뿌리를 내렸다. 버섯의 생장은 그들의 죽음을 기정사실화하는 것이다. 곡괭이의 야무졌던 이빨에는 여지없이 말라붙은 핏자국이 선명하고 그들의 죽음은 아버님이 돌아가신 후였을 것이다.

낫이며 쇠스랑, 곡괭이, 호미 등 그것들은 소용되는 시간 외에는 언제나 아래채 처마 밑에 가지런히 걸려 있었다. 그중에서도 제일 맏형격인 경운기는 아래채 소 마구간에 늠름하게 자리하고 있었다. 소출 많은 상답(上畓)을 갈고 추수한 곡식들 실어 나르느라 달달거리며 바빴을 경운기는 소리가 없다. 경운기는 주인을 잃은 후 한 번도 마구간을 벗어나 본 적이 없다. 적재함은 녹이 슬어 붉다 못해 검게 번하며 구멍이 뚫려 바람이 넘나든다. 덩굴식물이 경운기를 타고 올라 적재함에서 볕을 받으며 놀고 앉았다. 쓰러져 누워 있는 앙상한 농우의 잔해(殘骸)를 보는 듯 애처롭기만 하다. 경운기를 장만하고 힘든 등짐을 내려놓아 좋아라 하셨다던 아버님은 이제 삶마저 부려놓은 채 자두 밭머리에 말없이 누워 계신다.

채마밭은 잡초가 점령해 버렸다. 잡초 무성한 채마밭은 이미 황무지나 다름없다. 경작하지 않는 땅의 잡초는 녹과 같은 존재다. 거름을 내고 밭작물의 북을 돋우고 김을 매던 농기구들은 잡초로 뒤덮여 가는 채마밭을 바라보며 얼마나 안타까웠을까. 아버님의 타계와 함께 채마밭도 버려진 녹슨 땅이 되었다. 채마밭엔 푸른 녹이 무성하다.

이끼 또한 녹의 다른 이름이다. 사람의 손과 발길이 닿지 않는 곳에 기대어 이끼는 자란다. 이농 현상으로 빈집이 늘어나고 혼자 사는 노인이 흔한 시골집의 마당엔 푸른 이끼들이 고독처럼 자라난다. 이끼를 헤치고 어머니의 곧은 가르마 같은 오솔길이 마당에 나 있는 집을 더러 볼 수 있다. 가만히 그 길을 걸어 들어가면 주름진 우리들의 부모님을 만날 수 있을 것이다.

시댁의 마당엔 그 오솔길마저도 없다. 온 마당을 헤집고 다니며 뛰어놀던 오남매는 성장하여 총총히 집을 떠나고 시부모님마저 돌아가신 시댁의 마당엔 시간이 정지되어 버린 듯 고요하기만 하다. 깊은 산속 옹달샘에 푸른 이끼가 자라듯 잡초와 이끼가 영역을 넓혀 가고 있다. 그 원시의 뜰에 정적이 퍼질러 앉아 무심히 이끼와 잡초의 키를 키워 갈 뿐이다. 까치만이 파수꾼처럼 빈집 위를 선회하며 날아간다. 대밭 상수리나무 꼭대기에는 예전처럼 까치집이 그대로다. '파드드득' 한 마리의 비상에 여기저기서 연이어 날아오르는 까치들은 옛날 엄마의 치맛자락을 잡고 부엌에서 장독대로 채마밭으로 엄마가 가는 대로 졸졸 따라다녔을 오남매의 모습 같기도 하다.

부엌 뒤켠 장독대는 어머님의 부재를 말하듯 먼지에 전 몇 남지 않은 독들이 거미줄에 목을 내맡기고 숨을 헐떡이고 있다. 시간이 지날수록 거미들은 독의 목을 더욱 조여 올 것이다. 장독대 펌에서 여름이면 노란 꽃을 곱게 피워내던 나무들도 잡초와 대나무의 기세에 눌려 도태되어 버린 듯 보이지 않는다. 꽃도 저 혼자 피어 빈집을 지켜내기엔 너무 버거웠던 것일까. 뚜껑을 열어 놓고 일광욕하던 장독에 댓잎이 떨어지고, 대나무 그림자가 장독에 어리던 기억도 이제는 찾아볼 수 없다. 무짠지를 맛들이던 독은 뚜껑마저 잃어버리고 텅 빈 어둠을 담고 적막만 삭이고 있다.

어머님이 살아 계실 땐 크고 실한 독들이 즐비했었다. 부지런히 자식들 집으로 나르던 양념이며 밑반찬들은 나로선 도저히 흉내 낼 수 없는 것들이었다. 어머님은 내 집으로 고추장을 갖고 오실 때 꼭 작은 꼬막단지에 담아 오셨다. 플라스틱 용기는 고추장맛을 제대로 내지 못한다는 것이었다. 그런 연유로 이곳에 있어야 할 단지 하나가 내곁에 남아 있다. "느그 아버지랑 겨끔내기로 메고 왔다"며 고추장 단지를 내려놓으시던 무량(無量)한 어머님의 사랑만은 녹슬지 않고 어제인 듯 그립다.

잡초 무성한 채마밭과 녹슬어 버린 농기구들, 먹을거리를 품지 못한 채 먼지를 뒤집어쓴 빈 독들이 하소연의 눈길을 보내온다. 어차피 저들은 어머님, 아버님이 떠나신 후 명줄을 다했다. 어머님, 아버님과 함께 순장된 것임에 무엇이 다르랴. 논밭을 일구러 돌아올 이 없는 지금 저들은 무용지물이다. 돌아서려는데 마음 한 자락이 젖어들어 발길을 멈춘다.

소중한 유물을 발굴해 내듯 장독대의 거미줄을 걷어내자 정적의 사슬들이 이끌려 나오고 먼지들이 푸닥거리라도 한 것처럼 날린다. '쿨럭쿨럭' 먼지를 내뱉는 독들의 기침소리가 들리는 듯해 심산하다. 시멘트 바닥에 호미를 두드리자 녹의 거죽들이 켜켜로 부서져 내리고 '쩡쩡' 울리는 호미의 목소리가 들린다. 호미는 시간의 옷을 벗어던지고 기지개를 켜고 싶은 걸까. 그러나 내가 돌아서면 또다시 내려앉을 시간의 무게들.

녹슨 농기구로, 먼지 앉은 장독대로 시부모님에 대한 기억의 심지를 돋운다. 그 기억의 원형마저 녹슬기 전에 가끔 닦고 어루만져 주어야 하리라.

평설

이두래는 2005년에 CJ문학상을 받고 2013년 『경남신문』 신춘문예로 등단한 작가다. 이보다 10년 전쯤에 발표했다는 「산을 넘다」가 있다. 등산 이야기지만 학생운동으로 철창에 갇혀 있는 동생에 대한 기억과 함께 우리가 극복하며 살아가야 하는 힘겨운 사회 현실이 산 넘기로 비유되고 있어서 좋은 편이다.

그리고 「녹」은 이보다 더 성숙해진 작품이다. 부모님이 떠나 버린 농촌의 빈집 풍경에 대한 인상이 매우 감동적으로 그려지고 있다. 활유법이 특히 그런 효과를 만들어 낸다.

곡괭이의 야무졌던 이빨에는 여지없이 말라붙은 핏자국이 선명하고 그들의 죽음은 아버님이 돌아가신 후였을 것이다.

곡괭이는 생명체가 아니지만 '야무졌던 이빨'이나 '말라붙은 핏자국'이나 '죽음'은 모두 살아있던 생명체의 죽음이며 낫, 호미, 쇠스랑, 경운기 등 다른 모든 사물들이 그런 생명체의 죽음처럼 비유되고 그 뒤의 해체 과정과 새로운 생명 현상으로 사실적인 묘사가 이어지고 있다. 주인이 떠나간 자리에 오래도록 남아서 녹슬고 거미줄이 엉키고 해체되어 가는 사물은 이런 활유법에 의해서 되살아나고 그들에 대한 애정과 함께 아픔이 전해진다. 이 작품은 이처럼 우리가 매정하게 버리고 잊고 떠나온 과거를 되돌아보게 하며 메마른 도시 문명에 매몰되어 가는 우리들에 대한 비판 의식이 강하다. 그리고 그것은 소중한 가치관으로서 매우 감동적이다.

현관 앞에서

한복용

　지난 8월엔가 이사를 했으니 벌써 석 달째다. 집을 보러 왔을 때, 아파트는 낡을 대로 낡았고 집안에서는 퀴퀴한 냄새가 났다. 냄새의 발원이 창 너머 강이라는 걸 잠시 후 알게 되었다. 망설였다. 이렇게 냄새 나는 집에서 살 수 있을까. 수년 전 양주시의 D아파트에 살 때도 그랬다. 아침 공기를 맡으려 창문을 열면 돼지농장에서 풍겨오는 악취에 놀라 급히 문을 닫아 버리곤 했다. 햇살이 좋아도 그 집 베란다에는 빨래를 널 수가 없었다. 냄새가 날까봐 외출 전에는 옷에 코를 대고 킁킁댔다. 여기도 새벽공기를 맘 놓고 맡을 곳은 아닌 듯했다.

　전망은 좋다. 왼쪽으로 멀리 소요산이 보이고 맞은편으로는 왕방산이 누워있다. 그 안으로 동두천 시가지의 오밀조밀한 건물들이 말을 걸어오는 것만 같다. 크고 작은 건물 숲을 지나면 바로 도로가 보이고 그 다음은 아파트 가까이로 강이 흐른다. 되었다. 그래, 이것으로 된 것이다. 나는 황급히 현관에서 바라다 보이는 야경을 상상하며 집 계약을 하였다.

　세를 주고 사는 집이지만 사는 동안은 내 집이니 몇 군데 손을 봐야 했다. 도배와 장판을 새로 했다. 본드 냄새가 진동해 사나흘 현관문과 베란다 문을 열어두었다. 가구와 가전제품이 제자리를 찾으니 그제야 내 집처럼 느껴져 일을 마치면 당장 달려오고 싶은 곳이 되었다.

현관에 들어서면 보통 두세 켤레의 신발이 나를 반긴다. 어떤 신발은 늘 그렇게 그 자리에 앉아 있고 어떤 신발은 하루에 한 번씩 자리가 바뀐다. 신발장이 바로 옆인데도 넣게 되지 않는다. 신발을 그대로 놔두는 것은 빈 현관이 허전하기 때문이었다. 불 꺼진 집에 들어와 나란히 놓인 두세 켤레의 신발을 보면 마음이 편안했다. 혼자인 것을 인정하고 싶지 않은 걸까?

나는 동두천시의 야경을 불을 켜지 않은 채 현관에 서서 감상하기를 좋아한다. 베란다에서 보는 야경과는 감상의 구도가 다르다. 얇은 커튼 너머로 내다보이는 현관에서의 야경은 내 영혼을 흔들어 놓을 정도로 황홀하다. 세계의 내로라하는 야경을 여기에 견줄까.

어떤 땐 현관 옆 식탁의자에 앉아 실내등을 끈 채로 시가지의 보석 같은 불빛을 본다. 가끔은 이른 새벽에 일어나 밤을 샌 그들을 가르고 천천히 다가오는 아침 불빛을 맞으며 하루를 준비하기도 한다.

저녁밥을 짓다가 식탁 의자에 앉아 창 너머 동두천중앙역을 바라본다. 소요산 방향으로 가는 열차가 선다. 나는 영화 속 한 장면을 보고 있다. 하루를 긴장 속에서 보낸 가장들이 바삐 집으로 돌아가기 위해 중앙역 계단을 내려온다. 그들 중에는 트렌치코트 깃을 세우고 포장마차로 들어가 어묵 한 사발에 소주 한잔을 들이켜는 이도 있을 것이다. 어떤 이는 허기를 달래기 위해 붕어빵 한 봉지를 사들고 한 입 베어 물고는 집으로 가는 버스에 올라 탈 것이다. 몇 명이 열차에 오르고 또 몇 명이 그곳에서 내릴지는 모르겠으나 떠나는 이가 있으면 다시 그곳에 찾아오는 이가 있다는 것이 현관과 다르지 않은 것 같다.

아직도 나는 신발을 벗지 않은 채 물끄러미 현관에 놓인 몇 개의 신발을 바라본다. 굽이 닳은 단화가 유난히 아프게 와 닿는다. 몇 년을 바쁘게 나와 함께 한 신발이다. 화원 일의 특정상 뾰족구두는 불편하다. 일이 많을 때에는 일에 방해가 되기도 하지만 발에 대한 혹사가 아닐 수 없다. 그러기에 대부분 발이 편하고 일하기에 지장이 없는 단화를 신게 된다.

그런데 이 집으로 이사를 오면서 단화를 신은 게 몇 번인가 싶다. 일감이 떨어진 것도 아니고 그 신발이 불편해서도 아니다. 굳이 단화를 신지 않아도 일에 지장이 없음을 알았던 때문이다. 발에 멋을 내도 충분히 좋았을 것을 꽃일은 거친 일이라고 앞서 생각하며 편안한 신발만 고집했다. 지금 단화는 현관에서 쉬고 있는 중이다. 내가 그에게 잠시 휴가를 내주었다. 신발장으로 들어가 앉아 캄캄한 곳에 오래도록 있는 게 아닌, 늘 있던 그 자리에서 잠시 힘을 비축해 두었다가 어느 날 갑자기 내가 신호를 주면 불끈 일어설 모습으로.

현관 앞에서 전신거울을 통해 나를 본다. 키가 자라다가 만 사람 같다. 근래 들어 부쩍 살이 붙은 몸을 눈으로 천천히 더듬어본다. 살이 붙으면서 날카로운 인상은 다소 사라졌지만 여전히 고집스럽게 생긴 얼굴이다. 좀처럼 지칠 것 같아 보이지도 않는다. 나는 이 얼굴이, 아니 이 사람이 맘에 든다. 웬만한 일에 엄살 부릴 줄 모르고 흐르는 변화를 적절하게 받아들일 줄 알며 마음이 가 닿지 않는 일 앞에서는 흥정조차 하지 않는 여자. 이 여자는 저 작은 몸으로 참으로 많은 고비를 잘도 견디며 여기까지 왔다. 앞으로 갈 길이 더 멀다는 것을 알고 있지만 이젠 두렵다거나 거추장스럽다는 생각은 접은 지 오래다. 힘들었지만 비교적 복 받으며 산 셈이다. 주변에 좋은 분들이 나무처럼 곁에 서서 그늘이 되어 주기도 하고 바람을 실어오기도 했다. 아무나 얻는 축복이 아니다. 누구에 의해 살아진다는 거, 누구를 위해 살아야 한다는 것, 나는 그 말이 어떤 의미를 갖고 있는지 조금은 알 것 같다.

혼자 있되 혼자가 아닌 나는 현관 앞에 놓인 신발을 바라본다. 뚜벅뚜벅 지금처럼만 걸어가도 나쁘지 않겠다고 그들이 내게 응원을 하는 것만 같다.

평설

한복용은 2007년에 『에세이스트』로 등단했는데 작품이 매우 우수하다. 작자 자신의 자화상이다. 그런데 고독한 자화상이지만 그런 감정 표현이 없다. 작자는 그런 말을 철저하게 억제하며 마치 타인을 보듯이 자신의 모습을 그려 나간다. 이렇게 되면 작자는 밖에 있는 것이나 마찬가지다. 작자 자신을 바라보되 그것을 바라보는 또 하나의 한복용이 자신을 보고 말하는 것이다.

이런 경우에는 대상으로서의 한복용이 외롭다고 고백하지 않는 이상 화가가 모델을 보듯이 관찰자의 입장에서는 말이 없는 그림이 될 뿐이다.

정지용이나 김광균의 모더니즘이 그랬다. 특히 김광균의 많은 시들은 그림이나 마찬가지다. 외로운 풍경이지만 작자가 외로움을 말해 주고 있는 것은 아니다. 고독감만이 아니라 사상도 작자의 입으로는 말해 주지 않는다. 즉 사상과 감정을 거의 억제하니까 회화성만 남는다. 당시의 모더니즘이 이런 기법을 시도했었다.

그런데 이것이 한복용의 수필에서 나타나고 있다. 한국 수필에서 이만큼 의도적으로 그런 기법을 구사하며 성공하고 있는 것은 처음이다. 작자가 이 수필에서 관찰하고 그려 나가는 대상은 전체적으로 자기 자신이지만 그것은 세 단계로 나뉜다.

작자는 먼저 자기 집 현관에서 바라보는 동두천시의 밤풍경을 전하고 있다.

'세계의 내로라하는 야경을 여기에 견줄까.' 하면서 아름다움에 경탄하는 야경이다.

그렇지만 그렇게 경탄하는 야경은 별것 아니다. 건물들이 있고 큰 길이 있고 불빛이 있을 뿐이다. 그리고 동두천중앙역에서 내리는 사람들의 모습을 상상하고 있다. 고달픈 하루를 보내고 붕어빵이라도 사서 한 입 물고 허기를 채우며 서둘러 집으로 돌아가거나 포장마차 집에 들어가서 어묵 한 사발에 소주 한잔하고 돌아가는 사람들의 모습이다. 작자는 아름다운 풍경이라 했지만 그런 것만은 아니다.

두 번째 관찰 역시 자리는 현관이다. 여기서 벗어 놓은 신발들을 본다. 신발장이 있지만 늘 그렇게 몇 켤레를 놓아둔다. 혼자 사는 집이지만 혼자가 아니라는 그림이 되는 셈이다.

그중의 단화는 굽이 많이 닳았다. 그동안 얼마나 힘들게 달려왔는지를 말해주는 신발이다. 혼자 사는 자기 딸의 이런 모습을 보면 울고 싶어지는 부모도 있을 것이다.

세 번째 자리도 현관인 것 같다. 작자는 전신거울을 통해서 자신을 관찰한다. 여기서는 작자가 완전히 밖에 있다.

나는 이 얼굴이, 아니 이 사람이 마음에 든다. 웬만한 일에 엄살 부릴 줄 모르고 흐르는 변화를 적절하게 받아들일 줄 알며…….

이렇게 말하며 '이 여자는' 하고 자신을 객관화한 관찰자가 된다.

이렇게 제3자의 위치에 서 있으면 상대방의 사상과 감정은 모르는 입장이 되어도 좋을 것이다. 그 대신 독자는 상상을 통해서 작자의 내면을 읽게 된다. 귀에는 들리지 않아도 작자의 가슴속에서 일어나고 있는 것을 상상으로 찾아가게 된다. 밤 시간에 정거장에서 내리고 서둘러 집을 찾아가는 사람들의 고달픈 모습 속에 작자도 있다는 것을 알게 되고, 아무도 기다려 주지 않는 집 캄캄한 현관에 들어서는 작자의 외로운 모습도 상상하게 되고, 뾰족구두 대신 굽이 닳은 단화만 신고 살아온 여자가 누구인지 궁금해지기도 한다. 그리고 거울을 보는 그녀의 내면도 들여다보게 된다.

그것은 작자의 직접적 표현보다 더 강한 호소력을 지닌다. 그리고 독자는 상상을 통해서 숨겨진 진실을 찾게 되기 때문에 예술성이 훨씬 높아진다.

이런 기법의 우수성만이 아니라 주제가 감동적이다. '이 여자는 저 작은 몸으로 참으로 많은 고비를 잘도 견디며 여기까지 왔다.' 했는데 그래도 동두천의 야경은 여전히 너무 아름답다는 생각과, 자신의 삶이 아무나 얻는 축복이 아니라 '누구에 의해서 살아진다.'는 감사의 마음, 그리고 '누구를 위해 살아야 한다.'는 삶의 정신은 참 아름답다. 그래서 혼자 사는 자기 집 현관의 여러 켤레의 신발이 허구가 아니라 실제로 자신을 응원하는 '그들'이라고 하는 믿음은 매우 아름답고 감동적인 주제가 되고 있다.

상상적 이미지와 수필의 예술성

수박 함지 밑의 목화송이

민아리

여름날 시골의 저녁 풍경이라는 것은 늘 그렇듯이 특별할 것이 없었다. 그날 저녁도 평소처럼 식구들이 대청마루에 둘러앉아 갓 쪄내온 옥수수가 식기를 기다리며 이야기꽃을 피우고 있었다. 그런데 갑자기 메리가 사납게 짖으며 대문 밖으로 뛰어 나갔다. 바깥마당에서 이상한 소리가 들렸다. 양철지붕 위에서 늙은 호박이 구르는 소리 같기도 하고, 손수레가 덜커덩거리는 소리 같기도 한 것이 우리 집 쪽으로 점점 다가오고 있었다. 식구들은 고개를 갸웃거리며 대문간만 바라보았다.

드디어 대문을 삐거덕 밀면서 한 사람이 들어섰다. 푸짐한 웃음을 앞세운 금순네 아주머니였다. 아주머니는 조금 전 소리가 가득 담긴 커다란 양은 함지를 머리에 인 채, 술에 취한 듯 몹시 비틀거렸다. 다리를 저는 분이긴 하지만, 걸음걸이가 평소와는 많이 달랐다. 왼쪽으로 부리나케 내닫다가, 돌연 오른쪽으로 기우뚱하고, 앞으로 성큼 다가오다가는, 갑자기 뒷걸음질치며 휘청거렸다. 걸음걸이가 오뚝이처럼 넘어질 듯 말 듯하여 조마조마한데도, 무엇이 그리도 좋은지 아주머니는 연신 싱글벙글하며 입을 다물지 못했다. 무언가 자랑할 만한 일이 있는 것 같았다. 함지를 받아 주려 식구들이 뜰팡에 내려섰을 때에야 모두 웃음을 터뜨리지 않을 수가 없었다. 함지 속에서 수박 네 덩이가 제멋대로 굴러다니고 있는 것이 아닌가.

아주머니가 내려놓은 수박들은 때깔이 영 시원찮아 보였다. 김장 씨를 뿌릴 시기라, 서둘러 수확한 끝물을 사온 것이 틀림없었다. 그러나 아주머니는 파장 때 거저 얻듯이 싸게 샀다며 매우 신이 나 있었기 때문에, 똬리도 없이 무거운 것을 이고 불편한 팔과 다리를 달래며 밤길을 걸어온 분에게, 차마 입바른 소리를 할 수는 없었다.

이마 위의 땀을 훔치며 가장 큰 놈으로 골라 엄마에게 성큼 내미는 아주머니의 어깨에는, 전에 없던 힘이 가득 들어가 있는 듯했다. 모르긴 몰라도, 아주머니의 오랜 바람이 이루어지는 순간이었으리라. 식구들은 아주머니가 굳이 우리 집에 먼저 들러, 근년에는 처음으로 사 보았을 귀물을 내놓는 속내를 충분히 헤아리고 있었다. 아주머니는 우리 집에 이런저런 신세를 지며 사는 처지라, 어떡하든 보답할 기회를 찾고 있던 분이었다. 그래서 우리는 아주머니의 성의를 쾌히 받아 주는 것이 도리라 생각했다.

기꺼운 마음으로 수박을 받아놓은 엄마는, 남아있는 함지 속 세 녀석이 더는 장난치지 못하도록, 함지 밑바닥과 녀석들 사이사이에 보릿짚을 넉넉히 채워 주었다. 그리고는 헛간에서 똬리를 갖고 나와 아주머니의 머리에 얹은 후, 그 위에 함지를 올려놓아 주었다. 식구들은 한결 점잖아진 걸음걸이로 대문을 나서는 아주머니의 당당한 뒷모습을 흐뭇하게 바라보았다. 가슴 훈훈한 여름날 저녁이었다.

금순네 아주머니를 생각할 때면 맨 먼저 얼굴 가득한 웃음이 떠오른다. 아주머니의 웃음은, 장애와 가난이라는 숙명을 문신처럼 지니고 살아야 했던 아주머니에게, 그것을 감싸 줄 수 있는 단벌외투와 같은 것이었다. 한껏 벌어진 목화송이같이, 목젖이 다 보일 정도로 고개를 젖히고 푸짐하게 웃던 아주머니 특유의 웃음이야말로, 가장 든든한 삶의 동반자였으리라. 신체가 불편한 사람으로서 세상의 시선에 맞서는 방패였을 터이고, 허기진 배를 채워 주던 끼니였을 터이며, 실낱 같은 희망의 불씨를 지켜 준 바람막이였을 터이다. 또한, 그것이야말로 아주머니가 자신의 삶에 건네는 적극적인 입맞춤이요, 삶을 긍정하겠노라는 운명과의 약속이었을 터임을, 나는 오랜 세월이 흐른 뒤에야 비로소 이해할 수가 있었다.

내 삶의 어두운 터널을 지나야 할 때면, 캄캄해서 아무것도 보이지 않는다고 칭얼대는 자신을 다독여 주기 위해, 나는 내게 주술을 걸곤 했다. '삶이 그대를 속일지라도…….' 주문으로 푸슈킨의 시를 읜 다음에는, 아주머니를 생각하며 그분의 커다란 웃음을 흉내 내보는 것이었다. 그러고 나면 터널 저쪽에 한 점 빛이 나타났고, 그것을 향하여 조금씩 다가가다 보면 빛의 크기도 점점 커지면서, 어느덧 터널 밖으로 빠져나와 있는 자신을 발견하곤 했다. 효험 있는 주술이었다.

운명이란 어쩌면 그런 것이 아닐까. 내려놓으려야 내려놓을 수 없었던 아주머니의 수박 함지와도 같은. 머리 위 수박덩이들이 쏠리는 대로 이리저리 비틀거려야만 했던 아주머니의 걸음걸이처럼, 내 것인데도 좀처럼 내 뜻대로 남겨지지 않는 발자국과도 같은….

인생길이란 어쩌면 그런 것이 아닐까. 버스에서 내린 아주머니가 무거운 수박 함지를 인 채, 어둠을 가르며, 신작로를 지나고, 도랑을 건너, 고개를 오르내린 후, 드디어 마을 안으로 들어서서, 희미한 불빛이 기다리고 있는 곳을 향하여 걸었던 노정과도 같은. 도와줄 사람 없는 고갯마루에서 잠시 수박 함지를 내려놓고 쉬어보지도 못한 채, 내쳐 걸어야만 했던 그날의 밤길과도 같은…….

금순네 아주머니! 주어진 운명에 순응하여 누구보다 자신의 삶을 사랑했던 여인. 웃음이라는 꺼지지 않는 등불로 캄캄한 인생길을 밝히며 머리에 인 수박들을 지켜낸 아주머니를 떠올릴 때마다, 나는 저절로 숙연해지곤 한다.

얄궂은 수박 함지에 휘둘렸던 여정 뒤에, 그날 우리 집 대문을 나설 때의 '점잖아진 걸음걸이'로 노년의 길을 걷고 있다는 아주머니의 이야기는, 언제 들어도 반갑기만 한 고향 소식이다. 아주머니를 뵈러 고향에 한번 다녀오고 싶다. 그분의 웃음만큼 커다란 수박 한 통 사 들고서.

평설

민아리는 한때 중등학교 국어 교사를 하며 2011년에 『한국수필』로 등단한 우수한 작가다. 「수박 함지 밑의 목화송이」는 울림이 큰 수필이다. 명장(名匠)의 솜씨로 만들어진 종처럼 소리가 아름답고 울림이 크다.

울림이란 예술성에 의한 가슴의 감동을 말하는 것이며 이 작품은 크고 아름다운 울림을 위한 두 가지 조건이 다 잘 갖추어져 있다. 소중한 주제가 주는 감동과 이를 전하는 기법에 의한 감동의 두 가지가 다 잘 나타나고 있다.

'산다는 것은 무엇인가, 어떻게 살아야 할 것인가?'

한 아줌마의 평범한 행위가 소재가 되고 있지만 이를 통해서 이런 근원적인 철학적 질문에 대한 답을 주제로서 형성해 나가고 있다. 이런 주제는 철학적 사상성을 나타내는 것이므로 논리가 필요하다. 사상은 논리적 사고로 성숙해지고 논리로 설명되는 것이 원칙이다. 그래서 철학 책들은 감각적인 글보다 잘 읽히기 어렵다. 감성만으로 전달될 수 있는 슬픔, 외로움, 기쁨, 신선함 등의 서정성과는 다르다. 아름다운 멜로디나 사랑하는 사람과의 입맞춤처럼 감성을 자극하는 것은 전달 속도가 빠른데 머리로 깊이 있게 생각하는 사상성은 전달이 쉽지 않다.

그런데 이 작품은 이런 철학적 사상성을 형상화해서 감동적으로 잘 전달하고 있다.

이 작품에서 작자가 아주 많이 발휘하고 있는 기법은 '이미지의 미학'이라고 해도 좋을 것이다. 이미지에 의해서 예술로서의 아름다움을 창출해 내고 있다는 뜻이다. 그리고 이미지는 상상적 사고에 의한 비유법으로 만들어지는 것이므로 '비유의 레토릭(수사학)'이라고 해도 좋다. 비유법은 상상을 유발하는 장치로서 가장 유효한 것이며 작자는 매우 적절한 비유법을 적절히 구사하며 산문의 매력을 유지하고 있다.

이런 기법으로 작자가 그려 나간 한 아줌마의 삶의 모습은 우리 모두를 나타내는 이미지가 된다. 사람들은 저마다 타고난 팔자가 다르더라도 궁극적으로는 모두 같은 운명을 살다 가는 존재라는 것. 그러므로 모두 아줌마처럼 절뚝거리거나 비틀거리며 살다 간다는 의미로 이미지를 확대시키고 아줌마의 건강한 삶의 모습을 통해서 철학적 사상성을 감동적으로 전하고 있다.

엄마

김산옥

골짜기는 이미 어둠에 쌓여 길이 보이지 않는다.

희뿌옇게 흘러내리는 달빛으로 인해 산길은 더 음침하고 무섭다. 어디선가 들려오는 부엉이 울음소리에 머리카락이 곤두선다. 바스락거리는 억새 소리가 산짐승 지나가는 것처럼 들린다. 돌밭길을 밟는 소리가 달그락달그락 따라온다. 열 살배기 계집애가 가기에는 너무나 무서운 밤길이다.

'저 산속을 올라가야 하는데…….'
아이는 걱정이 태산이다.

'색시골'은 내 유년의 혼이 숨어 있는 소중한 영토다.

강원도 산골짝, 아늑하고 양지바른 '색시골'에는 단 두 집이 도란도란 살았다. 우리 집에서 손을 뻗으면 잡힐 거리에 한 집이 있었는데, 그곳에는 나와 동갑내기 친구가 살고 있었다. 성은 다르지만 부모님과는 형님동생하면서 친동기간처럼 지냈다.

우리는 왕복 30리길을 걸어서 초등학교를 다녔다.

새벽에 집을 나서면 해거름이 되어서야 집으로 돌아왔다. 운동회 연습이라도 하는 날엔 어둑해져서 색시골 어귀에 당도하곤 했다. 골이 깊은 그곳은 산이 높아 밤이 일찍 오기 때문이다.

그 친구와 함께 학교에 가는 날은 아무리 늦은 밤이라도 집에 오는 길이 무섭지 않았다. 그런 친구가 있어서 늘 든든했다. 어쩌다 그 애가 결석이라도 하는 날에는 산길을 올라오는 길은 멀고도 무서웠다. 그런 내 마음을 아는지 모르는지 그 친구는 걸핏하면 결석을 했다.

신작로에서 우리 집까지 올라오는 산길은 어린 나에겐 천릿길도 그렇게 멀지는 않을 것만 같았다. 험한 돌밭길이라 걸리고 엎어지는 일은 예사도 아니다. 좁은 길 양옆으로는 머루와 다래 넝쿨이 늘어져 터널을 만들고, 우거진 숲과 웅장한 나무로 인해 대낮에도 으스스한 산길이다. 온갖 새들의 울음소리는 시시각각으로 달라진다. 가끔씩 도깨비를 보았느니, 귀신을 보았느니, 호랑이를 보았느니 하는 예사롭지 않은 말들이 분분한 산골이다.

가을 운동회 연습을 하고 돌아오는 길이다.

학교에서는 해가 산마루에 걸렸을 무렵에 떠났는데, 시오리를 걸어서 오다보니 어느새 어둠이 내리고 산 속은 깜깜하다. 내 마음은 이미 얼음장이 되어 간다. 까마득히 어두운 산길을 혼자 올라갈 생각을 하니 오늘따라 말도 없이 결석을 한 친구가 야속하기만 하다.

나는 한발 한발 돌밭 길을 오른다.

죽음보다 더 무서운 길이다. 이런 길을 갈 수 있는 것은 그곳에 엄마가 있기 때문이다. 막내딸 오기를 마음 졸이며 기다리고 있을 엄마가 있기에 손에 땀이 배도록 움켜쥐고 산길을 오른다. 이름 모를 밤새 소리가 경기를 할 정도로 울어댄다. 부엉이는 헝헝거리며 따라오고, 억새풀이 쌕쌕거리며 말목을 잡는다. 걸을 때마다 달그닥거리는 돌 소리가 꼭 뒤에서 짐승이라도 따라오는 것만 같다. 실낱같이 흘러내리는 달빛은 오히려 그믐밤보다 더 무섭다. 혼절하기 직전이다.

그때다. 골짜기를 흔드는 메아리가 들려온다.

"산옥이 오니? ~"

"어, 어머이! ~."

기적과도 같은 목소리다.

막내가 걱정이 되어 그 산길을 한걸음에 내려오고 있다. 새파랗게 얼어 있을 막내딸을 향해 큰 소리로 이름을 부른다. 메아리가 그칠 만하면 부르고 또 부르고……. 그 어둡고 무섭던 골짜기가 한순간에 대낮처럼 밝아진다. 온몸이 따뜻해진다.

엄마는 늘 그랬다.

어두운 길을 혼자 올라올 막내딸을 기다리며 초저녁부터 목이 터져라 내 이름을 불러 주곤 했다. 어른도 밤길에는 꺼려하는 길을 망설임 없이 나서는 것은 막내딸이 그곳에 있기 때문이었으리라. 내가 대답을 할 때까지 색시골 어귀를 내려다보며 골 안이 울리도록 그렇게 내 이름을 불렀을 엄마, 멀리서라도 당신의 목소리를 들으면 무서움이 덜하리라는 엄마는 그렇게 내 마음에 등불이 되어 주곤 했다.

지금도 가끔씩 색시골 입구에서 어두운 산속을 바라보며 무서움에 몸부림치는 꿈을 꾼다. 그런 꿈을 꾼 날에는 어김없이 그리움에 몸살을 앓는다.

'엄마!'

　　　　김산옥은 『현대수필』로 등단하였고, 『비밀 있어요』, 『하얀 거짓
말』 등의 수필집이 있다. 작자는 강원도 평창군의 깊고 깊은 산골에서 어린 시
절을 보냈는데 작품 속에서는 가끔 그곳의 산울림이 울려 온다. 이 작품도 그렇
다. 유년의 기억은 오랜 시간이 지나면 마모되어 없어지는 것이 아니라 그의 의
식 속에서 끊임없이 성장하며 뿌리를 내리고 열매를 맺는다. 그 열매가 김산옥
작가의 경우에는 그의 고향인 평창의 깊은 산속 숲 냄새처럼 싱그럽고 향기롭
다. 그것이 섬세한 감성과 세련된 문체로 잘 다듬어진 것이 이 작품이다.

　　수필은 흔히 개인적인 체험이 소재가 되지만 나를 통해 나만을 보고 말하는
독백이 아니고 나를 통해서 세계를 보며 나의 체험이 우리의 이야기가 되고 객
관화되었을 때 비로소 문학이 된다.

　　김산옥의 「엄마」는 그야말로 작자 자신이 아니면 아무도 체험하기 어려운 특
수한 개인적 체험의 세계다. 그런데 이것은 우리 모두에게 엄마란 얼마나 절실
하게 소중한 존재인가 하는 것을 극명하게 보여 주며 감동을 자아내고 있다.

　　작자는 강원도 평창군의 산골에서 어린 시절을 보냈다. 이 작품에 그려진 풍
경대로라면 작자의 산골짜기 마을에는 집이 두 채밖에 없으며 고개 너머 학교
가 왕복 30리길이다. 그리고 그 길은 낮에도 어둡게 숲이 우거지고 새소리, 짐
승 소리가 들리고 호랑이까지 출몰한다는 흉흉한 소문이 나도는 곳이다. 이런
길을 어린 소녀 둘이 서로 의지하며 학교에 다니는 모습, 때로는 혼자 새파랗게
질려서 고개를 넘어가야 하는 작자의 모습이 생생하게 그려져서 이것만으로도
긴장과 스릴이 넘치는 문학이 되고 있다. 작자가 그만큼 간결한 문체로 상황 묘
사에 성공하고 있기 때문이다. 이런 경우에는 주어진 소재 자체가 다른 어떤 보
탬도 필요 없이 수필, 산문으로서의 감동을 확보하게 된다. 그리고 만일 우리에
게 어떤 위기가 오고 구원이 필요한 최후의 순간이 올 때 우리가 가장 먼저 찾

는 사람이 누구이며 또 엄마가 가장 먼저 찾는 사람이 누구인지 정답이 대번에 나온다. 작자는 어린 시절의 이런 개인적 체험을 통해서 엄마란 무엇인가라는 질문에 대한 정답을 다시 한 번 우리 모두에게 확인시켜 주며 잔잔한 감동을 주고 있다.

평설자 김우종(金宇鍾)

서울대학교 국문학과를 졸업하고, 충남대학교, 경희대학교, 덕성여자대학교 교수를 역임하였으며, 『한국대학신문』 주필을 지냈다. 1957년 『현대문학』으로 등단하여 1968년에 첫 에세이집 『내일이 오는 길목에서』를 출간하고, 한국수필문학진흥회에서 펴내는 『수필공원』을 통해 김태길, 윤형두, 박연구 등과 작품 활동을 하였다.

대학에서는 한국 현대 소설의 사적 체계화에 관심을 두고 소설사의 정립과 비평 문학 연구를 수행했으며, 1960년대 초부터 모순된 현실을 직시하고 그 비판과 문학의 사회참여를 강조하는 다수의 평론을 발표하였다.

주요 저서로는 『한국 현대 소설사』, 『작가론』, 『현대 소설의 이해』, 『한국 근대 문학 사조사』, 『순수문학 비판』 등이 있으며, 대표적인 산문집으로는 『그 겨울의 날개』, 『젊은 날의 꿈과 고뇌』, 『사랑과 행복의 조건』, 『내일도 우리가 사랑한다면』 등이 있다.

한국문학평론가협회 회장, KBS 초대 방송심의위원, 참여연대 자문위원 등을 거쳐 현재는 계간 문예지인 『창작산맥』을 발행하면서 윤동주 추모 사업을 계속하는 한편, 한국미술협회 회원, 한국문인협회 고문, 『한국대학신문』 논설위원으로도 활동하고 있다.

한국문인협회상, 월탄문학상, 서울시문화상, 대한민국 보관문화훈장을 수상하였다.

한국 현대 수필 100년 평설

2014년 12월 15일 초판 1쇄 발행
2015년 10월 15일 초판 3쇄 발행

평설자 ┃ 김우종
펴낸이 ┃ 권오상
펴낸곳 ┃ 연암서가

등 록 ┃ 2007년 10월 8일(제396-2007-00107호)
주 소 ┃ 경기도 고양시 일산서구 호수로 896번지 402-1101
전 화 ┃ 031-907-3010
팩 스 ┃ 031-912-3012
이메일 ┃ yeonamseoga@naver.com
ISBN 978-89-94054-65-0 03810
값 20,000원